JAMES ROLLINS
& REBECCA CANTRELL

Das Evangelium des Blutes

Buch

Professor Henry Conklin hat in den peruanischen Anden einen bahnbrechenden Fund gemacht: eine fast fünfhundert Jahre alte Mumie, mit der er endlich die Existenz einer bisher unbekannten Kultur zu beweisen hofft, die vor den Inkas die Gegend bevölkerte. Zu Conklins Enttäuschung ergibt die Untersuchung der Mumie an der Universität in Baltimore, dass es sich um einen spanischen Priester, vermutlich einen Missionar, handelt. Doch was hat es mit der rätselhaften goldenen Substanz auf sich, mit der der Schädel des Priesters gefüllt wurde? Währenddessen führt eine Gruppe junger Archäologen, darunter Conklins Neffe Sam, die Ausgrabungen in Peru fort. Sie stoßen auf eine verborgene Schatzkammer der Inkas, gefüllt mit unermesslichen Reichtümern. Eine sensationelle Entdeckung – und eine tödliche Falle …

Autor

Der *New York Times*-Bestsellerautor James Rollins hat einen Doktorgrad in Tiermedizin. Als begeisterter Höhlenforscher und ebenso eifriger Taucher ist er häufig unter Wasser oder unter der Erde anzutreffen. Er wohnt in den Bergen der Sierra Nevada in Kalifornien, USA.

Autorin

Rebecca Cantrell gewann als Autorin bereits mehrere Preise. Sie lebt mit ihrem Mann und ihrem Sohn in Berlin.

Außerdem von James Rollins bei Blanvalet erschienen:

Sigma-Force:
Der Genesis-Plan (38261), Feuermönche (36738),
Sandsturm (36266), »Der Judas-Code« (37216),
»Das Messias-Gen« (37217)

Außerdem:
Sub Terra (37824), Im Dreieck des Drachen (37822),
Das Flammenzeichen (37473), Operation Amazonas (37821),
Das Blut des Teufels (37823)

Indiana Jones und das Königreich des Kristallschädels (37092)

James Rollins
und Rebecca Cantrell

Das Evangelium des Blutes

Roman

Aus dem Englischen
von Norbert Stöbe

blanvalet

Die englische Originalausgabe erschien unter dem Titel
»The Blood Gospel« bei William Morrow, New York.

MIX
Papier aus verantwortungsvollen Quellen
FSC® C014496
FSC
www.fsc.org

Verlagsgruppe Random House FSC® N001967
Das für dieses Buch verwendete FSC®-zertifizierte Papier
Holmen Book Cream liefert Holmen Paper, Hallstavik, Schweden.

1. Auflage
September 2014 bei Blanvalet, einem Unternehmen
der Verlagsgruppe Random House GmbH, München.

Umschlaggestaltung: © Johannes Wiebel | punchdesign,
unter Verwendung von Motiven von Shutterstock.com
Redaktion: text in form
HK · Herstellung: sam
Satz: Uhl + Massopust, Aalen
Druck und Einband: GGP Media GmbH, Pößneck
Printed in Germany
ISBN: 978-3-442-37670-4

www.blanvalet.de

Von James:
Für Anne Rice
Denn sie zeigte uns die Schönheit in Monstern
Und das Monströse im Schönen

Von Rebecca:
Für meinen Ehemann und meinen Sohn,
die beide die Monster im Zaum halten

Und ich sah auf der rechten Hand dessen, der auf dem Thron saß, eine Buchrolle; sie war innen und außen beschrieben und mit sieben Siegeln versiegelt. Und ich sah: Ein gewaltiger Engel rief mit lauter Stimme: Wer ist würdig, die Buchrolle zu öffnen und ihre Siegel zu lösen? Aber niemand im Himmel, auf der Erde und unter der Erde konnte das Buch öffnen und es lesen … Würdig bist du, das Buch zu nehmen und seine Siegel zu öffnen; denn du wurdest geschlachtet und hast mit deinem Blut Menschen für Gott erworben …

Offenbarung 5,1–3, 5,9

Ich bin Lazarus, auferstanden von den Toten,
zurückgekommen, um euch allen zu berichten,
ich werde euch allen berichten.

T. S. Eliot

PROLOG

Frühling, 73 n. Chr.
Masada, Israel

DIE TODGEWEIHTEN LIESSEN nicht nach: Dreihundert Fuß über Eleasars Kopf sangen neunhundert jüdische Aufständische trotzig weiter gegen die römische Legion an, die vor ihren Toren stand. Die Verteidiger hatten gelobt, sich eher das Leben zu nehmen, als in Gefangenschaft zu geraten. Ihre letzten Gebete, gerichtet an den Himmel weit über ihnen, hallten durch die Tunnel, die man in den Berg Masada getrieben hatte.

Eleasar überließ die Verlorenen ihrem bitteren Schicksal und riss seinen Blick von der Decke des Kalksteingangs los. Er hätte gern mit ihnen zusammen gesungen und sein Leben in der letzten Schlacht geopfert. Doch er hatte eine andere Bestimmung.

Er musste einen anderen Weg beschreiten.

Er legte die Arme um den kostbaren Steinblock. Der sonnengewärmte Stein reichte von seiner Hand bis zum Ellbogen, er hatte die Länge eines Neugeborenen. Er drückte ihn an seine Brust, wappnete sich und trat in den Gang mit den grob behauenen Wänden, der ins Innere des Bergs führte. Hinter ihm wurde der Eingang verschlossen. Keine

Menschenseele würde ihm folgen können. Die sieben Kämpfer, die ihn begleiteten, stapften mit ihren Fackeln voran. Mit den Gedanken waren sie wohl bei ihren Brüdern, den neunhundert Menschen auf dem sonnenüberfluteten Plateau. Die Festung stand seit Monaten unter Belagerung. Zehntausend römische Soldaten, verteilt auf riesige Lager, hatten den Tafelberg umzingelt und sorgten dafür, dass niemand heraus- oder hineinkam. Die Aufständischen hatten gelobt, erst ihren Familien und dann sich selbst das Leben zu nehmen, wenn der Gesang endete, denn sie wollten den Römern zuvorkommen. Sie beteten und bereiteten sich darauf vor, die Unschuldigen zu töten.

Das Gleiche steht auch mir bevor.

Eleasars Aufgabe lastete ebenso schwer auf ihm wie der Stein in seinen Armen. Er dachte an das, was ihn in der Tiefe erwartete. Die Gruft. Schon viele Stunden lang hatte er in dem unterirdischen Tempel gebetet, auf den Steinblöcken kniend, die so dicht aneinandergefügt waren, dass nicht einmal eine Ameise dazwischen hindurchgepasst hätte. Er hatte die glatten Wände betrachtet und die hohe, gewölbte Decke. Er hatte die akkurate Arbeit der Steinmetze bewundert, die den heiligen Ort erbaut hatten.

Schon damals hatte er es nicht gewagt, zu dem Sarkophag im Tempel aufzublicken.

Die *unheilige* Krypta, die das allerheiligste Wort Gottes aufnehmen würde.

Er drückte den Stein fester an seine Brust.

Bitte, Gott, nimm diese Bürde von mir.

Dieses Stoßgebet blieb ebenso unbeantwortet wie Tausende zuvor. Die Opfer der Aufständischen auf dem Berg mussten gewürdigt werden. Ihr vergossenes Lebensblut musste einem höheren Zweck dienen.

Als er den überwölbten Eingang zum Tempel erreichte,

brachte er es nicht über sich hindurchzuschreiten. Die Krieger drängten sich an ihm vorbei und bezogen ihre Posten. Er legte die Stirn an die kalte Wand und betete um Trost.

Er wurde ihm nicht gewährt.

Er blickte in den Tempel. Flackernder Fackelschein; Schatten tanzten über die Steinblöcke des Deckengewölbes. In der Höhe waberte Rauch, suchte nach einem Ausgang, den es nicht gab.

Weder für den Rauch noch für sie.

Schließlich fiel sein Blick auf ein junges kniendes Mädchen, das von Kriegern festgehalten wurde. Der Anblick tat ihm in der Seele weh, doch er war entschlossen, seinen Auftrag zu erfüllen. Er hoffte, sie würde die Augen schließen, wenn es zu Ende ging.

Augen aus Wasser…

So hatte seine verstorbene Schwester diese unschuldigen Augen beschrieben, die Augen ihrer Tochter, der kleinen Asubah. Eleasar blickte seiner Nichte in die Augen.

Sie hatte noch die Augen eines Kindes, doch sie war keines mehr. Sie hatte gesehen, was ein Kind niemals sehen sollte. Und bald würde sie noch mehr sehen.

Vergib mir, Asubah.

Mit einem letzten halblauten Gebet betrat er die vom Fackelschein erhellte Gruft. Die lodernden Flammen spiegelten sich im gequälten Blick der sieben Krieger, die ihn erwarteten. Sie hatten tagelang gegen die Römer gekämpft und gewusst, dass die Schlacht mit ihrem eigenen Tod enden würde. Dieses Ende aber hatten sie nicht im Sinn gehabt. Er nickte ihnen und dem mit einem langen Gewand bekleideten Mann in ihrer Mitte zu. Neun erwachsene Männer hatten sich versammelt, um ein Kind zu opfern.

Die Männer neigten das Haupt vor Eleasar, als wäre er

heilig. Dabei wussten sie nicht, wie unrein er war. Das wussten nur er und der, dem er diente.

Alle Männer hatten blutende Wunden. Einige stammten von den Römern, andere von dem kleinen Mädchen, das sie in ihrer Gewalt hatten.

Das purpurrote Gewand, das man ihr übergestreift hatte, war ihr zu groß, sodass sie noch kleiner wirkte. Die schmutzigen Hände hatte sie um eine alte Puppe gekrampft. Sie war aus Leder genäht, hatte die Farbe der judäischen Wüste, ein Knopfauge fehlte.

Vor wie vielen Jahren hatte er sie ihr geschenkt? Er erinnerte sich noch gut, wie ihr kleines Gesicht gestrahlt hatte, als er vor ihr niederkniete und ihr die Puppe überreichte. Er hatte sich gewundert, wie viel Sonnenschein in einem so kleinen Körper eingeschlossen war, dass er so hell strahlen und eine solche Freude über ein Geschenk aus einem bisschen Leder und Stoff empfinden konnte.

Er musterte sie eingehend, suchte nach dem Sonnenschein.

Doch da war nichts als Finsternis.

Sie fauchte und bleckte die Zähne.

»Asubah«, sagte er flehentlich.

Die Augen, die einst so friedlich und wunderschön gewesen waren wie die eines Rehkitzes, funkelten ihn hasserfüllt an. Sie holte tief Luft und spuckte ihm warmes Blut ins Gesicht.

Er taumelte zurück, benommen von der seidigen Beschaffenheit und dem metallischen Geschmack des Bluts. Mit zitternder Hand wischte er sich das Gesicht ab. Er kniete vor ihr nieder, tupfte ihr mit einem Tuch behutsam das Blut vom Kinn und warf den schmutzigen Lumpen weg. Dann hörte er es.

Sie desgleichen.

Eleasar und Asubah ruckten beide mit dem Kopf. In der Gruft vernahmen sie allein die Schreie von der Kuppe des Bergs. Sie allein wussten, dass die Römer die Befestigungen durchbrochen hatten.

Das Gemetzel hatte begonnen.

Der Mann in dem langen Gewand hatte die Bewegung bemerkt und wusste, was sie zu bedeuten hatte.

»Es wird Zeit.«

Eleasar blickte den älteren Mann in dem staubigen braunen Gewand an, ihren Anführer, der verlangt hatte, das Kind inmitten dieses Grauens zu taufen. Das Alter hatte tiefe Furchen in das Gesicht des Anführers gegraben. Seine ernsten, undurchdringlichen Augen waren geschlossen. In lautlosem Gebet bewegte er die Lippen. In seinem Gesicht spiegelte sich die Gewissheit eines Mannes wider, der von keinerlei Zweifeln geplagt wird.

Schließlich öffnete er die gesegneten Augen und fasste Eleasar in den Blick, als suche er dessen Seele. Eleasar fühlte sich an den Blick eines anderen Mannes erinnert, der vor vielen, vielen Jahren auf ihm geruht hatte.

Eleasar wandte sich beschämt ab.

Die Krieger versammelten sich um den offenen Steinsarkophag in der Mitte der Gruft. Er war aus einem einzigen Sandsteinblock gehauen, groß genug für drei ausgewachsene Männer. Doch allein das kleine Mädchen würde bald darin ruhen.

In den Ecken brannten Myrrhe und Weihrauch. Eleasar nahm aber auch dunklere Gerüche wahr: bittere Salze und beißende Kräuter, die man gemäß einem alten Essenertext gesammelt hatte.

Das Grauen nahm seinen Lauf.

Eleasar neigte ein letztes Mal das Haupt und flehte Gott an, er möge ihm einen anderen Weg eröffnen.

Nimm mich, nicht sie.

Das Ritual aber verlangte, dass sie alle ihre Rolle spielten.

Ein Mädchen, das seine Unschuld verloren hatte.

Ein Krieger des Herrn.

Ein Menschenkrieger.

Der Anführer ergriff das Wort. Seine raue Stimme schwankte nicht. »Was getan werden muss, ist Gottes Wille. Um ihre Seele zu schützen. Und die Seelen der anderen. Nehmt sie!«

Doch nicht alle waren freiwillig hierhergekommen.

Asubah befreite sich aus dem Griff ihrer Peiniger und sprang so flink wie ein Reh zum Eingang.

Eleasar besaß als Einziger die Geistesgegenwart, sie zu ergreifen. Er packte ihr schmales Handgelenk. Sie wehrte sich, doch er war stärker. Die Männer umringten sie. Asubah drückte die Puppe an ihre Brust und sank auf die Knie. Sie wirkte so mitleiderregend klein.

Der Anführer winkte einen Krieger heran. »Es muss sein.«

Der Mann trat vor und ergriff Asubahs Arm, entwand ihr die Puppe und warf sie beiseite.

»Nein!«, rief sie mit dünner, verzweifelter Stimme. Ihre erste Äußerung. Sie riss sich abermals los und stürzte vor. Sie sprang den Krieger an, schlang ihm die Beine um die Hüfte. Mit Zähnen und Klauen fiel sie über sein Gesicht her und warf ihn zu Boden.

Zwei Männer eilten ihm zu Hilfe. Sie rissen das tobende Mädchen von ihm weg und hielten es fest.

»Bringt sie zum Sarkophag!«, befahl der Anführer.

Die beiden Männer, die sie festhielten, zögerten. Offenbar schreckten sie davor zurück, dem Befehl nachzukommen. Das Kind wand sich in ihrem Griff.

Eleasar begriff, dass ihre Panik nicht von den Männern

ausgelöst wurde. Sie sah zur Puppe, die man ihr weggenommen hatte.

Er hob die zerlumpte Puppe auf und hielt sie ihr vors blutige Gesicht. Als sie noch jünger war, hatte die Puppe sie häufig beruhigt. Er schob die Erinnerung daran beiseite, wie sie mit ihren lachenden Schwestern und der Puppe im strahlenden Sonnenschein gespielt hatte. Das Spielzeug zitterte in seiner Hand.

Ihr Blick wurde flehentlich, und ihr Widerstand erlahmte. Sie machte einen Arm los und griff nach der Puppe.

Als sie sie berührte, erschlaffte sie schicksalsergeben und fand sich damit ab, dass es kein Entkommen für sie gab. Sie klammerte sich an ihren einzigen Trost wie damals als unschuldiges Kind, als die Puppe ihre Gefährtin gewesen war. Sie wollte nicht allein ins Dunkel eintreten. Sie hob die Puppe an ihr Gesicht und drückte ihr Näschen dagegen, ein Sinnbild kindlicher Trostbedürftigkeit.

Er bedeutete den Männern zurückzutreten und hob das Mädchen hoch. Er schloss den kalten Körper in die Arme, und Asubah schmiegte sich an ihn wie früher. Er betete um die Stärke zu tun, was getan werden musste.

Der Steinblock in seiner freien Hand gemahnte ihn an sein Gelöbnis.

An der Seite stimmte der Anführer die Gebete an, die das Opfer oben auf dem Berg mit dem hier unten verknüpften, mit uralten Beschwörungen, heiligen Worten und indem er hin und wieder eine Prise Räucherwerk in die kleinen Feuer warf. Droben auf dem Berg nahmen sich die Aufständischen das Leben, während die Römer die Tore stürmten.

Das tragische Blutopfer würde die Schuld aufwiegen, die sie hier auf sich luden. Den Steinblock in der Hand, trug Eleasar das Mädchen die wenigen Stufen zum offenen Sarkophag hoch. Er war bereits bis zum Rand mit schimmernder Flüssigkeit gefüllt – das Mikwe, ein Ritual, ein Läuterungsbad.

Doch anstatt mit geweihtem Wasser war der Sarkophag mit *Wein* gefüllt.

Auf dem Boden lagen leere Tonkrüge.

Als er vor dem Sarkophag stand, blickte er in dessen dunkle Tiefe. Der Fackelschein verwandelte den Wein in Blut.

Asubah barg das Gesicht an seiner Brust. Er schluckte seinen bitteren Kummer hinunter.

»Tu es jetzt«, befahl der Anführer.

Er drückte das kleine Mädchen ein letztes Mal an sich und spürte, wie es aufschluchzte. Sein Blick ging zum dunklen Ausgang. Er könnte ihren Körper immer noch retten, jedoch um den Preis der Verdammnis für ihre und seine Seele. Dieser furchtbare Akt war die einzige Möglichkeit, sie wahrhaft zu retten.

Der ranghöchste Krieger nahm Eleasar das Mädchen ab und hielt es über das steinerne Behältnis. Asubah presste die Puppe an ihre Brust, Entsetzen lag in ihrer Miene, als er sie auf den Wein hinabsenkte. Auf einmal hielt er inne. Er suchte Eleasars Blick. Der streckte die Hand zu ihr aus, zog sie zurück.

»Gesegnet sei der Herr, unser Gott im Himmel«, psalmodierte der Anführer.

Über ihnen verstummte der Gesang. Asubah neigte den Kopf, als hätte auch sie es bemerkt. Eleasar stellte sich vor, wie das Blut im Sand versickerte und ins Innere des Bergs kroch. Es musste jetzt geschehen. Das Sterben war der letzte düstere Akt, der das Ritual besiegelte.

»Eleasar«, sagte der Anführer. »Es ist Zeit.«

Eleasar hielt den kostbaren Steinblock vor sich, dessen heiliges Geheimnis die einzige Kraft darstellte, die ihn vorwärtstrieb. Das Gewicht des Steins nahm er nicht wahr. Sein Herz hielt ihn einen Moment lang zurück.

»Es muss geschehen«, sagte der Anführer leise.

Aus Angst, die Stimme könnte ihm versagen, verzichtete Eleasar auf eine Erwiderung. Er näherte sich dem Mädchen.

Der Anführer ließ sie in den Wein sinken. Sie wand sich in der dunklen Flüssigkeit, krallte ihre kleinen Finger um die steinernen Wände ihres Sargs. Roter Wein schwappte über den Rand und ergoss sich auf den Boden. Ihre Augen flehten ihn an, als er ihr den Steinblock auf die schmale Brust legte – und sich vorbeugte. Das Gewicht des Steins und seine starken, zitternden Arme drückten das Kind tief ins Weinbad hinab.

Sie wehrte sich nicht mehr, presste nur die Puppe an ihre Brust. Sie lag so still da, als wäre sie schon tot. Ihre Lippen bewegten sich lautlos, formten Worte, die verschwanden, als ihr kleines Gesicht versank.

Wie lauteten ihre letzten Worte?

Diese Frage würde ihn bis ans Ende seiner Tage quälen.

»Vergib mir«, sagte er mit tränenerstickter Stimme. »Und vergib auch ihr.«

Der Wein tränkte die Ärmel seines Umhangs, versengte ihm die Haut. Er hielt ihre reglose Gestalt fest, bis die Gebete ihres Anführers verstummten. Es dauerte eine scheinbare Ewigkeit.

Schließlich ließ er sie los und richtete sich auf. Asubah blieb am Boden des Sarkophags liegen, niedergehalten vom Gewicht des heiligen Steins, der auf ewig ihr verfluchter Wächter sein würde. Er betete darum, dass diese Tat sie läutern werde, eine ewige Buße für die Verderbnis ihrer Seele.

Meine kleine Asubah …

Er sank gegen den Sarkophag.

»Verschließt ihn«, befahl der Anführer.

Eine Sandsteinplatte wurde an Seilen herabgesenkt und rastete knirschend ein. Männer versiegelten die Ränder der Platte mit einer Paste aus Asche und Kalk, damit Stein sich mit Stein verband.

Eleasar legte die Handflächen auf die Wand ihres Gefängnisses, als könnte er sie mit der Berührung trösten. Für Trost aber war sie nicht mehr empfänglich.

Er legte die Stirn an den unnachgiebigen Stein. Es war die einzige Möglichkeit gewesen. Die Tat diente einem höheren Zweck. Aber diese Wahrheiten linderten nicht seinen Schmerz. Oder ihren.

»Kommt«, sagte der Anführer. »Was getan werden musste, ist vollbracht.«

Eleasar sog rasselnd die verqualmte Luft ein. Die Krieger husteten und schlurften zum Ausgang. Er war allein mit dem nassen Grab.

»Du kannst hier nicht bleiben!«, rief der Anführer vom Ausgang aus. »Dein Weg ist ein anderer.«

Er taumelte der Stimme entgegen, geblendet von seinen Tränen. Wenn sie gegangen waren, würde die Gruft verschlossen, der Gang versiegelt werden. Kein Mensch würde sich ihrer mehr erinnern. Alle, die es wagten, sich ihr zu nähern, wären todgeweiht.

Er bemerkte, dass der Blick des Anführers auf ihm ruhte.

»Bedauerst du dein Gelöbnis?«, fragte der Mann. Mitgefühl schwang in seiner Stimme mit, aber auch unnachgiebige Entschlossenheit. Diese Härte war der Grund, weshalb Christus ihren Anführer Petrus getauft hatte, was »Fels« bedeutete. Er war der Apostel, auf dem die neue Kirche gründen würde.

Eleasar erwiderte seinen steinharten Blick. »Nein, Petrus, das tue ich nicht.«

TEIL 1

Er schaut die Erde an, so bebt sie;
er rührt die Berge an, so rauchen sie.

Psalm 104,32

1

26. Oktober, 10:33, Israelische Standardzeit
Caesarea, Israel

DR. ERIN GRANGER fuhr mit ihrem weichsten Pinsel über den alten Schädel. Als der Staub entfernt war, betrachtete sie ihn mit den Augen einer Wissenschaftlerin, registrierte die feinen Knochennähte, die offene Fontanelle. Unter Berücksichtigung des Knorpelgewebes war dies der Schädel eines Neugeborenen, und der Winkel des Beckenknochens ließ darauf schließen, dass es sich um einen Jungen handelte.

Er muss wenige Tage alt gewesen sein, als er starb.

Als sie das Kind von Erdreich und Steinen befreite, betrachtete sie es auch mit den Augen einer Frau und stellte sich den kleinen, auf der Seite liegenden Jungen vor, die Knie an die Brust gezogen, die Händchen zu Fäusten geballt. Hatten seine Eltern seine Herzschläge gezählt, hatten sie seine unglaublich zarte Haut geküsst, waren sie zugegen gewesen, als das kleine Herz zu schlagen aufgehört hatte?

So wie sie damals bei ihrer kleinen Schwester.

Sie kniff die Augen zu, der Pinsel verharrte in der Schwebe.

Hör auf damit.

Sie öffnete die Augen und streifte sich eine blonde Haarsträhne aus dem Gesicht, die aus dem straffen Pferdeschwanz entschlüpft war, dann konzentrierte sie sich wieder auf die Gebeine. Sie wollte herausfinden, was vor vielen Hundert Jahren geschehen war. Denn wie ihre Schwester war auch dieses Kind keines natürlichen Todes gestorben. Allerdings war der Junge durch Gewalteinwirkung gestorben, nicht aufgrund von Vernachlässigung. Sie arbeitete weiter, registrierte die absichtsvolle Anordnung der Gliedmaßen. Jemand hatte sich Mühe gegeben, den Leichnam vor der Bestattung möglichst gut wiederherzustellen, was ihm wegen der gebrochenen und fehlenden Knochen, die auf verübte Grausamkeiten schließen ließen, jedoch nur bedingt gelungen war. Nicht einmal zweitausend Jahre vermochten das Verbrechen auszulöschen.

Sie legte den Pinsel mit dem Holzgriff beiseite und machte noch ein Foto. Im Laufe der Zeit hatten die Gebeine die gleiche helle Sepiafarbe angenommen wie das Erdreich, das kein Vergessen kannte, doch bei ihrer sorgfältigen Ausgrabung war die Anordnung zum Vorschein gekommen. Allerdings würde es noch Stunden dauern, bis der Rest der Gebeine freigelegt wäre.

Sie verlagerte das Gewicht von einem schmerzenden Knie aufs andere. Mit ihren zweiunddreißig Jahren war sie noch nicht alt, doch im Moment fühlte sie sich so. Sie war erst seit einer Stunde im Graben, und schon protestierten ihre Knie. Als Kind hatte sie beim Gebet viel länger auf dem harten Erdboden der Lagerkirche ausgeharrt. Wenn ihr Vater es verlangte, konnte sie eine halbe Stunde lang knien, ohne zu klagen, doch nachdem sie all die Jahre versucht hatte, ihre Vergangenheit zu vergessen, trog vielleicht die Erinnerung.

Sie richtete sich mühsam auf und streckte sich, schaute

über den Rand des hüfthohen Grabens. Kühler Meereswind liebkoste ihr erhitztes Gesicht, verscheuchte die Erinnerungen. Zu ihrer Linken spielte der Wind mit den Zeltklappen und wehte Sand über die Ausgrabungsstätte.

Sie wurde vom Staub geblendet, bis sie ihn fortgeblinzelt hatte. Der Sand drang hier überall ein. Tag für Tag wechselte ihre Haarfarbe von blond zum rötlichen Grau der israelischen Wüste. Ihre Socken scheuerten in den Converse-Turnschuhen wie Schmirgelpapier, der Dreck sammelte sich unter ihren Fingernägeln, und der Sand knirschte zwischen ihren Zähnen.

Als sie jedoch über das gelbe Plastikband hinwegschaute, mit dem die archäologische Ausgrabungsstätte abgesperrt war, spielte ein Lächeln um ihre Lippen, und sie war froh, dass ihre Schuhe auf geschichtsträchtigem Boden standen. Ihre Ausgrabung nahm die Mitte des alten Hippodroms ein, in dem einmal Wagenrennen stattgefunden hatten. Es grenzte ans Mittelmeer. Das Wasser leuchtete indigofarben, die unbarmherzige Sonne verlieh ihm einen unwirklichen metallischen Glanz. Hinter ihr reihten sich steinerne Sitzreihen, die Zeugnis ablegten vom Wirken eines Königs, des Erbauers der Stadt Caesarea: dem berüchtigten König Herodes, der unschuldige Kinder grausam hatte ermorden lassen.

Das Wiehern eines Pferds war zu hören. Es war kein Echo der Vergangenheit, sondern kam aus einem Stall, den man am anderen Ende des Hippodroms errichtet hatte. Eine Gruppe Einheimischer bereitete ein Einladungsturnier vor. Schon bald würde das Hippodrom wiederauferstehen und zu neuem Leben erwachen, wenn auch nur für einige wenige Tage.

Sie konnte es kaum erwarten.

Bis dahin aber gab es für sie und ihre Studenten noch

viel zu tun. Die Arme in die Hüfte gestemmt, blickte sie auf den Schädel des ermordeten Kindes. Vielleicht würde sie im Laufe des Tages das kleine Skelett mit Gips ummanteln und den schwierigen Vorgang in Angriff nehmen, es aus dem Erdreich zu lösen. Sie sehnte sich danach, ins Labor zurückzukehren und mit der Analyse zu beginnen. Die Gebeine hatten mehr zu erzählen, als sie vor Ort jemals herausfinden könnte. Sie kniete neben dem Kind nieder. Am Oberschenkelknochen war ihr etwas aufgefallen. Er wies muschelförmige Einkerbungen auf. Als sie sich hinunterbeugte, lief ihr ein Schauder über den Rücken.

Waren das Zahnabdrücke?

»Professor?« Nate Highsmith' nasaler Texasslang störte ihre Konzentration.

Sie fuhr zusammen und stieß mit dem Ellbogen gegen die Holzbretter der Verschalung, die verhinderte, dass Sand in den Graben rieselte.

»Entschuldigung.« Ihr Doktorand zog den Kopf ein.

Sie hatte strikte Anweisung gegeben, sie heute Morgen nicht zu stören, und schon war es passiert. Sie musste sich beherrschen, um ihn nicht anzufahren. Sie hob die zerbeulte Feldflasche auf und trank einen großen Schluck lauwarmes Wasser. Es schmeckte wie rostfreier Stahl.

»Ist ja nichts passiert«, sagte sie steif.

Sie beschirmte die Augen mit der freien Hand und schaute blinzelnd zu ihm hoch. Er stand am Rand des Grabens, ein dunkler Umriss vor der sengenden Sonne. Er hatte sich den Stetson tief in die Stirn geschoben und trug eine zerschlissene Jeans und ein ausgebleichtes kariertes Hemd. Die Ärmel hatte er aufgekrempelt, sodass man seine muskulösen Arme sah. Damit wollte er sie vermutlich beeindrucken. Natürlich war es zwecklos. Nachdem sie jahrelang ganz in ihrer Arbeit aufgegangen war, interessierte sie sich nur für solche Männer, die seit Jahrhunderten tot waren.

Sie blickte demonstrativ zu einem unauffälligen Flecken mit Sand und Steinen hinüber. Das Bodenradar, das mehr Ähnlichkeit mit einem sandgestrahlten Rasenmäher als mit einem Hightech-Instrument zur Erkundung von Erd- und Gesteinsschichten hatte, war unbesetzt.

»Wieso machen Sie nicht mit der Kartierung des Quadranten weiter?«

»Hab ich gemacht, Doc.« Sein Dialekt wurde breiter wie immer, wenn er aufgeregt war. Dann hob er auch noch eine Augenbraue.

Er hat etwas gefunden.

»Was gibt's?«

»Sie würden's mir nicht glauben, wenn ich's Ihnen sage.« Nate wippte auf den Fußballen, bereit loszurennen, um ihr seine Entdeckung zu zeigen.

Sie lächelte, denn er hatte recht. Was es auch war, sie würde es erst dann glauben, wenn sie es mit eigenen Augen gesehen hatte. Das war das Mantra, das sie ihren Studenten einhämmerte: *Es ist erst dann real, wenn ihr es ausgebuddelt habt und in Händen haltet.* Zum Schutz vor dem Sand und aus Respekt vor den Gebeinen des Kindes deckte sie die Ausgrabung sorgfältig mit einer Plane ab. Als sie fertig war, reichte Nate ihr die Hand und half ihr aus dem tiefen Graben. Wie erwartet, hielt er ihre Hand einen Moment zu lange fest.

Sie versuchte, sich ihre Verärgerung nicht anmerken zu lassen, und klopfte sich den Staub von der Jeans. Nate trat einen Schritt zurück und wandte den Blick ab. Vielleicht war ihm bewusst, dass er zu weit gegangen war. Sie verkniff sich einen Tadel. Welchen Sinn hätte es gehabt? Sie war nicht unempfänglich für die Avancen von Männern, aber sie ermutigte sie nicht dazu, schon gar nicht bei der Arbeit vor Ort. Hier trug sie den Schmutz wie andere Frauen ihr Make-up und vermied romantische Verwicklungen. Sie war nur durchschnittlich groß, doch man sagte von ihr, dass sie so auftrete, als wäre sie einen Kopf größer. In diesem Beruf war das notwendig, zumal für eine junge Frau.

Dabei hatte sie einige Beziehungen gehabt, aber sie hatten nicht lange gehalten. Irgendwann fanden die Männer sie einschüchternd – die meisten schreckte das ab, andere fanden es merkwürdigerweise anziehend.

Wie zum Beispiel Nate.

Jedenfalls schlug er sich gut bei der Ausgrabungsarbeit und hatte ein großes Potenzial als Geophysiker. Er würde über sie hinwegkommen, die Dinge würden von allein wieder ins Lot kommen.

»Zeigen Sie es mir.« Sie wandte sich zum khakifarbenen Ausrüstungszelt. Immerhin würde es guttun, aus der sengenden Sonne hinauszukommen.

»Amy hat die Messung auf ihrem Laptop.« Im Sturmschritt eilte er übers Ausgrabungsgelände. »Ein Volltreffer, Professor. Wir sind da auf einen richtig dicken *Knochen* gestoßen.«

Sie verkniff sich ein Lächeln und bemühte sich, mit ihm Schritt zu halten. Sie bewunderte seine Leidenschaft, aber wie im richtigen Leben war der Erfolg auch in der Archäologie meist kein Glückstreffer, sondern das Ergebnis harter Arbeit. Manchmal bedurfte es jahrzehntelanger Vorarbeit. Sie duckte sich unter der Zeltklappe hindurch und hielt sie Nate auf, der beim Eintreten den Hut abnahm. Hier im Schatten war es gefühlt mehrere Grad kühler als draußen in der prallen Sonne.

Ein summender Generator versorgte den Laptop und einen klapprigen Ventilator mit Strom. Der Luftstrom des

Ventilators war auf Amy gerichtet, eine dreiundzwanzigjährige Doktorandin aus Columbia. Die dunkelhaarige junge Frau verbrachte mehr Zeit im Zelt als draußen. Auf ihrem Schreibtisch stand eine Dose Cola light, besetzt mit Wassertropfen. Amy war ein wenig übergewichtig und aus dem Leim gegangen, denn sie hatte es versäumt, sich in jahrelanger archäologischer Feldarbeit in der prallen Sonne abzuhärten. Wenn es um Technik ging, hatte sie freilich noch immer ein gutes Händchen. Amy machte mit einer Hand eine Eingabe auf dem Laptop und forderte Erin mit der anderen auf, näher zu treten.

»Professor Granger, das werden Sie nicht glauben.«

»Das höre ich jetzt schon zum zweiten Mal.«

Ihr dritter Student war ebenfalls im Zelt. Offenbar hatten *alle* die Arbeit eingestellt, um sich Nates Entdeckung anzuschauen. Heinrich blickte Amy über die Schulter. Er war ein vierundzwanzigjähriger Student der Freien Universität Berlin und von unerschütterlicher Gelassenheit. Normalerweise ließ er sich nicht aus der Ruhe bringen. Dass er seine Arbeit im Stich gelassen hatte, deutete auf eine wichtige Entdeckung hin.

Amy wandte ihre braunen Augen nicht vom Display ab. »Die Software arbeitet noch an der Vergrößerung, aber ich habe mir gedacht, Sie würden es trotzdem gleich sehen wollen.«

Erin zog ein Tuch hinter ihrem Gürtel hervor und wischte sich Staub und Schweiß vom Gesicht. »Amy, bevor ich's vergesse, am Skelett des Kindes, das ich gerade freilege, sind mir ungewöhnliche Kerben aufgefallen. Es wäre nett, wenn Sie die fotografieren würden.«

Amy nickte, doch Erin hatte den Verdacht, dass sie kein Wort verstanden hatte.

Nate spielte mit seinem Stetson.

Was hatten sie entdeckt?

Erin trat neben Heinrich. Amy lehnte sich auf ihrem Klappstuhl zurück, sodass Erin freie Sicht auf das Display hatte.

Auf dem Laptop wurden Schichtaufnahmen des Bodens angezeigt, den Nate an diesem Morgen untersucht hatte. Jedes Bild gab eine andere Schicht des Quadranten 8 wieder, angeordnet nach Tiefe. Die Bilder glichen rechteckigen grauen Schlammpfützen, überlagert mit parabelförmigen schwarzen Linien, die an Wellenmuster erinnerten. Die schwarzen Linien stellten festes Material dar.

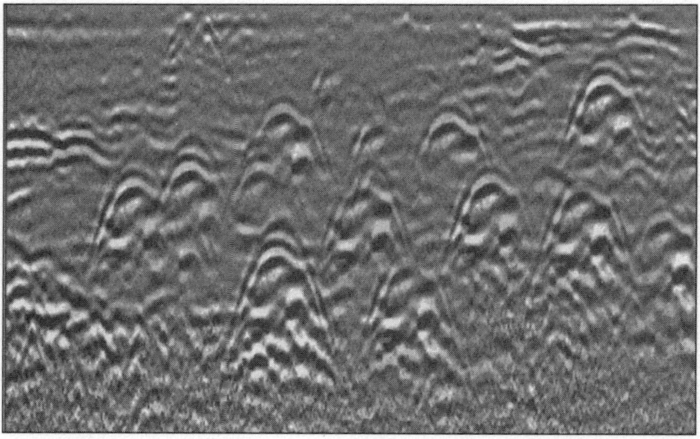

Erin klopfte das Herz bis zum Hals. Ungläubig beugte sie sich weiter vor.

In dieser Pfütze gab es viel zu viele Wellen. Bei ihrer zehnjährigen Ausgrabungstätigkeit hatte sie noch nichts Vergleichbares gesehen. Das hatte es noch nie gegeben. *Das kann nicht sein*.

Sie fuhr mit dem Finger auf dem glatten Bildschirm einer Kurve nach, ohne sich daran zu stören, dass Amy missbilligend die Lippen zusammenpresste. Sie konnte es nicht ausstehen, wenn jemand ihr Display verschmierte, doch Erin musste sich mittels Berührung *vergewissern*. Voller Anspannung und Hoffnung sagte sie: »Nate, wie groß ist der Bereich, den Sie gescannt haben?«

Kein Zögern. »Zehn Quadratmeter.«

Sie warf einen Blick auf sein ernstes Gesicht. »Nur zehn? Sind Sie sicher?«

»Sie haben mich selbst am Bodenradar ausgebildet, erinnern Sie sich noch?« Er legte den Kopf schief. »Ausgesprochen gründlich.«

Erin ließ nicht locker. »Und Sie haben die Signale verstärkt?«

»Ja, Professor.« Er seufzte. »Auf höchste Stufe.«

Sie spürte, dass sie ihn dadurch, dass sie seine Fähigkeiten in Zweifel zog, verletzt hatte, aber sie musste sichergehen. Sie vertraute den Geräten, aber nicht immer den Menschen, die sie bedienten.

»Ich habe alles richtig gemacht.« Nate beugte sich vor. »Und ehe Sie fragen, die Signatur ist exakt die gleiche wie bei dem Skelett, das Sie gerade freilegen.«

Exakt die gleiche? Dann war die Schicht zweitausend Jahre alt. Sie blickte wieder auf die faszinierenden Bilder. Wenn die Daten stimmten, was sie noch überprüfen würde, markierte jede Parabel einen menschlichen Schädel.

»Ich habe eine grobe Zählung vorgenommen«, unterbrach Nate ihre Gedanken. »Es sind mehr als fünfhundert. Keiner misst mehr als zehn Zentimeter im Durchmesser.«

Zehn Zentimeter …

Das waren keine gewöhnlichen Schädel … das waren Säuglingsschädel.

Hunderte von Säuglingen.

Im Geiste rezitierte sie die entsprechende Bibelstelle:

Matthäus 2,16. *Als Herodes merkte, dass ihn die Sterndeuter getäuscht hatten, wurde er sehr zornig und er ließ in Bethlehem und der ganzen Umgebung alle Knaben bis zum Alter von zwei Jahren töten, genau der Zeit entsprechend, die er von den Sterndeutern erfahren hatte.*

Das Massaker an den unschuldigen Kindern. Der Sage nach hatte Herodes es angeordnet, um sicherzustellen, dass das Kind getötet würde, von dem er fürchtete, es könnte eines Tages seine Stelle als König der Juden einnehmen. Doch es war ihm nicht gelungen. Die Eltern hatten das Kind nach Ägypten gebracht, wo es zu dem Mann heranwuchs, den man Jesus Christus nennen würde.

Hatte ihr Team den tragischen Beweis für Herodes' Untat entdeckt?

2

26. Oktober, 13:03, Israelische Standardzeit
Masada, Israel

DER SCHWEISS BRANNTE Tommy in den Augen. Augenbrauen wären ihm jetzt recht gewesen.

Nochmals danke, Chemo.

Er ließ sich gegen einen Stein sinken. Alle Steine auf dem steilen Pfad sahen gleich aus und waren zu heiß, um sich darauf zu setzen. Er schob die Windjacke unter seine Beine, eine Schutzschicht zwischen seiner Hose und dem glühend heißen Stein. Wie gewöhnlich hielt er die Gruppe auf, weil er zu schwach war, um ohne Pause auszukommen.

Er rang nach Atem. Die erhitzte Luft schmeckte dünn und trocken. Enthielt sie überhaupt genug Sauerstoff? Die anderen Kletterer kamen anscheinend damit zurecht. Sie rannten praktisch die Serpentinen hoch, als wäre er der Opa und sie die vierzehnjährigen Enkel. Er hörte nicht einmal mehr ihre Stimmen.

Der steinige Weg – genannt Schlangenpfad – wand sich die steilen Hänge des berühmten Tafelbergs hoch. Der Gipfel mit der alten jüdischen Festung lag nur noch wenige Meter über ihm. Von seiner erhöhten Position aus musterte Tommy das ausgedörrte rotbraune Jordantal.

Er wischte sich den Schweiß aus den Augen. Tommy stammte aus dem Orange County und hatte geglaubt, er wisse, was Hitze sei. Hier aber hatte er das Gefühl, geradewegs in einen Backofen zu klettern.

Der Kopf sank ihm nach vorn. Er wollte schlafen, wollte wieder die kühlen Hotellaken an der Wange spüren und in dem klimatisierten Zimmer ausgiebig schlummern. Wenn er sich hinterher besser fühlte, würde er sich ein Computerspiel vornehmen.

Unvermittelt wurde er wach. Das war kein guter Moment zum Tagträumen. Doch er war so müde und die Wüste so still. Anders als die Menschen waren die Tiere und Käfer so klug, sich tagsüber zu verstecken. Eine unermessliche leere Stille verschluckte ihn. Würde so der Tod sein?

»Wie fühlst du dich, Schatz?«, fragte seine Mutter.

Er schreckte zusammen. Weshalb hatte er sie nicht näher kommen gehört? War er wieder eingeschlafen? »Gut«, presste er hervor.

Sie biss sich auf die Lippen. Alle wussten, dass es ihm nicht gut ging. Er schob den Ärmel über das neue kaffeebraune Melanom, das sein Handgelenk entstellte.

»Wir können so lange warten, bis du dich erholt hast.« Sie ließ sich neben ihm nieder. »Ich wüsste gern, weshalb man den Weg Schlangenpfad nennt. Bis jetzt habe ich noch keine einzige Schlange gesehen.« Dabei blickte sie auf sein Kinn.

Seine Eltern stellten in letzter Zeit selten Augenkontakt zu ihm her. Wenn doch, dann weinten sie. So war es die ganzen letzten zwei Jahre über gewesen, die ausgefüllt waren mit Operationen, Chemotherapie und Bestrahlungen. Und jetzt, da er einen Rückfall hatte, war es so geblieben. Vielleicht würden sie ihm erst dann wieder ins Gesicht sehen, wenn er im Sarg lag.

»Zu heiß für Schlangen.« Seine atemlose Stimme war ihm zuwider.

»Dann gäbe es Schlangensteaks.« Sie nahm einen tiefen Schluck aus ihrer Wasserflasche. »Gut durchgebraten, fertig zum Verzehr. Genau wie wir.«

Sein Vater kam herangetrabt. »Alles in Ordnung?«

»Ich raste gerade«, sagte seine Mutter, um Tommy in Schutz zu nehmen. Sie befeuchtete ihr Taschentuch und reichte es ihrem Sohn. »Ich bin müde geworden.«

Tommy hätte ihr gern widersprochen und die Sache richtiggestellt, doch er war zu erschöpft. Er wischte sich mit dem Tuch das Gesicht ab. Sein Vater begann zu plappern wie immer, wenn er nervös war. »Es ist nicht mehr weit. Nur noch ein paar Meter, dann sehen wir die Festung. Die historische Festung von Masada. Stellt euch das mal vor.«

Tommy schloss folgsam die Augen. Er stellte sich einen Swimmingpool vor. Blau und kühl.

»Zehntausend römische Soldaten haben ringsumher in Zelten gelagert. Soldaten mit Schwert und Schild haben in der Sonne gewartet. Sie haben alle Fluchtrouten blockiert, um die neunhundert Männer, Frauen und Kinder dort oben auf dem Plateau auszuhungern.« Vor lauter Begeisterung redete sein Vater immer schneller. »Aber die Rebellen haben ausgeharrt bis zuletzt. Sogar darüber hinaus. Sie haben nicht aufgegeben.«

Tommy schob den Hut auf seinem kahlen Schädel vor und sah blinzelnd zu ihm auf. »Am Ende haben sie das Handtuch geschmissen, Dad.«

»Nein«, widersprach sein Vater leidenschaftlich. »Die Juden haben sich dafür entschieden, als freie Menschen zu sterben, anstatt sich den Römern auf Gedeih und Verderb auszuliefern. Ihr Tod war keine Niederlage. Sie haben ihr

Schicksal selbst gewählt. Von Entscheidungen wie dieser hängt es ab, was für ein Mensch man ist.«

Tommy hob einen heißen Stein auf und schleuderte ihn den Pfad hinunter. Er prallte auf, dann flog er über den Rand. Wie würde sich sein Vater verhalten, wenn sein Sohn sein Schicksal selbst wählte? Wenn er sich das Leben nahm, weil er nicht mehr der Sklave des Krebses sein wollte. Vermutlich würde er dann weniger stolz herumtönen. Er betrachtete das Gesicht seines Vaters. Häufig hatte es geheißen, sie seien einander ähnlich: das gleiche dichte schwarze Haar, das gleiche freundliche Lächeln. Seit die Chemo ihm die Haare geraubt hatte, war davon keine Rede mehr. Er fragte sich, ob er ihm als Erwachsener wohl ähnlich gewesen wäre.

Seine Mutter funkelte seinen Vater böse an. »Wir können warten.«

»Ich habe nicht gesagt, wir müssen nach oben«, meinte sein Vater. »Ich habe nur gefragt…«

»Schon gut.« Tommy stand auf, um dem Gezanke seiner Eltern ein Ende zu machen. Den Blick auf den Pfad gerichtet, schleppte er sich weiter. Setzte einen braunen Wanderstiefel vor den anderen. Bald würde er oben sein, und seine Eltern könnten den Augenblick des Triumphs mit ihm zusammen genießen. Er hatte sich nur deshalb zu diesem Ausflug, diesem mühseligen Aufstieg, breitschlagen lassen, damit sie eine Erinnerung hätten. Sie wollten es nicht wahrhaben, doch sie würden nicht mehr viele Erinnerungen mit ihm sammeln. Er wollte, dass es schöne Erinnerungen wären.

Er zählte seine Schritte. So brachte man unangenehme Dinge hinter sich. Man zählte. Hatte man »eins« gesagt, wusste man, dass darauf »zwei« folgte, und dann kam »drei«. Er zählte bis achtundzwanzig, dann wurde der Weg eben.

Er hatte den Gipfel erreicht. Zwar fühlten sich seine Lungenflügel an wie brennende Papiertüten, doch er war froh, dass er durchgehalten hatte.

Auf dem Plateau stand ein Holzpavillon – wenngleich die Bezeichnung Pavillon für die vier Baumstämmchen, die als Stützen für ein Dach aus weiteren Stämmchen dienten, die durchbrochenen Schatten spendeten, ein wenig übertrieben schien. Immerhin war es besser als die pralle Sonne.

Ringsumher lag die Wüste. In ihrer Kargheit lag eine eigenartige Schönheit. Bräunliche Dünen wogten, so weit das Auge reichte. Sand lappte an Steine. Im Laufe von Jahrtausenden hatte die Winderosion die Felsen zu Staub zermahlen.

Keine Menschen, keine Tiere. Hatte sich den Verteidigern der gleiche Anblick geboten, bevor die Römer aufgetaucht waren?

Eine mörderische Wüste.

Er wandte sich um und musterte das Plateau, auf dem vor zweitausend Jahren das Blutvergießen stattgefunden hatte. Eine ebene Fläche, die etwa fünf Footballfelder in der Länge und drei in der Breite maß, darauf stand ein halbes Dutzend verfallener Steinbauten.

Und dafür die ganze Anstrengung?

Auch seine Mutter wirkte enttäuscht. Sie streifte sich das lockige braune Haar aus den Augen, ihr Gesicht war von der Sonne oder der Anstrengung gerötet. »Das sieht eher wie ein Gefängnis aus als wie eine Festung.«

»Das war auch ein Gefängnis«, meinte sein Vater. »Ein Todestrakt. Hier kam niemand lebend raus.«

»Niemand kommt jemals mit dem Leben davon.« Tommy bedauerte seine Bemerkung sogleich. Seine Mutter wandte sich ab und fuhr mit dem Finger hinter die Sonnenbrille, um sich die Tränen abzuwischen. Trotz allem war er froh, dass sie echte Gefühle zeigte, anstatt ständig nur drum herumzureden.

Die Fremdenführerin kam herbeigeeilt und rettete sie aus der Verlegenheit. Sie trug khakifarbene Shorts, die ihre langen Beine zur Geltung brachten, und hatte langes schwarzes Haar. Der Aufstieg hatte sie kaum angestrengt. »Schön, dass Sie's geschafft haben.« Sie hatte einen erotischen israelischen Akzent.

Er lächelte sie an, erfreut über die Ablenkung. »Danke.«

»Wie ich eben schon sagte, der Name Masada kommt von dem Wort *metzuda*, das bedeutete ›Festung‹. Hier sieht man den Grund.« Sie schwenkte den Arm über das Plateau. »Die Kasematten, die die Festung geschützt haben, bestanden ursprünglich aus zwei hintereinander angeordneten Mauern. Dazwischen lagen die Häuser der Bewohner von Masada. Vor uns befindet sich der Westpalast, das größte Bauwerk von Masada.«

Tommy riss den Blick von ihren Lippen los und schaute in die Richtung, in die sie zeigte. Das große Gebäude hatte keinerlei Ähnlichkeit mit einem Palast. Es war eine Ruine. An vielen Stellen fehlten die alten Steinmauern, dort ragten moderne Gerüste auf. Es sah aus wie ein halb fertiges Set für die nächste Indiana-Jones-Folge.

Hinter den Gerüsten musste die Geschichte versteckt sein, doch er nahm sie nicht wahr. Er hätte sie gern gespürt. Geschichte bedeutete seinem Vater viel, und das galt eigentlich auch für ihn, doch seit seiner Krebserkrankung war er aus der Zeit und aus der Geschichte gefallen. In seinem Kopf war kein Platz für die Tragödien anderer Menschen, zumal dann, wenn sie schon seit Jahrtausenden tot waren.

»Beim nächsten Gebäude handelt es sich vermutlich um ein Badehaus«, sagte die Fremdenführerin und deutete auf ein Gebäude zur Linken. »Im Innern wurden drei Skelette gefunden, die Schädel waren vom Körper getrennt.«

Er merkte auf. *Endlich wurde es interessant.*

»Enthauptet?«, fragte er und trat näher. »Dann haben sie also Selbstmord begangen, indem sie sich eigenhändig den Kopf abgeschnitten haben?«

Die Fremdenführerin lächelte. »Die Soldaten haben mittels Los bestimmt, wer wen enthaupten musste. Nur der letzte Mann musste Selbstmord verüben.«

Tommy betrachtete finster die Ruinen. Dann hatten sie also eigenhändig ihre Kinder getötet, als es ernst wurde. Erstaunlicherweise verspürte er einen Anflug von Neid. Von der Hand eines geliebten Menschen zu sterben, war besser, als langsam vom Krebs zerfressen zu werden. Beschämt blickte er zu seinen Eltern. Seine Mutter fächelte sich mit dem Reiseführer Kühlung zu und lächelte ihn an, sein Vater machte ein Foto.

Nein, die brauchte er gar nicht erst zu fragen.

Frustriert wandte er sich wieder dem Badehaus zu. »Die Skelette … sind sie noch da drin?« Er trat vor, um durch das Metallgitter zu spähen. Die Fremdenführerin verstellte ihm mit ihrem stattlichen Busen den Weg. »Tut mir leid, junger Mann. Der Zutritt ist nicht gestattet.«

Er bemühte sich, nicht auf ihre Brüste zu starren, doch das misslang ihm kläglich.

Bevor er sich bewegen konnte, meldete sich seine Mutter zu Wort. »Wie fühlst du dich, Tommy?«

Hatte sie mitbekommen, dass er die Fremdenführerin so indiskret betrachtet hatte? Er errötete. »Ganz gut.«

»Bist du durstig? Möchtest du etwas trinken?« Sie streckte ihm die Wasserflasche entgegen.

»Nein, Mom.«

»Dann lass dir wenigstens das Gesicht mit Sonnencreme

einschmieren.« Seine Mutter langte in ihre Handtasche. Normalerweise hätte er die Peinlichkeit über sich ergehen lassen, doch die Fremdenführerin schenkte ihm ein strahlendes Lächeln, und auf einmal wollte er sich nicht wie ein Kleinkind behandeln lassen.

»Alles in Ordnung, Mom!«, erwiderte er in schrofferem Ton als beabsichtigt.

Seine Mutter zuckte zusammen. Die Fremdenführerin entfernte sich.

»Tut mir leid«, sagte er. »Hab's nicht so gemeint.«

»Schon gut«, sagte sie. »Ich geh mal zu deinem Vater. Bleib ruhig noch hier.«

Schuldbewusst sah er ihr nach.

Er ging zum Badehaus, wütend auf sich selbst. Er lehnte sich gegen das Gitter, um hindurchzuspähen – da gab es dem Druck nach. Er wich zurück, doch zuvor war ihm in der Ecke des Raums etwas aufgefallen.

Etwas Weiches, Flatterndes, Helles wie zusammengeknülltes Papier. Seine Neugier war geweckt. Er blickte sich um. Niemand achtete auf ihn. Außerdem, wie hoch konnte die Strafe für unbefugtes Betreten sein? Was konnte ihm schon passieren? Würde ihn die hübsche Fremdenführerin am Kragen herauszerren?

Da hätte er nichts dagegen.

Er streckte den Kopf in den Raum und blickte zu der Stelle, wo er das Flattern wahrgenommen hatte.

Eine kleine weiße Taube humpelte über den Mosaikboden. Den linken Flügel zog sie nach und zeichnete mit den Federspitzen eine geheimnisvolle Botschaft in den Staub.

Das arme Ding…

Er musste sie herausholen. Da drinnen würde sie verdursten oder gefressen werden. Die Fremdenführerin kannte vielleicht eine Vogelrettungsstation, wo sie die Taube abgeben könnte. Seine Mutter hatte daheim in Kalifornien ehrenamtlich für eine solche Einrichtung gearbeitet, bevor seine Krebserkrankung ihr aller Leben aufgefressen hatte. Er schlüpfte durch die Lücke. Der Raum war kleiner als der Werkzeugschuppen seines Vaters. Es gab vier nackte Steinwände und ein verblasstes Bodenmosaik aus wahnsinnig kleinen Kacheln. Das Mosaik stellte acht staubig rote Herzen dar, kreisförmig angeordnet wie Blütenblätter. Daneben gab es eine Reihe dunkler blau-weißer Kacheln, die Meereswellen glichen, eine terrakottafarbene Umrandung und weiße Dreiecke, die ihn an Zähne erinnerten. Er versuchte, sich die Handwerker vorzustellen, die vor langer Zeit das Mosaik zusammengefügt hatten, doch davon würde er müde.

Er trat über die schattige Schwelle, erleichtert, die sengende Sonne einen Moment hinter sich zu lassen. Wie viele Menschen mochten hier gestorben sein? Ein Schauder lief ihm über den Rücken, als er sich vorstellte, wie es wohl abgelaufen war. Er stellte sich kniende Menschen vor – bestimmt hatten sie gekniet. Ein Mann in einem schmutzigen Leinengewand stand mit erhobenem Schwert hinter ihnen. Er hatte mit den jüngsten begonnen, und als er fertig war, hatte er kaum noch Kraft, die Arme zu heben, doch er schaffte es. Schließlich fiel auch er auf die Knie und wartete auf den schnellen Tod durch die Klinge seines Freundes. Und dann war es vorbei. Ihr Blut floss über die kleinen Mosaiksteine, sickerte in den Mörtel und sammelte sich in Lachen.

Tommy schüttelte die Bilder ab und schaute sich um. Keine Skelette.

Wahrscheinlich hatte man sie in ein Museum gebracht oder irgendwo begraben.

Der Vogel hielt mit seiner Wanderung inne und schaute zu Tommy hoch, erst mit dem einen Auge, dann mit dem anderen. Er musterte ihn. Seine Augen waren leuchtend grün wie Malachit. Einen Vogel mit grünen Augen hatte er noch nie gesehen.

Er kniete nieder und flüsterte kaum hörbar: »Komm her, Kleiner. Du brauchst keine Angst zu haben.« Der Vogel musterte ihn erneut mit beiden Augen – dann kam er näher gehüpft. Tommy streckte den Arm aus und nahm das verletzte Tier vorsichtig in die Hand. Als er sich mit dem warmen Körper in Händen aufrichtete, schwankte unter ihm der Boden. Er hatte Mühe, das Gleichgewicht zu wahren. War er benommen nach dem anstrengenden Aufstieg? Zwischen seinen Füßen huschte eine dünne schwarze Linie wie ein Lebewesen über das Mosaik.

Eine Schlange, war sein erster Gedanke.

Auf einmal hatte er Angst.

Die dunkle Linie aber verbreiterte sich und offenbarte etwas noch Schlimmeres. Das war keine Schlange, sondern ein *Riss*. Am einen Ende des Risses kräuselte orangefarbener Rauch empor, so dünn wie der Qualm einer brennenden Zigarette.

Der Vogel befreite sich auf einmal aus seinem Griff, breitete die Flügel aus und flog durch den Rauch zum Ausgang. Offenbar war er gar nicht verletzt gewesen. Es roch erstaunlich süß, mit einem Anflug dunklerer Gewürze, beinahe weihrauchartig.

Tommy runzelte die Stirn und beugte sich vor. Er hielt die Hand in den Rauch. Er stieg zwischen seinen Fingerspitzen empor und war nicht warm, sondern kalt, als käme er von einem kühlen Ort in der Tiefe.

Als er sich noch weiter vorbeugte, barst das Mosaik unter seinen Schuhen auf einmal wie Glas. Er sprang zurück. Kacheln rutschten in den Riss. Blaue, rotbraune, rote. Der Spalt verschluckte sie und wurde breiter.

Tommy wich rückwärts zum Eingang zurück. Rauchwolken, inzwischen orangerot, brodelten aus dem berstenden Mosaik hervor. Ein knirschendes Ächzen drang aus dem Innern des Bergs, und der ganze Raum erbebte.

Ein Erdbeben.

Er warf sich aus dem Eingang des Badehauses und landete auf dem Rücken. Vor ihm stürzte mit einer letzten heftigen Erschütterung das Gebäude ein, als hätte ein zorniger Gott dagegengeschlagen – dann verschwand es in der Erdspalte, die sich darunter aufgetan hatte.

In seiner Nähe verbreiterten sich die Risse. Er rutschte rückwärts. Die Erdspalte setzte ihm nach. Er richtete sich auf und wollte weglaufen, doch der Boden schwankte so heftig, dass er abermals stürzte.

Auf allen vieren kroch er weiter. An den scharfen Steinen zerschnitt er sich die Hände. Ringsumher stürzten Gebäude ein, Säulen krachten auf den Boden.

Lieber Gott, steh mir bei!

Staub und Rauch beschränkten die Sicht auf wenige Meter. Als er weiterkroch, sah er, wie ein Mann von den Trümmern einer einstürzenden Mauer begraben wurde. Zwei kreischende Frauen wurden von einer Erdspalte verschlungen.

»Tommy!«

Er kroch in die Richtung, aus der er die Stimme seiner Mutter gehört hatte. Vor ihm lichtete sich der Rauch. »Hier bin ich!«, sagte er und hustete.

Sein Vater kam auf ihn zugestürzt und riss ihn auf die Beine. Seine Mutter fasste ihn beim Ellbogen. Sie schleppten ihn zum Schlangenpfad, fort vom Ort der Zerstörung.

Er schaute zurück. Der Riss war noch breiter geworden und spaltete den Berg. Gesteinsbrocken lösten sich und stürzten rumpelnd zur Wüstenebene hinunter. Dunkler Rauch stieg in den grellblauen Himmel, als wollte er das Grauen bis in die sengende Sonne tragen.

Zusammen mit seinen Eltern stolperte er bergab. Doch so plötzlich es begonnen hatte, so unvermittelt hörte das Erdbeben auch wieder auf.

Seine Eltern erstarrten, als fürchteten sie, das Erdbeben könnte weitergehen, wenn sie sich bewegten. Sein Vater legte den Arm um ihn und seine Mutter. Vom Gipfel her waren Schreie zu vernehmen.

»Tommy?«, sagte seine Mutter mit zitternder Stimme. »Du blutest.«

»Ich habe mir die Hände zerschnitten«, erwiderte er. »Keine große Sache.«

Sein Vater ließ ihn los. Er hatte seinen Hut verloren und sich an der Wange geschnitten. Seine normalerweise tiefe Stimme klang gepresst. »Glaubst du, das waren Terroristen?«

»Ich habe keine Explosion gehört«, sagte seine Mutter und streichelte Tommy das Haar, als wäre er ein kleiner Junge.

Ausnahmsweise hatte er nichts dagegen.

Die schwärzlich rote Rauchwolke trieb ihnen entgegen, als wollte sie sie von der Felswand verscheuchen.

Sein Vater nahm sich das zu Herzen und zeigte auf den steilen Pfad. »Gehen wir. Der Rauch ist vielleicht giftig.«

»Ich hab ihn eingeatmet«, erklärte Tommy, der an Ort und Stelle verharrte. »Der ist ungefährlich.«

Eine Frau kam aus dem Rauch hervorgelaufen. Sie hatte sich an den Hals gefasst und rannte, ohne etwas zu sehen. Ihre Augenlider waren voller Blasen und bluteten. Nach wenigen Schritten fiel sie der Länge nach hin und rührte sich nicht mehr.

»Lauf!«, rief sein Vater und schob Tommy vor sich her. »Beweg dich!«

Sie rannten los, vermochten die Wolke aber nicht abzuschütteln. Der Rauch überholte sie. Seine Mutter gab einen erstickten, unnatürlichen Laut von sich. Tommy berührte sie hilflos mit der Hand.

Seine Eltern hatten angehalten und waren auf die Knie gesunken.

Es war vorbei.

»Tommy…«, keuchte sein Vater. »Lauf…«

Entgegen dem Befehl seines Vaters ließ er sich zu Boden sinken.

Wenn ich sowieso sterben muss, dann zu meinen Bedingungen.

Zusammen mit meiner Familie.

Die Gewissheit, dass er sterben würde, beruhigte ihn. »Es ist okay, Dad.« Er drückte erst seiner Mom die Hand, dann seinem Dad. Bei der Vorstellung, dass er niemanden mehr hatte, kamen ihm die Tränen. »Ich liebe euch, liebe euch sehr.« Seine Eltern sahen ihm direkt in die Augen. Trotz des Grauens, das er empfand, verspürte Tommy tiefe Zuneigung.

Er umarmte sie beide fest und hielt sie noch immer in den Armen, als sie erschlafften. Er wollte nicht, dass nach dem Tod auch noch die Schwerkraft sie für sich reklamierte. Als seine Kräfte erlahmten, kniete er neben ihnen nieder und wartete auf seinen letzten Atemzug.

Doch die Minuten verstrichen, der letzte Atemzug ließ auf sich warten. Er wischte sich mit dem Arm die Tränen ab und richtete sich schwankend auf. Er vermied es, die Toten anzusehen, die am Boden lagen, ihre mit Blasen bedeckten Augen und ihre blutverschmierten Gesichter. Wenn er nicht hinsah, waren sie vielleicht gar nicht tot. Vielleicht war alles nur ein Traum.

Er drehte sich langsam, bis er ihnen den Rücken zuwandte. Der giftige Rauch war fortgeweht worden. Tote lagen am Boden. Soweit er sehen konnte, rührte sich nichts.

Es war kein Traum.

Warum bin ich als Einziger noch am Leben? Ich hätte sterben sollen. Nicht meine Eltern.

Er blickte auf ihre Leichen nieder. Seine Trauer war zu tief, als dass er hätte weinen können. Tiefer als bei den Gelegenheiten, als er mit seinem eigenen Schicksal gehadert hatte.

Es war ungerecht. Er war der Kranke, der Hinfällige. Er wusste schon seit Langem, dass es mit ihm zu Ende ging. Seine Eltern aber hatten ihn in Erinnerung behalten sollen, konserviert in zahllosen Schnappschüssen bis zum Alter von vierzehn Jahren. Sie hätten trauern sollen, nicht er.

Er fiel auf die Knie, schluchzte auf, reckte die Arme der Sonne entgegen, mit den Handflächen nach oben, flehte zu Gott und verfluchte ihn, alles in einem Atemzug.

Aber Gott hatte noch etwas vor mit ihm.

Als er die Arme zum Himmel reckte, rutschte ein Ärmel zurück und entblößte sein blasses, makelloses Handgelenk.

Er senkte die Arme und starrte ungläubig auf seine Haut.

Das Melanom war verschwunden.

3

26. Oktober, 14:15, Israelische Standardzeit
Caesarea, Israel

ERIN KNIETE IM Graben, begutachtete den Schaden, den das Erdbeben angerichtet hatte, und seufzte frustriert. Den ersten Berichten zufolge war das Epizentrum kilometerweit entfernt gewesen, doch das Beben hatte die ganze israelische Küste erschüttert, auch den Ausgrabungsort. Sand rieselte zwischen den geborstenen Brettern der Verschalung hervor und begrub langsam ihre Entdeckung, als wäre sie niemals freigelegt worden. Das aber war noch nicht das Schlimmste. Sand konnte man wegschaufeln, doch auf dem Kinderschädel, den behutsam freizulegen sie sich bemüht hatte, lag ein Brett. Sie wagte sich gar nicht vorzustellen, wie es darunter aussehen mochte …

Hoffentlich hat der Schädel nichts abbekommen …

Ihre drei Studenten warteten nervös am Rand des Grabens.

Mit angehaltenem Atem hob Erin das zerbrochene Brett hoch und reichte es Nate an. Dann lupfte sie das Tuch, mit dem sie das kleine Skelett zuvor bedeckt hatte. Dort, wo sich der Schädel des Kindes befunden hatte, lagen nur noch Knochenscherben. Die Gebeine hatten zweitausend Jahre lang ungestört im Erdreich gelegen, bis sie sie der Zerstörung preisgegeben hatte.

Es schnürte ihr die Kehle zu.

Sie setzte sich in den Graben, streifte mit den Fingerspitzen behutsam über die Knochenfragmente und zählte sie. Es waren zu viele. Sie senkte den Kopf. Jetzt würde sie nicht mehr herausbekommen, wie das Kleinkind zu Tode gekommen war. Sie sollte die Ausgrabungsstelle schließen und sich von Nate die neuen Bodenradarmessungen zeigen lassen.

»Dr. Granger?«, sagte Heinrich am Rand des Grabens.

Sie richtete sich auf, damit er nicht den Eindruck bekam, sie würde beten. Der deutsche Archäologe war ein ausgesprochen religiöser Mensch. Sie wollte nicht, dass er sie für eine Geistesverwandte hielt. »Wir sollten die Überreste mit Gips abdecken, Heinrich.«

Sie wollte die Reste des Skeletts vor den Nachbeben schützen.

Bei dem kleinen Schädel aber war nichts mehr zu retten.

»Wird gleich erledigt.« Heinrich fuhr sich mit den Fingern durch sein zotteliges blondes Haar, dann wandte er sich zum Gerätezelt, welches das Erdbeben unbeschädigt überstanden hatte. Das einzige aktuelle Opfer war Amys Cola light.

Heinrichs grazile Freundin Julia folgte ihm. Sie hatte eigentlich nichts am Ausgrabungsort verloren, aber sie verbrachte hier das Wochenende, deshalb hatte Erin ihr den Zutritt erlaubt.

»Ich sehe mal nach den Geräten«, sagte Amy.

Ihre ängstliche Stimme rief Erin in Erinnerung, wie jung sie alle waren. Sie selbst war in diesem Alter nicht mehr so jung gewesen. Oder doch?

Erin deutete zum Hippodrom. Es hatte schon bei ihrer Ankunft in Trümmern gelegen. »Dieser Ort hat schon Schlimmeres erlebt.« Ihre Stimme klang aufgesetzt munter. »Lasst uns wieder an die Arbeit gehen und aufräumen.«

»Wir könnten es wieder aufbauen. Die Technik dazu haben wir. Dann wär's besser als zuvor.« Nate summte die Titelmelodie der Fernsehserie *Der Sechs-Millionen-Dollar-Mann*.

Amy bedachte ihn mit einem reizenden Lächeln, dann ging sie zum Zelt.

»Holen Sie mir ein neues Brett?«, bat sie Nate.

»Wird gemacht, Doc.«

Die Melodie ging ihr nicht aus dem Kopf. Was wäre, wenn sie es tatsächlich wieder aufbauten? Nicht nur die Ausgrabung, sondern den ganzen Fundort.

Sie ließ den Blick über die Ruinen schweifen und stellte sich vor, wie es hier einmal ausgesehen haben musste. Vor ihrem geistigen Auge ergänzte sie das, was längst zerfallen war. Sie stellte sich die jubelnden Zuschauermassen vor, das Rattern der Wagen, das Trommeln der Hufe. Dann aber dachte sie an das, was hier geschehen war, bevor man das Hippodrom errichtet hatte: an den Kindermord von Bethlehem. Sie stellte sich die Panik vor, als die Soldaten die Kinder ihren hilflosen Müttern entrissen. Die Mütter, die mit ansehen mussten, wie Schwerter dem Geschrei ihrer Säuglinge ein Ende machten. So viele Kinder waren hier gestorben.

Wenn sie richtiglag mit der Vermutung hinsichtlich ihrer Entdeckung, ahnte sie den wahren Grund, weshalb Herodes das Hippodrom ausgerechnet an dieser Stelle erbaut hatte. Hatte es ihm eine perverse Genugtuung verschafft, dass die trampelnden Hufe und das Blutvergießen die Gräber der Getöteten nochmals entweihten? Ein durchdringendes Wiehern schreckte sie aus ihren Gedanken. Sie richtete sich auf und blickte zu den Stallungen, wo ein junger Bursche einen scheuenden weißen Hengst herumführte. Mit Pferden kannte sie sich aus. In ihrer Kindheit hatte sie viele glückliche Stunden im Stall der Siedlung verbracht und wusste aus eigener Erfahrung, wie unruhig die Tiere vor und nach einem Erdbeben waren. Sie konnte nur hoffen, dass man sich ihrer kundig annehmen würde.

Heinrich und Nate kamen zurück. Nate hatte ein neues Brett dabei, Heinrich einen Karton Gips, einen Krug Wasser und einen Eimer. Er hatte Kunst als Nebenfach studiert, war geschickt mit den Händen und genau der Richtige, um ihr dabei zu helfen, die Bruchstücke zusammenzufügen.

Nate reichte ihr das Brett. Es roch nach Pinienharz, was hier in der Wüste fehl am Platz wirkte. Er kletterte neben ihr in die Grube, wobei er darauf achtete, dass er nicht auf die Überreste des Skeletts trat. Sie und Nate drückten das Brett mit der Schulter in die Bügel und gegen die Wand des Grabens. Hoffentlich hielt es besser als das vorige.

Während Nate nach seinen Geräten sehen ging, schaufelten sie und Heinrich den Sand weg. Das herabgefallene Brett hatte den Schädel und den linken Arm beschädigt. Sie sah noch die Knochenlücke vor sich, den abgewinkelten Hals. Es hatte Hinweise gegeben, davon war sie überzeugt. Jetzt waren sie für immer verloren.

Um zu bewahren, was noch übrig war, richtete sie die Kamera auf den zerschmetterten Schädel und stellte das Bild scharf. Dann fotografierte sie den Arm, dessen Speichenknochen in der Mitte gebrochen war. Als sie den Auslöser betätigte, verspürte sie im Unterarm einen mitfühlenden Stich. Seit ihrem vierten Lebensjahr hatte sie in dem Arm sporadisch Schmerzen.

Sie legte die Kamera ab, blickte auf das Skelett, streifte mit den Fingern über ihren linken Arm und tauchte in eine schmerzhafte Vergangenheit ein.

Ihre Mutter hatte sie zu ihrem Vater geschoben, damit sie ihm den Engel zeigte, den sie mit Buntstift gemalt hatte. Voller Stolz und in Erwartung eines Lobes reckte sie die Zeichnung seiner schwieligen Hand entgegen. Er nahm das Bild, warf aber nur einen flüchtigen Blick darauf. Er setzte sich und nahm sie auf den Schoß. Sie begann zu zittern. Obwohl sie erst vier war, wusste sie bereits, dass der Schoß ihres Vaters der gefährlichste Ort der Welt war.

»Mit welcher Hand hast du den Engel gezeichnet?« Seine dröhnende Stimme schlug ihr in die Ohren, so wie eine Flutwelle das Land überschwemmt. Im Lügen nicht bewandert, hob sie die Linke.

»Falschheit und Sünde entspringen der Linken«, sagte er. »Du darfst nie wieder damit schreiben oder zeichnen. Hast du verstanden?«

Sie nickte verängstigt.

»Ich werde nicht zulassen, dass mein leibliches Kind zum Werkzeug des Bösen wird.« Er schaute sie erwartungsvoll an.

Sie wusste nicht, was er von ihr wollte. »Ja, Sir.«

Dann hob er das Knie an und brach ihr den Arm, so wie man ein Stück Holz bricht.

Erin fasste sich an die Bruchstelle. Den Schmerz spürte sie noch immer. Sie drückte so fest zu, dass sie die Verdickung spürte, an der der Knochen schief zusammengewachsen war. Ihr Vater hatte nicht zugelassen, dass ein Arzt sie versorgte. Wenn Gebete nicht ausreichten, um eine Wunde zu heilen oder das Leben eines Kleinkinds zu retten, dann war dies eben Gottes Wille, und dem musste man sich unterwerfen.

Als sie der Tyrannei ihres Vaters entflohen war, brachte sie ein Jahr damit zu, sich das Schreiben mit links anzugewöhnen. Zorn und Entschlossenheit führten ihr die Feder.

Sie wollte nicht zulassen, dass ihr Vater sie formte. Und bislang hatte es den Anschein, als habe das Böse noch keine Gewalt über sie gewonnen, auch wenn ihr bei Regen der Arm schmerzte.

»Dann hat die Bibel also recht.« Heinrich weckte sie aus ihren Träumereien. Er nahm eine Handvoll Sand von den Beinen des Säuglings und warf ihn aus dem Graben. »Das Massaker hat tatsächlich stattgefunden. Genau hier.«

»Nein.« Sie musterte die verstreuten Knochenfragmente und überlegte, wo sie anfangen sollte. »Sie greifen vor. Es gibt möglicherweise Hinweise, dass hier ein Gemetzel stattgefunden hat, aber ich bezweifle, dass es einen Bezug zu Jesu Geburt hatte. Historische Fakten und religiöse Überlieferungen sind häufig miteinander verwoben. Vergessen Sie nicht, dass wir Archäologen die Bibel als …«, sie suchte nach einer unanstößigen Formulierung, dann gab sie auf, »… als spirituelle Interpretation von Ereignissen betrachten müssen, niedergeschrieben von Leuten, die bereit waren, die Fakten großzügig auszulegen, damit sie zu ihrer Ideologie passten. Von Leuten mit einem religiösen Programm.«

»Im Gegensatz zu solchen mit akademischer Vorbildung?« Heinrichs deutscher Akzent war stärker geworden, Ausdruck seiner Erregung.

»Im Gegensatz zu einem vorurteilslosen Programm. Unser wichtigstes Ziel als Wissenschaftler ist, nachprüfbare Belege für Ereignisse der Vergangenheit zu finden, anstatt uns auf alte Geschichten zu verlassen. Alles infrage zu stellen.«

Heinrich entfernte behutsam den Sand vom Oberschenkelknochen. »Dann glauben Sie also nicht an Gott? Oder an Christus?«

Sie musterte die raue Oberfläche des Knochens. Es waren keine neuen Schäden hinzugekommen. »Ich glaube, dass Christus ein Mensch war. Dass er Millionen Menschen ein Vorbild war. Ob ich glaube, dass er Wasser in Wein verwandelt hat? Dafür bräuchte ich einen Beweis.« Sie dachte an ihre Erstkommunion, als sie noch an Wunder geglaubt hatte. Damals hatte sie gemeint, tatsächlich das Blut Christi zu trinken. Jetzt hatte sie das Gefühl, als wäre dies Jahrhunderte her.

»Aber Sie sind hier…«, Heinrich schwenkte den Arm über den Ausgrabungsort, »… und untersuchen eine biblische Geschichte.«

»Ich untersuche ein historisches Ereignis«, verbesserte sie ihn. »Und ich bin hier in Caesarea, nicht in Bethlehem, wie es in der Bibel steht, denn ich bin auf Hinweise gestoßen, die mich hierhergeführt haben. Nicht der Glaube hat mich geleitet, sondern die Fakten.«

Heinrich hatte inzwischen die unteren Teile des Skeletts freigelegt. Sie arbeiteten beide schneller als gewöhnlich, denn jederzeit konnte es zu einem Nachbeben kommen.

»Eine Geschichte, die in ein Gefäß aus dem ersten Jahrhundert eingraviert war, hat uns hierhergeführt«, sagte sie. »Nicht die Bibel.«

Nachdem sie monatelang im Rockefeller Museum in Jerusalem Scherben gesichtet hatte, war sie auf einen falsch zugeordneten zerbrochenen Krug gestoßen, der auf ein Massengrab mit Kindern in der Nähe von Caesarea hindeutete. Das hatte für ein Stipendium ausgereicht, das sie alle an diesen Ort gebracht hatte.

»Dann sind Sie also darauf aus, die Bibel… zu entlarven?« Er klang enttäuscht.

»Ich möchte herausfinden, was hier passiert ist. Mit dem, was in der Bibel steht, hat das vermutlich nicht viel zu tun.«

»Dann glauben Sie also nicht, dass die Bibel heilig ist?« Heinrich hielt inne und blickte sie an.

»Wenn es ein göttliches Wesen gibt, findet man es nicht in

der Bibel. Es ist in jedem Mann, jeder Frau und jedem Kind. Nicht in der Kirche oder in der Predigt eines Priesters.«

»Aber ...«

»Ich muss Pinsel holen.« Sie kletterte aus dem Graben und beherrschte sich, denn sie wollte nicht, dass ihr Student mitbekam, wie verärgert sie war. Auf halbem Weg zum Zelt hörte sie das Geräusch eines Hubschraubers. Sie wandte den Kopf, beschattete die Augen mit der Hand und suchte den Himmel ab.

Der Hubschrauber näherte sich im Tiefflug, eine große sandfarbene Maschine mit der Bezeichnung S-92 auf dem Schwanz. Was hatte er hier verloren? Sie blickte ihm finster entgegen. Die Rotoren würden wieder Sand aufs Skelett wehen.

Sie fuhr herum, um Heinrich Anweisung zu geben, die Gebeine wieder abzudecken. In diesem Moment stürmte von den Stallungen her ein reiterloser, geisterhafter arabischer Hengst über das Gelände. Er würde den Graben nicht sehen. Sie rannte zu Heinrich, wohl wissend, dass sie ihn nicht vor dem Pferd erreichen würde.

Heinrich war anscheinend auf das Hufgetrappel aufmerksam geworden. Er richtete sich in dem Moment auf, als das Pferd den Graben erreichte, was den Hengst zusätzlich erschreckte. Er bäumte sich auf und traf Heinrich mit dem Huf an der Stirn. Ihr Student verschwand im Graben.

Der Helikopter setzte mit donnernden Rotoren zur Landung an.

Der Hengst wich vor dem Lärm zum Graben zurück.

Erin ging um das Pferd herum. »Brav, mein Junge«, sagte sie mit leiser, beruhigender Stimme. »Niemand will dir etwas tun.« Der Hengst musterte sie mit einem seiner großen braunen Augen. Seine Brust bebte, er hatte Schaum vor dem Maul. Sie musste ihn beruhigen und verhindern, dass er in den Graben stürzte, in dem der reglose Heinrich lag. Sie stellte sich zwischen den Graben und das Pferd. Als sie den Arm hob und den gebogenen Pferdehals streichelte, erschauerte der Hengst, scheute aber nicht. Der vertraute Pferdegeruch hüllte sie ein. Sie atmete tief ein und wieder aus. Das Tier desgleichen.

In der Hoffnung, das Pferd werde ihr folgen, ging sie zur Seite, weg von Heinrich. Sie musste es an einen sicheren Ort bringen, bevor es wieder die Nerven verlor.

Der Hengst trat auf zitternden Beinen einen Schritt vor.

Nate kam angelaufen, gefolgt von Amy und Julia.

Erin hob die Hand. »Nate«, sagte sie in beschwörendem Ton. »Halten Sie alle zurück, bis ich das Pferd von Heinrich weggelockt habe.«

Nate kam rutschend zum Stehen. Auch die beiden jungen Frauen hielten an. Das Pferd schnaubte, sein schweißglänzender Widerrist zuckte.

Erin fasste ihm in die graue Mähne und führte es ein paar Schritte weg vom Graben. Dann nickte sie Nate zu. Ein lauter Ruf veranlasste sie, sich umzusehen. Ein kleiner Mann in einem langen Gewand rannte über den Sand. Das war offenbar der Mann, der die Pferde versorgte.

Er warf dem Tier eine Leine über und zeigte plappernd zu der Stelle, wo der Helikopter gelandet war. Erin verstand, was er meinte. Das Pferd konnte Hubschrauber nicht leiden. Sie auch nicht. Sie klopfte dem Hengst zum Abschied auf die Flanke, und der Mann führte ihn weg.

Amy und Julia waren bereits zu Heinrich in den Graben geklettert. Julia hatte ihm die Hand auf die Stirn gelegt. Sein Gesicht war blutüberströmt. Julia sprach auf Deutsch leise auf Heinrich ein. Er reagierte nicht. Erin hielt die Luft an. Wenigstens atmete er noch.

Sie kniete nieder, schob Julias Hand weg und tastete ihm behutsam den Kopf ab. Er blutete stark, doch der Schädelknochen war anscheinend unbeschädigt. Sie nahm ihr Halstuch ab und drückte es auf die Wunde. Zwar war es alles andere als steril, aber etwas Besseres hatte sie im Moment nicht. An der Hand spürte sie warmes Blut.

Heinrich stöhnte und schlug die grauen Augen auf. »Der Fundort fordert Opfer. In Form zerschmetterter Schädel.«

Sie lächelte verkniffen. Zwei Schädel waren vor ihren Augen zerschmettert worden.

»Wie fühlen Sie sich?«, fragte sie.

Er murmelte mit blutleeren Lippen etwas auf Deutsch. Sein Blick wurde unscharf, er verdrehte die Augen. Sie musste ihn zu einem Arzt schaffen.

»Dr. Granger?«, sagte hinter ihr jemand mit israelischem Akzent. »Bitte stehen Sie auf. Sofort.«

Sie legte Julias zitternde Hand auf den provisorischen Verband, richtete sich auf und hob die Arme. Ihrer Erfahrung nach bedienten sich nur Bewaffnete eines solchen Tons. Ganz langsam drehte sie sich um. Heinrichs Blut trocknete bereits an ihren Händen. Soldaten. Viele Soldaten.

Sie bildeten einen Halbkreis um den Graben. Alle trugen Tarnuniformen, hatten Waffenholster am Gürtel und Schnellfeuergewehre geschultert. Acht insgesamt, alle in Habtachtstellung. Alle trugen graue Käppis, mit Ausnahme des vordersten Mannes. Sein Käppi war olivgrün; offenbar war das der Anführer. Keiner zielte auf sie.

Noch nicht.

Sie senkte die Arme.

»Dr. Erin Granger.« Es war eine Feststellung, keine Frage. Er machte nicht den Eindruck, als würde er viele Fragen stellen.

»Was wollen Sie?« Obwohl sie Angst hatte, zitterte ihre

Stimme nicht. »Unsere Grabungsgenehmigungen sind in Ordnung.«

Seine Augen glichen öligen braunen Murmeln.

»Sie müssen mit uns kommen.«

Erst musste sie sich um Heinrich kümmern. »Ich habe zu tun. Mein Student wurde verletzt, und …«

»Ich bin Lieutenant Perlman. Von der Aman. Ich habe Anweisung, Sie abzuholen.«

Als wollten sie seiner Äußerung Nachdruck verleihen, hoben die Soldaten ihre Waffen eine Handbreit an.

Aman war der Nachrichtendienst der israelischen Streitkräfte. Das bedeutete bestimmt nichts Gutes. Die Soldaten wollten sie abholen, und mit ihrem Hubschrauber hatten sie das Pferd erschreckt, das Heinrich verletzt hatte.

Erin versuchte, sich zu beherrschen, trotzdem klang ihr Tonfall abweisend. »Wohin wollen Sie mich bringen?«

»Das darf ich Ihnen nicht sagen.«

Der Lieutenant machte nicht den Eindruck, als würde er sich von seinem Vorhaben abbringen lassen, aber vielleicht könnte er ihr ja auch nützlich sein. »Mit Ihrem Helikopter haben Sie ein Pferd erschreckt, das meinen Studenten verletzt hat.« Sie ballte an der Seite die Hände zu Fäusten. »Schwer.«

Der Offizier warf einen Blick auf Heinrich, dann nickte er einem der Soldaten zu. Der Mann holte eine Verbandstasche aus seinem Rucksack und kletterte in den Graben. Ein Sanitäter. Das war immerhin etwas.

Sie lockerte die Fäuste und wischte sich die blutigen Hände an der Jeans ab. »Ich möchte, dass Sie ihn sofort in ein Krankenhaus bringen«, sagte sie. »Dann können wir vielleicht auch über andere Dinge reden.«

Der Lieutenant blickte den Sanitäter an. Der Mann nickte besorgt.

Für Heinrich sah es anscheinend nicht gut aus.

»Na schön«, sagte Perlman.

Er machte eine befehlende Handbewegung. Zwei Soldaten hoben Heinrich aus dem Graben; zwei weitere holten eine Trage. Als er festgezurrt war, schleppte man ihn zum Helikopter. Julia wich ihm nicht von der Seite.

Erin atmete tief durch. Ein Hubschrauberflug zum Krankenhaus war das Beste, was Heinrich passieren konnte.

Sie ließ sich von Lieutenant Perlman aus dem Graben helfen und registrierte dabei, wie stark er war.

Wortlos drehte er sich um und ging zum Helikopter. Die verbliebenen Soldaten bedeuteten ihr, ihm zu folgen. Sie stapfte hinter Perlman her. Sie wurde mit vorgehaltener Waffe an ihrer Ausgrabungsstätte gekidnappt. Diesen Kampf konnte sie nicht gewinnen, aber sie würde in Erfahrung bringen, was sie wissen wollte. »Geht es um das Erdbeben?«, rief sie Perlman zu.

Der Lieutenant blickte sich um. Er sagte kein Wort, doch sie konnte in seinem Gesicht lesen. Sie ergänzte die Lücken. Erdbeben richteten Zerstörungen an. Aber sie führten auch zu Entdeckungen.

Was eine weitere Frage aufwarf.

In Israel gab es viele andere Archäologen. Welchen Grund konnte es geben, ausgerechnet sie hier wegzuholen? Ein alter Schatz würde als Erklärung kaum ausreichen.

Es war nicht üblich, Archäologen in Militärhubschraubern herumzufliegen.

Irgendetwas stimmte da nicht.

Schließlich brach Perlman sein Schweigen. »Ich kann Ihnen nur sagen, dass es um eine heikle Angelegenheit geht, bei der Ihre Expertise gefragt ist.«

»Wer steckt dahinter?«

»Das darf ich Ihnen nicht sagen.«

»Und wenn ich mich weigere?«

Perlman schien sie mit seinem Blick durchbohren zu wollen. »Sie sind Gast unseres Landes. Wenn Sie sich weigern, mit uns zu kommen, werden wir Sie nicht länger als Gast betrachten. Dann wird Ihr Freund auch nicht mit dem Hubschrauber ins Krankenhaus gebracht.«

»Ich glaube, die Botschaft würde eine solche Behandlung nicht gutheißen«, bluffte sie.

Er setzte ein wenig überzeugendes Lächeln auf. »Sie wurden uns von einem Angehörigen der US-Botschaft empfohlen.«

Sie bemühte sich, sich ihre Überraschung nicht anmerken zu lassen. Soviel sie wusste, nahm man in der Botschaft keine Notiz von ihrer Arbeit. Entweder Perlman log, oder er wusste weit mehr als sie. Aber jetzt waren der Worte erst mal genug gewechselt. Sie musste Heinrich ins Krankenhaus schaffen.

Deshalb ging sie zum Helikopter. Die Soldaten hatten sie in die Mitte genommen, als könnte sie scheuen wie zuvor der Hengst.

Nate und Amy eilten ihr nach. Nate wirkte streitlustig, Amy besorgt.

Erin wandte sich um und rief ihnen Anweisungen zu. »Nate, Sie übernehmen bis zu meiner Rückkehr die Leitung. Sie wissen, was zu tun ist.«

Nate antwortete über die Schulter eines Soldaten hinweg. »Aber, Professor …«

»Stabilisieren Sie das Skelett. Und Amy soll den linken Oberschenkelknochen untersuchen, bevor Sie ihn eingipsen.«

Nate zeigte zum Helikopter. »Glauben Sie, Sie können gefahrlos mit denen mitfliegen?«

Sie schüttelte den Kopf. »Nehmen Sie unverzüglich Kontakt mit der Botschaft auf. Erkundigen Sie sich, ob man mich dort empfohlen hat. Wenn nicht, rufen Sie die Kavallerie.«

Die Soldaten stapften ungerührt weiter, den Blick starr nach vorn gerichtet. Entweder sie sprachen kein Englisch, oder ihre Drohung ließ sie gleichgültig. Was man so oder so deuten konnte.

»Bleiben Sie hier«, sagte Nate.

»Ich glaube, ich habe keine Wahl«, erwiderte sie. »Und Heinrich auch nicht.«

Sie sah, wie es in ihm arbeitete, dann nickte er.

Lieutenant Perlman winkte aus der offenen Kabinentür. »Kommen Sie, Dr. Granger.«

Sie duckte sich unter den kreisenden Rotoren hindurch, deren Knattern immer lauter wurde, kletterte in den Helikopter und schnallte sich auf dem einzigen freien Sitz an. Heinrichs Trage stand an der anderen Seite; Julia hatte sich neben ihn gesetzt. Sie lächelte ihr zaghaft zu, und Erin reckte den Daumen. Verstand man das Zeichen auch in Deutschland?

Als der Helikopter abhob, wandte Erin sich dem Mann zu, der neben ihr saß, und stutzte. Er war kein Soldat. Er war Priester. Er trug eine schwarze Hose, darüber eine Soutane mit Kapuze, schwarze Lederhandschuhe, dunkle Sonnenbrille und den weißen Kragen eines römisch-katholischen Geistlichen.

Sie schreckte zurück. Auch der Priester neigte sich von ihr weg und rückte seine Kapuze zurecht.

Im Laufe der Jahre war sie wegen ihrer archäologischen Arbeit schon häufiger mit katholischen Priestern aneinandergeraten. Die Anwesenheit des Geistlichen gab ihrer Hoffnung, man werde sie an einen Ausgrabungsort bringen, immerhin neue Nahrung. Vermutlich ging es um etwas Religiöses mit christlichem Hintergrund. Die Kehrseite der

Medaille war, dass der Priester die Artefakte vermutlich für sich reklamieren würde, bevor sie Gelegenheit bekäme, sie in Augenschein zu nehmen. Dann hätte man sie umsonst von ihrer Arbeit weggeholt, und es wäre sinnlos Blut geflossen.

Das werde ich nicht zulassen.

14:57

Die Frau, die da neben ihm saß, roch nach Lavendel, Pferd und Blut. In dieser modernen Zeit waren solche Gerüche ebenso fehl am Platz wie Pater Rhun Korza selbst.

Sie reichte ihm die Hand. Er hatte schon lange keine Frau mehr bewusst berührt. Obwohl ihre Hand mit getrocknetem Blut beschmutzt war, blieb ihm keine andere Wahl, als ihren Händedruck zu erwidern. Wenigstens trug er Handschuhe. Er wappnete sich und schüttelte ihr die Hand. Sie fühlte sich warm an, kräftig und geschickt, doch sie zitterte. Dann machte er ihr also Angst.

Gut so.

Er ließ ihre Hand los und rückte von ihr ab, versuchte, den Abstand zu vergrößern. Er wollte sie nicht noch einmal berühren. Eigentlich wäre es ihm am liebsten gewesen, wenn sie wieder ausgestiegen und zu ihrer risikolosen Ausgrabung zurückgekehrt wäre.

Um ihret- und um seinetwillen.

Als ihn der Ruf ereilte, hatte er sich in tiefer Versenkung befunden und sich darauf vorbereitet, der weiten Welt um der Schönheit und Abgeschiedenheit des Klosters willen zu entsagen, wie es sein gutes Recht war. Kardinal Bernard aber wollte ihn nicht dort bleiben lassen. Er hatte Rhun aus seiner Meditationszelle geholt und ihn mit dem Auftrag in die Welt geschickt, einen Archäologen abzuholen und nach einem Artefakt zu suchen. Rhun hatte mit einem Mann gerechnet, doch Bernard hatte eine Frau ausgesucht und eine schöne noch dazu.

Rhun ahnte, was es damit auf sich hatte.

Er fasste sich an das silberne Kreuz, das er um den Hals trug. Das Metall wärmte ihn durch den Handschuh hindurch. Über seinem Kopf dröhnten die Rotorblätter wie ein großes mechanisches Herz, das so schnell schlug, als wollte es platzen.

Sein Blick fiel auf die zweite Frau. Den wenigen Worten nach zu schließen, die sie dem Mann auf der Trage zugeflüstert hatte, war sie Deutsche. Ihr weißes Baumwollkleid wies Blutflecken auf. Sie hielt dem Verletzten die Hand und ließ ihn keinen Moment aus den Augen. Der metallische Geruch des Bluts erfüllte die ganze Kabine.

Rhun schloss die Augen, betastete den Rosenkranz an seinem Gürtel und sagte lautlos ein Vaterunser auf, untermalt von den Vibrationen des Helikopters.

Er wäre lieber auf einem Maultier mit natürlichem Herzen gereist.

Die Rotorblätter aber übertönten die gefährlicheren Geräusche – das langsame Tropfen des Bluts vom verletzten Schädel auf den Boden, den schweren Atem der Frau neben ihm und das ferne Wiehern eines verängstigten Hengstes.

Als der Helikopter in Schräglage ging, drang Abgasgestank in die Kabine. Der ungewohnte Geruch brannte ihm in der Nase, war ihm aber lieber als der Blutgeruch. Er verlieh ihm die Kraft, einen Blick auf den Verletzten und das Blut am Metallboden zu werfen, dann schaute er wieder zu der unwirtlichen Steinlandschaft hinaus.

So spät im Herbst ging die Sonne früh unter, in weniger als zwei Stunden. Er konnte sich keine Verzögerung leisten, nur weil ein Verletzter versorgt werden musste. Dafür stand zu viel auf dem Spiel.

Aus dem Augenwinkel musterte er die Frau an seiner Seite. Sie trug eine ausgebleichte Bluejeans und ein staubiges weißes Hemd. Mit ihren wachen braunen Augen schaute sie sich in der Kabine um, wobei sie anscheinend jeden einzelnen Mann genau musterte. An ihm glitt der Blick vorbei, als wäre er gar nicht vorhanden. Fürchtete sie ihn als Mann, als Priester oder als etwas anderes?

Er verschränkte die behandschuhten Hände auf den Knien und meditierte. Er musste alle Gedanken an sie aus seinem Geist vertreiben. Er musste seine ganze spirituelle Kraft auf die Aufgabe richten, die vor ihm lag. Anschließend konnte er vielleicht in das Refugium zurückkehren, ins Kloster, und dort seine Ruhe finden.

Plötzlich streifte ihn die Frau mit dem Ellbogen. Er spannte sich an, zuckte aber nicht zusammen. Seine Meditation hatte ihn gewappnet. Sie beugte sich vor und sah nach ihrer Kollegin, die zart gezeichneten Augenbrauen besorgt hochgezogen. Der Mann würde sich nicht erholen, doch das konnte Rhun ihr nicht sagen. Sie hätte ihm nicht geglaubt. Was wusste ein einfacher Priester schon von Blut und Wunden?

Weit mehr, als sie sich vorstellen konnte.

15:03

Erins Handy vibrierte in der Hosentasche. Sie holte es hervor und hielt es neben ihr Bein, damit Lieutenant Perlman das Display nicht sehen konnte. Vermutlich hätte er etwas dagegen gehabt, dass sie aus dem Helikopter simste.

Amy hatte geschrieben.

»Hey, Prof. Können Sie offen sprechen?«

Erin tippte:

»Los.«

Amys Antwort erfolgte so rasch, als hätte sie getippt, während Erin noch überlegt hatte.

»Hab mir den Oberschenkelknochen des Skeletts angeschaut.«
»Und?«
»Er weist Bissspuren auf.«

Das bestätigte Erins Vermutung. Ihr war bereits aufgefallen, dass der Knochen Zahnabdrücke aufwies. Da der Helikopter stark schaukelte, hatte sie Mühe mit dem Tippen.

»Nicht ungewöhnlich … hier gibt's viele Wüstenraubtiere.«

Amys Antwort ließ auf sich warten, offenbar brauchte sie Zeit zum Tippen.

»Aber die Bisskerben, die ich bei der Ausgrabung in Neuguinea gesehen habe: die gleiche Zahnstruktur, das gleiche Bissmuster.«

Erins Herzschlag beschleunigte sich, denn sie wusste, worum es bei Amys letzter Ausgrabung gegangen war: um die Kopfjäger Neuguineas. Das konnte nur eines bedeuten …

Aber Kannibalismus? Hier?

Wenn das stimmte, war die Geschichte des Massengrabs vielleicht noch schrecklicher als die Sage von Herodes' Kindermord. Doch es klang nach wie vor unwahrscheinlich. Das Skelett des Neugeborenen hatte eine normale Größe gehabt und keine Spuren von Mangelernährung aufgewiesen, die auf eine Hungersnot hindeuteten, die zu solchen Exzessen hätte führen können. Sie tippte:

»Beweise?«
»Vier Abdrücke von Schneidezähnen. Durchgehender Bogen. Der Knochen wurde von Menschen abgenagt.«

Erin hob den Daumen an, zu geschockt, um zu tippen – da riss Lieutenant Perlman ihr auf einmal das Handy aus der Hand. Sie zuckte zusammen. Er schaltete es aus.

»Kein Außenkontakt!«, rief er.

Sie verkniff sich ihren Ärger und verschränkte fügsam die Arme. Es hatte keinen Sinn, ihn zu reizen.

Noch nicht.

Der Lieutenant schob das Handy in seine Hemdtasche.

Sie vermisste es bereits und war erleichtert, als der Helikopter auf dem Landefeld der Klinik Hillel Yaffe aufsetzte. Perlman hatte Wort gehalten. Angestellte in weißen Kitteln kamen angelaufen. Erin hatte gehört, es gebe hier ein gutes Notfallteam, und sie war froh, dass man sich gleich um sie kümmerte. Sie wollte sich losschnallen, doch Perlman fiel ihr in den Arm.

»Keine Zeit«, sagte er.

Seine Männer waren bereits ausgestiegen und hatten die Trage ausgeladen. Julia stand daneben und hielt immer noch Heinrichs Hand. Mit der freien Hand winkte sie Erin zu. Heinrichs Brust hob und senkte sich, als man ihn wegrollte. Also atmete er noch. Hoffentlich hielt er durch.

Als die Soldaten wieder an Bord waren, hob der Helikopter gleich wieder ab.

Sie wandte den Blick von der Klinik ab und blickte auf die Wüste jenseits von Caesarea hinaus. Während die Sorge um Heinrich allmählich in den Hintergrund rückte, trat ein anderer beunruhigender Gedanke an ihre Stelle.

Wohin bringt man mich?

4

26. Oktober, 15:12, Israelische Standardzeit
Tel Aviv, Israel

BATHORY DARABONT STAND regungslos auf einer Empore im zweiten Stock des Hotels. Sie blickte auf den gefliesten Springbrunnen in der Lobby hinunter. Das Wasser ergoss sich von der Wand in ein halbrundes Becken aus abscheulich grünem Marmor. Sie schätzte die Wassertiefe auf einen halben bis einen Meter. Sie streichelte das reich verzierte Messinggeländer und taxierte die Fallhöhe.

Siebeneinhalb Meter. Das kann man überleben. Eine reizvolle Herausforderung.

Der Mann an ihrer Seite redete unentwegt weiter. Mit seinem Lockenschopf, den großen braunen Augen und der geraden Nase hatte er ein wenig Ähnlichkeit mit Alexander dem Großen. Er war sich seines guten Aussehens und seines Reichtums natürlich bewusst, denn er war ein Prinz aus einem fernen Land und daran gewöhnt, dass man ihm jeden Wunsch von den Augen ablas. Sie langweilte das.

Er hatte es darauf angelegt, sie aus ihrem Designer-Seidenkleid geradewegs in sein Bett zu locken. Sie war nicht unbedingt abgeneigt, war jedoch mehr an Action interessiert als am Vorspiel.

Mit einer lässigen Bewegung streifte sie sich das hüftlange rote Haar zurück und bemerkte, dass sein Blick auf der schwarzen Hand verweilte, die sich auf ihrem Hals abzeichnete. Ein ungewöhnliches Symbol und gefährlicher, als es aussah.

»Wie wär's mit einer Wette, Farid?«

Er versenkte den Blick seiner braunen Augen wieder in ihren silbergrauen. Er hatte wirklich unglaublich lange Wimpern. »Eine Wette?«

»Wir wetten darum, wer von uns beiden in das Wasserbecken springen kann.« Sie deutete mit einem langen Zeigefinger in die Lobby hinunter. »Der Sieger bekommt den Preis.«

»Und der Einsatz?« Er schenkte ihr ein strahlendes Lächeln. Offenbar war er ein Spieler.

Das galt auch für sie. Sie streckte ihm ihr schlankes Handgelenk entgegen. »Wenn Sie gewinnen, schenke ich Ihnen mein Armband.«

Das Diamantarmband hatte fünfzigtausend Dollar gekostet, doch sie hatte nicht die Absicht, es zu verlieren. Sie verlor niemals.

Er lachte. »Ich brauche kein Armband.«

»Ich übergebe es Ihnen in *Ihrem* Zimmer.«

Farid schaute über das Geländer und verstummte. Wenn er schwieg, gefiel er ihr besser.

»Wenn ich gewinne…«, sie stellte sich neben ihn, und ihr seidenes Kleid streifte sein warmes Bein, »…dann bekomme ich Ihre Uhr – und Sie überreichen sie mir in *meinem* Zimmer.«

Eine Rolex: Vermutlich hatte sie ebenso viel gekostet wie ihr Armband. Sie hatte ebenfalls keine Verwendung dafür. Der Sprung würde jedoch dem Geplänkel ein Ende bereiten und hoffentlich zu dem fantasievollen, leidenschaftlichen Sex führen, den sie Farid zutraute.

»Wie könnte ich da verlieren?«, sagte er.

Sie küsste ihn schwelgerisch. Er reagierte wie erwartet. Sie schob ihm ihr Handy in die Sakkotasche und berührte mit den Fingern sein Messer. Farid war nicht so wehrlos, wie er schien. Sie musste an einen Ausspruch ihrer Mutter denken.

Auch eine weiße Lilie wirft einen schwarzen Schatten.

Als sie sich von ihm löste, strich Farid ihr mit beiden Händen über den Rücken. »Wie wär's, wenn wir den Sprung auslassen würden?«

Sie lachte. »Kommt nicht infrage.«

Sie packte das kalte Geländer mit beiden Händen und schwang sich hinüber.

Sie setzte zum Schwalbensprung an, breitete im Fallen die Arme aus und bog den Rücken durch. Das Kleid umflatterte ihre Schenkel. Einen Moment lang meinte sie, sie habe sich mit der Tiefe verschätzt und werde den Aufprall nicht überleben, was eher Erleichterung bei ihr auslöste als Todesangst. Dann traf sie flach auf dem Wasser auf, und ihr Gewicht verteilte sich.

Der heftige Aufprall trieb ihr die Luft aus der Lunge.

Einen Moment lang schwebte sie bäuchlings im kalten Blau. Brust und Bauch taten ihr weh, dann stabilisierte sich ihr Kreislauf wieder. Sie wälzte sich herum, hob das durchsichtig gewordene Oberteil ihres Kleids aus dem Wasser, neigte den Kopf und beförderte mit einem Ruck ihr Haar in den Nacken, dann lachte sie fröhlich.

Als sie sich aufrichtete, starrten alle in der Lobby sie an. Einige Zuschauer applaudierten, als handele es sich um eine artistische Vorführung.

Farid schaute fassungslos zu ihr herunter.

Sie stieg aus dem Becken. Wasser floss an ihr herab und breitete sich auf dem teuren Wollteppich aus. Sie verneigte sich vor Farid, der die Geste mit einem Nicken erwiderte, worauf er demonstrativ die Rolex abstreifte und damit seine Niederlage anerkannte.

Minuten später standen sie vor ihrer Zimmertür. Sie fröstelte leicht im klimatisierten Flur. Farid schob ihr seine Hand unters nasse Kleid, so weich wie Seide, aber so heiß wie Kohlenglut, was einen Schauder ganz anderer Art auslöste. Sie seufzte und schenkte ihm einen geheimnisvollen Blick. In diesem Moment sehnte sie sich mehr nach der Wärme seines Körpers als nach allem anderen, was er ihr sonst noch zu bieten hatte.

Sie nahm die Codekarte, die gewonnene Rolex baumelte an ihrem Handgelenk.

Als sie die Tür aufdrückte, summte ihr Handy, doch das Geräusch kam aus Farids Hosentasche. Sie drehte sich um, schob die Hand in seine Tasche und zog das Telefon heraus.

»Wie ist das da hineingekommen?«, fragte er verdutzt.

»Ich habe es reingesteckt, als ich Sie geküsst habe.« Sie lächelte ihn an. »Damit es nicht nass wird. Ich wusste, dass Sie nicht springen würden.«

Eine Falte erschien auf seiner makellosen Stirn, denn er war in seinem Stolz verletzt. Während sie im Türrahmen verharrte, warf sie einen Blick aufs Display. Sie hatte eine SMS bekommen, dem Namen des Absenders nach zu schließen eine wichtige Nachricht. Ihr wurde ganz kalt. Diese Kälte vermochten kein wohliger Schauder und keine leidenschaftliche Berührung zu durchdringen.

Keine Zeit mehr für Spielchen.

»Wer ist Argentum?«, fragte Farid, der ihr über die Schulter blickte.

Ach Farid… eine Frau legt Wert darauf, ihre Geheimnisse zu wahren.

Das war der Grund, weshalb sie unter verschiedenen

falschen Namen reiste. Auch dieses Zimmer hatte sie unter falschem Namen gebucht.

»Es sieht so aus, als müsste ich mich um eine dringende Angelegenheit kümmern«, sagte sie, trat durch die Tür und wandte sich um. »Ich muss Ihnen leider Lebewohl sagen.«

Enttäuschung legte sich wie eine Wolke auf sein Gesicht, auch ein Anflug von Zorn lag darin.

Unvermittelt schob er sie ins Zimmer hinein und setzte ihr nach. Er packte sie grob, drückte sie gegen die Wand und stieß die Tür mit dem Schuhabsatz zu.

»Ich bestimme, wann wir miteinander fertig sind«, sagte er mit rauer Stimme.

Sie hob eine Braue. Also war Farid doch nicht so leidenschaftslos, wie sie gemeint hatte.

Sie lächelte zu ihm auf, warf das Handy aufs Bett und zog ihn dicht an sich heran, bis sich ihre Lippen beinahe berührten. Sie schwenkte ihn herum, sodass er nun mit dem Rücken zur Wand stand. Sogleich griff sie in seine Hose, was sein düsteres Lächeln breiter werden ließ. Doch er täuschte sich in ihrer Absicht – sie hatte es auf das Messer abgesehen.

Einhändig klappte sie es auf, stieß ihm die Klinge in die Augenhöhle und drückte sie schräg nach oben. Sie hielt ihn fest, presste ihn gegen die Wand und spürte, wie seine Körperwärme durch ihr dünnes Kleid drang, wohl wissend, dass sie sich rasch verflüchtigen würde. Sie ließ auch nicht los, als er sich im Todeskampf verkrampfte.

Erst als die Zuckungen verebbt waren, lockerte sie den Griff.

Er sackte leblos zu Boden.

Sie ließ ihn liegen, ging zum Bett, setzte sich und schlug ihre langen Beine übereinander. Sie ergriff das Handy und öffnete den Dateianhang der Nachricht.

Ein Foto wurde angezeigt, die Aufnahme eines mit fremdartigen Zeichen beschrifteten Blatt Papiers. Die Handschrift stammte aus einer anderen Zeit und hätte eher zu einem mit einem Knochensplitter geritzten Pergament gepasst. Der Text, der Ähnlichkeit mit einer Geheimschrift hatte, war in einer archaischen Form des Hebräischen verfasst.

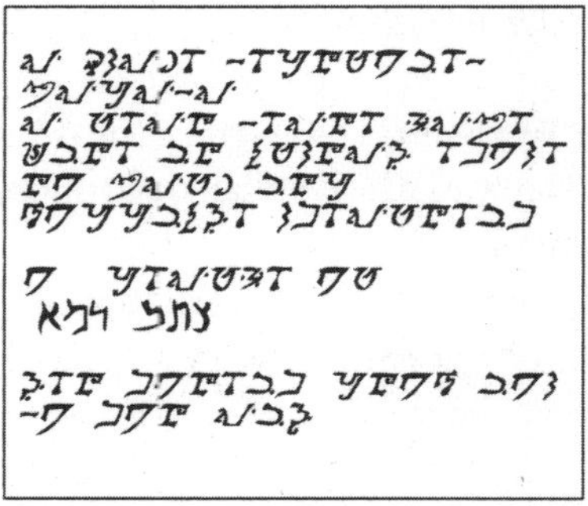

Während ihrer Ausbildung hatte sie in Oxford alte Sprachen studiert und konnte Altgriechisch, Latein und Hebräisch ebenso flüssig lesen wie ihre Muttersprache Ungarisch. Sorgfältig entzifferte sie den Text, vergewisserte sich, dass sie keinen Fehler gemacht hatte. Ihr Atem beschleunigte sich.

Ein Erdbeben hat Masada zerstört. Es richtete große Zerstörungen an und war so heftig, dass es jetzt geborgen werden kann.

Sie fasste sich an den weißen Hals, streifte mit den Fingerspitzen über das dunkle Tattoo und dachte an die Nacht, als sie es bekommen hatte und auf ewig gezeichnet worden war. Noch immer verspürte sie dort ein Brennen.

Sie las weiter.

Brechen Sie auf. Suchen Sie nach

צתל דמא

Ein Krieger wurde ausgesandt, es zu bergen.
Lassen Sie sich durch nichts aufhalten.
Sie dürfen nicht scheitern.

Sie starrte die Worte an, verfasst in dem Aramäischen aus der Zeit des Herodes. Die Belial hatten lange auf diese Nachricht gewartet.

צתל דמא

Das Buch des Blutes

Eine ganz ungewohnte Angst pulsierte in ihren Fingerspitzen. Der, dem sie diente, vermutete schon seit Langem, dass das kostbare Buch in der jüdischen Bergfeste versteckt sein könnte. Das war einer der Orte gewesen, die infrage kamen. Dies war einer der Gründe, weshalb sie hierher abkommandiert worden war, mitten ins Heilige Land. Einige Flugstunden entfernt von Dutzenden anderen Orten, die ebenfalls infrage kamen. War Masada tatsächlich der Ort, an dem das Buch des Blutes versteckt worden war? Wenn sie und ihr Team erst einmal aus der Deckung gekommen wären, könnten sie nicht wieder untertauchen. Rechtfertigten die Hinweise das Risiko?

Sie kannte die Antwort auf diese Frage.

Und sie lautete: Ja.

Wenn das Buch wirklich ans Tageslicht gekommen war,

bot sich die einzigartige Gelegenheit, der Welt ein Ende zu machen und eine neue Welt in Seinem Namen zu schmieden. Obwohl sie von Jugend an darauf vorbereitet worden war, hatte sie nie geglaubt, dass dieser Tag einmal kommen würde. Sie musste die Vorbereitungen in Angriff nehmen.

Sie wählte die zweite Kurzwahlnummer und stellte sich den großen, kräftigen Mann vor, der sich beim ersten Klingelton melden würde.

Tarek, ihr Stellvertreter.

»Sie wünschen?« In seiner tiefen Stimme klang noch ein tunesischer Akzent nach, obwohl er schon seit einer Ewigkeit mit keinem Landsmann mehr gesprochen hatte.

»Wecken Sie die anderen auf«, befahl sie. »Endlich beginnt die Jagd.«

5

26. Oktober, 15:37, Israelische Standardzeit
Im Luftraum über Israel

ERIN SEHNTE SICH nach dem Erdboden; sie wollte weg von der Hitze, dem Lärm und Staub und dem Priester. Ihr war viel zu heiß, und der Priester in seiner langen Kapuzensoutane schwitzte bestimmt noch mehr als sie. Sie überlegte, wann die katholischen Priester aufgehört hatten, Kapuzen zu tragen. Vor ihrer Geburt. Zwischen Kapuze und Sonnenbrille sah sie nur sein kantiges, gekerbtes Kinn.

Ein Kinn wie bei einem Filmschauspieler, doch sie fühlte sich unbehaglich in seiner Nähe. Wenn sie sich nicht täuschte, hatte er sich in der letzten halben Stunde nicht bewegt. Der Helikopter sackte ab, doch ihr Magen verharrte an Ort und Stelle. Sie schluckte. Sie bedauerte, dass sie keine Wasserflasche mitgenommen hatte. Die Soldaten hatten auch nichts zu trinken dabei, doch das machte ihnen anscheinend nichts aus. Und dem Priester auch nicht.

Unter ihnen zog die öde, ausgedörrte Landschaft vorbei. Der Helikopter flog nach Nordosten. In dieser Richtung lag der See Genezareth. Die Zieloptionen änderten sich von Minute zu Minute, doch Erin hatte längst aufgehört, sich darüber Gedanken zu machen. Sie näherten sich einem ihr vertrauten Berg mit flacher Kuppe, der steil aus der Wüste aufragte. Sie machte die helle Rampe aus, die die Römer angelegt hatten, um die Befestigungen zu durchbrechen.

Masada.

An diesen Ort hatte sie nicht einmal gedacht. Masada war in den Sechzigerjahren gründlich untersucht worden. Seit Jahrzehnten hatte man dort keine neuen Entdeckungen mehr gemacht. Die Touristen hatten alles niedergetrampelt.

Vielleicht war bei dem Erdbeben im näheren Umkreis etwas zum Vorschein gekommen. Ein römisches Feldlager? Oder die Überreste der Neunhundert? Bislang hatte man nur etwa dreißig sterbliche Überreste gefunden. Sie waren 1969 mit militärischen Ehren bestattet worden.

Sie drehte den Kopf, versuchte, alles in sich aufzunehmen. Der Sand erstreckte sich in alle Richtungen. Am Boden keine Anzeichen von Aktivität, doch auf der Bergkuppe stand ein Helikopter. Dort lag offenbar ihr Ziel. Sie setzte sich gerade hin, neugierig auf das, was sie erwartete. Der Priester hatte sich kaum merklich bewegt, hatte sein stattliches Kinn ein wenig angehoben. Also war er noch am Leben. Bei ihren Spekulationen über das Flugziel hatte sie ihn außer Acht gelassen. Masada war zwar vor allem ein jüdisches Wahrzeichen, doch es gab hier auch die Ruinen einer byzantinischen Kirche aus dem fünften Jahrhundert. Bei dem Erdbeben waren vielleicht christliche Relikte ans Licht gekommen. Aber wenn die Israelis die Funde dem Priester übergeben wollten, weshalb hatte man dann sie geholt? Das passte nicht zusammen.

Der Helikopter senkte sich auf die Kuppe hinab. Heißer Sand wirbelte durch die Kabinenöffnung herein. Sie kniff die Augen zusammen und schützte sie mit den Händen. Sie hätte eine Schutzbrille mitnehmen sollen. Und Trinkwasser. Und Proviant. Und ein Ersatzhandy.

Sie wünschte, Perlman hätte ihr das Handy gelassen. Ihre Studenten hatten ihr in der Zwischenzeit bestimmt gesimst, wie es um Heinrich stand. Und wenn nicht … Aber daran wollte sie lieber nicht denken. Er hatte als ihr Doktorand bei der Ausgrabung mitgearbeitet. Wenn ihm etwas zustieß, trug sie die Verantwortung. Erin führte den kleinen Finger an den Mund und den Daumen ans Ohr, das Zeichen für Telefonieren.

Perlman holte das Handy aus der Tasche. »Lassen Sie's ausgeschaltet!«, übertönte er den Lärm.

»Zu Befehl, Sir.« Bei diesem Höllenlärm bekam er ihren Sarkasmus bestimmt nicht mit.

Er reichte ihr das Handy, und sie schob es in die Gesäßtasche. Als er ihr den Rücken zuwandte, schaltete sie es ein und checkte ihre Nachrichten.

Die Bergkuppe gelangte in Sicht.

Sie beugte sich hinaus und schaute bestürzt nach unten. Sie brauchte einen Moment, um zu begreifen, was sie da sah. Masada war … *verschwunden*.

Die Mauern, die Gebäude, die Zisternen waren eingestürzt. Die Kasemattenmauer, die jahrtausendelang die Festung umgeben hatte, war völlig zerstört. Wo Kolumbarium und Synagoge gestanden hatten, lag Schutt. Der Berg war praktisch gespalten worden. Eine solche Zerstörung hatte sie noch nie aus der Nähe gesehen.

Der Pilot drosselte den Antrieb, und das Schwirren der Rotoren nahm eine andere Tonhöhe an, als die Kufen den Boden berührten und der Helikopter aufsetzte.

Sie versuchte, durch die Staubwolke hindurchzuspähen. Am Rand des Plateaus waren schwarze Rechtecke aufgereiht. Sie waren zu regelmäßig geformt, als dass sie natürlichen Ursprungs hätten sein können. Zwei Männer legten ein weiteres Rechteck ab.

Leichensäcke. Mit Toten.

Masada war eines der beliebtesten Touristenziele in Israel. Als die Erde bebte, hatte es hier vermutlich von Touristen gewimmelt. Wie viele Menschenleben mochte der verfluchte Berg noch gefordert haben? Erneut rebellierten ihre Eingeweide, doch diesmal lag es nicht am Helikopter.

Eine kühle Hand legte sich ihr auf die Schulter, und sie schreckte zusammen. Der Priester. Er hatte die Toten ebenfalls bemerkt. Vielleicht hatte sie sich ja geirrt. Vielleicht sollte er den Verletzten die Sterbesakramente spenden oder sich im Auftrag der Kirche um die Toten kümmern. Jetzt tat es ihr leid, dass sie gerade eben noch freudige Erregung verspürt hatte. Das hier war keine archäologische Fundstätte. Sie wünschte sich zurück nach Caesarea.

Lieutenant Perlman machte einen Satz aus der Maschine und brüllte auf Hebräisch Befehle. An beiden Seiten sprangen Soldaten auf den Boden und eilten zu den Leichensäcken. Kein Wunder, dass der Offizier so kurz angebunden gewesen war. Um diese Aufgabe beneidete sie ihn nicht. Der Priester sprang ebenfalls auf den Boden, so geschmeidig wie eine Wüstenkatze. Seine Soutane flatterte im Schwall der Rotoren. Er zog die Kapuze um sein Gesicht zusammen und blickte sich um.

Erin hatte Mühe, sich mit ihren schweißnassen Händen loszuschnallen. Als sie sich aufrichtete, hatte sie das Gefühl, der Boden schwanke unter ihren Füßen. Sie stützte sich an der Rückenlehne ab und atmete mehrmals tief durch. Die Israelis hatten sie nicht ohne Grund an diesen Ort gebracht, und sie tat gut daran, sich zu beruhigen und herauszufinden, worum es ging. Der Priester wandte sich um und bot ihr seine Hilfe an, reichte ihr auf altmodische, geradezu galante Art seine behandschuhte Hand. Lieutenant Perlman hatte sie heute Morgen ganz anders aus dem Graben befördert.

Dankbar ergriff sie seine Hand. Er ließ sie in dem Moment los, als ihre Turnschuhe den Sandstein berührten.

Der Wind wehte ihm die Kapuze vom Kopf. Zum Vorschein kam ein blasses Gesicht mit hohen Wangenknochen und dichtem, dunklem Haar. Für einen Priester sah er erstaunlich gut aus.

»*Tot ago attero* …«, murmelte er, als er die Kapuze wieder überstreifte und sein Gesicht verdeckte. Sie übersetzte im Stillen die lateinischen Worte. *So viele umgekommen.*

Der Priester verneigte sich, dann schritt er zielstrebig los, als würde wenigstens er den Grund ihrer Anwesenheit kennen.

Erin beschattete die Augen und blickte zur tief stehenden Sonne. In einer Stunde würde sie untergehen. Wenn die Toten bis dahin nicht weggebracht waren, würden die Schakale sich ihrer annehmen. Trotz der Hitze fröstelte sie.

Sie zwang sich, die Unglücksstelle zu betrachten, die sich hinter den Leichensäcken befand, die Gestalten, welche die Toten aus dem Schutt bargen. Sie waren mit himmelblauen Schutzanzügen bekleidet.

Schutzanzüge bei einem Erdbeben?

Ehe sie fragen konnte, weshalb diese Vorsichtsmaßnahme nötig sei, näherte sich ein hochgewachsener Soldat. Er trug keinen Schutzanzug. Immerhin etwas.

Er kam direkt auf sie zu. Auch ohne die auf den Schulterstreifen seiner khakifarbenen Jacke aufgenähte Fahne hätte sie ihn als Amerikaner erkannt. Er war so amerikanisch wie Coca-Cola: angefangen vom weizenblonden, militärisch kurz geschnittenen Haar bis hin zum kantigen Gesicht und den breiten Schultern. Er musterte sie mit seinen klaren blauen Augen und schätzte sie im Handumdrehen ein. Er gefiel ihr. Er machte einen tüchtigen Eindruck, und die Tragödie, die sich hier ereignet hatte, schien ihn nicht kaltzulassen. Aber was hatte ein amerikanischer Offizier auf einem israelischen Berg zu suchen?

»Dr. Erin Granger?«

Dann hatte er sie also erwartet. Sollte sie darüber erleichtert sein oder sich doch eher Sorgen machen? »Ja, ich bin Dr. Granger.«

Der Soldat blickte über ihre Schulter hinweg dem Priester hinterher, der sich einen Weg durch den Schutt bahnte. Er hob eine Braue. »Man hat mich nicht davon in Kenntnis gesetzt, dass ein Priester mitkommen würde«, sagte er zu Lieutenant Perlman.

Der Israeli machte zwei seiner Leute auf sich aufmerksam und zeigte auf den Priester, bevor er antwortete. »Der Vatikan hat uns gebeten, Pater Korza zum Unglücksort mitzunehmen. Zum Zeitpunkt des Erdbebens war hier eine katholische Touristengruppe unterwegs. Darunter auch ein Neffe des Kardinals.«

Das erklärt die Anwesenheit des Priesters, dachte Erin. Ein tragisches Geheimnis war damit gelöst. Der Soldat teilte anscheinend ihre Einschätzung und wandte sich wieder ihr zu.

»Danke, dass Sie hergekommen sind, Dr. Granger. Wir müssen uns beeilen.« Er stürmte in die Richtung los, wo die Zerstörungen am schlimmsten waren.

Sie musste traben, um mit seinen langen Beinen Schritt zu halten, und bemühte sich, nicht auf die Leichensäcke zu achten, sondern darauf, wohin sie trat. Heute Morgen waren diese Menschen noch ebenso lebendig gewesen wie sie selbst. Um ihren Gedankenfluss zu stoppen, sagte sie: »Man hat mich ohne jede Erklärung von einer archäologischen Ausgrabung weggeholt. Was geht hier vor?«

»Kommt mir bekannt vor.« Er grinste müde. »Gestern war ich noch in Afghanistan, vor ein paar Stunden in Jerusalem.« Er blieb stehen, wischte sich die Hand an seinem sandfarbenen T-Shirt ab und reichte sie ihr. »Kehren wir noch mal auf Los zurück. Sergeant Jordan Stone, Neuntes Ranger-Bataillon. Die Israelis haben uns gebeten, sie hier zu unterstützen.«

Sein Händedruck war warm und fest, ohne aggressiv zu wirken, und sie bemerkte eine helle Linie an seinem linken Ringfinger, dort, wo der Ehering hätte sitzen sollen. Peinlich berührt, ließ sie seine Hand gleich wieder los. »Dr. Erin Granger«, wiederholte sie.

Er setzte sich in Bewegung. »Ich möchte nicht unhöflich sein, Doc, aber wenn wir uns nicht beeilen, werden Sie nichts mehr vorfinden, was eine Untersuchung lohnt. Es hat schon mehrere Nachbeben gegeben.«

Sie hielt mit ihm Schritt. »Wozu die Schutzanzüge? Wurden hier chemische oder biologische Waffen eingesetzt?«

»Nicht direkt.«

Ehe sie ihn fragen konnte, was er damit meinte, hielt der Sergeant am Rande eines Durcheinanders von Sandsteintrümmern an, die den Blick nach vorn verstellten. Er wandte sich ihr zu. »Doc, Sie sollten sich auf einen schlimmen Anblick gefasst machen.«

16:03

Jordan bezweifelte, dass Granger schon mal etwas Vergleichbares gesehen hatte. Der Weg führte durch ein Labyrinth von Schutt und zerschmetterten Menschen; einige waren mit Planen bedeckt, andere schauten mit blinden Augen zur sengenden Sonne auf, Erwachsene und Kinder. Da er ihr aber schlecht Scheuklappen anlegen konnte wie einem Pferd, konnte er sie vor dem Anblick nicht schützen. Um zu dem provisorischen Lagezentrum am Rand der Erdspalte zu gelangen, die sich beim Erdbeben aufgetan hatte, musste sie da durch.

Er schlug einen Bogen um eine Leiche, die mit blauer Plane abgedeckt war. Von den Toten ließ er sich nicht ablenken; in Afghanistan hatte er schon genug Leichen gesehen. Später, am Abend, wenn er allein war, würde er zu viel Jack Daniel's trinken, um nicht nachdenken zu müssen. Bis dahin musste er sein Team und seine Gefühle unter Kontrolle halten.

Die Archäologin hatte ihn überrascht. Nicht der Umstand, dass sie eine Frau war. Er hatte nichts dagegen, mit Frauen zusammenzuarbeiten. Manche waren tüchtig, andere nicht; bei den Männern war es nicht anders. Aber warum hatte man überhaupt eine Archäologin hergeholt? Er wischte sich mit dem Unterarm den Schweiß von der Stirn. Es dämmerte bereits, doch die Temperatur lag noch immer bei über dreißig Grad. Er atmete tief ein. Die heiße Wüstenluft hatte den Kupfergeschmack von Blut. Dann bemerkte er, dass Dr. Granger nicht mehr hinter ihm war.

Er wartete, dass sie zu ihm aufschloss, und sah das Mitgefühl und die Trauer in ihrem Blick, als sie den Schutt und die Toten betrachtete. Den heutigen Tag würde sie so schnell nicht vergessen.

Er ging zurück. »Schaffen Sie's?«

»Solange ich mich bewege. Wenn ich zu lange stehen bleibe, müssen Sie mich für den Rest des Tages tragen.« Sie lächelte verkrampft – offenbar verlangte ihr das eine Riesenanstrengung ab.

Er ging langsamer weiter und versuchte, einen möglichst weiten Bogen um die herumliegenden Toten zu machen. »Die meisten Opfer waren auf der Stelle tot. Sie mussten nicht leiden.«

Das war gelogen. Um das zu erkennen, musste sie die Toten nur anschauen.

Sie hob skeptisch eine Braue, nagelte ihn aber nicht darauf fest, was er ihr hoch anrechnete.

Sie blickte auf die Leiche einer jungen Frau. Ihr Gesicht war mit Blasen bedeckt, Mund und Augen waren blutverkrustet. Kein typisches Erdbebenopfer. »Nicht alle Toten wurden zerschmettert. Was ist mit den anderen passiert, Sergeant?«

»Nennen Sie mich Jordan.« Er zögerte. Wenn er sie erneut anlog, würde sie es ihm aufs Butterbrot schmieren. Besser ein wenig Offenheit, als sie ganz im Unklaren zu lassen. »Die Untersuchungen laufen noch, aber den ersten gaschromatografischen Analysen nach zu schließen, wurden die Menschen Opfer eines Sarin-Derivats.«

Sie stolperte über einen Ziegelstein, ging aber weiter. Er bewunderte ihre Selbstbeherrschung. »Nervengas? Ist das der Grund, weshalb das amerikanische Militär eingeschaltet wurde?«

»Die Israelis haben uns deshalb um Hilfe gebeten, weil wir auf diesem Gebiet Experten sind. Bislang konnten wir das Nervengas noch nicht bestimmen. Allerdings ähnelt es Sarin. Schnelle Wirkung, schnelle Verteilung. Als die ersten Hilfskräfte in Masada eintrafen, hatte das Gas bereits seine Wirkung verloren.«

Das war ihr Glück gewesen, dachte Jordan, denn sonst hätte es noch mehr Opfer gegeben. Die Israelis hatten geglaubt, das Erdbeben sei ihr größtes Problem. Die Einsatzkräfte hatten erst dann Schutzanzüge angelegt, als sie die Leichen entdeckten.

»Wer tut so etwas?« Ihr Tonfall verriet, dass die Konfrontation mit dem Bösen keine alltägliche Erfahrung für sie darstellte. Darum beneidete er sie.

»Ich wünschte, ich wüsste darauf eine Antwort.«

Selbst das Gas war ein Mysterium. Ihm fehlten die Kennzeichen einer modernen, waffenfähigen Chemikalie. Bei der Analyse war sein Team auf erstaunliche Anomalien gestoßen. Zum Beispiel auf Zimt. Wer zum Teufel versetzte ein Nervengas mit einem Gewürz? Sein Team war noch damit beschäftigt, mehrere andere, nicht minder bizarre und schwer zu bestimmende Substanzen zu identifizieren.

Dass sie den Ursprung des Gases nicht kannten, beunruhigte ihn. Das war sein Job, und normalerweise war er verdammt gut darin. Es ärgerte ihn, dass er auf ein unbekanntes Nervengas gestoßen war, und das ausgerechnet im Mittleren Osten. Weder seinen Vorgesetzten noch den Israelis würde das gefallen.

Er musste über einen Leichensack hinwegsteigen und reichte Dr. Granger die Hand, um sie zu stützen und ein wenig zu beruhigen. Ihr Griff war kräftiger als erwartet. Offenbar stemmte sie nicht nur Stifte.

»War das ein Terroranschlag?« Ihre Stimme klang fest, doch er nahm in ihrem Arm ein leichtes Zittern wahr. Am besten unterhielt er sich weiter mit ihr.

»Das haben die Israelis anfangs auch geglaubt.« Er ließ ihre Hand los. »Aber das Gas wurde exakt zum Zeitpunkt des Erdbebens freigesetzt. Im Erdreich könnten sich alte Kanister befunden haben, die durch die Erdstöße beschädigt wurden.« Er legte die Stirn in Falten. »Masada ist eine archäologische Fundstätte von hoher religiöser Bedeutung. Ich kann mir nicht vorstellen, dass die Israelis hier gefährliche Stoffe verbuddelt haben.« Er zuckte mit den Schultern. »Mein Team hat die Aufgabe, das Rätsel zu lüften.«

Er hatte genaue Anweisungen bekommen: Sie sollten die Ursache des Unglücks herausfinden und die verbliebenen

Kanister entweder bergen oder gefahrlos zur Detonation bringen.

Er und die Archäologin schwiegen für einige Augenblicke. Er hörte das dumpfe Geräusch, mit dem jemand einen Leichensack in einen Helikopter warf. Sie mussten sich beeilen. Bald würde es dunkel werden, und er wollte nur ungern Leute für die Bewachung der Toten abstellen.

Er bemerkte, dass die Augen der Archäologin glasig und geweitet wirkten und dass sie schwerer atmete als zuvor. Er musste weiterreden.

»Wir haben das Lager fast erreicht.«

»Gibt es Überlebende?«

»Einen. Einen Jungen.« Er zeigte auf ein mobiles Sicherheitslabor vom Typ P3 und das sich bauschende Plastikzelt, in dem der Junge untergebracht war.

»War er allein hier?«, fragte sie.

»Zusammen mit seinen Eltern.«

Angeblich hatte der Junge das Gas eingeatmet und trotzdem überlebt. Er hatte es als orangerot beschrieben, mit süßlichem, würzigem Geruch. Diese Beschreibung passte auf kein modernes Nervengas.

Er blickte über den Schutt hinweg zum durchscheinenden Isolationszelt hinüber.

Der Priester kniete gerade neben dem Jungen nieder. Jordan war froh, dass jemand bei ihm war. Allerdings bezweifelte er, dass der Priester den Jungen würde trösten können.

Auf einmal kam ihm seine eigene Aufgabe gar nicht mehr so schwer vor.

»Ist das Ihr Lager?« Erin deutete auf ein Zelt am Rande der Erdspalte.

Lager war eine etwas vollmundige Bezeichnung. »Und sei es noch so bescheiden.« Er warf einen Blick auf die Erdspalte. Sie glich einer riesigen Narbe von anderthalb Metern Breite und etwa dreißig Metern Länge. Auch wenn ein einfaches Erdbeben die Ursache war, kam sie ihm doch unnatürlich vor.

»Ist das hier ein Massenspektrometer?«, fragte Erin, als sie die Stelle erreicht hatten.

Über ihr Erstaunen musste er lächeln. »Sie haben wohl gedacht, ein solches Elfenbeinturm-Spielzeug würde man Malochern wie uns nicht anvertrauen?«

»Nein … ich meinte nur … also …«

Ihr Herumstottern gefiel ihm. Die Leute glaubten, nur weil man eine Uniform trug, habe man sein Gehirn im Rekrutierungsbüro abgegeben. »Wir hauen einfach nur mit Steinen drauf, Doc, aber es funktioniert.«

»Tut mir leid«, sagte sie. »Ich hab's nicht so gemeint. Und nennen Sie mich bitte Erin. Bei der Anrede ›Doc‹ komme ich mir vor wie eine Kinderärztin.«

»Ist schon gut.« Er wandte sich zum Zelt um. »Wir sind fast da, Erin.«

Zwei seiner Leute drängten sich auf dem beengten Raum. Der eine stand vor dem Rechner und trank aus einer Feldflasche. Der andere saß vor dem Monitor und steuerte mit Joysticks das ferngelenkte Fahrzeug des Untersuchungsteams. Man hatte den kleinen Roboter vor einer Stunde in die Erdspalte hinabgelassen. Als er sie ins Lager geleitete, drehten die Männer sich um. Beide nickten kurz, doch ihr Blick verweilte ein wenig länger auf der attraktiven blonden Wissenschaftlerin.

Jordan stellte sie vor und betonte ihren akademischen Grad.

Der sommersprossige junge Mann wandte sich wieder seinen Joysticks zu.

Jordan zeigte auf ihn. »Dr. Granger, das ist unser Computerhengst, Corporal Sanderson, und der Mann, der da unsere Wasservorräte dezimiert, ist Spezialist Cooper.«

Der stämmige Schwarze streifte sich Latexhandschuhe über. Im Abfalleimer lagen bereits mehrere blutverschmierte Exemplare.

»Ich würde ja gern bleiben und noch ein bisschen plaudern, aber ich muss bei den Aufräumarbeiten helfen.« Cooper blickte Jordan an. »Wo haben Sie die Ersatzbatterien versteckt? McKays Kamera hat kaum noch Saft, und wir müssen jeden Toten fotografieren, bevor wir ihn einpacken.«

Erin zuckte zusammen. Sie wurde erneut blass. Jordan war schon so lange im Einsatz, dass er den Schrecken, der ihn tagtäglich umgab, kaum mehr wahrnahm.

Im Moment konnte er nicht viel für sie tun. Oder für die Toten draußen. »Blaue Packung, rechte Tasche.«

Cooper zog eine Lithiumbatterie aus der Reißverschlusstasche.

»Verdammte Scheiße!«, fluchte Sanderson. Alle Köpfe wandten sich ihm zu.

»Was gibt's?«, fragte Jordan.

»Der Rover steckt schon wieder fest.«

Cooper rollte mit den Augen und trat nach draußen.

Der Corporal betrachtete stirnrunzelnd das Bild auf dem Farbmonitor, als handele es sich um ein Videospiel, bei dem ihm eine Niederlage drohte.

Erin beugte sich über seine Schulter vor und warf einen Blick auf die vier Monitore, welche die Bilder der Rover-Kameras wiedergaben. »Stammen die Bilder aus dem Innern der Spalte?«

»Ja, aber der Rover hat sich festgefahren.«

Den Grund für Sandersons Verärgerung sah man auf dem Bildschirm. Der Rover hatte sich verkeilt. Zwei der Kameras waren von herabgefallenem Erdreich und Steinen verschüttet worden. Sanderson drückte die Sticks nach unten. Die Räder des Rovers drehten sich wirkungslos und schleuderten weiteren Staub empor. »Army-Schrott!«

Die *Ausrüstung* war nicht das Problem. Der Rover war von neuester Bauart und gespickt mit Sensoren und Radarinstrumenten, die eine furzende Maus in einem Lagerhaus aufgespürt hätten. Das Problem war, dass Sanderson die Kunst, zwei Joysticks gleichzeitig zu bedienen, noch nicht beherrschte. Auch Jordan kam damit nicht klar.

Erin musterte ihn. »Ist das ein ST-20? Den habe ich schon Hunderte Stunden lang gesteuert. Darf ich mal probieren?«

Ihr eine Beschäftigung zu geben, konnte nicht schaden. Es sah nicht danach aus, als ob Sanderson den Roboter wieder freibekommen würde. Außerdem war Jordan für jede Art von Hilfe dankbar. »Klar.« Sanderson hob angewidert die Hände und rollte mit seinem Stuhl aus dem Weg. »Nur zu. Das Einzige, was ich noch nicht versucht habe, ist, persönlich in das Loch zu kriechen und dem Ding einen Arschtritt zu verpassen.«

Erin stellte sich vor den Monitor und legte die Hände auf die Joysticks, als wüsste sie genau, was sie tat. Sie wechselte zwischen Vorwärts- und Rückwärtsgang und ließ den Rover wie bei einem Einparkmanöver hin- und herruckeln.

»Das hab ich auch schon probiert«, meinte Sanderson. »Das bringt nichts …«

Unvermittelt kam der Rover frei. Jordan bemerkte, wie ein triumphierendes Lächeln über Erins Züge huschte, und sie stieg noch in seiner Achtung, weil sie darauf verzichtete, Sanderson gegenüber eine Bemerkung zu machen.

Sanderson stand auf und stemmte die Arme in die Hüfte. »O Mann! Sie lassen mich vor meinem Vorgesetzten ganz schön blöd dastehen!«

Dann schob er ihr lächelnd seinen Stuhl hin, als wär's ein Thron. Als sie sich gesetzt hatte, sah sie Jordan an. »Wonach suchen wir?«

»Unser Team soll herausfinden, woher das Gas stammt.«

»Lassen Sie mich raten«, meinte Erin mit aufrichtigem Lächeln. »Meine Aufgabe ist es, darauf zu achten, dass Sie keine jahrtausendealten Artefakte zerstören.«

Jordans Lächeln war dem ihren ebenbürtig. »Das könnte man so ausdrücken.« Er ließ sich nicht weiter über das Thema aus, doch er hatte sie auf Verlangen des israelischen Geheimdienstes holen lassen, nicht auf Wunsch der Altertumsbehörde. Den Grund dafür kannte er nicht. Und ungelöste Rätsel waren ihm zuwider.

Alle Augen waren auf die Monitore gerichtet, als sie den Rover über das Geröll lenkte.

»Was machen Sie eigentlich hier in Israel?«, fragte Sanderson.

»Ich leite Ausgrabungen in Caesarea«, antwortete sie. »Nichts Besonderes.«

Jordan entnahm ihrem Tonfall, dass es sich dabei um alles andere als bloße Routine handelte.

Der Rover rutschte eine schiefe Ebene hinunter und gelangte in eine Art Tunnel.

»Sehen Sie sich mal die Wände an.« Sie ließ die Kameras rotieren. »Scharfrandige Kerben.«

»Und?«, meinte Jordan.

»Der Tunnel wurde von Menschenhand geschaffen. Mit Hammer und Meißel.«

»So tief unten? Mitten im Berg?« Er trat dichter an sie heran. »Was glauben Sie, wer das war? Die jüdischen Aufständischen, die hier umgekommen sind?«

»Vielleicht.« Sie rückte ein wenig von ihm weg. Eine Frage der persönlichen Distanzzone. Er vergrößerte den Abstand minimal. »Oder die byzantinischen Mönche, die Jahrhunderte später auf dem Berg gelebt haben. Ohne weitere Hinweise lässt sich das nicht sagen. Ich glaube jedenfalls, dieser kleine Bursche hier ist der erste Besucher seit sehr langer Zeit.«

Der Rover kletterte über einen Geröllhaufen, die Halogenscheinwerfer erfüllten die pechschwarze Erdspalte mit gespenstisch weißem Licht.

»Verdammt«, sagte Erin.

»Was ist?«, fragte Jordan.

Sie lenkte den Rover nach rechts, wo ein Haufen herausgebrochener Steine auftauchte.

»Und?« Jordan konnte keinen Unterschied zu den anderen Steinhaufen erkennen.

»Schauen Sie.« Erin tippte mit dem Finger auf den Monitor. »Das war mal ein Tunnel, aber er ist eingestürzt.«

»Wie so vieles andere auch«, warf Sanderson ein. »Weshalb sollte das eine große Sache sein?«

»Hier, an der Seite«, sagte sie. »Das sind ziemlich neuzeitliche Bohrspuren.«

Jordan beugte sich aufgeregt vor. »Das bedeutet?«

»Das bedeutet, in den vergangenen hundert Jahren hat sich jemand Zugang zum Tunnel verschafft.« Erin seufzte. »Und wahrscheinlich wertvolle Dinge entwendet.«

»Vielleicht waren das die Leute, die hier das Gas deponiert haben.« Jordan wunderte sich, dass er erleichtert war, weil es sich um ein modernes und kein historisches Nervengas handelte, doch so war es.

Erin wendete den Rover und ließ ihn weiterrollen. Nach einer Weile weitete sich der Raum.

»Halten Sie an«, sagte Jordan. »Was ist das hier?«

»Sieht aus wie ein unterirdisches Lager.« Erin lenkte den Rover im Kreis und nahm den leeren Raum in Augenschein. Keine kaputten Kanister.

Jordan wandte sich an den Corporal. »Was sagen die Messinstrumente?«

Sanderson hockte vor einem anderen Monitor. Er mochte Mühe haben, den Rover zu steuern, aber mit seinen Geräten kannte er sich aus. »Zahlreiche Abbauprodukte. Keine toxische Aktivität. Aber das sind die stärksten Ausschläge, die ich bislang gemessen habe. Ich würde sagen, das Gas stammt aus diesem Raum.«

Eine Kamera schwenkte zur Decke hoch. »Sieht aus wie eine Kirche«, meinte Sanderson.

Erin schüttelte den Kopf. »Eher wie ein unterirdischer Tempel oder eine Gruft. Die Anlage ist sehr alt.« Sie tippte auf den Bildschirm, als wollte sie den Stein berühren.

»Was ist in dem Kasten?«, fragte Jordan.

»Ich denke, das ist ein Sarkophag, aber um das mit Sicherheit sagen zu können, muss ich näher ranfahren. Der Scheinwerfer reicht nicht so weit.«

Sie setzte den Rover in Bewegung, doch er hielt gleich wieder an. Sie betätigte beide Joysticks, dann seufzte sie und hob die Hände.

»Wieder festgefahren?«, fragte Jordan. Sie waren so dicht vor dem Ziel.

»Ende der Fahnenstange«, sagte sie. »Weiter reicht das Steuerkabel des Rovers nicht.«

Sie hielt die Kamera auf das steinerne Behältnis gerichtet. »Das ist eindeutig ein Sarkophag. Anscheinend wurde hier eine bedeutende Persönlichkeit bestattet.«

»So bedeutend, dass man die Gruft mit einer Falle gesichert hat?« Das wäre eine Erklärung.

»Das wäre möglich, aber die Ägypter – und nicht die Juden – waren berüchtigt für ihre ausgeklügelten Grabfallen.« Sie rieb sich die Unterlippe. »Das ergibt keinen Sinn.«

»Hier ergibt nichts einen Sinn.« Sanderson schnaubte. »Genau wie das nach Zimt duftende Nervengas.«

»Also, in einer Gruft vielleicht schon.«

»Wieso das?« Jordan verstand nicht, was sie meinte.

»Im Altertum war Zimt ein kostbares Gewürz«, erklärte sie. »Die Reichen haben es bei Bestattungen verbrannt, weil sie glaubten, es gereiche Gott zum Wohlgefallen. In der Bibel wird es mehrfach erwähnt. Moses sollte es bei der Zubereitung eines Salböls verwenden.«

»Dann ist der Zimt also wahrscheinlich eine Verunreinigung?« Jordan war froh über die Information. Über Zimt wusste er nur, dass er ihm auf einseitig geröstetem Toast schmeckte.

»Die Konzentration in den Gasrückständen ist zu hoch, als dass es sich um eine Verunreinigung handeln könnte«, warf Sanderson ein.

»Was wissen Sie sonst noch über den Gebrauch von Zimt im Altertum?«

»Wenn ich gewusst hätte, dass ich ins Kreuzverhör genommen werde, hätte ich mich vorher schlaugemacht.« Erin lächelte entwaffnend. »Mal überlegen. Zimt wurde als Verdauungshilfe verwendet. Als Mittel gegen Erkältung. Und zum Schutz vor Mücken.«

»Checken Sie das«, befahl Jordan. Er trat hinter Sanderson, so aufgekratzt, als hätte er sich einen dreifachen Espresso einverleibt. Sandersons Finger flogen über die Tasten. »Schon dabei.«

»Was ist los?«, fragte sie. »Habe ich irgendwas gesagt?«

»Vielleicht haben Sie einen Beitrag zur Lösung meines Problems geliefert«, antwortete Jordan. »Die meisten Mückenmittel sind nur zwei chemische Bindungen von einem Nervengas entfernt. Das erste Nervengas …«

Der Boden bebte heftig. Erins Stuhl rollte nach hinten

und drohte umzukippen. Jordan hielt ihn fest, während das Leinwandzelt schwankte und der Metallrahmen bedrohlich knackte.

Erin spannte sich an, als wollte sie aufspringen, doch er drückte sie wieder nieder. »Es ist sicherer, wenn Sie das Nachbeben hier abwettern«, meinte Jordan.

Dass es auf dem zerstörten Plateau nirgendwo sicher war, verschwieg er ihr. Es fehlte nicht viel, und der ganze Tafelberg würde mitten entzweibrechen. Die Erschütterungen verebbten. »So, Schluss mit dem Schaufensterbummel.« Er wandte sich an Sanderson. »Sind Sie sicher, dass kein wirksames Nervengas mehr in der Kammer ist?«

Sanderson beugte sich über seine Konsole. Nach einer Weile richtete er sich wieder auf. »Negativ, Sir. Da findet man kein einziges Molekül mehr.«

»Gut. Holen Sie Cooper und McKay und geben Sie Perlman Bescheid. Wir machen uns fertig und gehen in fünf Minuten runter.«

Erin erhob sich, um sich dem Erkundungstrupp anzuschließen.

Er schüttelte den Kopf. »Tut mir leid. Sie müssen warten, bis wir den Raum gesichert haben.«

Sie verzog das Gesicht. »Sie haben mich von der Arbeit weggeholt. Ich habe nicht vor …«

»Ich bin verantwortlich für die vier Soldaten meiner Gruppe. Diese Verantwortung nehme ich nicht auf die leichte Schulter, Dr. Granger. Da unten gibt es vermutlich eine Quelle von tödlichem Nervengas. Ich will auch keine tote Zivilistin auf dem Gewissen haben.«

»Warum auf einmal so förmlich?« Ihre Aussprache war plötzlich ausgesprochen präzise. Sie erinnerte ihn an seine Mutter. »Wie lauten eigentlich Ihre Befehle hinsichtlich meiner Person, Sergeant Stone?«

»Wie ich bereits sagte, sollen Sie die Unversehrtheit des Fundorts sicherstellen.« Sein Tonfall war ruhig und höflich. Er hatte keine Zeit, sich mit einer zornigen Wissenschaftlerin zu beschäftigen, die sich in Gefahr begeben wollte.

»Wie soll ich die Unversehrtheit von hier oben aus sicherstellen?«

»Sie haben erklärt, das Einzige, was sich dort befindet, sei ein Sarkophag …«

»Ich habe gesagt, das wäre alles, was ich von hier oben aus sehen kann. Aber wie steht es mit dem *Inhalt* des Sarkophags, Sergeant Stone?«

Ihr Tonfall war einige Grad kühler als eben noch. Er musste sich zusammenreißen. »Es ist mir ziemlich egal, was da drin ist, Doktor. Ich …«

»Das sollte Ihnen aber nicht egal sein. Der Sarkophag ist nämlich offen.«

Er wich überrascht einen Schritt zurück. »Was?«

Sie tippte mit dem Fingernagel auf den Bildschirm, auf eine bestimmte Stelle im Videostream des Rovers. »Sehen Sie. Das ist der Deckel. Er liegt neben dem Sarkophag. Jemand hat anscheinend das Siegel gebrochen und den Deckel abgenommen.«

Ihm wäre es lieber gewesen, sie hätte es übersehen. Das machte alles nur noch komplizierter.

Sie senkte die Stimme. »Wir haben keine Ahnung, was da drin ist. Es könnte die Mumie eines jüdischen Königs sein oder ein Exemplar der Thora. Masada hat für das jüdische Volk große historische Bedeutung. Wenn da etwas beschädigt wird …«

Er setzte zu einer Entgegnung an, doch dann holte er nur tief Luft und atmete langsam wieder aus. Sie hatte recht. Die Israelis würden ihm den Kopf abreißen, wenn sein Team auch nur den kleinsten Fehler machte. Verdammt.

Schließlich sagte er: »Es ist nicht auszuschließen, dass sich dort unten noch intakte Gaskanister befinden. Die könnten bei einem Nachbeben jederzeit beschädigt werden. Dann ergeht es uns so wie den Leuten, die Sie da draußen gesehen haben.«

Sie erbleichte, dann straffte sie sich. »Die möglichen Folgen sind mir bewusst, Sergeant.«

Das bezweifelte er. »Haben Sie sich schon mal abgeseilt?«

»Selbstverständlich«, sagte sie. »Bei zahllosen Gelegenheiten.«

Er hielt ihrem Blick stand. »Ich nehme an, Sie können weiter zählen als bis eins?«

Sie grinste. »Darauf können Sie sich verlassen. Vielleicht sogar bis hundert.«

Er entspannte sich. Wenigstens würde es dann leichter werden, sie nach unten zu schaffen. »Dann stehen Sie ab sofort unter meinem Befehl. Wenn ich ›springen‹ sage …«

Ohne die Miene zu verziehen, sagte sie: »Dann frage ich, wie hoch ich springen soll. Hab's kapiert.«

Er fasste sich an den Ohrhörer. »Sanderson, helfen Sie Dr. Granger, einen Schutzanzug anzulegen. Sie kommt mit.«

6

26. Oktober, 16:42, Israelische Standardzeit
Fünfzig Kilometer von Masada entfernt

BATHORY ZOG DIE Verdunkelungsvorhänge vor, sodass die öde Wüste jenseits des Flughafenhangars ausgeblendet wurde. Sie fragte sich, ob sie die Sonne je wiedersehen würde.

Einen Moment lang schloss sie die Augen, um sich zu sammeln. Sie atmete tief durch und verdrängte den Schmerz, der sie unablässig durchströmte, diesen dumpfen Schmerz, der immer gegenwärtig war und den sie niemals vergaß, eine stete Mahnung an das Gelöbnis, das sie in ihrer Jugend abgelegt hatte. Der Schmerz drückte ihr ebenso unveränderlich seinen Stempel auf wie die schwarze Würgehand, die sich ihrem weißen Hals eingeprägt hatte; beide stammten aus derselben Zeit, Zeichen des Versprechens, Ihm zu dienen, das mit Blut und Opfer besiegelt worden war. Sie fasste sich an den Hals, berührte den Ursprung des Schmerzes und des Versprechens. Das Mal diente auch noch einem anderen Zweck: dem *Schutz*. Es zeichnete sie aus als Seine Auserwählte. Niemand durfte ihr zu nahe treten, und alle gehorchten ihr.

Sie zwang ihren Arm wieder nach unten, wohl wissend, dass sie niemals ein Zeichen von Schwäche zeigen durfte, vor allem nicht vor den anderen. Sie wandte das Gesicht dem höhlenartigen dunklen Hangar zu, der von Deckenleuchten, die an den Stahlträgern befestigt waren, trüb erhellt wurde. Ihr Team war bereits in den Helikopter gestiegen und wartete auf sie.

Ein Crewmitglied schlug die hintere Frachtluke zu. Etwas prallte gegen die sich schließende Tür, schleuderte den Mann einen Schritt weit zurück. Er überwand seinen Schreck und schaffte es, die Luke zu verriegeln.

Sie gestattete sich ein Lächeln. Das schwarze Tattoo an ihrem Hals war nicht ihr einziger Schutz.

Ruhig, sandte sie ihre Gedanken in Richtung Frachtluke. *Bald kommst du frei.*

Die Botschaft wurde ohne Worte übermittelt, aber voller Wärme und Mitgefühl.

Sie nahm ein Echo wahr: *Genugtuung, Hunger und tief empfundene Liebe.*

In dem Gefühl schwelgend, richtete sie das Kevlar und Leder, das ihren Körper umhüllte, sicherte die SIG Sauer in ihrem Schulterhalfter und schritt durch den großen Hangar zum Helikopter. Die Rotoren drehten sich bereits, der Lärm in dem abgeschlossenen Raum war ohrenbetäubend.

Sie duckte sich unter den Rotorblättern hindurch, kletterte in die Kabine des Eurocopter Panther, einer Spezialanfertigung, und schlug die Luke hinter sich zu. Drinnen war es dunkel, kühl und leise. An Bord der mittelgroßen Maschine befanden sich zehn Passagiere sowie sechshundert Pfund Ladung, die im Frachtraum sicher verstaut war. Doch es war kein gewöhnlicher Helikopter. Aufgrund der Stealth-Beschichtung war er nahezu unsichtbar, der Antrieb schallgedämmt. Er hatte einen Tarnanstrich, wie es beim israelischen Militär üblich war. Nur die Kabinenfenster waren schwarz gestrichen.

Als sie zu dem freien Sitz ging, folgten ihr die Blicke der anderen. Alle neun waren erfahrene Jäger von bester Abstammung. Sie erkannte die animalische Gier in ihren Augen und die hinter ihrem leeren Blick verborgene Wildheit.

Ohne sie zu beachten, nahm sie neben ihrem Stellvertreter Tarek Platz. In der düsteren Kabine war er ein noch dunklerer Schatten und ebenso kalt. Sie dachte an Farids Wärme, an die Berührung seiner warmen Hand in ihrem Rücken. Jetzt war das eine ferne Erinnerung. Sie rückte den Kopfhörer zurecht und funkte den Piloten an. In der Maschine mit den geschwärzten Fenstern würde er, unterstützt von Flugsimulationssoftware, allein nach Instrumenten fliegen.

»Wie schaut es aus?«, fragte sie.

Seine Antwort erfolgte prompt. »Ich habe bereits den israelischen Sicherheitscode übermittelt, der uns die Landung auf dem Gipfel ermöglichen sollte. Man erwartet einen Frachthelikopter. In zweiundzwanzig Minuten setzen wir auf.«

Sie stellte im Kopf eine Berechnung an. *Sieben Minuten nach Sonnenuntergang.* Perfekt.

Das Triebwerk kam auf Touren, was sich als gedämpftes Dröhnen bemerkbar machte. Sie stellte sich vor, wie das Tor nach oben glitt und blendender Sonnenschein in den Hangar fiel. Sie spürte, wie die Maschine höher stieg, und stellte sich vor, wie sie über den heißen Sand fegte, ein dunkles Staubkorn über einem Feuermeer.

»Wie viele?«, fragte Tarek mit knurrendem Unterton.

Sie wusste, was er meinte: *Mit wie vielen Gegnern müssen wir in Masada rechnen?* Aber sie hörte auch die unterschwellige Vorfreude aus seinen Worten heraus. Damit entzündete er in der Kabine einen Funken der Erregung, so als hätte er ein Streichholz in eine Benzinlache fallen lassen.

Sie beantwortete seine ausgesprochene wie auch seine unausgesprochene Frage: »Siebzehn.«

Tareks Gesicht blieb im Schatten, doch sie spürte sein grausames Lächeln. Ihr sträubten sich die Nackenhaare, eine instinktive Reaktion auf die Nähe eines Raubtiers. Soviel sie wusste, wurde der Berggipfel nur von einer Handvoll Soldaten bewacht. Mit ihren neun Begleitern und dem Überraschungsmoment auf ihrer Seite würden sie nur wenige Minuten brauchen, um das Gelände zu sichern.

Anschließend mussten sie das Buch finden.

Ihre Hand wollte wieder zum Hals wandern, doch sie verschränkte die Finger in ihrem Schoß.

Sie würde Ihn nicht enttäuschen.

Allerdings blieb ein Moment der Unsicherheit, wie der seiner Benachrichtigung beigefügten Warnung zu entnehmen war:

Ein Krieger wurde ausgesandt, es zu bergen.
Lassen Sie sich durch nichts aufhalten.

Sie erzählte Tarek davon.

»Sei wachsam. Wir müssen mit der Anwesenheit eines Christuskriegers rechnen.« Tarek spannte sich an, sein Schatten schien sich in eine Skulptur aus schwarzem Eis zu verwandeln. Seine Stimme war ein leises Zischen, und die alte Bezeichnung für einen solchen Krieger klang aus seinem Munde wie ein Fluch.

»*Sanguinarier.*«

7

27. Oktober, 16:44, Israelische Standardzeit
Masada, Israel

ERIN SCHAUTE SICH verstohlen in dem leeren Zelt um. Jordan hatte sie gebeten, hier auf ihn zu warten. Jetzt war sie ein paar Minuten allein. Sie nahm das Handy aus der Tasche und checkte die Nachrichten.

Eine SMS von Nate.

»Kann die Botschaft nicht erreichen. Wurde nach dem Erdbeben von Anrufen überflutet. Alles okay?«

Da Perlman jeden Moment zurückkommen konnte, tippte sie rasch die Antwort ein.

»Mir geht's gut. Alles cool. Neuigkeiten von Heinrich?«

Das Display blieb so lange dunkel, dass sie schon fürchtete, er könnte sein Handy weggelegt haben.

»Nate?«
»Können Sie mich anrufen?«

Die SMS verblasste, und sie blinzelte. Sie konnte ihn nicht anrufen. Man würde es mitbekommen. Sie hatte nicht den geringsten Zweifel, dass Perlman ihr Handy zerstören würde, wenn er sie dabei erwischte, dass sie es benutzte. Also antwortete sie:

»Nein. Schreiben Sie's mir. Jetzt.«

Eine weitere Pause, dann:

»Heinrich hat es nicht geschafft.«

Erin ließ sich auf Sandersons Stuhl niedersacken. Er war Tausende Meilen von zu Hause in einem Krankenhaus gestorben, und sie war schuld. Um einer Auseinandersetzung aus dem Weg zu gehen, hatte sie ihn allein im Graben zurückgelassen, um Pinsel zu holen, die sie nicht brauchte. Was sollte sie seinen Eltern sagen? Aus dem Mülleimer mit den benutzten Handschuhen stieg ihr Blutgeruch in die Nase. Sie unterdrückte den Würgereiz.

»Doc?« Jordan streckte seinen Kopf durch den Eingang. »Wir sind bereit, wenn…« Er trat ins Zelt. »Erin, alles in Ordnung?«

Sie blickte auf, schaute ihn an. Seine Stimme schien aus weiter Ferne zu kommen.

»Erin? Ist etwas passiert?« Mit zwei Schritten hatte er sie erreicht.

Sie schüttelte den Kopf. Wenn sie ihm von Heinrichs Tod erzählte, würde sie hier in dem kleinen Zelt zusammenbrechen, inmitten eines Trümmerfelds mit lauter Toten.

Er musterte sie besorgt.

Da sie seinen Blick nicht aushielt, tippte sie eine Antwort an Nate ein. Sie bezweifelte, dass Jordan etwas dagegen hatte.

»Verstanden. Ich rufe Sie an, sobald es geht.«

Dann steckte sie das Handy ein. »Es geht bloß um meine Grabung«, sagte sie im Brustton der Überzeugung. »Die Planung hat Jahre in Anspruch genommen, und jetzt sind durch das Beben Schäden aufgetreten.«

»Wir bringen Sie so bald wie möglich zurück.«

»Ich weiß.« Vermutlich hielt er sie für verrückt, weil sie sich Sorgen um ein paar alte, verschüttete Knochen machte. Doch nachdem sie ein bisschen Dampf abgelassen hatte, ging es ihr wieder besser. Oder es lag daran, dass Jordan eine beruhigende Wirkung auf sie ausübte. Wie sonst war zu erklären, dass sie die Erlebnisse dort draußen so gut weggesteckt hatte? Sie atmete noch einmal tief durch.

»Ich bin bereit«, sagte sie und erhob sich.

»Dann folgen Sie mir bitte. Wir helfen Ihnen, die Gurte anzulegen.«

Sie ging mit ihm zum Rand der Erdspalte, wo er ihr ein Gewirr von Knoten und Gurten reichte. Militärgerät. Damit kannte sie sich nicht aus. Sie blickte ihn fragend an.

Er drehte das Geschirr um. »Treten Sie hier mit einem Bein rein. Und hier mit dem anderen.«

Er stellte sich hinter sie und half ihr ins Geschirr. Mit sicherem Griff straffte er Gurte und passte Clips an. Als alles richtig saß, war ihre Körpertemperatur um gefühlte zehn Grad angestiegen. Eilig befestigte sie den Brustgurt.

Ein Helikopter startete. Sie blickte über das Plateau hinweg. Der Teenager war verschwunden, zusammen mit dem Großteil der Besatzung und den Leichensäcken. Sie hatte den Eindruck, dass nur noch ein paar Personen in den länger werdenden Schatten arbeiteten.

Jordan trat vor sie hin. Er langte nach unten und zog die Gurte um ihre Oberschenkel stramm, was gleichzeitig professionell-distanziert und unglaublich anzüglich wirkte. Die Gurte zwickten sie, zogen sie an ihn heran. Sie blickte in seine blauen Augen, die jetzt, da die Sonne unterging, immer dunkler wurden.

»Wenn ich etwas wissen sollte, bevor wir dort runtergehen«, sagte er, »sollten Sie es mir jetzt sagen.«

»Da gibt es nichts.« Sie seilte sich lieber ab, als noch länger hier oben bei all den Toten zu bleiben. »Außer dass ich einen schlechten Tag erwischt habe.«

»Sanderson hat Ihnen unten einen Stuhl vorgewärmt.« Er musterte ihr Gesicht. »Der Rover ist vor Ort. Sie könnten unsere Fortschritte auch von oben mitverfolgen.«

Sie sammelte ihren schon verloren geglaubten Mut und rang sich ein Lächeln ab. »Und Ihnen den ganzen Spaß überlassen?«

Er bedachte sie mit einem letzten besorgten Blick, dann wandte er sich an seine Leute.

Die Männer neben ihr warfen Leinen über den Rand. Er war mit blauen Decken abgepolstert, damit sich die Seile an der scharfen Kante nicht aufrauten. Offenbar wussten sie, was sie taten. Zur Sicherheit überprüfte auch sie noch einmal die Seile.

Sanderson trat hinter sie. Er ging nicht mit nach unten, sondern half bloß den anderen, die Klettergurte anzulegen. Er reichte ihr einen Gegenstand von der Länge und Dicke eines Kugelschreibers.

»Der Sergeant hat gemeint, ich soll Ihnen eine Atropinspritze mitgeben«, sagte er. »Die stecken Sie sich am besten in die Socke.«

»Wozu?«

»Sollten Sie das geheimnisvolle Gas einatmen, brechen Sie die Spitze ab und stechen sich das Ding in den Oberschenkel.«

Sie wurde von jäher Furcht erfasst. »Ich dachte, da unten gibt es kein aktives Gas mehr?«

»Das ist eine reine Vorsichtsmaßnahme, aber seien Sie vorsichtig. Das Zeug ist hochwirksam. Setzen Sie es nur dann ein, wenn Sie wirklich sicher sind, dass Sie kontaminiert wurden. Vom Atropin geht Ihr Pulsschlag durch die Decke. Wenn Sie sich nicht vergiftet haben, könnte Ihre Pumpe schlappmachen. Und zwar ganz schnell.«

»Wäre es nicht besser, wenn wir Schutzanzüge tragen würden?«

»Zu unförmig fürs Abseilen. Außerdem würden die Gurte das Gewebe zerreißen. Keine Sorge, beim ersten Anzeichen einer drohenden Ohnmacht geben Sie sich die verdammte Spritze. Dann sollten Sie so lange durchhalten, dass wir Sie hochziehen können.«

Sie musterte sein sommersprossiges Gesicht, um herauszufinden, ob er scherzte oder ihr Angst machen wollte.

Er drückte ihr aufmunternd die Schulter. »Wird schon gut gehen.«

Gar nichts war gut. Ein wenig aufgeregter als zuvor zog sie das Hosenbein hoch und schob die Spritze tief in ihre Socke. Lieutenant Perlman und zwei andere Soldaten – ein junger Israeli und ein älterer Amerikaner – traten an den Rand der Erdspalte. Der Amerikaner mit dem buschigen braunen Haar hatte eine Tasche geschultert. Sie las seinen Namen von der Uniform ab: *McKay*.

Auf der Tasche standen drei Großbuchstaben: *EOD*.

Er bemerkte ihren Blick. »Explosive Ordnance Division. Ich sprenge Sachen in die Luft.«

Offenbar hatten sie vor, noch vorhandene intakte Kanister zur Explosion zu bringen. Sie hätte sich mehr Sorgen machen sollen, doch nach der schockierenden Nachricht von Heinrichs Tod war sie zu benommen, um in Panik zu geraten. McKay reichte ihr die Hand. Erin schüttelte sie. Er war ein großer Mann, nur ein paar Cheeseburger von der Wampe entfernt und zehn Jahre älter als die anderen. Sie schätzte sein Alter auf Anfang vierzig. Er lächelte breit, als er ihr die Hand schüttelte.

»Der bestaussehende Kletterpartner, den ich seit Langem hatte.« Er zwinkerte ihr zu, und sie lächelte gezwungen.

Er trat an den Rand der Spalte, als wäre dies ein Bordstein. Sie stellte sich neben ihn und blickte nach unten. Der Boden war nicht zu erkennen. Die Spalte war breit genug, um sich problemlos abzuseilen, aber sie zitterte trotzdem. Das schartige, hässliche Ding war ein Fremdkörper im Berg.

McKay und Cooper sicherten sie mit zwei Seilen.

Sie trat zu einem freien Seil und klickte sich daran fest, prüfte zur Sicherheit zweimal die Belastbarkeit.

Eine Frau aus Jordans Team namens Tyson kniete neben der Erdspalte. Sie hatte einen langen Schlauch in den Riss hinuntergelassen. Neben ihrem Knie stand ein Gaschromatograf.

»Wie sieht's aus, Tyson?«, rief Jordan.

»Ich messe hohe Konzentrationen von Stickstoff, Sauerstoff und Argon.« Sie sah auf den Monitor. »Spuren von allem, was man erwarten kann. Keine gefährlichen Gase, Sergeant.«

»Messen Sie weiter, Corporal.« Jordan wandte sich an die anderen. »Und halten Sie alle das Atropin bereit.«

»Worauf warten wir, Sergeant?« Cooper hatte sich über den Abgrund gebeugt. Das Seil wirkte viel zu dünn, um sein Gewicht zu tragen, doch in seinen Augen schien das Adrenalin zu flackern. Ein geborener Kletterer.

Jordan schwenkte den Arm. »Ranger voran!« Cooper und McKay – der eine jauchzend, der andere seufzend – gingen so mühelos, als befänden sie sich auf ebener Erde, rückwärts die Wand der Spalte hinunter.

Die Israelis klickten sich als Nächste ein und verschwanden über die Kante. Tyson hantierte an ihrer Überwachungsausrüstung. Sie hatte keinen Klettergurt angelegt und blieb somit ebenfalls oben.

Blieben noch Erin und Jordan. In der Zwischenzeit hatte er eine große Waffe geschultert. Er klickte sich neben ihr ans Kletterseil. Dann beugte er sich herüber und zog an ihrem Seil. »Schön straff.«

»Da können Sie drauf wetten.«

Jordan grinste, lehnte sich zurück und machte einen großen Schritt in die Tiefe. Er blickte zu ihr hoch und sagte mit fester Stimme: »Auf Ihr Kommando. Ich bleibe neben Ihnen.«

Sie lehnte sich zurück, spürte, wie ihre Hände sich öffneten und schlossen, ließ Seil durch ihre handschuhgeschützten Finger gleiten – und dann stand sie auf einmal neben Jordan auf der Wand der Spalte.

16:54
Drei Minuten vor Sonnenuntergang

Als seine Stiefel den Boden berührten, machte Jordan automatisch eine Bestandsaufnahme seiner Waffen. Er klopfte auf den Colt 1911 im Gürtelhalfter, dann vergewisserte er sich, dass der Ka-Bar-Dolch an seinem Knöchel festgeschnallt war. Seine bevorzugte Waffe aber war die MP7 von Heckler & Koch, die er über der rechten Schulter trug. Die Maschinenpistole feuerte in der Minute neunhundertfünfzig Patronen aus gehärtetem Stahl ab und war in der Lage, eine Schutzweste aus Kevlar in einen Schweizer Käse zu verwandeln.

Er überprüfte Munitionsclip und Sicherung, vergewisserte sich, dass es beim Abseilen zu keinen Beschädigungen gekommen war, und ertappte Erin dabei, dass sie ihm gebannt zusah.

»Glauben Sie wirklich, dass Sie hier unten so viel Feuerkraft brauchen?« Erin faltete ihre Handschuhe und schob sie in die Gesäßtasche.

Bevor er antworten konnte, meldete sich über Ohrhörer Sandersons verrauschte Stimme. »*Sergeant, ein israelischer Frachtheli ist im Anflug. Ich schätze, die wollen die restlichen Toten abholen.*«

Der Hubschrauber kam ein wenig früh, doch Jordan war es recht. Er wollte, dass alle so schnell wie möglich von dem verdammten Berg verschwanden. Er fasste sich an den Ohrhörer. »Verstanden.«

Er und Erin schlossen sich dem Rest des Teams an, das sich an einem schmalen Riss in der Wand der Erdspalte versammelt hatte. Das Rover-Kabel verschwand darin.

Er blickte Erin an. Was zum Teufel war im Zelt mit ihr passiert? Zunächst hatte er geglaubt, sie habe Höhenangst und fürchte sich vor dem Abseilen, doch das hatte sie bewältigt, ohne mit der Wimper zu zucken. Also musste sie in den wenigen Minuten, als sie allein gewesen war, etwas gesehen oder gehört haben, das sie aus der Fassung gebracht hatte. Er glaubte nicht, dass sie ihm die ganze Wahrheit gesagt hatte. Jetzt ging es ihr anscheinend wieder besser, aber er konnte nur hoffen, dass die Mission davon nicht beeinträchtigt werden würde.

Cooper zog seinen Kopf aus dem sechzig Zentimeter breiten Riss hervor, durch den der Rover gefahren war, und warf einen Leuchtstab hinein, der den vor ihnen liegenden Weg erhellte. »Hinter der Einmündung weitet sich der Gang. Übrigens wurde er künstlich angelegt.«

Die Arme in die Hüfte gestemmt, spähte McKay in die Öffnung.

Jordan klopfte ihm auf die Schulter. »Ein bisschen eng, aber das schaffen Sie schon.«

McKay schüttelte den Kopf. »Sagt ein Klappergestell, das kaum sein eigenes Gewicht gestemmt bekommt.«

Jordan war nicht dünn, und er konnte bestimmt mehr stemmen als sein Körpergewicht. Aber er würde hindurchpassen. Für McKay hingegen würde es in voller Montur ausgesprochen eng werden.

Cooper grinste über beide Backen. »Du kannst dich immer noch nackt ausziehen und mit Fett einschmieren.«

»Und dir eine Gratisvorstellung geben? Kommt nicht in die Tüte.«

Lieutenant Perlman hatte die Arme vor der Brust verschränkt und die Stirn gerunzelt. Der andere israelische Soldat trat von einem Fuß auf den anderen.

Jordan sah keinen Grund, weshalb sie noch länger warten sollten. Die Sonne ging unter, und er wollte hier so schnell wie möglich fertig werden. Er justierte seine Schulterlampe. »Los geht's«, sagte er.

16:57 – Sonnenuntergang

Im Knien beobachtete Erin, wie die anderen im Riss verschwanden. Sie atmete vorsichtig ein. Sie hatte erwartet, dass ein chemischer Geruch in der Luft liegen würde, doch es roch nur muffig wie an einem lange Zeit unbewohnten Ort. Der vertraute und eigentümlich beruhigende Geruch einer alten Gruft.

Sie klopfte auf die Spritze in ihrer Socke, richtete sich auf und trat hinter Jordan durch die schmale Öffnung. Mit den

Schultern streifte sie an beiden Seiten an die rauen Steinwände, deshalb drehte sie sich seitlich. Hoffentlich würde McKay es ohne allzu starke Hautabschürfungen schaffen.

Hier war die Luft viel kühler als auf dem Berg. Ihre Turnschuhe sanken in den Sand ein. Der Leuchtstab erhellte den Gang mit gespenstisch fahlem Licht. Als sie daran vorbeikam, zuckte es sie in den Fingern, ihn aufzuheben und in die Tasche zu stecken. Sie vermüllten eine archäologische Fundstätte. Sie nahm sich vor, den Stab auf dem Rückweg mitzunehmen. Eine Hand hielt sie zum Schutz zwischen Decke und Kopf.

Vor ihnen stieß McKay eine Reihe von Flüchen aus, nachdem er den Riss passiert hatte. Die meisten davon betrafen die Enge.

Cooper lachte herzhaft. Auch Erin musste unwillkürlich lächeln. Sie hatte häufig mit Soldaten zu tun, meistens in Konfliktgebieten. In der Vergangenheit hatte sie das Militär als notwendiges Übel betrachtet, doch mit dieser Gruppe fühlte sie sich bereits eigentümlich verbunden, ein Band, geschmiedet von dem Grauen und dem vergossenen Blut auf dem Berg und der Anspannung unter der Erde. Endlich hatten sie und Jordan das Ende des Risses erreicht. Er trat in einen künstlich geschaffenen Gang, dann half er ihr dabei hinauszuklettern.

Als sie im Gang stand, bedeutete er ihr, stehen zu bleiben. »Wir warten hier, bis uns das Team grünes Licht gibt.«

Hier unten führte einstweilen er das Kommando. Sie berührte die Tunnelwand, betastete die scharfrandigen Rillen und stellte sich Hämmer, Meißel und schwitzende Männer vor. Sie ließ sich auf ein Knie nieder, nahm ein bisschen Erde auf und ließ sie zwischen den Fingern hindurchrieseln.

Irgendjemand hatte diesen Gang vor Tausenden Jahren angelegt. Wer hatte ihn benutzt? Und warum?

Ein paar Schritte weiter schlossen Steinbrocken den Tunnel modernen Ursprungs ab, den sie bereits über die Kameras des Rovers gesehen hatte. Offenbar war der Gang eingestürzt. Sie berührte die Bohrspuren am Rand. Zwanzigstes Jahrhundert. Aber von wann genau?

Unter einem Gesteinsbrocken machte sie die elastischen Riemen und die Gesichtsplatte einer modernen Gasmaske aus. Sie ging hinüber und zog Jordan mit sich. Wenn es sich hier um einen offiziellen Einsatz gehandelt hatte, hätte sie davon gewusst. Wenn er inoffiziell gewesen war, wie hatte man ihn dann an einem so berühmten Ort unbemerkt durchführen können? Dazu brauchte es schon eine Menge Ablenkung.

Wie zum Beispiel einen Krieg.

Bevor sie mit der Untersuchung beginnen konnten, summte Jordans Funkgerät. Es war so laut eingestellt, dass sie Coopers blecherne Stimme hörte. »*Die Kammer ist gesichert, Sergeant. Sie sollten Ihren Arsch hierherschaffen. Hier ist irgendein verfluchter Scheiß passiert.*«

»Wir kommen.« Jordan bedeutete Erin, sich ihm anzuschließen. »Halten Sie sich an meiner Seite.«

Sie folgte ihm und legte im Geiste eine Aufgabenliste an: Mit einem Metalldetektor nach Werkzeugen suchen; Ruß von der Decke kratzen, um herauszufinden, welche Art Fackeln die Arbeiter benutzt hatten; einen Gipsabdruck der Wand anfertigen, um zu bestimmen, welche Werkzeuge hier zum Graben verwendet worden waren.

In diesen Dingen war Heinrich gut gewesen. Sie stolperte eine Stufe hinunter, und Jordan fasste sie beim Arm. Seine Hand war warm und beruhigend, sein Blick besorgt.

»Doc?«

Sie schüttelte den Kopf und ging weiter.

Nach weiteren zehn Metern gelangten sie zum Eingang

der Gruft, die sie bereits auf dem Monitor gesehen hatte. Ein alter, gut gearbeiteter Durchgang.

Der Durchgang war zu schmal, als dass sie nebeneinander hätten hindurchgehen können. Sie blieb zurück und ließ Jordan den Vortritt. Sie schätzte, dass die Türöffnung knapp über ein Meter achtzig hoch war, und berührte mit der Hand den Türsturz. Dann trat auch sie über die Schwelle.

Sie bekam an den Armen eine Gänsehaut. Hier war es noch kühler. Das gedämpfte Licht dreier gelber Leuchtstäbe fiel auf den geglätteten Sandsteinboden, die rußgeschwärzte Decke und die dicht gefügten Steinblöcke der Wände. Sie hätte gern Aufnahmen des Bodenstaubs gemacht. Vielleicht hätte man die Fußspuren der Grabräuber sehen können, die den Sarkophag geöffnet hatten. Jordan und dessen Männer aber waren bereits überall herumgetrampelt und hatten die alten Spuren verwischt. Sie sammelten sich beim Sarkophag und schauten zur Wand. Dort musste etwas Interessantes sein. Wenn sie sich einen Überblick verschafft hatte, würde sie sich ihnen anschließen.

»Bitte fassen Sie nichts an!«, rief sie in der Erwartung, dass sowieso niemand auf sie hören würde.

Sie trat in die Gruft, ging am Rover vorbei und näherte sich dem steinernen Sarkophag. Wie erwartet, war er aus einem einzigen Steinblock gehauen. Die Seiten waren sorgfältig bearbeitet und geglättet, alle Ecken exakt rechtwinklig. Wieder einmal staunte sie über die Kunstfertigkeit der Steinmetze des Altertums. Ihre Werkzeuge mochten primitiv gewesen sein, doch die Ergebnisse waren es nicht. Sie betrachtete die polierte Platte, die neben dem Grab auf dem Boden lag und den Sarkophag so lange Zeit verschlossen hatte. Eigenartig, dass sie unversehrt war, denn für gewöhnlich zerbrachen Grabräuber die Deckplatte.

Sie blickte sich nach den Flaschenzügen oder Seilen um,

die dabei zum Einsatz gekommen waren, doch die Plünderer hatten ihr Gerät wieder mitgenommen. Auch das war ungewöhnlich.

Sie wollte vortreten – doch jemand hielt sie zurück.

»Habe ich Ihnen nicht gesagt, Sie sollen in meiner Nähe bleiben?«, fragte Jordan.

Seite an Seite näherten sie sich nun dem Sarkophag. Als sie ihm endlich so nahe gekommen war, dass sie Aufnahmen machen konnte, holte sie das einzige Werkzeug aus der Tasche, das ihr geblieben war: ihr Handy. Sie machte mehrere Aufnahmen der Seitenwand und der Aschehaufen an den Ecken. Schade, dass ihre Nikon in Caesarea zurückgeblieben war.

Sie warf einen Blick ins Innere des Sarkophags. Nichts. Nur nackter Stein von tiefroter Farbe. Woher kam die Farbe? Getrocknetes Blut färbte sich braun. Die meisten Harze wurden mit der Zeit schwarz. Außerdem machte sie mehrere Aufnahmen der leeren Tonkrüge, die rund um den Sarkophag am Boden lagen. Offenbar hatte man eine Flüssigkeit hier heruntergeschafft. Normalerweise dienten solche Krüge der Aufbewahrung von Wein. Aber weshalb hätte man einen Sarkophag mit Wein füllen sollen?

Als sie sich aufrichtete, wandte Jordan sich gerade von der gegenüberliegenden Wand ab. Trotz der trüben Beleuchtung konnte sie erkennen, dass er aufgeregt war.

»Doc, können Sie uns das erklären?«

Die Männer teilten sich vor ihr.

An der Wand war eine makabere Skulptur zu sehen, eine blasphemische Kreuzigungsdarstellung. Sie ging um den Sarkophag herum. Mit jedem Schritt wuchs ihr Grauen.

Das war keine Skulptur.

An der Wand hing der vertrocknete Leichnam eines etwa achtjährigen Mädchens, bekleidet mit einem zerlumpten, schmutzigen Gewand. Sie war mit mehreren schwarzen Pfeilen fixiert, etwa einen Meter über dem Boden.

Die Pfeile hatten sie an Brust, Hals, Schultern und Oberschenkeln durchbohrt.

»Armbrustbolzen«, sagte Jordan. »Anscheinend aus Silber.«

Silber?

Sie stellte sich vor das Kind und bemerkte einen Anachronismus nach dem anderen. Das burgunderfarbene Gewand des Kindes wirkte alt, sowohl dem Schnitt als auch dem Zustand nach. Die Ornamente und das Webmuster datierten aus der Zeit des Falls von Masada. Wahrscheinlich war das Kleidungsstück in Samaria oder Judäa hergestellt worden. Auf jeden Fall war es zweitausend Jahre alt.

Langes dunkles Haar umrahmte das eingefallene Gesicht. Die Augen waren friedlich geschlossen, das Kinn war auf die schmale Brust gesenkt, die Lippen waren ganz leicht geteilt, als wäre sie mit einem Seufzer verschieden. Selbst ihre zarten Wimpern waren noch erhalten. Dem weichen Gewebe nach zu schließen, das noch an den Knochen haftete, war das Mädchen erst seit ein paar Jahrzehnten tot.

Seit Jahrzehnten. Wie war das möglich?

Unter den Zehen des Mädchens lag etwas. Erin ließ sich auf ein Knie nieder.

Eine Puppe …

Der Anblick versetzte ihr einen Stich. Das kleine Spielzeug war aus verhärteten Lederflicken und Stofffetzen zusammengenäht, welche die gleiche dunkelrote Farbe hatten wie das Gewand des Mädchens. Mit dem schlaff herabhängenden Arm schien sie nach dem Spielzeug greifen zu wollen, das ihr auf ewig unerreichbar war.

Die Puppe berührte Erin tief, denn sie erinnerte sie an eine andere handgefertigte Puppe. An die Puppe, die sie zusammen mit ihrer kleinen Schwester begraben hatte. Sie schluckte mühsam, kämpfte gegen die Tränen an und kam sich gleichzeitig dumm vor. Heinrichs Tod hatte sie aus der Bahn geworfen, dabei musste sie sich vor den Soldaten zusammenreißen.

Während sie immer noch kniete, betrachtete sie die andere Hand des Kindes, die halb hinter dem Körper verborgen war. Zwischen den zusammengekrümmten Fingern funkelte etwas.

Eigenartig.

Sie stützte sich mit einer Hand an der Wand ab und spürte den harten Mörtel, der zwischen den Steinen ausgetreten war. Obwohl die Tote ermordet worden war, und zwar vor gar nicht so langer Zeit, wollte sie die sterblichen Überreste doch mit Respekt behandeln. Dieses Kind war jemandes Tochter gewesen.

Sie berührte die Hand. Der Arm des Mädchens erzitterte, dann ruckte er. Der mumifizierte Körper erbebte an der Wand, als wäre das Kind noch am Leben.

Erin schreckte zurück.

Eine Hand legte sich ihr auf die Schulter.

»Ein weiteres Nachbeben«, sagte Jordan.

Feiner Staub rieselte von der Decke. Hinter Erin krachte ein Ziegel auf den Boden. Sie hielt den Atem an, bis die Erschütterungen aufgehört hatten.

»Die Nachbeben werden heftiger«, sagte Jordan. »Wir haben hier drinnen nichts mehr verloren. Zeit zum Aufbruch.«

Er wollte sie wegziehen, doch sie widersetzte sich. Das war jetzt ihre Fundstätte, und es gab noch vieles zu erforschen. Sie rückte näher an die Wand und berührte erneut die Hand des Mädchens.

Jordan war ebenfalls aufmerksam geworden und kniete neben ihr nieder. »Was ist das?«

»Anscheinend hat das Kind etwas in die Hand genommen, bevor es starb.«

Das Archäologenethos verlangte von ihr, nichts anzurühren, bevor es nicht fotografiert war, doch das Mädchen war noch nicht so lange tot, deshalb konnte Erin dieses eine Mal auf die Anwendung der strengen Regeln verzichten.

Sie drückte die Finger des Mädchens auseinander. Sie hatte erwartet, dass sie steif wären, doch sie waren eigentümlich biegsam. Überrascht vom Zustand des Leichnams, gelang es ihr nicht, den Gegenstand aufzufangen. Er fiel in den Staub. Auch ohne einen Doktortitel in Archäologie hätte sie erkannt, worum es sich handelte.

Jordan fluchte leise.

Verblüfft starrte sie den Orden an, das Eiserne Kreuz, das Hakenkreuz.

Deutscher Herkunft.

Aus dem Zweiten Weltkrieg.

Das also waren die Grabräuber gewesen, die mit modernem Gerät die Gänge gebohrt hatten. Aber weshalb hielt ein mumifiziertes Mädchen in einer alten jüdischen Gruft einen solchen Orden in der Hand?

Jordan ballte eine Hand zur Faust. »Die Nazis müssen als Erste hier gewesen sein. Sie haben die Gruft geplündert.«

Das war immerhin ein Ansatz. Hitler war besessen gewesen vom Okkulten … Aber was hatte er in Masada zu finden gehofft?

Sie musterte die Kleidung des Mädchens. Weshalb hätten sich die Nazis die Mühe machen sollen, das Kind in die Replik eines Gewands aus dem ersten Jahrhundert zu kleiden und es mit einer Armbrust an die Wand zu nageln?

Sie stellte sich vor, wie das Mädchen ihrem Peiniger den Orden von der Uniform gerissen hatte – den Beweis für die Herkunft ihrer Mörder. Sie empfand Mitgefühl mit dem Mädchen sowie Bewunderung für diese mutige Tat und bekam feuchte Augen.

»Alles in Ordnung?« Jordans Gesicht war ihr so nah, dass sie die schmale Narbe an seinem Kinn erkennen konnte.

Um ihre Tränen zu verbergen, machte sie mit dem Handy mehrere Aufnahmen des Ordens. Das Mädchen hatte die Identität der Mörder enthüllt. Erin wollte das dokumentieren.

Als sie das Handy sinken ließ, bückte sich Jordan, hob den Orden auf und drehte ihn um. »Vielleicht lässt sich herausfinden, wer das getan hat. SS-Offiziere haben häufig ihren Namen auf die Rückseite ihrer Orden gravieren lassen. Ich will den Namen dieses Scheißkerls wissen. Und falls er noch lebt …«

Ihr Herz flog Jordan zu. Schulter an Schulter betrachteten sie die kleine Metallscheibe. Kein Name war eingraviert, nur ein merkwürdiges Symbol.

Sie fotografierte es auf Jordans Handfläche, dann las sie die Inschrift vor. »*Deutsches Ahnenerbe*.«

»Das ergibt Sinn«, bemerkte Jordan säuerlich.

Sie musterte ihn fragend. Neuere deutsche Geschichte war nicht gerade ihre Stärke. »Wieso das?«

Er wendete den Orden hin und her. »Mein Großvater hat im Zweiten Weltkrieg gekämpft. Er hat mir Geschichten erzählt. Das war einer der Gründe, weshalb ich zur Armee gegangen bin. Und ich bin ein Geschichtsfreak. Das Deutsche Ahnenerbe war eine Geheimsekte von Naziwissenschaftlern, die sich für das Okkulte interessierten und in der ganzen Welt nach verlorenen Schätzen und Hinweisen auf die alte arische Rasse gesucht haben. Himmlers Bande von Grabräubern.«

Und sie waren als Erste hier in der Gruft gewesen. Erin verspürte das deprimierende Gefühl der Niederlage. Sie war es gewohnt, ausgeraubte Gräber zu untersuchen, aber diese Verbrechen hatten sich zumeist in ferner Vergangenheit ereignet. Dass dieses Grab erst vor wenigen Jahrzehnten geschändet worden war, ärgerte sie.

Jordan tippte in die Mitte des Symbols. »Das ist ungewöhnlich. Normalerweise verwendet das Ahnenerbe ein Schwert mit Band als Symbol. Das hier ist neu.«

Neugierig berührte sie das Zeichen. »Sieht aus wie eine nordische Rune. Aus dem älteren Futhark. Vielleicht die Odal-Rune.« Sie zeichnete sie mit dem Finger in den Bodenstaub.

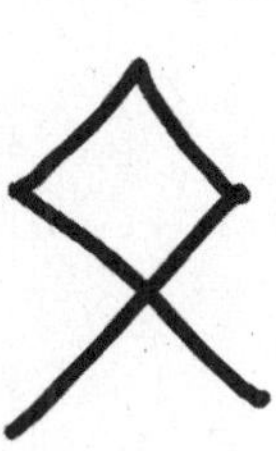

»Die Rune steht für den Buchstaben ›O‹.« Sie wandte sich Jordan zu. »Könnte das die Initiale des Besitzers sein?«

Ehe sie ihren Gedanken fortführen konnte, rief McKay: »Keine Bewegung! Hände hoch!«

Erschrocken fuhr sie herum.

Jordan legte seine Maschinenpistole an und drehte sich zum Eingang der Gruft herum. Abermals bebte die Erde, der Gesteinsstaub erzitterte – und aus dem Schatten trat eine dunkle Gestalt in den Raum.

8

26. Oktober, 17:04, Israelische Standardzeit
Masada, Israel

»NICHT SCHIESSEN!«, RIEF Jordan und hob den linken Arm. »Das ist der Priester.«

Er senkte den Lauf seiner MP und ging dem Geistlichen entgegen. Es war schon eigenartig, dass der Priester heruntergekommen war, doch dann machte er eine noch erstaunlichere Entdeckung.

Er hat keinen Abseilgurt angelegt.

Jordan trat vor ihn hin, als das Nachbeben aufhörte. »Was machen Sie hier unten, Pater?«

Der Priester musterte ihn unter seiner Kapuze hervor. Jordan erwiderte seinen Blick. Pater Korza war etwa fünf Zentimeter größer als Jordan, wirkte unter seiner offenen Jacke aber schlanker, muskulöser, drahtiger. Die kantigen Flächen seines Gesichts, die durch volle Lippen gemildert wurden, deuteten auf eine slawische Herkunft hin. Das schwarze Haar reichte ihm bis zum Kragen, ein wenig zu lang für einen Geistlichen.

Doch es waren seine forschenden dunklen – *sehr* dunklen – Augen, die Jordan Herzklopfen verursachten. Unwillkürlich krampfte er die Finger um seine Waffe.

Er ist doch nur ein Priester, machte er sich klar.

Pater Korza sah Jordan noch einen Moment lang eindringlich an, dann wandte er den Kopf und erfasste mit einem Blick den ganzen Raum.

»Haben Sie mich verstanden, Pater? Ich habe Sie etwas gefragt.«

Der Priester antwortete mit leiser, tonloser Stimme: »Die Kirche hat das Vorrecht am gesamten Inhalt der Krypta.«

Pater Korza wollte an ihm vorbeitreten. Jordan versuchte, ihn aufzuhalten – griff aber ins Leere. Der Priester wich ihm geschickt aus und näherte sich dem offenen Sarkophag.

Jordan folgte ihm. Er bemerkte, dass der Priester mit unergründlicher Miene das an die Wand genagelte Kind fixierte. Am Sarkophag angelangt, warf er einen Blick ins leere Innere, spannte sich an und erstarrte.

Erin näherte sich von der gegenüberliegenden Wand. Sie hielt das Handy hoch, suchte offenbar nach einem Signal, um die Fotos irgendwo hochzuladen. Sie dachte stets wie eine Forscherin.

Jordan achtete darauf, dass sie zwischen ihm und Pater Korza zu stehen kam. Aus irgendeinem Grund wollte er dem geheimnisvollen Geistlichen nicht zu nahe kommen.

»Das hier ist Sperrgebiet«, sagte Jordan warnend.

Perlman trat zu ihm, die Hand auf die Waffe an seiner Seite gelegt. »Sie sollten nicht hier sein, Pater Korza. Die israelische Regierung hat strenge Vorgaben gemacht.«

Der Geistliche beachtete weder ihn noch Jordan. Er wandte sich an Erin. »Haben Sie ein Buch entdeckt? Oder einen Steinblock von etwa dieser Größe?« Er streckte die Arme aus.

Erin schüttelte den Kopf. »Wir haben nichts dergleichen gefunden, nur das Mädchen. Offenbar haben die Deutschen das Grab während des Krieges leer geräumt.«

Seine Augen verengten sich leicht, das war alles.

Wer ist dieser Mann?

Jordan legte die Hand auf den Kolben seiner MP und wartete ab, was der Priester als Nächstes tun würde. Der abweisende, wortkarge Mann stand offenbar mit den Autoritäten auf Kriegsfuß, doch bislang schien von ihm keine Bedrohung auszugehen. Aus dem Augenwinkel bemerkte Jordan, dass McKays Hand zum Dolch wanderte. »Ganz ruhig, Corporal«, sagte er. »Warten Sie.«

Der Priester beachtete McKay nicht, spannte sich aber plötzlich an, erstarrte mitten in der Bewegung und lauschte angestrengt. Dann sah er Jordan an, doch was er sagte, war an alle gerichtet.

»Sie müssen von hier verschwinden. *Sofort.*«

Das letzte Wort klang wie eine Warnung.

Was sollte das?

Die Antwort erfolgte über Jordans Ohrhörer: ein erstickter Schrei, der sich tief in sein Hirn bohrte.

Sanderson.

Von der Bergkuppe.

Der Schrei brach ab, dann war nur noch Rauschen zu hören.

Jordan fasste sich ans Kehlkopfmikrofon. »Sanderson! Antworten Sie!«

Stille.

»Corporal, melden Sie sich!«

Der Priester eilte zum Ausgang. Cooper und der junge israelische Soldat versperrten ihm den Durchgang. Auf einmal hielten alle Waffen in den Händen.

Auf der Schwelle zur Gruft hob der Priester das Gesicht zur Decke und spannte sich am ganzen Körper an wie eine Katze vor dem Sprung. Dann sagte er in einem Tonfall, der ihnen das Blut in den Adern gefrieren ließ: »Zurück an die Wände.« Er wandte sich um und blickte Jordan in die Augen. »Tun Sie, was ich Ihnen sage, sonst werden Sie alle sterben.«

Jordan hob die Waffe. »Wollen Sie uns drohen, Pater?«

17:07

Erin versuchte zu begreifen, was da vor sich ging. Sie begegnete dem Blick des Priesters. Einen Moment lang flackerte Angst in den blassen Zügen des Priesters auf, was ihren Puls in die Höhe trieb. Sie spürte, dass er um ihrer aller Sicherheit besorgt war, nicht um seine eigene. Als er den Blick abwandte, lag eine tiefe Traurigkeit in seinen Augen, als beklagte er bereits ihr Schicksal.

Sie schluckte; auf einmal hatte sie einen trockenen Mund.

Jordan aber wollte sich nicht so schnell geschlagen geben. »Was geht hier vor? Ich habe oben Männer zurückgelassen. Und Lieutenant Perlman ebenfalls.«

Wieder dieser traurige Blick. »Die sind jetzt tot. Und auch Sie alle werden bald tot sein, wenn Sie nicht …«

Cooper, der am Eingang stand, stöhnte auf. Alle drehten sich um. Er öffnete den Mund, doch es kam nur Blut heraus. Er sank auf die Knie nieder, dann kippte er nach vorn und fiel aufs Gesicht. Aus seinem Nacken ragte das schwarze Heft eines Dolchs.

Erin rief seinen Namen. Die Soldaten legten wie ein Mann die Waffen an. Sie brachte sich aus der Schusslinie in Sicherheit. Hinter Coopers Leichnam hockte eine dunkle Gestalt, die aus nichts als Schatten zu bestehen schien. Jordan feuerte mehrere Schüsse ab, die in dem abgeschlossenen Raum dröhnend widerhallten. Der Schatten zog sich in die Dunkelheit zurück … doch vorher schnappte er sich noch den jungen Israeli, der sich in der Nähe der Schwelle befand. Stahl funkelte auf, dann wurde der Soldat von den Beinen gerissen und verschwand im finsteren Tunnel.

Jordan stellte das Feuer ein, da er fürchtete, den jungen Mann zu treffen.

Ein gurgelnder Schrei ertönte – dann Stille. Lieutenant Perlman stürmte mit angelegter Waffe vor. »Margolis!«

Der schwarze Arm des Priesters stieß den Israeli zurück. Fest.

»Keiner rührt sich von der Stelle«, sagte Pater Korza, dann setzte er sich über seine eigene Warnung hinweg.

Mit einer Drehung des Handgelenks beförderte er eine Klinge in seine Hand, als käme sie aus dem Nichts. Ein Krummdolch. Mit wehendem Gewand überquerte er die Schwelle und verschwand.

Im nächsten Moment drang ein primitives Geheul aus der Dunkelheit hervor. Es rief tief vergrabene Ängste in Erin wach und lähmte sie.

Die erfahrenen Soldaten spürten es auch. Jordan zog sie ein Stück weiter vom Eingang weg. McKay und Perlman nahmen sie in die Mitte und zielten mit ihren Waffen zum Durchgang. Sie wichen zurück, formierten sich neu und gingen hinter dem Sarkophag in Deckung.

Ein durchdringender Schrei ertönte aus dem Tunnel.

Jordan hob Erin so mühelos hoch, als wären ihre Knochen hohl und ihr Fleisch gewichtslos. Sie fühlte sich auch schon so, als könnte sie jeden Moment davonschweben.

Er legte sie in den offenen Sarkophag. »Bleiben Sie da drin, verstecken Sie sich.«

Seine stahlharte Stimme versetzte sie in ihren Körper zurück – was ihr nicht unbedingt recht war. Er drückte sie auf den Boden nieder. »Haben Sie mich verstanden?«

»Ja.« Sie wollte sich zusammenkrümmen, die Arme um

den Kopf legen, das Grauen ausblenden, doch als sie das tat, ängstigte sie der Umstand, dass sie nichts mehr sehen konnte, nur noch mehr. Sie legte die Hände um den Rand des Sarkophags und blickte wie alle anderen zur stockfinsteren Tunnelmündung.

Links von ihr flammte ein helles Licht auf. McKay hielt eine Leuchtfackel in der Hand.

»In den Gang werfen!« Jordan zeigte zum dunklen Eingang.

McKay holte aus und schleuderte die Fackel durch die Öffnung. Sie überschlug sich und flog, eine Feuerspur ziehend, in die undurchdringliche Finsternis. Die Helligkeit drängte die Schatten und noch dunklere Gestalten zurück. Erin zählte bis vier, dann verlor sie den Überblick.

Übrig blieb eine einzelne Gestalt in der Mitte, gekleidet in eine zerrissene Soutane und von hinten beleuchtet. Der Mann hielt sich den Arm vor die Augen, von der plötzlichen Helligkeit geblendet. In der anderen Hand hielt er einen Krummdolch, von der funkelnden Klinge troff schwarzes Blut.

»Pater!«, rief Jordan und hob die Waffe. »Auf den Boden!«

Die Warnung kam zu spät.

Wie tollwütige Hunde sprangen Schattengestalten den Priester an und warfen ihn zu Boden. Er landete auf der Fackel und erstickte die Flamme. Erin zuckte zusammen. Abermals wurde alles von Dunkelheit verschluckt – im letzten Moment aber sah sie noch, wie eine Gestalt mit einem weiten Satz über den Priester hinweg in die Gruft sprang.

Das Wesen kam auf dem Boden auf und stürmte in unglaublichem Tempo auf sie zu. Ein Wolf? Nein. Ein Mann in zerknittertem braunem Leder, die muskulösen Arme ausgebreitet, in der einen Hand einen Fleischerhaken.

Jordan ließ sich auf ein Knie nieder und feuerte schräg nach oben, traf den Mann in die Brust. Der wurde von der Salve gegen die Decke geschleudert. Er stürzte auf den Steinboden nieder und blieb reglos liegen.

Mehrere Schattengestalten drängten in den Raum. Der Priester rang mit zwei Schwarzgekleideten. Ein dritter hechtete an ihm vorbei.

Der Angreifer rannte geduckt auf Lieutenant Perlman zu und rempelte ihn an. Beide prallten neben dem gekreuzigten Mädchen gegen die Wand und fielen zu Boden. Das Gewehr des Israelis feuerte nach oben, die Kugeln schlugen Funken aus den Steinblöcken. Erin drückte sich flach in den Sarkophag.

Über ihr tauchte ein Schatten auf. Zähne blitzten auf – *zu viele Zähne*. Auf einmal wünschte sie, sie hätte eine Pistole oder ein Messer gehabt. Sie schlug die Arme vors Gesicht und wartete darauf, dass die Zähne sich in ihren Körper bohrten.

Stattdessen wurde der Mann von Kugeln getroffen und fiel auf sie drauf. Sie arbeitete sich unter ihm hervor, ihre Jeans war feucht von Blut. Mit zusammengebissenen Zähnen durchsuchte sie den Angreifer nach einer Waffe. Eine Schusswaffe fand sie nicht, dafür ein ägyptisches Chepesch mit langer, geschwungener Klinge. Solche Schwerter kannte sie von Hieroglyphen und Wandmalereien her, doch sie waren seit siebenhundert Jahren nicht mehr in Gebrauch. McKay blickte über den Rand des Sarkophags. »Sind Sie unverletzt?« Ehe sie antworten konnte, verschwand er, seitlich getroffen. Sie richtete sich auf die Knie auf, umklammerte das Heft des Schwerts.

McKay flog quer durch den Raum und prallte mit dem Kopf gegen die Wand. Er fiel zu Boden, an der Wand blieb ein Blutfleck zurück.

17:08

Jordan wurde von einem Angreifer niedergedrückt, der kräftiger war als jeder andere Gegner, mit dem er es bislang zu tun gehabt hatte. Seine Waffe hatte er bereits verloren. Der Kerl war unglaublich schnell.

Jordan krümmte sich zusammen, fasste sich an den Knöchel und packte das Ka-Bar-Messer. Er zog es aus der Scheide, während der Angreifer mit knochigen Händen über ihn herfiel. Mit der einen Hand packte er ihn bei der Kehle, mit der anderen drückte er ihn auf den Steinboden nieder.

Die Fingernägel zerfetzten seine Haut und gruben sich in sein Fleisch.

Jordan schwenkte seinen freien Arm herum, trieb dem Angreifer das Ka-Bar-Messer in den Hals, bis er auf Knochen traf, dann riss er es wieder heraus.

Blut strömte über seinen Arm.

Der Mann erschlaffte. Jordan warf das tote Gewicht ab, wälzte sich herum und stemmte sich auf alle viere hoch. Sein Blick fiel auf Erin, die mit einem kurzen Krummschwert in der Hand im Sarkophag stand. Anscheinend wollte sie herausklettern, um McKay beizustehen, der an der anderen Seite der Gruft lag, doch dem war nicht mehr zu helfen. Wie bei Perlman, der ganz in der Nähe am Boden lag, war auch sein Hals aufgerissen.

Jordan schoss McKays Angreifer voll in die Brust, wodurch er vom Leichnam seines Teamkollegen hinuntergeschleudert wurde. Eine Bewegung lenkte Jordans Blick zu Erin zurück.

Hinter ihr ragte ein Schatten auf.

Er stürmte ihr entgegen, doch jemand drückte ihn beiseite. Es fühlte sich an, als werde er von einem Lastwagen getroffen. Er verlor das Gleichgewicht und prallte gegen die Wand.

Benommen sah er mit an, wie der Priester an ihm vorbeistürmte, Erin zu Boden warf und den Angreifer anging. Er rammte den blutüberströmten Mann mit der Schulter und schleuderte ihn gegen das mumifizierte Mädchen. Spröde Knochen brachen.

Korza wich einen Schritt zurück.

Sein Gegner setzte ihm nicht nach. Stattdessen hing er an der Wand und krümmte sich. Die Schäfte der Armbrustbolzen, die ihn durchbohrt hatten, hielten ihn in der Schwebe. Ein Bolzen ragte aus dem Hals des Mannes. Er betastete ihn mit den Fingern. Blut blubberte aus der Wunde, als ob es kochte.

Dann schlug Korza zu und trennte dem Mann mit einem wilden Hieb den Hals ab.

Jordan richtete sich schwankend auf, duckte sich und blickte sich um. Der Priester stand geduckt an der Wand. Dunkles Blut tropfte von seiner Klinge und von seinen Fingerspitzen. Jordan konnte nicht erkennen, ob der Geistliche ebenfalls verletzt war.

Mit angelegter Waffe suchte er nach Erin. Er sah keinen Grund, nach seinen Kameraden zu sehen. Er wusste, wann jemand tot war. Soweit er erkennen konnte, waren die einzigen Lebenden im Raum der Priester, Erin und er selbst. Den Priester behielt er im Auge, denn er traute ihm nicht.

Korzas Soutane bauschte sich, als er aufs Knie niederfiel und das Haupt wie zum Gebet neigte – doch er hatte nicht vor zu beten. Er hob etwas vom Boden auf und steckte es in die Tasche, dann richtete er sich auf.

Die kleine Puppe des Mädchens war verschwunden.

Hatte er tatsächlich eine Puppe aufgehoben, anstatt sich

um Erin zu kümmern? Jordan gab es auf, aus dem Mann schlau werden zu wollen.

»Erin?«, sagte er, als er neben ihr stand.

Sie fuhr herum, das Schwert hoch erhoben.

»Ich bin's nur«, sagte er, schwenkte den Lauf seiner Waffe zur Seite und zeigte seine leeren Handflächen.

Sie senkte das Schwert. Er entwand es ihrem Griff und ließ es zu Boden fallen. Kreidebleich im Gesicht und mit wirrem Blick sackte sie in einer Ecke des Sarkophags zusammen. Er hob sie heraus, setzte sich mit dem Rücken zum kalten Stein auf den Boden, nahm sie auf den Schoß und tastete sie ab. Anscheinend war sie unverletzt.

Der Priester kam zu ihnen herüber. Jordans Hand wanderte zur Pistole, den Arm hatte er schützend um Erin gelegt. Was hatte der Mann vor?

»Das waren alle«, flüsterte Korza, als ob er betete. »Aber wir sind hier trotzdem nicht sicher.«

Jordan musterte den arg lädierten Geistlichen.

»Sie werden uns hier einsperren«, sagte er mit solchem Nachdruck, dass Jordan ihm unwillkürlich glaubte.

»Woher wissen Sie das …?«

»Weil ich an ihrer Stelle genauso handeln würde.« Er ging zum Ausgang. Jordan ahnte, wohin er wollte. Der Rover stand dort auf dem Boden. Eine Kamera war auf sie gerichtet, darüber brannte eine grüne Kontrollleuchte. Der Priester trat aufs Objektiv und zerstampfte mit dem Absatz Metallfassung und Linse. Glas splitterte.

Jordan erinnerte sich an Sandersons Schrei.

Sie haben uns beobachtet.

9

26. Oktober, 17:11, Israelische Standardzeit
Masada, Israel

WÄHREND DIE SCHREIE über den Gipfel gellten, hockte Bathory schreckensstarr vor dem inzwischen erloschenen Monitor, gefangen zwischen Vergangenheit und Gegenwart.

Sie hatte den Kampf in der Gruft beobachtet und dann das Gemetzel an den Soldaten, die sie nach unten geschickt hatte. Die Kämpfe in der Dunkelheit hatten nicht lange gedauert, und das meiste hatte sich außerhalb des Erfassungsbereichs der Kamera abgespielt.

Aber sie hatte auch die Momente vor dem Ausbruch der chaotischen Kämpfe mitbekommen.

Sie hatte mit angesehen, wie ein behelmter Soldat eine schwarz gewandete Gestalt angegriffen hatte, die der Kamera den Rücken zuwandte. Als er mit einem Blick den ganzen Raum erfasste, hatte sie einen Blick auf einen weißen Priesterkragen erhascht.

Als sie diesen Gegner sah, gefror ihr nachgerade das Blut in den Adern.

Das war der Christuskrieger, der in der SMS erwähnt worden war.

Ein Sanguinarier.

Die beiden Männer gingen aufeinander los wie brunftige Schafböcke. Vielleicht würde der Soldat ihr Problem ja lösen, doch der Krieger trat am Soldaten vorbei, hielt an und blickte zur gegenüberliegenden Wand hinüber – was sah er dort?

Sie wünschte, die Kamera hätte auch die Rückseite des Raums erfasst.

Eine Frau in Zivilkleidung tauchte aus der Dunkelheit hervor, eine weitere Überraschung. Sie schwenkte ihr Mobiltelefon, die übliche Gestik einer Person, die nach einem Signal sucht.

Der Krieger wandte sich der Frau zu, streckte die Hände aus und zeichnete die Umrisse eines Buchs in die Luft.

Bathorys Atem beschleunigte sich.

Die Frau schüttelte den Kopf.

Der Krieger schritt langsam den Raum ab. Bis auf den Sarkophag war die Gruft anscheinend leer. Da gab es keine Versteckmöglichkeiten. Als der Krieger die Schultern hängen ließ, atmete sie auf.

Also hatten sie das Buch *nicht* entdeckt.

Entweder es hatte sich nie hier befunden, oder es war Grabräubern in die Hände gefallen. Dann wurde der Krieger auf Bathorys Team aufmerksam, was eine rasche Reaktion erforderlich machte. Er hätte eigentlich schon überwältigt sein sollen, doch sie hatte ihn und die Soldaten unterschätzt. In Sekundenschnelle hatten sie die Hälfte ihrer Einsatzkräfte ausgeschaltet.

Aus seinem Verhalten schloss sie, dass er kein Neuling im Amt war, sondern sehr viel älter, ebenso edelblütig wie ihre eigenen Leute.

Als der Krieger die Rover-Kamera zerstörte, sah sie endlich auch sein Gesicht; sein gekerbtes Kinn, seine breiten slawischen Wangenknochen, seine durchdringenden schwarzen Augen. Der Schock des Wiedererkennens lähmte sie und höhlte sie innerlich aus.

Das Leben aber war kein Vakuum.

Rot glühender Hass strömte in die Leere hinein, füllte sie aufs Neue aus, schmiedete sie um in eine Waffe des Zorns und der Rache.

Sie konnte sich wieder bewegen, ballte die Hand zur Faust und schrammte mit ihrem alten Rubinring über den erloschenen Monitor. Wie so viele ihrer Besitztümer war auch dieser kostbare Ring schon lange mit ihrer Familie verbunden.

Genau wie der Christuskrieger.

Rhun Korza.

Dieser Name hatte sie ebenso gezeichnet wie die schwarze Hand an ihrem Hals – und hatte ihr ebenso viel Schmerz verursacht. Sie war aufgewachsen mit den Geschichten über Korza, durch dessen Schuld ihre einstmals so stolze Familie für mehrere Generationen in Armut und Ungnade gefallen war. Sie betastete den Rand des Mals, ein Quell ständiger Qual, eine weitere Blutschuld, die sie mit dem Krieger zu begleichen hatte. Sie dachte an die Zeremonie, die vor langer Zeit stattgefunden hatte, als sie vor Ihm kniete und Ihm Gefolgschaft gelobte, als Er ihr Seine Hand um den Hals legte und ihr das Zeichen einbrannte, das sie in Knechtschaft an Ihn fesselte.

Und das alles wegen des Kriegers.

Sie hatte ihn unzählige Male im Traum gesehen und immer gehofft, ihm eines Tages leibhaftig zu begegnen, denn sie wollte ihn für die Untaten büßen lassen, mit denen er Generationen von Frauen ihrer Familie zu Opfern gemacht und sie dazu verdammt hatte, jahrelang unter Qualen zu leben – als Sklaven des Bluts, dazu bestimmt, sich abrichten zu lassen, zu dienen und zu warten.

Die Erinnerung ging einher mit einer anderen Wahrheit, einer schmerzhaften Erkenntnis.

Sie spürte wieder Seine Würgehand am Hals, die ihr früheres Leben fortgebrannt hatte.

Ihr Herr musste gewusst haben, dass Rhun Korza nach Masada entsandt worden war mit dem Auftrag, das Buch zu bergen. Das aber hatte Er ihr vorenthalten. Er hatte sie ohne jede Vorwarnung in die Konfrontation mit Korza geschickt.

Warum?

Befriedigte Er damit Sein Bedürfnis nach grausamer Belustigung – oder verfolgte Er eine geheime Absicht?

Hätte sie gewusst, dass Korza in der Gruft war, hätte sie ihre Leute nicht hinuntergeschickt. Sie hätte gewartet, bis der Krieger entweder mit dem Buch oder mit leeren Händen wieder nach oben gekommen wäre, und dann hätte sie ihn vom Rand der Erdspalte weggeputzt wie eine Fliege von der Wand.

Das Gemetzel dort unten war der Beleg, dass Korza zu gefährlich war, um ihn im Nahkampf zu stellen. Es hätte nichts genützt, wenn sie auch noch die anderen Männer nach unten geschickt hätte.

Doch es gab noch einen anderen Weg, eine bessere Möglichkeit.

Ihr Zorn hatte sich zu einer neuen Absicht verdichtet.

Bevor die Übertragung abgebrochen war, hatte sie in der Nähe des Eingangs am Boden den Leichnam eines Mannes aus ihrem Team bemerkt, der eine Schultertasche dabeihatte. Eine gleichartige Tasche lag am oberen Rand der Spalte.

Sie wandte sich an die beiden Jäger, die schweigend gewartet hatten.

Tarek hatte sich wie viele andere den Kopf geschoren und sich den Schädel tätowieren lassen, und zwar mit lateinischen Bibelversen. Seine hochgewachsene, muskulöse Gestalt war in Leder gehüllt, vernäht mit menschlichen Sehnen. Lippen und Nasenflügel waren von Stahlpiercings durchbohrt. Die schwarzen Augen hatte er zu Schlitzen verengt, denn er war erbost über die Toten in der Gruft. Er wollte Rache. Eigenhändig verübt.

»Der Krieger ist zu gefährlich«, erklärte sie. »Zumal wenn man ihn in die Enge treibt. Unsere Verluste sind zu groß, als dass wir noch mehr Leute nach unten schicken könnten.«

Tarek konnte ihr da nicht widersprechen. Sie hatten das Gemetzel beide auf dem Monitor verfolgt. Doch es gab noch eine andere Option. Nicht unbedingt zufriedenstellend, aber das Ergebnis wäre das gleiche.

»Sprengt die Erdspalte.« Sie zeigte auf das Paket an deren Rand und dachte an die Tasche in der Tiefe. »Tötet sie alle.«

Sie wollte den Krieger und dessen Gefährten lebendig begraben und alle Geheimnisse des Orts mit Tonnen von Gestein bedecken. Und falls Korza die Explosion überlebte, wäre ihm ein langsamer Tod in der Tiefe gewiss.

Einen Moment lang schien es so, als wollte Tarek sich ihrer Anweisung widersetzen. In ihm loderte der Zorn. Genährt von all dem Blut. Dann fiel sein Blick auf ihren Hals. Auf das Mal. Er kannte dessen Bedeutung besser als jeder andere.

Sich ihr zu widersetzen hieß, sich *Ihm* zu widersetzen.

Tarek neigte das Haupt, was aussah, als biege sich Eisen – dann machte er kehrt und trat in die Dunkelheit hinaus.

Sie schloss die Augen, um sich zu sammeln, doch ein leises Stöhnen lenkte sie ab und erinnerte sie daran, dass noch Arbeit vor ihr lag.

Der sommersprossige Corporal namens Sanderson kniete im Staub, der einzige Überlebende des Massakers auf dem Plateau. Sein Oberkörper war nackt, seinen zurückgeworfenen Kopf hatte der Jäger, der ihm noch Gesellschaft leistete, mit Nägeln fixiert. Rafik, Tareks Bruder und nichts als Haut und Knochen und Boshaftigkeit, war in widrigen Zeiten ein nützliches Werkzeug.

Als sie sich ihm näherte, sah der Soldat auf. »Ich habe ein paar Fragen«, sagte sie sanft.

Er starrte sie wortlos an, zitternd, schwitzend und rehäugig vor Angst, fast noch ein Kind. Sie hatte einmal einen Bruder gehabt, der diesem hier ganz ähnlich gewesen war. Er hatte Rosen geliebt und kühlen Wein, doch als sie von Ihm gezeichnet worden war, hatte Er ihr jeden Kontakt mit ihm verboten. Sie hatte alle irdischen Fesseln an ihre Vergangenheit durchtrennen und sich allein an Ihn binden müssen. Ein weiterer Verlust, den sie auf Korzas Schultern lud.

Sie fuhr dem Corporal mit dem Handrücken über die samtige Wange. Er war noch nicht alt genug für ordentlichen Bartwuchs. Und trotz seiner Angst brannte die Glut der Verachtung in seinem Blick.

Sie seufzte.

Als ob auch nur die geringste Aussicht bestünde, dass sie widerstehen könnte.

Sie neigte sich zurück und hob den Arm, sandte ihr Verlangen aus.

Die beiden – sie nannte sie Hunor und Magor, nach den beiden mythischen ungarischen Heroen – waren stets in ihrer Nähe, auf ewig mit ihr verbunden. Ohne den Kopf zu wenden, spürte sie, wie sie hinter ihr aus der Dunkelheit hervortraten, wo sie sich gelabt hatten. Sie streckte die Hand aus und berührte eine warme Zunge, eine pelzige Schnauze. Ein leises Grollen ertönte wie Donner jenseits des Horizonts.

Sie ließ die feuchte, bluttriefende Hand sinken. »Sie sind

noch hungrig«, bemerkte sie, denn auch sie verspürte einen Widerhall ihres Verlangens in ihrem Innern. Die Augen des Soldaten weiteten sich, er schreckte zurück vor dem Unvorstellbaren. Das Entsetzen über das, was hinter ihr stand, erstickte all seinen Trotz.

Sie neigte sich ihm entgegen, spürte seinen heißen Atem, meinte, seine Furcht zu schmecken. »Sag mal«, flüsterte sie ihm ins Ohr, »wer ist eigentlich die Frau da unten?«

Bevor er antworten konnte, explodierte hinter ihr die Nacht. Licht, Lärm und Hitze brachen aus der Kuppe Masadas hervor, erschütterten den Boden, machten die Dunkelheit zum Tag. Flammen schlugen aus der Erdspalte, ein wogender Kataklysmus von Rauch und Staub verschloss das, was Gott erst vor wenigen Stunden freigelegt hatte. Sie beabsichtigte, den ganzen Berg zum Einsturz zu bringen, um ihre Spuren zu verbergen.

Nach der Detonation überkam sie wieder die Ruhe.

Sie blickte auf den Corporal.

Sie brauchte noch immer Antworten.

10

26. Oktober, 17:14, Israelische Standardzeit
Masada, Israel

DIE HITZE WAR wie der Atem eines Drachen, der Rhun den Rücken versengte. Er stellte sich die Flammenwände vor, die über den geschlossenen dunklen Sarkophag hinwegrollten. Das Schlimmste aber war das *Geräusch*. Er fürchtete, von der Druckwelle könnte ihm der Schädel platzen und mit seinem Blut diesen einst heiligen Ort besudeln.

Hinter dem Sarkophag, in der Nähe des Eingangs, fielen Steine herab. Im Unterschied zur ersten Explosion, welche die Erdspalte verschlossen hatte, sollte die zweite sämtliche Grabkammern zerstören. Und sie unter Gesteinsmassen begraben.

Als das Tosen der Flammen und das Wüten des Erdreichs in ein leises Grollen übergingen, stemmte er sich gegen die Sandsteinwände des Sarkophags. Es wäre eigentlich passend, wenn er darin sterben sollte – darin gefangen, so wie er einst jemand anders eingemauert hatte. Ihm war es beinahe recht. Die Frau und der Soldat aber hatten dieses Schicksal nicht verdient.

Nach der ersten Explosion hatte er sie beide in den Sarkophag geschleudert. Da ihm klar gewesen war, dass das alte

Behältnis den einzigen Schutz bot, hatte er unter Einsatz all seiner Kräfte und mit Unterstützung des Soldaten die steinerne Abdeckplatte über die Öffnung gezogen. Er wusste noch nicht, wie er seine Körperkraft erklären sollte, falls sie überlebten. Der Kodex, nach dem er lebte, verlangte, sie eher zu töten als zuzulassen, dass sie solche Fragen stellten.

Das aber brachte er nicht über sich.

Und jetzt lagen sie dicht gedrängt in der Dunkelheit. Er versuchte zu beten, doch die Sinneseindrücke lenkten ihn ab. Er schnupperte den Wein, der den Sarkophag einmal ausgefüllt hatte, den metallischen Geruch des Bluts, das seine zerrissene Kleidung tränkte, und den Geruch nach verbranntem Papier und Kreide, der vom Sprengstoff stammte. Dies alles aber vermochte nicht den schlichten Lavendelduft ihres Haars zu überdecken. An seiner Brust schlug ihr Herz so schnell wie das einer Lerche. Die Wärme ihres zitternden Körpers strömte in seinen Bauch und seine Beine. Seit Elisabeta war er keiner Frau mehr so nahe gewesen. Wenigstens wandte Erin ihm den Rücken zu, das Gesicht hatte sie an der Brust des Soldaten vergraben. Er zählte ihren Herzschlag und fand in seinem Rhythmus die Ruhe zu beten – bis ihm die Stille und die Welt außerhalb ihres kleinen Steingrabs wieder bewusst wurden.

Sie regte sich unter ihm, doch er berührte sie an der Schulter und bedeutete ihr, sie solle still sein. Bevor er versuchte, die Grabplatte zu entfernen, wollte er noch ein wenig warten, bis er sicher war, dass das Erdreich zur Ruhe gekommen war. Erst dann würde sich herausstellen, ob sie endgültig verschüttet worden waren. Sein Atem und sein Herzschlag verlangsamten sich. Auch der Soldat wurde ruhiger.

Nach einer Weile setzte Rhun die Knie auf den Boden des Sarkophags und stemmte die Schultern gegen die Steinplatte. Sie schrammte über den Rand. Er spannte erneut die Muskeln an. Der schwere Deckel bewegte sich eine Handbreit, dann noch eine.

Schließlich kippte er und krachte auf den Boden. Sie waren frei, wenngleich er fürchtete, dass sie lediglich das kleinere Gefängnis gegen ein größeres eintauschen würden. Aber immerhin hatte der Tempel standgehalten. Die Männer, die auf die Geheimkammer gestoßen waren, hatten die Wände verstärkt, um dem unberechenbaren Berg Einhalt zu gebieten.

Er richtete sich auf und half Erin und Jordan aus dem Sarkophag. Ein Leuchtstab hatte die Explosion überstanden und erhellte trübe den Raum. Blinzelnd blickte er durch den beißenden Staub hindurch zum Eingang.

Der Durchgang war verschwunden. Erdreich und Gesteinsschutt füllten die Gangmündung vom Boden bis zur Decke aus.

Die beiden Menschen husteten und hielten sich zum Schutz vor dem Staub Taschentücher vors Gesicht. Sie würden nicht lange durchhalten. Der Soldat schaltete eine Taschenlampe ein und leuchtete zum Eingang. Er begegnete Rhuns Blick und wich argwöhnisch vor ihm zurück.

Die Frau leuchtete mit einer zweiten Taschenlampe im Raum umher. Alles war mit einer Staubschicht bedeckt, welche die Toten in alte Statuen verwandelte und das Grauen des Gemetzels gnädig verhüllte.

Die Bruchstücke des schweren Sarkophagdeckels aber waren unter keiner Staubschicht verborgen. Der Strahl ihrer Taschenlampe verweilte darauf. Staubteilchen schwebten durch die Luft, vermochten das Resultat seiner unglaublichen Leistung aber nicht zu verbergen. Der Soldat schien es nicht zu bemerken. Er starrte den blockierten Eingang an, als habe er ein Rätsel vor sich, das er lösen musste.

Die Frau richtete ihre Taschenlampe und den Blick ihrer braunen Augen auf Rhun. »Danke, Pater.«

Das Stocken in ihrer Stimme bei der Anrede war ihm nicht entgangen. Es machte ihn verlegen, denn er spürte, dass sie ohne Glauben war.

»Ich heiße Rhun«, flüsterte er. »Rhun Korza.«

Es war lange her, dass er einem anderen Menschen seinen vollen Namen genannt hatte, aber wenn sie hier sterben mussten, wollte er, dass die beiden ihn kannten.

»Ich bin Erin, und das ist Jordan. Wie…«

Der Soldat fiel ihr mit kaltem Zorn ins Wort. »Wer war das?«

Die Frage warf eine zweite Frage auf. Er hörte sie aus dem Tonfall des Mannes heraus, las sie in seinem Gesicht.

Was waren sie?

Rhun dachte über die unausgesprochene Frage nach. Die Kirche verbot es, die Wahrheit zu enthüllen, ihr am besten gehütetes Geheimnis. Es stand viel auf dem Spiel.

Der Mann aber war ein Krieger wie er. Er hatte sich wacker geschlagen, hatte der Finsternis getrotzt und sein Blut vergossen.

Rhun wollte dieses Opfer würdigen. Er sah Jordan in die Augen und nannte den wahren Namen der Angreifer. »Das waren Strigoi.«

Seine Worte schwebten im Raum wie der wogende Staub und verbargen mehr, als sie enthüllten.

Der Mann legte verwirrt den Kopf schief. Auch die Frau musterte ihn, allerdings eher neugierig als zornig. Im Gegensatz zu dem Soldaten machte sie ihn nicht für die Toten verantwortlich.

»Was bedeutet das?« Der Soldat würde sich erst dann zufriedengeben, wenn er es begriffen hatte, und vermutlich würde er auch dann keine Ruhe geben. Rhun hob einen

Stein von einem der Toten hoch und wischte den Staub von dessen Gesicht. Die Frau beleuchtete seine Hände, als er den eingestaubten Kopf zu ihnen herumdrehte. Mit seiner handschuhbedeckten Hand schob er die kalten Lippen zurück und enthüllte ein uraltes Geheimnis. Lange weiße Zähne funkelten im Schein der Taschenlampe.

Die Hand des Soldaten wanderte zum Kolben seiner Waffe. Die Frau sog scharf den Atem ein und fasste sich an den Hals. Ein animalischer Schutzinstinkt. Doch anstatt vor Entsetzen zu erstarren, senkte sie die Hand wieder und kniete neben Rhun nieder. Der Mann blieb stehen und beobachtete sie aufmerksam, um notfalls eingreifen zu können.

Damit hatte Rhun gerechnet, doch die Frau überraschte ihn, was nur selten vorkam. Anfangs zitterten ihr die Finger, dann fasste sie sich und berührte den langen, scharfen Zahn wie der heilige Thomas, der den Finger in Jesu Wunde legte, weil er einen Beweis brauchte. Offenbar fürchtete sie die Wahrheit, scheute aber auch nicht davor zurück.

Sie musterte Rhun so skeptisch, wie eine moderne Wissenschaftlerin es nur vermochte. Und wartete.

Er schwieg. Sie hatte die Wahrheit erfahren wollen. Er hatte sie ihr offenbart. Den Willen zu glauben konnte er ihr nicht geben.

Sie schwenkte die Hand über dem Toten. »Das könnten auch Verlängerungsaufsätze sein …«

Sie wollte es noch immer nicht glauben, suchte Zuflucht in beruhigenden Rationalisierungen wie so viele andere zuvor. Dann aber wartete sie seine Bestätigung oder Beschwichtigung gar nicht erst ab, sondern beugte sich vor.

Er erwartete, dass sich ihre Augen bei der Untersuchung vor Entsetzen weiten würden. Stattdessen bildete sich auf ihrer Stirn nur eine nachdenkliche Falte. Erneut von ihr überrascht, betrachtete er sie ebenso fasziniert wie sie den Toten.

17:21

Während sie vor dem Toten kniete, versuchte Erin zu begreifen, was da vor ihr lag. Sie wollte es verstehen, wollte dem Blut und dem Tod einen Sinn geben.

Im Geiste ging sie eine Liste von Kulturen durch, deren Vertreter sich die Zähne schärften. In der sudanesischen Wüste feilten sich junge Männer bei einem Initiationsritus ihre Schneidezähne messerscharf zurecht. Bei den alten Maya waren spitze Zähne ein Merkmal des Adels gewesen. Auf Bali gehörte das Zurechtfeilen der Zähne zu einem Mannbarkeitsritual, das den Übergang vom Tier zum Menschen darstellen sollte. Auf allen Kontinenten gab es vergleichbare Praktiken. Auf jedem einzelnen. Das hier aber war etwas anderes.

Auch wenn es ihr noch so sehr zuwiderlief: Diese Zähne waren von keinem Werkzeug geschärft worden.

»Doc, reden Sie mit mir.« Jordan stand hinter ihr, seine angespannte Stimme hallte laut in dem kleinen Raum wider.

Um ihret- und um seinetwillen bemühte sie sich um einen nüchternen Tonfall. Wenn sie die Fassung verlor, wäre es womöglich um sie geschehen. »Die Eckzähne sind fest im Oberkiefer verwurzelt. Fühlen Sie mal, wie stark die Zahnfächer verdickt sind.«

Jordan stieg über einen Schutthaufen hinweg und stellte sich zwischen sie und den Priester. Er legte die Hand auf seine Waffe. »Das glaube ich Ihnen auch so.«

Sie bedachte ihn mit einem, wie sie hoffte, beruhigenden Lächeln, denn seine Miene war unverändert ernst geblieben.

»Was bedeutet das?«

Sie hockte sich auf die Fersen, um Abstand zu gewinnen von dem Zahn, den sie berührt hatte. »Eine so stark ausgeprägte Zahnwurzel findet man im Allgemeinen bei Raubtieren.«

Pater Korza wandte sich ab. Jordan verfolgte ihn mit dem Lauf seiner Waffe.

»Jordan?« Sie richtete sich neben ihm auf.

»Reden Sie weiter.« Er musterte den Priester, als rechnete er damit, von ihm unterbrochen zu werden, doch der Mann schwieg. »Ein interessantes Thema, finden Sie nicht, Pater?«

Sie betrachtete das staubige braune Gesicht inmitten des Schutts. Es wirkte ebenso menschlich wie das ihre. »Der Kiefer eines Löwen übt einen Druck von hundertneunundachtzig Kilogramm pro Quadratzentimeter aus. Aus diesem Grund verhärten und verdicken sich die Zahnfächer der Reißzähne. So ist es auch hier.«

»Dann wollen Sie also sagen«, Jordan räusperte sich, »dass es sich hier um keine Modeerscheinung handelt, sondern dass die Zähne natürlich gewachsen sind?«

Sie seufzte. »Eine andere Erklärung habe ich nicht.«

Im trüben Schein der Taschenlampe sah sie die Bestürzung in Jordans Gesicht und die Angst in seinen Augen. Auch sie fürchtete sich, wollte sich von ihren Gefühlen aber nicht überwältigen lassen. Sie drehte sich zum schweigenden Priester herum. »Sie haben sie Strigoi genannt?«

Sein Gesicht war eine undurchdringliche Maske aus Schatten und Geheimnissen. »Ihr Fluch hat viele Namen. *Vrykolakas. Asema. Dhakhanavar.* Sie sind eine Plage, die man überall auf der Welt kennt. Neuerdings nennt man sie Vampire.«

Erin setzte sich wieder auf den Boden. War dies der Ursprung des rituellen Zurechtpfeilens der Zähne, eine makabere Imitation eines realen Schreckens, der allmählich in Vergessenheit geraten war? Vergessen mochte er sein, doch er war nicht aus der Welt verschwunden. Ein eiskalter Finger wanderte über ihren Rücken.

»Und Sie bekämpfen sie?« Jordans Skepsis war mit Händen zu greifen.

»Allerdings.« Die leise Stimme des Priesters klang vollkommen ruhig.

»Und wer sind Sie, Pater?« Jordan machte einen Ausfallschritt, als bereite er sich auf einen Kampf vor. »Ein Elitekämpfer des Vatikans?«

»Diese Bezeichnung würde ich nicht gebrauchen.« Pater Korza faltete die Hände. »Ich bin nichts weiter als ein Priester, ein demütiger Diener Gottes. Doch Sie haben recht; um dem Heiligen Stuhl dienen zu können, wurde ich zusammen mit einigen anderen Ordensbrüdern dazu ausgebildet, diese Plage zu bekämpfen.«

Erin hätte ihn am liebsten mit Fragen bestürmt, doch eine bestimmte Frage lag ihr auf der Zunge, seit der Priester die Gruft betreten und die ersten Worte gesprochen hatte.

Die Kirche hat das Vorrecht am Inhalt der Krypta.

Auf einmal froh darüber, dass ein Soldat zwischen ihnen stand, musterte sie über Jordans Schulter hinweg die blutbeschmierte Gestalt. »Sie haben sich erkundigt, ob hier ein Buch versteckt war. Ist das der Grund, weshalb wir angegriffen wurden? Weshalb wir hier verschüttet wurden?«

Die Miene des Priesters wirkte plötzlich verschlossen. Er legte den Kopf in den Nacken, als erbitte er himmlischen Beistand. »Der Berg arbeitet noch immer.«

»Was …« Ein lautes Grollen, begleitet vom durchdringenden Knacken des Gesteins, unterbrach Jordans Frage. Der Boden bebte – zunächst nur ganz leicht, dann heftiger. Erin taumelte gegen Jordans Rücken, dann fand sie das Gleichgewicht wieder. »Ein weiteres Nachbeben?«

»Oder der Berg ist durch die Sprengungen instabil geworden.« Jordan blickte an die Decke. »Jedenfalls kommt da was runter. Und zwar bald.«

»Wir müssen hier raus«, sagte Pater Korza. »Reden können wir später.«

Jordan ging zum eingestürzten Eingang.

»Da kommen wir nicht durch.« Pater Korza drehte sich langsam um die eigene Achse. »Es heißt, diejenigen, welche das Buch beim Fall Masadas versteckt haben, hätten einen wenig bekannten Zugang benutzt. Einen Tunnel, den sie hinter sich verschlossen haben.«

Jordan musterte die Wände aus massivem Stein. »Wo soll der sein?«

Der Blick des Priesters war leer. »Das Wissen darum ging verloren.«

»Sie enthalten uns doch keine Informationen vor?«, fragte Jordan.

Pater Korza betastete den Rosenkranz, der an seinem Gürtel befestigt war. »Die Kirche weiß nicht, wo der Tunnel liegt. Niemand kennt den Zugang.«

»Das stimmt nicht.« Erin fuhr mit beiden Händen über die Wand, grub die Fingernägel in den Mörtel, der die Fuge zwischen zwei Steinblöcken ausfüllte.

Beide Männer schauten sie an.

Sie lächelte. »Ich kenne den Ausgang.«

17:25

Jordan hoffte, dass Erin wusste, wovon sie redete. »Zeigen Sie ihn mir.«

Sie eilte zur Rückseite der Grabkammer und ließ die Fingerspitzen über den rauen Stein tanzen, als lese sie ein Buch in Blindenschrift.

Er folgte ihr und klopfte mit der einen Hand auf die Wand, in der anderen hielt er die MP. Er traute Korza nicht. Wenn der Priester sie vorgewarnt hätte, wären seine Männer noch am Leben. Einstweilen war Jordan entschlossen, ihm nicht den Rücken zuzukehren.

»Spüren Sie, wie perfekt das Mauerwerk hier ist?«, sagte Erin. »Die Blöcke passen so genau zusammen, dass kaum Mörtel notwendig war. Ich vermute, der wurde hauptsächlich als zusätzlicher Schutz gegen Erdbeben verwendet.«

»Dann haben wir es wohl dem Mörtel zu verdanken, dass wir noch am Leben sind«, meinte er. »Ein Hoch auf die Baumeister!«

Ein zerstreutes Lächeln spielte um ihre Lippen. Hoffentlich würde er dieses Lächeln noch einmal bei Sonnenschein zu sehen bekommen, an einem sicheren Ort.

Erin ließ sich neben den aufgespießten Toten auf ein Knie nieder. Sie spannte die Schultern an und fixierte die Wand, um nicht die Toten ansehen zu müssen. Aber sie machte weiter. Das fand er bewundernswert. Sie legte die flache Hand auf die alten Steinblöcke und bewegte sie nach unten.

»Das ist mir gerade eben schon aufgefallen.« Als der Boden schwankte, redete sie schneller weiter: »Vor dem Überfall. Als wir das Mädchen untersucht haben.« Sie ergriff seine Hand und legte sie neben der ihren auf die Wand. »Fühlen Sie mal. Der Mörtel wurde zwischen den Steinen hervorgedrückt.«

Er berührte den kalten, unnachgiebigen Stein.

»Dieses Wandstück ist anders als die anderen«, fuhr sie eifrig fort. »Die erfahrenen Steinmetze, die das Gewölbe erbaut haben, hätten den ausgetretenen Mörtel weggekratzt, um die Oberfläche zu glätten, damit der Mörtel nicht aus Versehen aus der Fuge herausgerissen werden kann.«

»Wollen Sie damit sagen, hier wäre nachlässig gearbeitet worden?«

»Ganz im Gegenteil. Die Erbauer dieses Wandstücks haben von der *anderen* Seite aus gearbeitet. Deshalb wurde der Mörtel auch nach *innen* gedrückt.«

»Ein zugemauerter Eingang.« Er stieß einen Pfiff aus. »Scharf beobachtet, Doc.«

Er betrachtete das Gemäuer. Der mit Mörtel verbundene Teil hatte die ungefähre Form eines überwölbten Durchgangs. Vielleicht hatte sie ja recht. Er schlug mit der Faust dagegen. Die Mauer gab nicht nach. »Kommt mir verdammt massiv vor.«

Es würde Stunden, vielleicht sogar Tage dauern, die Steine herauszulösen. Und er schätzte, dass ihnen nur noch Minuten blieben. Erin hatte gute Arbeit geleistet, doch das reichte nicht, um sie zu retten.

In der Nähe des Eingangs krachte mit ohrenbetäubendem Getöse ein Teil der Decke herunter. Erin zuckte zusammen, und er trat dichter an sie heran, um sie zu schützen. Sie würden hier zusammen mit toten Menschen und Monstern lebendig begraben werden.

Zusammen mit seinen Männern, mit Cooper und McKay.

»McKay«, sagte er laut.

Der Geistliche runzelte die Stirn, doch Erin blickte zu McKays verdrehtem Leichnam hinüber. Hoffnung und Begreifen spiegelten sich in ihrem Blick.

»Reicht die Zeit?«, fragte sie.

»Bei meiner Motivation? Das will ich verdammt noch mal meinen.«

Er kletterte über den Schutt und kniete neben dem toten McKay nieder.

Tut mir leid, Kumpel.

Behutsam wälzte er den leblosen Körper auf die Seite, vermied es dabei, den aufgerissenen Hals seines Freundes anzusehen, und legte ihm die Hand auf die Schulter. Er verdrängte die Erinnerung an das bellende Gelächter seines Kumpels, dessen Angewohnheit, die Etiketten von Bierflaschen abzukratzen, und seine Armesündermiene, wenn er sich einer schönen Frau gegenübersah.

Das alles war Vergangenheit.

Aber ich werde dich niemals vergessen, mein Freund.

Er nahm ihm den Rucksack ab und ging zurück zu Erin. Er wollte sie nicht mit dem Priester allein lassen. Der Geistliche steckte voller Geheimnisse, und das hatte seinen Männern das Leben gekostet. Was würde Korza tun, um diese Geheimnisse zu schützen, wenn es ihnen gelang, sich aus dem Gefängnis zu befreien?

Egal, was er vorhatte, vorher würde der Berg sie wahrscheinlich zerquetschen. Eilig öffnete Jordan den Rucksackreißverschluss. Als Sprengstoffexperte hatte McKay auch Sprengstoff dabeigehabt, der dazu gedacht gewesen war, Gaskanister zur Explosion zu bringen und eventuelle Gefahren zu neutralisieren. Ursprünglich hatten sie geglaubt, es mit einer weit simpleren Bedrohung zu tun zu haben, etwa mit Terroristen.

Eilig setzte er Sprengkapseln in C4-Blöcke ein. McKay wäre schneller gewesen, doch Jordan scheute zurück vor diesem Quell des Schmerzes, vermochte sich der Trauer nicht zu stellen. Das würde später kommen. Falls es ein Später gab.

Er formte und verdrahtete die Sprengsätze und führte im Kopf Berechnungen durch, während er Erin dabei beobachtete, wie sie sich mit dem Priester unterhielt.

»Das Mädchen«, sagte sie und deutete auf das Kind, das an die Wand genagelt war. »Sie sagten, sie sei zweitausend Jahre alt gewesen, als sie starb?«

Korza antwortete so leise, dass Jordan die Ohren spitzen musste, um ihn zu verstehen. »Sie war eine Strigoi. Sie wurde hier eingesperrt, um das Buch zu bewachen. Das hat sie auch getan, bis die silbernen Bolzen ihrem Leben ein Ende machten.«

Während Jordan arbeitete, traten ihm die schaurigen Ereignisse vor Augen: *Die Nazis öffneten den Sarkophag, stellten fest, dass das darin eingeschlossene Mädchen noch lebte, und nagelten es mit einer Salve silberner Armbrustbolzen an die Wand.* Er dachte an die halb verschüttete Gasmaske, die sie in der Nähe des Eingangs gefunden hatten. Die Nazis hatten anscheinend gewusst, was sie hier erwartete. Sie waren auf das Mädchen und das Giftgas vorbereitet gewesen.

Erin hakte nach, offenbar bemüht, das alles zu verstehen, es in eine wissenschaftliche Gleichung einzusetzen, die einen Sinn ergab. »Dann hat die Kirche das arme Mädchen also benutzt. Man hat sie gezwungen, zweitausend Jahre lang Wache zu halten?«

»Sie war kein *Mädchen*, und sie hat geschlafen, konserviert im heiligen Wein, der sie umhüllte.« Korza senkte die Stimme zu einem gequälten Flüstern. »Aber Sie haben trotzdem recht. Nicht alle waren mit dieser grausamen Entscheidung einverstanden. Auch nicht mit der Wahl dieses verfluchten Orts. Es heißt, der Apostel Petrus habe den Berg und diesen tragischen Zeitpunkt ausgewählt, um das Blutopfer der jüdischen Märtyrer an die Gruft zu binden und den Schatz unter diesem schwarzen Sargtuch zu verbergen.«

»Moment«, sagte Erin ungläubig. »*Der* Apostel Petrus … der heilige Petrus? Wollen Sie damit sagen, er habe während der Belagerung Masadas das Buch hierherbringen lassen?«

»Nein. Petrus hat das Buch selbst hierhergebracht.« Der Priester nestelte am Rosenkranz. »Begleitet wurde er von seinen engsten Vertrauten.«

Jordan vermutete, dass es ihm nicht gestattet war, mit ihnen darüber zu reden.

»Das ist ausgeschlossen«, widersprach Erin. »Petrus wurde während Neros Herrschaft gekreuzigt. Das war etwa drei Jahre vor dem Fall Masadas.«

Korza wandte den Blick ab und erwiderte in ruhigem Ton: »Die Geschichte wird nicht immer akkurat aufgezeichnet.«

Mit dieser kryptischen Bemerkung hatte Jordan seine Vorbereitungen beendet. Er richtete sich auf und nahm den Funkzünder in die Hand. Erin sah ihn fragend an.

Er hätte sie gern etwas aufgemuntert.

»Entweder es funktioniert … oder ich bringe uns alle um.«

11

26. Oktober, 18:01, Israelische Standardzeit
Geheimer Ort, Israel

TOMMY SASS IN einem Krankenhausbett und betastete die Infusionskanüle, die aus seiner Brust hervorschaute. Das tat er ganz unbewusst, nicht aus Neugier. Er wusste, weshalb die Krankenschwester sie dort angebracht hatte. Mit Infusionen kannte er sich aus. Man befürchtete, dass sich nach seinem schweren Blutverlust eine Vene schließen könnte.

Die Ärztin – eine magere Frau mit scharfen Wangenknochen in olivgrünem Kittel und mit grimmigem Gesichtsausdruck – hatte ihm nicht ihren Namen genannt, was eigenartig war. Ärzte stellten sich im Allgemeinen vor und erwarteten, dass man sich ihren Namen merkte. Diese hier verhielt sich so, als wollte sie unerkannt bleiben.

Er zog die dünne Flanelldecke hoch und schaute sich um. Der Raum sah aus wie ein typisches Krankenzimmer: Pflegebett, Infusionsschläuche, die weiß Gott was in seinen Kreislauf pumpten, ein Tisch mit olivgrünem Krug und Trinkbecher. Dass kein Fernseher an der Wand angebracht war, störte ihn nicht, denn die israelischen Sender hätte er ohnehin nicht verstanden. Nach seinen monatelangen Krankenhausaufenthalten wusste er jedoch, dass ein bewegtes Bild an sich schon etwas Tröstendes hatte.

Da er sonst nichts zu tun hatte, stand er auf und zog den Infusionsständer zum Fenster. Das Linoleum fühlte sich kalt an unter seinen nackten Füßen. Draußen war nur mondscheinerhellte Wüste zu sehen, die endlose Weite der Steine und des Gestrüpps. Jenseits des Parkplatzes konnte er keine einzige künstliche Lichtquelle ausmachen. Die Israelis hatten ihn ins Niemandsland gebracht. *Warum?*

Krankenhäuser lagen in Städten, an Orten mit Menschen, Lichtern und Autos. Als der Helikopter auf dem Parkplatz landete, hatte er nichts dergleichen bemerkt, nur eine Ansammlung überwiegend dunkler Gebäude.

Im Hubschrauber hatte man ihn auf dem mittleren Sitz festgeschnallt gehabt, flankiert von zwei israelischen Soldaten. Beide hatten sich, so gut es ging, von ihm ferngehalten, als hätten sie davor zurückgeschreckt, ihn zu berühren. Er ahnte den Grund. Einer der Amerikaner hatte gemeint, an seiner Kleidung und seinem Haar hafteten noch Abbauprodukte des Giftgases. Solange er nicht dekontaminiert worden war, hatte niemand gewagt, ihn zu berühren.

In Masada hatte man ihn im Dekontaminierungszelt ausgezogen und ihm die Kleidung abgenommen. Hier im Krankenhaus hatte man ihn gezwungen, mehrere chemische Duschen über sich ergehen zu lassen, die auch noch die letzte abgestorbene Hautzelle wegspülten. Das Schmutzwasser hatte man in Sicherheitsbehältern gesammelt.

Wahrscheinlich war das der Grund, weshalb er sich hier im Nirgendwo befand: Er war das Versuchskaninchen, und man wollte herausfinden, weshalb er gegen das Gas immun gewesen war, während alle anderen gestorben waren.

In Anbetracht all dessen war er froh, dass er das von seinem Handgelenk verschwundene Melanom nicht erwähnt hatte. Zerstreut fuhr er mit dem Finger über die Stelle, denn er wusste noch immer nicht, was er davon halten sollte. Aber sein Geheimnis war leicht zu wahren. Bislang hatte kaum jemand mit ihm gesprochen – geredet wurde vor allem hinter seinem Rücken. Man sprach *über* ihn, aber nur selten *mit* ihm.

Nur eine Person hatte ihm in die Augen geschaut.

Pater Korza.

Er erinnerte sich an die dunklen Augen in dem freundlichen Gesicht. Er hatte nett mit ihm geredet, sich nach seinen Eltern und dem erlebten Grauen erkundigt. Tommy war nicht katholisch, doch er wusste die Freundlichkeit des Paters zu schätzen. Als er jetzt wieder an seine Eltern dachte, kamen ihm die Tränen – doch er sperrte sie in den Kasten. Den Kasten hatte er erfunden, um mit der Krebsbehandlung fertigzuwerden. Wenn ihn etwas zu sehr schmerzte, packte er es für später weg. Da sein Gesundheitszustand sich stetig verschlechterte und sein Krebs als nicht therapierbar galt, hätte er sich nie träumen lassen, dass er lange genug leben würde, um den Kasten eines Tages wieder zu öffnen.

Er blickte auf sein makelloses Handgelenk.

Jetzt sah es auf einmal wieder ganz anders aus.

12

26. Oktober, 18:03, Israelische Standardzeit
Masada, Israel

ERIN HOCKTE HINTER dem Sarkophag, die Hände hatte sie auf die Ohren gelegt. Als Jordan den an der Wand befestigten C4-Sprengstoff auslöste, zuckte sie zusammen. Die Druckwelle traf sie wie ein Fußtritt in den Bauch. Gesteinsstaub waberte durch die Grabkammer. Sand rieselte von der Decke, was sich auf ihrer nackten Haut anfühlte wie die Berührung zahlloser Spinnenbeine.

Dann riss Jordan sie auf einmal hoch. »Los, Bewegung!«

Sie begriff erst, was los war, als das Echo der Explosion immer lauter wurde. Der Boden schwankte heftig. Sie blickte hoch.

Ein weiteres Nachbeben.

Der Priester packte sie beim anderen Arm und zog sie zur qualmenden Wand. Ein Loch war herausgebrochen. Doch es war zu klein.

»Helfen Sie mir!«, rief Jordan.

Zu dritt rissen sie lose Ziegelsteine heraus. Hinter dem Loch gähnte ein aus dem Fels gehauener Gang. Vor langer Zeit hatten ihn Menschen angelegt, um irgendwohin zu gelangen – und im Moment war jeder Ort besser als dieser hier.

Die Erschütterungen wurden heftiger. Der Boden schwankte tückisch und schleuderte sie gegen die Wand.

»Keine Zeit mehr!«, brüllte Jordan und riss noch einen letzten Ziegel los. Das Loch hatte sich zu einem schmalen Spalt verbreitert. »Alle raus hier!«

Bevor sie reagieren konnten, warf ein lautes Dröhnen sie zu Boden.

Im Deckengewölbe bildete sich ein Riss.

Jordan sprang auf die Beine, packte Erin und schob sie in die Maueröffnung. Beim Hindurchklettern schürfte sie sich die Ellbogen auf. Im Tunnel richtete sie sich auf und leuchtete Jordan.

»Sie als Nächster, Pater!«, rief Jordan. »Sie sind kleiner als ich.«

Der Priester nickte, hechtete durch die Öffnung, rollte sich ab und kam geduckt neben Erin zum Stehen. Er blickte sich rasch im Gang um. Was erwartete er zu sehen?

Erin wandte sich Jordan zu. Er grinste sie an. Hinter ihm kam die ganze Decke herunter und begrub den Sarkophag unter sich.

Jordan zwängte sich in die Öffnung. Er bekam eine Schulter durch, dann blieb er stecken. Vor Anstrengung lief er rot an im Gesicht. Hinter ihm stürzte die Grabkammer unter dem Gewicht des Bergs ein. Erin sah ihm in die blauen Augen. Sie ahnte, was er dachte. Er würde es nicht schaffen. Mit dem Kinn wies er in den dunklen Gang hinein, forderte sie auf, ihn zurückzulassen.

Dann war Pater Korza zur Stelle. Mit seinen unglaublich kräftigen Fingern packte er Jordans Arm und riss mit solcher Gewalt daran, dass mehrere Ziegelsteine herausbrachen. Jordan kam frei und fiel keuchend auf den Priester. In seinem Gesicht mischten sich Schmerz und Erleichterung.

Pater Korza schob ihn von sich herunter und half ihm auf die Beine.

»Danke, Pater.« Jordan hielt sich den Arm. »Gut, dass ich die Schulter nicht brauche.«

Der Priester zeigte in den dunklen Gang. Er fiel steil ab, in den Boden waren Stufen gehauen. Als der ganze Berg erbebte, wurde klar, dass sie längst noch nicht außer Gefahr waren.

»Los!«, sagte Rhun Korza.

Erin eilte den Tunnel hinunter, sprang von Stufe zu Stufe, nur die kleine Taschenlampe leuchtete ihr. Der Weg verlief im Zickzack. Das Berggestein verlagerte sich. Sie wusste nicht mehr, wo rechts und wo links war. Oder oben und unten. Sie kannte nur eine Richtung: die nach vorn.

Bei einem Fehltritt verstauchte sie sich den rechten Knöchel. Bevor sie stürzte, fing der Priester sie auf und warf sie sich über die Schulter. Sein Arm fühlte sich an wie aus Eisen; seine kraftvollen Bewegungen erinnerten sie an fließende Lava. Nach einem besonders steilen Abschnitt hielt er plötzlich an und setzte sie ab.

Schwer atmend tastete sie ihren Knöchel ab. Er schmerzte, aber die Verletzung war nicht schlimm. Sie leuchtete nach vorn. Der Strahl der Taschenlampe fiel auf eine Wand aus Sandsteinblöcken, die ihnen den Weg versperrte.

Jordan stöhnte auf, als er sie erreichte. »Eine Sackgasse.«

18:33

Rhun tastete die flache Wand nach Auffälligkeiten ab. Wärme sickerte in seine Hände. Obwohl es jetzt Nacht war, hatte der Stein noch einen Rest Sonnenwärme aufgespeichert. Er schloss die Augen, stellte sich den großen Steinblock vor, mit dem man den Außeneingang des Tunnels verschlossen hatte. In der unteren Ecke hatte er die Fuge ertastet.

Dann legte er das Ohr an die raue Oberfläche und lauschte, konzentrierte sich auf die Welt hinter dem Stein. Da draußen waren Geräusche; er vernahm das Tappen von Füßen auf Sand, den leisen Herzschlag eines Schakals …

»Sollen wir umkehren, Pater?«, fragte Jordan mit dröhnender Stimme. »Nach einem anderen Ausgang suchen?«

Dabei wusste der Amerikaner genau, dass es keinen anderen Ausgang gab.

»Wir sind fast draußen«, erklärte Rhun, richtete sich auf und drehte sich um. »Das hier ist das letzte Hindernis.«

Aber die Zeit wurde knapp, rieselte wie Sand durch ein Stundenglas.

Und zwar buchstäblich.

Der Berg bebte weiter. Sand perlte die steilen Stufen des Tunnelgangs hinunter, strömte durch die Spalten und Risse im Fels und sammelte sich im tiefsten Tunnelabschnitt. Es würde nicht mehr lange dauern, dann wäre der Raum vollständig ausgefüllt.

Jordan trat neben Rhun und legte die flache Hand auf den Stein. »Dann müssen wir wohl drücken.«

Sie hatten keine andere Wahl.

Erin schloss sich ihnen an und streifte sich das glatte blonde Haar hinter die Ohren. Rhun stemmte sich neben ihnen mit aller Kraft gegen den Stein. Schon nach dem ersten Versuch wurde ihm klar, dass ihr Unterfangen nutzlos war, doch er strengte sich weiter an, bis der erhöhte Herzschlag der beiden anderen ihre Erschöpfung verriet und er das Blut an ihren aufgeschürften Händen roch. Ihre vereinten Kräfte reichten bei Weitem nicht aus.

Währenddessen bebte Masada immer weiter.

Inzwischen reichte ihnen der Sand bis zu den Knöcheln.

Rücken an Rücken stemmten sich die beiden anderen gegen den unverrückbaren Stein.

»Was ist mit der Granate an Ihrem Gürtel?« Erin zeigte darauf. »Könnte man den Stein damit sprengen?«

Jordan ließ die Schultern hängen. »Die Sprengkraft reicht nicht aus. Außerdem würde uns die Druckwelle treffen. Selbst wenn ich den C4 aus McKays Rucksack nicht aufgebraucht hätte, bezweifle ich, dass wir den Fels damit hätten sprengen können, ohne Hackfleisch aus uns zu machen.«

Eine starke Erschütterung lief durch den Berg. Erin erbleichte, und Jordan fixierte den Stein, als wollte er ihn mit schierer Willenskraft bewegen. Verzweiflung spiegelte sich in seinem Gesicht wider, die primitive Gier, noch eine Stunde, einen weiteren Tag zu leben.

Der Soldat legte einen Arm um die Frau und zog sie näher an sich heran. Sie schmiegte sich an ihn, vergrub das Gesicht an seiner Schulter. Der Mann küsste sie zärtlich auf den Kopf, so behutsam, dass sie es vielleicht gar nicht mitbekam. Der Priester aber registrierte die zärtliche Geste; diese Art Trost fand man nur in der Nähe zu anderen Menschen.

Es versetzte ihm einen Stich. Er sehnte sich danach, zu sein wie sie. Doch das war ihm nicht gegeben. Er wandte sich dem Stein zu, entschlossen, ihnen zu helfen.

Sand rieselte auf seine Stirn und seine Wimpern. Mit emporgewandtem Gesicht schloss er die Augen und betete.

Dein Wort ist meines Fußes Leuchte und ein Licht auf meinem Wege. Bibelstellen gingen ihm durch den Kopf, sowohl Suche nach Antworten als auch Konzentrationshilfe. Er öffnete sich Gottes Wille und ließ los. Während der Sand allmählich an seinen Beinen nach oben stieg, wartete er auf eine Antwort – doch sie blieb aus.

So sei es denn.

Er würde sein Leben hier beschließen.

Als er das Kreuz auf seiner Brust berührte, trat ihm eine golden leuchtende Zeile über Josef vor Augen: *Und der kaufte ein Leinentuch und nahm ihn ab und wickelte ihn in das Tuch und legte ihn in ein Grab, das war in einen Felsen gehauen…*

Natürlich.

Er riss die Augen auf und musterte den unverrückbaren Stein, berührte dessen Oberfläche und stellte sich die ebenso glatte Außenseite vor. Er erinnerte sich an die Lücken am Boden, die daher rührten, dass der Umriss des Steins *gerundet* war. Er stellte sich den ganzen Umriss vor, ergänzte die Krümmung zu einem Kreis.

Im Geiste sah er es deutlich vor sich.

Eine flache *Scheibe*.

Er sprach lautlos ein Dankgebet, dann wandte er sich seinen Begleitern zu.

Die Frau richtete sich auf. »Was ist?«

Offenbar stand es ihm im Gesicht geschrieben. Dass sie ihn so leicht durchschauen konnte, zeigte, wie angeschlagen er war. In ihren Augen flammte Hoffnung auf.

Als Jordan hinzutrat, löste Rhun die Handgranate von dessen Gürtel.

»Das wird nicht funktionieren«, sagte der Mann. »Ich habe Ihnen doch eben erklärt…«

»Vertrauen Sie mir.« Rhun watete durch den Sand zur Steinplatte und begann mit den Händen in der Ecke zu graben, dort, wo der Stein an die Wand stieß. Er grub schnell, doch der Sand rieselte ebenso rasch nach, wie er ihn wegschaufelte.

Allein würde er es nicht schaffen.

»Helfen Sie mir.«

Die beiden anderen nahmen rechts und links neben ihm Aufstellung.

»Schaufeln Sie den Sand bis zum Boden weg«, wies er sie an.

Sie arbeiteten gemeinsam weiter, bis der Sand weggeräumt war und zwischen Steinscheibe und Tunnelboden eine schmale geschwungene Lücke zum Vorschein kam. Rhun drückte die Handgranate tief in den Spalt hinein und verkeilte sie unter der Scheibe.

Dann schob er den Zeigefinger in den Sicherungsring und sagte über die Schulter hinweg: »Gehen Sie so weit wie möglich in den Tunnel zurück.«

»Was ist mit Ihnen?«, fragte der Soldat.

Jetzt, da sie das Graben und Schaufeln eingestellt hatten, rieselte Sand nach und begrub erst sein Handgelenk, dann seinen Unterarm. »Ich komme nach.«

Der Soldat nickte nach kurzem Zögern und zog die Frau mit sich.

»Woher wollen Sie wissen, dass es klappen wird?«, rief Erin ihm zu.

Rhun wusste es nicht. Er musste auf Gott vertrauen – und auf einen bestimmten Bibelvers, der sich auf die Versiegelung eines Grabes mit einem Stein bezog.

Markus 15,46.

Er flüsterte den Vers, Antwort und Gebet in einem.

»Und der kaufte ein Leinentuch und nahm ihn ab und wickelte ihn in das Tuch und legte ihn in ein Grab, das war in einen Felsen gehauen, und wälzte einen Stein vor des Grabes Tür.«

Mit diesen Worten riss er den Sicherungsring heraus, zog den Arm aus dem Sand und kämpfte sich durch den nachfließenden Sand.

Er kam nur drei Schritte weit.

Hinter ihm explodierte die Handgranate, ein lautes Bellen, das ihm einen Feuerball gegen den Rücken schleuderte. Im Fallen streifte er mit dem Kopf die Wand. Benommen landete er auf dem Rücken. Ihm verschwamm die Sicht.

Über die Stufen näherten sich Schritte.

Er lag reglos da.

Die Luft schmeckte nach Sand und Rauch – dann nahm er auf einmal einen Luftzug wahr. Frische, saubere Wüstenluft drang in den Gang.

»Ich habe ihn.« Jordan fasste Rhun unter die Arme und schleifte ihn über den sandbedeckten Boden.

Die Frau lief vor ihm her. »Sehen Sie mal! Durch die Explosion wurde der Stein einen halben Meter zur Seite gedrückt. Wieso bin ich nicht darauf gekommen? Der Gang wurde auf dieselbe Art und Weise verschlossen wie Christi Grab.«

»... und wälzte einen Stein vor des Grabes Tür«, murmelte Rhun, der immer wieder für Augenblicke das Bewusstsein verlor.

Natürlich hatte sie begriffen, was er getan hatte.

Er spürte, wie er an dem rußgeschwärzten Stein vorbei an die frische Luft geschleift wurde. Er schaute in die Höhe. Da waren die Sterne, hell strahlende Punkte, unvergänglich. Dieselben Sterne hatten geleuchtet, als Masada erbaut worden war, und nun waren sie Zeuge von dessen Zerstörung.

Mit einem anschwellenden Knirschen und Dröhnen stürzte der Berg endgültig ein.

Dann herrschte endlich Stille.

Erin und Jordan schleppten den Priester trotzdem weiter in die Wüste hinaus, denn sie wollten kein Risiko eingehen. Schließlich hielten sie an.

Eine warme Hand drückte Rhun die Schulter. Er blickte

in bernsteinfarbene Augen. »Danke, Pater, dass Sie uns das Leben gerettet haben.«

Einfache Worte. Worte, wie er sie selten zu hören bekam. Er war ein Gotteskrieger, und es kam häufig vor, dass er tagelang mit keiner Menschenseele sprach. Der alte Schmerz – den er empfunden hatte, als die beiden sich auf den Treppenstufen umarmt hatten – kehrte zurück, noch quälender als zuvor, kaum zu ertragen.

Würde ich das Gleiche empfinden, wenn sie nicht so schön wäre?

Als die Dunkelheit ihn einhüllte, beugte sie sich weiter vor. »Pater Korza, nach welchem Buch haben Sie dort unten gesucht?«

Sie und der Soldat hatten gekämpft, hatten getötet und Freunde sterben sehen, alles wegen des Buchs. Schuldete er ihnen da nicht eine Antwort? Allein aus diesem Grund sagte er es ihr.

»Das Buch ist das Evangelium. Geschrieben mit dem Blut des Urhebers.«

Sterne rahmten ihr Gesicht ein. »Was meinen Sie damit? Sprechen Sie von einer apokryphen Schrift?«

Er hörte das Verlangen aus ihren Worten heraus, den Wissensdurst, doch sie hatte ihn anscheinend nicht verstanden. Er wandte seinen schweren Kopf herum und sah ihr in die Augen. Er wollte ihr zeigen, wie ernst es ihm war.

»Es geht um *das* Evangelium«, wiederholte er, während die Dunkelheit die Welt verschluckte. »Von Christus eigenhändig niedergeschrieben. Mit seinem eigenen Blut.«

TEIL 2

Auch viele andere Zeichen tat Jesus vor seinen Jüngern,
die nicht geschrieben sind in diesem Buch.

Johannes 20,30

13

26. Oktober, 18:48, Israelische Standardzeit
Im Luftraum über Masada

DER EUROCOPTER KREISTE über dem rauchenden Krater, der einmal Masada gewesen war. Der Pilot kämpfte gegen thermische Strömungen, denn die dunkle Sandwüste in der Tiefe strahlte die Sonnenwärme ab. Die Rotoren verquirlten den Gesteinsstaub, die Motoren saugten winselnd die schmutzige Luft an.

Plötzlich gab es einen Stoß, und der Helikopter legte sich auf die linke Seite, sodass Bathory beinahe aus der offenen Luke geflogen wäre. Sie hielt sich an einer Strebe fest und blickte nach unten. Auf dem verwüsteten Gipfel brannte es noch immer. Sie spürte die Hitze im Gesicht, als ob sie in die Sonne schaute, schloss die Augen und dachte einen Moment lang an einen Sommertag ihrer Jugend, auf ihrem ungarischen Landgut am Ufer der Drau, als sie ihrem jüngeren Bruder Istvan dabei zugeschaut hatte, wie er mit seinem kleinen Netz Schmetterlinge fing.

Ein Stöhnen lenkte sie ab und weckte ihren Zorn. Sie wandte sich dem Corporal zu, der am Boden lag und dessen bleiche Gesichtsfärbung und stecknadelgroße Pupillen auf einen schweren Schock hindeuteten.

Tarek kniete auf seinen Schultern, sein Bruder Rafik ritzte mit der Dolchspitze die Brust des Mannes, eher beiläufig, wie aus Langeweile. Dann leckte er zerstreut die Klinge ab, als netze er eine Schreibfeder mit Tinte.

»Tu's nicht«, sagte sie mit einem warnenden Unterton.

Tarek musterte sie finster, zog verärgert den Mundwinkel hoch und bleckte die Zähne. Rafik ließ den Dolch sinken und blickte zwischen seinem Bruder und Bathory hin und her. Seine Augen erinnerten sie an ein Frettchen. Vorfreude spiegelte sich in seiner Miene wider.

»Ich möchte ihm eine letzte Frage stellen«, sagte sie unmissverständlich.

Tarek gab schließlich nach und winkte seinen Bruder fort. Sie nahm Rafiks Platz ein und legte dem Soldaten die Hand auf die Wange. Er sah Istvan so ähnlich. Deshalb hatte sie den beiden auch verboten, ihn im Gesicht zu verletzen. Er schaute flehentlich zu ihr hoch, fast blind vor Schmerz, kaum mehr von dieser Welt.

»Erin Granger, die Archäologin …«

Sie wartete, bis der Name den Nebel seiner Benommenheit durchdrungen hatte. Er hatte bereits geredet und beim Abheben vom berstenden, feurigen Gipfel Masadas nahezu alles verraten, was er wusste. Sie hätte ihn gern bei seinem Waffenbruder sterben lassen, sah sich aber gezwungen, möglichst viel aus ihm herauszupressen, und zwar unter Einsatz aller Mittel, und seien sie noch so grausam.

»Sie haben gesagt, Dr. Granger habe Studenten bei sich gehabt.«

Sie dachte an die Frau, die sie über die Rover-Kamera gesehen hatte. Die Archäologin hatte ihr Handy geschwenkt. Offenbar wollte sie Verbindung mit der Außenwelt aufnehmen. Aber weswegen? Hatte sie Fotos gemacht? War sie auf einen Hinweis gestoßen?

Wie dem auch sei, bevor sie von hier verschwand, wollte Bathory sich Gewissheit verschaffen.

Der Corporal fasste sie gequält in den Blick; er ahnte, was sie vorhatte.

»Wo sind sie?«, fragte sie. »Wo lag Dr. Grangers Grabungsstätte?«

Eine Träne rollte über seine Wange und fiel auf ihre Hand.

Ganz kurz – nur einen flüchtigen Moment lang – hoffte sie, er würde es ihr nicht sagen.

Doch er tat es. Seine Lippen bewegten sich. Sie beugte sich vor. Er sagte ein einziges Wort.

Caesarea.

Sie richtete sich wieder auf. In ihrer Vorstellung nahm bereits ein Plan Gestalt an. Rafik musterte sie aufmerksam, und in seinen Augen brannte das Verlangen. Er mochte schöne Spielsachen. Er packte den Dolch fester. Ohne ihn zu beachten, streifte sie dem Corporal das Haar aus der bleichen Stirn.

Er sieht Istvan so ähnlich …

Sie beugte sich vor, küsste ihn auf die Wange und zog ihm ihre eigene Klinge über den Hals. Blut spritzte. Etwas davon traf sie am Ohr.

Als sie sich aufrichtete, war sein Blick bereits leer.

Endlich frei.

»Niemand rührt ihn an«, warnte sie die anderen, als sie sich aufrichtete.

Rafik und Tarek starrten sie ungläubig an – welche Verschwendung!

Ohne sie zu beachten, setzte sie sich und lehnte den Kopf an. Sie brauchte solchen wie ihnen, die für sie nichts weiter als Tiere waren, keine Erklärungen abzugeben. Mit dem Rücken berührte sie die hintere Trennwand. Sie nahm im Frachtraum eine Bewegung wahr, eine Verlagerung, und legte die flache Hand auf die Wand.

Ganz ruhig, dachte sie und sandte einen Gedankenbefehl nach hinten. *Alles in Ordnung.*

Er beruhigte sich, doch sie spürte immer noch seine Erregung, die ihre eigene widerspiegelte. Offenbar hatte er gerade eben ihren Kummer gespürt.

Oder aber ihm fehlte sein Zwilling.

Sie blickte aus dem Fenster auf die Wüste hinunter.

Der Zwilling befand sich auf der Jagd.

Sie durfte kein Risiko eingehen.

Sanguinarier waren schwer zu töten.

14

26. Oktober, 19:11, Israelische Standardzeit
Wüste bei Masada

IN GEDANKEN VERSUNKEN, bettete Erin den Kopf des bewusstlosen Priesters auf ihren Schoß. Sterne blinkten am Himmel, der Neumond kratzte am Horizont, und der Abendwind ließ mit einem leisen Geräusch Sand von den Dünen rieseln.

Sie betrachtete das Gesicht des Mannes, dessen Kopf auf ihren Knien ruhte. *Kann das sein?*

Der Priester hatte behauptet, Christus habe ein Evangelium verfasst. Vermutlich hatte er fantasiert. An der rechten Kopfseite, in der Nähe der Schläfe, hatte er eine Beule.

Sie berührte seine eiskalte Stirn. »Jordan!«

Der Soldat stand ein paar Schritte entfernt, den Blick in die Ferne gerichtet. Er hielt Ausschau nach eventuellen Verfolgern – vielleicht aber brauchte auch er Zeit zum Nachdenken. Oder zum Trauern.

Er wandte sich zu ihr um.

»Ich glaube, er hat einen Schock«, sagte sie. »Er fühlte sich kalt an und ist ganz blass geworden.«

Jordan kam herüber und hockte sich neben sie. Anders als der Priester strahlte er Wärme aus.

»Der war auch vorher schon blass«, meinte er. »Wahrscheinlich hockt er den ganzen Tag lang in der Bibliothek und trainiert am Abend.«

Sie musterte Jordan. Auch eingestaubt und blutverschmiert war er ein attraktiver Mann. Sie versuchte, nicht daran zu denken, wie sicher sie sich gefühlt hatte, als er sie im Tunnel in die Arme geschlossen hatte, wie selbstverständlich sich die körperliche Nähe angefühlt hatte, wie sein Moschusgeruch sie ebenso warm eingehüllt hatte wie sein Körper. Den Kuss, den er ihr auf den Kopf gehaucht hatte, konnte sie nicht vergessen. Sie hatte so getan, als habe sie nichts bemerkt, hatte sich insgeheim aber mehr davon gewünscht. Doch dieser Moment, geboren aus Verzweiflung und Todesangst, war vorbei.

Der Priester bewegte den Kopf auf ihrem Schoß. Sie senkte wieder den Blick.

Jordan streckte die Hand aus und teilte die blutverschmierten Fetzen seines Hemds, untersuchte die Verletzungen. Die muskulöse, weiße Brust des Priesters wirkte neben dem sonnengebräunten Jordan wie Marmor. Ein etwa handtellergroßes silbernes Kreuz war an einer schwarzen Seidenschnur befestigt und ruhte auf einem Stück Stoff, das nicht zerrissen war, über dem Herzen des Priesters.

Das Kreuz trug die Inschrift: *Munire digneris me*. Sie übersetzte den Anfang des Gebets: Mögest du mich stärken.

»Den hat's übel erwischt«, urteilte Jordan.

Jetzt, da Korzas Oberkörper freilag, wurde der Umfang seiner Verletzungen deutlich. Das Zickzackmuster der Schnittwunden nässte leicht.

»Wie viel Blut hat er verloren?«, fragte Erin.

»Nicht sehr viel. Die meisten Verletzungen sind oberflächlicher Natur.«

Sie zuckte zusammen.

»Schmerzhaft«, sagte er. »Aber nicht lebensbedrohlich.«

Sie erschauerte, jedoch nicht aus Sorge. Es war kühl geworden, denn die Wüste gab die aufgespeicherte Wärme schnell ab.

Jordan nahm ein kleines Erste-Hilfe-Set aus der Tasche und machte sich am Kopf des Priesters zu schaffen. Als er ein Tuch auspackte, roch es nach Alkohol. Er äußerte neue Bedenken hinsichtlich des Gesundheitszustands des Priesters: »Hoffentlich hat er bei der Explosion der Handgranate keine Gehirnerschütterung oder eine Schädelfraktur abbekommen.« Dann zog Jordan seine tarnfarbene Jacke aus und breitete sie über den schlaffen Körper des Priesters. »Als wir uns unterhalten haben, machte er noch einen recht klaren Eindruck. Auf jeden Fall muss er möglichst bald medizinisch behandelt werden.«

Erin blickte auf Pater Korza.

Rhun, rief sie sich seinen Namen in Erinnerung.

Der Vorname passte besser zu ihm. Er hatte einen weicheren Klang und deutete auf dunkle Geheimnisse hin. Er trug einen weißen römischen Kragen aus Stoff und nicht aus Plastik wie bei den meisten Priestern.

Seit er bewusstlos war, hatte sich sein Gesicht entspannt, die Strenge hatte sich gemildert. Seine Lippen waren voller, als sie zunächst gemeint hatte, seine wie gemeißelt wirkenden Gesichtszüge traten deutlicher hervor. Das dunkelbraune Haar hing ihm in Locken in die Stirn und reichte bis zum Kragen. Sie strich es ihm aus dem Gesicht, und die Berührung seiner kühlen Haut gab ihrer Sorge neue Nahrung.

Würde er wieder zu sich kommen? Oder würde er sterben wie Heinrich?

Jordan hüstelte. Sie zog die Hand zurück. Rhun war ein Priester, und sie sollte nicht mit seinem Haar herumspielen.

»Was ist mit Ihrem Funkgerät?«, fragte sie und rieb die

Hände aneinander. Sie hatte ihr Handy verloren. Jordan hatte sich vor einiger Zeit an seinem Handfunkgerät zu schaffen gemacht. »Glauben Sie, Sie können jemanden erreichen?«

»Nein.« Jordans Gesicht war ganz verkniffen vor Sorge. »Das Gehäuse ist zerbrochen. Vielleicht kriege ich's wieder hin.« Von der Kälte bekam er an den nackten Armen eine Gänsehaut. Trotzdem packte er Rhun fester in die Jacke.

»Wie sieht Ihr Plan aus?«, fragte sie.

Er grinste sie an. »Ich dachte, Sie machen hier die Pläne.«

»Ich dachte, ich sollte mich nach der Höhe erkundigen und dann springen. Lautete nicht so Ihre Anweisung?«

Er schaute zu dem eingestürzten Berg hinüber, und ein Schatten wanderte über sein Gesicht. »Denen, die meinem Befehl unterstanden, ist es nicht gut ergangen.«

Mit leiser Stimme sagte sie: »Ich wüsste nicht, was Sie hätten anders machen können.«

»Vielleicht hätten unsere Chancen besser gestanden«, sagte er und zeigte mit dem Daumen auf den bewusstlosen Priester, »wenn der hier uns rechtzeitig gesagt hätte, womit wir es zu tun haben.«

»Er ist uns nachgekommen, um uns zu warnen.«

Jordan verzog das Gesicht. »Er ist nach unten gekommen, weil er das Buch finden wollte. Er hatte auf dem Plateau ausreichend Zeit, uns oder die Soldaten vor diesen Ungeheuern zu warnen. Aber er hat es nicht getan.«

Sie merkte, dass sie den Priester verteidigte, weil er selbst es nicht tun konnte. »Aber er hat gekämpft, um uns die Flucht zu ermöglichen. Und er hat uns im Sarkophag versteckt, als die Gruft eingestürzt ist.«

»Vielleicht brauchte er unsere Hilfe, um dort herauszukommen.«

»Vielleicht.« Sie zeigte in die Sandwüste hinaus. »Wie geht es jetzt weiter?«

Seine Miene war undurchdringlich. »Einstweilen halte ich es für das Beste, wenn er nicht bewegt wird. Ihn warm halten und ruhig daliegen lassen, ist so ziemlich auch schon alles, was wir für ihn tun können. Nach der Explosion werden aus allen Richtungen Rettungsteams herbeischwärmen. Man wird uns bald finden.«

Er zog die Jacke beiseite und tastete Rhun ab.

»Was tun Sie da?«

»Ich suche nach einem Ausweis. Ich will wissen, wer dieser Bursche wirklich ist. Jedenfalls ist er bestimmt kein gewöhnlicher Priester.«

Jordan fand weder Führerschein noch Pass, dafür zog er Rhuns Messer aus der Handgelenkscheide. Außerdem entdeckte er in einer Schenkeltasche eine lederne Trinkflasche.

Er schraubte die Kappe ab und nahm einen Schluck.

Erin war ebenfalls durstig und streckte die Hand aus.

Jordan verzog das Gesicht und schnupperte an der Öffnung. »Das ist kein Wasser.«

Sie runzelte die Stirn.

»Das ist Wein.«

Wein?

Sie nahm ihm die Flasche ab und nippte daran. Er hatte recht.

»Dieser Typ kommt mir immer eigenartiger vor«, sagte Jordan. »Ich meine, schauen Sie sich das mal an.«

Er hielt Rhuns Messer hoch, dessen Klinge sichelförmig geschwungen war. Sie funkelte im Mondschein.

Vielleicht war sie aus Silber, genau wie die Bolzen, mit denen das Mädchen an die Wand genagelt worden war.

»Diese Waffe bezeichnet man als Karambit«, sagte Jordan.

Er hakte den Zeigefinger in einen Ring an der Basis des

Hefts und demonstrierte mit ein paar angedeuteten Hieben aus dem Handgelenk, wie sich die Waffe auf verschiedenste Weise einsetzen ließ.

Erin schaute weg. Sie musste daran denken, wie das Blut von der Klinge gespritzt war.

»Eine merkwürdige Waffe für einen Priester«, meinte Jordan.

Nach allem, was sich heute ereignet hatte, erschien ihr das eher belanglos. Aber Jordan war noch nicht fertig. »Nicht nur deshalb, weil die meisten Geistlichen für gewöhnlich kein Messer mit sich herumtragen, sondern wegen seiner Herkunft. Die Waffe stammt aus Indonesien. Derartige Waffen wurden schon vor achthundert Jahren hergestellt. Damals hat man mit der Klinge Tigerkrallen nachgeahmt.«

Sie blickte Rhun an und vergegenwärtigte sich seine Gewandtheit im Kampf.

Die Waffe passte ebenso gut zu ihm wie sein Name.

»Aber das ist noch nicht alles.« Jordan hielt ihr das Messer vor die Augen. »Der Patina nach zu schließen, ist die Klinge mindestens hundert Jahre alt.«

Beide sahen den Priester an.

»Vielleicht noch wesentlich älter.« Jordan senkte die Stimme zu einem verschwörerischen Flüstern. »Was ist, wenn er einer von denen ist?«

»Wie meinen Sie das?«

Er hob eine Augenbraue an.

Sie begriff, worauf er hinauswollte. »Ein *Strigoi*?«

»Haben Sie gesehen, wie er die Abdeckplatte des Sarkophags hochgedrückt hat?«, fragte er.

Sie ließ sich auf seine Argumentation ein. »Vielleicht stand er einfach nur unter Adrenalin. So wie eine Frau, die ein Auto von ihrem Baby hebt. Ich weiß nicht, aber ich bin mit ihm von Caesarea hierhergeflogen. Bei Tageslicht. Sie sind ihm auf dem Gipfel von Masada begegnet, als noch die Sonne schien.«

»Vielleicht können die Strigoi ja auch bei Tag aktiv sein. Mann, wir wissen nichts über sie.« Zorn und Verwirrung spiegelten sich in seinem Gesicht wider. »Ich weiß nur, dass ich ihm nicht traue. Hätte Korza uns rechtzeitig gewarnt, wären wir jetzt nicht nur zu dritt.«

Sie legte beschwichtigend eine Hand auf Jordans warmen Unterarm, er aber schüttelte sie ab und richtete sich auf. Dann sah er auf den Mann, dessen Kopf sie auf ihren Schoß gebettet hatte, und vergegenwärtigte sich seine letzte Bemerkung.

Es ist das Evangelium. Von Christus niedergeschrieben mit seinem eigenen Blut.

Wenn das stimmte, was folgt dann daraus?

Zahlreiche Fragen bedrängten sie: Welche Offenbarungen mochte das geheime Evangelium bereithalten? Weshalb wollten es die Strigoi in ihren Besitz bringen? Und wichtiger noch: Aus welchem Grund hatte die Kirche es hier versteckt?

Jordan dachte offenbar in eine ähnliche Richtung.

»Und dieses Buch«, sagte er. »Dessentwegen so viele gute Männer ihr Leben gelassen haben. Wenn ich mich nicht irre, sind in der Bibel nur *vier* Evangelien enthalten. Von Matthäus, Markus, Lukas und Johannes.«

Erin schüttelte den Kopf, erleichtert darüber, dass sich das Gespräch einem Thema zuwandte, mit dem sie sich auskannte. »Eigentlich gibt es zahlreiche Evangelien. Allein in den Schriftrollen vom Toten Meer sind mehr als ein Dutzend aufgeführt. Aus unterschiedlichen Quellen. Verfasst von Maria, Thomas, Petrus, sogar Judas. Nur vier davon wurden in die Bibel aufgenommen. Nirgendwo aber wird erwähnt, dass Christus sein eigenes Evangelium verfasst haben soll.«

»Vielleicht hat die Kirche sie ja zensiert. Alle Hinweise gestrichen.« Er schob das Kinn vor. »Die Kirche ist schließlich bekannt dafür, dass sie ihre Geheimnisse zu wahren weiß.«

Da hatte er wohl recht.

Wenn es keine Hinweise auf das Vorhandensein des Buchs gäbe, würde auch niemand danach suchen.

Sie blickte zu Jordan auf, aufs Neue erstaunt über sein scharfes Urteilsvermögen in einer äußerst angespannten Situation.

»Eines wüsste ich gern«, fuhr er fort. »Wenn ich in der Kirche etwas zu sagen hätte und sich ein von Jesus Christus eigenhändig verfasstes Dokument in meinem Besitz befände, würde ich das an die große Glocke hängen. Warum hat der heilige Petrus es hier versteckt? Was wollte er verbergen?«

Außer der Existenz der Strigoi? Sie verzichtete darauf, die Frage explizit zu stellen. Es war nur eine von vielen.

Jordan wandte sich dem Priester zu. Das Messer hielt er drohend in der Hand. »Es gibt jemanden, der die Antworten kennt.«

Rhun zuckte zusammen und setzte sich gerade auf. Er musterte sie beide.

Hatte er die Unterhaltung mit angehört?

Der Priester wandte den Kopf und blickte in die Dunkelheit hinaus. Seine Nasenflügel bebten, als nähme er Witterung auf. Dann sagte er mit erschreckender Ruhe: »Da ist etwas. Etwas Furchtbares.«

»Weitere Strigoi?«, fragte Jordan erschreckt.

»Etwas viel Grauenhafteres als Strigoi.«

15

26. Oktober, 19:43, Israelische Standardzeit
Wüste bei Masada

RHUN STRECKTE DEM Soldaten die Hand entgegen. »Mein Messer.«

Ohne zu zögern, klatschte Jordan es ihm auf die flache Hand.

Rhun raffte die Reste seiner zerrissenen Soutane zusammen, wohl wissend, dass er jedes bisschen Schutz brauchen würde.

»Womit haben wir's zu tun?« Jordan zog die Pistole.

Rhun registrierte voller Anerkennung, dass er die Geistesgegenwart besessen hatte, in der Gruft die Munitionsclips seiner toten Teamkameraden mitzunehmen. Das würde helfen, allerdings nur wenig.

Ein beißender Geruch überlagerte die Gerüche des abkühlenden Sands und der Wüstenblumen. Rhun schüttelte den Kopf und sprach halblaut ein Gebet.

»Rhun?« Erin zog die Stirn kraus.

»Das ist eine *Blasphemäre*«, antwortete er.

Der Soldat überprüfte seine Waffe. »Was zum Teufel soll das sein?«

Rhun wischte die Klinge an seiner schmutzigen Hose ab.

»Ein pervertiertes Tier. Ein Wesen, dessen Körperkraft und Sinne mit verfluchtem Strigoiblut gesteigert und geschärft wurden.«

Der Soldat ließ seine Waffe nicht sinken. »Um was für ein Tier genau handelt es sich?«

Ein Heulen durchschnitt die Dunkelheit und hallte ringsumher wider, gefolgt vom Geraschel flüchtender Tiere. Kein Lebewesen wollte dem Ungeheuer nahe kommen, das ein solches Geheul anstimmte.

Rhun gab ihm einen Namen. »Ein Grimwolf.« Er deutete mit seinem Messer auf eine Ansammlung von Felsen, die ihnen eine minimale Überlebenschance bot. »Gehen Sie dort in Deckung.«

Jordan fuhr herum, erfahren genug, um zu wissen, wann es zu gehorchen galt. Er fasste Erin bei der Hand und rannte mit ihr zu den Felsen, die einen gewissen Schutz versprachen.

Rhun spähte in die Dunkelheit, machte seinen Geist weit und offen. Dem Geheul nach zu schließen, wusste das Tier, dass es entdeckt worden war. Es wollte ihn verunsichern.

Und Rhun konnte nicht behaupten, dass es ihm nicht gelungen wäre.

Er krampfte die Finger um das kalte Messer, bemühte sich, den dröhnenden Herzschlag des Wolfs zu überhören. Er war zu laut, um ihn genau zu lokalisieren, deshalb versuchte er, ihn in den Hintergrund zu drängen, ihn auszublenden, um empfänglich zu werden für andere Geräusche.

Er spürte, dass das Wesen sie umkreiste. *Aber wo…?*

Hinter ihm ein gedämpftes Tappen.

Er schaffte es nicht, sich rechtzeitig umzudrehen.

Das Tier brach aus der Nacht hervor, als werfe es einen Umhang ab, sein schwarzes Fell so dunkel wie Öl. Es griff an. Rhun duckte sich, wich ihm aus.

Mächtige Kiefer schnappten zu, bekamen aber nur Stoff zu fassen. Der Wolf verbiss sich im Saum der zerrissenen Soutane und stürmte weiter. Rhun wurde umgeworfen, doch der Stoff zerriss, und er kam frei.

Er rollte sich ab, scharfe Wüstensteine und Dornen bohrten sich ihm in den Rücken. Er nutzte den Schwung und landete in der Hocke, und jetzt sah er endlich seinen Gegner.

Der Grimwolf fuhr herum, Geifer flog von seinem Maul. Er fletschte die gelben Zähne. Er war etwa so groß wie die rumänischen Bären, die Rhun in seiner Jugend gesehen hatte. In den roten Augen des Tiers funkelte eine Bosheit, die keinen Platz unter der Sonne hatte.

Das Tier legte die Ohren an, ein tiefes Grollen kam aus seiner Brust. Mit den gekrümmten Krallen, die lang genug waren, um einem Menschen das Herz zu durchbohren, scharrte es im Sand. Die Schenkelmuskeln spannten sich zu stahlharten Strängen an.

Rhun wartete. Vor langer Zeit, als er noch neu im Orden war, hätte ein solches Tier seinem Leben beinahe ein Ende bereitet – doch damals war er nicht allein gewesen. Zwei Männer hatten ihm zur Seite gestanden. Grimwölfe waren äußerst schwer zu töten, denn sie waren beweglich an Geist und Körper, ihr Fell war so widerstandsfähig wie ein Kettenhemd, und sie waren so schnell, dass sie eher wie ein Schatten wirkten als wie ein Wesen aus Fleisch und Blut.

Nur wenige Klingen konnten ihnen etwas anhaben. Und Rhun hatte seine Waffe verloren. Er ballte die leeren Hände. Aus dem Augenwinkel nahm er im Sand ein Funkeln wahr. Als er gestürzt war, hatte er das Messer fallen lassen. Er kam nicht mehr rechtzeitig heran.

Als wüsste das auch der Wolf, zog er die Lefzen noch weiter zurück und knurrte bösartig.

Dann kam er herangestürmt.

Rhun täuschte nach rechts an, doch die scharlachroten Augen ließen ihn nicht aus dem Blick. Ein zweites Mal wollte sich der Wolf nicht zum Narren halten lassen. Er sprang ihn an.

Es knallte – gefolgt von einer ohrenbetäubenden Explosion. Mitten im Sprung gaben die Hinterbeine des Wolfs nach. Das Tier prallte mit seiner mächtigen Schulter auf den Sand und rutschte auf ihn zu.

Rhun wich ihm aus und stürzte zu seinem Messer.

Über das Nackenfell des Wolfs hinweg entdeckte er den Soldaten, der die Deckung der Felsen verlassen hatte und auf ihn zugerannt kam. Das Mündungsfeuer blitzte in der Dunkelheit, als er sein Magazin leerte.

Dummer, tapferer, leichtsinniger Mann.

Das Tier stand schon wieder. Der Wolf schwenkte den Kopf, musterte die beiden Männer. Sein Blut schwärzte den Sand.

Doch das reichte nicht.

Der Soldat warf einen rauchenden Clip weg und setzte einen neuen ein. Nicht einmal eine solche Waffe konnte einem Grimwolf etwas anhaben. Im Rausch des Kampfs achtete er nicht auf den Schmerz und ließ sich nur von schwersten Verletzungen stoppen.

Die vernarbte Schnauze schwenkte hin und her. Hinterhältige Schläue funkelte in den jetzt schwarzroten Augen.

Plötzlich wusste Rhun, wen das Tier zuerst angreifen würde.

Es spannte die Muskeln an und rannte los.

In Richtung der Felsen.

Dort befand sich der schwächste Gegner.

19:47

Das Monster stürmte auf Erin zu. Wenn sie wegliefe, hätte der Wolf sie im Nu eingeholt. Sie zwängte sich zwischen die Felsen und hielt die Luft an.

Jordan feuerte. Kugeln löcherten die Flanke des Tiers und schleuderten Fellfetzen in die Luft, doch es wurde nicht langsamer. Auch Rhun rannte mit unglaublicher Geschwindigkeit auf sie zu. Leider würde er sie trotzdem nicht rechtzeitig erreichen. Außerdem konnte er das Wesen sowieso nicht aufhalten.

Der Wolf bremste ab und rutschte auf seinen mächtigen Pfoten, schleuderte ihr Sand ins Gesicht. Geifer spritzte auf ihre Wange. Heißer, stinkender Atem schlug ihr ins Gesicht.

Sie zog ihre einzige Waffe aus der Socke.

Der Wolf bohrte die Krallen in ihren Oberschenkel und zog sie näher an sich heran, während er das Maul aufriss.

Mit einem Aufschrei stieß Erin ihm ihren Arm in den Rachen und rammte dem Monster die Spritze tief in die stark durchblutete Zunge. Sie riss den Arm zurück, bevor das Maul sich schloss.

Der Wolf wich verblüfft zurück und spuckte die zerquetschte Plastikspritze aus. Erin vergegenwärtigte sich Sandersons Warnung: *Vom Atropin geht Ihr Pulsschlag durch die Decke. Wenn Sie sich nicht vergiftet haben, könnte Ihre Pumpe schlappmachen.*

Pervertiert oder nicht, ein Tier war ein Tier. Hoffte sie jedenfalls. Aber wenn die Droge trotzdem wirkungslos blieb? Die Antwort erfolgte einen Moment später. Der Wolf tat noch einen Schritt rückwärts und streckte den Hals. Er stieß ein lautes Heulen aus. Die Augen quollen ihm hervor. Das Atropin hatte seinen Blutdruck erhöht. Pechschwarzes Blut schoss aus den Einschusslöchern und spritzte auf den

Sand. Erin verspürte grimmige Genugtuung und dachte an den sommersprossigen jungen Corporal, der ihr die Spritze gegeben hatte. *Das war für Sanderson.*

Doch auch das Tier wollte Rache. Außer sich vor Schmerz, verzerrte sich sein Gesicht zu einer monströsen Fratze. Es bleckte die Zähne – und sprang sie an.

19:48

Rhun hatte keine Ahnung, wie die Frau es angestellt hatte, den Wolf abzuwehren und ihn aufheulen zu lassen. Jedenfalls hatte sie ihm damit die nötige Zeit verschafft, um einzugreifen. Das Tier war blind vor Schmerz und Wut, hatte den Pater aber trotzdem bemerkt. Brüllend ließ es von Erin ab und wollte ihm an die Kehle.

Rhun wich jedoch aus. Im Laufen bog er den Oberkörper zur Seite, bremste auf den Schuhsohlen schlitternd ab und rutschte unter dem geifernden Maul hindurch. Eine Handbreit vor seiner Nase klappten die geifernden Kiefer knirschend zusammen. Er ließ sich auf die Schulter fallen und glitt unter das Tier. Dann rammte er ihm den Dolch mit der silbernen Klinge tief in den Bauch, eine der Schwachstellen des Grimwolfs. Er durchtrennte Muskeln und Fell, legte seine ganze Kraft in den Hieb. Im Stillen sprach er ein Stoßgebet für das Tier, das einmal ein Geschöpf Gottes gewesen war. Auf so abscheuliche Weise missbraucht zu werden, hatte es nicht verdient gehabt.

Blut und Körpersäfte strömten auf ihn herab, nässten seine Arme, seine Brust, sein Gesicht.

Er wälzte sich zur Seite, hockte sich hin und wischte sich die Augen.

Jordan näherte sich, feuerte noch im Laufen.

Das Tier reckte seine Schnauze gen Himmel und stieß ein Heulen aus, das erst dann verstummte, als es auf dem Wüstensand zusammenbrach.

Der dunkelrote Glanz in seinen Augen erlosch und wich einem tiefen Bernsteinton. Der Wolf jaulte kurz, ein letztes Aufflackern seines wahren Wesens – dann war es auch schon vorbei.

Eine letzte Zuckung, und er regte sich nicht mehr.

Rhun schlug mit zwei Fingern das Zeichen des Kreuzes über dem toten Tier. Er hatte es aus seiner ewigen Gefangenschaft befreit.

Dominus vobiscum, sagte er lautlos. *Der Herr sei mit dir.*

Erin kletterte zwischen den Felsen hervor. Blut strömte aus einer Schnittverletzung an ihrem Oberschenkel. Jordan hielt sie zurück. Er zielte noch immer mit der Waffe auf den toten Grimwolf.

»Ist er wirklich tot, Korza?«

Auf Rhuns Körper verdampfte das Blut des Tiers. Er hatte Eisengeschmack im Mund. Es erhitzte seine Kehle, entfaltete sich in seiner Brust. Es überwältigte seine Sinne. Während seines Wirkens im Dienste Gottes war er zahllosen Versuchungen ausgesetzt gewesen und nur ein furchtbares Mal schwach geworden. Aber nicht einmal die größte Standfestigkeit konnte seinen Körper daran hindern, auf das Blut zu reagieren. Er wandte sich ab.

Hinter ihm weckten der donnernde Herzschlag des Soldaten und der Frau sein Verlangen.

Doch er widerstand.

Er langte nach hinten, zog sich die Kapuze der Soutane tief über die Augen und blickte in die stille Wüste hinaus. Hoffentlich hatten die beiden nicht bemerkt, dass seine Eckzähne zu wachsen begonnen hatten.

16

26. Oktober, 19:49, Israelische Standardzeit
Im Luftraum von Caesarea

ALS SIE MIT Hunor zusammen starb, krümmte Bathory sich vor Schmerzen, vom Gurt des Helikopters gefesselt. Sie presste die Finger auf ihren Bauch, versuchte das Blut zu stillen und die Eingeweide zurückzuhalten, die aus der aufgerissenen Bauchdecke hervorquollen.

Sie spürte, wie der Lebensfunke ihres Blutspartners erlosch. Sie wollte ihm folgen, seinen Geist an ihrem Busen sammeln und ihn auf seiner Reise trösten.

Hunor… mein Liebster…

Doch er war schon tot, sein Schmerz verblasste in ihrem Innern. Sie blickte auf ihre bleichen Hände. Sie war unversehrt – jedoch nicht unverletzt. Hunors letztes kraftloses Heulen hatte sie innerlich leer zurückgelassen, als wäre auch sie ausgeweidet worden. Sein letzter Aufschrei wurde von einem anderen Geheul beantwortet.

Magor klagte im Frachtraum hinter der Kabine, rief nach seinem Zwilling, das gequälte Jaulen eines verwaisten Wurfgeschwisters. Man hatte die beiden Jungen aus dem Bauch einer sterbenden Wölfin herausgeschnitten. Sie waren ein Geschenk von Ihm, in einem düsteren Ritus hatte sie die

Blutsbande mit ihnen geknüpft und war fortan ebenso eng mit ihnen verbunden gewesen wie das schwarze Mal an ihrem Hals.

Sie drehte sich auf dem Sitz herum und legte die flache Hand auf die Wand, die sie von Magor trennte. Sie wollte zu ihm gehen, ihn umarmen, zusammenhalten, was sie einst geteilt hatten, so wie man eine schwache Flamme vor dem Wind schützt.

Ich bin da, übermittelte sie ihm voll Zuversicht, aber ohne ihre eigene Bedrückung zu verbergen.

Wie hätte es auch anders sein sollen?

Aus dreien waren zwei geworden.

Die Zeilen eines alten ungarischen Schlaflieds kamen ihr in den Sinn, voll Trost und mit dem Versprechen friedlichen Schlummers.

Tente, baba, tente.

Magor beruhigte sich, seine Liebe verflocht sich mit ihrer Liebe, verschmolz mit ihr.

Sie würden überleben.

Mit einem einzigen Ziel.

Rache.

Innerlich gestärkt, sammelte sie sich und schaute sich in der Kabine um.

Der Helikopter flog durch die Nacht und ließ das zerstörte Masada hinter sich. Die Männer, die überlebt hatten, saßen ihr niedergeschlagen und stumm gegenüber. Alle waren mit Blut bespritzt, doch keiner von ihnen war verletzt.

Tarek murmelte lateinische Gebete, denn er war früher Priester gewesen. Während sich seine Lippen bewegten, musterte er sie mit kühlem Blick, denn ihm war ihre Besorgnis nicht entgangen. Er wusste, was sie zu bedeuten hatte.

Nur ein Wesen war imstande, einen ausgewachsenen, gesunden Grimwolf zu töten.

Korza lebte.

Tareks Blick wanderte zu ihrer Schulter. Erst jetzt nahm sie das Brennen wahr. Sie fasste sich an den Oberarm und besah sich ihre Finger.

Sie waren blutig.

In Anspruch genommen von Hunors Qual, war sie anscheinend gegen einen Wandbolzen gestoßen und hatte sich Hemd und Haut aufgerissen.

Es war nur ein kleiner Riss.

Gleichwohl wich Tarek erschreckt vor ihren blutigen Fingern zurück. Silbrig schimmerndes Rot.

Schon ein Tropfen davon reichte aus, um ihn und seinesgleichen zu vergiften. Diesen Fluch verdankte sie dem Mal an ihrem Hals.

Auch das war ein Geschenk von Ihm. Der Fluch ihres Bluts schützte sie vor den Fängen Seiner Heerscharen und war die Ursache der bohrenden Schmerzen in ihren Adern, eine dumpfe Qual, die niemals aufhörte, niemals nachließ, nie vergessen wurde und sich mit jedem Herzschlag erneuerte.

Sie wischte sich die Finger ab und verband einhändig ihre Wunde, zog den Knoten mit den Zähnen an.

Neben Tarek neigte sein Bruder Rafik demütig den Kopf, während Tarek seine lateinischen Gebete wiederaufnahm.

Die anderen blickten stumm auf ihre blutigen Stiefel nieder. Ihre Verbindung zu den gefallenen Kriegern reichte Jahrzehnte zurück oder sogar noch länger. Sie wusste, dass die Männer ihr die Schuld an ihrem Tod gaben. Er würde das genauso sehen. Sie fürchtete die Strafe, die Er ihr zumessen würde. Sie schaute aus dem Fenster und dachte an Korza, der irgendwo dort unten war.

Lebendig.

Der Zorn brannte heißer in ihr als der Schmerz in ihrem Blut.

Magor reagierte darauf und knurrte hinter der Trennwand.

Bald, versprach sie ihm.

Zunächst aber hatte sie in Caesarea etwas zu erledigen. Sie dachte daran, wie die Archäologin in der Gruft ihr Handy geschwenkt hatte. Der Ausdruck in den Augen der Frau war eindeutig gewesen: Erregung gepaart mit Verzweiflung. Die Archäologin wusste etwas.

Ganz bestimmt.

Aber was? Hatte sie einen Hinweis auf den Verbleib des Buchs entdeckt? Wenn ja, hatte sie die Information vor dem Einsturz des Bergs übermitteln können?

Die Antwort war in Caesarea zu finden.

Wo abermals Blut fließen würde.

Diesmal aber würde kein Sanguinarier sie aufhalten.

17

26. Oktober, 20:01, Israelische Standardzeit
Wüste bei Masada

»KORZA?«

Jordans raue, ungeduldige Stimme störte Rhuns Gedanken, als er, in seine Kapuzensoutane gemummt, in die Wüste hinausschaute. Er musste sich anstrengen, um den lockenden Herzschlag des Mannes zu überhören.

»Drehen Sie sich um«, sagte der Soldat. »Sonst schieße ich Sie auf der Stelle nieder.«

Auch der Herzschlag der Frau beschleunigte sich. »Jordan! Das können Sie nicht tun.«

Rhun erwog, den Sergeant genau das tun zu lassen. Das wäre am einfachsten. Aber wann war sein Weg schon einfach gewesen? Er drehte sich um und zeigte ihnen sein wahres Wesen.

Die Frau taumelte zurück.

Der Soldat zielte weiterhin auf Rhuns Brust.

Er wusste, was der Mann sah: sein vom Blut verdunkeltes Gesicht, seinen in Schatten gehüllten Körper, die Zähne das einzig Helle im Mondschein.

Er spürte, wie das Tier in ihm frohlockte, ein Heulen, das hinauswollte. Er kämpfte gegen das Tier an; gleichermaßen wehrte er sich gegen den Drang, in die Wüste hinauszulaufen, um seine Schmach zu verbergen. Stattdessen streckte er die Arme vor. Sie sollten die Wahrheit erkennen und sehen, dass er unbewaffnet war.

Die Frau bekam ihr Grauen in die Gewalt. »Rhun, Sie sind ebenfalls ein Strigoi.«

»Nein. Ich bin ein Sanguinarier, kein Strigoi.«

Der Soldat lachte höhnisch auf, ohne die Waffe sinken zu lassen. »Ich sehe da keinen Unterschied.«

Um es ihnen begreiflich zu machen, musste er sich noch weiter erniedrigen. Allein schon die Vorstellung war ihm zuwider, doch wenn er wollte, dass sie lebend aus der Wüste herauskamen, hatte er keine Wahl.

»Bitte geben Sie mir den Wein«, sagte er.

Mit zitternden Fingern streckte er die Hand nach der halb im Sand vergrabenen Feldflasche aus.

Die Frau bückte sich und hob sie hoch.

»Werfen Sie sie ihm zu«, befahl der Soldat. »Kommen Sie ihm nicht zu nahe.«

Sie gehorchte, ihre bernsteinfarbenen Augen weit geöffnet. Die Flasche landete eine Armlänge vor Rhun im Sand.

»Darf ich sie aufheben?«

»Aber langsam.« Jordan zielte unverwandt auf ihn; offenbar war er entschlossen, seine Pflicht zu tun.

Das galt auch für Rhun. Den Blick auf den Soldaten gerichtet, kniete er nieder. Als er die Flasche berührte, wurde er sogleich ruhiger, der Blutdurst ließ nach. Der Wein würde sie vielleicht doch noch alle retten. Rhun schaute zu seinen Begleitern hoch. »Darf ich mich ein Stück entfernen, um zu trinken? Anschließend werde ich Ihnen alles erklären.«

Bitte, flehte er lautlos. *Bitte lasst mir diesen letzten Rest Würde.*

»Bleiben Sie hier«, sagte der Soldat drohend. »Auf den Knien.«

»Jordan, wieso lassen Sie ihn nicht …«

Der Soldat fiel ihr ins Wort. »Sie stehen nach wie vor unter meinem Befehl, Dr. Granger.«

Widerstreitende Emotionen spiegelten sich in ihrem Gesicht wider und mündeten in Resignation. Offenbar vertraute sie ihm ebenfalls nicht. Es überraschte ihn, wie sehr ihn das schmerzte.

Er setzte die Feldflasche an die Lippen und leerte sie mit einem großen Schluck. Wie immer brannte es, als der Wein durch seine Kehle rann. Er legte beide Hände um das Kreuz, das er am Hals trug, und senkte den Kopf.

Die Wärme des geweihten Weins, die Glut von Christi Blut, verbrannte die Stricke, die ihn an diese Zeit, diesen Ort fesselten. Plötzlich haltlos geworden, erlag er seiner größten Sünde, die er erst dann würde ablegen können, wenn seine Buße in dieser Welt abgeschlossen wäre.

Elisabeta schwebte in ihrem karmesinroten Gewand durch den Garten, ihr Lachen so strahlend wie die Morgensonne, die leuchtendste Rose unter all den Blumen.

Er war zwar Priester und hatte gelobt, der Versuchung des Fleisches zu widerstehen, doch es war nicht verboten, die Schönheit Gottes zu betrachten, die sich in der zarten Haut ihres Knöchels offenbarte, als sie sich bückte, um einen Lavendelzweig zu brechen, oder den Schwung ihrer weichen Wange, als sie sich aufrichtete und den Blick gen Himmel hob – immer hatte sie den Blick himmelwärts gerichtet.

Wie liebte sie doch die Sonne – sei es die Wärme eines Sommernachmittags oder das kalte Versprechen eines klaren Wintertags.

Sie schritt übers Feld, sammelte Lavendel und Thymian für einen Breiumschlag, mit dem sie ihre Stute behandeln wollte, und erläuterte ihm unterdessen die Wirkung der Kräuter. In den Monaten ihrer Bekanntschaft hatte er viel über Heilpflanzen gelernt. Er hatte sogar begonnen, ein Buch zu dem Thema zu schreiben, in der Absicht, ihr Heilerinnenwissen bekannt zu machen.

Als sie ihm Lavendelzweige reichte, streifte sie mit ihren weichen Fingerspitzen seine Hand. Er erschauerte. Das schickte sich nicht für einen Priester, doch er suchte trotzdem nicht das Weite. Er trat näher an sie heran, bewunderte den Sonnenglanz auf ihrem schwarzen Haar, den Schwung ihres langen, weißen Halses bis zu den cremefarbenen Schultern, die Kurven ihres weichen Seidengewands. Elisabetas Dienerin hielt den Korb für den Lavendel hoch. Das schmächtige Mädchen wandte den Kopf ab, um das himbeerrote Mal zu verbergen, das die eine Hälfte ihres Gesichts entstellte.

»Anna, bring den Korb in die Küche und leere ihn dort aus«, trug Elisabeta ihr auf und legte noch einen Thymianzweig hinein. Anna lief mit dem schweren Korb zum Haus. Rhun hätte dem kleinen Mädchen gern geholfen, doch das hätte Elisabeta nicht zugelassen, da sie fand, es sei unter seiner Würde.

Sie schaute ihrer Dienerin nach. Als sie unter sich waren, wandte sie sich Rhun zu, und ihr Gesicht strahlte noch heller – falls dies überhaupt möglich war.

»Endlich einen Moment Ruhe!«, rief sie freudig aus. »Ich fühle mich so einsam, wenn ständig Bedienstete um mich herum sind.«

Rhun, der seine Tage häufig in der Versenkung des Gebets verbrachte, verstand sehr wohl, wie einsam man sich in falscher Gesellschaft fühlen konnte. Sie lächelte ihn an. »Aber nicht bei dir, Pater Korza. In deiner Gesellschaft fühle ich mich niemals einsam.«

Er hielt ihrem Blick nicht stand. Er wandte sich ab, kniete nieder und schnitt einen Lavendelzweig ab.

»Wirst du es denn niemals überdrüssig, Pater Korza? Ständig eine Maske zu tragen?« Sie rückte ihren breitkrempigen Hut zurecht. Sie gab sich stets große Mühe, den Sonnenschein von ihrer blassen Haut fernzuhalten. Frauen ihres Standes durften nicht den Eindruck erwecken, sie müssten im Freien arbeiten.

»Ich soll eine Maske tragen?« Er hielt seine Gesichtszüge im Zaum. Hätte sie gewusst, was er alles verbarg, wäre sie schreiend fortgelaufen.

»Gewiss. Du trägst die Maske des Priesters. Ich aber muss viele Masken tragen, zu viele für mein Gesicht. Herrin, Mutter und Ehefrau. Und noch ein paar andere.« Sie drehte den schweren Goldring an ihrem Finger, ein Geschenk ihres Mannes Ferenc. »Ich frage mich, was wohl unter all den Masken verborgen liegt.«

»Alles andere, nehme ich an.«

»Aber wie viel Wahrheit… einen wie großen Teil unseres wahren Wesens können wir verbergen, Pater?« Ihre leise Stimme sandte einen Schauder über seinen Rücken. »Und vor wem?«

Er betrachtete den Schatten, den sie neben ihm auf den Boden warf, und sagte so leise, als ob er betete: »Wir verbergen das, was wir verbergen müssen.«

Ihr Schatten wich einen Schritt zurück, vielleicht weil sie mit seiner Antwort unzufrieden war – ein Gedanke, der eine so niederschmetternde Wirkung auf ihn hatte, als wenn sie ihn mit ihrer wohlgeformten Ferse zertreten hätte. Ein Falke schwebte über das Feld hinweg. Er horchte auf dessen schnellen Herzschlag und den leisen Herzschlag der Mäuse in ihren Löchern. Sein Dienst an der Kirche, das grüne Feld, die strahlende Sonne, die leuchtenden Blumen… Dies alles waren großzügige Geschenke, die Gott so unwürdigen Kreaturen wie ihm zuteilwerden ließ.

Sollte das nicht reichen?

Sie strich sich mit den Händen über das Kleid. »Du bist klug, Pater. Ein Aristokrat, der seine Maske abnimmt, lebt in Zeiten wie diesen nicht lange.«

»Vielleicht bin ich auch nur der Intrigen überdrüssig.« Ihr Blick folgte dem Sturz des Falken. »Ich nehme an, die Kirche rührt im selben Kessel mit all den großen und kleinen Ambitionen?«

Er tippte an sein Kreuz auf der Brust. »Ich glaube, Bernhard schützt mich vor dem Schlimmsten.«

»Man soll denen, die einem zum Schutz gereichen, niemals trauen. Sie nähren sich von Unwissen und Dunkelheit. Am besten geht man die Dinge furchtlos direkt an.«

Er bot ihr ein wenig Trost. »Vielleicht ist es am besten, denen zu vertrauen, die einem Schutz versprechen. Jedenfalls dann, wenn sie es aus Liebe tun.«

»Gesprochen wie ein Mann. Und wie ein Priester. Aber ich habe gelernt, nur wenigen zu vertrauen.« Sie legte nachdenklich den Kopf schief. »Dir aber vertraue ich, Pater Korza.«

»Ich bin ein Geistlicher, deshalb musst du mir vertrauen.« Er lächelte scheu.

»Ich vertraue keinen anderen Priestern. Auch nicht deinem hochgeschätzten Bernhard. Du aber bist anders.« Sie legte ihm die Hand auf den Arm, und er schwelgte in ihrer Berührung. »Du bist einfach ein Freund. Und Freunde habe ich nicht viele.«

»Es ist mir eine Ehre, Herrin.« Er trat zurück und verneigte sich übertrieben, um sie aufzuheitern.

Sie lächelte nachsichtig. »So sollte es auch sein, Pater.«

Beide mussten über ihren Tonfall lachen.

»Jetzt spricht wieder Anna. Erzähl mir noch einmal von dem Wettlauf mit deinem Bruder, als ihr beide im Fluss gelandet seid und Fische in den Stiefeln hattet.«

Er erzählte ihr die Geschichte und schmückte sie stärker aus als beim letzten Mal, um sie zum Lachen zu bringen.

Das waren glückliche Zeiten, und es gab viel zu lachen.

Bis zu dem Tag, als ihr das Lachen verging.

Bis zu dem Tag, an dem er Gott verriet.

Er befand sich wieder in seinem Körper, die Knie in den kalten Sand gedrückt. Der trockene Wind nahm die Tränen auf seinen Wangen mit sich fort. Das silberne Kreuz hatte sich durch den Handschuh hindurchgebrannt und rote Abdrücke auf seinen Handflächen hinterlassen. Seine Sünden und sein Versagen lasteten schwer auf seinen Schultern. Er krampfte die Hand um das Metall, das ihn versengte.

»Rhun?«, ertönte eine Frauenstimme.

Er hob den Kopf und erwartete unwillkürlich, Elisabeta vor sich zu sehen. Der Soldat musterte ihn argwöhnisch, doch im Blick der Frau spiegelte sich nur Mitgefühl wider.

Er sah den Soldaten an. Dessen harten Blick konnte er leichter ertragen.

»Sie schulden uns eine Erklärung«, sagte der Mann und zielte mit der Waffe auf Rhuns Herz – als wäre das nicht längst gebrochen.

20:08

»Jordan, sehen Sie sich mal seine Zähne an… sie haben sich zurückgebildet.«

Erin trat erstaunt vor, denn sie wollte diese wundersame Verwandlung untersuchen und verstehen, was ihr Verstand nicht wahrhaben wollte.

Jordan hielt sie zurück.

Sie wehrte sich nicht.

Ungeachtet ihrer wissenschaftlichen Neugier, machte Rhun ihr immer noch Angst.

Die Stimme des Priesters schwankte, und sein slawischer Akzent war stärker geworden, als kehrte er aus weiter Ferne zu ihnen zurück, von einem Ort, an dem noch immer seine Muttersprache gesprochen wurde. »Ich danke Ihnen… für Ihre Geduld.«

»Die sollten Sie nicht überstrapazieren«, sagte Jordan nicht besonders unfreundlich, nur der Klarheit halber.

Erin drückte Jordans Arm nach unten, bereit, den Priester anzuhören. Allerdings verharrte sie an Ort und Stelle. »Sie haben gemeint, Sie wären ein Sanguinarier, kein Strigoi. Was heißt das?«

Rhun schaute in die dunkle Wüste hinaus, als läge dort die Antwort verborgen. »Strigoi sind wilde, barbarische Wesen. Gezeugt aus Mord und Blutvergießen, dienen sie niemandem außer sich selbst.«

»Und die Sanguinarier?«

»Alle Angehörigen des Ordens der Sanguinarier waren früher einmal Strigoi«, gestand Rhun und blickte ihr in die Augen. »Jetzt aber dienen sie Christus. Mit Seinem Segen ist es uns möglich, im Lichte Gottes zu wandeln und Ihm als Krieger zu dienen.«

»Dann macht Ihnen der Sonnenschein also nichts aus?«, fragte Jordan.

»Doch, die Sonne ist immer noch schmerzhaft für uns«, räumte der Priester ein und berührte die Kapuze seiner Soutane.

Sie vergegenwärtigte sich ihre erste Begegnung mit Rhun. Er war vollständig eingemummt in seine Soutane, die Augen hatte er hinter einer dunklen Sonnenbrille versteckt. Sie fragte sich, ob der Brauch der katholischen Mönche, Soutanen mit Kapuzen zu tragen, vielleicht auf den Orden der Sanguinarier zurückging, ein Verweis auf ein verborgenes Geheimnis.

»Die Strigoi aber, die nicht durch Christi Segen geschützt sind«, fuhr Rhun fort, »sterben im hellen Sonnenschein.«

»Und was genau bedeutet das?«, fragte Erin, verwundert über ihren spöttischen Tonfall.

Rhun musterte sie schweigend, als suche er nach den passenden Worten, um ein Wunder zu erklären. Als er endlich weitersprach, schwang feierlicher Ernst in seiner Stimme mit, genährt von einer Gewissheit, die sie entbehren musste.

»Ich folge Christus nach und habe gelobt, dem Menschenblut zu entsagen. Dessen Genuss ist uns streng verboten.«

Jordan stellte die naheliegende Frage. »Wovon *ernähren* Sie sich dann, Pater?«

Rhun straffte sich. Stolz strahlte von ihm aus. »Ich habe gelobt, mich allein von Seinem Blut zu nähren …«

Von *Seinem Blut* …

Erin war nicht entgangen, dass er die letzten beiden Worte betont hatte, und sie begriff sofort, was er meinte.

»Sie sprechen vom Blut Christi«, sagte sie, erstaunt über das Fehlen von Spott in ihrer Stimme. Da sie in einer dem römischen Katholizismus zugehörigen Sekte aufgewachsen war, wusste sie, woher das Blut stammte. Sie dachte daran, wie sie als Kind auf dem festgetrampelten Boden vor dem Altar gekniet und bitteren Wein auf der Zunge geschmeckt hatte.

Sie blickte die Feldflasche an, die Rhun in Händen hielt.

Doch es war kein Wasser darin.

Und sie hatte eben auch keinen *Wein* getrunken.

Sie wusste, was in Rhuns Flasche war. »Das ist *geweihter* Wein«, sagte sie und zeigte darauf.

Er streichelte verehrungsvoll die Flasche. »Mehr als das.«

Auch das verstand sie. »Sie meinen, er wurde transsubstantiiert.«

Das Wort kannte sie aus dem Katechismus, und früher hatte sie daran geglaubt. Die Transsubstantiation war eines der zentralen Dogmen des Katholizismus. Der Wein, der in der Messe der Wandlung unterzogen wurde, wurde buchstäblich zum Blut Christi, erfüllt von seiner Essenz.

Rhun neigte den Kopf. »Ja, das ist richtig. In meinem geweihten Behältnis befindet sich Wein, der in das Blut Christi verwandelt wurde.«

»Unmöglich«, murmelte sie, doch es mangelte ihr an Entschiedenheit.

Jordan kaufte das dem Priester ebenfalls nicht ab. »Ich habe aus Ihrer Flasche getrunken, Pater. Es sieht aus wie Wein, es riecht wie Wein, es schmeckt wie Wein …«

»Aber es ist kein Wein«, sagte Rhun. »Es ist das Blut Christi.«

Erins Tonfall bekam wieder einen spöttischen Unterton, und das half ihr, die Fassung zurückzugewinnen. »Sie wollen also behaupten, die Transsubstantiation bewirkte eine *reale* Verwandlung, nicht bloß eine metaphorische?«

Rhun streckte die Arme aus. »Bin ich nicht der beste Beweis? Es ist Sein Blut, das meinen Orden am Leben erhält. Mit dem Akt der Transsubstantiation bekräftigte Christus seinen Bund mit der Menschheit, doch noch mehr mit den Strigoi, die Er retten wollte. Um unsere Seele zurückzugewinnen, haben wir darauf verzichtet, uns von Menschen zu nähren, und trinken nur noch Sein heiliges Blut. Wir sind Krieger Christi geworden und haben gelobt, der Kirche bis ans Ende unserer Tage, da Er uns an seiner Seite willkommen heißen wird, zu dienen. Das ist der Bund, den wir mit Christus und der Kirche geschlossen haben.«

Erin glaubte ihm kein Wort. Ihr Vater hätte sich bei der Vorstellung, dass das Blut Christi einem solchen Zweck diente, im Grabe umgedreht.

Die Skepsis stand ihr offenbar im Gesicht geschrieben. »Warum haben die frühen Christen den Kommunionswein wohl als ›Unsterblichkeitsmedizin‹ bezeichnet?«, fragte Rhun. »Weil sie etwas wussten, das seitdem in Vergessenheit geraten ist – die Kirche aber hat ein längeres Gedächtnis.«

Er drehte die Feldflasche und zeigte ihnen das auf der Rückseite abgebildete Wappen des Vatikans: zwei überkreuzte, mit einer Schnur zusammengebundene Schlüssel unter der Krone der Dreifaltigkeit. Sein Blick fiel auf Erin. »Ich bitte Sie, nur das zu glauben, was Sie mit eigenen Augen sehen und in Ihrem Herzen spüren.«

Sie ließ sich auf einen Stein sinken und stützte den Kopf auf die Hände. Sie hatte von dem Wein in seiner Feldflasche gekostet. Als Wissenschaftlerin weigerte sie sich zu glauben, es sei etwas anderes als Wein. Aber sie hatte auch mit angesehen, wie die Strigoi sich am Blut gelabt hatten, hatte gesehen, wie er den Wein getrunken hatte.

Sie alle waren gestärkt worden. Und sie hatte Mühe, das Wunder in wissenschaftliche Begriffe zu fassen.

Es war *unmöglich*, dass sich Wein in Blut verwandelte, deshalb musste es der *Glaube* sein, der bewirkte, dass Rhun den Wein trank, als wäre es Blut. Es musste sich um eine Art Placeboeffekt handeln.

»Alles okay, Doc?«, fragte Jordan.

»Transsubstantiation ist bloß eine Legende.« Sie versuchte, sich ihm verständlich zu machen. »Ein Mythos.«

»Wie die Strigoi?«, warf Rhun ein. »Wie die Wesen, die nachts umherwandeln und Menschenblut trinken? Damit können Sie sich abfinden, nicht aber damit, dass konsekrierter Wein das Blut Christi ist. Haben Sie denn überhaupt keinen Glauben?«

Das brachte ihn anscheinend mehr auf als all ihre Bedenken.

»Der Glaube hat sich bei mir nicht bewährt.« Sie ballte die Hände zu Fäusten. »Ich habe erlebt, dass die Kirche als Werkzeug der Unterdrückung der Schwachen durch die Mächtigen benutzt wurde und die Religion als Schutzwall gegen die Wahrheit.«

»Christus ist mehr als die Taten fehlgeleiteter Menschen.« Rhun sprach eindringlich, als wollte er sie bekehren, so wie Priester es häufig taten. »Er wohnt in unseren Herzen. Seine Wunder stärken uns alle.«

Jordan räusperte sich. »Das ist ja alles gut und schön, Pater. Aber zurück zu *Ihnen*. Wie sind Sie Sanguinarier geworden?«

»Da gibt es nicht viel zu erzählen. Ich wurde von einem Strigoi gebissen, dann hat er mich gezwungen, von seinem Blut zu trinken.« Rhun schauderte. »Ich wurde zu einem von ihnen, zu einem Wesen mit niederen Trieben, einem Menschenverschlinger.«

»Wie ging es weiter?«, fragte Jordan.

Rhun sprach schnell, offenbar wollte er es hinter sich bringen. »Ich wurde ein Strigoi, aber anstatt von mir zu verlangen, dass ich mich ihrer Lebensweise anpasste, wurde mir ein anderer Weg eröffnet. Ich wurde in jener Nacht angeworben – noch bevor ich zum ersten Mal Menschenblut schmeckte – und dem Orden der Sanguinarier zugeteilt. Dort entschloss ich mich, Christus nachzufolgen. Und das habe ich auch getan.«

»*Wie* sind Sie ihm nachgefolgt?«, fragte Jordan, der damit auch Erins Skepsis Ausdruck verlieh. »Wie kann jemand wie Sie der Kirche dienen?«

»Die Sanguinarier verdanken Christi Blut zahlreiche Gaben. Zum Beispiel können sie im Hellen wandeln. Außerdem können wir an allem teilhaben, was heilig und geweiht ist. Wenngleich sich uns das Heilige wie die Sonne ins Fleisch brennt.«

Er zog den Handschuh aus. Auf der Handfläche hatte er eine kreuzförmige Verbrennung. Erin dachte daran, wie er eben das Brustkreuz umfasst hatte, und stellte sich vor, wie es ihm die Haut versengte.

Rhun ahnte offenbar, was sie bewegte. »Der Schmerz erinnert uns an Jesu Leiden am Kreuz und gemahnt uns ständig an unseren Ordenseid. Das ist ein kleiner Preis dafür, in Seiner Gnade leben zu dürfen.«

Sie beobachtete, wie er das Kreuz sorgfältig unter seine zerfetzte Soutane schob. Brannte das Kruzifix über seinem Herzen? Trugen die katholischen Priester deshalb ein Kreuz um den Hals? War dies ein weiterer Hinweis auf das verborgene Geheimnis? So wie die Kapuzensoutane, die es den Sanguinariern ermöglichte, unter ihren Mitbrüdern unentdeckt zu bleiben?

Sie hatte noch zahllose weitere Fragen.

Jordan hatte nur eine. »Gegen wen kämpfen die Krieger der Kirche?«

Rhun schaute wieder in die Wüste hinaus. »Wir haben den Auftrag, gegen unsere barbarischen Brüder zu kämpfen, die Strigoi. Wir jagen sie und bieten ihnen an, sich der christlichen Gemeinde anzuschließen. Wenn sie dies ablehnen, töten wir sie.«

»Und wo stehen wir Menschen auf Ihrer Trefferliste?«, fragte Jordan.

Rhun wandte den Kopf. »Ich habe gelobt, niemals einen Menschen zu töten, es sei denn, es ist nötig, um einen anderen zu retten.«

Erin fand ihre Sprache wieder. »Sie sagen, Sie hätten den Auftrag, Strigoi zu töten. Dabei scheint es so, als wären diese Wesen nicht freiwillig zu dem geworden, was sie sind, ebenso wenig wie Sie oder ein Hund, der von einem Biss die Tollwut bekommt.«

»Die Strigoi stehen unter den Tieren«, entgegnete Rhun. »Sie besitzen keine Seele. Ihr alleiniger Daseinszweck besteht darin, Böses zu tun.«

»Und Ihre Aufgabe ist es, sie alle zur Hölle zu schicken«, meinte Jordan.

Rhun zögerte. »Auch wenn sie keine Seele haben, so wissen wir doch nicht, wohin sie nach dem Tod kommen.«

Jordan senkte die Waffe, entspannte sich aber nicht.

»Wenn die Strigoi so barbarisch sind«, sagte Erin, »weshalb sind sie dann hinter dem Evangelium Christi her?«

Rhun setzte zu einer Erklärung an, erstarrte jedoch plötzlich. Sie bekam Herzklopfen. Er wandte den Kopf hin und her, den Blick nach oben gerichtet.

»Ein Helikopter nähert sich«, sagte er.

Jordan schaute sich um – jedoch nur flüchtig, ohne Rhun ganz aus den Augen zu lassen. »Ich sehe nichts.«

»Ich höre ihn.« Rhun legte den Kopf schief, lauschte. »Das ist einer von den unsrigen.«

Erin entdeckte einen Lichtpunkt. »Da ist er.«

»Einer von den unsrigen … Was soll das heißen?«, fragte Jordan.

»Er gehört der Kirche«, erklärte Rhun. »Von der Besatzung haben wir nichts zu befürchten.«

Voll Skepsis beobachtete Erin, wie sich der Helikopter näherte.

Wie viele Menschen sind im Laufe der Jahrhunderte wohl gestorben, weil sie sich auf eine solche Aussage verlassen haben?

18

26. Oktober, 20:28, Israelische Standardzeit
Caesarea, Israel

BATHORY SCHRITT LAUTLOS durch die Ruinen des Hippodroms. Magor folgte ihr wie ein Schatten. Sie hatte Anteil an seinen Sinneswahrnehmungen und fühlte sich ebenso als Jäger wie der Grimwolf. Sie schmeckte das Salz des nahen Mittelmeers, ein schwarzer Spiegel zu ihrer Rechten. Sie roch den Wüstenstaub, der sich im Verlauf der Jahrhunderte auf den steinernen Sitzreihen abgelagert hatte, und erschnupperte einen Hauch von Dung und Pferdeschweiß.

Sie machte einen weiten Bogen um die Stallungen und achtete darauf, im Windschatten zu bleiben, da sie die Pferde nicht erschrecken wollte. Tarek und die anderen hatte sie im Helikopter zurückgelassen, um etwas Abstand von ihnen zu gewinnen. Es tat ihr gut, allein zu sein, mit Magor an ihrer Seite, über sich den dunklen Himmel und die Beute ganz in der Nähe.

Langsam näherten sie und der Wolf sich den Zelten und hielten auf das eine zu, das von innen erleuchtet war. Auch ohne auf Magors empfindliche Sinne zurückzugreifen, hörte sie in der Stille der Nacht leise Stimmen. Zwei Silhouetten bewegten sich im Zelt, zwei Personen. Offenbar ein Mann und eine Frau, beide jung.

Die Studenten der Archäologin.

Unbemerkt näherte sie sich der Rückseite des Zelts, wo eine kleine, mit einem Mückennetz verschlossene Klappe hochgebunden war. Sie blickte hindurch, eine stumme Beobachterin. Ein junger Mann in Cowboystiefeln und Jeans ging im Zelt auf und ab, vor einem Laptop saß eine Frau und trank Cola light. Auf dem Display lief ohne Ton ein CNN-Bericht über das Erdbeben. Die Frau schaute unverwandt auf den Bildschirm; mit der Rechten drückte sie auf ihren Ohrhörer.

»Versuch's noch mal bei der Botschaft, Nate«, sagte sie, ohne das Display aus den Augen zu lassen.

Der junge Mann trat ans Mückennetz und starrte hindurch, ohne etwas zu sehen. Bathory blieb einfach stehen, denn sie wusste, dass sie in der Dunkelheit schwer zu erkennen war. Sie liebte diese Momente der Jagd, da die Beute schon nah war, aber noch nicht ahnte, dass sie nur einen Katzensprung vom blutigen Grauen entfernt war.

Magor stand neben ihr, so still wie der Nachthimmel. Erneut verspürte sie Erleichterung darüber, dass Tarek und die anderen nicht zugegen waren. Sie wussten die Schönheit der Jagd nicht zu schätzen – nur das darauffolgende Gemetzel.

Nate wandte sich ab, ging zum Tisch und legte sein Handy neben den Laptop. »Was bringt das? Ich habe ständig versucht, sie zu erreichen. Dauernd besetzt. Ich habe sogar bei der örtlichen Polizei angerufen. Ich kriege einfach nicht raus, wohin man Dr. Granger gebracht hat.«

Amy zeigte aufs Display. »Und wenn sie nach Masada geflogen wurde? Bei den Nachbeben ist angeblich der ganze Berg eingestürzt.«

»Denk nicht gleich das Schlimmste. Dr. Granger kann überall sein. Aber wenn sie Zeit hatte, uns die seltsamen Fotos zu schicken, hätte sie uns wenigstens ihren Aufenthaltsort simsen können.«

»Vielleicht hat man ihr das verboten. Der Israeli hat sie an der kurzen Leine gehalten. Aber dem Foto von dem offenen Sarkophag nach zu schließen, hat sie ein geplündertes Grab erkundet.«

Bathory lächelte und dachte daran, wie die Archäologin ihr Handy umhergeschwenkt hatte. Dann hatte sie also Fotos übermittelt, die sie für wichtig erachtete, vielleicht einen Hinweis auf den Verbleib des Buchs.

Im Dunkel streifte Bathory über ihren Armverband und dachte daran, dass Hunor dem Geheimnis dieser Fotos auf der Spur gewesen war, als er gestorben war. Kalter Zorn schärfte ihre Sinne und ihren Verstand, drängte den tiefen Schmerz zurück, der in ihren Adern pulsierte.

»Ich gehe wieder in mein Zelt«, sagte Nate, »und leg mich für ein paar Stunden aufs Ohr. Und wenn das ganze Durcheinander sich gelegt hat, versuche ich noch mal, jemanden zu erreichen. Du solltest dich auch ausruhen. Eine innere Stimme sagt mir, dass dies eine lange Nacht werden könnte.«

»Ich will nicht allein sein.« Amy schaute von ihrem Laptop hoch. »Erst das mit Heinrich, dann keine Nachricht von Dr. Granger … Ich würde kein Auge zubekommen.«

Bathory hörte die Einladung aus ihren Worten heraus, doch Nate bekam es anscheinend nicht mit. Schade. In ihrer Abwesenheit hätte sie die Laptops und Handys mühelos an sich bringen können. In einem abgelegenen Lager wurden häufig Sachen gestohlen.

So aber musterte sie die beiden abschätzend. Nate war groß gewachsen, kräftig gebaut, ein hübscher Bursche. Sie konnte gut nachvollziehen, weshalb die Studentin ihn in ihrer Nähe haben wollte.

Auch sie selbst wusste die beruhigende Nähe eines Mannes zu schätzen, der mit ihr das Bett teilte. Sie dachte an den armen Farid, ließ die Hand zum Gürtel sinken und zog den arabischen Dolch aus der Scheide, den sie ihm abgenommen hatte, als er tot war. In gewisser Weise war Farid ihr immer noch nützlich.

Sie trat zurück und überlegte, wie sie die beiden nach draußen locken oder sie wenigstens trennen könnte. Sie ließ den Blick durchs Lager schweifen, hörte das ferne Wiehern der Pferde und lächelte.

Sie flüsterte Magor etwas ins Ohr, dann entfernte er sich lautlos zu den Stallungen.

20:34

Von Gewissensbissen gequält, stapfte Nate im Zelt auf und ab.

Ich hätte Dr. Granger nicht allein lassen dürfen. Ich hätte mit ihr gehen müssen.

Das wäre er der Professorin schuldig gewesen. Sie hatte ihm als Einzige eine Chance gegeben. Vor zwei Jahren war er als Doktorand nicht gerade erste Wahl gewesen. Als er noch an der Texas A&M studierte, hatte er zwei Jobs gehabt, weil er eine jüngere Schwester mitversorgen musste. Sein Notendurchschnitt hatte unter der Arbeitsbelastung gelitten, doch Dr. Granger hatte es drauf ankommen lassen. Sie hatte ihm sogar geholfen, seiner kleinen Schwester ein Stipendium an der Rice University zu verschaffen, damit er Zeit zum Reisen hatte.

Und womit dankte er ihr das?

Er ließ sie ganz allein in einen Helikopter mit lauter Bewaffneten einsteigen.

Als er am Zelteingang vorbeikam, ertönte von den Stallungen her furchtsames Gewieher, das schaurig in den dunklen Ruinen widerhallte.

Er trat in die Nacht hinaus. Der Mond erhellte die alten Steinstufen und den rechteckigen Graben, in dem sein Freund Heinrich den tödlichen Huftritt abbekommen hatte. Der kalte Wind wehte ihm Sand in die Augen.

Nate blinzelte die Tränen fort. »Was ist da bei den Pferden los?«

»Ist mir egal«, sagte Amy, die noch immer vor dem Laptop saß. »Hoffentlich irgendwas Schreckliches. Das wünsche ich besonders dem weißen Pferd.«

»Der Hengst hatte sich bloß erschreckt. Das war ein Unfall.«

Trotzdem konnte er es ihr nicht übel nehmen, dass sie dem Pferd böse war. Heinrich war tot, das ließ sich nicht mehr ändern. Falscher Ort, falsche Zeit. Es hätte ebenso gut ihn erwischen können.

Das Wiehern wurde schriller.

»Ich gehe mal nachsehen«, meinte er. »Könnte ein Schakal sein.«

Panik schwang in Amys Stimme mit. »Lass mich nicht allein.«

Er setzte seinen Cowboyhut auf und wühlte in der Holzkiste neben dem Eingang nach Dr. Grangers Pistole. Damit tötete sie Schlangen.

»Sollen sich doch die Arbeiter um die Pferde kümmern«, sagte Amy. »Du solltest im Dunkeln nicht nach draußen gehen.«

»Mir passiert schon nichts«, sagte er. »Und du bist hier drinnen vollkommen sicher.« Froh darüber, endlich etwas zu tun zu haben, trat er aus dem Zelt. Aber die Atmosphäre hatte sich gewandelt. Er bekam eine Gänsehaut, und daran war nicht die Kälte schuld.

Amy hat mir Angst gemacht, dachte er.

Trotzdem packte er die Pistole fester und schritt schneller aus – bis zu seiner Rechten ein Schatten vorbeihuschte.

Er blieb stehen und fuhr herum.

Aus den Augenwinkeln sah er etwas Großes vorbeistürmen. Er konnte nicht genau erkennen, was es war, doch es war eindeutig größer als ein Schakal, etwa so groß wie ein einjähriges Kalb, bewegte sich aber so flink und geschmeidig wie ein Raubtier. Es verschwand so schnell, dass er sich nicht einmal sicher war, ob er es sich nicht bloß eingebildet hatte.

Er blickte sich zum erleuchteten Zelt um. Es wirkte auf einmal so fern, ein einsames Licht in der Dunkelheit.

20:36

Durch das laute Wiehern des Hengstes vor Entdeckung geschützt, stieß Bathory die Spitze von Farids Dolch durch das Zeltgewebe und zog die Klinge nach unten durch. Die scharfe Schneide machte kaum ein Geräusch.

Währenddessen behielt sie Amy im Auge, die vor ihrem Laptop saß, gebannt zur Zeltklappe schaute und den neuen Eingang, der sich hinter ihr auftat, nicht bemerkte.

Bathory weitete den Schlitz im Zelt und schlüpfte lautlos hindurch. Dann richtete sie sich hinter der verängstigten jungen Frau auf, die sie noch immer nicht bemerkt hatte. Ein Ohrhörer saß noch in Amys Ohr, der andere hing lose herab. Bathory hörte das Gewisper des CNN-Berichts, der auf dem Laptop lief.

Es erstaunte sie, wie blind die meisten Menschen durchs Leben gingen, ohne den wahren Charakter ihrer Umwelt zu erkennen, eingesponnen in den Kokon der Moderne, die ihnen vierundzwanzig Stunden am Tag gefilterte, verfälschte Nachrichten lieferte, während sie auf Koffeinschübe angewiesen waren, um ihren öden Alltag zu bewältigen.

Das aber war nicht das Leben.

Tief in ihrem Innern regte sich der Jagdtrieb, ein ferner Dunst aus Blut, Adrenalin und Mordlust. Das war das *wahre* Gesicht der Welt.

Das war das wahre Leben.

Bathory trat vor und löschte mit einem energischen Schnitt unter dem Kinn die schwache Lebensflamme der jungen Frau. Bevor das Blut auf den Laptop spritzen konnte, kippte sie ihr Opfer vom Hocker. Amy zuckte am Boden, zu überrascht, um zu merken, dass sie bereits so gut wie tot war. Sie schaffte es, ein Stück weit zum Ausgang zu kriechen, dann sackte sie zusammen. Unter ihr sammelte sich eine Blutlache.

Bathory beeilte sich. Sie klappte den Laptop zu und schob ihn zusammen mit den beiden Handys vom Tisch in ihren Rucksack.

An der Seite bewegte sich die Zeltklappe.

Als sie sich umwandte, trat Nate ins Zelt. Mit einem Blick hatte er die Situation erfasst, riss die Pistole hoch und zielte auf sie. »Was zum Teufel …?«

Bathory richtete sich auf und lächelte freundlich.

Ihr Lächeln galt jedoch nicht dem jungen Mann.

Hinter Nate tauchten zwei rote Augen aus der Dunkelheit auf, funkelnd vor Mordlust.

Die Jagd war noch nicht vorbei.

Sie übermittelte ihrem Jagdpartner einen Befehl, der sich in einem Wort zusammenfassen ließ.

Fass.

19

26. Oktober, 20:37, Israelische Standardzeit
Wüste bei Masada

JORDAN LIESS DEN Blick noch einmal über den Sand und die Steine schweifen und suchte nach einem Versteck, doch es gab hier keine richtige Deckung, insbesondere nicht vor einer Annäherung aus der Luft.

Der Hubschrauber kam näher, die Rotoren durchschnitten die Nachtluft. Jordan erkannte die schlanke Silbernase und die geschwungenen Linien wieder. Er hatte im Netz Fotos des EC145 gesehen, der als der luxuriöseste Helikopter beworben wurde, den es für acht Millionen Dollar zu kaufen gab. Im Grunde war er ein Mercedes-Benz mit Rotoren.

Wer immer Korzas Verbündete waren, sie hatten Geld.

Der Priester ging dem Helikopter entgegen.

Wenn Jordan sich recht erinnerte, hatte die Maschine acht Sitzplätze, Pilot und Kopilot eingeschlossen. Somit hatten sie es mit acht potenziellen Gegnern zu tun, und das ohne jede ordentliche Deckung. In Anbetracht der bitteren Wahrheit schob er die Pistole ins Halfter. Gegenwehr war sinnlos, deshalb musste er darauf hoffen, dass Korza ihn nicht getäuscht hatte.

Er wandte sich zu Erin um. »Können Sie stehen?«, fragte er leise. Für den Fall, dass sie schnell reagieren mussten, wollte er, dass sie aufrecht stand.

»Ich kann's versuchen.«

Als sie sich aufrichtete, zuckte sie zusammen und verlagerte das Gewicht aufs rechte Bein. Auf ihrem linken Hosenbein zeichnete sich ein dunkler Blutfleck ab.

»Was ist passiert?«, fragte er und ärgerte sich, dass ihm ihre Verletzung nicht schon eher aufgefallen war.

Sie blickte an sich hinunter, ebenso überrascht wie er. »Das war der Wolf. Hat mich gekratzt. Nicht der Rede wert.«

»Lassen Sie mich mal nachsehen.«

Sie hob eine Augenbraue. »Ich habe nicht die Absicht, vor Ihnen die Hose runterzulassen.«

Er zog seinen Dolch aus der Wadenscheide. »Ich schneide die Hose über der Verletzung auf. Dann ist die Jeans zwar hin, aber wenigstens bleibt Ihre Würde unangetastet«, sagte er und lächelte.

Sie erwiderte sein Lächeln und setzte sich wieder auf den Stein. »Das klingt schon besser.«

Jordan durchtrennte die Nähte und achtete darauf, dass er mit der Klinge nicht ihre Haut verletzte. Dann riss er den Stoff rundherum durch und zog das Hosenbein über ihren Turnschuh. Es war eine intime Verrichtung. Er bemühte sich, ihr nicht wehzutun, und berührte ihr nacktes Bein, das im Mondschein umwerfend aussah, nicht länger als unbedingt nötig.

Er besah sich die Verletzung. Die Wunde zog sich an ihrem Oberschenkel hinunter – nicht tief, aber lang. Er betrachtete sie argwöhnisch, dann rief er nach Korza. Er musste schreien, um sich trotz des Helikopterlärms verständlich zu machen.

»Pater! Erin wurde vom Grimwolf gekratzt. Gibt es etwas, das wir beachten sollten?«

Der Priester warf einen Blick auf Erins nacktes Bein, dann schaute er wieder in die Wüste hinaus. Sein Unbehagen war ihm deutlich anzumerken. In diesem Moment wirkte er so priesterhaft wie schon lange nicht mehr. »Säubern Sie die Wunde, mehr ist nicht nötig.«

Erin wischte sich den Oberschenkel mit einem Fetzen des Hosenbeins ab.

Bevor Jordan sein Erste-Hilfe-Set auspacken konnte, landete der schlanke Helikopter und wehte ihnen Sand ins Gesicht. Jordan schirmte Erins Beinverletzung mit der Hand ab und warf einen Blick über die Schulter.

Drei schwarz gekleidete Personen sprangen aus der Kabine, bevor die Kufen vollständig aufgesetzt hatten. Kapuzen verdeckten ihre Gesichter, und sie bewegten sich unglaublich schnell, so wie Korza im Kampf. Jordan verspürte den Drang zu flüchten, blieb aber stehen, als sie angelaufen kamen und im Halbkreis vor ihnen Aufstellung nahmen.

Die drei Neuankömmlinge unterhielten sich halblaut mit Korza, möglicherweise auf Latein. Alle trugen einen Priesterkragen.

Noch mehr Sanguinarier.

Erin richtete sich auf, und Jordan stellte sich neben sie.

Einer der Priester trat vor. Mit kalten Händen tastete er Jordan ab und nahm ihm die Schusswaffen ab. Das Messer bemerkte er nicht, oder er hatte nichts dagegen, dass Jordan es bei sich behielt. Jordan war darüber erleichtert.

Ein Mann zog sich mit Korza ein paar Schritte weit in die Wüste zurück.

Der Dritte trat neben den toten Grimwolf. Er spritzte eine Flüssigkeit darauf, als ob er das Tier segnete. Doch es war kein Weihwasser. Ein Streichholz flammte auf, dann loderten Flammen vom toten Wolf empor. Der Gestank von verkohltem Fleisch verbreitete sich über dem dunklen Sand.

Der erste Priester bewachte Jordan und Erin. Dabei hätte sie selbst dann nicht kämpfen können, wenn sie es gewollt hätte. Sie fühlte sich kraftlos, ermattet. Ihre Schultern sackten herab, sie schwankte auf ihrem unverletzten Bein. Als Jordan ihr helfen wollte, hob der Wächter die Hand. Ohne die wortlose Warnung zu beachten, legte er einen Arm um Erin.

Korza und der andere Geistliche stritten miteinander. Vermutlich ging es um das Schicksal der beiden überlebenden Menschen. Jordan war gespannt auf den Ausgang. Würde man ihn zusammen mit Erin mitten im Nirgendwo zurücklassen, oder noch schlimmer, würde man sie verbrennen wie den Grimwolf?

Worum es auch gehen mochte, am Ende setzte sich anscheinend Korza durch.

Jordan hatte keine Ahnung, ob das gut war oder schlecht.

Als spürte er Jordans Aufmerksamkeit, wandte Korza sich um und sah ihn an. Er zeigte zum Helikopter und bedeutete ihm, zusammen mit Erin an Bord zu gehen.

Jordan wusste noch immer nicht, was er davon halten sollte. Allerdings wusste er sehr gut, wie militärische Geheimkommandos unerwünschte Personen verschwinden ließen. Würden er und Erin das gleiche Schicksal erleiden?

Er spielte die verschiedenen Szenarien im Kopf durch und kam zu dem Schluss, dass ihre Überlebenschancen am besten stünden, wenn sie in den Helikopter einstiegen. Notfalls würde er kämpfen, auch wenn der Kampf nicht zu gewinnen war.

Noch nicht.

Er stützte Erin, als sie zur offenen Kabinentür humpelte, und duckte sich mit ihr unter die kreisenden Rotoren.

Während er darauf wartete, dass die anderen einstiegen, warf er einen letzten Blick in die Wüste hinaus und erwog, einen Fluchtversuch zu wagen.

Erin aber hatte ein verletztes Bein.

Korza hielt sich dicht an seiner Seite, als wollte er ihn daran erinnern, dass jeder Fluchtversuch zwecklos war. Er hatte Jordans Jacke mitgenommen und reichte sie ihm. Jordan fühlte sich gleich viel besser.

»Nach Ihnen«, sagte der Priester höflich.

Jordan legte Erin die Jacke um die Schultern und half ihr beim Einsteigen. Sie blieb geduckt in der Kabinenöffnung stehen. Weiches blaues Licht fiel auf poliertes dunkles Holz. Der Duft teuren Leders stieg ihm in die Nase. Das Innere der Maschine war so luxuriös, wie er erwartet hatte. Ganz anders als die Militärmaschinen, in denen er für gewöhnlich flog. Allerdings hätte er einen Militärhubschrauber im Moment vorgezogen.

»Es sind nur noch zwei Plätze frei«, sagte sie.

Jordan schaute sich um und sah, dass sie recht hatte. »Nun, Korza, wer von uns muss im Frachtraum fliegen?«

»Ich bitte um Entschuldigung. Man ist davon ausgegangen, dass ich und allenfalls noch der Junge mitfliegen. Es wird eng werden, aber der Flug dauert nicht lange.«

Erin suchte Jordans Blick.

»Wir teilen uns einen Gurt«, sagte Jordan und deutete auf einen der großen, bequemen Sitze.

Erin nickte, zwängte sich an den Knien der anderen Passagiere vorbei, nahm Platz und rutschte ganz an den Rand.

Er machte den Gurt so lang wie möglich und quetschte sich neben sie. »Meine Mom hatte viele Kinder«, erklärte er und ließ den Gurt einrasten. »Sie hat immer zwei von uns mit einem Gurt angeschnallt. War das bei Ihnen anders?«

Sie klang noch ganz benommen. »Meine Mutter durfte nicht Auto fahren. Das war den Frauen generell verboten.«

Ihm ging eine frühere Bemerkung von ihr durch den Sinn. *Ich habe erlebt, dass die Kirche als Werkzeug der Unterdrückung der Schwachen durch die Mächtigen benutzt wurde und die Religion als Schutzwall gegen die Wahrheit.* Er nahm sich vor, sie später danach zu fragen.

Korza stieg als Letzter ein. Der Priester war kleiner als Jordan, und es wäre praktischer gewesen, wenn er Erin zusammen mit Korza angegurtet hätte, doch das hätte der Priester bestimmt nicht zugelassen.

Der Geistliche setzte sich auf den letzten freien Sitz, Erin und Jordan gegenüber. Korzas Nachbar, das Gesicht unter der Kapuze verborgen, beugte sich hinüber und flüsterte ihm etwas ins Ohr. Jordan konnte keine Einzelheiten verstehen, merkte aber, dass die Sprecherin eine Frau war. Das wunderte ihn. War sie ein Mensch? Oder nahm die Kirche auch weibliche Strigoi in den Sanguinarierorden auf?

Anschließend schwiegen alle.

Die anderen saßen so reglos da wie Statuen, was Jordan verstörender fand als den Umstand, dass sie doppelt so schnell waren wie ein Mensch. Als der Helikopter mit brüllendem Antrieb abhob, versuchte er, an etwas anderes zu denken als an Erins warmen Körper. Zunächst hatte sie versucht, größtmöglichen Abstand zu wahren, doch da sie beide unter dem Gurt eingezwängt waren, hörte sie damit bald auf. Während der Helikopter durch die Nacht flog, gab sie ihrer Erschöpfung nach und entspannte sich. Sie lehnte den Kopf an seine Schulter, und er drehte sich ein wenig seitlich, damit sie besseren Halt hatte. Es war schon viel zu lange her, dass eine schöne Frau an seiner Seite eingeschlafen war. Ihr Pferdeschwanz hatte sich gelöst, und das blonde Haar fiel ihr über die Schultern. Er bemerkte hellere

Strähnen in der dunklen Honigfarbe, die bei der Arbeit in der prallen Sonne ausgebleicht waren.

Er hätte gern eine dieser Strähnen berührt und wäre ihr mit dem Finger gefolgt wie dem Faden eines Wandteppichs, um das Webmuster der Frau an seiner Seite zu entschlüsseln. Erin hatte in den vergangenen Stunden eine Menge durchgemacht. Er nahm sich vor, dafür zu sorgen, dass sie dieses Durcheinander unbeschadet überstand. Das war er ihr schuldig. Bei seinen Untergebenen hatte er vollständig versagt. Aber Schluss mit den selbstquälerischen Gedanken.

Er betrachtete die Verletzung an ihrem sonnengebräunten Oberschenkel. Der Schnitt war nicht tief, aber die ausgefransten Ränder waren gerötet und mit Sand verschmutzt. Ganz langsam und vorsichtig holte er sein kleines Erste-Hilfe-Set hervor.

Er nahm ein antiseptisches Tuch heraus und säuberte behutsam die Wunde, mit zarten, langsamen Bewegungen. Trotzdem stöhnte sie im Schlaf.

Alle Sanguinarier schauten zu ihnen her.

Schaudernd legte Jordan die Linke auf seinen Dolch.

»Sie haben nichts von uns zu befürchten«, flüsterte Korza, dessen Gesicht wieder unter der Kapuze verborgen war. »Sie sind hier vollkommen sicher.«

Jordan verzichtete auf eine Erwiderung.

Und er nahm seine Hand nicht von der Waffe fort.

21:02

Erins Kopf ruckte nach vorn, und sie erwachte jäh. Ganz betäubt vom Dröhnen des Antriebs, blickte sie in ein erstaunliches Augenpaar, hellblau und mit einem dunklen Ring um die Iris. Unter den Augen lächelte sie jemand an. Sie erwiderte das Lächeln, dann begriff sie, dass dies Jordans Augen waren.

Sie war an seiner Schulter eingeschlafen und hatte ihn beim Aufwachen angelächelt.

Einen verheirateten Mann.

In einem Helikopter voller Priester.

Mit brennenden Wangen setzte sie sich auf und dehnte den Gurt, um wenigstens ein bisschen Abstand von ihm zu gewinnen. Sie meinte, das enttäuschte Seufzen ihrer Mutter zu hören und den Handrücken ihres Vaters zu spüren.

Sie wandte das Gesicht dem Fenster zu, dem einzig sicheren Ort. Während ihre Wangen allmählich ihre Röte verloren, betrachtete sie die Lichter einer Stadt, welche die Sterne überstrahlten. Inmitten des Häusermeers leuchtete eine goldene Kuppel.

»Sieht so aus, als würden wir in Jerusalem landen«, sagte sie.

»Woran sehen Sie das?«, fragte er, vermutlich um sie aus ihrer Verlegenheit zu erlösen.

Sie ging dankbar darauf ein. »Die dunkle Erhebung im Osten, das ist der Ölberg. Ein wichtiger historischer Ort für alle drei großen Religionen: für das Judentum, den Islam und die Christenheit. Angeblich ist Jesus dort in den Himmel aufgefahren.«

Mehrere Sanguinarier nahmen offenbar Anstoß an dem Wort »angeblich«, doch sie ließ sich nicht beirren.

»Im Buch Zechariah heißt es, er werde bei der Apokalypse in zwei Teile gespalten.«

»Na großartig. Dann können wir nur hoffen, dass es noch nicht so weit ist. Mein Bedarf an gespaltenen Bergen ist einstweilen gedeckt.« Jordan zeigte auf die funkelnde goldene Kuppel. »Was ist das?«

»Das ist der Felsendom. Er steht auf dem Tempelberg.«

Sie rückte zur Seite, damit Jordan besser sehen konnte. »Davor erkennt man die Mauer der Altstadt. Das helle Band, sehen Sie? Im Norden liegt das muslimische Viertel. Im Süden und Westen liegt das Judenviertel mit der berühmten Westmauer.«

»Sie meinen die Klagemauer?«

»Genau.«

Er beugte sich vor und streifte sie dabei. Sie blickte die Priester an, deren Gesichter unter den Kapuzen verborgen waren. Nur Rhun hatte die Kapuze zurückgeschlagen, und die Lichter der Stadt erhellten sein Gesicht, als der Helikopter sich auf die Seite legte und eine Kurve flog. Er beobachtete sie ruhig mit seinen dunklen Augen.

Sie errötete und sah wieder aus dem Fenster. Was mochte Rhun von ihr denken? Was sah er vor sich, wenn er aus dem Fenster schaute? Sie versuchte, die Stadt mit seinen Augen zu betrachten, die schon seit Jahrhunderten offen waren. War Rhun dabei gewesen, als Sultan Mahmud II. den Tempelberg 1817 wiederaufgebaut hatte? Bei dem Gedanken erschauerte sie – aus Angst, aber auch aus Ehrfurcht.

»Ist Ihnen kalt?«, fragte Jordan und zog die Jacke zurecht, die er ihr umgelegt hatte.

»N-n-nein«, stammelte sie. Eigentlich war ihr eher zu warm. Die Nähe zu Jordan hatte einen verwirrenden Einfluss auf ihre Körpertemperatur. In den vergangenen zehn Jahren war sie zu beschäftigt gewesen, um einen Mann anziehend zu finden. Es war purer Zufall, dass sie jetzt neben einem Mann angeschnallt war, der ausgesprochen attraktiv und zugleich verheiratet war.

»Danke für die Jacke.«

»Wir werden bald landen.« Rhuns ruhige Stimme lenkte sie ab.

»Wo?« Als Jordan sich ein wenig von ihr entfernte, vermisste sie sofort die Wärme seines Körpers. Sie blickte auf den weißen Streifen an seinem Ringfinger. Ein Indiz. Man sollte stets die Indizien in Betracht ziehen, bevor man handelte.

Wenn sie das nur ihrem Körper begreiflich machen könnte.

»Wir müssen Ihnen Augenbinden anlegen«, sagte Rhun, ohne die Miene zu verziehen.

Jordan straffte sich. Der Gurt schnitt in ihre Schulter. »Was? Dann sind wir jetzt also Ihre Gefangenen?«

»Unsere Gäste«, entgegnete Rhun.

»Ich verbinde meinen Gästen nicht die Augen.« Jordan verschränkte die Arme vor der Brust. »Das ist nicht gastfreundlich.«

»Trotzdem …« Rhun schnallte sich los.

Der Priester, der neben ihm saß, reichte ihm zwei schwarze Tücher.

Jordans Bein wurde steinhart. Er presste die Füße auf den Boden. Offenbar war er entschlossen, die Sanguinarier mit bloßen Fäusten anzugreifen.

Erin berührte beschwichtigend seine Hand. »Jetzt nicht, Jordan.«

Er sah sie an, als erinnerte er sich erst jetzt wieder an ihre Anwesenheit, und musterte sie ausgiebig. Dann nickte er.

Rhun erhob sich und näherte sich ihnen. Erst verband er Jordan die Augen, dann legte er ihr das schwarze Tuch an. Mit seinen kalten Fingern verknotete er es im Nacken, wobei er darauf achtete, dass er sie nicht an den Haaren zog. Als er fertig war, ließ er die flache Hand einen Moment länger als nötig auf ihrem Hinterkopf liegen, als wollte er sie trösten.

Dann hörte sie das Rascheln seiner Soutane und ein Klicken, als er sich wieder anschnallte.

Jemand drückte ihr fest die Hand. Beruhigende Wärme ging von Jordans Hand aus. Seine Botschaft war eindeutig.

Was auch passiert, wir stehen es gemeinsam durch.

20

26. Oktober, 21:13, Israelische Standardzeit
Jerusalem, Israel

RHUN HALF ERIN und Jordan beim Aussteigen und geleitete sie unter den kreisenden Rotorblättern hindurch. Er führte sie übers Helipad zum Eingang des Gebäudes und eine Treppe hinunter; dann gelangten sie auf eine schmale Straße. Der Soldat hielt die Frau die ganze Zeit über bei der Hand.

Beide machten ein tapferes Gesicht, doch Rhun hörte das bange Klopfen ihrer Herzen, roch das Salz ihres Angstschweißes und bemerkte den leichten Glanz auf ihrer Haut. Er bemühte sich, sie von den anderen abzuschirmen und ihnen genug Platz zu lassen. Er wollte sie keinem seiner Ordensbrüder überlassen – auch wenn er keine Sorge hatte, dass man ihnen etwas zuleide tun könnte. Er fühlte sich als ihr Beschützer, betrachtete sich als verantwortlich für ihre Sicherheit.

Er beobachtete, wie sie sich aneinanderlehnten. Erin und Jordan.

Irgendwann waren der Soldat und die Archäologin in seiner Vorstellung zu Erin und Jordan geworden. Die wachsende Vertrautheit störte ihn. Sie bewirkte eine Bindung, wo keine hätte sein sollen. Diese bittere Wahrheit hatte er vor Jahrhunderten erkannt.

Das sollte sich niemals wiederholen.

Er wandte sich ab.

Rhun atmete die nächtlichen Gerüche von altem Stadtruß, kalten Steinen und dem faulenden Abfall des Basars ein. Die anderen Sanguinarier hatten das Trio in die Mitte genommen. Rhun wollte die Menschen auf diese Weise vor neugierigen Blicken schützen.

Bislang regte sich nichts auf der dunklen Straße, die Läden hatten geschlossen, es brannten keine Lichter. Er lauschte nach schlagenden Herzen in den engen Gassen und Querstraßen dieses labyrinthischen Stadtviertels. Alles wirkte normal, dennoch zog er das Tempo an. Sie konnten jederzeit entdeckt werden.

Nach einigen Minuten gelangte die Gruppe zu einer Mauer aus grob behauenen Steinen, wo sie von einem Mann in einem langen Gewand erwartet wurden, der mit dem Lederschuh nervös auf dem Gehsteig wippte. Der Mann war klein und rundlich. Sein Gesicht und sein kahler Schädel waren rötlich.

Wie bei einem Geier.

Rhun kannte Pater Ambrosius und wunderte sich nicht, ihn hier als Hüter des Eingangs anzutreffen.

Ambrosius trat ihnen entgegen und verstellte ihnen den Weg. Ohne Rhun und die anderen Sanguinarier eines Blicks zu würdigen, fixierte er Erin und Jordan. Seine Begrüßung fiel kurz und bündig aus.

»Sie dürfen mit niemandem sprechen über das, was Sie hier drinnen zu sehen bekommen. Weder mit Ihrer Familie noch mit Ihren Vorgesetzten beim Militär.«

Jordan, der noch immer die Augen verbunden hatte, blieb stehen und mit ihm auch Erin. »Ich nehme keine Anweisungen von einer Person entgegen, die ich nicht sehen kann.«

Rhun hatte Verständnis für seine Haltung und nahm ihm und Erin die Augenbinden ab, bevor Ambrosius Einspruch erheben konnte. Die beiden hatten schon zu viel gesehen und gehört. Die Kenntnis von diesem Ort wog da vergleichsweise wenig. Außerdem mussten sie machen, dass sie hineinkamen.

Jordan reichte Ambrosius die Hand. »Sergeant Stone, Neuntes Ranger-Bataillon, und das ist Dr. Granger.«

»Pater Ambrosius, Assistent Seiner Eminenz Kardinal Bernard.« Als er Jordan begrüßt hatte, wischte er sich die Hand an der Soutane ab. »Sie wurden zu einem Gespräch mit Seiner Eminenz einbestellt. Ich möchte jedoch noch einmal betonen, dass von jetzt an alles strengster Geheimhaltung unterliegt.«

»Und wenn ich mich nicht daran halte?« Jordan hatte sich hoch aufgerichtet, und in diesem Moment gefiel er Rhun noch besser als zuvor.

Ambrosius wich einen Schritt zurück. »Dann werden wir davon erfahren.«

»Das reicht«, erklärte Rhun und zwängte sich an Ambrosius vorbei. Er legte die flache Hand auf die Sandsteinblöcke der Wand und bewegte die Finger von Stein zu Stein, als zeichnete er ein Kreuz. Der Sandstein fühlte sich rau und warm an unter seinen Händen.

»Nehmet und trinket alle daraus«, flüsterte er und drückte den Stein in der Mitte nach innen. Eine kleine Mulde kam zum Vorschein, ähnlich dem Weihwasserbecken am Eingang einer Kirche.

Dieses Becken aber war nicht für die Aufnahme von Wasser bestimmt.

Rhun zog das Krummmesser aus der Scheide und ritzte

seine Handfläche an der Stelle, wo sich die Nägel durch Jesu Hände gebohrt hatten. Er ballte die Hand zur Faust und ließ ein paar Blutstropfen in das steinerne Gefäß fallen, dessen Innenseite sich von den zahllosen Trankopfern der Sanguinarier dunkel gefärbt hatte.

»Dieser Kelch ist der Neue Bund in meinem Blut.«

Erin stockte der Atem, als sich in der Wand die Umrisse eines Tores bildeten, das so schmal war, dass man seitlich hindurchtreten musste.

»*Mysterium fidei*«, schloss Rhun und drückte das Tor mit der Schulter auf – dann trat er zurück.

Die anderen Sanguinarier schritten hindurch, gefolgt von Ambrosius. Erin und Jordan verharrten mit Rhun auf der Straße.

Die Frau schaute gebannt zur Stadtmauer hoch. »Ich habe alle Zugänge zur Altstadt untersucht, seien sie versiegelt oder offen«, sagte sie. »Dieser hier ist nirgendwo verzeichnet.«

»Im Laufe der Jahrhunderte hatte er unterschiedliche Bezeichnungen«, sagte Rhun, der sie unbedingt von der Straße haben wollte, bevor man auf sie aufmerksam wurde. »Ich versichere Ihnen, dass Sie dahinter in Sicherheit sind. Der Durchgang wurde geweiht. Die Strigoi vermögen die Schwelle nicht zu überschreiten.«

»Das sind nicht die Einzigen, die mir Sorge bereiten.« Jordan stellte die Beine auseinander. »Wenn Erin da nicht reingeht, tue ich's auch nicht.« Schließlich machte die Frau einen Schritt nach vorn und legte die Hand auf den rauen Türsturz.

Korza hörte, wie sich ihr Herzschlag bei der Berührung beschleunigte. Dem Glanz in ihren Augen nach zu schließen, war dies keine Folge von Angst, sondern Ausdruck brennender Neugier.

»Das hier ist lebendige Geschichte.« Erin schaute sich zu Jordan um. »Wie sollte ich da *draußen* bleiben?«

21:19

Jordan folgte Erin über die dunkle Schwelle und zwängte sich seitlich durch die Öffnung. Er war nicht glücklich mit der Entwicklung, vermutete aber, dass die Entscheidung ohnehin nicht bei ihnen lag. Wie hatte Ambrosius sich gleich noch ausgedrückt? *Sie wurden zu einem Gespräch mit Seiner Eminenz einbestellt.*

Das war offenbar nicht als Einladung auf freiwilliger Basis gemeint. Erstickende, undurchdringliche Dunkelheit schloss die Gruppe ein. Schließlich streckte er den Arm aus und ergriff wieder Erins Hand.

Sie erwiderte erleichtert seinen festen Händedruck. Ein Klickgeräusch, dann ploppte in der Dunkelheit eine Flamme auf. Einer der kapuzenverhüllten Sanguinarier hielt ein Zippo-Feuerzeug in der Hand. Dieser vertraute Alltagsgegenstand hob Jordans Stimmung, denn auf einmal kam ihm alles ein bisschen weniger unwirklich vor.

Der Sanguinarier nahm eine Kerze von einem kleinen Holzgestell am Eingang und reichte sie Erin. Sie hielt den Docht an die goldene Flamme des Feuerzeugs. Auch Jordan bekam eine Kerze gereicht und entzündete sie. Der Geruch von Rauch und Bienenwachs überlagerte den trockenen Staubgeruch, doch die schwachen Flammen leuchteten nicht weit.

Wortlos schritten die anderen Ordensbrüder, die offenbar auch ohne Beleuchtung auskamen, in den steil abfallenden Gang hinein. Jordan gefiel es gar nicht, dass sie sich wieder unter die Erde begaben, doch Erin setzte sich in Bewegung, und er folgte ihr. Jordan konnte kaum erkennen, wohin er trat. Er schwenkte die Kerze vor sich hin und her. Glatter Stein hüllte ihn ein. Er blieb ein Stück weit zurück, denn er wollte die Gruppe als Ganzes im Blick behalten, auch wenn er im Notfall kaum etwas hätte ausrichten können.

Korza hatte anscheinend Verständnis für sein Zögern und zwängte sich an ihm vorbei.

Erin, die bereits ein paar Schritte Vorsprung hatte, schirmte die Kerzenflamme mit der Hand ab. Ihr Kopf ruckte so schnell hin und her, als wollte er sich jeden Moment vom Hals lösen. Für sie musste das wie ein Ausflug in die Vergangenheit sein.

Für Jordan war es einfach nur ein Minenfeld, auf dem jeder Fehltritt tödlich sein konnte. Er versuchte, sich den Weg zu merken. Der abschüssige Gang führte anscheinend in nordöstliche Richtung, doch sicher war er sich nicht. Und ohne den Stadtplan zu kennen, konnte er auch nicht sagen, wohin sie gingen. Somit blieb ihm nichts anderes übrig, als seine Schritte zu zählen, sich die Abzweigungen einzuprägen und im Kopf eine dreidimensionale Übersichtskarte anzulegen. Dann würden sie notfalls wenigstens den Rückweg finden.

Schließlich wurde der Gang eben und endete vor einer dicken Holztür mit schweren Eisenangeln. Zum Öffnen dieser Tür war kein Sanguinarierblut erforderlich – nur ein großer schmiedeeiserner Schlüssel, den Pater Ambrosius ins Schloss steckte.

»Treffen wir uns hier mit dem Kardinal?«, fragte Erin.

Pater Ambrosius musterte sie von oben bis unten und verzog angewidert die Lippen, dann verweilte sein Blick auf ihrem verletzten Bein und der zerrissenen Hose. »Es wäre unschicklich, wenn Sie Seiner Eminenz in diesem Zustand gegenübertreten würden.«

Jordan verdrehte die Augen. Das Einzige, was bislang für den Priester sprach, war der Umstand, dass er ein *Mensch* war. Draußen beim Händeschütteln hatte er die Wärme des Bluts gespürt, das in seinen Adern floss.

Nichtsdestoweniger blickte Jordan auf seine eigene schmutzige, blutverschmierte Kleidung. Erin sah kaum besser aus, und Korza war eine Katastrophe.

»Wir hatten einen schlechten Tag«, räumte Jordan ein.

Erin lachte hysterisch auf, verstummte aber gleich wieder.

»Was Sie nicht sagen«, meinte Ambrosius, ohne sie zu beachten. Der Priester wandte sich zur Tür um und sperrte sie mit einem Metallschlüssel auf, der so lang war wie seine Hand. Er zog die Tür auf. Licht fiel in den Gang.

Sie traten an Ambrosius vorbei. Jordan folgte als Letzter. Den Steinboden bedeckte ein Perserteppich, auch an den Wänden hingen Teppiche. In Wandhaltern brannten Glühlampen. In die Wände waren Holztüren eingelassen, allesamt geschlossen.

Jordan blies seine Kerze aus, behielt sie aber in der Hand, für den Fall, dass er sie brauchen würde, um wieder nach draußen zu finden.

Pater Ambrosius schloss die Tür wieder ab und steckte den Schlüssel in die Tasche, dann deutete er nach rechts. »Da ist Ihr Zimmer, Dr. Granger. Sie, Sergeant Stone, sind links untergebracht. Sie können sich dort waschen.«

Jordan fasste Erin beim Ellbogen. »Wir würden lieber zusammenbleiben.«

»Beim Baden?«, entgegnete Pater Ambrosius frostig.

Erin errötete.

Jordan gefiel das.

»Hier sind Sie in Sicherheit«, versicherte ihnen Korza. »Dafür verbürge ich mich.«

Erin stimmte sich wortlos mit Jordan ab. Sobald sie allein

waren, wollte sie mit ihm reden – und das bedeutete, sie mussten kooperieren, bis die Priester gegangen waren.

Ihm war es recht.

Jedenfalls im Moment noch.

21:24

Rhun beobachtete, wie die beiden in ihrem jeweiligen Zimmer verschwanden, dann folgte er Ambrosius. Der Geistliche geleitete ihn über den ansteigenden Gang zu einer weiteren Tür, die aufgesperrt werden musste. Die Kirche hatte viele Schlösser, hinter denen zahlreiche Geheimnisse verborgen waren, doch diese Tür führte lediglich zu einer Wendeltreppe, die man vor tausend Jahren aus dem Fels gehauen hatte.

Rhun, der sich hier auskannte, wollte durch die Türöffnung treten, doch Ambrosius hielt ihn mit ausgestrecktem Arm auf.

»Warte«, sagte er warnend. Die dünne Maske der Höflichkeit, die er den Neuankömmlingen präsentiert hatte, fiel von ihm ab, darunter kam unverhohlener Abscheu zum Vorschein. »Solange du mit dem verfluchten Blut eines Grimwolfs beschmutzt bist, werde ich nicht zulassen, dass du Seiner Eminenz gegenübertrittst. Selbst ich rieche den üblen Gestank.«

Rhun zeigte Ambrosius seine Verärgerung. »Bernard hat schon wesentlich Schlimmeres gesehen.«

Ambrosius vermochte diesen Zorn nur einen Moment lang zu ertragen. Sein Arm fiel herab, und er schreckte zurück, sein lauter Herzschlag geriet ins Stolpern. Rhun verspürte einen Anflug von schlechtem Gewissen – mehr aber auch nicht. Er kannte Ambrosius. Der Priester wurde gelenkt von menschlichen Begierden, war ehrgeizig und stolz auf seine Stellung als Assistent Kardinal Bernards. Aber er war auch loyal. Er hütete Bernards Stellung in der Kirchenhierarchie ebenso eifrig wie ein Wachhund – und auf seine verbitterte Art leistete er dem Kardinal gute Dienste und sorgte dafür, dass niemand seinen Vorgesetzten beleidigte oder kränkte.

Rhun aber hatte keine Zeit für Rücksichtnahme. Er eilte an Ambrosius vorbei und stürmte die Treppe hoch. Der andere Geistliche blieb weit zurück. Rhun suchte sich einen Weg durch die dunklen Gänge, bis er vor der Mahagonitür von Kardinal Bernards Arbeitszimmer stand.

»Rhun?«, rief Bernard von drinnen mit italienischem Akzent. Sein hartes »R« wurde gemildert von der warmen Freundschaft, die sie seit Jahrhunderten miteinander verband. »Tritt ein, mein Sohn.«

Rhun betrat einen Raum, der von einem reich verzierten goldenen Kerzenhalter mit einer einzelnen weißen Kerze erhellt wurde. Neben dem wuchtigen Schreibtisch stand ein juwelenbesetzter Globus, an der Wand hing ein altes Kruzifix aus Holz, und an der einen Seite reihten sich Bücher mit Ledereinband. Rhun schnupperte den vertrauten Duft von altem Pergament, Leder und Bienenwachs. Dieser Raum hatte sich in den vergangenen hundert Jahren nicht verändert.

Bernard erhob sich und kam ihm entgegen. Sein rotes Kardinalsgewand leuchtete im Kerzenschein. Er begrüßte Rhun mit einer freundschaftlichen Umarmung, der Geruch des Grimwolfs ließ ihn nicht einmal zusammenzucken. Bernard, ebenfalls ein Sanguinarier, hatte in der Vergangenheit schon viele Schlachten geschlagen und scheute nicht zurück vor den profanen Spuren des Kampfs.

Bernard geleitete ihn zu einem Stuhl und rückte ihn zurecht. »Setz dich, Rhun.«

Rhun nahm bereitwillig Platz. Auf einmal spürte er seine Verletzungen.

Bernard setzte sich ebenfalls und schob einen goldenen Kelch mit konsekriertem Wein über den Schreibtisch. »Du hast in den vergangenen Stunden sehr gelitten. Trink, dann unterhalten wir uns.«

Rhun nahm den Kelch in die Hand. Der Duft des Weins stieg ihm in die Nase: bitter, mit einem Hauch von Eiche darin. Obwohl er danach gierte, zögerte er. Er wollte sich bei der Unterhaltung nicht durch den Schmerz der Reue ablenken lassen. Doch seine Verletzungen machten sich pochend bemerkbar und drohten ihn abzulenken.

Resigniert hob er den Kelch und leerte ihn – dann neigte er das Haupt, um seinen Gesichtsausdruck vor Bernard zu verbergen, und wartete. Würde ihn heute wieder eine Vision von Elisabeta heimsuchen und ihm seine Sünde ins Gedächtnis rufen? Zuvor aber hatte er bereits eine noch größere Sünde begangen, eine Sünde, die ihn für alle Ewigkeit besudelte.

Rhun kniete auf der kalten, feuchten Erde und betete am Grabstein seiner kleinen Schwester. Die mondlose Nacht hüllte ihn in Dunkelheit, schwärzer als das schlichte Seminaristengewand, mit dem er bekleidet war. Auch die Himmelssterne versteckten sich hinter Wolken. Würde es in seinem Herzen nie wieder hell werden?

Er starrte die Jahreszahlen an, die in den Grabstein gehauen waren.

1527 ✝ 1554

Einen Monat vor dem Geburtstermin waren seine Schwester und ihr ungeborener Sohn gestorben. Das ungetaufte Kind hatte man nicht bei seiner Mutter bestatten können. Sie ruhte hier in geweihtem Boden; ihrem Kind war das nicht erlaubt. Rhun würde dessen kleines, ungekennzeichnetes Grab später aufsuchen.

Seit ihrer Bestattung stahl er sich allnächtlich, wenn alle schliefen, aus dem stillen Kloster hierher, um für sie und das Kind zu beten und den Schmerz seines Herzens zu lindern.

Hinter sich vernahm er das Geräusch leiser Schritte.

Im Knien wandte er den Kopf.

Eine Gestalt näherte sich. Rhun konnte das Gesicht des Unbekannten im Dunkeln nicht erkennen, doch er war kein Priester.

»Der Fromme«, flüsterte er mit fremdländischem Akzent. Rhun kannte den Sprecher nicht.

Sein Herzschlag beschleunigte sich; er wollte sich ans Kreuz fassen, ließ die Hände aber gefaltet und presste die Finger fester zusammen.

Was hatte er schon zu befürchten von einem Fremden, der keine Anstalten machte, ihn anzugreifen?

Rhun neigte respektvoll das Haupt. »Du bist zu später Stunde auf dem Friedhof des Herrn unterwegs, mein Freund.«

»Ich bin gekommen, um den Toten Respekt zu erweisen«, erwiderte der Mann und zeigte mit seinen langen, bleichen Fingern zum Grab. »Genau wie du.«

Ein kalter Wind strich über die steinernen Kreuze und geschnitzten Engel, raschelte im letzten Herbstlaub und brachte den Geruch des Todes und der Verwesung mit sich.

»Dann will ich dich nicht weiter in Anspruch nehmen«, sagte Rhun und wandte sich wieder der Ruhestätte seiner Schwester zu.

Seltsamerweise kniete der Mann neben Rhun nieder. Er war mit einer feinen Hose und einem Lederwams mit Zierknöpfen bekleidet. Seine teuren Stiefel waren schmutzig. Ungeachtet seines rauen Akzents wies ihn seine Kleidung als Edelmann aus.

Rhun wandte sich ihm ungehalten zu. Das lange dunkle Haar des Fremden war aus der bleichen Stirn zurückgekämmt. Die vollen Lippen hatte er belustigt gekräuselt, wenngleich Rhun der Anlass seiner Erheiterung verborgen blieb.

Genug… es ist schon spät.

Rhun raffte sein grob gewebtes Gewand. Bevor er sich erheben konnte, legte ihm der Fremde den Arm um die Schulter und zog ihn auf den Boden nieder wie eine Geliebte. Als Rhun den Mund öffnete, um zu rufen, drückte der Mann ihm seine kalte Hand aufs Gesicht. Rhun wollte ihn wegschieben, doch der Fremde packte einhändig seine beiden Handgelenke und hielt ihn so mühelos fest, als wäre er ein kleines Kind.

Rhun wehrte sich, doch der Mann ließ nicht locker und neigte sich auf ihn herab. Mit seiner rauen Wange drückte er Rhuns Kopf zur Seite und entblößte dessen Hals.

Plötzlich begriff Rhun, was da vor sich ging. Sein Herz raste. Er kannte die Geschichten von solchen Ungeheuern, hatte sie aber nicht geglaubt. Bis jetzt.

Scharfe Zähne bohrten sich in seine Kehle, raubten ihm die Unschuld, bereiteten ihm Schmerz. Er schrie, brachte aber keinen Laut hervor. Allmählich verwandelte sich der Schmerz in etwas anderes, Abgründigeres: in Wonne.

Rhuns Blut spritzte stoßweise aus der Wunde in den gierigen Mund des Fremden, wärmte dessen kalte Lippen.

Rhuns Gegenwehr erlahmte; eigentlich wollte er gar nicht mehr, dass der Mann aufhörte. Er hob die Hand und zog das Gesicht des Fremden näher an seinen Hals. Er wusste, diese Wonne war sündig, doch das war ihm gleichgültig. Sünde bedeutete ihm nichts mehr; für ihn zählte nur noch, dass der Mann seine Wunde leckte und die scharfen Zähne in seine zarte Haut grub.

In ihm war kein Raum mehr für das Heilige, nur noch für die Ekstase, die nach Entladung drängte.

Schließlich ließ der Mann von ihm ab.

Rhun blieb liegen, ermattet, sterbend.

Kräftige Finger strichen ihm übers Haar. »Es ist noch keine Schlafenszeit für dich, mein Frommer.«

Ein aufgeschlitztes Handgelenk presste sich auf Rhuns geöffnete Lippen. Heißes, seidiges Blut rann auf seine Zunge, füllte ihm den Mund. Er schluckte und saugte. Ein tiefes Stöhnen kam aus seiner Kehle, wurde von Blut ertränkt.

Ein einziges Wort, ein einziger Wunsch erfüllte sein ganzes Sein.

Mehr …

Dann wurde ihm der kostbare Quell entzogen. Zurück blieb eine unersättliche Gier, die danach verlangte, mit Blut gestillt zu werden – ganz gleich, mit welchem Blut.

Über ihm rang der Fremde mit vier Priestern.

Ein Messer funkelte silbrig im Mondschein.

»Nein!«, schrie Rhun.

Er wurde grob auf die Beine gezogen und zum stillen Kloster mitgeschleift, wo das Geschenk der Ewigkeit bald zum Fluch wurde.

Rhun schüttelte seine Reue schaudernd ab. Selbst jetzt noch trauerte er um den Mann, der ihn getötet und sein früheres Leben vernichtet hatte. In stillen Momenten sehnte er sich nach dem ersten Mal, da er Blut geschmeckt hatte. Diese Sünde hatte er schon viele Male bereut, doch er wurde sie einfach nicht los.

Bernard beobachtete ihn aufmerksam, mit ebenso sorgenvoller Miene wie in jener Nacht, als man Rhun blutverschmiert zu ihm gebracht hatte, weinend und erfüllt vom Verlangen, vor den Mönchen in die nächtliche Dunkelheit zu fliehen. Bernard hatte ihn damals gerettet, hatte ihm gezeigt, wie er Gott in seiner neuen Gestalt dienen könne, hatte verhindert, dass er sich je wieder am Blut unschuldiger Menschen labte.

Rhun schüttelte den Kopf, um die Vergangenheit zu verscheuchen. Er sah Bernard an, seinen Freund und Mentor, und dachte an die Ereignisse in Masada und in der Wüste. Dies war der Mann, der vieles davon in Bewegung gesetzt hatte, ein Mann mit zu vielen Geheimnissen.

»Du bist zu weit gegangen«, krächzte Rhun mit wunder Kehle; er spürte noch immer das heiße Blut, das aus dem Handgelenk des Fremden gesprudelt war.

»Tatsächlich?« Der Kardinal fuhr sich mit kräftiger Hand durchs weiße Haar. »Wie das?«

Rhun wusste, dass der Kardinal ihn auf die Probe stellte. Er fasste sich an das Kreuz auf seiner Brust, nutzte den Schmerz, um seinen Zorn zu zügeln. »Du hast die Archäologin in Gefahr gebracht. Du hast mich allein dem Feind entgegentreten lassen – Strigoi der Belialsekte.«

Sein Freund lehnte sich zurück und legte die Hände flach aneinander. Seine Stirn war von Falten zerfurcht. »Du glaubst, die Angreifer waren Belial? Wie kommst du darauf?«

Rhun schilderte seine Erlebnisse auf dem Berg und in den Tunneln, dann erläuterte er sie. »Die Strigoi wurden nicht zufällig vom Unglück angelockt. Sie gingen zielstrebig vor. Und sie haben Sprengladungen eingesetzt.«

»Die Waffen der Menschen.« Bernard senkte die Hände. Er setzte sich gerade hin, seine warmen, braunen Augen blickten gequält. »Ich habe nicht gewusst, dass sie danach suchen würden.«

Die Belial waren eine Sekte von Strigoi, die mit Menschen zusammenarbeiteten und das Schlimmste beider Welten in sich vereinten – menschliche Schlauheit mit bestialischer Wildheit, moderne Waffen mit uralter Bosheit. Sie waren eine Plage und hatten im Laufe der Jahrhunderte stark an Zahl zugenommen, sodass sie nun eine größere Gefahr als je zuvor für den Orden und die Kirche darstellten. Selbst nach jahrzehntelanger Jagd, bei der sie ihre Reihen dezimiert hatten, lag noch immer vieles im Dunkeln. Beispielsweise wusste man nicht, wer sie beherrschte: *War es ein Mensch oder ein Monster?*

Rhuns Groll verflog. »Die Belial haben offenbar Wind bekommen von den merkwürdigen Todesfällen im Zusammenhang mit dem Erdbeben und daraus die gleichen Schlüsse gezogen wie wir.«

Der Kardinal rührte sich nicht. »Dann suchen sie nach dem Evangelium – und gehen sogar das Risiko ein, sich zu erkennen zu geben.«

»Aber das Buch war weg, die Krypta leer«, sagte Rhun. »Sie haben es ebenso wenig gefunden wie wir.«

»Und selbst wenn.« Das vertraute Gesicht wirkte milder im Kerzenschein, erleichtert und beruhigt. »Wenn die Prophezeiungen zutreffend sind, können sie es nicht öffnen. Nur die *Drei* können es in die Welt zurückbefördern.«

Rhuns Stuhl knackte, als er sich vorbeugte, entflammt von uraltem Zorn. Er wusste genau, wen Bernard mit den *Dreien* meinte, die in den Prophezeiungen erwähnt wurden, die das Evangelium betrafen – die drei Personen, die dazu bestimmt waren, das Buch zu finden und es zu öffnen.

Die gelehrte Frau.

Der Krieger der Menschen.

Der Christuskrieger.

Er bemerkte den Hoffnungsschimmer in Bernards Blick und ahnte, was er dachte.

Er stellte sich Erins Gesicht vor, aus dem purer Wissensdurst hervorstrahlte – eine *Frau von großer Gelehrsamkeit*.

Und er dachte an Jordans heroische Attacke auf den Grimwolf – ein *Menschenkrieger*.

Er berührte das Kreuz auf seiner Brust, das ihn als Christuskrieger auswies. Nach einer Weile zwang er sich, den silbernen Anhänger loszulassen, und verband dies mit dem Wunsch, dass sein Freund mit seiner törichten Hoffnung ebenso verfahren werde. »Bernard, du liest zu viel hinein in diese alten Prophezeiungen. In der Vergangenheit hat eine solche Einstellung zu viel Leid und Blutvergießen geführt.«

Der Kardinal seufzte. »Es ist nicht nötig, dass du mich an alte Irrtümer erinnerst. An dieser Bürde trage ich ebenso schwer wie du, mein Sohn. Vor Jahrhunderten habe ich in Ungarn versucht, Gottes Eingreifen zu erzwingen. Das war sträflicher Hochmut. Ich dachte, die Vorzeichen deuteten auf Elisabeta hin und sie sei dazu bestimmt, sich dir anzuschließen. Aber ich habe mich geirrt. Ich habe meinen Irrtum damals eingestanden und habe nicht die Absicht, diese Torheit zu wiederholen.« Er streckte den Arm aus und berührte Rhun mit seiner kalten Hand. »Aber begreifst du denn nicht, was heute geschehen ist? Du bist zusammen mit einer Frau von großer Gelehrsamkeit und einem Menschenkrieger aus dem Schutt hervorgestolpert. Das *muss* etwas zu bedeuten haben.«

Anstatt sich abzuschwächen, wurde das Funkeln in den Augen seines Freundes immer stärker.

Rhun zog seine Hand weg. »Aber du hast die Frau doch selbst dorthin bringen lassen.« Diese Erkenntnis weckte bei Rhun böse Vorahnungen. Versuchte sein Freund noch immer, die Hand des Schicksals zu leiten? Und das, obwohl sein erster Versuch solch tragische Folgen gehabt hatte? Obwohl schon einmal eine Frau unter den Folgen seines *Irrtums* hatte leiden müssen?

Bernard tat alle seine Bedenken mit einer Handbewegung ab. »Ja, ich habe meinen Einfluss geltend gemacht und eine gelehrte Frau nach Masada geschickt. Aber nicht ich habe der Frau und dem Krieger das Leben gerettet und sie aus der Gruft, der letzten Ruhestätte des Evangeliums, wieder hinausgeführt. Entgegen deinen Anweisungen hast *du* beiden das Leben gerettet.«

»Ich konnte sie doch nicht zurücklassen. Das wäre ihr sicherer Tod gewesen.« Rhun blickte auf seine zerrissene Kleidung, roch das Blut auf seiner Haut.

»Verstehst du? Die Prophezeiung ist wirksam geworden.«

Bernard nahm das Kreuz in die Hand, das er um den Hals trug, und küsste es. Seine Lippen röteten sich von der Wärme des geweihten Silbers. »Wir alle müssen unsere Rolle spielen. Wir müssen unser Schicksal demütig annehmen. Und ganz gleich, ob ich mich irre oder recht habe, du weißt, dass wir unter allen Umständen verhindern müssen, dass das Evangelium den Belial in die Hände fällt.«

»Warum?« Bitterkeit schwang in Rhuns Worten mit. »Eben noch hast du betont, die Belial könnten es nicht öffnen. Jetzt scheinst du an diesem Teil der Prophezeiung zu zweifeln.«

»Ich maße mir nicht an, den Willen Gottes zu verstehen. Ich deute ihn lediglich, so gut ich kann.«

Rhun dachte an Elisabetas graue und an Erins bernsteinfarbene Augen.

Nie wieder will ich so tief sinken.

»Und wenn ich mich dieser Bestimmung verweigere?«, fragte Rhun.

»Wer maßt sich jetzt an, Gottes Absichten besser zu kennen als Er selbst?«

Die Bemerkung hatte gesessen.

Rhun neigte das Haupt und betete lautlos um Erleuchtung. War diese Herausforderung tatsächlich gottgesandt? Konnte Gott mehr von ihm verlangen, als das Evangelium Seines Sohnes zu schützen? Rhun traute Bernards tieferen Beweggründen noch immer nicht, aber vielleicht hatte der Kardinal ja recht, wenn er das Wirken Gottes in den Ereignissen des heutigen Tages zu erkennen meinte.

Er vergegenwärtigte sich, was geschehen war.

Der letzte Ruheort des Buchs war freigelegt worden, einhergehend mit Erdbeben, Blutvergießen und dem Überleben eines jungen Mannes, eines verschonten Kindes.

Rhun aber, der noch den Lavendelduft von Erins Haar zu schnuppern meinte, verweigerte sich diesem Deutungsweg. Bestimmt würde er sie am Ende enttäuschen – so wie vor langer Zeit jene andere.

»Selbst wenn ich bereit wäre, dir bei der Suche nach dem Evangelium zu helfen …« Bernards Lächeln ließ Rhun innehalten. »Selbst wenn, können wir die beiden doch nicht zwingen, wenn die Belial im Spiel sind.«

»Das stimmt. Wir können niemanden zwingen. Die beiden müssen die Suche aus freien Stücken in Angriff nehmen. Und sie müssten ihre weltlichen Bindungen aufgeben. Glaubst du, sie wären bereit für ein solches Opfer?«

Rhun dachte an die beiden Menschen, von denen Bernard glaubte, sie seien die gelehrte Frau und der Krieger aus der Prophezeiung. Bei ihrer ersten Begegnung hatte er genau wie der Kardinal nicht mehr in ihnen gesehen als das, was sie darstellten: eine Archäologin und einen Soldaten.

Inzwischen aber wusste er, dass dies nicht stimmte.

Diese Etiketten waren nur ein blasser Widerschein der

Personen, die an seiner Seite ihr Blut gelassen und gekämpft hatten.

Es gab bessere Bezeichnungen für sie, wie zum Beispiel ihre Namen.

Erin und Jordan.

Die letzte Frage des Kardinals ging ihm nach. *Glaubst du, sie sind bereit…?*

Rhun hoffte um ihretwillen, dass die Antwort nein lautete.

21

26. Oktober, 21:33, Israelische Standardzeit
Jerusalem, Israel

EIN HALLELUJA AUF *die kleinen Wunder.*

Jordan stellte fest, dass auf dem Bett seiner kleinen Mönchszelle mehrere Geschenke auf ihn warteten. Jemand hatte einen Stapel gefalteter frischer Wäsche aufs Kopfkissen gelegt – und auf der Decke lagen seine Waffen.

Er untersuchte rasch seine Heckler & Koch-Maschinenpistole und den Colt 1911. Beide Waffen waren geladen – was er beruhigend, gleichzeitig aber auch verstörend fand. Entweder seine Gastgeber hatten volles Vertrauen zu ihm, oder aber sie sahen in ihm trotz der Waffen keine Bedrohung.

Das Vertrauen war allerdings einseitig.

Er schaute sich im Raum um. Er war aus dem massiven Fels herausgehauen. An der einen Wand stand ein Bett, daneben ein breiter Waschtisch mit einem Kupferbecken, gefüllt mit dampfendem Wasser.

Er suchte den Raum schnell und gründlich nach Überwachungsgeräten ab. In Anbetracht der spartanischen Einrichtung kamen nicht viele Stellen als Versteck für eine Abhöreinrichtung infrage. Er untersuchte die Matratze und tastete die Ränder des Bettrahmens aus unbehandeltem Holz ab, dann nahm er sich den Waschtisch vor.

Nichts.

Er nahm sogar das Kruzifix ab und sah dahinter nach, wobei er sich ein wenig blasphemisch vorkam.

Wieder nichts.

Also wurde er offenbar nicht belauscht – jedenfalls nicht mit moderner Technik. Er musterte die Tür. Wie scharf war das Gehör eines Sanguinariers?

In Anbetracht seiner Paranoia fragte er sich, ob es klug gewesen war hierherzukommen. Hätte er mit Erin besser in der Wüste ausharren und es mit den Schakalen aufnehmen sollen? Oder mit einem weiteren Grimwolf?

Das wäre auch keine Option gewesen.

Jedenfalls waren sie noch am Leben. Andere hatten weniger Glück gehabt. Er dachte an seine zerschmetterten Kameraden, die unter Tonnen von Gestein begraben waren.

Er dachte an die Anrufe, die er tätigen, und die Besuche, die er würde machen müssen, wenn dies alles vorbei war: bei den Eltern, den Witwen, den Kindern.

Niedergeschlagen ließ er sich aufs Bett sinken.

Was zum Teufel sollte er ihnen sagen?

21:52

Beengt war noch eine zu großzügige Beschreibung von Erins Zimmer. Beim Versuch, sich zu waschen, stieß sie sich die Ellbogen. Sie hatte sich bis auf BH und Slip entkleidet, und als sie wieder sauber war, schaute sie sich die Sachen an, die man ihr hingelegt hatte.

Das weiße Baumwollhemd anzuziehen, das sie auf dem

Bett vorgefunden hatte, erforderte keine Überwindung – aber wie stand es mit dem langen schwarzen Rock? Solche Röcke hatte sie als Kind getragen und war darin ständig gestolpert. Die Röcke hatten sie behindert, als sie auf Bäume kletterte, und das Reiten nahezu unmöglich gemacht. In der Welt, aus der sie kam, trugen Frauen Röcke, während die Männer sich in Hosen ihrer Freiheit erfreuten.

Röcke und Kleider hatte sie in ihrer Kindheit getragen und sich seitdem geweigert, welche anzuziehen. Aber da ihre Jeans zerrissen und mit Blut, Schweiß und Sand verdreckt war, würde sie den Rock anziehen müssen, wenn sie vor Jordan und den Priestern nicht in Unterwäsche herumlaufen wollte.

Damit war das entschieden.

Sie packte den Inhalt der Jeanstaschen in ihre Rocktasche um: den Naziorden aus der Gruft, die Brieftasche und ein verwaschenes Stück von einer Decke, nicht größer als eine Spielkarte.

Sie betastete den Stofffetzen, der ihr Kraft verlieh, aber auch ihren Zorn weckte. Sie trug ihn immer bei sich, genau wie den Zorn und das schlechte Gewissen, das er symbolisierte. Sie dachte an die Babydecke, von der sie den Fetzen abgeschnitten hatte, bevor sie zusammen mit ihrer kleinen Schwester bestattet worden war. Doch bevor die Erinnerung sie überwältigen konnte, verdrängte sie sie und schob das Stück Stoff tief in die Rocktasche.

Dann schlüpfte sie in das Kleidungsstück, obwohl ihr die Berührung des Stoffs an den Beinen zuwider war. Die Sandalen ließ sie vor dem Bett stehen. Sie hatte immer noch ihre Turnschuhe.

Als sie angekleidet war, ging sie zur Tür, stellte fest, dass sie unverschlossen war, und warf einen Blick auf den Gang. Da niemand in der Nähe war, trat sie hinaus. Als sie sich umwandte, um die Tür zu schließen, vernahm sie ein scharrendes Geräusch, was sich anhörte, als wühlte sich jemand mit den Fingernägeln aus einem Grab hervor.

Mit ihren überreizten Nerven geriet sie gleich in Panik und rannte los. Was immer das scharrende Geräusch ausgelöst hatte, sie wollte ihm nicht begegnen. Sie stellte sich die geifernden Reißzähne des Grimwolfs vor.

Ohne anzuklopfen, stürmte sie in Jordans Zimmer. Er war nur mit einem Handtuch bekleidet und sah sie erstaunt an. In der Rechten hielt er eine Pistole – deren Lauf er sogleich senkte.

»Oje, es tut mir leid.« Sie errötete. »Ich hätte nicht… Ich wollte Sie nicht…«

»Macht doch nichts«, sagte er und musste über ihre Verlegenheit lächeln, worauf sie noch mehr errötete. »Es ist schön, dass Sie vorbeischauen. Ich wollte sowieso mit Ihnen unter vier Augen sprechen. Ohne die anderen.«

Sie nickte. Genau das wollte sie auch, hatte aber eigentlich vorgehabt, die Unterhaltung in *bekleidetem* Zustand zu führen.

Sie trat ins Zimmer und versuchte, Jordans muskulöse Brust, den schmalen Pelz auf seinem Waschbrettbauch und seine sonnengebräunten Beine zu übersehen. Sie wollte sich abwenden, blieb aber mit den Augen an dem ungewöhnlichen Tattoo hängen, das sich von seiner linken Schulter über den Oberarm und einen Teil des Oberkörpers zog. Es erinnerte an verzweigte Baumwurzeln und hatte einen floralen Zauber, zumal an einem so maskulinen Körper.

Ihr Interesse war ihm offenbar nicht entgangen. Er fuhr mit dem Finger an einer der Linien entlang. »Das hab ich mir mit achtzehn machen lassen.«

»Was stellt das dar?«

»Das bezeichnet man als Lichtenberg-Figur. Ein fraktales

Muster, das sich bildet, wenn etwas von einem Blitz getroffen wird. In diesem Fall war ich dieses Etwas.«

»Was?« Sie ging auf ihn zu, fasziniert und froh über die Ablenkung.

»Ich habe im Regen Football gespielt. Nachdem ich am Torpfosten einen Touchdown gehalten hatte, wurde ich vom Blitz getroffen.«

Sie blickte ihm skeptisch in die blauen Augen und versuchte zu erkennen, ob er scherzte.

Er hob drei Finger. »Pfadfinderehrenwort.«

Klar, er war ein Pfadfinder.

»Ich galt drei Minuten lang als tot.«

»Tatsächlich?«

Er nickte. »Hm, ja.«

»Und wie hat sich das angefühlt?«

»Ich habe keinen dunklen Tunnel mit einem hellen Licht am Ende gesehen, aber anschließend war ich ein anderer.«

»Anders, inwiefern?« Er machte auf sie einen ausgesprochen vernünftigen Eindruck, da wollte er ihr doch wohl nicht weismachen, er habe Gott geschaut oder sei einem Engel begegnet?

»Ich hatte das Gefühl, mein letztes Stündlein habe geschlagen.« Er legte die Hand aufs Herz. »Und als wäre alles, was danach kam, ein Geschenk.« Sie starrte die Zeichnung auf seiner Brust an. So nah war er dem Tod also gewesen. Doch er hatte überlebt und war verwandelt worden, genau wie die Sanguinarier.

Er grinste und fuhr an einer der Linien entlang. »Diese Muster bezeichnet man auch als Blitzblumen. Durch den Stromfluss bei einem Blitzeinschlag platzen Kapillargefäße unter der Haut. Ich wurde hier getroffen.« Er berührte den Ausgangspunkt der Linien. »Das Muster hat sich nach außen ausgebreitet. Eine Zeit lang war es rot, dann ist es verblasst, und zurückgeblieben ist eine leichte Vernarbung.«

»Und dann?«

»Ich habe das Muster nachtätowieren lassen als Erinnerung daran, dass das Leben ein Geschenk ist.« Er lachte. »Meine Eltern waren außer sich.«

Sie hob die Hand, wollte das Muster untersuchen, es berühren – wie alle Dinge, die sie faszinierten. Dann wurde ihr bewusst, was sie da tat, und sie hielt inne. Ihr Zeigefinger verharrte über der schwarzen Brustzeichnung in der Schwebe.

Er ergriff ihre Hand und zog sie an sich heran. »Man kann die Narben noch ertasten.«

Sie konnte der Versuchung nicht widerstehen. Als sie mit der Fingerspitze seine Haut berührte, hatte sie das Gefühl, die Energie des Blitzes sei in der Narbe aufgespeichert – dabei wusste sie, dass es etwas ganz anderes war als eine elektrische Entladung.

Er hatte es offenbar ebenfalls gespürt. Seine Haut straffte sich, die Muskelstränge verhärteten sich unter ihrer Berührung. Sein Atem beschleunigte sich.

Er hielt immer noch ihre Hand fest. Sie blickte ihm in die blauen Augen, betrachtete seine Lippen und das Grübchen über der Oberlippe.

Sein Blick verdunkelte sich, und er beugte sich vor, als wollte er ihr beweisen, dass er lebendig war. Sie ließ ihn mit angehaltenem Atem gewähren, wollte nach diesem langen Tag voller Grauen das Gleiche wie er.

Sein Kuss begann zart und federleicht, seine Lippen streiften kaum die ihren.

Ein warmer Stromstoß durchzuckte sie. Sie stellte sich auf die Zehenspitzen und küsste ihn leidenschaftlicher, denn sie wollte den Kuss vertiefen, wollte *ihn* weiter erkunden. Sie legte ihm die Hände auf die nackten Schultern und zog ihn an sich, wollte mehr von ihm, wollte ihn enger an sich spüren, wollte mehr von seiner Wärme. Sie zerfloss im Kuss, gab sich ihm hin und vergaß für einen Moment die grauenhaften Ereignisse in der Gruft.

Dann trat ihr der schmale helle Streifen an seinem gebräunten Ringfinger vor Augen.

Dieses Tattoo war auf seine Weise ebenso prägnant wie die Blitznarbe.

Er war ein verheirateter Mann.

Sie wich zurück, stieß gegen den Waschtisch. »Tut mir leid.«

»Mir nicht«, sagte er mit rauer Stimme.

Sie drehte den Kopf weg, wütend auf sich selbst und auf ihn. Sie musste wieder einen klaren Kopf bekommen. »Ich glaube, wir sollten davon Abstand nehmen.«

Jordan trat demonstrativ einen Schritt zurück. »Ist der Abstand groß genug?«

So hatte sie das nicht gemeint, aber einstweilen würde es reichen. »Vielleicht noch einen Schritt.«

Jordan lächelte verlegen, trat noch einen Schritt nach hinten und setzte sich aufs Bett.

Sie nahm am anderen Ende Platz, die Arme vor der Brust verschränkt. Sie wollte unbedingt das Thema wechseln. Ihre Stimme klang zu hoch. »Was ist mit Ihrer anderen Schulter?«

Er hatte sich wehgetan, als man ihn bei der Flucht aus der einstürzenden Gruft durch die Wandöffnung gezogen hatte.

Jordan schwenkte den Arm und zuckte zusammen. »Tut noch weh, aber ich glaube, es ist nichts Ernsthaftes. Jedenfalls weniger ernsthaft, als in einem Berg zerquetscht zu werden.«

»Vielleicht wäre das aber einfacher?«

»Wer sagt denn, dass der einfache Weg auch der richtige ist?«

Sie errötete, spürte immer noch die Wärme und die Leidenschaft seines Kusses und blickte auf ihre Hände nieder. Als das Schweigen sich dehnte, sah sie zur Tür. »Was, glauben Sie, haben sie mit uns vor?«

Auch er sah zur Tür. »Keine Ahnung. Vielleicht wollen sie uns aushorchen. Uns Stillschweigen geloben lassen. Vielleicht bieten sie uns auch eine Million Dollar an.«

»Wieso eine Million?«

Er zuckte mit den Schultern. »Warum nicht? Ich wollte damit nur sagen… dass wir optimistisch sein sollten.«

Sie betrachtete ihre schmutzigen Turnschuhe. Es fiel ihr schwer, optimistisch zu sein, zumal wenn Jordan halb nackt neben ihr saß. Die Wärme seiner Haut überbrückte den Abstand. Wie lange war es her, dass sie mit einem nackten Mann in einem Zimmer gewesen war? Geschweige denn mit einem, der so gut ausgesehen hatte wie er und auch nur halb so gut küsste?

Abermals dehnte sich das Schweigen. Jordans Blick ging in die Ferne; wahrscheinlich dachte er an seine Frau, an den kurzen Moment des Verrats.

Sie suchte nach einem anderen Gesprächsthema. »Haben Sie noch Ihr Erste-Hilfe-Set?«, platzte sie so laut heraus, dass er jäh aus seinen Träumereien erwachte.

»Tut mir leid«, murmelte er. »Ich glaube, ich bin noch etwas mitgenommen.«

»Ich beiße nicht.«

»Alle anderen schon«, erwiderte er und grinste.

Sie lächelte und spürte, wie die Anspannung sich verflüchtigte.

Er holte das Erste-Hilfe-Set aus der Tasche seiner abgelegten Hose. »Fangen wir mit Ihrem Bein an.«

»Das mache ich wohl besser selbst.«

Im Moment wäre sie lieber verblutet, als ihn an ihren Schenkel zu lassen. Wohin würde es wohl führen, wenn er sich daran zu schaffen machte?

»Vielleicht sollten Sie sich anziehen, während ich mich um die Schnittwunde kümmere?«, meinte sie.

Mit einem dümmlichen Lächeln reichte er ihr den Beutel. Sie wandte ihm den Rücken zu, als er in seine saubere schwarze Hose schlüpfte. Sie sah unverwandt auf ihr Bein. Der Kratzer war nicht so tief, wie sie zunächst gedacht hatte. Sie reinigte die Wunde sorgfältig, dann desinfizierte sie sie und legte sich einen Mullverband an.

Jordan sah zu. »Der Verband sieht gut aus. Sind Sie medizinisch bewandert?«, fragte er

»Könnte man so sagen. Ich bin in einer Umgebung aufgewachsen, wo es Außenstehenden verboten war, uns anzufassen – selbst dann, wenn wir krank waren.«

Über diesen Abschnitt ihres Lebens hatte sie bislang mit kaum jemandem geredet. Ihre Vergangenheit war ihr peinlich; sie schämte sich, weil sie so leichtgläubig gewesen war und sich erst so spät zur Wehr gesetzt hatte. Ein Therapeut hatte ihr mal gesagt, das sei eine häufige Reaktion bei Missbrauchsopfern, und sie werde dies vermutlich nie ganz loswerden. Bislang hatte er recht behalten. Trotzdem hatte sie Jordan ein wenig von sich preisgegeben.

»Was für ein Unfug«, sagte er.

Sie verkniff sich ein Lächeln. »Das ist eine durchaus treffende Zusammenfassung. Aber in unserer Abgeschiedenheit kam uns das alles ganz schlüssig vor.«

»Ich bin in einem Maisfeld in Iowa aufgewachsen. Mit einem Haufen Brüdern und Schwestern. Ständig hatten wir Schrammen oder aufgeschürfte Knie, und hin und wieder gab's auch einen Knochenbruch.«

Ein Stich in ihrem linken Arm erinnerte sie daran, dass auch sie damit Erfahrung hatte. Allerdings bezweifelte sie, dass man Jordans Geschwistern die Knochen vorsätzlich gebrochen hatte, um ihnen eine Lektion zu erteilen. Das aber behielt sie für sich. Um darüber zu reden, kannte sie Jordan nicht gut genug.

Jordan trocknete sich gerade die Brust ab.

Sie blickte die alte Holztür an, den Steinboden, alles Mögliche, nur nicht ihn.

Schließlich hob er ein sauberes Hemd hoch und zog es an. »Wie sind Sie dort weggekommen?«

Sie packte das Verbandszeug in den Beutel. »Mit siebzehn wollte man mich zwangsverheiraten. Da habe ich ein Pferd gestohlen und bin in die Stadt geritten. Ich bin nie mehr zurückgekehrt.«

»Dann haben Sie keinen Kontakt mehr zu Ihrer Familie?« Jordan senkte mitfühlend den Blick, typisch für einen Menschen, der in einer harmonischen Familie aufgewachsen war.

»So ist es. Meine Mutter ist inzwischen gestorben. Mein Vater auch. Keine Geschwister. Es gibt nur noch mich.«

Sie wusste nicht, wie sie die Unterhaltung beenden sollte, und hatte Angst, sie könnte auf einmal von ihrem Vater und ihrer Schwester erzählen, die zwei Tage nach der Geburt gestorben war – und wer weiß, ob dann nicht alle Dämme brechen würden?

Sie erhob sich und ging zur Tür. Vielleicht würde sie in ihrem Zimmer ja auf bessere Ideen kommen.

Jordan kam ihr nach und berührte sie an der Schulter. »Tut mir leid. Ich wollte nicht zudringlich sein.«

Auf dem Flur ertönte eine aufgeregte Stimme. Es war Rhun. »Sergeant, Erin ist nicht auf ihrem …«

Die Tür ging auf, und Rhun hielt erstaunt inne.

»Klopft man hier eigentlich nicht an?«, fragte Jordan hinter Erins Rücken.

Rhun fasste sich, verharrte aber auf dem Gang. Er hatte noch immer die zerrissene Soutane am Leib, hatte sich das Blut aber inzwischen abgewaschen. Er musterte die beiden Menschen mit seinen dunklen Augen und richtete sich so gerade auf, wie Erin es nicht für möglich gehalten hätte.

Seine Wangen glühten. Gut, dass er nicht ein paar Minuten eher aufgetaucht war.

Jordan knöpfte sich das Hemd zu. »Tut mir leid, Pater, aber Erin und ich haben uns nun doch entschieden, ein Zimmer gemeinsam zu nutzen.«

»Sie sind beide da. Das ist alles, was zählt.« Rhun bedeutete ihnen, ihm zu folgen, und machte steif auf dem Absatz kehrt. »Der Kardinal erwartet Sie.«

22:10

Jordan meinte die Missbilligung des Priesters körperlich zu spüren. Er knöpfte sich das Hemd zu, stopfte es unter den Hosenbund und folgte Erin über den Flur und eine Wendeltreppe hoch. Ambrosius nahm sie am Kopf der Treppe mit mürrischer Miene in Empfang – vielleicht war das aber auch sein normaler Gesichtsausdruck. Jordan musste an eine häufig wiederholte Ermahnung seiner Mutter denken: *Wenn du weiter so ein Gesicht machst, wirst du's nicht mehr los.*

»Der Kardinal legt bei seinen Audienzen zwar Wert auf einen informellen Rahmen«, sagte Pater Ambrosius mit Blick auf Jordan, »aber das sollten Sie nicht als Einladung zu zwanglosem Umgang mit Seiner Eminenz missverstehen.«

»Verstanden.« Jordan salutierte mit der Linken. Korza

lächelte schief. Ambrosius schaute finster drein, geleitete sie zu einer großen Tür und drückte sie auf.

Jordan trat hinter Rhun ein und schirmte Erin ab, da er nicht wusste, was sie erwartete.

Überraschenderweise wehte ihm ein frischer Luftzug ins Gesicht. Nach dem größtenteils unter der Erde verbrachten Tag tat es gut, wieder im Freien zu sein. Tief atmete er die Luft ein wie ein Taucher, der an die Oberfläche kommt.

Vor ihnen lud ein von Öllampen aus gebranntem Ton erhellter üppig grüner Dachgarten zum Verweilen und Flanieren ein. Jordan nahm die Einladung an und ging weiter, gefolgt von Erin.

Olivenbäume in Kübeln säumten die Brüstung, das Laub raschelte im Wind. Erin sog den würzigen Duft eines Nachtblühers ein. Die Bodenfliesen waren an dieser Stelle mit goldfarbenem Blütenstaub bedeckt.

Jordan betrachtete sie so lange, bis er das Gefühl bekam, man könnte auf ihn aufmerksam werden. Andere Leidenschaften aber standen bei ihm im Vordergrund. Mit knurrendem Magen starrte er das Brot, die Trauben, Granatäpfel und den Käse auf dem Holztisch an. Am liebsten wären ihm ein Burger und ein Bier gewesen, doch im Moment war ihm alles recht.

Erin trat neben ihn und strahlte wie ein Kind bei der Bescherung. »Das Ambiente – die Lampen, die Pflanzen, der gedeckte Tisch – könnte geradewegs aus der Bibel stammen.«

Abgesehen von der elektrischen Straßenbeleuchtung in der Ferne. An der anderen Seite der Dachterrasse stand vor einem Hintergrund aus grünem Laub ein rot gewandeter Mann, dessen weißes Haar sich vom Nachthimmel abhob. Das musste Kardinal Bernard sein.

Pater Ambrosius geleitete sie am gedeckten Tisch vorbei zu dem wartenden Mann – falls er denn ein Mann war. Jordan nahm im Moment nichts mehr selbstverständlich. Deshalb versuchte er auch, sich zu orientieren. Ganz in der Nähe funkelte die goldene Kuppel, die Erin als Felsendom bezeichnet hatte. Bestimmt hatte sie inzwischen eine Vermutung, wo sie sich befanden.

Pater Ambrosius sprach den Kardinal an. »Darf ich Ihnen Dr. Granger und Sergeant Stone vorstellen?«

Der Kardinal streckte die Hand aus. Er trug eine rote Kappe, rote Lederhandschuhe und eine Soutane wie Rhun, allerdings war sie ebenfalls rot.

Jordan konnte keinen Ring entdecken, den er hätte küssen können – was er auch nicht getan hätte –, deshalb reichte er dem Fremden die Hand. Der Kardinal aber begrüßte erst Erin und legte beide Hände um ihre Hand. »Dr. Granger. Es ist mir eine Ehre.«

»Danke, Eminenz.«

»›Kardinal Bernard‹ genügt.« Seine tiefe Stimme hatte einen freundlichen Klang. »Hier geht es nicht so förmlich zu.« Er schüttelte Jordan die Hand. »Sergeant Stone, ich danke Ihnen dafür, dass Sie Pater Korza wohlbehalten zu uns zurückgebracht haben.«

»Ich glaube, wir sind eher Pater Korza zu Dank verpflichtet, Kardinal Bernard.«

Jordan knurrte wieder der Magen.

Der Kardinal wandte sich zum Tisch um. »Verzeihen Sie einem alten Mann seine Zerstreutheit. Sie sollten jetzt etwas essen.«

Er geleitete sie zum Tisch und forderte sie auf, Platz zu nehmen. Es war nur für Jordan und Erin gedeckt.

»Das wäre dann alles, Pater Ambrosius«, sagte Bernard ruhig. Der jüngere Priester wirkte überrascht, dass er entlassen wurde, verneigte sich aber und zog sich zurück.

Jordan würde ihn nicht vermissen. Er langte eifrig zu. Erin nahm sich ein großes Stück Käse und Brot. Bernard und Korza aßen nicht.

»Dürfte ich Ihnen eine Geschichte erzählen, während Sie speisen?« Der Kardinal hob fragend seine buschigen weißen Augenbrauen.

»Nur zu«, sagte Erin.

»Seit Beginn der Geschichtsaufzeichnungen fürchten die Menschen das Dunkel.« Er nahm eine Traube in die Hand und spielte damit. »Seit Menschengedenken wandeln die Strigoi unter uns und verbreiten nachts Angst und Schrecken.«

Jordan schluckte einen Bissen Käsebrot, auf einmal hatte er eine trockene Kehle. Auf die Gefahr, die von den Strigoi ausging, brauchte man ihn nicht extra hinzuweisen.

Der Kardinal fuhr fort: »Die Kirchengründer wussten von ihrer Existenz. Das war damals kein Geheimnis. Die Kirche gründete eine fromme Sekte, um sie in Schach zu halten, nicht wegen der Wildheit ihrer Überfälle, sondern vor allem deshalb, weil ein Mensch seine Seele zerstört, wenn er sich in einen Strigoi verwandelt.«

Korzas dunkle Augen waren unergründlich. Wie fühlte es sich wohl an, ein Priester ohne Seele zu sein?

»Woher wissen Sie das?«, fragte Erin.

Das Lächeln des Kardinals erinnerte Jordan an seinen liebenswerten Großvater. »Dafür gibt es bestimmte Methoden, die möglicherweise zu esoterisch sind, um sie hier bei Tisch zu erörtern.«

»Probieren Sie's mit Englisch«, meinte Jordan.

Erin verschränkte die Arme. »Ich finde, einen Versuch wäre es wert.«

»Ich wollte damit nur sagen, dass die Zeit knapp ist. Ich glaube, im Moment kommt es vor allem darauf an, Sie mit der Lage vertraut zu machen. Wie es sich mit der Seele der Strigoi verhält, kann ich Ihnen später erklären.«

Erin wirkte skeptisch. Jordan gefiel es, dass sie vor dem Kardinal nicht kuschte. Offenbar ließ sie sich nicht so leicht einschüchtern.

»Die Sanguinarier sind ein Priesterorden, dessen Stärke vom Blut Christi herrührt.« Der Kardinal berührte sein Kreuz auf der Brust. »Sie sind ihrem Wesen nach unsterblich, werden häufig aber im heiligen Kampf getötet. In diesem Fall wird ihre Seele wiederhergestellt.«

Jordan sah wieder Korza an. Dann war er also dazu verdammt zu kämpfen, bis er umkam, egal, wie lange es dauerte. Ein Leben voller Pflichterfüllung.

Der Kardinal fasste Erin in den Blick. »Viele von den Strigoi verübte Massaker werden von der Geschichtsschreibung falsch interpretiert.«

Erin zog die Stirn kraus – dann weiteten sich ihre Augen. »Der Kindermord des Herodes«, sagte sie. »Meine Ausgrabung. Dabei ging es gar nicht darum, dass Herodes den zukünftigen König der Juden töten wollte?«

»Sehr scharfsinnig. Nicht Herodes hat die Kinder umbringen lassen. Die Strigoi haben sie getötet.«

»Aber sie haben nicht nur das Blut der Kinder getrunken. Ich habe auf den Gebeinen Zahnabdrücke entdeckt. Das war ein barbarischer, vorsätzlicher Akt.«

Der Kardinal legte seine behandschuhte Hand auf Erins. »Es tut mir leid, aber das ist die Wahrheit. Die Strigoi wollten das Christuskind töten, weil sie wussten, dass Er sich dafür einsetzen würde, sie zu vernichten. Und so kam es auch, denn das Wunder Seines Blutes führte zur Gründung des Sanguinarierordens, der sich dem Kampf gegen die Strigoi verschrieben hat.«

»Scheint so, als hätten die Sanguinarier dabei die Arschkarte gezogen.« Jordan steckte sich ein paar Trauben in den Mund.

»Keineswegs. Wir beschreiten zwar keinen leichten Weg, aber wir dienen der Menschheit und nutzen unsere einzige Möglichkeit, das Seelenheil zu erwerben.« Kardinal Bernard rollte eine Traube zwischen den Fingern. »Jahrhundertelang haben wir dafür gesorgt, dass die Strigoi nicht überhandnahmen, doch in den letzten Jahrzehnten haben sie sich mit einigen Menschen zusammengeschlossen. Sie nennen sich die Belial.«

Erin zog die Arme an ihren Körper; offenbar kannte sie den Namen. »Belial. Der Anführer der Söhne der Dunkelheit. Eine alte Legende.«

Jordan hielt mit Essen inne. »Na großartig.«

»Wir haben nie in Erfahrung gebracht, weshalb sie dieses Bündnis geschlossen haben.« Der Kardinal betrachtete über ihre Köpfe hinweg den Nachthimmel. »Aber vielleicht wissen wir ja jetzt mehr.«

Korza senkte den Blick. »Wir wissen noch immer nichts Genaues. Lassen Sie sich nicht von Bernards Hang zur Dramatik beeinflussen.«

»Beeinflussen, inwiefern?«, fragte Jordan.

»Weshalb haben sich die Belial zusammengeschlossen?«, überging Erin seine Frage.

»Ich glaube, Rhun hat Ihnen bereits gesagt, dass in der Gruft von Masada das heiligste Buch aufbewahrt wurde, das je verfasst wurde. Darin erzählt Christus, wie er das Göttliche in sich freisetzte, niedergeschrieben mit Seinem eigenen Blut. Man nennt es das Blutevangelium.«

»Was meinen Sie mit ›freisetzen‹?«, fragte Jordan und schob seinen Teller zurück. Offenbar war ihm der Appetit vergangen.

Der Kardinal nickte ihm zu. »Eine faszinierende Frage.

Wie Sie vielleicht wissen, wirkte Christus zu Beginn seines Lebens noch keine Wunder. Das tat er erst in späteren Jahren. Das erste Wunder, von dem im Johannesevangelium berichtet wird, ist die Verwandlung von Wasser in Wein.«

Erin zitierte: »*Das ist das erste Zeichen, das Jesus tat, geschehen zu Kana in Galiläa, und offenbarte seine Herrlichkeit. Und seine Jünger glaubten an ihn.*«

Bernard nickte. »Anschließend wirkte er eine Menge Wunder: die Vermehrung der Fische, Krankenheilungen, die Auferstehung von den Toten.«

»Und was hat das mit dem Blutevangelium zu tun?«, fragte Erin.

»Das Mysterium der Christuswunder hat schon viele Bibelgelehrte beschäftigt«, erläuterte der Kardinal. »Wie kam es zu der Serie von Wundertaten? Wie kam es, dass Seine Göttlichkeit sich so plötzlich in Seinem irdischen Leib manifestierte?« Bernard blickte von einem zum anderen. »Diese Fragen werden im Blutevangelium beantwortet.«

Erin war gefesselt.

»Scheint ein spannender Lesestoff zu sein«, meinte Jordan. »Aber wieso interessieren sich die Belial dafür?«

»Weil das Buch es jedem ermöglicht, zu seiner eigenen Göttlichkeit Zugang zu bekommen und sie zu manifestieren. Können Sie sich vorstellen, was passieren würde, wenn es den Strigoi in die Hände fiele? Dann könnten sie ihre Schwächen überwinden. Sie könnten bei Tag umherwandeln, genau wie wir, und ihre Kräfte vervielfachen. Stellen Sie sich vor, welche Folgen das für die Menschheit hätte.«

Korza ergriff das Wort. »Bislang wurde noch nichts davon bestätigt. Das sind Bernards Mutmaßungen, weiter nichts.« Er fixierte erst Erin, dann Jordan. »Dessen müssen Sie sich bewusst sein.«

»Warum?« Erin kniff die Augen zusammen.

Die Miene des Kardinals war ernst, wie versteinert. Offenbar missbilligte er Korzas Einwurf. Sein Tonfall war so eindringlich wie sein Blick.

»Weil Sie beide in der nächsten Zeit eine Rolle zu spielen haben. Weigern Sie sich, versinkt die Welt in Dunkelheit. So wurde es geweissagt.«

22

26. Oktober, 22:32, Israelische Standardzeit
Jerusalem, Israel

ERIN VERSUCHTE VERGEBLICH, sich ein spöttisches Lächeln zu verkneifen. »Das Schicksal der Welt hängt von uns ab? Von Jordan? Und von mir?«

Jordan murmelte: »Eigentlich gibt es keinen Grund, weshalb Sie sich über die Erwähnung meines Namens wundern müssten.« Seine Stimme triefte von Sarkasmus. Offenbar glaubte er kein Wort von alledem.

Erin fasste ihre Fragen in einem Wort zusammen: »Warum?«

Der Kardinal legte die rote Traube in die leere Schüssel zurück. »Ich kann Ihnen nicht alles sagen, Dr. Granger, jedenfalls jetzt noch nicht. Zuvor müssen Sie sich entscheiden. Anschließend werde ich Ihnen alles enthüllen, und Sie haben dann noch einmal Gelegenheit, sich zu verweigern, ohne dass es Folgen haben würde.«

»Sie haben mich in Caesarea mit dem Helikopter abholen lassen, nicht wahr?«, sagte sie und dachte an die wirbelnden Rotorblätter, den erschrockenen Hengst und den armen Heinrich, der blutüberströmt im Graben gelegen hatte.

»Das ist richtig«, antwortete der Kardinal. »Ich habe

meine Kontakte zum israelischen Geheimdienst genutzt, um Sie für den Fall, dass das Evangelium sich dort befand, nach Masada bringen zu lassen.«

»Warum gerade ich?« Sie war entschlossen, so lange nach dem Warum zu fragen, bis sie eine zufriedenstellende Antwort erhielt.

»Ich habe Ihre Arbeit verfolgt, Dr. Granger. Sie sind der Religion gegenüber skeptisch eingestellt, verfügen aber über umfassende Bibelkenntnisse. Folglich sehen Sie Dinge, die unreligiösen Gelehrten möglicherweise entgehen. Und Sie stellen Dinge infrage, die für religiöse Gelehrte außer Zweifel stehen. Aufgrund dieser seltenen Kombination kam ich zu dem Schluss, dass Sie perfekt dafür geeignet sind, das Evangelium der Welt zurückzugeben. Und an meiner Einschätzung hat sich auch nichts geändert.«

Oder aber ich war zufällig gerade in der Nähe, dachte sie skeptisch. Das Jahr war bereits weit vorangeschritten, und die meisten Archäologen waren nach Hause zurückgekehrt, um ihre Herbstvorlesungen zu halten. Aber welchen Sinn hätte es gehabt, das auszusprechen? Sie hielt den Mund.

»Und was ist mit mir?«, fragte Jordan mit ungebrochenem Sarkasmus. »Ich bin wohl so eine Art Zufallsjoker, denn an mir ist nichts Besonderes.«

Erin neigte dazu, dem zu widersprechen. Sie dachte an seine Tätowierung und den Blitz, der ihn getroffen hatte, wonach er drei Minuten lang klinisch tot gewesen war. *War vielleicht doch etwas daran?*

Der Kardinal lächelte leicht. »Ich weiß nicht, weshalb die Vorsehung Sie erwählt hat, mein Sohn. Aber Sie beide sind diejenigen, die lebend aus der Gruft herausgekommen sind.«

»Und was erwarten Sie von uns?« Jordan rutschte unbehaglich auf dem Holzstuhl herum.

Erin vermutete, dass er es gewohnt war, über Einsätze im Unklaren gelassen zu werden – für sie galt das nicht. Sie wollte es genau wissen.

Der Kardinal fuhr fort: »Sie beide müssen mit Rhun zusammen das Evangelium finden und es zum Vatikan bringen. Der Prophezeiung nach kann das Buch nur in Rom geöffnet werden.« Er setzte die Ellbogen auf den Tisch. »Dort werden unsere Gelehrten sein Geheimnis lüften.«

»Und dann?«, fragte sie. »Haben Sie vor, es erneut zu verstecken?« Wenn das Blutevangelium tatsächlich existierte und das enthielt, was er glaubte, war es zu machtvoll, um es allein der Kirche zu überlassen.

»Das Wort Gottes stand stets allen zur Verfügung.« Der alte Mann lächelte sie an.

»Und wie war das bei der Bücherverbrennung zu Zeiten der Inquisition? Häufig unter Einschluss ihrer Verfasser?«

»Die Kirche hat Fehler gemacht«, räumte der Kardinal ein. »In diesem Fall wird das nicht geschehen. Wenn es uns möglich ist, werden wir das Licht des Evangeliums mit der ganzen Menschheit teilen.«

Er wirkte aufrichtig, doch Erin wusste es besser. »Ich habe mein ganzes Leben der Erkenntnis gewidmet, auch dann, wenn die Wahrheit in Widerspruch zur biblischen Lehre stand.«

Die Mundwinkel des Kardinals hoben sich. »Ich würde sagen, *besonders* dann, wenn sie in Widerspruch zur biblischen Lehre stand.«

»Mag sein.« Erin holte tief Luft. »Aber können Sie mir versprechen, dass Sie das Buch – vorausgesetzt, es ist gefahrlos möglich – säkularen Gelehrten zugänglich machen werden? Auch dann, wenn es in Widerspruch zur kirchlichen Lehre steht?«

Der Kardinal berührte sein Kreuz. »Ich schwöre.«

Damit überraschte er sie. Das war immerhin etwas. Sie war sich nicht sicher, ob er sein Wort auch dann halten würde, wenn der Inhalt des Evangeliums in Widerspruch zur Kirchenlehre stand, aber mehr konnte sie nicht verlangen. Und wenn das Evangelium existierte, wollte sie es auch finden. Mit einer solchen Entdeckung würde sie die Blutschuld zumindest teilweise tilgen – das Blut, das Heinrich im Lager vergossen hatte, und das Blut all derer, die in Masada ums Leben gekommen waren.

Mit einem Nicken tat sie ihren Entschluss kund. »Dann bin ich …«

»Moment«, fiel Rhun ihr ins Wort. »Bevor Sie sich verpflichten, sollten Sie sich klarmachen, dass Sie im Verlauf der Suche das Leben verlieren könnten.« Seine Hand wanderte zu seinem Kreuz auf der Brust. »Oder sogar etwas noch Wertvolleres.«

Sie dachte an seine Bemerkungen zur Seele – oder vielmehr zu deren Fehlen bei den Strigoi. Bei der Unternehmung setzten sie – Rhun, Jordan und sie selbst – nicht nur ihr Leben aufs Spiel.

Abgrundtiefe Trauer lag in Rhuns Blick, die offenbar aus der Vergangenheit herrührte.

Trauerte er um seine eigene Seele oder um die eines anderen?

Erin zählte im Geiste die Vernunftgründe auf, die dafür sprachen, dass sie nach Caesarea zurückkehrte, mit Heinrichs Eltern sprach und die Ausgrabungsarbeiten fortsetzte. Dieser Entscheidung aber war mit Vernunft allein nicht beizukommen.

»Dr. Granger?«, sagte der Kardinal. »Wie entscheiden Sie sich?«

Sie betrachtete den Tisch, der so gedeckt war, wie es schon vor Tausenden Jahren üblich gewesen war, dann sah sie Rhun an, den lebendigen Beweis für das Wunder der Transsubstantiation. Wenn er wirklich war, dann vielleicht auch das Evangelium Christi.

»Erin?«, sagte Jordan.

Sie holte tief Luft. »Wie könnte ich mir diese Gelegenheit entgehen lassen?«

Jordan legte den Kopf schief. »Sind Sie sicher, dass das Ihr Kampf ist?«

Wenn es nicht ihr Kampf war, wessen Kampf war es dann? Sie dachte an die Gebeine des Kleinkinds im Graben, das von seinen Eltern liebevoll zur letzten Ruhe gebettet worden war. Wenn etwas daran war an den Geschichten dieser Nacht, durfte sie nicht zulassen, dass die Belial das Buch in die Hände bekamen und dass derartige Massaker alltäglich wurden.

Jordan schaute sie fragend an.

Rhun neigte das Haupt, als ob er betete.

Erin nickte, ihr Entschluss stand fest. »Ich muss.«

Jordan schaute sie noch einen Moment an, dann zuckte er mit den Schultern. »Wenn sie mitmacht, bin ich ebenfalls dabei.«

Der Kardinal nickte anerkennend, doch er war noch nicht fertig. »Es gibt noch eine Bedingung.«

»Das habe ich mir doch beinahe schon gedacht«, sagte Jordan mit knurrendem Unterton.

»Wenn Sie ein Bündnis mit den Sanguinariern eingehen«, erläuterte Bernard, »wird man Sie für tot erklären. Offiziell zählen Sie dann zu den Opfern des Erdbebens von Masada. Ihre Familie wird um Sie trauern.«

»Moment mal.« Jordan lehnte sich zurück.

Erin hatte Verständnis für seine Reaktion. Jordans Angehörige wären die Leidtragenden seiner Entscheidung. Er konnte nicht mitmachen. Erin beneidete ihn ein wenig. Sie hatte Freunde, sogar enge Freunde, und Kollegen, doch es würde niemanden umhauen, wenn sie nicht aus Israel zurückkehrte. Sie hatte nicht einmal eine Familie.

»Es geht nicht anders.« Der Kardinal hob seine behandschuhten Hände. »Wenn die Belial wüssten, wo Sie sich aufhalten und dass Sie nach dem Evangelium suchen, könnten sie Ihre Familie als Druckmittel einsetzen … Ich nehme an, Sie können sich vorstellen, was das bedeuten würde?«

Erin nickte. Sie hatte in der Gruft mit eigenen Augen gesehen, wozu die Belial fähig waren.

»Um Sie und Ihre Angehörigen zu schützen, müssen wir Sie als Sanguinarier tarnen. Sie müssen für die Allgemeinheit unsichtbar werden.«

Jordan streichelte nachdenklich seinen unberingten Ringfinger.

»Sie hätten nicht mitkommen sollen, Jordan. Sie haben zu viel zu verlieren.« Der Tonfall des Kardinals wurde freundlicher. »Es geht um *Ihre* Sicherheit, mein Sohn. Sobald die Gefahr vorbei ist, können Sie Ihr gewohntes Leben fortführen, und Ihre Freunde und Angehörigen werden begreifen, dass Sie es aus Liebe getan haben.«

»Und außer uns kommt niemand sonst dafür infrage?« Jordan fixierte unverwandt seine Finger.

»Ich glaube, dass Sie *drei* diese Aufgabe erfüllen müssen.«

Jordan blickte zu Rhun, dessen dunkle Augen nichts preisgaben – dann sah er Erin an.

Schließlich erhob er sich und trat mit angespannten Schultern an die Brüstung. Erin wusste, dass ihm die Entscheidung nicht leichtfiel. Er war kein Archäologe ohne Anhang. In Iowa hatte er eine große Familie, eine Frau, vielleicht auch Kinder.

Ihr fehlte das alles.

Sie war ans Alleinsein gewöhnt.

Weshalb starrte sie dann Jordans Rücken an und wartete so gespannt auf seine Antwort?

23

26. Oktober, 22:54, Israelische Standardzeit
Unter der israelischen Wüste

BATHORY ERWACHTE AUS ihrem Nickerchen. Sie hatte gar nicht gemerkt, dass sie vor Erschöpfung in dem stillen, kühlen unterirdischen Bunker eingeschlafen war, und brauchte einen Moment, um sich zu orientieren. Ein Hauch von Trauer umfing sie wie Spinnweben.

Dann kehrte die Erinnerung zurück.

Als sich die Last der Zeit wieder auf ihre Schultern legte, durchdrang ein Anflug von Panik ihre Benommenheit. Sie setzte sich auf und schwenkte die Beine von der Liege. Magor, ihr Beschützer, hatte sich ganz in der Nähe zusammengerollt. Er hob seinen großen Kopf, seine Augen funkelten.

Sie bedeutete ihm weiterzuschlafen, er aber richtete sich auf und kam herangetappt.

Neben ihr ließ er sich wieder nieder und legte ihr den Kopf auf den Schoß. Er spürte ihre Niedergeschlagenheit, so wie sie seine Zuneigung und Besorgnis wahrnahm.

»Alles in Ordnung«, versicherte sie ihm.

Er aber nahm das Unausgesprochene wahr, ihre Angst und Sorge.

Während sie ihm die Ohren kraulte, überlegte sie, mit welchen Worten sie Ihm von ihrem Versagen berichten sollte – falls es solche Worte gab. Sie hatte die meisten Strigoi, die ihr unterstellt waren, verloren und einen Christuskrieger entkommen lassen. Und was hatte sie zum Ausgleich vorzuweisen?

Das Buch jedenfalls nicht – doch das war nicht ihre Schuld. Jemand hatte es gestohlen, lange bevor Masada zerstört worden war.

Sie hatte sogar einen Beweis für den Raub: verschwommene Handyfotos.

Doch selbst ihr kamen die Erklärungen für die Vorgänge dieses Tages eher wie Ausreden vor.

Da sie nicht länger still sitzen konnte, schob sie Magors Schnauze von ihrem Schoß und erhob sich. Sie tappte barfüßig über den Perserteppich, der einmal den Steinboden in der Burg ihrer Ahnen bedeckt und die Füße derer gewärmt hatte, die längst tot waren.

Dann trat sie vor die Betonwand. Sie war mit rotem Seidenstoff verhängt, der ihr Zuhause, das sechs Meter unter der Wüstenoberfläche lag, ein wenig verschönern sollte. In den kunstvoll angeordneten Regalen waren unter anderem eine antike Lanze mit Elfenbeingriff und eine goldene Auffangschale mit Ringmarkierungen ausgestellt, an denen sich die Blutmenge ablesen ließ.

Sie nahm die Schale in die Hand. Wie viel von ihrem verfluchten Blut würde Er zur Strafe von ihr verlangen?

Magor stupste sie an der Hüfte an. Sie stellte die Schale ab und kniete nieder, barg ihr Gesicht in seinem Fell. Er roch nach Wolf, Blut und Trost. Jetzt, da Hunor tot war, war er ihr einziger treuer Gefährte.

Und wenn Er ihr Magor wegnahm?

Sie schaute hoch. Ihr Blick fiel auf ihren kostbarsten Besitz – das Rembrandt-Porträt eines Jünglings. Eine andere Version des *Titus* hing in einer amerikanischen Galerie. Das blonde Lockenhaar des Jungen umrahmte ein engelhaftes Gesicht. Ernste blaugraue Augen erwiderten ihren Blick, um die roten Lippen spielte der Anflug eines Lächelns. Bei der amerikanischen Version war ein grauer Fleck auf der Schulter zu erkennen. Die Kunsthistoriker rätselten, ob es sich um einen Papagei oder einen Affen handelte, der während der wochenlangen Arbeit am Gemälde verstorben war. Um die Gefühle des Jungen zu schonen, habe der Künstler das Tier nach Fertigstellung des Bildes übermalt. Auf ihrem Bild war keines der beiden Tiere abgebildet. Auf der Schulter des Jungen saß eine braune Eule.

Der nächtliche Jäger aber vermochte ihren Blick nicht zu fesseln. Der Junge hingegen schon. Er hatte eine große Ähnlichkeit mit ihrem Bruder Istvan und verwandelte ihre vage Trauer in etwas Greifbareres.

Erst hatte sie Istvan verloren.

Und jetzt Hunor.

Sie wollte nicht auch noch Magor verlieren.

Der Wolf legte ihr seine große Schnauze auf die Schulter. Sie summte ein Schlaflied und versuchte gleichzeitig, einen Plan zu fassen. Vielleicht sollte sie in die Wüste fliehen, mit Magor zusammen untertauchen. Im Schrank verwahrte sie so viel Geld und Schmuck, dass es jahrelang zum Leben reichen würde. Vielleicht könnte sie dem silbernen Käfig, in dem sie schon so lange eingesperrt war, doch noch entkommen.

Wie aufs Stichwort klopfte jemand laut an die Tür.

Magor knurrte, ihm sträubte sich das Rückenfell.

Ohne ihre Antwort abzuwarten, schwang der Besucher die dicke Metalltür auf. Als Erstes sah sie seine dunklen Stiefel.

Tarek hielt unmittelbar vor der Schwelle inne, hinter ihm stand sein Bruder Rafik. Das war dreist. Bathory erhob sich, reckte das Kinn und entblößte Sein Zeichen.

Magor trat vor sie hin, eine weitere Verteidigungslinie. »Wie könnt ihr es wagen, ohne Aufforderung einzutreten?«, sagte sie.

Tarek lächelte so breit, dass seine langen Reißzähne entblößt wurden. »Ich wage es, weil Er von deinem Versagen weiß.« Rafik hielt sich dicht hinter seinem Bruder, in seinen Augen funkelte boshafter Wahnsinn.

Tarek hatte den Grund für sein unverschämtes Eindringen deutlich gemacht. Er witterte eine Veränderung des Machtgefüges und hatte mit dem Überschreiten der Türschwelle seine Ansprüche kundgetan, so wie ein Hund einen Baum markiert. »Ich habe von Ihm Anweisung bekommen, wie ich dich beim nächsten Versagen töten soll.«

Der Schadenfreude in Rafiks Augen nach zu schließen, würde ihr Tod weder schnell noch schmerzlos sein.

Mit undurchdringlicher Miene erwiderte sie Tareks Blick. Die Monster an der Tür mochten stärker sein als sie, aber sie war die Klügere. Dies zeigte sie auch und starrte Tarek so lange an, bis er endlich zurückwich.

Anstatt ihr Angst zu machen, wurde sie durch solche Drohungen nur innerlich gestärkt und in ihrer Entschlossenheit bekräftigt.

Und das wusste Er.

Sie berührte Magor an der Schulter.

»Zeit für die Jagd.«

24

26. Oktober, 22:57, Israelische Standardzeit
Jerusalem, Israel

VOM DACHGARTEN AUS blickte Jordan auf die Klagemauer hinunter und betrachtete die Betenden. Eine junge Mutter hielt ihr Kleinkind hoch, das rosa Rüschenkleid bauschte sich, als das Mädchen mit einem Händchen die Steine streichelte. Es hatte Ähnlichkeit mit seiner Nichte Abigail, als sie in dem Alter gewesen war. Drei Jahre lang hatte seine jüngste Schwester ihr kleines Mädchen ausschließlich in Pink gekleidet. Von da an hatte Abigail sich ihre Sachen selbst ausgesucht – sie waren braun.

Die Mutter an der Mauer zog ihr Kind wieder an sich und küsste es auf den Kopf.

Beide hatten keine Ahnung von den Strigoi.

Sie lebten in einer Welt ohne Ungeheuer.

Doch es gab die Ungeheuer da draußen, das wusste Jordan jetzt. Wenn ihr Einsatz scheiterte, würden alle Menschen sich mit ihnen befassen müssen. Er musste daran denken, wie mühelos sie mit seinen bestens ausgebildeten Männern fertiggeworden waren.

Die Mutter mit dem Kind wandte der Mauer den Rücken zu und machte sich auf den Heimweg. Jordan verdrängte die

Gedanken an seine eigene Familie. Zumal die Erinnerung an seine Mutter. Vergangenen Monat war ihr ein Gehirntumor entfernt worden, und jetzt litt sie unter den Nebenwirkungen der Chemotherapie.

Vergiss die Belial, vergiss den Kummer, den dein Tod ihr bereiten würde. Er wusste, dass sie mit seiner Entscheidung einverstanden wäre. Er war immer ihr Liebling gewesen; seinen Glauben an das Gute hatte er ihr zu verdanken – ihren Worten, ihren Taten und auch ihrem Leiden. Zum Teil hatte er sich ihretwegen zum Dienst am Vaterland und an seinen Mitmenschen verpflichtet. Er glaubte an das Motto der Army »This We'll Defend« – *Dafür stehen wir ein*. Zu verhindern, dass sich die Strigoi die Erde unterjochten, war auch einen furchtbaren Preis wert; er würde nicht davor zurückschrecken, ihn zu entrichten. Seine Familie würde genau das von ihm erwarten. Das Gleiche hatte auch sein Team getan. Entschlossen ging er zurück zum Tisch.

Seine Gründe klangen vernünftig, doch er war sich bewusst, dass er auch von Erins Lächeln beeinflusst war und von der Art und Weise, wie sie sich in seine Umarmung geschmiegt hatte. Er warf die Erkennungsmarke auf den Tisch. »Ich mache mit.«

»Jordan ...« Erin starrte ihn an, in ihrem Gesicht lagen Erleichterung und Erschrecken im Widerstreit.

Er blickte seine Erkennungsmarke an, dann drehte er das Gesicht weg. Wenn seine Eltern sie zugestellt bekämen, würden sie ihn für tot halten.

Der Kardinal nickte sachlich, doch seine Augen funkelten vor Entschlossenheit. Jordan kannte diesen Blick von zahlreichen Generalen her. So sahen sie einen meistens dann an, wenn man sich freiwillig gemeldet hatte. Für eine Unternehmung, bei der man vermutlich umkommen würde.

Korza erhob sich so abrupt, dass sein Stuhl nach hinten auf die Fliesen kippte – dann stürmte er davon.

»Sie sollten Nachsicht mit Rhun haben«, sagte der Kardinal. »In der Vergangenheit hat er im Dienste der Prophezeiung einen schrecklichen Preis zahlen müssen.«

»Wie sah der aus?« Jordan drehte Rhuns Stuhl um und nahm rittlings darauf Platz.

»Es ist fast vierhundert Jahre her.« Bernards Augen, in denen sich die Öllampen spiegelten, blickten an ihm vorbei zu den Lichtern der Stadt hinunter. »Wenn er möchte, dass Sie es wissen, wird er es Ihnen bestimmt erzählen.«

Jordan hatte mit einer solchen Ausflucht gerechnet. Er legte die Arme auf die Rückenlehne des Stuhls. »Jetzt, da wir mit von der Partie sind, sollten Sie uns vielleicht sagen, worum es bei der Prophezeiung geht und weshalb wir drei angeblich etwas Besonderes sind.«

Erin faltete wie ein Schulmädchen die Hände im Schoß und beugte sich neugierig vor.

»Als das Buch versteckt wurde, sollte der Prophezeiung gemäß…« Der Kardinal hielt inne und schüttelte den Kopf. »Ich zeige es Ihnen besser.« Er öffnete eine Schublade und nahm eine Mappe aus weichem Leder heraus. Sie sah nicht aus wie eine Prophezeiung. Als er sie aufschlug, rutschte Erin auf dem Stuhl nach vorn. Auch Jordan rückte näher, sodass sich ihre Schultern berührten.

»Ist sie das?«, fragte Erin.

Der Kardinal zog ein in Plastik eingeschweißtes Dokument hervor. Jordan kannte sich damit nicht aus, hatte aber den Eindruck, das Pergament sei älter als die Stadt, in der sie sich befanden. Die Seite war mit schwarzen Buchstaben beschrieben. Er konnte sie nicht lesen, doch sie kamen ihm bekannt vor.

»Griechisch?«, meinte er.

Erin nickte und las laut vor: »*Der Tag wird kommen, da das Alpha und das Omega ihre Weisheit in ein Evangelium des heiligen Blutes ergießen werden, auf dass die Söhne Adams und die Töchter Evas es nutzen mögen, wenn sie seiner bedürfen.*«

»Alpha und Omega?«

»Jesus. Glaube ich.« Sie drehte das Pergament um und las weiter, wobei sie mit dem Finger über die Plastikhülle fuhr. »*Bis der Tag kommt, soll das heilige Buch von einem Mädchen in einem Brunnen tiefster Dunkelheit versteckt werden.*« Sie stockte. »Oder von einer Frau? Das geht nicht eindeutig aus dem Text hervor. Hier steht ›Mädchen, das seine Unschuld verloren hat‹. Es könnte aber auch *Wissen* bedeuten. In der Bibel werden Wissen und Verweise auf Gut und Böse häufig vermischt.«

Jordan schwirrte bereits der Kopf. »Wie wär's mit einem kurzen Überblick? Und die Einzelheiten später?«

»Ist gut.« Erin fuhr fort: »*Bis der Tag kommt, soll das heilige Buch in einem Brunnen tiefster Dunkelheit von einem Mädchen, das seine Unschuld verloren hat, einem Christuskrieger und einem Krieger der Menschen versteckt werden.*«

Sie atmete tief durch. »*Wiederum drei Personen sollen dereinst das Buch ans Tageslicht bringen. Allein eine Frau von großer Gelehrsamkeit, ein Krieger des Herrn und ein Menschenkrieger dürfen das Evangelium Christi öffnen und der Welt seine Herrlichkeit offenbaren.*«

Der Kardinal blickte Erin an. »Ich glaube, damit sind Sie, Dr. Granger, sowie Sergeant Stone und Pater Korza gemeint.«

Erin sah auf das Pergament. »Wie kommen Sie darauf?«

»Sie sind an der Aufbewahrungsstätte des Buchs zusammengetroffen. Jeder von Ihnen hatte Anteil daran, dass der Angriff der Wesen der Dunkelheit zurückgeschlagen wurde und dass Sie lebend an die Oberfläche zurückgelangt sind und wieder den Sternenhimmel über der Wüste schauen konnten.«

Jordan seufzte übertrieben laut, womit er die Blicke der anderen auf sich lenkte. Er hielt das alles für religiösen Unsinn, und er erklärte ihnen auch den Grund. »Aber wir haben das Buch nicht in unseren Besitz gebracht. Es war schon weg, ist irgendwie in die Welt gelangt. Wahrscheinlich wurde das Buch schon vor langer Zeit von jemandem geöffnet.«

»Nein, mein Sohn, denn dann hätte sich die Welt verändert. Dann wären Wunder etwas ganz Alltägliches.«

»Mag sein«, sagte Jordan. »Jedenfalls haben irgendwelche Leute das Buch gefunden und mitgenommen. *Das* müssen die Personen sein, von denen in der Prophezeiung die Rede ist.«

Der Kardinal schüttelte den Kopf. »Die Prophezeiung sagt nicht, wer das Buch *finden* wird, sondern nur, wer es *öffnen* kann. Ich glaube, die derzeitigen Besitzer des Buchs können es deshalb nicht öffnen, weil keiner von ihnen dem in der Prophezeiung erwähnten Trio angehört. Ich glaube jedenfalls, dass Sie das sind.«

»Wo sollen wir nach dem Buch suchen?«, fragte Erin.

Kardinal Bernard schüttelte den Kopf. »Diese Frage kann ich nicht beantworten. Rhun hat gemeint, er habe keine Hinweise auf die Grabräuber entdeckt.«

Erin suchte Jordans Blick und bat ihn wortlos um seine Einwilligung. Er nickte. Er sah inzwischen keinen Sinn mehr darin, Geheimnisse voreinander zu haben. Erin holte den Naziorden aus der Tasche.

»Den haben wir in der Hand des toten Mädchens gefunden. Sie hat den Orden offenbar einem ihrer Mörder entrissen.«

Der Kardinal streckte die Hand aus. Nach kurzem Zögern ließ sie die silberne Scheibe auf seinen roten Handschuh fallen.

Er betrachtete den Orden ausgiebig und las die Randprägung vor: »*Das Ahnenerbe.*«

»Kennen Sie sich damit aus?«, fragte Jordan.

»Unser Orden hat häufig ähnliche Forschungsansätze verfolgt wie diese Gruppe. Das Ahnenerbe hat im Heiligen Land nach Artefakten und machtvollen religiösen Gegenständen gesucht. Der Priester, der unsere Suche nach dem Evangelium beaufsichtigt hat, war auch mit der Beobachtung des Ahnenerbes betraut. Bedauerlicherweise haben wir Pater Piers im Zweiten Weltkrieg verloren.« Der Kardinal küsste sein Kreuz, bevor er fortfuhr: »Ich kennen jemanden, der sich das ansehen sollte. Der Orden der Sanguinarier betreibt eine Pontifikaluniversität, die im Kloster Ettal in Deutschland untergebracht ist. Dort werden Sie Unterlagen zum Ahnenerbe und dessen Aktivitäten während des Krieges und in der Zeit danach vorfinden. Vielleicht sollten Sie dort den ersten Zwischenstopp einlegen, was meinen Sie?«

Jordan sah Erin an. »Haben Sie einen besseren Vorschlag?«

»Einen besseren als die Bibliothek der Sanguinarier?« Erin machte den Eindruck, als würde sie am liebsten auf der Stelle aufbrechen. »Ich kann's gar nicht erwarten.«

Er grinste. Und es wunderte ihn auch nicht. Ihre Erregung war ansteckend. »Wenn Pater Korza keine Einwände hat, fangen wir dort mit unseren Nachforschungen an.«

»Ich werde mich um die Reisevorbereitungen kümmern. Anschließend muss ich nach Rom zurückkehren – um den Vatikan in Kenntnis zu setzen, falls Ihre Suche Erfolg haben sollte.« Der Kardinal machte Anstalten, sich zu erheben, doch Jordan hob die Hand, worauf er innehielt.

»Zuvor möchte ich Sie um einen Gefallen bitten.«

»Ja?«

»Ich habe für jedes Mitglied meines Teams Briefe geschrieben«, sagte Jordan, um einen sachlichen Tonfall bemüht. »Briefe, die im Falle ihres und meines Todes an die Familien übergeben werden sollen. Ich habe dem befehlshabenden Offizier mitgeteilt, wo ich sie aufbewahre und wie sie übergeben werden sollen. Könnten Sie sicherstellen, dass die Briefe die Adressaten erreichen?«

Bernard neigte das Haupt. »Selbstverständlich, mein Sohn. Wir stehen mit zahlreichen Armeegeistlichen in Kontakt.«

Jordan räusperte sich. »Noch etwas, Ehrwürden …«

»Sprechen Sie.«

Er langte in die kleine Reißverschlusstasche seiner Jacke und nahm den Ehering heraus. Er hielt ihn zwischen Daumen und Zeigefinger und dachte an den regnerischen Tag, als Karen ihm den Ring angesteckt hatte, an den Moment, auf den seit seinem letzten Jahr an der Highschool alles zugelaufen war. Sie hatten geglaubt, dass sie sich niemals trennen würden.

»Bitte schicken Sie den an die Familie meiner Frau«, sagte er. »Ich habe ihnen versprochen, dass sie den Ring im Falle meines Todes zurückbekommen würden. Sie würden ihn gern in der Nähe ihres Grabsteins beerdigen.«

25

26. Oktober, 23:14, Israelische Standardzeit
Jerusalem, Israel

ERIN HATTE GERADE einen Schluck Wasser getrunken, als Jordan dem Kardinal den Ring seiner verstorbenen Ehefrau reichte. Sie verbarg ihre Überraschung. Der Ehering funkelte golden, bevor sich der rote Handschuh des Kardinals darum schloss.

»Wie Sie wünschen, mein Sohn. Ich werde mich darum kümmern.«

Dann war Jordan also gar nicht verheiratet – er war verwitwet.

Sie bemühte sich, die Information in das Gesamtbild einzubauen, das sie sich von ihm machte. Jordans Bemerkungen zu den Briefen und den Adressaten des Rings bekam sie deshalb kaum mit. Er hätte verheiratet sein sollen. Die helle Linie an seinem Ringfinger war ein starkes Indiz gewesen. Sie ärgerte sich, wenn sie Hinweise falsch deutete. Er war Witwer, hatte seine Frau geliebt und sie nicht verlieren wollen. Das veränderte alles. Wenn er Single war, warf das ein neues Licht auf sein Verhalten – und auf ihr eigenes. Sie vergegenwärtigte sich die verschiedenen Situationen, die sie mit ihm erlebt hatte, und verweilte bei dem Kuss in seinem Zimmer.

Sie ertappte sich dabei, dass sie die Fingerspitzen an die Lippen führte, und zwang sich, die Hand wieder zu senken.

»Ich bitte um Verzeihung, Hochwürden.« Eine unterwürfige Stimme lenkte aller Aufmerksamkeit auf sich. Pater Ambrosius näherte sich ihnen. »Darf ich abräumen?«

Erin erhob sich unsicher.

»Gewiss, mein Sohn«, sagte der Kardinal. »Wir haben gespeist.«

Um ihre Hände zu beschäftigen und ihren Gedanken eine neue Richtung zu geben, half Erin Pater Ambrosius, den Tisch abzuräumen, während Jordan sich mit dem Kardinal unterhielt. Sie folgte dem geschäftigen Priester mit den Tellern zur Treppe und schloss hinter sich die Tür.

»Ich würde gern mit Pater Korza sprechen«, sagte sie.

Pater Ambrosius nahm die letzte Traube aus der Schüssel und verzehrte sie. Jetzt, da er nicht mehr vom Kardinal beobachtet werden konnte, wirkte er entspannter. Vielleicht lag es auch daran, dass er ihre Stellung nicht von ihr bedroht sah. »Sie können *versuchen*, mit ihm zu sprechen, aber unser Pater Korza ist kein *gesprächiger* Mensch.«

»Ich würde es trotzdem gern drauf ankommen lassen«, erwiderte sie.

»Wie Sie meinen.« Pater Ambrosius lächelte verkniffen, als ob er ihr etwas vorenthielte. »Aber ich habe Sie gewarnt.«

Sie folgte ihm in eine erstaunlich moderne Küche und stellte das Geschirr in die Spüle.

Ambrosius nahm zwei Kerzenleuchter aus Messing aus einem Schrank, drückte Kerzen in die Halterung und zündete sie an. »Da, wo wir hinwollen, gibt es kein elektrisches Licht«, erklärte er.

Er reichte ihr einen Leuchter und ging zur Wendeltreppe zurück. Sie stiegen hinab, immer tiefer und tiefer. Als sie an der Etage vorbeikamen, auf der sie und Jordan sich gewaschen und geküsst hatten, ging sie schneller.

Sie überlegte, wie sie Rhun ansprechen sollte. Er hatte sich darüber geärgert, dass sie und Jordan bei der Suche mitmachen wollten. Aber warum? Welchen Preis hatte er vor vierhundert Jahren gezahlt?

Ob er wirklich so alt war? Das würde bedeuten, dass er die Renaissance miterlebt hatte. Das erklärte vielleicht seine höfische Reserviertheit und Förmlichkeit, aber das war es auch schon.

Was wollte sie überhaupt hier unten?

Einerseits hatte sie flüchten wollen. Sie brauchte ein wenig Abstand, um sich an den neuen Jordan zu gewöhnen. Andererseits konnte Rhun ihr vermutlich die eine oder andere Frage beantworten.

Der emotionalen Reaktion nach zu schließen, die der Priester im Dachgarten an den Tag gelegt hatte, würde Rhun im Hinblick auf die drohenden Gefahren wohl offener sein – zumindest aber aufrichtiger als der Kardinal. Obwohl ihr Entschluss bereits feststand, wollte sie vor Beginn der Suche möglichst viel in Erfahrung bringen. Rhun würde ihre Fragen entweder beantworten oder sie mit seinen dunklen Augen schweigend anstarren. Aber sie musste es wenigstens versuchen.

Pater Ambrosius blieb vor einer weiteren dicken Holztür stehen. Er bemühte sich, sie mit einem Dietrich von dem Schlüsselring aufzusperren, der an seinem Gürtel befestigt war. Das verrostete Schloss war anscheinend seit Jahren nicht mehr geöffnet worden.

Sie verspürte einen Anflug von Angst und bekam eine Gänsehaut. Wenn Pater Ambrosius ihr nun etwas antun wollte? Sie ärgerte sich über diesen dummen Gedanken. Jordan und der Kardinal hatten sie mit ihm weggehen sehen. Er würde es nicht wagen, ihr etwas zuleide zu tun. Trotzdem wollte sich ihr Herzschlag nicht beruhigen.

Schließlich gab das Schloss nach. Pater Ambrosius zog mit Mühe die schwere Tür auf und wies in den dunklen Raum. Rhun kniete vor einer Art Altar, doch es war zu dunkel, als dass sie hätte Einzelheiten erkennen können. Eine Votivkerze brannte im Raum, doch ihr Licht wurde weitgehend von dem dunkelroten Glasschutz abgefangen. Im Schein der kleinen Flamme sah Erin eine hohe, gewölbte Decke und alte Bleiglasfenster, die offenbar auf blanken Fels hinausgingen. Der Raum wurde von Holzbänken eingenommen, der Mittelgang war mit einem abgetretenen Teppich ausgelegt.

War das die Andachtskapelle der Sanguinarier?

Pater Ambrosius bedeutete ihr einzutreten. Sie schlüpfte leise in den Raum und ging nur ein paar Schritte weit, denn sie wollte Rhun nicht im Gebet stören. Als die Tür sich hinter ihr schloss, löschte der Luftzug ihre Kerze. Sie hätte daran denken sollen, die Flamme zu schützen. Sie wandte sich um – und stellte fest, dass Pater Ambrosius draußen geblieben war.

Sie ging zur Tür zurück und versuchte, sie zu öffnen.

Abgeschlossen.

Er hatte sie zusammen mit Rhun eingesperrt.

Sie überlegte, was sie tun sollte. Auf keinen Fall wollte sie Pater Ambrosius die Genugtuung gewähren, dass sie an die Tür hämmerte und darum bettelte, dass er sie wieder rausließ. Außerdem wollte sie Rhun in Ruhe weiterbeten lassen.

Wenn er ihre Anwesenheit noch nicht bemerkt hatte, musste er in tiefer Andacht versunken sein.

Rhun bekam jedoch alles mit. Seine Sinne waren empfindlicher als die ihren, doch im Moment ließ er nicht erkennen, dass er sie bemerkt hatte.

War er dermaßen ins Gebet vertieft?

Sie verspürte einen Anflug von Neid auf seine konzentrierte Hingabe. In der Stille der Kapelle hörte sie ihn auf Lateinisch Worte flüstern, die sie mühelos übersetzen konnte, da sie sie als Kind oft genug bei der Messe gehört hatte.

»Das Blut unseres Herrn Jesus Christus, das für dich vergossen ward, schenke deinem Leib und deiner Seele ewiges Leben. Trink dies zum Gedächtnis, dass Christi Blut für dich vergossen ward, und sei dankbar.«

Er erteilte sich die Kommunion. Zum ersten Mal in ihrem Leben verstand sie die wahre Bedeutung des Gebets. Sie musste ihr ganzes Wissen über die Kirche neu durchdenken. Glaubensinhalte, die sie in der Vergangenheit verworfen hatte, erwiesen sich nun als wahr, belegt von einer Geschichte, die sie sich nicht im Traum hätte vorstellen können.

»Das Blut unseres Herrn Jesus Christus schenke dir das ewige Leben.«

In der Wüste hatte er sich gescheut, den Wein in ihrer und Jordans Gegenwart zu trinken. Sie schlich zur Tür zurück, um zu klopfen, hielt aber im letzten Moment inne.

Rhun hatte nicht gewollt, dass sie und Jordan ihn von seiner verletzlichen Seite sahen, und das galt wohl auch für Ambrosius. Sie wandte Rhun rücksichtsvoll den Rücken zu, setzte sich auf den Boden, schlang die Arme um die Knie und wartete.

23:31

Rhun setzte den kalten Kelch an die Lippen und sog den vertrauten Duft des Golds und des Weins ein. Heute bedurfte er Christi Blut so dringend wie seit vielen Jahren nicht mehr. Es würde seine Wunden heilen und seinen Zorn besänftigen. In vollem Bewusstsein der Risiken, die damit einhergingen, hatte Bernard die unschuldige Frau und den Soldaten an ihn gebunden. Sie hatten sich bereit erklärt, an der Suche teilzunehmen, ohne begriffen zu haben, worauf sie sich einließen. War auch er so unbesonnen gewesen, als er noch ein schwacher Mensch gewesen war?

In ihm brannte die Scham. Denn Schuld daran hatte nicht Bernard allein. Rhun selbst hatte die Frau und den Soldaten zu ihm geführt. Er hatte ihnen das streng gehütete Geheimnis anvertraut. Er hatte ihnen das Leben gerettet, obwohl er sie hätte sterben lassen sollen.

Wenn er erneut versagte, würden sie bedauern, dass sie in der Wüste nicht einen raschen Tod gestorben waren.

Er hob ein letztes Mal den Kelch und trank. In großen Zügen. Die Flüssigkeit versengte ihm Lippen und Schlund. Was sich an der Sünde entzündete, die seinen verfluchten Leib durchströmte, war nicht der gegorene Rebensaft, sondern die Essenz von Christi Blut. Er setzte den leeren Kelch ab, dann hob er die Arme auf Schulterhöhe und ließ sich von den Flammen der göttlichen Gabe verbrennen, während er das Gebet beendete. Seine Lippen dampften, die letzten Worte sprach er unter Qualen. Dann kniete er nieder, ganz erfüllt von der Erinnerung an seine Sünde.

Frische Binsenstreu raschelte unter Rhuns Stiefeln, als er die Eingangshalle durchquerte und sich Elisabetas Dienerin näherte, der scheuen kleinen Anna.

Elisabeta legte Wert darauf, dass die Streu in der Burg

Čachtice im Herbst entfernt, der Steinboden gewaschen und getrocknet und neue Streu ausgebracht wurde. Dann streute sie Kamillenblüten darauf, die ihrer Behausung einen reinlichen, entspannenden Duft verliehen, ganz anders als der Geruch in den Häusern der meisten anderen Edelleute, die er kannte.

»Möchtest du mir in den großen Raum folgen, Ehrwürden?« Anna hatte die Augen niedergeschlagen und ihr Muttermal von ihm abgewendet.

»Würde es dir etwas ausmachen, Anna, die Dame herzuholen?«

Er hatte die Burg schon häufig besucht, doch heute widerstrebte es ihm, sich weiter hineinzubegeben.

Bevor Anna losrennen konnte, erschien Elisabeta in einem prachtvollen dunkelgrünen Gewand, das sie um ihre schlanke Hüfte gerafft hatte. »Mein lieber Pater Korza! In letzter Zeit sind deine Besuche so selten geworden. Komm mit ins große Zimmer. Anna hat gerade Feuer gemacht.«

»Ich muss leider ablehnen. Die Pflicht … dringende Angelegenheiten … Ich glaube, es ist besser, wenn ich hierbleibe.«

Sie hob verwundert die wohlgeformten Brauen. »Wie geheimnisvoll!« Sie scheuchte Anna weg, dann schwebte sie zu der erhöhten Speisetafel bei der Tür und entzündete die Bienenwachskerzen. Der Honigduft erinnerte ihn an die unschuldigen Sommertage einer fernen Vergangenheit.

Flackernder Kerzenschein fiel auf ein Gesicht, wie er noch kein schöneres je erblickt hatte. Ihr tiefschwarzes Haar schimmerte, in ihren Augen lag ein schelmisches Funkeln.

Sie faltete die Hände. »Nenne mir dein Begehr, Pater.«

»Ich überbringe Neuigkeiten.« Ihm schnürte sich die Kehle zu.

Sie stand reglos da. Ihr Lächeln verflüchtigte sich, ihre

Augen wurden so dunkel wie eine Gewitterwolke. »Von meinem Gemahl, dem Grafen Nádasy?«

Er brachte es nicht fertig. Er konnte ihr nicht wehtun. Er umklammerte sein Brustkreuz in der Hoffnung, dass es ihm Kraft verleihen werde. Wie gewöhnlich schenkte es ihm nichts als Schmerz.

»Er ist gefallen«, sagte sie.

Als Soldatenfrau wusste sie natürlich Bescheid.

»Es war ein ehrenvoller Tod. In…«

Sie sackte gegen die Wand. »Verschone mich mit den Einzelheiten.«

Rhun stand da wie erstarrt und brachte kein Wort heraus.

Sie senkte den Kopf, um ihre Tränen zu verbergen.

Als Priester sollte er sie trösten. Er sollte mit ihr zusammen beten, vom Willen Gottes sprechen, ihr erklären, dass Ferenc jetzt im Himmel sei. Diese Rolle hatte er schon bei vielen Trauernden gespielt.

Bei ihr aber brachte er es nicht fertig.

Nicht bei ihr.

Denn in Wahrheit verlangte er danach, ihre schlanke Gestalt in die Arme zu schließen, sie an seine Brust zu drücken und zu trösten. Davor aber schreckte er zurück und ließ zu, dass seine Feigheit zu Grausamkeit wurde.

»Ich möchte dir mein tiefstes Mitgefühl aussprechen«, sagte er steif.

Sie schaute ihn an mit tränenfeuchten Augen. Erstaunen und Verwirrung flackerten darin auf, zurück blieb tiefe Traurigkeit. Sie rang um Fassung, doch es gelang ihr nicht, ihre Enttäuschung über seine Gefühlskälte zu verbergen. »Ich möchte dich nicht aufhalten, Pater. Es ist schon spät, und vor dir liegt noch ein weiter Weg.«

Ohne ein weiteres Wort floh er vor ihr. Weil er sie liebte, ließ er sie in ihrer Not im Stich.

Als er den vereisten Weg entlangschritt, der von Elisabeta fortführte, begriff er, dass sich zwischen ihnen alles verändert hatte. Sie wusste es bestimmt auch. Ferenc war der Schutzwall gewesen, der sie beschützt und voneinander ferngehalten hatte.

Ohne diesen Wall war alles möglich.

Rhun kehrte in die Gegenwart zurück, in seinen Körper, der flach auf dem Steinboden der Kapelle lag. Aber er musste noch immer an jenen Besuch in der Burg denken. Er hätte seinem Instinkt vertrauen und fliehen sollen, ohne je wieder zurückzukehren. Stattdessen hatte er sich in der dunklen Stille der Kirche vergraben, so wie jetzt. Die hellen Düfte seines Lebens waren zu Steinstaub geronnen, zu Männerschweiß und Räucherwerk mit einem Hauch von Kiefernharz.

Nichts Grünes, nichts Lebendiges war darin.

Damals, in jenen langen Nächten, hatte er seine religiösen Pflichten erfüllt. Bei Tag aber hatte er in die klaren Augen der Jungfrau Maria geschaut, die ihren Sohn beweinte, und dabei nur an Elisabeta gedacht. Er schlief nur, wenn es unbedingt sein musste, denn im Schlaf träumte ihm, er habe sie nicht im Stich gelassen, sondern hielte tröstend ihren warmen Leib umfangen. Er küsste ihre Tränen fort, und sie ließ ihr Lächeln wieder erstrahlen, allein für ihn.

In den langen Jahren seiner Priesterschaft war er niemals im Glauben schwankend geworden. In jener Zeit aber wurde er es doch.

Er schob jeden Gedanken an sie beiseite und betete, bis er sich die Knie wund gescheuert hatte. Er fastete, bis ihm alle Knochen wehtaten. Außer ihm hatte nur ein anderer Sanguinarier in all den Jahrhunderten kein Menschenblut gekostet und keinem Menschen das Leben genommen. Er hatte geglaubt, sein Glaube sei stärker als sein Fleisch und seine Gefühle.

Und er hatte geglaubt, er habe sie besiegt.

Der Hochmut setzte ihm noch immer zu.

Seinen und ihren tiefen Fall hatte er seinem Stolz zu verdanken.

Weshalb hatte ihm der Wein heute diesen Aspekt seiner Buße offenbart?

Ein Herzschlag trommelte in seinem Kopf, versetzte ihn zurück in die Kapelle.

Ein Mensch, hier an diesem Ort? Das war verboten.

Er hob den Kopf vom Steinboden. Neben ihm saß eine Frau und wandte ihm den Rücken zu, den Kopf auf die Knie gesenkt. Die Neigung ihres Kopfes rief Erinnerungen wach. Ihr Nacken duftete vertraut.

Erin.

Der Name löste sich aus dem Nebel seiner Erinnerungen.

Erin Granger.

Die Frau von großer Gelehrsamkeit.

In ihm brannte der Zorn. Eine weitere Unschuldige, die seinen Weg kreuzte. Besser, er tötete sie jetzt gleich, um ihr ein grausameres Schicksal zu ersparen. Er richtete sich auf, während sich sein Gesichtsfeld rot färbte. Er wehrte sich gegen das Verlangen mit einem Gebet.

Dann drang ein anderer leiser, vertrauter Herzschlag an seine Ohren, dumpf und unregelmäßig.

Ambrosius.

Der Priester hatte Erin bei ihm eingeschlossen, entweder um ihn zu beschämen, oder in der Hoffnung, dass er die Beherrschung verlieren würde, was beinahe auch der Fall gewesen wäre.

Er bewegte sich so schnell durch den Raum, dass Erin zusammenzuckte und beschwichtigend die Hände hob.

»Tut mir leid, Rhun. Ich wollte Sie nicht …«

»Ich weiß.«

Er langte an ihr vorbei und stieß die Tür so heftig auf, wie nur ein Sanguinarier es vermochte. Das Geräusch, mit dem der füllige Ambrosius gegen die Wand geschleudert wurde, bereitete ihm Genugtuung. Dann war zu hören, wie der erschrockene Mönch sich eilig über die Treppe entfernte.

Rhun wandte sich Erin zu und half ihr hoch, schnupperte den Lavendelduft ihres Haars und den Moschusgeruch ihrer Angst, die sich allmählich verflüchtigte. Ihr Herzschlag wurde regelmäßiger, ihr Atem beruhigte sich. Er hielt ihre Hand einen Moment zu lange fest, denn ihre Wärme tat ihm gut.

Sie war lebendig.

Und er würde alles dafür tun, dass sie am Leben blieb.

26

26. Oktober, 23:41, Israelische Standardzeit
Unbekannter Ort, Israel

TOMMY LEHNTE DIE Stirn ans Fenster seines Krankenzimmers, klopfte mit den Knöcheln langsam gegen das dicke Glas, horchte dem dumpfen Klang nach. Inzwischen war er zu dem Schluss gelangt, dass es sich entweder um ein Militärkrankenhaus oder ein Gefängnis handelte.

Er zog den Infusionsständer näher heran und überlegte, ob er damit die Scheibe einschlagen könnte.

Aber was dann?

Wenn er es schaffte, die Fensterscheibe zu zertrümmern, und in die Tiefe sprang, würde er dann sterben? Vor Jahren hatte er einen Fernsehbeitrag gesehen, in dem es geheißen hatte, nahezu jeder Absturz aus über zehn Metern Höhe sei tödlich. Und er befand sich eindeutig höher.

Er spielte mit den Schläuchen, die mit der Infusionskanüle verbunden waren. Die Ärzte maßen all seine Körperwerte – Pulsfrequenz, Sauerstoffgehalt des Bluts und andere Parameter. Aus den hebräischen Beschriftungen wurde er nicht schlau. Sein Vater konnte Hebräisch lesen und hatte versucht, es ihm beizubringen, doch Tommy hatte nicht mehr gelernt, als er brauchte, um seine Bar Mizwa zu bestehen.

Er musste an das schwärzlich-orangefarbene Gas denken, das seine Eltern überrollt hatte.

Hätte er ihnen nicht gesagt, das Gas sei ungefährlich, wären sie vielleicht noch am Leben. Jetzt wusste er, dass das Gas für ihn ungefährlich gewesen war. Einer der Ärzte hatte das Wort »immun« gebraucht. Vielleicht hätte er seine Eltern in Sicherheit bringen können. Der merkwürdige Priester hatte gemeint, er habe nichts tun können... Aber was hätte er sonst auch sagen sollen?

Du hast deine Eltern umgebracht. Du wirst zur Hölle fahren, aber die Reise dorthin wird lange dauern.

Tommy sah wieder aus dem Fenster. Es war ein tiefer Sturz bis zum Wüstenboden. Die Schatten der Steine sahen aus, als habe jemand Tinte auf dem Sand verschüttet. Es war eine karge Landschaft, doch aus der Höhe betrachtet, wirkte sie friedlich.

Ein Rascheln ließ ihn zusammenschrecken.

Unmittelbar neben ihm stand ein Junge. Er war etwa im gleichen Alter wie Tommy, trug aber einen grauen Dreiteiler. Er sog witternd die Luft ein wie ein Hund und bewegte die Nase mit jedem Einatmen näher an Tommy heran. Seine schwarzen Augen funkelten.

»Kann ich dir helfen?«, fragte Tommy und rückte ein wenig von dem Jungen ab.

Das brachte ihm ein Lächeln ein – ein so kaltes Lächeln, dass er erschauerte. Er bekam es mit der Angst und drückte mehrmals die Ruftaste, sandte in seiner Panik einen Hilferuf aus. Er wich zum Fenster zurück, während die Monitore, die seinen Herzschlag überwachten, wilde Ausschläge verzeichneten.

Der Junge zwinkerte ihm zu.

Das war vollkommen absurd.

Wer *zwinkerte* heutzutage noch? Also wirklich, wer...

Die rechte Hand des Jungen schnellte so plötzlich vor, dass er es erst mitbekam, als sie an seinem Unterkiefer zur Ruhe kam. Ein scharfer Schmerz ging von seinem Hals aus.

Tommy hob beide Hände und tastete sich ab. Blut quoll zwischen seinen Fingern hervor. Es spritzte stoßweise aus seinem Hals, durchtränkte seinen Schlafanzug, tropfte auf den Boden.

Der Junge senkte den Arm und beobachtete ihn mit schief gelegtem Kopf.

Tommy drückte beide Hände auf seinen Hals, versuchte, die Blutung zu stillen, und strangulierte sich dabei. Trotzdem strömte immer mehr Blut nach.

Er schrie, brachte aber nur ein Gurgeln zustande. Ein brennender Schmerz durchzuckte seinen Hals.

Um Hilfe herbeizurufen, riss Tommy sich die EKG-Kabel ab. Die Linie auf dem Monitor wurde flach, was einen lauten Warnton auslöste.

Zwei Soldaten kamen mit angelegten Waffen in den Raum gestürmt.

Er sah ihre entsetzten Gesichter – dann zwinkerte der Junge abermals.

Gar nicht gut.

Der fremde Bursche hob blitzschnell einen Stuhl hoch und schlug damit die Fensterscheibe ein. Dann stieß er Tommy in die nächtliche Dunkelheit hinaus.

Endlich frei.

Er stürzte durch die kalte Nachtluft. Warmes Blut spritzte aus seinem Hals.

Er schloss die Augen, bereitete sich darauf vor, seine Eltern wiederzusehen.

Kaum dass ihm ihr Bild vor Augen getreten war, krachte er auf den Boden. Einen solchen Schmerz hatte er noch nie gespürt. Jetzt musste es bald ein Ende haben. Es musste.

Doch das Ende kam nicht.

Kugeln schlugen ringsumher Funken aus dem Asphalt. Die Soldaten feuerten durchs eingeschlagene Fenster. Die Treffer gruben sengende Schmerzbahnen in seine Brust, seinen Oberschenkel, seine Hand.

Sirenen gellten. Scheinwerfer flammten auf.

Neben ihm landete leichtfüßig der Junge. Seine grauen Wildlederstiefel machten kaum ein Geräusch. War er gesprungen? Aus dieser Höhe?

Der Junge packte ihn beim Arm und zerrte ihn aus dem Bereich der Scheinwerfer und in die Wüste hinaus, so schnell wie eine Gazelle. Dass Tommy sich beim Aufprall an den Steinen den Rücken zerschnitten hatte und dass die gebrochenen Knochen sich bei jedem Schritt knirschend verlagerten, war ihm egal.

Währenddessen leuchteten die Sterne teilnahmslos auf sie nieder und blinkten ebenso kalt, wie der Junge gezwinkert hatte.

Tommy wollte, dass es aufhörte. Er wollte schlafen. Er wollte sterben.

Er zählte die Sekunden.

Eins. Zwei. Drei. Vier…

Auf einmal durchdrang ein grauenhafter Gedanke den Nebel aus Schmerz.

Und wenn ich gar nicht sterben kann?

27

26. Oktober, 23:44, Israelische Standardzeit
Jerusalem, Israel

ERIN HIELT SICH ein paar Schritte hinter Rhun, als er aus der Kapelle trat, die Treppe hinaufeilte und durch das Labyrinth der Gänge stürmte. Obwohl er sich sichtlich bremste, damit sie Schritt halten konnte, hielt sie lieber etwas Abstand. Im flackernden Kerzenschein der Kapelle hatte er maßlos zornig gewirkt, als hätte nicht viel gefehlt, und er wäre über sie hergefallen.

Wäre es in den verwinkelten Gängen nicht so dunkel gewesen, wäre sie weggerannt. Aber sie hatte ihre Kerze verloren und musste Rhun folgen, der ihr mit der Votivkerze aus der Kapelle leuchtete.

Schließlich hörte sie erhobene Stimmen, die aus einem erhellten Durchgang kamen. Sie kannte die Sprecher alle: Jordan klang zornig, Pater Ambrosius pedantisch-förmlich, Kardinal Bernard resigniert.

»*Also, wo ist sie?*«, polterte Jordan. Offenbar fragte er sich, was Pater Ambrosius mit ihr angestellt hatte.

Rhuns dunkle Gestalt verschwand im Durchgang.

Sie eilte ihm nach und gelangte in ein modern eingerichtetes Zimmer mit weiß getünchten Wänden, poliertem

Steinboden und einem langen Tisch, auf dem Waffen und Munition lagen.

Alle Blicke wandten sich ihr zu.

Jordans Miene entspannte sich. »Gott sei Dank«, sagte er, als er sie entdeckte – obwohl Gott nun wirklich nichts damit zu tun hatte.

Die Mienen der anderen waren undurchdringlich. Rhun stürmte vor, packte Pater Ambrosius beim Hals und drückte ihn gegen die Wand. Die kurzen Beine des Priesters baumelten in der Luft.

»Kardinal!«, keuchte Pater Ambrosius.

Rhun drückte fester zu. »Eines Tages rechnen wir ab, Ambrosius. Vergiss das nicht.«

Jordan näherte sich ihnen mit erhobenen Händen, um notfalls einzugreifen.

Der Kardinal zuckte mit keiner Wimper. »Lass ihn los, Rhun. Ich werde dafür sorgen, dass er angemessen gerügt wird.«

Rhun beugte sich vor.

Allein Erin sah Rhuns scharfe Eckzähne, als er knurrte und drohte. »Geh mir aus den Augen. Sonst rechnen wir gleich hier und jetzt ab.«

Rhun ließ den Priester los, der leichenblass geworden war. Dann hatte er die Reißzähne also ebenfalls gesehen. Pater Ambrosius fasste sich und trippelte ein paar Schritte weit, dann nahm er Reißaus.

Jordan trat näher. »Erin, alles in Ordnung? Wo haben Sie gesteckt? Was ist passiert?«

Sie wollte nicht darüber reden. Erst einmal musste sie die Neuigkeiten bezüglich Jordans Familienstands verkraften. Im Moment war sie jedenfalls heilfroh, dass er sie begleiten würde. Sie dachte an Rhuns flammenden Zorn und die scharfen Eckzähne, mit denen er Pater Ambrosius bedroht hatte. Schließlich neigte sie sich Jordans tröstlicher Wärme entgegen. »Danke.«

Kardinal Bernard räusperte sich. »Da Sie wieder bei uns sind, Dr. Granger … sollten wir vielleicht unser Gespräch über die Strigoi abschließen.«

Er deutete auf den Waffentisch. Obwohl Rhun sich anscheinend wieder beruhigt hatte, nahm Erin vorsichtshalber an der anderen Tischseite Aufstellung.

Jordan hob eine Brille hoch und betrachtete sie. »Das ist ein Nachtsichtgerät, aber es kommt mir sehr speziell vor.«

»Ja, das ist eine Spezialanfertigung, die man zwischen Restlichtverstärkung und Infrarot umschalten kann«, erklärte Bernard. »Ausgesprochen nützlich. Mit dem Restlichtverstärker kann man seine Gegner nachts erkennen, aber da die Strigoi Kaltblüter sind und keine Körperwärme abgeben, werden sie von Infrarotbrillen nicht erfasst. Wenn man zwischen beiden Modi hin und her schaltet, kann man somit Menschen von Strigoi unterscheiden.«

Erin nahm neugierig eine zweite Brille in die Hand, hielt sie sich vor die Augen und blickte Jordan an. Sein Haar und die Nasenspitze waren gelb; der Rest seines Gesichts wurde in einem warmen Rot wiedergegeben. Er winkte ihr mit orangefarbener Hand zu. *Eindeutig ein Warmblüter.*

Sie dachte an seinen heißen Kuss – und verdrängte den Gedanken gleich wieder.

Eilig richtete sie die Brille auf Rhun. Obwohl der Kardinal sie darauf vorbereitet hatte, dass er Raumtemperatur haben würde, verblüffte es sie doch, dass sein Gesicht die gleichen kalten Pupur- und tiefen Blautöne aufwies wie die Wand hinter ihm. Als sie die Restlichtverstärkung einschaltete, wurden alle Personen gleich dargestellt.

»Und, funktioniert es?«, fragte Jordan.

»Prima.«

Ein weiteres wissenschaftliches Instrument, das Rhuns Andersartigkeit belegte. Hatte er überhaupt etwas mit ihnen gemeinsam?

»Das hier sind die Silberpatronen für Ihre Waffen.« Der Kardinal reichte Jordan mehrere Schachteln. »Es ist schwer, einen angreifenden Strigoi mit einer Waffe abzuwehren, aber diese Patronen werden Ihnen helfen. Es handelt sich um Hohlspitzgeschosse, damit bei einem Treffer eine maximale Silberfläche mit dem Blut des Gegners in Berührung kommt.«

Jordan ließ eine Patrone auf seine Handfläche kullern und hielt sie ins Licht. Spitze und Hülse funkelten silbrig. »Und was bringt das?«

»Unser einzigartiges Blut trotzt den Krankheiten der Sterblichen. Theoretisch können wir ewig leben. Unser Immunsystem ist dem Ihren in jeder Beziehung überlegen, es sei denn, es gelangt mit *Silber* in Kontakt.«

»Aber Sie tragen silberne Kreuze.« Erin deutete auf das Kreuz, das sich auf der roten Kardinalssoutane abzeichnete.

Der Kardinal küsste seine handschuhgeschützten Fingerspitzen und berührte das Brustkreuz. »Jeder Sanguinarier trägt diese Bürde zur Erinnerung an seinen Fluch. Wenn wir das Silber berühren…« Er streifte den Lederhandschuh ab und drückte seinen bleichen Zeigefinger auf die Kugel in Jordans Hand. Es roch nach verbranntem Fleisch. Der Kardinal zeigte ihnen seine versengte Haut. »Selbst wir werden davon verbrannt.«

»Aber nicht so schlimm wie die Strigoi, nehme ich an«, sagte Jordan und steckte die Patronen ein.

»Das stimmt«, bestätigte Bernard und neigte den Kopf. »Als Sanguinarier stehe ich in der Mitte zwischen Verdammnis und Seligkeit. Silber verbrennt mich, bringt mich aber nicht um. Die Strigoi müssen auf den Schutz von Christi

Blut verzichten, deshalb ist das Silber für sie viel gefährlicher.« Er zog wieder den Handschuh an. »Geweihte Gegenstände sind ebenfalls nützlich, können sie aber nicht töten.«

»Wie sollen wir uns dann verteidigen?«, fragte Jordan.

»Ich schlage vor, dass Sie die Strigoi als Tiere betrachten«, sagte der Kardinal. »Um sie zu töten, müssen Sie ihnen mit gewöhnlichen Waffen möglichst schwere Verletzungen beibringen, genau wie bei einem Tier.«

Erin blickte Rhun an, doch der reagierte nicht darauf, dass man ihn als Tier bezeichnete. Dann zog der Priester einen Dolch und stieß ihn sich in die Hand.

Erin stockte der Atem.

Er schaute sie an, während sein Blut auf den Tisch tropfte. »Nur damit Sie es wirklich begreifen«, sagte er.

»Tut das nicht weh?«, konnte sie nicht umhin zu fragen.

»Wir nehmen viele Dinge deutlicher wahr als Menschen. Auch den Schmerz. Ja, es tut weh, aber sehen Sie genau hin.«

Er streckte seine offene Hand vor. Das Blut versiegte so plötzlich, als habe er einen Hahn abgedreht. Das Blut am Rande der Schnittverletzung sickerte sogar wieder in die Wunde hinein.

»Und weshalb zeigen Sie uns diesen coolen Zaubertrick?«, fragte Jordan.

»Unser Blut birgt die Geheimnisse. Es kreist von allein durch unseren Körper, eine lebendige Kraft. Deshalb hören unsere Verletzungen fast augenblicklich auf zu bluten.«

Erin beugte sich vor. »Dann sind Sie also nicht auf ein Herz angewiesen?«

Rhun nickte fast unmerklich.

Erin überlegte, was das bedeutete. War dies der Ursprung der Legende von den Lebenden Toten? Ging alles auf die Strigoi zurück, die tot wirkten, weil sie kalt waren und weil kein Herz in ihrem Körper schlug?

»Aber was ist mit der Atmung?«, fragte sie, denn jetzt wollte sie es genau wissen.

»Wir atmen nur, damit wir riechen und sprechen können«, erklärte Rhun. »Aber darauf angewiesen sind wir nicht. Wir können den Atem beliebig lange anhalten.«

»Noch eine gute Neuigkeit«, murmelte Jordan.

»Jetzt wissen Sie Bescheid«, sagte Rhun. »Wie Kardinal Bernard gesagt hat: Wenn Sie einen Strigoi verletzen, dann möglichst schwer. Gehen Sie nicht davon aus, dass er tödlich verwundet ist, denn wahrscheinlich ist das nicht der Fall. Seien Sie stets auf der Hut.«

Jordan nickte.

»Die einzigen Schwächen der Strigoi sind Feuer, Silber, Sonnenlicht und Verletzungen, die so schwerwiegend sind, dass sie den Blutverlust nicht schnell genug stoppen können.«

Jordan betrachtete die Waffensammlung. Auf einmal wirkte er besorgter als eben noch. »Danke für die Infos«, sagte er leise.

Der Kardinal hielt seine behandschuhten Hände über mehrere Dolche. »Alle diese Waffen sind versilbert und wurden von der Kirche geweiht. Ich glaube, Sie werden hier wirksamere Waffen finden als das Messer in Ihrem Wadenhalfter, Sergeant Stone.«

Jordan wog jeden einzelnen Dolch prüfend in der Hand. Schließlich entschied er sich für ein gut dreißig Zentimeter langes Messer mit Elfenbeingriff. Er untersuchte es eingehend. »Das ist ein amerikanisches Bowiemesser.«

»Ein passende Waffe«, meinte Rhun. »Sie stammt aus dem Bürgerkrieg und gehörte einem Bruder unseres Ordens, der in der Schlacht von Antietam ums Leben kam.«

»Eine der blutigsten Schlachten des Bürgerkriegs«, bemerkte Jordan.

»Die Klinge wurde später versilbert.« Rhun sah Jordan an. »Gehen Sie pfleglich damit um und behandeln Sie sie mit Respekt.«

Jordan nickte.

Erin dachte an den Messerkampf in der Gruft. Sie würde nie wieder hilflos in einem Kasten hocken. »Ich will auch eins. Und eine Schusswaffe.«

»Können Sie denn schießen?«, fragte der Kardinal.

»In meiner Jugend bin ich auf die Jagd gegangen – aber ich habe noch nie auf etwas geschossen, das ich nicht essen wollte.«

Jordan bedachte sie mit einem schiefen Grinsen. »Stellen Sie sich vor, dass in diesem Fall *Sie* gefressen werden sollen.«

Sie lächelte gezwungen, noch immer angewidert von der Vorstellung, auf jemanden zu schießen, und sei es ein Strigoi. Sie sahen aus wie Menschen; sie waren einmal Menschen gewesen.

»Sie werden nicht zögern, Sie zu töten oder Ihnen noch Schlimmeres anzutun«, sagte Rhun. »Wenn Sie es nicht fertigbringen, ihnen das Leben zu nehmen …«

»Schon gut, Rhun«, unterbrach ihn der Kardinal. »Nicht jeder ist zum Krieger bestimmt. Dr. Granger wird als Wissenschaftlerin mitreisen. Ich bin sicher, du und Sergeant Stone … ihr werdet sie schützen können.«

»Ihr unerschütterliches Vertrauen in unsere Fähigkeiten vermag ich nicht zu teilen«, sagte Rhun. »Sie muss in der Lage sein, sich selbst zu verteidigen.«

»Und das werde ich auch.« Erin wählte eine SIG Sauer aus.

»Eine gute Waffe.« Der Kardinal reichte ihr ein paar Schachteln mit Silberpatronen.

Sie schob die Waffe in ein Schulterhalfter. In ihrem langen Rock kam sie sich lächerlich vor, als sollte sie an einer Wild-West-Show teilnehmen. »Könnte ich vielleicht eine Jeans bekommen?«

»Ich kümmere mich darum«, versprach Bernard, dann zeigte er auf zwei Kleidungsstücke, die an Wandhaken hingen, zwei lange Lederjacken. »Die sind ebenfalls für Sie.«

Jordan betastete die längere der beiden Jacken. »Aus welchem Material sind die gemacht?«

»Aus der Haut einer Blasphemäre«, antwortete der Kardinal. »Das Leder ist sowohl hieb- als auch schussfest.«

»Wie eine Schutzweste«, meinte Jordan anerkennend.

Erin nahm die kleinere Jacke, die offenbar für sie gedacht war. Sie war etwa doppelt so schwer wie eine gewöhnliche Jacke.

Jordan zog die für ihn bestimmte Jacke an. Sie hatte die Farbe von Milchschokolade und passte ihm ausgezeichnet. Er sah darin sogar besser aus als in seiner Tarnjacke.

Erin zog ihre Jacke an, die etwas heller war als die von Jordan. Sie reichte ihr bis zu den Knien, bot aber ausreichend Bewegungsfreiheit. Der runde Kragen streifte an ihrem Kinn, schützte ihren Hals.

»Das möchte ich Ihnen noch geben.« Rhun drückte ihr eine silberne Halskette mit einem orthodoxen Kreuzanhänger in die Hand. Jahrelang hatte sie ein solches Kreuz täglich getragen – bis sie es weggeworfen hatte, als sie zu Pferd aus dem Sektenanwesen geflüchtet war. Ihr Vater wollte ihr den Glauben an Gott einbläuen, hatte aber das genaue Gegenteil damit erreicht.

»Wozu soll das gut sein?«, fragte sie. »Der Kardinal hat gemeint, geweihte Gegenstände könnten gegen die Strigoi nicht viel ausrichten.«

»Das ist mehr als eine Waffe«, sagte Rhun so leise, dass sie die Ohren spitzen musste. »Das ist das Zeichen Christi.«

Offenbar meinte er es todernst. Wollte er sie in den Schoß der Kirche zurückholen? Oder steckte mehr dahinter?

Um ihn nicht zu verletzen, legte sie sich die Kette um. »Danke.«

Rhun neigte andeutungsweise den Kopf, dann reichte er Jordan eine zweite Kette.

»Mit Schmuck hat das aber nichts zu tun, oder?«, fragte Jordan.

Rhun zog verwirrt die Augenbrauen zusammen.

Erin lächelte – und das tat ihr gut. »Hören Sie nicht auf ihn. Er macht nur Spaß, Rhun.«

Jordan seufzte, stemmte die Arme in die Hüfte und stellte eine letzte Frage. »Wann brechen wir auf?«

Bernard antwortete wie aus der Pistole geschossen: »Jetzt gleich.«

TEIL 3

Die Schiffe wurden zum Himmel emporgehoben
und wieder hinab in die Tiefe geschleudert,
dass die Seeleute vor Angst zitterten.

Psalm 107,26

28

27. Oktober, 3:10, MEZ
Oberau, Deutschland

NOCH STUNDEN VON der ersehnten Morgendämmerung entfernt, veränderte Jordan auf dem Rücksitz des schwarzen Mercedes S600 die Haltung. Er schaute durchs Fenster auf die bayerischen Wälder hinaus, die in tiefe Dunkelheit gehüllt waren. Erin saß neben ihm, während Korza am Steuer seine übermenschlichen Reflexe unter Beweis stellte.

Mario Andretti in Priesterkluft.

Am Rande der kurvenreichen Asphaltstraße zeichneten Fichten und Tannen ein schwarzes Linienmuster in den dunstigen grauen Himmel. Nebelschwaden wogten über dem dunklen Lehmboden wie Geisterfinger. Jordan rieb sich die Augen. Er musste aufhören, so zu denken wie ein Mann, der in einem Horrorfilm gefangen war. Die Wirklichkeit war schon verrückt genug, auch ohne dass die Fantasie mit ihm durchging.

Er gähnte. Der Jetlag machte ihm zu schaffen. Er war kaum in den vom Vatikan bereitgestellten luxuriösen Privatjet eingestiegen, als er auch schon in einem der extrabreiten Sitze eingeschlafen war. Es war kaum zu glauben, dass sie an einem einzigen Tag so viel erlebt hatten und erst vor vier Stunden mit Höchstgeschwindigkeit von Jerusalem nach Deutschland geflogen waren.

Als sie in München gelandet waren, hatte Erin auf reizende Weise tranig gewirkt, sodass er annahm, dass sie zumindest ein wenig geschlafen hatte.

Jetzt schaute sie an ihrer Seite aus dem Fenster. Sie trug eine schlichte graue Jeans, ein weißes Hemd und die Lederjacke, die der Kardinal ihr gegeben hatte. Jordan legte die Finger um seinen hohen Kragen. Abgesehen vom engen Halsausschnitt war dies der bequemste Körperschutz, den er je getragen hatte; außerdem wirkte er noch wie eine gewöhnliche Jacke. Allerdings stand zu bezweifeln, ob das in Anbetracht des Gegners, mit dem sie es zu tun hatten, reichen würde.

Korza hatte seine zerrissene Soutane abgelegt und trug eine schwarze Lederjacke, offenbar maßgeschneidert und hübscher als die von Erin und Jordan. Er machte nicht den Eindruck, als würde er unter Schlafmangel leiden.

Hatte er im Flugzeug geschlafen? Brauchte er überhaupt Schlaf? Jordan hatte die ganze Zeit über geschwiegen, da er Korza beim Fahren nicht ablenken wollte. Erin verhielt sich ebenfalls still, doch vermutlich aus anderen Beweggründen. Er wurde noch immer nicht schlau aus ihr. Seit er dem Kardinal seinen Ehering gegeben hatte, wirkte sie distanzierter als zuvor. Hin und wieder ertappte er sie dabei, dass sie ihn aus dem Augenwinkel beobachtete, als traute sie sich nicht, ihn offen anzusehen.

Hätte er geahnt, dass er als Single weniger interessant für sie war denn als verheirateter Mann, hätte er Bernard den Ring heimlich überreicht. Aber was wusste er schon von Frauen? Seit Karens Tod hatte er sich hinter dem Ehering versteckt.

Erin regte sich. »Wir haben Ettal erreicht.«

Er beugte sich zu ihr hinüber.

Inmitten des Nadelwalds sah man im Licht der Straßenlaternen weiße Gebäude mit braunen Dächern. Die meisten Fenster waren zu dieser frühen Stunde noch dunkel. Der Ort hatte etwas von einem Postkartenfoto, ein malerischer Weiler, der seine Besucher mit den Worten empfing: *Willkommen in Bayern!* Es war schwer vorstellbar, dass dieses kleine Dorf ein dunkles Geheimnis barg und eine Hochburg der Sanguinarier war.

Rhun preschte in unvermindertem Tempo durch das Dorf hindurch.

Ein paar Haarnadelkurven später tauchte ein barockes Gebäude mit zwei mächtigen Seitenflügeln auf. In der Mitte ragte ein Kuppeldach in den Himmel, darauf ein goldenes Kreuz, das im Mondschein funkelte. Zahllose Strebebögen mit Fenstern oder Heiligenstatuen zierten die gebrochen weiße Fassade.

»Das Kloster Ettal«, sagte Erin beeindruckt und straffte sich. »Das wollte ich schon immer mal sehen.«

Jordan freute sich, dass sie wieder sprach.

Aufgeregt plapperte sie weiter: »Kaiser Ludwig der Bayer hat die Abtei an diesem Ort erbaut, weil sein Pferd sich hier dreimal verneigt hat.«

»Wie kriegt man ein Pferd dazu, dass es sich verneigt?«, fragte Jordan.

»Mittels göttlichem Einwirken«, antwortete Erin.

Er grinste sie an, dann beugte er sich vor und sagte zum Priester: »Ist das das Kloster, von dem die Rede war, Pater? Die geheime Universität?«

»Die liegt dahinter. Und es wäre mir lieber, wenn Sie mich Rhun nennen würden, nicht Pater.«

Der Wagen schlitterte um die Ecke, Kies wurde hochgeschleudert. Im Scheinwerferlicht tauchten einfachere Gebäude auf, mit roten Ziegeldächern, die strenger und schlichter wirkten. Das passte schon eher zu den Sanguinariern.

Rhun hielt neben einem der unscheinbaren Gebäude und sprang aus dem Wagen, ehe das Motorengeräusch ganz erstorben war. Er musterte die umliegenden Hügel, bewegte dabei nur die Augen. Seine Nasenflügel bebten.

Erin wollte die Tür öffnen, doch Jordan fiel ihr in den Arm. »Warten wir lieber, bis er bestätigt hat, dass die Luft rein ist. Und schließen Sie bitte den Reißverschluss Ihrer Jacke.«

Rhun drehte sich draußen langsam um die eigene Achse, als rechnete er mit einem Angriff.

3:18

Rhun lauschte mit allen Sinnen. Er hörte den Herzschlag der Männer, die im nahen Kloster schliefen. Er roch den Duft des Waldes und das erhitzte Metall des Motors, hörte das Rauschen von Eulenschwingen über den Baumwipfeln und das Knispeln einer Wühlmaus in der Erde.

Gefahr witterte er keine.

Er atmete tief durch, entspannte sich und wurde eins mit der Nacht. Sein ganzes Leben hatte er entweder drinnen im Gebet oder im Freien bei der Jagd verbracht, immer zu beschäftigt, um die Natur zu genießen. Als er das Ordensgewand anlegte, hatte ihn die Andersartigkeit seiner Sinne erschreckt und geängstigt und ihn daran erinnert, dass er ein Verdammter war. Inzwischen aber wusste er die seltenen Augenblicke zu schätzen, da er innehalten und auf intime Weise mit Gottes Schöpfung in Verbindung treten konnte.

Nie fühlte er sich Gott näher als in diesen Momenten des Alleinseins, viel näher, als wenn er in einer unterirdischen Kapelle kniete.

Er tat noch einen tiefen Atemzug, dehnte den Moment eigensüchtig hinaus. Dann regte sich die Frau im Wagen und gemahnte ihn an seine Pflicht.

Er wandte sich dem großen Hauptgebäude und den beiden Seitenflügeln zu, musterte die rückwärtigen Fenster, hielt Ausschau nach einer Bewegung. Anscheinend wurden sie nicht beobachtet. Am Fuße eines der kleineren Türme lag eine massive geschlossene Tür. Er horchte mit seinen Sinnen durch die dicken Holzbohlen hindurch, nahm aber keinen Herzschlag wahr – nur ein leises Wispern, gedacht allein für seine Ohren.

»*Willkommen, Rhun. Alles in Ordnung.*«

Rhun entspannte sich beim Klang der vertrauten Stimme mit deutschem Akzent.

Er drehte sich um und nickte Jordan zu. Zumindest war er so vernünftig gewesen, mit Erin im Wagen zu bleiben. Die beiden stiegen aus, was sich für Rhuns scharfes Gehör laut und unbeholfen anhörte.

Als sie hinter ihm standen, setzte Rhun sich zur Tür in Bewegung.

Jordan hielt sich zwischen Erin und dem dunklen Wald, da er aus dieser Richtung am ehesten mit einem Angriff rechnete.

Rhun war aufgefallen, dass er über schnelle Reflexe verfügte. Vielleicht würde das ja reichen. Die dicke Holztür öffnete sich, bevor er sie erreicht hatte. Rhun trat beiseite und ließ seine beiden Begleiter vor ihm eintreten. Je eher sie nach drinnen gelangten, desto besser.

Als Jordan und Erin geduckt durch den kleinen Eingang traten, blickte Rhun sich ein letztes Mal um. Er konnte keine unmittelbare Bedrohung ausmachen, hatte aber dennoch das Gefühl einer dräuenden Gefahr.

Er hatte sich in der Vergangenheit oft auf seine Vorahnungen verlassen können, und daher wusste er, dass er sich wappnen musste.

29

27. Oktober, 3:19, MEZ
Ettal, Deutschland

AUF EINER BEWALDETEN Hügelkuppe mit Ausblick auf die Abtei lag Bathory in einer Mulde voller Laub und kühlte in der Feuchte den glühenden Zorn, den der Anblick von Rhun Korza bei ihr ausgelöst hatte.

In der Höhe knackten kahle Lindenäste. Durch ihr Hochleistungsfernglas beobachtete sie, wie der Krieger hinter dem Kloster aus der Limousine stieg. Sie hatte einen weit entfernten Beobachtungsposten ausgewählt, weil sie den Sanguinarier nicht auf sich aufmerksam machen wollte. Die Haltung des Kriegers ließ erkennen, dass er wachsam war, doch er hatte sie nicht entdeckt.

Im Moment war ihr einziger Gegner der aufkommende Nebel.

Als Korza in der Abtei verschwand, legte sie erleichtert die Stirn auf einen Arm.

Ihr riskantes Spiel hatte sich ausgezahlt. Sie hatte Fotos des Naziordens an drei Historiker übermittelt, die mit den Belial im Bunde waren. Während sie sich über die Bedeutung des Ordens stritten, hatte sie einen anderen Weg verfolgt und ihr Spionagenetzwerk im Heiligen Land aktiviert.

Auf diese Weise erfuhr sie, dass Korza nach Deutschland fliegen wollte, wohingegen über den Zielflughafen und das Reiseziel keine Informationen zu bekommen waren.

Sie aber glaubte zu wissen, wohin er wollte.

Korza würde dem Buch auf der Spur bleiben wollen. Er würde den einzigen Hinweis, der in der Gruft vorhanden war, mitnehmen und sich genau wie sie mit Historikern beraten, die loyal zu seinem Orden standen. Sie kannte das Kloster Ettal und die Pontifikaluniversität der sanguinarischen Gelehrten, die sich seit dem Ende des Zweiten Weltkriegs der historischen Forschung widmeten. Dorthin würde er sich begeben.

Dann hatte sie gehandelt, ohne um Erlaubnis zu fragen, denn das hätte zu lange gedauert. Sie hatte alle Strigoikämpfer aus der Wüste des Heiligen Landes abgezogen – eine kleine Streitmacht – und sie so, wie sie waren, nach Ettal geschafft.

Das war ein kühner Schachzug, den Tarek guthieß, denn er hoffte insgeheim, dass sie scheitern würde.

Neben ihr regte sich Magor und legte ihr den Kopf auf die Schulter. Sie schmiegte sich an ihn. Trotz der dicken, gefütterten Jacke, die sie vor der Kälte der bayerischen Nacht schützen sollte, war sie empfänglich für die Backofenhitze, die Magor ausstrahlte, und seine Zuneigung, die sie ebenso wärmte wie sein Körper. Auch er suchte Trost bei ihr. Sie spürte sein Unbehagen. Das hier war eine neue Welt für den Wüstenwolf.

Ganz ruhig… dachte sie. *Hier macht man ebenso leicht Beute wie in der Wüste…*

Auch an ihrer anderen Seite regte sich jemand, der jedoch nur Verachtung für sie übrig hatte. »Soll ich nicht mit den anderen näher herangehen?«, fragte Tarek. »Ich habe keinen Herzschlag, den er orten könnte. Im Gegensatz zu dir.«

Sie überging die Beleidigung. Offenbar missgönnte er ihr den Triumph. Sie verpasste ihm einen Dämpfer. »Wir bleiben hier. Wir dürfen sie nicht aufscheuchen.«

Der Modergeruch des feuchten Laubs stieg ihr in die Nase. Anders als Magor mochte sie ihn. Nach dem jahrelangen Aufenthalt in der judäischen Wüste genoss sie die vertrauten Geräusche und Gerüche des Waldes. Sie erinnerten sie an ihre Heimat in Ungarn, und sie schöpfte Kraft aus diesen glücklichen Erinnerungen – Erinnerungen an die Zeit, bevor Er sie gezeichnet hatte.

»Diesmal sind wir stärker.« Tarek ließ nicht locker. »Wir könnten sie überrumpeln, ihnen die Informationen abpressen und selbst das Buch aufspüren.«

Sie hörte die Gier aus seinen Worten heraus, den Wunsch, die Verluste von Masada zu rächen und seinen Blutdurst zu stillen. Sie krampfte die Hände um das Fernglas. Warum verstand er nicht, dass es sie nicht minder nach Rache und Blut gelüstete als ihn? Aber sie würde nicht den Fehler machen, die Dinge zu überstürzen – und sie würde auch nicht zulassen, dass Tarek es tat. Denn daher rührte die wahre Stärke des Bundes der Belial: Sie zügelten die Wildheit der Strigoi durch die berechnende Schläue der Menschen.

Sie wandte nicht einmal den Kopf. »Mein Befehl gilt. Solche Festungen sind gegen euresgleichen geschützt. Auf dem unbekannten Terrain von Masada hat ein einziger Sanguinarier sechs von euch getötet, und wir wissen nicht, wie viele sich in der Abtei aufhalten. Keiner, der sich dort runterwagt, wird zurückkehren.«

Die meisten ihrer Kämpfer zeigten sich beeindruckt.

Tarek nicht. Er deutete zur Abtei, entschlossen, ihr zu widersprechen und sie herauszufordern. Sie aber hatte genug von seiner Respektlosigkeit. Sie wollte ihn brechen, so wie der Sanguinarier einst ihre Familie gebrochen hatte.

Sie packte seinen ausgestreckten Arm und zog seine Hand an ihren Hals, bevor er reagieren konnte. »Wenn du glaubst, du kannst führen«, fauchte sie, »dann tu es!«

Als seine Hand das Mal berührte, zischte es. Tarek sprang auf und wich knurrend zurück. Seine Finger qualmten, obwohl er mit Bathorys verfluchtem Blut nur indirekt in Berührung gekommen war.

Auch die anderen Männer wichen zurück – alle außer Rafik.

Er kam seinem Bruder zu Hilfe und warf sich auf sie. Magor knurrte und wollte eingreifen.

Nicht!, dachte sie.

Das war ihr Kampf. Sie wollte ihnen eine Lektion erteilen.

Sie wälzte sich auf Rafik, umschlang ihn mit den Beinen wie eine Geliebte, griff ihm dann ins Haar und zog seinen Mund an ihren Hals. Seine Haut qualmte, und Rafik wand sich schreiend unter ihr.

Währenddessen ließ sie Tarek nicht aus den Augen. »Soll ich deinen Bruder stillen?«

Der Zorn in seinen Augen verflüchtigte sich und machte Angst Platz – Angst um das Leben seines Bruders, aber auch um sie. Sie ließ Rafik los und stieß ihn weg. Er landete wimmernd auf allen vieren neben Tarek, seine blasigen Lippen qualmten.

Tarek kniete nieder und tröstete seinen benommenen Bruder.

Bathory verspürte einen Anflug von schlechtem Gewissen, denn Rafik war kaum intelligenter als ein Kleinkind, doch sie musste hart sein – härter als sie alle.

Magor robbte auf dem Bauch an sie heran, stupste sie an und vergewisserte sich, dass mit ihr alles in Ordnung war, dann legte er sich auf die Seite und unterwarf sich so demonstrativ dem Rudelführer.

Sie kraulte ihn hinter dem Ohr, bedankte sich für seine wölfische Hingabe. Anschließend blickte sie Tarek an, forderte auch von ihm eine Unterwerfungsgeste ein.

Langsam neigte er den Kopf mit abgewandtem Blick.

Gut.

Sie legte sich wieder in die laubgepolsterte Mulde und blickte durchs Fernglas.

Jetzt musste noch jemand anders gebrochen werden.

30

27. Oktober, 3:22, MEZ
Ettal, Deutschland

ALS ERIN DURCH den kleinen Hintereingang der Abtei trat, versetzte der Geruch von Holzrauch sie zurück in die Zeit, als sie auf dem Sektenanwesen Feuerholz und Wasser geschleppt hatte. Das kam ihr seltsam vor. Wozu brauchten die Sanguinarier ein Feuer? Mochten sie die Wärme, den Tanz der Flammen, das Knacken der Scheite? Oder lebten in diesem Teil des Klosters auch Menschen?

Hinter der Schwelle blieb sie neben Jordan vor einem langen Gang stehen, dessen Ende in Dunkelheit gehüllt war. Ein pummeliger Priester verstellte ihnen den Weg, eigentlich noch ein Halbwüchsiger.

Falls er überhaupt ein Mensch war.

»Ich bin Bruder Leopold«, begrüßte er sie im bayerischen Dialekt und deutete eine Verneigung an. »Hier auf dem Land haben wir nur wenig Abwechslung. Wenn Sie mir bitte folgen würden.«

Er geleitete sie durch den dunklen Gang und stieg eine Treppe hinunter. Erin stolperte und wäre beinahe gestürzt, doch Rhun fasste sie beim Ellbogen und stützte sie. Sein Griff war ebenso kraftvoll wie kalt.

Jordan drückte ihr eine Nachtsichtbrille in die Hand. »Wir schleppen diese Spielzeuge mit, da können wir sie ebenso gut benutzen. Wie es so schön heißt: Man sollte sich den örtlichen Gepflogenheiten anpassen …«

Sie setzte die Brille auf und rückte sie zurecht. Die Umgebung wurde in Grüntönen dargestellt. Anstatt roh behauener Steinstufen erblickte sie abgetretenes Linoleum, das sie an die Treppenstufen einer anderen Universität erinnerte.

Dieser Anschein von Normalität beruhigte sie.

Neugierig schaltete sie auf Infrarotmodus um und konnte auf einmal die Körperwärme sehen, die von Jordan ausstrahlte. Unwillkürlich rückte sie ein wenig näher an ihn heran.

Als sie nach ihrem Führer sah, war er verschwunden – wenngleich sie das Geräusch seiner Schritte noch immer hörte. Offenbar gab er keine Körperwärme ab. Trotz seines pummeligen Äußeren war er kein junger Mann, weit gefehlt. Er war ein Sanguinarier. Verstört schaltete sie wieder auf Restlichtverstärkung um.

Am Fuß der Treppe befand sich eine Stahltür mit elektronischem Tastenfeld.

Bruder Leopold tippte fünf Ziffern ein, worauf die Tür aufschwang. »Bitte machen Sie schnell.«

Erin warf einen Blick über die Schulter und fragte sich, welche Art von Gefahr er wohl wahrnehmen mochte.

»Der Raum ist beheizt«, erklärte Bruder Leopold mit beruhigendem Lächeln. »Ich versichere Ihnen, das ist auch schon alles.«

Sie eilte in den Raum, gefolgt von Jordan, der in seiner Wachsamkeit keinen Moment nachließ.

Bruder Leopold schaltete das Licht ein, und Erin wurde geblendet. Sie und Jordan rissen sich die Nachtsichtbrille herunter.

»Verzeihung«, sagte Bruder Leopold. Blinzelnd schaute Erin sich in dem beengten Büro um, das ihrem Arbeitszimmer in Stanford glich. Doch anstatt mit Kostbarkeiten aus biblischen Zeiten war der Raum vollgestopft mit Memorabilien und Artefakten aus dem Zweiten Weltkrieg. Die Wände waren mit gerahmten Landkarten aus den Vierzigerjahren gepflastert; an der anderen Wand stand ein deckenhohes Regal mit Büchern in Doppelreihen. Die dritte Wand war seltsamerweise schwarz verglast. Es roch nach alten Büchern, Tinte und Leder.

Die Wissenschaftlerin in ihr wäre am liebsten hier eingezogen und nie wieder fortgegangen.

Hinter dem schweren Eichenschreibtisch stand in schrägem Winkel ein uralter Lederstuhl. Auf dem Tisch lagen Stapel von Papieren, Bücher und ein Glaskasten mit Anstecknadeln und Medaillen.

Jordan schaute sich ebenfalls um. »Zum Glück gibt's hier endlich mal nichts, was älter wäre als die Vereinigten Staaten.«

»Und das finden Sie *gut*«, meinte Erin mit tadelndem Unterton.

»Dass Sie sich nur nicht täuschen«, setzte Rhun hinzu. »In der modernen Welt ist ebenso viel Böses geschehen wie im Altertum.«

»Ihr wollt wohl nicht, dass ich den Augenblick genieße?« Jordan rückte näher an Erin heran, um Bruder Leopold vorbeizulassen. Auch diesmal wieder nahm sie seine beruhigende Körperwärme wahr.

»Entschuldigen Sie die Unordnung«, sagte der Mönch und rückte seine Brille zurecht. »Und sehen Sie mir die knappe Begrüßung nach. Sie sind Sergeant Stone, nehme ich an?«

»Stimmt.« Jordan reichte ihm die Hand.

Bruder Leopold ergriff sie mit beiden Händen und schwenkte sie auf und ab. »*Willkommen*. Willkommen im Kloster Ettal.«

»Danke.« Jordan lächelte den Mönch freundlich an.

Bruder Leopold erwiderte sein Lächeln ebenso enthusiastisch, wie er ihm die Hand geschüttelt hatte.

Als Erin sich kurz vorgestellt hatte, kam sie zu dem Schluss, dass der Mönch viel menschlicher wirkte als Rhun oder Bernard. Die Berührung hatte sich zwar kalt angefühlt, doch sein Händedruck war weniger steif und förmlich gewesen als der der anderen.

Vielleicht lag es auch nur daran, dass er jünger war als seine jahrhundertealten Ordensbrüder. Bruder Leopold schwenkte theatralisch den Arm. »Diese Sammlung und meine Wenigkeit stehen zu Ihrer Verfügung, Professor Granger. Man hat mir gesagt, Sie wünschten Informationen zu einem bestimmten Artefakt.«

»Das ist richtig.« Sie schob die Hände unter ihre lange Jacke, zog den Naziorden aus der Tasche ihrer Jeans und reichte ihn dem Mönch. »Was können Sie mir dazu sagen?«

Bruder Leopold ergriff den Orden mit seinen Wurstfingern, betrachtete ihn mit und ohne Brille, wendete ihn mehrfach hin und her, trippelte dann zum Schreibtisch und legte den Orden unter eine Lupe.

Er betrachtete die Randprägung.

»*Ahnenerbe*. Kein Wunder, dass Sie deren Visitenkarte im Sand des Heiligen Landes gefunden haben. Diese Organisation hat jahrzehntelang Gräber, Höhlen und Ruinen erkundet.«

Er tippte auf die Rückseite des Ordens. »Aber das ist interessant. Eine Odal-Rune.« Er sah Erin an. »Wo genau haben Sie das gefunden?«

»In der Hand eines mumifizierten Mädchens, das in der israelischen Wüste ermordet wurde. Wir haben dort nach einem Artefakt gesucht, das möglicherweise durch das Ahnenerbe geraubt wurde.«

Der Mönch zog erstaunt eine Augenbraue nach oben. Er wartete auf eine weitere Erklärung, und als die ausblieb, seufzte er und fuhr fort: »Die Bosheit der Nazis reichte sehr weit.«

Erin bedauerte, dass sie dem engagierten Mönch gegenüber nicht offener sein konnte. Man hatte Bruder Leopold nichts über die Suche nach dem Blutevangelium gesagt. Er wusste nur, dass sie nach Informationen zu einem Orden suchten, den sie in der Wüste gefunden hatten.

»Können Sie herausfinden, wem die Medaille einmal gehört hat?«, fragte sie. »Wenn das bekannt wäre, wüssten wir, wonach wir suchen müssen.«

»Das dürfte schwierig sein. Ich kann keine Merkmale entdecken, die man zu einer Identifizierung heranziehen könnte.«

Sie versuchte, ihre Enttäuschung zu verbergen, doch es fiel ihr schwer. Jordan drückte ihr mitfühlend die Schulter und wechselte das Thema. Er las ein paar Bezeichnungen von den Landkarten ab, mit richtiger Aussprache.

»Sie sprechen Deutsch?«, fragte Erin.

»Ein wenig«, antwortete Jordan. »Auch ein bisschen Arabisch. Und Englisch.«

Rhun wurde unruhig und lenkte damit Erins Aufmerksamkeit auf sich. Sie fragte sich, wie viele Sprachen er wohl beherrschte.

Jordan wandte sich an Bruder Leopold. »Wie sind Sie an diese eindrucksvolle Landkartensammlung gekommen?«

»Einige stammen aus meinem eigenen Besitz.« Der Mönch strich über die Rosenkranzperlen an seinem Gürtel.

»Ich muss zu meiner Schande gestehen, dass ich als Mensch Mitglied der NSDAP war.«

Jordan machte große Augen. »Sie …«

Erin versuchte, sich den rundlichen Mönch mit dem offenen Gesicht als Nazi vorzustellen.

»Vielleicht sollten wir uns jetzt dem Ahnenerbe zuwenden?«, warf Rhun ein.

»Gerne.« Bruder Leopold nahm auf dem knarrenden Lederstuhl Platz. »Ich wollte Ihren Begleitern nur klarmachen, dass meine Kenntnisse auf diesem Gebiet nicht ausschließlich akademischer Natur sind. Seit ich Sanguinarier geworden bin, habe ich viel über die Aktivitäten der Nazis erfahren und mein weiteres Leben und meine Forschungen der Entlarvung ihrer Verbrechen gewidmet, um einen Beitrag zu leisten, dass sich dergleichen niemals wiederholt.«

»Und haben Sie einen solchen Orden schon mal gesehen?«, fragte Rhun.

»Ähnliche Orden, ja.« Bruder Leopold wühlte in einer Schreibtischschublade und nahm einen kleinen Holzkasten mit Glasabdeckung heraus. »Das sind einige Abzeichen des Ahnenerbes. Die meisten wurden von Pater Piers gesammelt, einem meiner Mentoren und der Priester, der mich zum Eintritt in den Orden bewegt hat. Er wusste mehr über die okkulten Praktiken der Nazis als jeder andere – wahrscheinlich mehr als seinerzeit die Deutschen.«

Kardinal Bernard hatte in Jerusalem den Namen des verstorbenen Priesters erwähnt. Im Laufe der Jahrhunderte waren viele berühmte Historiker gestorben und hatten ihr nicht niedergeschriebenes Wissen mit ins Grab genommen. Diese tragische Entwicklung war also nicht allein auf die menschlichen Gelehrten beschränkt.

Der Mönch deutete auf den Schaukasten. »Ich glaube, das Abzeichen in der Mitte dürfte Sie interessieren.« Er tippte auf eine Anstecknadel in der Form einer Odal-Rune. In der Mitte war ein Hakenkreuz dargestellt, die beiden Enden glichen kleinen Füßen.

Erin las die eingravierten Worte vor. »*Volk. Sippe.*«

»Das Ahnenerbe hat geglaubt, die Deutschen stammten von der arischen Rasse ab, von einem Volk, das angeblich in Atlantis lebte, bevor es Richtung Norden wanderte.«

»Atlantis?« Jordan schüttelte den Kopf.

Erins Blick fiel auf ein anderes Abzeichen. Es stellte eine Art Säulenfuß dar, darauf ein aufgeschlagenes Buch.

»Ah, das symbolisiert das Engagement des Ahnenerbes für die Dokumentation der arischen Geschichte und des arischen Erbes. Einige vertreten aber die Ansicht, es stehe für ein großes Mysterium und sei ein Verweis auf ein okkultes Buch, das große Macht verleihe.«

Erin wechselte einen Blick mit Rhun.

War das vielleicht ein Hinweis darauf, dass sich das Blutevangelium in ihrem Besitz befunden hatte?

Der Mönch schob einen Stapel von Dokumenten der Nazizeit beiseite. Darunter kam eine Computertastatur zum Vorschein. Er gab etwas darüber ein. Die Glaswand neben dem Schreibtisch wurde hell – ein riesiger Monitor. Mit rasendem Tempo scrollten Daten über den Bildschirm. Offenbar besaßen die Sanguinarier nicht nur alte, sondern auch hochmoderne Spielzeuge.

»Wenn Sie nach einem Artefakt des Ahnenerbes suchen«, sagte Leopold, während seine Finger über die Tasten flogen, »das hier ist eine Landkarte Deutschlands. Ich arbeite schon fast sechzig Jahre daran. Die roten Pfeile stehen für mutmaßliche Bunker und geheime Lagerstätten der Nazis. Die grünen Pfeile stehen für bestätigte Orte.« Er seufzte. »Bedauerlicherweise gibt es mehr rote als grüne Pfeile.«

Erin sank der Mut. Die Karte war mit Pfeilen gepflastert. Und tatsächlich, die meisten waren rot.

»Wenn all diese Orte unbestätigt sind«, sagte Erin, »woher weiß man dann von ihrer Existenz? Was meinen Sie mit mutmaßlichen Nazibunkern?«

»Es gibt Hinweise auf ihr Vorhandensein. Gemunkel unter den Einheimischen. Hin und wieder finden sich auch Belege in alten, unvollständig erhaltenen Nazidokumenten.«

Jordan betrachtete den Monitor mit zusammengekniffenen Augen. »Aber Sie nutzen noch andere Quellen, nicht wahr?« Er wies mit dem Kinn auf die mit Symbolen gespickte Karte. »Das sieht mir ganz so aus, als würden Sie auch Satelliten-Telemetrie und bodendurchdringendes Radar einsetzen, um Hohlräume im Erdreich aufzuspüren.«

Bruder Leopold lächelte. »Das kommt mir fast so vor wie Mogelei. Aber alles in allem hat die ganze wundervolle

Technologie nur die Anzahl der roten Pfeile erhöht. Um herauszufinden, ob da wirklich etwas ist – oder ob in den verborgenen Hohlräumen etwas Wertvolles zu finden ist –, muss man die Orte einen nach dem anderen untersuchen.«

Rhuns Blick huschte hin und her, als er die Karte von oben bis unten musterte. »Für das, wonach wir suchen, gibt es Hunderte denkbare Verstecke.«

Bruder Leopold schob seinen Stuhl zurück und schlug die Beine übereinander. »Es tut mir leid, dass ich Ihnen nicht weiterhelfen kann.«

Rhun zuckte mit den Lippen. Erin spürte seine Ungeduld. Die Belial suchten ebenso angestrengt nach dem Buch wie sie, Jordan und Rhun. Da zählte jede Minute.

Jordan tippte auf einen der roten Pfeile. »Dann heißt es jetzt rackern, Leute. Wir gehen die Orte durch und ordnen ihnen eine Prioritätsstufe zu. Teilen sie in Planquadrate auf. Wir werden einige Zeit dafür brauchen, aber dafür ist die Methode gründlich.«

Sein Vorschlag klang vernünftig – kam ihr aber dennoch falsch vor.

3:42

Jordan beobachtete, wie Erin zum Schreibtisch ging und die Medaille unter der Lupe hervorzog. Ihre Stirnfalten und ihre steife Haltung verrieten ihre Enttäuschung. Ihm gefiel die Vorstellung auch nicht, Hunderte mögliche Fundorte abklappern zu müssen, aber eine andere Möglichkeit gab es anscheinend nicht.

Als Erin sich ihm zuwandte, lag ein Flackern in ihrem Blick. Das bedeutete meistens, dass sich bald etwas ändern würde, und zwar nicht unbedingt zum Guten.

Er berührte sie an der Schulter. »Erin, haben Sie eine Idee?«

»Ich weiß nicht.« Sie rieb mit dem Daumen an der Rune auf der Rückseite der Medaille.

Rhun legte den Kopf schief und fixierte Erin so eindringlich, dass es Jordan ärgerte; als wollte er sie mit Blicken verzehren.

Er stellte sich zwischen die beiden. »Reden Sie«, sagte er. »Vielleicht können wir Ihnen weiterhelfen.«

Erins braune Augen blickten in die Ferne. »Symbole sind für das Ahnenerbe von großer Bedeutung. Weshalb ist speziell dieses Symbol auf der Medaille abgebildet, die das Mädchen in der Hand hielt?«

Leopolds Stuhl knarrte. »Die Odal-Rune steht für *Erbe*. Wenn sie bei einem Namen oder Gegenstand stand, bedeutete sie *Eigentum von*.«

»So wie man seinen Namen auf seine Turnschuhe schreibt«, meinte Jordan. Er besah sich die Medaille mit dem Hakenkreuz in der Mitte der Rune. »Dann bedeutet das also, das Ahnenerbe gehörte den Nazis?«

Vermutlich hörte er sich an wie ein Idiot, aber bisweilen konnte auch die Sichtweise eines Idioten weiterhelfen.

»Ich glaube eher, das Ahnenerbe war der Ansicht, ihm gehöre das Dritte Reich«, erklärte Erin. »Sie hielten sich für die eigentlichen Bewahrer des arischen Erbes.«

»Aber was bedeutet das?«, hakte Rhun nach und beugte sich zu Erin vor, als wollte er ihr die Antwort buchstäblich aus der Nase ziehen.

Erin wich zurück. »Ich bin mir nicht sicher, aber gegen Kriegsende wurde Berlin bombardiert. Das Dritte Reich war auf der Flucht.« Sie sprach langsam, als rekonstruiere sie eine Geschichte, die ihr einmal geläufig gewesen war. »Und die Forscher des Ahnenerbes müssen lange vor der Kapitulation gewusst haben, dass der Krieg verloren war.«

Leopold nickte. »Das denke ich auch. Aber sie dachten in größeren Zeiträumen. Sie befassten sich mit der Geschichte der Arier, die zehntausend Jahre zurückreichte – und glaubten, dass sie sich ebenso weit in die Zukunft fortschreiben würde.«

»Bis ins Vierte Reich!«, sagte Erin, deren Miene sich auf einmal aufhellte. »Diese Organisation hat langfristig geplant. Sie wollte ihre bedeutendsten Funde für das Vierte Reich bewahren.«

»Das heißt, sie haben sie an einem Ort versteckt, der den Führern des Dritten Reichs unbekannt war«, meinte Leopold und schwenkte seinen Stuhl zum Schreibtisch herum. »Somit können wir alle Bunker ausschließen, die der Naziregierung bekannt waren.«

Der Mönch gab etwas über die Tastatur ein, woraufhin die Hälfte der roten Pfeile verschwand.

»Das bringt uns weiter«, bemerkte Jordan.

»Es sind immer noch zu viele Pfeile«, sagte Erin. Um ihrer Nervosität zu begegnen und ihre Konzentration aufrechtzuerhalten, stapfte sie in dem kleinen Büro auf und ab.

Rhun rührte sich nicht, folgte ihr aber mit Blicken.

Erin zeigte auf den Monitor, doch er sah nicht hin. »Sie müssen ein Versteck gewählt haben, von dem sie annahmen, dass zukünftige Arier es finden würden. Wo könnte das gewesen sein?«

»Wie wär's mit Atlantis?«, meinte Jordan und verdrehte die Augen. »Bei den Wassergeistern?«

Erin schlug sich mit der flachen Hand an die Stirn. »Natürlich!«

Alle drei Männer sahen sie an, als hätte sie den Verstand verloren.

»Erin«, sagte Rhun mit sanfter Stimme, jedoch mit warnendem Unterton. »Ich möchte Sie daran erinnern, dass die Nazis die Position von Atlantis nicht gekannt haben.«

Sie wischte seine Bedenken beiseite. »Der Legende nach wird das Vierte Reich wie Atlantis aus dem Meer erstehen, und die arische Rasse wird wieder die Vorherrschaft erringen.« Sie wandte sich an Leopold. »Und wenn das Ahnenerbe auf Nummer sicher gehen und Vorsorge treffen wollte, dass die Prophezeiung wahr wird?«

Rhun regte sich an Jordans Seite, als träfe Erins Bemerkung bei ihm auf Resonanz.

Erin fuhr fort: »Der Legende nach haben sie ihre bedeutendsten Artefakte möglicherweise in der Nähe von Wasser versteckt. In die Enge getrieben von den Alliierten, konnten die Überlebenden des Ahnenerbes gegen Kriegsende nicht mehr das Meer erreichen, außerdem wollten sie ihre Schätze bestimmt in heimischem Boden verstecken. Vielleicht haben sie auf die nächstbeste Möglichkeit zurückgegriffen.«

»Auf ein deutsches Gewässer«, flüsterte Leopold.

»Einen See«, sagte Erin.

Leopold machte eine weitere Eingabe, worauf nur noch etwa ein Dutzend rote Pfeile übrig blieben, die unerforschte Bunker in der Nähe eines Sees markierten.

Jordan ballte aufgeregt die Hand zur Faust.

Rhun war einem Lächeln noch nie so nahe gewesen.

»Ich lasse die Satellitenbilder der Orte anzeigen, die infrage kommen«, sagte Leopold.

Kurz darauf wurde der große Bildschirm von einem Schachbrettmuster von Bodenradaraufnahmen der mutmaßlichen Bunker eingenommen.

»*Herrgott noch mal!*«, fluchte Leopold auf Deutsch.

Alle rückten näher an den Bildschirm heran. Es war nicht zu übersehen. In der unteren rechten Ecke zeichneten sich die Umrisse eines unterirdischen Bunkers in der Form einer Odal-Rune ab.

Und er lag nicht am *Ufer* eines Sees.

Sondern unter Wasser.

Genau wie das versunkene Atlantis.

31

27. Oktober, 3:55, MEZ
Ettal, Deutschland

ERIN STAND VOR dem Monitor so dicht neben Rhun, dass er den Duft der Seife schnupperte, mit der Bernard seine Jerusalemer Unterkunft ausgestattet hatte. Ihr langes Haar zog eine Wärmespur, als sie es mit einer Kopfdrehung aus dem Gesicht beförderte. Jordan trat zwischen sie und verstellte ihm erneut die Sicht. Rhun wusste, dass es Absicht war. Der Soldat hielt die Arme an der Seite, auf alles vorbereitet, auch auf einen Kampf.

Rhun reagierte gereizt, doch er beherrschte sich. Jordan tat gut daran, ihn von der jungen Frau fernzuhalten. Erin Granger war mit ihrem wachen Verstand und ihrem leidenschaftlichen Wesen eine sehr gefährliche Frau. Rhun musste unbedingt Distanz zu ihr wahren.

Er wandte seine Aufmerksamkeit Bruder Leopold und den naheliegenden Dingen zu. »Gibt es hier eine Triade?«

»Natürlich.« Der Rosenkranz klackerte gegen den Schreibtisch, als der Mönch sich erhob. »Nadia, Emmanuel und Christian sind hier. Soll ich sie holen?«

»Nur Nadia und Emmanuel«, sagte Rhun. »Ich bin der Dritte.«

»Was ist eine Triade?«, erkundigte sich Jordan, der ihre Unterhaltung mitbekommen hatte.

Leopold nahm den Hörer eines schwarzen Telefons ab. »Die Krieger der Sanguinarier arbeiten häufig in Dreiergruppen zusammen. Das ist eine heilige Zahl.«

Und die ideale Kampfeinheit, setzte Rhun im Stillen hinzu.

Laut sagte er: »Ich fahre mit den beiden anderen zum Bunker und untersuche ihn.«

Erin verschränkte die Arme. »Ich komme mit.«

»Uns gibt's nur im Dreierpack«, sagte Jordan. »Waren das nicht die Worte des Kardinals?«

Rhun spannte sich an. »Sie haben die Aufgabe, mich bei der Suche zu unterstützen, was Sie auch getan haben. Wenn wir Erfolg haben, kehren wir mit dem Artefakt hierher zurück.«

Jordan lächelte skeptisch. »Ich glaube, der Kardinal war der Ansicht, wir gehörten zusammen. *Die Frau, der Menschen- und der Gotteskrieger*. Ich bin sehr für Verstärkung, aber nicht für Ersatz.«

Bruder Leopold wählte vier Ziffern und sprach in den Hörer – währenddessen sah er dem Soldaten in die Augen. Er hatte verstanden, was Jordan meinte, und begriffen, wonach sie suchten.

»Rhun«, sagte Erin. »Wenn Sie das … Artefakt dort finden, dann deshalb, weil ich Sie dorthin geführt habe. Vielleicht werden Sie auch im Bunker auf meine Hilfe angewiesen sein.«

»Ich habe jahrhundertelang ohne Ihre Hilfe überlebt, Dr. Granger.«

Sie ließ nicht locker. »Wenn der Kardinal mit der Prophezeiung recht hat, ist das nicht der Moment für falschen Stolz. Das gilt für uns alle.«

Rhun blinzelte. Sie hatte seine größte Schwäche benannt.

Stolz.

Diese Charakterschwäche hatte seinen tiefen Fall bewirkt – er würde nicht zulassen, dass sich das wiederholte. Sie hatte recht. Er würde jede Hilfe brauchen und durfte sie nicht aus falsch verstandenem Stolz zurückweisen.

»Wir müssen alle tun, wozu wir berufen sind«, sagte Erin.

Der Kardinal hatte sich ihm gegenüber ganz ähnlich ausgedrückt. *Wir müssen unsere Bestimmung demütig annehmen.*

»Das Buch verlangt nichts weniger.«

Rhun schlug den Blick nieder. Wenn die Prophezeiung im Begriff war, sich zu erfüllen, mussten sie alle drei gemeinsam nach dem Buch suchen. Sosehr er es auch wünschte, er durfte Erin nicht zurücklassen. Auch nicht um ihrer Sicherheit willen.

Oder um seiner eigenen.

4:02

Eine neue Landkarte wurde auf dem Monitor angezeigt, eine aktuelle Straßenkarte der gebirgigen Umgebung von Garmisch-Partenkirchen. Der See mit dem Bunker lag etwa sechzig Kilometer davon entfernt in schwer zugänglichem Gelände. Erin fuhr mit dem Finger die schmale weiße Linie nach, die zwischen dunkelgrünen Hügeln entlangführte und an dem kleinen Bergsee endete.

»Ist das die Straße?«, fragte sie.

»Ein alter Feldweg«, antwortete Bruder Leopold. »Der Wagen, mit dem Sie hergekommen sind, ist dafür ungeeignet. Aber …«

Hinter ihnen öffnete sich mit einem leisen Klicken die Bürotür.

Jordans Hand wanderte zum Kolben seiner Waffe.

Rhun nahm eine abwehrbereite Haltung ein.

Erin drehte sich einfach nur um. War die Wachsamkeit ihrer Begleiter hier an diesem Ort, wo sie sich sicher fühlte, begründet? In diesem Moment hatte sie das Gefühl, für die Gefahren, die ihr möglicherweise drohten, schlecht gerüstet zu sein.

Zwei schwarz gewandete Personen glitten so verstohlen wie ein kalter Luftzug in den Raum. Erst als sie stehen blieben, sah Erin, dass es Sanguinarier waren.

Die erste war überraschenderweise eine Frau in einem maßgeschneiderten Lederanzug, der Rhuns Jacke ähnelte – allerdings trug sie einen schmalen Silbergürtel aus kleinen Kettengliedern. Das glänzende schwarze Haar hatte sie zu einem Knoten hochgesteckt. Sie hatte einen dunkleren Teint als Rhun, wirkte aber ebenso hart wie er. Ihre behandschuhte Hand ruhte auf dem Heft eines Dolchs, den sie sich am Oberschenkel festgeschnallt hatte.

Sie schaute sich kurz im Raum um, dann deutete sie vor Erin und Jordan eine Verneigung an. »Ich bin Nadia.«

Zwei Schritte hinter ihr stand ein Mann. »Und ich bin Emmanuel«, sagte er mit spanischem Akzent.

Er trug eine schwarze, vorn aufgeknöpfte Soutane, darunter einen Lederpanzer. Verborgene Waffen funkelten auf. Das blonde Haar hing ihm lose auf die Schultern, viel zu lang für einen Priester, und an einem seiner wie gemeißelt wirkenden Wangenknochen hatte er eine rötliche Narbe.

Rhun sagte etwas auf Lateinisch. Erin ließ sich nicht anmerken, dass sie ihn verstehen konnte. Jordan behielt seine Wachsamkeit bei, die Hand an den Lauf seiner geschulterten MP gelegt. Offenbar traute er keinem von ihnen.

Erin heuchelte Interesse an der Landkarte, während sie der Unterhaltung lauschte.

Rhun setzte die beiden in knappem Latein ins Bild. Er erwähnte die Prophezeiung, stellte Erin und Jordan vor, erklärte ihnen, wonach sie suchten und mit welchem Gegner sie es zu tun hatten. Als er die Belial erwähnte, spannten Nadia und Emmanuel sich beide an.

Schließlich wandte Rhun sich an Leopold. »Hast du vorbereitet, worum ich dich gebeten habe?«

Leopold nickte. »Drei Motorräder. Sie sind betankt und startklar.«

Erin blickte wieder auf die Karte, auf die weiße Linie, die sich durchs Gebirge schlängelte. Offenbar würden sie die beschwerliche Strecke nicht mit dem Wagen bewältigen müssen.

»Wenn Sie bereit sind…«, sagte Rhun mit Blick auf Erin und Jordan.

Erin konnte nur nicken – doch selbst das fiel ihr schwer. Es war ihr zuwider, die heimelige Welt der staubigen Bücher, der Lederstühle und der kalten Eindeutigkeit des Computerbildschirms zu verlassen. Aber sie hatte sich entschieden.

Als Leopold sie die Treppe hochgeleitete, ließ sich Jordan mit ihr ein Stück zurückfallen, legte ihr eine Hand auf den Arm und beugte sich zu ihr. Sein Atem kitzelte ihre Wange. »Worum ging es bei der Unterhaltung eben?«

Sie hatte ihn nicht täuschen können. Er wusste, dass sie gelauscht hatte. Sie legte sich eine Antwort zurecht, wurde aber durch seine Nähe in Verwirrung gebracht – und durch ihre Sehnsucht, auch noch die letzten Zentimeter Abstand zu überwinden.

Sie musste seine Frage im Kopf wiederholen, bevor sie antworten konnte: »Um nichts Wichtiges. Er hat die beiden nur informiert.«

»Halten Sie mich auf dem Laufenden.«

Sie sah ihm in die Augen, dann schaute sie auf seine Lippen und dachte daran, wie sie sich in Jerusalem angefühlt hatten.

»Dr. Granger?«, rief Rhun von oben herab. »Sergeant Stone?«

Jordan bedeutete ihr weiterzugehen. »Die Pflicht ruft.«

Ein wenig atemlos – und das nicht nur wegen der vielen Treppenstufen – eilte Erin den Sanguinariern hinterher.

Draußen angelangt, stellte sie fest, dass es kälter geworden war und der Nebel dichter. Den Mercedes konnte sie kaum noch sehen.

Als sie um den Wagen bogen, stieß Jordan einen anerkennenden Pfiff aus.

Auf dem verdorrten Rasen standen schwarze Motorräder mit roten Auspuffrohren. In Erins Augen machten sie nicht viel her, Jordan aber war sichtlich beeindruckt.

»Ducati Streetfighter«, bemerkte er erfreut. »Mit Magnesiumfelgen und Schalldämpfern aus Karbon. Hübsch. Papst zu sein, zahlt sich offenbar aus.«

Erin hatte ganz praktische Fragen, die Zahl der Passagiere und der Maschinen betreffend. »Wer fährt mit wem?«

Nadia hob die Mundwinkel und deutete ein Lächeln an; das ließ sie ein ganzes Stück menschlicher erscheinen. »Um der gleichmäßigen Gewichtsverteilung willen nehme ich Sergeant Stone.«

Erin zögerte. Die Rolle der weiblichen Sanguinarierin war ihr noch nicht ganz klar. Wenn Rhun Priester war, war Nadia dann eine Art Nonne, die der Kirche Treue gelobt hatte? Wie auch immer, die Art und Weise, wie sie Jordan ansah, war alles andere als züchtig.

Jordan hatte offenbar seine eigenen Ansichten zu dem Thema. Er ging zu einer der Maschinen. »Ich kann fahren.« Sein Tonfall ließ erkennen, dass er ganz heiß darauf war. »Und ich möchte mit Erin zusammenbleiben.«

»Sie würden uns nur aufhalten«, sagte Nadia mit funkelndem Blick.

Erin wollte auffahren, doch nachdem sie erlebt hatte, wie Rhun fuhr, musste sie sich eingestehen, dass Jordans Reflexe es mit denen der Sanguinarier nicht aufnehmen konnten.

Auch Jordan war dies anscheinend klar, denn er seufzte schwer und nickte widerwillig.

Emmanuel schwang besitzergreifend das Bein über die Sitzbank einer der Maschinen. Jordan folgte Nadia zum anderen Motorrad.

»Sie fahren mit mir, Dr. Granger«, sagte Rhun und zeigte auf die dritte Maschine.

»Ich weiß nicht, ob…«

Rhun überging ihren Einwand und schwang sich mit sich bauschender Soutane auf den Bock. Er wandte den Kopf und klopfte mit seiner behandschuhten Hand einladend auf den Sitz. »Sie haben doch gemeint, das Buch verlange von uns, unser Bestes zu geben. Das waren doch Ihre Worte, oder nicht?«

»Stimmt«, räumte sie widerwillig ein und kletterte hinter ihm auf den Sitz. »Sollten wir nicht besser einen Helm tragen?«

Nadia lachte, und der Motor sprang grollend an.

4:10

Rhun spannte sich an, als ihm Erin die Arme um die Hüfte schlang. Durchs Leder hindurch spürte er ihre Körperwärme. Er schwankte zwischen dem Impuls, sie mit dem Ellbogen wegzustoßen, und dem Verlangen, sie dichter an sich zu ziehen.

Doch er beherrschte sich. »Sind Sie schon mal Motorrad gefahren?«, fragte er, den Blick auf den in Nebel gehüllten dunklen Wald gerichtet.

»Ist schon lange her«, antwortete sie.

Er spürte ihren rasenden Herzschlag an seinem Rücken. Sie hatte mehr Angst, als ihr Tonfall verriet.

»Es wird Ihnen nichts passieren«, versicherte er ihr und hoffte, dass er recht behalten würde.

Erin nickte, doch ihr Herzschlag beruhigte sich nicht.

Jordan reckte den Daumen, während Nadia den Motor aufheulen ließ. Emmanuel gab einfach Gas und preschte los.

Nadia folgte ihm.

Als Rhun seine Maschine in Bewegung setzte, umklammerte Erin ihn fester. Sie rutschte vor und schmiegte sich an seinen Rücken. Ihre Wärme strömte in ihn ein, und er musste sich beherrschen, um sich nicht nach hinten zu lehnen.

Er durfte nicht zulassen, dass seine animalischen Instinkte die Oberhand gewannen. Er war ein Geistlicher, und mit Gottes Hilfe würde er seine Mission erfüllen. Er murmelte ein kurzes Gebet und konzentrierte sich auf Nadias entschwindendes Rücklicht.

Er beschleunigte – und gab noch mehr Gas.

Rechts und links huschten schwarze Bäume vorbei. Der bläuliche Scheinwerferkegel durchdrang den dichten Nebel. Rhun fixierte den unebenen Weg. Ein einziger Fahrfehler, und sie würden stürzen.

Nadia und Emmanuel wurden immer noch schneller. Er hielt mit.

Erin vergrub das Gesicht zwischen seinen Schulterblättern. Sie atmete flach und schnell, ihr Herz jagte wie das eines Kaninchens.

Noch keine Panik, aber dicht davor.

Trotz seiner Gebete und guten Vorsätze belebte ihn ihre Angst.

4:12

Jordan legte sich in die Kurve. Die Bäume am Straßenrand verschmolzen zu einer langen Reihe von Schatten, unten schwarz und oben grün. Der Fahrtwind brannte ihm in den Augen. Seine Jacke flatterte.

Nach der Kurve, auf einer der seltenen Geraden des Feldwegs, gab Nadia Vollgas. Er blickte ihr über die Schulter und las den Tacho ab: zweihundertvierundfünfzig Stundenkilometer. Über hundertfünfzig Meilen die Stunde.

Es fühlte sich an wie Fliegen.

Als Nadia noch schneller wurde, spürte er ihr Lachen mehr, als dass er es hörte.

Jordan empfand eine ebensolche Begeisterung wie sie, stimmte ausgelassen in ihr Lachen ein. Seit Masada fühlte er sich zum ersten Mal wieder unbeschwert.

Nadia legte sich in die nächste Kurve. Sein linkes Knie streifte beinahe am Feldweg, sein Gesicht war kaum vierzig Zentimeter vom steinigen Boden entfernt, der unter ihnen vorbeiraste. Ein einziger Fehler, und er wäre tot.

Dass er ihr ausgeliefert und zum passiven Zuschauer verdammt war, störte ihn. Dennoch lächelte er in den Fahrtwind, schmiegte sich an ihren kalten, harten Rücken und genoss die Fahrt.

Eine Auszeit.

32

27. Oktober, 4:43, MEZ
Harmsfeld, Deutschland

ALS DAS MOTORRAD langsamer wurde, wagte Erin es endlich, die Augen zu öffnen. Den größten Teil der Fahrt über hatte sie sich an Rhuns breiten Rücken geschmiegt, ohne etwas zu sehen. Trotzdem brannten ihr vom Fahrtwind die Wangen, und sie fühlte sich vollkommen erschlagen.

Vor ihnen waren vereinzelte Lichter zu erkennen, der Grund dafür, dass Rhun das Tempo gedrosselt hatte. Sie hatten Harmsfeld erreicht. Im Schritttempo fuhr er durch das schlafende Städtchen. Mit seinen dunklen Häusern, den roten Ziegeldächern, den Bruchsteinmauern, den bemalten Blumenkästen vor den Fenstern und dem Kopfsteinpflaster sah es aus, als wäre es soeben aus einer mittelalterlichen Zeitkapsel aufgetaucht. Auf dem Dorfplatz mit der gotischen Kirche wurde tagsüber vermutlich ein Markt abgehalten. An Rhuns Schulter vorbei hielt sie Ausschau nach den anderen beiden Maschinen, doch sie waren nirgends zu sehen. Anscheinend war Rhun aus Rücksicht auf seinen Sozius besonders langsam gefahren.

Trotzdem hatte sie das Gefühl, sie hätte ihren Magen auf dem Parkplatz des Klosters Ettal zurückgelassen.

Hinter dem Ortsausgang tauchte ein silbrig schimmernder See auf. Auf der unbewegten Wasseroberfläche spiegelten sich der Sternenhimmel, der Wald, der bis dicht ans Ufer reichte, und die schroffen Berggipfel, die das Tal umschlossen.

Die anderen beiden Maschinen waren am Ufer neben einem Holzsteg abgestellt. Dessen Pfähle waren etwas dunkler als die Wellen, die dagegenschwappten.

Rhun näherte sich ihnen mit grollendem Motor und hielt an. Erin löste die Hände von der Vorderseite seiner Jacke, zog die Arme zurück und stieg mit zitternden Beinen ab. Sie schwankte wie eine alte Frau.

Die anderen drei zogen gerade ein kleines Angelboot übers matschige Ufer zum See, der vom Mondschein erhellt war. Jordans aufgeregte Stimme schallte übers Wasser und verriet, wie sehr er die Fahrt genossen hatte. Mit seiner Bemerkung entlockte er Nadia ein erstaunlich unbeschwertes Lachen.

Jordan sah, dass Erin auf etwas wackeligen Beinen näher stakste, und rief ihr zu: »Na, wie war's?«

Sie reckte zwar den Daumen nach oben, zitterte dabei aber so, dass er auflachte.

Rhun glitt an ihr vorbei wie ein Schatten.

Nadia musterte sie eingehend, als versuchte sie, eine geheime Botschaft zu entschlüsseln.

Emmanuel beförderte das kleine Ruderboot mit einem letzten Stoß ins Wasser und kletterte hinein. Er setzte sich in den Bug und verharrte dort so reglos wie die Galionsfigur eines Piratenschiffs.

Nadia sprang so geschmeidig wie eine Dschungelkatze ins Boot. Jordan half Erin beim Einsteigen. Sie ergriff seine Hand und bemerkte, dass die weiße Farbe von den Sitzplanken abblätterte. Besonders seetüchtig wirkte das Boot nicht. Sie holte ihre Taschenlampe hervor und leuchtete auf den Boden.

Kein Wasser.

Noch nicht.

»Hatten Sie eine angenehme Fahrt?«, fragte Nadia und rückte zur Seite, damit Erin sich neben sie setzen konnte. Rhun und Jordan nahmen hinter ihnen Platz, während Emmanuel seine einsame Wacht im Bug fortsetzte.

»Ich glaube, für den Rückweg nehme ich mir ein Taxi«, meinte Erin.

»Oder Sie fahren bei mir mit«, sagte Jordan mit einem sehnsuchtsvollen Blick zu den drei versteckten Motorrädern. »Das heißt, falls wir nicht die Deadline überschreiten.«

Rhun zog sein Ruder so kraftvoll durch, dass das Boot Schlagseite bekam.

Nadia warf ihm einen Blick zu und machte eine spöttische Bemerkung, die Erin nicht mitbekam. Rhuns Rücken versteifte sich, und Nadias Grinsen wurde noch breiter.

Dann reichte die Sanguinarierin Erin ein schweres Holzruder. »Ich glaube, wir vier müssen rudern, während Emmanuel sich ausruht.«

Ohne sie zu beachten, lehnte Emmanuel sich ans Dollbord.

Bald darauf versuchte Erin, sich dem Ruderrhythmus der anderen anzugleichen. Während sie durchs Wasser glitten, wogte der Nebel immer dichter, verschluckte sie und verbarg den Mond. Das Boot schaukelte nun durch eine gespenstische Umgebung, in der Erin nur ein paar Meter weit sehen konnte.

Als Jordan ihr auf den Rücken tippte, schreckte sie zusammen.

»Tut mir leid«, sagte er. »Schauen Sie nach unten.«

Er leuchtete mit seiner kleinen Taschenlampe ins dunkle

Wasser. Der Lichtstrahl reichte wie ein Zeigefinger in die Tiefe. Im trüben Lichtschein war eine menschliche Gestalt zu erkennen. Erin hielt den Atem an und beugte sich vor. Smaragdgrüne Algen hingen von einem gereckten Arm. Es handelte sich um eine Reiterstatue. Darunter zeichnete sich ein großes Becken ab. Fasziniert zückte sie ihre eigene Taschenlampe und leuchtete einen größeren Kreis ab, wobei Gebäuderuinen und Steinöfen zum Vorschein kamen.

»Bruder Leopold zufolge haben die hiesigen Nazis – die vermutlich dem Ahnenerbe angehörten – den See vergrößert«, erklärte Nadia. »Sie haben den Fluss an der anderen Seite aufgestaut und das Dorf am Grund geflutet. Es heißt, die Nazis hätten alle, die dagegen protestierten, zur Strafe zusammen mit ihren Familien in ihren Häusern eingesperrt, wo sie ertrunken sind.«

Ein Schwarm silbriger Fische flitzte durch den Strahl von Erins Taschenlampe. Schaudernd fragte sie sich, wie viele Menschen hier wohl umgekommen waren.

»Vermutlich wollten sie den Eingang zum Bunker verbergen«, sagte Jordan düster.

Erin hatte genug gesehen und schaltete die Taschenlampe aus.

»Ich nehme an, Sie können beide schwimmen?«, fragte Nadia.

Erin nickte, wenngleich sie nicht die beste Schwimmerin war. Die Grundlagen hatte sie auf dem College erlernt, vor allem, um ihre Zimmerkameradin zu beruhigen, die überzeugt war, dass sie eines Tages von einem Kai fallen und ertrinken würde. Erin ließ sich von der Nützlichkeit der Unternehmung überzeugen und nahm Unterricht, aber sie konnte das Wasser noch immer nicht ausstehen.

Jordan brachte wie erwartet bessere Voraussetzungen mit. »Ich war am College Rettungsschwimmer. Hab seitdem ein bisschen trainiert. Ich sollte eigentlich keine Probleme haben.«

Erin hatte sich noch nicht zu fragen getraut, in welcher Tiefe der Eingang zum Bunker lag. Womöglich würde sie es gar nicht bis nach unten schaffen und müsste im Boot warten. Und was sollten sie tun, wenn die ganze Anlage geflutet war?

Zum ersten Mal seit dem Aufbruch von der Abtei brach Emmanuel sein Schweigen und überraschte Erin mit seinem schroffen Kommando. »Stopp.« Er deutete vor dem Boot ins schwarze Wasser.

Jordan kletterte nach vorn und leuchtete in die Tiefe. Zu erkennen war ein Torbogen, der mit samtenen Algen bewachsen war.

Emmanuel ließ den Anker so behutsam ins Wasser ab, dass es kaum spritzte. Als das Boot gesichert war, zog er seine Soutane aus, knüllte sie zusammen und schob sie unter seine Lederrüstung. Dann sprang er ins Wasser und tauchte neben der Ankerleine so flink wie ein Fisch in die Tiefe. Sein blondes Haar breitete sich aus wie ein Fächer.

Erin sah ihm hinterher und versuchte, die Wassertiefe zu schätzen. *Etwa sechs Meter.* So tief konnte sie tauchen, aber was dann? Würde sie die Tunnel *unter Wasser* erkunden müssen?

Ihr schnürte sich die Kehle zusammen.

»Sie beide warten hier«, sagte Rhun und gab Nadia ein Zeichen.

Er sprang mit ihr ins Wasser, die Taschenlampen nahmen sie mit. Das Boot schaukelte. Erin stützte sich mit beiden Händen am Dollbord ab, froh darüber, mit Jordan allein zu sein.

»Sie haben's nicht so mit dem Wasser, stimmt's?«, fragte Jordan und lächelte.

»Woher wollen Sie das wissen?«

Er schob die Ruder unter die Sitzbretter und richtete sich wieder auf. »Sie ziehen die Schultern bis zu den Ohren hoch, wenn Sie nervös werden.«

Sie nahm sich vor, damit aufzuhören, und zeigte ins Wasser. »So gut wie die kann ich jedenfalls nicht schwimmen.«

Sie beobachtete, wie die drei sich an einem großen Metallriegel zu schaffen machten.

»Die schwindeln«, meinte Jordan. »Schließlich müssen sie nicht atmen. Eine weitere Merkwürdigkeit auf der Liste.«

»Sie haben eine Liste angelegt?«

Er zählte an den Fingern ab. »Kein Herzschlag, selbstständig fließendes Blut, allergisch auf Silber. Habe ich etwas vergessen?«

»Zum Beispiel, dass sie stocksteif dasitzen können und doppelt so schnell rennen wie wir?«

»Genau. Und sie ernähren sich von Menschen.«

»Sanguinarier nicht«, rief sie ihm in Erinnerung. »Das ist bei ihnen ehernes Gesetz.«

»Gesetz hin oder her, man merkt ihnen an, dass sie immer noch scharf darauf sind. Ihr Blutdurst ist ungebrochen.« Er beugte sich vor. »Ich habe bemerkt, wie Rhun Sie ansieht, fasziniert und begehrlich.«

»Hören Sie auf! Das stimmt nicht.«

Sie wandte sich ab, damit er ihre Unsicherheit nicht mitbekam. Die Erinnerung an die Geschehnisse in der unterirdischen Kapelle in Jerusalem war noch frisch.

»Sie sollten in seiner Nähe vorsichtig sein«, setzte Jordan stockend hinzu.

Erin blickte sich nach ihm um. Hatte er recht mit seiner Warnung, oder war er nur eifersüchtig? Sie konnte nicht sagen, welche dieser beiden Möglichkeiten sie mehr beunruhigte.

In diesem Moment tauchte neben dem Boot ein schmaler schwarzhaariger Kopf aus dem Wasser. Nadia. »Der Eingang ist offen. Der Bunker hat eine Luftschleuse. Wir müssen zusammen hineinschwimmen, die äußere Tür schließen und dann die innere öffnen.«

Sie entfernte sich ein Stück vom Boot und bedeutete Erin und Jordan, ihr zu folgen.

Jordan, ganz der Soldat, machte sogleich einen Hechtsprung ins Wasser. Er tauchte wieder auf, drehte sich auf den Rücken und blickte mit breitem Grinsen zu Erin.

»Das Wasser ist herrlich«, sagte er, doch das Zittern in seiner Stimme strafte seine Worte Lügen.

Nadia ahnte den wahren Grund für Erins Zögern. »Wenn Sie Angst haben, sollten Sie besser im Boot bleiben.«

Vergiss es.

Erin richtete sich auf und sprang ins Wasser. Die Eiseskälte des Sees ging ihr durch und durch, als wollte er sie wieder zur Vernunft bringen und ins sichere Boot zurücktreiben.

Sie aber holte tief Luft und tauchte nach dem offenen Eingang.

5:05

Am Grund des Sees hörte Rhun, wie sich ihrer beider Herzschlag veränderte, als Erin und Jordan ins Wasser sprangen. Er streckte den Kopf aus dem Eingang und leuchtete mit seiner wasserdichten Taschenlampe nach oben, ein Leitstrahl, dem sie folgen konnten. Im silbrigen Mondschein zeichneten sie sich als dunkle Umrisse ab, als sie in die Tiefe schwammen.

Der Soldat vollführte schnelle, effiziente Schwimmbewegungen. Er hätte den Grund in Sekundenschnelle erreichen können, doch er wartete lieber und behielt Erin im Auge.

Erin war eine furchtbar schlechte Schwimmerin. Ihre Bewegungen waren ruckartig, ihr Herz raste. Rhun hatte Hochachtung vor ihrem Mut. Hätte die schwere Jacke aus Grimwolfleder sie nicht in die Tiefe gezogen, hätte sie es wohl kaum geschafft.

Als sie nahe genug herangekommen war, ergriff Rhun ihren Arm und zog sie durch den Eingang in die kleine geflutete Luftschleuse. Im nächsten Moment schwammen auch Nadia und Jordan hinein.

Die beiden zogen die Außenluke zu.

Die Metalltür rastete mit einem dumpfen Geräusch ein. Es knirschte, als sie an der Verriegelung kurbelten. Rhuns Taschenlampe beleuchtete Betonwände – und Erins verängstigtes Gesicht.

Rhun hatte Sorge, ihr könnte das Herz bersten, denn zwischen den einzelnen Schlägen war kaum eine Pause wahrzunehmen. Er musste sie aus dem Wasser schaffen, bevor sie in Panik geriet und ertrank. Falls die Bunkeranlage ebenfalls geflutet war, musste er schnellstmöglich mit ihr an die Oberfläche schwimmen.

An der anderen Seite der kleinen Schleusenkammer machte Emmanuel sich an den Stahlklammern zu schaffen, mit denen die Innenluke verschlossen war. Als er die letzte löste, sprang die Tür von allein auf, vom Wasserdruck in der Schleuse nach außen gedrückt. Sie wurden von der Wasserflut mitgerissen – und landeten im trockenen Nazibunker.

33

27. Oktober, 5:07, MEZ
Am Grund des Harmsfeld-Sees

ERIN RAPPELTE SICH zähneklappernd hoch.

Alle anderen waren bereits auf den Beinen, hatten die Waffen gezogen und leuchteten in den dunklen Betontunnel hinein. Erin legte die Hand auf den kalten Griff der Pistole in ihrem Halfter und zog die wasserdichte Taschenlampe aus ihrer Lederjacke hervor.

Das Herz schlug ihr immer noch bis zum Hals. Sie blickte sich zur Schleuse um. Das wollte sie nie wieder erleben. Hoffentlich hatte der Bunker einen Ausgang *an Land.*

Sie schaltete die Taschenlampe ein und beleuchtete den Boden, wo das Wasser aus der Schleuse bereits in Abflussrinnen versickerte. Sie schwenkte den Lichtstrahl. Der Boden war eben, die Seitenwände gebogen. Der Tunnel war so breit, dass ein mittelgroßer Panzer hätte hindurchfahren können, ohne die Betonwände zu streifen.

Erin stellte sich die zum Skelett abgemagerten Zwangsarbeiter vor, die hier im Halbdunkel geschuftet hatten und nach Fertigstellung der Anlage ermordet worden waren. Sie hatten sterben müssen, damit das Geheimnis gewahrt blieb. Sie sog witternd die Luft ein: feucht und modrig, aber nicht verbraucht, und musterte die Decke. Vermutlich funktionierte das passive Entlüftungssystem noch immer.

Sie schloss sich den anderen an. Der Satellitenkarte zufolge befanden sie sich im rechten Bein der Odal-Rune. Aber wie ging es jetzt weiter?

»Was nun?«, fragte Jordan, als habe er Erins Gedanken gelesen. »Sollen wir einfach durch die Gegend rennen und die Augen offen halten?«

Die drei Sanguinarier hatten wortlos Keilformation eingenommen. Emmanuel, der die Spitze einnahm, zog die nasse Soutane über seiner Lederrüstung an. Nadia und Rhun nahmen die Flanken ein. Offenbar lauschten sie, orientierten sich und versuchten, die Gefahrenlage einzuschätzen.

Erin rückte näher an Jordan heran, suchte seinen Schutz. Sie kannte ihre Rolle – sie war die Wissenschaftlerin, angeblich die Frau von großer Gelehrsamkeit.

»Ich glaube, der bedeutungsträchtigste Ort für die Aufbewahrung eines heiligen Gegenstands wäre die Mitte, wo das Bein die Unterseite des Rhombus kreuzt«, meinte sie. »Oder die Oberseite des Rhombus.«

»Sehe ich auch so«, sagte Nadia und versetzte Emmanuel einen Schubs.

Sie und Rhun folgten den dreien, als wären sie durch unsichtbare Drähte mit ihnen verbunden.

»Sie gehen vor mir her, Erin«, sagte Jordan. »Ich bilde die Nachhut.«

Erin erhob keine Einwände; in diesem Fall unterwarf sie sich bereitwillig den militärischen Gepflogenheiten.

Sie eilten durch den Tunnel – zu schnell für Erins Geschmack, aber vermutlich immer noch zu langsam aus der Perspektive der Triade. Während die Sanguinarier ihre Formation exakt beibehielten, folgten sie ihnen erst in zu kurzem und dann zu weitem Abstand.

Vor der ersten Tür, zu der sie gelangten, hielt Emmanuel an. Es handelte sich um eine unscheinbare Metallluke. Sie war verschlossen, doch das hielt den stoischen Spanier nicht auf. Er krümmte seine schwarz behandschuhten Finger, riss die Klinke heraus und warf sie beiseite. Klirrend landete sie auf dem Boden.

Jordan machte große Augen, sagte aber nichts.

Emmanuel stieß die Tür mit der Stiefelkappe auf. Auf einmal hielt er ein kurzes Silberschwert in der Hand. Er und Nadia traten gleichzeitig in den Raum.

Rhun wartete an Erins Seite ab. Sie blickte in den Gang, leuchtete mit der Taschenlampe. Innerhalb des Lichtkegels regte sich nichts.

»Sicher!«, rief Nadia von drinnen.

Erin und Jordan traten in den Raum, Rhun bildete den Abschluss.

Erin erblickte einen verstaubten Schreibtisch, auf dem ein altmodisches Funkgerät stand. Daneben befand sich ein aufgeschlagenes Codebuch. Neben einem Stuhl lag das Skelett eines Nazisoldaten. Wahrscheinlich war er mit dem Funkgerät beschäftigt gewesen, als er starb. Der Strahl von Jordans Taschenlampe fiel auf eine Ahnenerbe-Anstecknadel. Sie hatte die Form einer Odal-Rune, das exakte Gegenstück des Symbols auf dem Naziorden aus der Gruft von Masada.

»Anscheinend sind wir hier richtig«, sagte Jordan.

Erin trat näher und untersuchte den toten Soldaten mit professioneller Sachlichkeit.

Nicht viel anders als die anderen Mumien, auf die ich bei meinen Ausgrabungen gestoßen bin.

Das redete sie sich ein, während sie das getrocknete Blut an der Vorderseite der Uniform betrachtete. Es war dem Mann in Strömen über die Brust gelaufen.

Was war geschehen?

Sie trat hinter den Toten, drehte sich um und leuchtete zum Eingang. An der Seite lag ein zweiter Toter. Beim Eintreten wäre sie um ein Haar über ihn gestolpert.

Ohne die Toten zu beachten, durchsuchten die Sanguinarier die Regale neben der Funkanlage.

Da der Platz nicht ausreichte, um ihnen zu helfen, ging Erin zu dem Toten bei der Tür. Ein rundes Einschussloch mitten in seinem Schädel ließ keinen Zweifel an der Todesursache. Er hatte eine andere Uniform getragen als der Funker. Diese hier war khakifarben und aus gröberem Stoff.

Sie ließ den Strahl der Taschenlampe über ihn wandern.

»Ein Russe«, meinte Jordan. »Sehen Sie den fünfzackigen Stern? Das Emblem stammt ebenfalls aus dem Zweiten Weltkrieg.«

Ein Russe?

»Was hat er hier gemacht?«, fragte Erin. »Und wie ist er hier hereingekommen?«

Jordan ging in die Hocke, durchsuchte die Taschen des Soldaten und legte verschiedene Gegenstände auf den staubbedeckten Boden: eine Zigarettenpackung, ein Streichholzdöschen, ein Dokument in kyrillischer Schrift, einen Brief und ein Foto. Das verblasste Schwarz-Weiß-Foto zeigte eine slawisch wirkende Frau vor einer Heumiete. In den Armen hielt sie ein mageres Mädchen mit Zöpfen.

Vermutlich Frau und Tochter des Toten.

Wie lange hatte die Frau wohl vergeblich auf eine Nachricht von ihm gewartet? Hatte sie um ihn getrauert, oder war sie erleichtert gewesen, dass er fortblieb? Inzwischen war sie vermutlich ebenfalls tot, aber das Mädchen könnte durchaus noch leben.

Erin wandte sich Rhun zu. Sie musste etwas tun. »Wäre es möglich, dass Bruder Leopold die Familie des Toten benachrichtigt?«

Rhun warf ihr einen Blick zu. »Nehmen Sie den Brief. So wie ich Leopold kenne, wird er es wenigstens versuchen.«

Erin steckte den Brief ein und richtete sich auf. Sie überlegte, was damals vorgefallen sein könnte.

Der Funker am Schreibtisch, vielleicht sendet er gerade einen Hilferuf. Der Russe stürmt herein. Schüsse fallen. Anschließend macht jemand den Bunker dicht, ohne die Leichen zu bergen.

Aber warum?

Nadia stand vor Jordan und streckte die behandschuhte Hand aus. »Geben Sie mir das andere Dokument.«

Er reichte ihr das kyrillische Schriftstück. Sie überflog es und steckte es ein.

»Worum geht es?«, fragte er.

»Befehle. Seine Einheit wurde kurz vor Kriegsende von St. Petersburg nach Süddeutschland beordert. Um vor dem Eintreffen der Amerikaner ›wichtige Gegenstände‹ aus dem Bunker zu bergen.«

»Von St. Petersburg?«, wiederholte Rhun.

Er und Nadia wechselten besorgt einen langen Blick.

Dann zeigte Nadia zur Tür. »Hier gibt es für uns nichts mehr zu holen«, sagte sie. »Gehen wir weiter.«

Erin blickte sich bestürzt um. Als Archäologin bedauerte sie, dass sie den Raum nicht fotografieren und inventarisieren konnte. »Aber hier sind vielleicht noch Hinweise zu finden, die …«

»Wir müssen so viele Räume wie möglich durchsuchen, bevor die Belial uns aufspüren.« Rhun blieb im Eingang stehen. »Bruder Leopold wird sich später noch gründlicher hier umsehen, falls sich Gelegenheit dazu bietet.«

Jordan hielt sich dicht hinter Erin, als sie Rhun in den langen Tunnel hinein folgten.

Die Sanguinarier bewegten sich jetzt schneller. Irgendetwas hatte sie anscheinend aufgeschreckt. Erin wechselte einen besorgten Blick mit Jordan. Was Leute mit solchen Fähigkeiten unruhig werden ließ, musste wahrhaft erschreckend sein.

Sie durchsuchten einen weiteren Raum, eine Unterkunft mit mehreren Pritschen. Erin zählte vier tote Deutsche; zwei lagen auf ihrer Pritsche, zwei hatte es auf dem Weg zur Tür erwischt. Zwei Russen waren an der Wand zusammengebrochen. Was immer hier vorgegangen war, es hatte einen heftigen Kampf gegeben. In den Metallkisten neben den Pritschen lagen zusammengefaltete Kleidungsstücke, Zigarettenpackungen, Streichholzdöschen, ein paar schlüpfrige Postkarten, Briefe und zahlreiche Fotos von Frauen und Kindern, eine traurige Erinnerung an die Menschen, die daheim auf eine Nachricht von ihren Liebsten gewartet hatten.

Erin raffte so viele Briefe wie möglich zusammen und steckte sie in die Tasche. Jetzt konnte sie nur noch hoffen, dass die Tinte im Wasser nicht verlaufen würde.

Außerdem entdeckten sie Bücher – eine Reinigungsanleitung für ein Gewehr, einen deutschen Roman, eine Broschüre zum Thema Geschlechtskrankheiten –, jedoch nichts, was einem Blutevangelium ähnlich gesehen hätte.

Bedrückt von den Spuren der Gewalt, trat Erin zusammen mit ihren Begleitern wieder auf den Gang. Auf einmal sträubten sich ihr die Nackenhaare. »Jordan?«

»Ich hab's auch gehört«, sagte er. »Ratten?«

Nadia folgte ihnen dichtauf. »Nein.«

Vor ihnen sog Emmanuel witternd die Luft ein, mit durchgedrückten Schultern und erhobenem Kopf wie ein Hund.

Oder wie ein *Grimwolf*.

Erin atmete ebenfalls tief ein, doch sie roch nur Moder und feuchten Beton. Was nahm Emmanuel wahr, was ihr entging?

»Was ist los?«, fragte Jordan.

»Blasphemären«, antwortete Nadia. »Von der pervertierten Sorte.«

»Ein Grimwolf?« Jordan hob die Maschinenpistole.

»Nein.« Nadia funkelte Erin an; in diesem Moment wirkte sie vollkommen fremdartig. »Icarops.«

Jordan schaute verwirrt drein.

Rhun erklärte kühl und sachlich, worum es sich handelte. »Icarops sind Fledermäuse, die durch Strigoiblut verwandelt wurden.«

Erin krampfte sich das Herz zusammen.

Er redete von Vampirfledermäusen.

Erin dachte an den monströsen Wolf in der Wüste, seinen stinkenden Atem, seine Zähne, seinen muskulösen Körper. Diesmal hatten die Blasphemären *Flügel.* Sie schauderte.

»Gerade wenn man glaubt, schräger geht es nicht mehr.« Jordan schaltete den Zielscheinwerfer seiner Heckler & Koch-Maschinenpistole ein. »Wie gehen wir vor?«

»Ich schlage vor, wir beeilen uns«, sagte Nadia. »Und verhalten uns leise.«

Sie näherten sich durch den Tunnel dem Ursprung des Geräuschs.

Jordan zielte mit der Waffe in den Gang hinein und wappnete sich.

»Kann man sie mit Waffen töten?«, wisperte Erin.

Emmanuel schnaubte.

Das war nicht hilfreich.

»Silberkugeln reizen sie nur noch mehr«, antwortete Nadia. »Am besten geeignet ist ein Messer.«

Jordan bückte sich und zog sein silbernes Bowiemesser aus der Stiefelscheide hervor.

Auch Erin zog das Messer.

»Mir missfällt die Vorstellung, eine Vampirfledermaus so nahe an mich heranzulassen, dass ich sie mit einem Messer verletzen kann«, sagte Jordan. »Wir sollten sie besser mit einer ballistischen Interkontinentalrakete erledigen.«

»Wenn sie angreifen«, sagte Nadia in leisem, sachlichem Ton, »legen Sie sich auf den Boden. Wir halten sie von Ihnen fern, so gut es geht.«

»Kommt nicht infrage.« Jordan schwang das Messer. »Aber danke fürs Angebot.«

Nadia zuckte mit ihren mageren Schultern.

Erin war einer Meinung mit Jordan. Sie hatte nicht die Absicht, sich auf den Bauch zu legen und darauf zu warten, dass ihr eine Fledermaus das Rückgrat durchbiss. Sie wollte sich lieber mit dem Messer in der Hand verteidigen.

Die Sanguinarier legten ein solches Tempo vor, dass sie und Jordan beinahe rennen mussten.

Bald darauf gelangten sie zu einer Kreuzung.

»Wir haben anscheinend die Basis des Rhombus erreicht«, sagte Erin und stellte sich im Geiste die Odal-Rune und die bisher zurückgelegte Wegstrecke vor.

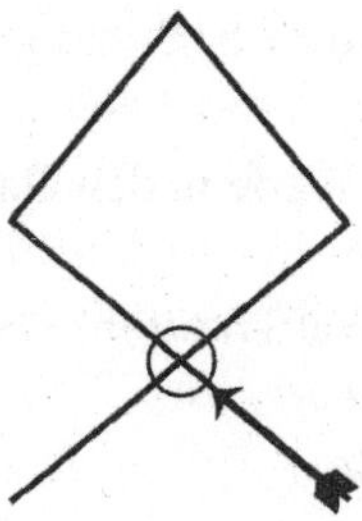

Von oben betrachtet musste die Kreuzung aussehen wie ein großes X – wie die Markierung auf einer Schatzkarte, dachte Erin.

»Ich glaube, diese Stelle hier bietet sich als Versteck an«, sagte sie.

Sie leuchtete den Betonboden ab, vermochte aber nichts Außergewöhnliches zu entdecken. Dann nahm sie sich Wände und Decke vor. Nichts deutete darauf hin, dass es sich bei dieser Kreuzung um ein Versteck handelte.

»Wir müssen alle drei Gänge untersuchen«, sagte Jordan.

Bevor sie sich in Bewegung setzen konnten, vernahmen sie durchdringendes Geschrei – aus allen drei Gängen.

Es gab kein Entkommen.

5:29

Zuerst erreichte sie der Geruch, verbreitet von Hunderten kraftvollen Schwingen. Der Gestank war überwältigend – eine Mischung aus beißendem Uringeruch und der Ausdünstung aufgedunsener Leichen, die in der prallen Sonne verwesten. Ihm drehte sich der Magen um, und unwillkürlich fragte er sich, ob die Wesen den Gestank neben ihren Zähnen und Klauen als dritte Waffe einsetzten, um ihre Beute von vornherein kampfuntauglich zu machen.

Bei ihm sollte ihnen das nicht gelingen.

Mit zitternder Hand schob er Erin nach hinten, sodass sie sich nun zwischen ihm und der Sanguinariertriade befand. Sie leuchtete erst in den linken, dann in den rechten Tunnel hinein, hielt Ausschau nach einer Tür.

Fündig wurde sie nicht.

Dann wurde das Licht von Dunkelheit verschluckt, die von allen Seiten herandrängte. Einzelne Schatten lösten sich aus dem Schwarm und kamen herangeflattert. Sie flogen über die Köpfe der Sanguinarier hinweg, als hätten sie kein Interesse an Wesen ohne Herzschlag.

Gleichwohl blitzte Silber auf, durchtrennte Schwingen und Körper.

Schwarzes Blut regnete herab.

Pelzige Fledermäuse taumelten zu Boden, schreiend und flatternd. Ein Wesen durchbrach die silberne Abwehrmauer und schlängelte sich zwischen seinen sterbenden Artgenossen hindurch. Geblendet vom Licht, prallte es hinter ihnen gegen die Wand und rutschte zu Boden, drehte sich augenblicklich um. Auch wenn es im Moment nichts sah, so hörte es immer noch.

Es fauchte Jordan an, der sich schützend vor Erin gestellt hatte. Das Tier war so groß wie eine Katze, seine Spannweite betrug etwa zwei Meter. Es scharrte mit den Hinterbeinen und griff ihn flügelschlagend an. Die Augen der Fledermaus funkelten rötlich, ihre nadelscharfen Zähne schimmerten. Ein durchdringender Schrei kam aus dem geifernden Maul, dann stürzte sie sich auf ihn.

Mit einem Hieb seines Bowiemessers schlitzte Jordan ihr den Hals auf. Blut spritzte aus der Wunde, doch die Fledermaus prallte gegen ihn und warf ihn zurück. Um ein Haar hätte er das Tier enthauptet. Trotzdem hüllten ihn dessen ledrige Schwingen ein. Es wollte ihn mit den Krallen packen, doch die dicke Jacke schützte ihn.

Endlich ereilte das Wesen der Tod, und es fiel von ihm ab. Jordan drehte sich um und sah aus allen drei Richtungen eine teuflische geflügelte Armada nahen, die sich auf die vorn postierte Triade stürzte. Die drei Sanguinarier hatten sich jeweils einem der Tunnel zugewandt.

Erin stand in ihrer Mitte, ihr Gesicht eine Grimasse des Schreckens und der Angst.

Jordan eilte an ihre Seite, um sie ebenso entschlossen zu schützen wie die drei Sanguinarier.

Die Fledermäuse umschwirrten sie, ein verschwommenes

Durcheinander dunkler Schwingen, Krallen und funkelnder Augen. Der Schwarm hielt sich einstweilen noch zurück, vermutlich weil er das Blut der verletzten Artgenossen witterte und ihre Todesschreie gehört hatte.

Das schrille Gequieke ging Jordan durch und durch. Er versuchte, ein einzelnes Tier aufs Korn zu nehmen, doch sie flitzten einfach zu schnell durcheinander.

Erin leuchtete nach oben. Die Fledermäuse schreckten vor dem Licht zurück, als hätten sie sich verbrannt – vielleicht hatten sie das ja tatsächlich.

»Vespertilionidae«, flüsterte sie, als wäre es eine Beschwörung. »Glattnasenfledermäuse. Normalerweise sind sie nur ein Zehntel so groß.«

»Woher …«

»Ich arbeite viel in Höhlen«, antwortete sie.

Der Lichtkegel der Taschenlampe schwenkte hin und her. Wenn sie eine Fledermaus direkt anleuchtete, zog sie sich zurück.

»So aggressiv habe ich sie noch nie erlebt.«

Jordan zielte mit der Maschinenpistole an die Decke. Auch mit dem Zielscheinwerfer konnte er die Tiere verscheuchen. »Weil Sie bei der Arbeit mit normalen Fledermäusen zu tun haben, nicht mit verwandelten.«

»Sie sammeln sich jedes Mal schneller.« Erin redete wie eine Forscherin, doch ihre Stimme klang eine Oktave höher als sonst. »Sie gewöhnen sich ans Licht.«

»Sollen sie nur kommen.« Nadia hatte ihren Kettengürtel gelöst und hielt ihn in der behandschuhten Hand. Sie ließ die silbernen Kettenglieder durch die Finger gleiten wie die Perlen eines Rosenkranzes. »Das Warten zerrt an meinen Nerven.«

»Geduld«, sagte Rhun. »Wir sollten besser weitergehen und nach einer Tür suchen, nach einem Raum, wo wir

Schutz suchen können. Vielleicht greifen sie ja gar nicht an.«

»Halten Sie am besten an der rechten Seite nach einer Tür Ausschau«, meinte Erin, »denn da geht es ins Zentrum der Odal-Rune.«

Das musste Jordan ihr lassen: Selbst inmitten eines Schwarms kreischender Fledermäuse verlor Erin das Ziel nicht aus den Augen. Sie dachte noch immer an den Schatz, der in dem Bunker versteckt war.

Emmanuel trat einen Schritt vor und hob die Hand. In seiner Faust funkelte ein Messer.

Nadia schloss zu ihm auf, so leichtfüßig wie eine Ballerina.

Dann rückten sie alle fünf langsam im Tunnel vor, die Augen auf die über ihnen wogenden Fledermäuse geheftet. Jordan hätte gern auf sie geschossen, hatte aber Bedenken wegen möglicher Querschläger und wollte die Tiere auch nicht unnötig reizen. Außerdem hatte Nadia gemeint, mit Kugeln allein könne man sie nicht töten. Sie hatten die besten Erfolgsaussichten, wenn sie …

Lautlos stießen mehrere Fledermäuse herab.

Auch diesmal wieder beachteten sie die Sanguinarier nicht, sondern stürzten sich auf die beiden Menschen in der Mitte der Triade.

Sie zielten auf Erins Gesicht.

Und auf Jordans.

Nadia ließ den Gürtel kreisen. Sie benutzte ihn als Kettenpeitsche. Mit ihrer übermenschlichen Kraft und Schnelligkeit schwang sie die Waffe wie einen Gemüsezerkleinerer. Die Fledermäuse, die ihr zu nahe kamen, wurden zerfetzt und geschreddert. Der Schwarm zog sich daraufhin zurück. Nadias Peitsche traf einen Nachzügler am grauen Rücken und schmetterte ihn gegen die Betonwand. Währenddessen hielten Rhun und Emmanuel den Gang frei und kämpften sich mit ihren Silbermessern durch das schattenhafte Gewoge.

Jordan mit seinem Bowiemesser bildete die Nachhut. Die hochfrequenten Schreie taten ihm in den Ohren weh. Trotz der Lederjacke hatte er zahllose Kratzer an den Händen und im Gesicht.

Er hatte den Eindruck, dass für jede getötete Fledermaus zwei nachrückten.

Erin stieß einer Fledermaus, die an Jordan vorbeikam, das Messer in den Bauch. Die scharfen Raubtierzähne schnappten vor ihrer Nase zu, dann fiel das Tier mit einem dumpfen Geräusch zu Boden.

Jordan packte eine weitere Fledermaus, deren Haut sich kühl und trocken anfühlte wie bei einer toten Eidechse. Er überwand seinen Widerwillen und versetzte ihr einen Hieb mit dem Messer. Das Tier drehte den kräftigen Hals und schlug die Zähne in seinen Daumen. Der Schmerz durchzuckte seinen Arm.

Er schlug die Hand gegen die Betonwand, einmal, zweimal, dreimal, doch die Fledermaus ließ sich nicht abschütteln. Ihre Zähne stießen auf den Knochen, sie drohte ihm den Daumen abzubeißen. Blut rann im Jackenärmel zum Ellbogen. Eine zweite Fledermaus streifte seinen Kopf und fügte ihm an der Schläfe eine brennende Wunde zu.

Erin kam ihm zu Hilfe. Sie packte die Fledermaus, die sich in seinen Daumen verbissen hatte, bei den Ohren, stieß ihr das Messer in den Hals und zog die Klinge nach unten durch. Schwarzes Blut spritzte an die Wand, die Zähne lösten sich endlich.

»Weiter!«, rief Rhun nur einen Meter weiter – in diesem Moment kam ihnen die Distanz unüberwindlich vor. »Da vorn ist eine Tür! Auf der rechten Seite!«

Emmanuel stürmte los und setzte sich an die Spitze. Fledermäuse flatterten ihm ins Gesicht, attackierten seinen Hals, seine Hände. Allerdings machten sie den Eindruck, als wären sie nicht sonderlich erpicht darauf, ihn zu beißen. Das hieß freilich nicht, dass der groß gewachsene Mann keine Verletzungen davontrug. Er blutete aus zahlreichen Wunden, sein blondes Haar hatte sich schwarz gefärbt.

Mehrere Tiere kamen an Jordans ermüdendem Arm vorbei. Spitze Zähne gruben sich in sein Handgelenk. Bei ihm hatten sie anscheinend keine Beißhemmung.

Rhuns Messer blitzte auf, durchschnitt Schwingen und Fell, befreite Jordan.

Doch der Angriff erlahmte nicht.

Jordan zitterte der Arm – und die Fledermäuse griffen weiter an.

34

27. Oktober, 5:39, MEZ
Harmsfeld, Deutschland

BATHORY KNIETE am Ufer des nebelverhangenen bayerischen Sees. Sie berührte die Schleifspuren im Matsch. Etwas Breites, Schweres war hier ins Wasser geschoben worden. Die Vertiefungen waren vollgelaufen, doch es schwammen keine Blätter und keine Tannennadeln auf dem Wasser, und die Spuren waren auch nicht tierischen Ursprungs.

Sie richtete sich auf und bedeutete ihren Leuten zurückzubleiben, während sie die Stelle abschritt, an der man das Boot ins Wasser geschoben hatte. Sie zählte die Fußspuren, darunter amerikanische Militärstiefel, Turnschuhe der Marke Converse und drei handgearbeitete Stiefel, zwei große und ein kleiner. Der Tiefe der Abdrücke nach zu schließen, handelte es sich um zwei Frauen und drei Männer.

Bathory aber stellte nicht gern Mutmaßungen an.

Sie folgte den Spuren bis zum Rand des Wassers und spähte in den Dunst, konnte aber nur ein paar Meter weit sehen. Lautlos verfluchte sie den Bergnebel. Als Rhun und dessen Begleiter im Schutze des Nebels geflüchtet waren, hätten sie sie beinahe abgehängt. Dann aber hatte das Motorengeräusch sie verraten.

Sie wandte sich an ihren Stellvertreter. »Hörst du etwas, Tarek?«

Er legte den Kopf schief, lauschte. »Kein Herzschlag da draußen.«

Sagte er die Wahrheit, oder log er sie an, weil er verhindern wollte, dass sie das Buch fand?

Magor?, dachte sie.

Der Wolf scharrte am Boden und senkte den Kopf. Auch er hatte nichts gehört. Sie tätschelte ihm die warme Flanke. Mit dem Wagen war sie in dem schwierigen Terrain viel langsamer vorangekommen als die Motorräder. Allein wegen Magors guter Nase war es ihnen gelungen, der Gruppe bis hierher zu folgen. Das Wasser aber vermochte er mit seinen scharfen Sinnen ebenso wenig zu durchdringen wie sie mit ihren Augen den Nebel.

Sie musterte die glatte Wasseroberfläche. Die Sanguinarier hatten sich mit dem Boot einen Vorsprung verschafft. Das stellte sie vor neue Herausforderungen.

»Tarek, ich brauche eine Karte des Sees.«

Er reichte ihr sein Handy. Das Display zeigte eine Satellitenaufnahme. Im See gab es keine Inseln. Dann waren die Sanguinarier entweder zum anderen Ufer übergesetzt, oder sie waren getaucht. Somit standen sie vor einem Problem, denn sie hatten kein Boot, und Bathory wusste auch nicht, wie sie sich eins hätten beschaffen können.

Tarek knurrte ungeduldig. Strigoi warteten nicht gerne. Die anderen spürten seine Gereiztheit und traten unruhig von einem Fuß auf den anderen.

Bathory starrte ihn an, bis er verstummte – dann erteilte sie ihm vorsichtshalber einen Befehl.

»Mach die Motorräder fahruntüchtig. Aber bleib in Hörweite.«

Magor setzte sich neben ihr auf die Hinterbeine und

schaute mit seinen rotgoldenen Augen auf den See hinaus. Sie legte ihm die freie Hand auf den Kopf, dann blickte sie aufs Display. Vielleicht kam sie ja dahinter, weshalb die Sanguinarier ausgerechnet diesen Ort ausgewählt hatten.

Sie zoomte das Satellitenbild, scrollte und studierte das umliegende Terrain. Das Bild war im Sommer aufgenommen worden. Dunkelgrüne Laubkronen verdeckten den Boden. Auf den Lichtungen war nichts Auffälliges zu erkennen.

»Die Maschinen werden nie mehr fahren!«, rief Tarek.

»Gut«, sagte sie. Bei seiner Rückkehr würde sich der Gegner nicht mehr so schnell absetzen können.

Als sie weiter zoomte, fiel ihr eine gerade Linie auf, die etwas heller grün gefärbt war. An dieser Stelle war der Baumbewuchs anders. Deutete das auf Wasser hin? Oder waren die Bäume jünger? Sie verband die Linie mit einer zweiten, dann mit einer dritten, die so schwach ausgeprägt waren, dass man sie kaum erkennen konnte.

Als sie das Muster erkannte, lächelte sie zufrieden.

Das war eine Ecke des Motivs, das auf dem Naziorden abgebildet war. Der Rest erstreckte sich anscheinend *unter* dem See.

Also deshalb sind sie hierhergekommen.

In ihrer Vorstellung vervollständigte sie die Rune. Auf dem Display fuhr sie mit der Fingerspitze deren Umriss ab. Dabei fiel ihr etwas Interessantes auf. Die beiden Beine der Rune: das eine endete unter dem See, das andere an der dem See abgewandten Seite des Hügels am anderen Ufer. Das Gelände war dort dicht bewaldet. Keine Gebäude, nur Bäume und Felsen, doch das bedeutete nicht, dass dort nicht etwas verborgen war.

Sie musterte ihre kleine Streitmacht, die kräftig genug war, um stundenlang zu graben, ohne zu ermüden. Sie musste das Risiko eingehen. Sie blickte zu den Hügeln am anderen Ufer hinüber.

Wenn sie recht hatte, verfügte das unterirdische Verlies über einen *Hinterausgang.*

35

27. Oktober, 5:48, MEZ
Am Grund des Harmsfeld-Sees

IM SYSTEM DER widerhallenden, verschlungenen Gänge verwirrten sich Rhuns Sinneswahrnehmungen zunehmend. Ultraschallschreie strapazierten sein Gehör. Das ständige Geflatter und die durcheinanderwogenden, blutbespritzten Leiber machten es ihm nahezu unmöglich, sich zu konzentrieren. Er wehrte sich gegen den Lärm, indem er sich auf ein einzelnes verängstigtes, blutiges, grimmig entschlossenes Gesicht konzentrierte.

Auf Erin Granger.

Als Rhun sie erreicht hatte, fegte er mit aller Kraft eine Fledermaus von ihrer Brust. Hohle Knochen knackten, der Schädel war zerschmettert. Obwohl ihre lange Jacke sie weitgehend schützte, schlug Erin das Herz bis zum Hals, und ihr Atem ging keuchend. Lange würden sie nicht mehr durchhalten. Sie wirbelte vor ihm herum, wehrte sich gegen ein anderes Icarops, das sich an ihren Rücken klammerte und zum Hals hochklettern wollte. Der Strahl ihrer Taschenlampe ruckte umher und beleuchtete die Masse der Fledermäuse.

Es waren Tausende.

Rhun packte Erin, warf sie sich über die Schulter und stürmte mit ihr durch den dunklen Eingang, den Emmanuel mit seinem Messer verteidigte. Neben ihm tänzelte Nadia mit wirbelnder, tödlicher Klinge.

»Schaff den Soldaten rein!«, rief Rhun seiner Ordensschwester zu.

Er ließ Erin unsanft zu Boden fallen, wobei die quiekende Fledermaus zerquetscht wurde. Blut spritzte. Der Soldat rutschte neben ihm über den Boden, geschützt durch seine Lederjacke. Er wälzte sich herum und entfernte mit einem Hieb der Taschenlampe ein Icarops von seiner Schulter, dann gab er ihm mit dem Kolben seiner Waffe den Rest.

Ein lautes Dröhnen in seinem Rücken verriet Rhun, dass Nadia die Tür zugeschlagen hatte. Emmanuel lehnte sich mit dem Rücken dagegen. Der Raum war quadratisch und klein, aber einstweilen waren sie hier in Sicherheit. Ein offener Durchgang an der anderen Seite führte in einen weiteren Raum, doch Rhun nahm dort weder einen Herzschlag noch eine Bewegung wahr. Es roch muffig, nach altem Fledermauskot.

Eine Weile würden sie hier Ruhe haben.

Nadia tötete die letzten Fledermäuse, die mit ihnen zusammen in den Raum gekommen waren.

Die Holztür dämpfte das Quieken der Fledermäuse auf dem Gang, doch sie scharrten mit ihren Krallen am Eingang und nagten am Holz.

Rhun hatte Verständnis für ihre Gier. Erins Herzschlag war beschleunigt, aber kräftig. Auch der Soldat hatte noch Herzrasen. Der Blutgeruch, den sie und der Soldat verströmten, war nahezu überwältigend.

Er entfernte sich ein wenig von den beiden blutenden Menschen.

Erin stand zitternd neben Jordan. »Sind Sie verletzt?«

Er saß noch auf dem Boden. »Nur in meinem Stolz«, erwiderte er. »Lassen Sie mir einen Moment Zeit.«

»Haben das die Belial getan?«, wandte Erin sich an Rhun und verströmte eine Wolke Blutgeruch.

Er schluckte und wich einen Schritt zurück.

Nadia wischte ihre Kette am Oberschenkel ab, dann legte sie sie wieder als Gürtel an. »Es muss Jahre gedauert haben, so viele Blasphemären zu erschaffen«, sagte sie. »Diejenigen, die in Masada Jagd auf Sie gemacht haben, sind nicht die Erschaffer dieser Wesen.«

Rhun stieß eine tote Fledermaus mit der Stiefelspitze an. »Sie hat recht. Einige dieser Icarops sind Jahrzehnte alt.«

»Dann sind wir hier unten also nicht allein.« Emmanuels tiefe Stimme übertönte die der anderen. »Hier haust mindestens ein Strigoi.«

»Noch eine gute Nachricht«, meinte Jordan, während er seinen Schädel betastete. »Aber die Bisse der Fledermäuse werden uns doch nicht gleich in Strigoi verwandeln, oder?«

Erin leuchtete ihn mit der Taschenlampe an. Er blutete an den Händen und an der Schläfe. Auch auf dem Schädel hatte er mehrere tiefe Kratzer.

Rhun zuckte zusammen und musste den Blick vom fließenden Blut abwenden. Er sprach zur Wand. »Nein. Um ein Strigoi zu werden, muss einer Ihr Blut trinken und Sie dann bei sich trinken lassen. Dieses Schicksal bleibt Ihnen erspart.«

Nadia reichte dem Sergeant die Hand und zog ihn auf die Beine. Dass Rhun sich scheute, ihm nahe zu kommen, schien sie nicht zu bemerken. »Sind Sie ernsthaft verletzt, Sergeant?«

Jordan leuchtete auf seine Handverletzung. »Das ist nichts, was sich nicht mit einem großen Pflaster beheben ließe. Wie steht es mit Ihnen, Erin? Sind Sie okay?«

»Geht so.« Sie wischte sich den Handrücken an der Jeans ab. »Aber wie kommt es, dass die Fledermäuse nicht auch Sie angegriffen haben?«

»Eine interessante Frage.« Emmanuels Oberkörper schaukelte vor, als die Fledermäuse schreiend gegen die Tür prallten. »Das liegt vielleicht daran, dass Sie einen Herzschlag haben. Oder aber sie wurden darauf abgerichtet, Menschen anzugreifen.«

Jordan zuckte mit den Schultern. »Abgerichtete Kampffledermäuse?«

»Wäre Ihnen ein Wolf lieber?« Erin zog das kleine Erste-Hilfe-Set aus seiner Tasche.

»Vielleicht«, antwortete er. »Ja, ich glaub schon.«

Rhun war ganz benommen vom Blutgeruch. Er wich zur Tür zurück.

»Trink einen Schluck«, sagte Nadia.

Er löste die Trinkflasche von seinem Gürtel und trank gerade so viel, um sich wieder zu fangen, ohne dass es zu einem Anfall von Reue kam. Christi Blut brannte in seiner Kehle, wohlige Wärme durchströmte ihn – die Erinnerungen aber blieben gottlob aus.

»Lassen Sie mal sehen«, sagte Erin zu Jordan.

Der Soldat richtete die Taschenlampe auf seinen verletzten Daumen. »Ich glaube, die Sehnen sind unverletzt. Aber es brennt höllisch.«

»Die Fledermäuse sind das Werk des Teufels«, meinte Emmanuel, der noch immer an der Tür kauerte. Er betastete seinen Rosenkranz und begann zu beten. Nadia drückte sich mit dem Rücken flach an die Wand, fixierte die toten Fledermäuse und bemühte sich nach Kräften, das Blut zu ignorieren, das auf den Boden tropfte, was sich so laut anhörte wie das Regengetrommel auf einem Blechdach.

Das war genau der Grund, weshalb an Einsätzen der Sanguinarier keine Menschen beteiligt sein sollten. Rhun unterdrückte seinen Ärger, der zu einem großen Teil Bernard galt, weil er ihnen die beiden aufgezwungen hatte. Der Kardinal hatte keine Ahnung, wie es im Einsatz zuging.

»Sind Sie in letzter Zeit gegen Tetanus geimpft worden?«, flüsterte Erin.

»Ja, aber nicht gegen Tollwut.«

»Die haben keine Tollwut«, meinte Nadia, ohne den Blick zu heben.

Erin hatte den Daumen verbunden. »Gut, dass es nur die linke Hand ist.«

»Sie meinen, die wäre überflüssig?« Der Soldat grinste sie an. »Und was ist mit meiner Kopfverletzung?«

»Nehmen Sie den Kopf runter.« Sie untersuchte die Wunde, dann verkündete sie ihr Urteil. »Blutig, aber nicht tief.«

Rhun bemühte sich, nicht hinzusehen, als sie die Verletzung behutsam säuberte und eine Butterfly-Bandage anbrachte. Ihr behutsames Vorgehen machte deutlich, wie viel ihr an dem Soldaten lag.

»Jetzt Sie«, sagte Jordan, als sie fertig war. Er wechselte mit ihr den Platz und nahm das Erste-Hilfe-Set in die Hand. »Lassen Sie sich mal anschauen.«

Als Jordan mit der bandagierten Hand ihr Gesicht und ihren Schädel berührte, beschleunigte sich ihr Herzschlag.

Sie wich zurück und hob abwehrend den Arm. »Ich bin nur in die Hand gebissen worden.«

Jordan nickte und versorgte rasch ihre Verletzung.

»Wenn Sie beide jetzt fertig sind …«, murmelte Emmanuel gereizt. »Können wir dann das weitere Vorgehen besprechen?«

Die Fledermäuse scharrten an der Tür. Sie waren fast schon durch.

5:54

Auf einer faustgroßen Fläche splitterte die Tür und gab nach. Ein hässlicher Kopf schob sich kreischend durch die Öffnung. Das Tier stellte die Ohren auf und bleckte die Zähne.

Emmanuel schlug mit seinem Kurzschwert zu, der Kopf der Fledermaus fiel zu Boden.

Jordan half Erin auf die Beine und wich zurück, während die nächste Fledermaus den Kopf durchs Loch streckte.

»Die Scheißkerle haben die Tür durchgenagt«, sagte er. »Die wollen's wirklich wissen.«

Rhun wies mit dem Kinn zur dunklen Rückseite des Raums. »Da ist ein offener Durchgang. Warten Sie im Nebenraum.«

Jordan leuchtete mit der Taschenlampe. Bislang hatte er den Durchgang gar nicht bemerkt. Keiner wusste, was sich dahinter verbarg, aber wenigstens kamen ihnen aus der Richtung keine Fledermäuse entgegen. Und wenn Rhun keine Bedrohung wahrnahm, war das ein gutes Zeichen.

»Beeilen Sie sich«, sagte Emmanuel mit zusammengebissenen Zähnen. Ein weiteres Teilstück der Tür splitterte und löste sich auf, zerkleinert von Zähnen und Klauen.

Nadia und Rhun eilten an seine Seite.

Jordan und Erin liefen nach hinten und blieben an der Schwelle stehen, denn es widerstrebte ihnen, allein den Raum zu betreten. Jordan leuchtete umher und stellte fest, dass Rhuns scharfe Sinne ihn nicht getäuscht hatten. Der Durchgang war offen, dahinter lag ein großer, kreisförmiger Raum, leer und höhlenartig. Als der Strahl seiner Taschenlampe über die Wand glitt, machte er jedoch eine schreckliche Entdeckung.

Es gab keinen zweiten Zugang.

Der Raum war eine Sackgasse.

5:55

»Es gibt keinen Ausgang!«, rief Erin Rhun zu. Vom Ammoniakgeruch tränten ihr die Augen.

Fledermauskot.

Sie machte ein paar Schritte zur Seite, gefolgt von Jordan. Der Schein ihrer Taschenlampe erhellte einen kreisförmigen Raum mit Kuppeldecke. Auf den ersten Blick fielen ihr zwei Dinge ins Auge. Der Raum hatte dieselbe Größe und Form wie die Gruft von Masada. Hier aber war für den Boden, die Wände und die Decke kostbarer Marmor verwendet worden.

Früher einmal musste es ein wundervoller Raum gewesen sein, doch nun waren die Wände vom Kot der Fledermäuse verschmutzt, der sich auch in den Ecken häufte. Und noch etwas fiel ihr auf, als sie sich die Odal-Rune vergegenwärtigte.

»Stimmt was nicht?«, rief Rhun.

Erin wandte den Kopf. Hatte er ihre Erregung gespürt?

Sie antwortete ihm, ohne die Stimme zu heben, denn sie wusste, dass er sie auch so verstehen würde. »Ich glaube, dieser Raum liegt genau in der Mitte des Rhombus.«

Sie stellte sich den Weg vor, den sie zurückgelegt hatten.

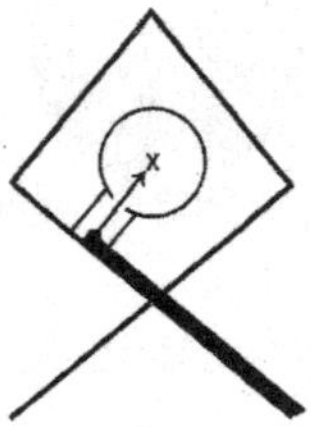

Rhun begriff sogleich, was sie meinte. »Suchen Sie nach dem Buch. Es wird eng! Wenn es uns nicht gelingt, den Eingang zu verteidigen, müssen wir eventuell in den Gang flüchten und einen sichereren Unterschlupf suchen.«

Nachdem er ihr grünes Licht gegeben hatte, näherte sie sich dem auffälligsten und größten Objekt im Raum, einem mannshohen Kruzifix aus leuchtend weißem Marmor mit einem erschreckend ausgemergelten Christus. Jede Einzelheit seines Körpers war akribisch herausgearbeitet, angefangen von den perfekt geformten Muskeln bis zu der tiefen Wunde in seiner Seite. Doch im Unterschied zu den üblichen Christusdarstellungen war diese Figur nackt, so unbehaart wie ein Neugeborenes, was ihr eine stilisierte Schönheit verlieh, eine Mischung aus göttlicher Unschuld und menschlicher Qual.

Erin leuchtete in die Richtung, in die der Gekreuzigte blickte. Dort befand sich ein hoher Säulenfuß, der sich am Ende verbreiterte. Erin hatte ein solches Gebilde erst vor wenigen Stunden gesehen. Es entsprach der Ahnenerbe-Anstecknadel aus Bruder Leopolds Arbeitszimmer, die eine Säule mit einem Buch darauf darstellte.

Der Mönch hatte gesagt, das Emblem stehe für ein wichtiges Ziel des Ahnenerbes: die Dokumentation der Geschichte und des Erbes der Arier. Außerdem hatte er gemeint, es symbolisiere möglicherweise »ein großes Mysterium« und sei ein Verweis auf ein okkultes Buch, »das große Macht« verleihe. Erin stockte der Atem, als sie den Ursprung des Symbols vor sich sah.

Da die Oberseite des Piedestals in Richtung der Statue geneigt war, konnte sie nicht erkennen, ob etwas darauf lag.

»Wir sollten beim Eingang bleiben«, sagte Jordan. »Für den Fall, dass wir schnell flüchten müssen.«

Sie wurde nicht langsamer, zögerte nicht einen Moment. Nichts würde sie daran hindern können, sich mit eigenen Augen zu überzeugen, was auf dem Säulenfuß lag – womöglich das mit Christi Blut niedergeschriebene Evangelium. Jordan fluchte verhalten und folgte ihr.

Das Kreuz und die Säule standen auf einem Podest, einer quadratischen Marmorplatte von knapp zwei Metern Kantenlänge. Auf diese Weise wurde ihre Bedeutung hervorgehoben. Aber weshalb hatten die Nazis das lebensgroße Kruzifix aufgestellt? Bewachte es etwas, das sie als heilig betrachtet hatten?

Sie musste es herausfinden.

Erin sprang auf das Podest und zuckte zusammen, als es unter ihren Füßen knirschte. Darauf bedacht, nicht erneut auf etwas zu treten, ging sie am Rand des Podests entlang.

Dann machte sich Enttäuschung in ihr breit.

Der Säulenfuß war leer.

»Was haben Sie entdeckt?«, rief Jordan, der am Rand des Podests stehen geblieben war und in den Nebenraum blickte, wo die Sanguinarier die Fledermäuse in Schach hielten.

Erin tat einen Schritt und fuhr mit den Fingerspitzen über die Oberfläche des steinernen Lesepults. Dabei bemerkte sie die Vertiefung, in der ein Gegenstand von der Größe eines Buchs Platz gehabt hätte.

»Das Buch hat hier gelegen«, murmelte sie.

»Was?«

Niedergeschlagen trat sie zurück und zertrat etwas mit dem Absatz. Sie leuchtete nach unten. Graue Gesteinsbrocken waren auf dem Podest verstreut. Offenbar waren sie künstlichen Ursprungs. Sie kniete nieder und hob vorsichtig eine Scherbe auf.

Die meisten Scherben waren nicht einmal zwei Zentimeter dick und aschgrau. Sie wendete ein größeres Bruchstück auf der Handfläche und versuchte, das Material zu bestimmen. *Grau. Betonartig. Wenn es älteren Ursprungs war, bestand es vermutlich aus Kalk und Asche.*

Waren die Bruchstücke womöglich ebenso alt wie das Blutevangelium? Um diese Frage zu beantworten, müsste sie eine genaue Analyse vornehmen, doch im Moment blieb ihr nichts anderes übrig, als zu improvisieren.

Sie kratzte mit dem Daumennagel an einer Ecke und schnupperte am Abrieb.

Ein vertrauter Geruch stieg ihr in die Nase und trieb ihr beinahe das Wasser in die Augen.

Weihrauch.

Ihr Herzschlag beschleunigte sich. Auch in der Gruft von Masada hatten sich Weihrauchreste befunden, wie sie damals häufig bei Begräbnissen verwendet worden waren.

In einem Nazibunker aber war das ein erstaunlicher Fund.

Sie rang um Fassung und ärgerte sich, dass sie wie ein Trampeltier auf das Podest gesprungen war, während sie ihre Studenten wegen der kleinsten Beschädigungen eines Fundorts maßregelte.

Sie drehte die Scherbe um. Sie war dreieckig wie die Ecken eines Kastens. So reglos, als kauere sie mitten in einem Minenfeld, untersuchte sie die anderen Scherben. Drei weitere Dreiecke lagen ganz in der Nähe, neben unregelmäßig geformten Bruchstücken.

Waren die Dreiecke Eckstücke gewesen?

Dann könnte es sich tatsächlich um einen Kasten gehandelt haben.

Um einen Kasten mit einem *Buch* darin.

Erin schaute zu dem leeren Lesepult hoch. Hatten vielleicht die Russen den Bunker geplündert? Hatten sie alles zerstört oder mitgenommen, was nicht niet- und nagelfest gewesen war?

Sie schaute das Kruzifix an, als könnte es ihre Fragen beantworten. Die Gestalt am Kreuz hatte Ähnlichkeit mit einem KZ-Häftling, sie war ausgemergelter als jede andere Christusdarstellung, die sie je gesehen hatte. Die knochigen Hände waren mit schwarzen Nägeln ans Kreuz geschlagen, ein etwas dickerer Nagel hatte die überkreuzten Füße durchbohrt. Weinrote Farbe schimmerte um die Wunden herum. Erin leuchtete nach oben, angezogen von einem Gesicht, das so gut wie keine Besonderheiten aufwies. Augen und Mund waren durch Schlitze angedeutet, die Nasenlöcher kaum wahrnehmbar – der perfekte Ausdruck endlosen Leidens.

Sie verspürte den irrationalen Wunsch, die Statue vom Kreuz abzunehmen und sie zu trösten.

Auf einmal durchzuckte ein scharfer Schmerz ihre Hand. Sie hob sie ins Licht und bemerkte, dass sie zu fest zugedrückt und sich an der Scherbe den Daumen geschnitten hatte.

Eingedenk ihrer Pflichten wandte sie dem Kreuz den Rücken zu, wischte die Scherben auf dem Podest zusammen und verstaute sie in ihren Taschen. Einige wiesen am Rand eine Beschriftung auf, die würde sie später entziffern.

Jordan machte Anstalten, zu ihr aufs Podest zu klettern.

»Nicht!«, warnte sie ihn, denn sie wollte die Überreste der von den Russen angerichteten Zerstörungen nicht noch weiter beschädigen.

Mit ausreichend Zeit sollte es ihr gelingen …

Nebenan brüllte Rhun verzweifelt: »Die Fledermäuse sind durchgebrochen!«

36

27. Oktober, 6:04, MEZ
Am Grund des Harmsfeld-Sees

RHUN FLÜCHTETE VOR einer tödlichen Sturmwolke.

Schwingen peitschten seinen Körper; Klauen und Zähne zerrten an seiner Haut und seiner Kleidung.

Er stürmte durch den überwölbten Durchgang, dicht gefolgt von Nadia und Emmanuel. Der Icaropsschwarm donnerte an ihm vorbei. Die Tiere flogen nach oben und sammelten sich unter der Kuppeldecke.

Rhun orientierte sich mit einem Blick und identifizierte den Raum als Gegenstück der Gruft von Masada, als pervertierte Ruine eines heiligen Orts. Zorn wallte in ihm auf, doch die Angst überlagerte ihn, löschte ihn aus.

Mitten im Raum hockte Erin hinter einem großen Säulenfuß, das Gesicht zu den Fledermäusen emporgewandt. Jordan sprang zu ihr aufs Podest, um sie zu beschützen. Eine nutzlose Geste. Gegen diese Masse von Icarops konnte der Soldat nichts ausrichten.

Da waren sie alle machtlos.

Als spürte sie das ebenfalls, stürzten sich die Icarops auf die beiden Menschen.

»Arrêtez…!«

Das harsche Kommando übertönte das Geschrei der Fledermäuse und brachte ihren Angriff ins Stocken. Der schwarze Schwarm verteilte sich um Erin und Jordan und wich zu Wänden und Decke zurück. Dort klammerten sich die Tiere mit ihren scharfen Klauen in Vertiefungen fest. Sie falteten die Schwingen um ihren pelzigen Körper und schauten mit ihren feuchten, rötlich schwarzen Augen zu den Menschen herunter.

Mit dem ersten Atemzug nahm Rhun einen beißenden Gestank wahr. Er holte erneut Luft. Außer dem Blut und dem Kot der Icarops nahm er noch etwas anderes wahr. Einen vertrauten Geruch.

An der anderen Seite des Raums schaute Jordan sich um. »Wer war das?«, fragte er.

Erin antwortete und zeigte aufs Kruzifix. »Sehen Sie!«

Die Marmorstatue *regte sich.* Sie hob den Kopf, und man sah das zermarterte Gesicht, dessen Haut sich über den Knochen spannte. Erin schlug die Hand vor den Mund, als wüsste sie, was da hing.

Nadia verharrte neben Rhun, Emmanuel wich stolpernd einen Schritt zurück.

Die Sanguinarier wussten es ebenfalls.

Wie auf ein lautloses Stichwort hin eilte Rhun vor, flankiert von Emmanuel und Nadia.

Die Gestalt am Kreuz schlug die Augen auf, schmale Schlitze in einem ledrigen Gesicht. Und in den Schlitzen schimmerte ein Anflug von Leben – das bisschen Leben, das noch übrig war. Die glasigen blauen Augen fassten Rhun in den Blick. Abgrundtiefe Traurigkeit lag darin. Diese verzweifelten Augen ließen keinen Zweifel daran, wer da an dem grausigen Kreuz hing.

Rhun ergänzte das von silbernem Haar gekrönte Gesicht, bis die eingefallenen Lippen weise lächelten. In seiner Vorstellung hörte er, wie die einst kraftvolle Stimme die Geheimnisse der Geschichte und die Bestimmung der Sanguinarier erläuterte. Damals hatte der Körper einen bedeutenden Priester beherbergt.

Pater Piers.

Über Jahrhunderte hinweg sein Freund.

Vor siebzig Jahren war er bei der Suche nach dem Blutevangelium verschwunden. Die Kirche hatte ihn für tot erklärt. Jetzt stellte sich heraus, dass die Nazis ihn gefangen genommen und jahrzehntelang hatten leiden lassen.

Emmanuel sank demütig auf die Knie. »Pater Piers … wie ist das möglich …?«

Der Kopf des alten Priesters sank wieder herab, als könnte er den schweren Schädel nicht länger oben halten. Seine blassen Augen fassten Emmanuel in den Blick. »*Mein Sohn?*«, krächzte er auf Deutsch; offenbar war er das Sprechen nicht mehr gewohnt.

Tränen strömten Emmanuel übers Gesicht. Rhun musste daran denken, dass Pater Piers Emmanuel gefunden, ihn vom Bösen errettet und in den Orden der Sanguinarier aufgenommen hatte.

Emmanuel streckte die Hand nach dem schwärzlichen Nagel aus, der die nackten Füße des Priesters durchbohrt hatte. Die Wunden waren mit dunklem Blut verkrustet.

»Vorsicht«, sagte Nadia, die in der Nähe stand. »Er wurde mit Silber fixiert.«

Emmanuel zog an dem dicken Nagel und verbrannte sich die Finger.

Nadia riss ihn zurück. »Noch nicht.«

Er fauchte sie an und bleckte die Zähne. »Sieh ihn dir an. Hat er nicht genug gelitten?«

»Die Frage ist«, sagte Nadia sachlich, »*warum* hat er gelitten? Wer hat ihn festgenagelt und aus welchem Grund?«

»*Libri … verlassen …*« Offenbar versagte Piers nicht nur die Stimme, sondern auch der Verstand, denn er wechselte von einer Sprache in die andere. Der Wahnsinn flackerte in seinem Blick.

Rhun blickte zu dem auf, was von dem Sanguinarier-Gelehrten übrig geblieben war. »Nimm ihn ab.«

Nadia wollte Einwände erheben, doch Rhun kniete nieder und stützte die Füße des Priesters. Emmanuel zog den Nagel heraus und warf ihn beiseite. Dann richtete er sich auf und wandte sich dessen Händen zu.

Piers zeigte keine Reaktion. Er blickte zur gewölbten Decke und den schwarzen Ornamenten hoch. »*Meine Kinder …* sie haben euch mitgebracht.« Ein Anflug von Triumph schwang in seiner kraftlosen Stimme mit. »Um mich zu retten …«

Nadias Miene verhärtete sich. Sie sah in die gleiche Richtung wie der Priester und fasste den Icaropsschwarm in den Blick. »Pater Piers hat diese unheiligen Wesen erschaffen.«

»*Die Blasphemären?*« Emmanuels Finger verharrte über dem Nagel, der Piers' rechte Handfläche durchbohrt hatte. »Aber das ist verboten.«

Rhun war weniger an Blasphemären denn an Antworten interessiert. »Er hatte keine Wahl. Um jahrzehntelang am Kreuz zu überleben, musste er sich von etwas ernähren. Dafür kamen nur die Fledermäuse infrage.«

Er stellte sich vor, wie der Priester sich von den mageren Bewohnern seiner Gruft ernährt, sie im Laufe der Zeit seinem Willen unterworfen und gezwungen hatte, ihm Gesellschaft zu leisten, damit er in dem finsteren Gefängnis nicht ganz den Verstand verlor.

Vor langer Zeit wäre Rhun beim Bußfasten beinahe verhungert. Er erinnerte sich noch gut an den Schmerz und mochte Piers keinen Vorwurf daraus machen, dass er sich die Icarops unterworfen hatte, um zu überleben. Er hatte keine Wahl gehabt.

»Wie lange hängt er schon hier?« Erin war blass geworden.

»Ich nehme an, seit die Nazis ihn festgenagelt haben.« Nadia machte keine Anstalten zu helfen.

Rhun zog den Nagel aus Bruder Piers' rechter Hand, während Emmanuel sich dessen Linke vornahm. Dunkles Blut rann über die Finger des alten Mannes. Rhun bemühte sich, behutsam vorzugehen. Der verletzte Priester hatte nicht mehr viel Blut übrig.

»Womit hat er sich dieses Schicksal verdient?«, fragte Jordan.

»Das wüsste ich auch gern.« Nadia trat vor Piers hin und schaute ihm ins ausgemergelte Gesicht. Sie hob die Stimme. »Was hast du getan, dass man dich ans Kreuz genagelt hat, Pater?«

Rhun musste unwillkürlich an Masada denken; an das Strigoimädchen, das man mit silbernen Bolzen an der Wand fixiert hatte, und an die im Schutt verborgene Gasmaske. Hatte Piers unter Folter geredet? Hatte er den Nazis das Versteck des Buchs verraten und ihnen gesagt, wie sie die jahrtausendealten Sicherheitsvorkehrungen überwinden könnten?

Bruder Piers wimmerte, als man die Nägel aus den Wunden zog. Rhun wusste aus eigener Erfahrung, welche Schmerzen Silber einem zufügen konnte. Piers hatte die Qualen fast siebzig Jahre lang erduldet. Wie Jesus hatte er am Kreuz Buße getan.

Der letzte Nagel löste sich, und Emmanuel schleuderte ihn beiseite. Rhun fing den abgemagerten Piers mit der Schulter auf.

Emmanuel riss sich die feuchte Soutane vom Leib, darunter kam eine Lederrüstung zum Vorschein. Er legte die Soutane dem alten Priester um. Rhun bettete ihn behutsam auf den Boden. Emmanuel griff nach der Weinflasche, doch Nadia legte ihm eine Hand auf den Arm.

»Er ist kein geweihter Priester mehr«, sagte sie. »Der Wein würde ihm eher schaden als nützen.«

Emmanuel schloss Piers in die Arme. »Was haben sie dir angetan?«

»*Blut* und Knochen«, murmelte der alte Mann. »*Liber.*«

Erin stutzte. »Liber? Das ist die lateinische Bezeichnung für ›Buch‹. Gibt es einen Zusammenhang zwischen der Kreuzigung und dem Blutevangelium?«

Rhun wusste, dass es so war.

Erin streckte den Arm nach Rhun aus. Auf ihrer Handfläche lag eine aschgraue Scherbe. »Diese Scherben aus Kalk und Asche habe ich auf dem Podest gefunden, eine frühe Form von Beton. Möglicherweise wurde das Evangelium in einem Steinblock aufbewahrt, den jemand hier in diesem Raum zerbrochen hat. Sollte Pater Piers ihn vielleicht bewachen, so wie das Mädchen die Gruft von Masada?«

»Das weiß er allein«, erwiderte Rhun. »Und niemand kann sagen, ob er überhaupt noch bei Verstand ist.«

»Dann heilen Sie ihn.«

»Das liegt nicht in meiner Macht, auch nicht in der der Kirche.«

Rhun nahm die Scherbe entgegen und betrachtete sie. Mit den Fingerspitzen und Augen las er die am Rand eingravierten aramäischen Schriftzeichen ab. Hätte sein Herz noch geschlagen, hätte es heftig geklopft. Das Buch hatte in dem Behältnis geruht. Jemand hatte es gefunden und das Buch herausgeholt. Aber hatten die Finder es auch geöffnet?

Das war ausgeschlossen. Dann hätten die Diebe ihre Macht bereits eingesetzt. Aber wer hatte es geraubt? Er musste es in Erfahrung bringen – und Erin hatte recht.

Es gab nur eine Person, die ihm weiterhelfen konnte.

»Pater Piers?«, sagte er in der Hoffnung, einen klaren Moment zu erwischen. »Verstehst du mich?«

Die Lider des alten Mannes sanken herab. »Stolz… schändlicher Stolz.«

Wovon redete Piers? Meinte er die Hybris der Nazis oder etwas noch Schlimmeres?

»Wie haben die Nazis dich gefangen genommen?«, fragte Rhun eindringlich. »Hast du ihnen vom Buch erzählt?«

»*Es ist noch kein Buch*«, flüsterte Piers mit blutleeren Lippen.

»Sie haben ihn bestimmt gefoltert, Rhun«, sagte Emmanuel. »Und das tust du im Moment auch. Wir müssen ihn heilen, anstatt ihn mit Fragen zu quälen.«

»Noch nicht…«, sagte Pater Piers, »…noch kein Buch.«

Nadia blickte die Marmorwände an, als gäbe es darin Fenster. »Die Sonne geht bald auf. Spürst du das auch?«

Rhun nickte. Er fühlte sich bereits schwächer. Dank Christi Gnade war es ihnen möglich, im Tageslicht zu wandeln, doch aufgrund ihres Makels waren sie nur nachts im Vollbesitz ihrer Kräfte.

»Sonnenaufgang klingt gut«, meinte Jordan.

»Wir können Piers nicht nach draußen schaffen«, sagte Nadia. »Er ist nicht mehr durch Christi Blut gesegnet. Der Sonnenschein wäre sein Tod.«

»Dann bleiben wir hier.« Jordan sah beklommen an die Decke. »Das ist hier kein Fünfsternehotel, aber solange die Fledermäuse ruhig bleiben, finde ich, wir können…«

»Bis Anbruch der Nacht wäre er tot«, sagte Emmanuel und deutete auf den Icaropsschwarm, der an den Wänden raschelte. »Es sei denn, er stärkt sich an den verfluchten Kreaturen.«

»Das lasse ich nicht zu«, sagte Nadia. »Das ist eine Sünde.«

»Und ich werde nicht zulassen, dass Piers in Sünde stirbt.« Emmanuel zog sein Messer und drohte ihr damit.

Rhun ging dazwischen und hob beschwichtigend die Hände. »Wenn wir uns beeilen, erreichen wir noch rechtzeitig das Harmsfelder Gotteshaus. Dort können wir ihn von seinen Sünden reinigen. Anschließend kann er wieder Christi Blut zu sich nehmen.«

»Und wenn wir es nicht schaffen, ihn wiederherzustellen?«, zischte Nadia. »Wenn er gar kein *Opfer* der Nazis war …«

Rhun gebot ihr mit erhobener Hand Einhalt, doch sie wollte nicht kuschen.

»Was ist, wenn er sich ihnen *freiwillig* angeschlossen hat?«

»Wir werden sehen«, sagte Rhun. Nadia hatte seiner größten Angst Ausdruck verliehen, nämlich dass Piers' intellektueller Hochmut ihn dazu verleitet haben könnte, sich mit den Nazis einzulassen. Mit Hochmut kannte Rhun sich nur allzu gut aus – und er wusste, wohin er einen frommen Sanguinarier führen konnte.

»Formiert euch«, befahl er den anderen. »Wir müssen die Kirche von Harmsfeld vor Sonnenaufgang erreichen.«

Aus alter Gewohnheit nahmen Emmanuel und Nadia ihre Plätze ein, Emmanuel vorn und Nadia zu seiner Linken. Rhun sah Jordan an und wies mit dem Kinn auf Piers. Sie traten aus der Schreckenskammer in den Vorraum hinaus und von dort in den dunklen Betontunnel. Jordan legte sich den in Emmanuels Soutane gehüllten Piers über die Schulter und schloss sich mit Erin den anderen an.

»Ich habe euch betrogen«, flüsterte Piers. *»Stolz. Buch.«*

Emmanuel blieb stehen und blickte sich zu Piers um. Tränen glitzerten in seinen Augen. Rhun legte ihm die Hand auf den Arm. Piers hatte so gut wie eingestanden, dass er den Orden an die Nazis verraten hatte.

Rhun wandte sich ab und versuchte, die Tat zu begreifen. War der brennende Ehrgeiz seines Freundes, das Buch zu finden, der Grund gewesen, weshalb er die unheilige Allianz mit dem Ahnenerbe eingegangen war? Hatten die Deutschen ihn am Ende betrogen? Rhun vergegenwärtigte sich eine konfuse Bemerkung von Piers. *Es ist noch kein Buch.* Konnte man daraus schließen, dass die Nazis hier gescheitert waren? Hatten sie Piers zur Strafe gekreuzigt?

Wie auch immer: Wenn Piers aus freien Stücken den Bunker aufgesucht hatte, war nicht sicher, ob es ihnen gelingen würde, ihn so weit zu läutern, dass er wieder in den Sanguinarierorden aufgenommen werden konnte.

Als sie die Kreuzung erreichten, wandte Piers den Kopf leicht nach links. *»Sortie.«*

Französisch für »Ausgang«.

Erin hatte ihn verstanden. Er wollte sie nach draußen geleiten.

Sie kniete nieder und malte die Odal-Rune in den Staub. »Können Sie mir zeigen, wo der Ausgang liegt, Piers?«

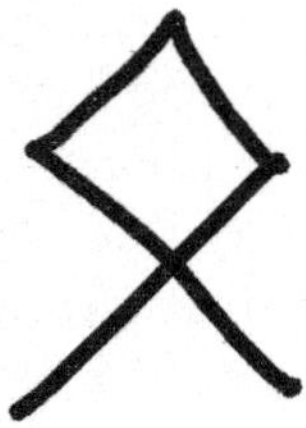

Jordan drehte sich so, dass Piers die Rune sehen konnte. Der alte Mann wies mit einem knochigen Zeigefinger auf den *linken* Strang der Rune. Sie hatten sich nach *rechts* gewandt.

»Es gibt einen zweiten Ausgang«, sagte Erin hoffnungsvoll. »Im anderen Strang der Rune. Den haben die Fledermäuse benutzt.«

Piers schloss seine papierweißen Lider, sein Kopf sank wieder auf Jordans Schulter.

»Wenn wir uns beeilen«, sagte Rhun, »schaffen wir es vielleicht tatsächlich noch, ihn vor Sonnenaufgang in die Kirche zu schaffen.«

War es vielleicht schon zu spät, um Pater Piers' Seele zu retten?

37

27. Oktober, 6:45, MEZ
In den Harmsfelder Bergen

IN IHREN MANTEL aus Zobelfell gehüllt, wartete Bathory im dunklen Wald. Im Osten ergraute bereits der Himmel. Ihre Begleiter schauten immer wieder beklommen in die Richtung. Sie wusste, dass ihnen bis zum Sonnenaufgang nur noch eine Viertelstunde blieb.

Es war bitterkalt geworden, als wehrte sich die Nacht gegen den anbrechenden Tag noch einmal mit ganzer Macht. Bathorys warmer Atem dampfte von ihren Lippen, desgleichen der des hechelnden Wolfs – weiße Wolken im finsteren Wald. Ihre Begleiter hingegen warteten so kalt und reglos wie die Bäume, vermochten ihre Nervosität aber nicht zu verbergen.

»Wir müssen aufbrechen. Sofort.« Tarek rückte bedrohlich näher und bleckte die Zähne.

Rafik hielt sich dicht bei seinem älteren Bruder. Von der intimen Begegnung mit Bathory her hatte er noch Blasen an den Lippen.

Bathory schüttelte den Kopf. Bislang hatte sich der Mann, den sie bei den Motorrädern zurückgelassen hatte, noch nicht gemeldet. Die Sanguinarier waren nicht wieder ans

Seeufer zurückgekehrt – und sie rechnete auch nicht mehr damit. Sie war sicher, dass die Kaninchen ihren Bau genau an dieser Stelle verlassen würden.

Sie vertraute ihrem Bauchgefühl.

»Man sollte einem Tier niemals in seinen Bau folgen«, sagte sie, den Blick auf den Bunkerausgang gerichtet. Magor hatte das zwischen ein paar Felsen versteckte Loch gefunden. Es war etwas größer als der Eingang eines Dachsbaus, doch Tareks Männer hatten mit ihren scharfen Sinnen den Ursprung des Geruchs identifiziert, der den Wolf angelockt hatte.

Icarops.

Sie stellte sich vor, wie der stinkende Schwarm Nacht für Nacht aus dem Loch hervorkam. Jemand musste ihn erschaffen haben. Jemand, der noch immer dort unten war.

Ihre Männer hatten die Öffnung erweitert und das Erdreich weggeschaufelt, unter dem die Nazis die Tür versteckt hatten. Dabei kam das Loch zum Vorschein, das die Fledermäuse mit ihren Klauen gegraben hatten und durch das sie ihre nächtlichen Ausflüge antraten.

Jetzt würde sich die Tür von innen mühelos aufdrücken lassen, eine Einladung an ihre Beute, ins Freie zu kommen.

»Wir töten sie, sobald sie herauskommen«, sagte sie.

»Aber was ist, wenn sie warten, bis es hell ist?« Tarek musterte den Himmel im Osten, der sich bereits stahlgrau gefärbt hatte.

»Wenn sie bis Sonnenaufgang nicht aufgetaucht sind, dringen wir in den Bunker ein«, erklärte sie. Ihre Männer würden dann am besten kämpfen, wenn ihnen klar war, dass sie den Bunker einnehmen mussten, wenn sie nicht sterben wollten. »Aber erst im allerletzten Moment.«

Ihre sechs Armbrustschützen standen reglos da, drei rechts und drei links von ihr, mit eingespannten Silberbolzen.

Die dicken Bolzen waren wirkungsvoller als Silberkugeln, außerdem bestand bei ihnen nicht die Gefahr, dass es zu einem harmlosen Durchschuss kam.

Bei Rhun Korza wollte sie keinerlei Risiko eingehen.

Tarek drehte den Kopf zur Tür herum. Ihre Kämpfer spannten sich an.

Sie hatte nichts gehört, doch das hatte nichts zu bedeuten.

Die Bunkertür bewegte sich, schwenkte nach außen.

Drei Sanguinarier traten hervor, darunter Rhun Korza.

Bathory machte hinter ihm drei weitere Personen aus. Ein Mann trug einen Verletzten. Damit hatte sie nicht gerechnet – und sie mochte keine Überraschungen. *Fünf* Personen waren von der Abtei aufgebrochen, und am Seeufer hatten ebenfalls nur *fünf* Personen Fußspuren hinterlassen.

Wer war die *sechste*?

Hatte Korza im Bunker einen Überlebenden entdeckt?

Dann fielen ihr die Icarops ein.

War das der geheimnisvolle Bewohner des Bunkers?

Mit erhobener Hand wies sie ihre Kämpfer an, so lange zu warten, bis der Letzte den Bunker verlassen hatte. Aber die hinteren drei Personen warteten im Tunnel, da sie offenbar dem Frieden nicht trauten.

Korza sah zu Boden und ging in die Hocke; offenbar waren ihm die frischen Spuren vom Graben aufgefallen. Bevor er darauf reagieren konnte, senkte Bathory ruckartig den Arm. Mit einem durchdringenden Sirren entspannten sich die Armbrustsehnen. Die Bolzensalve traf den zweiten Sanguinarier und nagelte ihn an einen dicken Tannenstamm.

Er versuchte, sich zu befreien. Aus seinen Wunden dampfte heißes Blut in die nächtliche Kälte.

Die Schützen feuerten eine weitere Salve ab. Diesmal

trafen alle Bolzen ins Ziel und bohrten sich dem Mann in Brust, Hals und Bauch.

Der Sanguinarier krümmte sich in einem Nebel kochenden Bluts.

Damit war ein Priester ausgeschaltet.

Jetzt brauchten sie nur noch Korza zu töten.

38

27. Oktober, 6:47, MEZ
In den Harmsfelder Bergen

»DRINNEN BLEIBEN!«, RIEF Rhun und warf sich in dem tödlichen Silberhagel nach vorn.

Ein Bolzen bohrte sich ihm in den Unterarm. Das giftige Silber brannte sich tief ins Fleisch. Als er das frisch ausgehobene Erdreich vor der Tür bemerkte, hatte er gleich gewusst, dass Gefahr drohte – doch er hatte zu spät reagiert.

Jemand war ihren Spuren gefolgt und hatte ihnen einen Hinterhalt gelegt.

Jemand, der mit dem Erscheinen von Sanguinariern gerechnet hatte.

Er hechtete hinter eine Linde und rollte sich ab.

In der Deckung des mächtigen Baumstamms riss er sich den Bolzen aus dem Arm. Mehr Blut, als er erübrigen konnte, floss aus der Wunde, um seinen Körper vom Gift zu reinigen.

Wie gehofft, hatte Nadia sich hinter einem Felsen neben dem Ausgang in Sicherheit gebracht.

Emmanuel aber hatte es nicht geschafft.

Zahlreiche Silberbolzen hatten ihn in ein paar Metern Abstand an eine Tanne genagelt. Seine Wunden dampften und hüllten ihn in den unheimlichen Nebel seiner allmählich versiegenden Lebenskraft.

Rhun kam nicht an ihn heran – außerdem war sein alter Freund und Ordensbruder nicht mehr zu retten.

Auch Emmanuel wusste das. Er zeigte zum Bunker.

In der Dunkelheit des Tunnels krächzte Piers: »Mein Sohn.«

»Ich vergebe dir«, flüsterte Emmanuel.

Rhun hoffte, dass Piers ihn gehört hatte, und sprach für seinen sterbenden Freund ein lautloses Gebet.

Dann erschlaffte Emmanuel, aufrecht gehalten von den grausamen Bolzen. In der Deckung des Felsens wischte Nadia sich die Augen. Auch sie musste sich damit abfinden, dass Emmanuel tot war, doch in ihre Trauer mischte sich auch ein Hauch von Freude. Er war den ehrenhaftesten Tod gestorben, den es für einen Sanguinarier gab: gefallen im Kampf. Emmanuel hatte seine Seele befreit.

Als er das Gebet abgeschlossen hatte, konzentrierte Rhun sich auf das Pochen des einen Herzens, das hier im Wald schlug. Ein Mensch gehörte zu den Strigoi. Somit war klar, wer sie angegriffen hatte.

Die Belial.

Aber wie hatten sie sie hier aufgespürt?

Und wie viele von ihnen lauerten im Wald?

Aus dem Bunker tönte Erins und Jordans Herzschlag hervor. Sie und Piers waren einstweilen dort sicher.

Rhun langte nach der Trinkflasche an seinem Gürtel. Um weiterkämpfen zu können, musste er das vergossene Blut mit Christi Blut ersetzen. Wenn er aber trank, riskierte er, in die Vergangenheit abzugleiten und hilflos und angreifbar zu werden.

Doch er hatte keine Wahl. Er setzte die Flasche an und trank. Die Hitze durchströmte und stärkte ihn, verdrängte das versengende Silber mit dem reinigenden Feuer Christi. Der Rand seines Gesichtsfelds färbte sich dunkelrot.

Er wehrte sich gegen die drohende Reue.

Elisabeta auf dem Feld. Elisabeta am Kaminfeuer. Elisabetas Zorn.

Er krampfte die Hand um sein Brustkreuz, flehte darum, nicht abzugleiten. Die Umgebung verwandelte sich in eine schattenhafte Mischung aus Vergangenheit und Gegenwart. Bilder blitzten auf …

… ein langer, entblößter Hals.

… ein Ziegel, der in eine Mauer eingefügt wurde, die sich schloss.

… ein junges, blutrot besudeltes Mädchen, das lautlos schrie.

Nein.

Er versuchte, sich auf den Wald zu konzentrieren, auf den sengenden Schmerz, den das Kreuz in einer Hand auslöste, auf das Knacken brechender Zweige und Äste, als die Strigoi aus dem Versteck kamen und auf den Bunker zurannten. Er warf einen Blick zum Baumstamm, bemerkte eine Bewegung, die zu schnell für menschliche Augen war.

Sechs bis zehn.

Er war sich nicht sicher.

Jordan und Erin wären gegen diese Übermacht chancenlos. Mit zitternden Händen legte er die Waffe an.

Weitere Bilder setzten ihm zu, erinnerten ihn an seine Sünde, raubten ihm in dem Moment die Kraft, da er ihrer am dringendsten bedurfte …

… Blutspritzer auf weißen Laken.

… kleine Brüste im Mondschein.

… ein Lächeln, so strahlend wie die Sonne.

Durch die geisterhaften Nachbilder der Vergangenheit hindurch zielte er und feuerte, traf zwei Strigoi an der rechten Seite, beide ins Knie, was sie immerhin ins Stolpern brachte und einen Moment aufhielt.

Nadia erwischte zwei an der linken Seite.

Jordan feuerte mit seiner Maschinenpistole aus dem Bunkereingang hervor. Erins Pistole knallte.

Die erste Welle der Strigoi verteilte sich, um sie seitwärts zu umgehen. Hinter ihnen tauchten weitere Gestalten auf. Er zählte ein Dutzend, davon vier verletzt, jedoch nicht schwer. Ein Strigoi war älter als Rhun, doch auch die jüngeren waren gefährlich.

Noch immer überschwemmten ihn die Erinnerungen, zogen ihn mit sich, zurück in die Vergangenheit …

… ein knisterndes Feuer, eine Frau, die Chaucer vorlas, Mühe mit dem Mittelenglischen hatte und immer wieder in Gelächter ausbrach.

… ein wirbelndes Kleid im Mondschein, eine Frau, die im Licht der Sterne auf einem Balkon tanzte, während Musik aus einem offenen Fenster erklang.

… ihre bleiche, nackte Haut in einer roten Blutlache, das einzige Geräusch sein keuchender Atem.

Bitte, Gott, nein … nicht das …

Ein Bolzen streifte seine Wange und versetzte ihn jäh zurück in die Gegenwart. Das Geschoss streifte den Baumstamm, wurde abgelenkt und bohrte sich hinter ihm in den Boden.

Er wich zurück, denn er wusste, dass sie im Freien in Anbetracht seiner Verfassung nicht lange durchhalten würden.

Sie hatten zu wenig Deckung.

»Zieh dich mit den anderen zurück!«, stieß er aus und machte Nadia, die näher am Bunkerausgang stand, ein Zeichen. »Ich halte sie auf …«

»Schluss damit!«, rief jemand. Er kannte die Stimme und

fasste sich ans Kreuz, da er auf einmal nicht mehr wusste, ob er sich in der Gegenwart oder in der Vergangenheit befand.

Er lauschte, doch im Wald war es totenstill geworden.

Auch die Strigoi waren in Deckung gegangen – doch da der Sonnenaufgang unmittelbar bevorstand, konnten sie nicht mehr lange warten. Jeden Moment würden sie aufspringen und sie überrennen.

Er spannte sich an und überlegte, ob er sich die Stimme vielleicht bloß eingebildet hatte, ein zum Leben erwachtes Fragment seiner Vergangenheit.

Da erklang sie wieder. »*Rhun Korza!*«

Er kannte den Akzent, die Modulation, selbst den Zorn, der mitschwang. Er bemühte sich, in der Gegenwart zu bleiben, doch die Stimme rief ihn in die Vergangenheit …

… Elisabeta schwang sich vom Pferd, den Arm ausgestreckt, um sich von ihm helfen zu lassen. Dabei entblößte sie ihr Handgelenk und die Ader, die unter der blassen Haut pulsierte. Sie amüsierte sich über sein Zögern. »Pater Korza …«

… Elisabeta am helllichten Tag im Garten weinend, das Gesicht vor der Sonne versteckt, in Kummer versunken: »Rhun Korza …«

… Elisabeta, die ihm barfuß über die Binsenstreu näher kam, mit nackten Armen, ihr Gesicht von Begehren entflammt, und mit bebenden Lippen aussprach, was verboten war: »Rhun …«

Die Arme reckten sich ihm entgegen, luden ihn endlich ein.

Und er ging ihrer Umarmung entgegen.

Eine Kugel bohrte sich in seine Brust, und der unvermittelt heftige Schmerz zerfetzte die Vergangenheit. Zurück blieb die Gegenwart.

Mit ausgestreckten Armen stand er reglos da.

Sie war da – allerdings verwandelt. Ihr schwarzes Haar war feuerrot. Er hörte ihren Herzschlag, wo keiner sein sollte, nicht hier, nicht jetzt.

Sie stand ein Stück hangabwärts, halb hinter einer Erle verborgen. Dennoch erkannte er den Schwung ihrer Wangen wieder, das lebhafte Funkeln in ihren Augen, die langen Locken, die ihr auf die Schulter fielen. Sie roch sogar so wie damals.

Ihm verschwamm die Sicht, die beiden Frauen überlagerten sich.

Rosige Lippen formten ein Lächeln, das ihn einst verführt hatte. »Dein eigenes Handeln hat dich an diesen Ort geführt, Pater Korza. Vergiss das nicht.« Sie hob die qualmende Glock und drückte ab, immer wieder.

Kugeln bohrten sich ihm in die Brust.

Kugeln aus Silber.

Jede einzelne.

Die Welt verfinsterte sich, und er brach zusammen.

6:50

Jordan feuerte über Rhun hinweg eine Salve ab. Der Rotschopf, der auf ihn geschossen hatte, duckte sich hinter einen Baum. *Warum zum Teufel war der Idiot aus der Deckung gekommen?*

Rhun war benommen und mit ausgestreckten Armen auf die Frau zugestolpert, mit leeren Händen, als wollte er sich ergeben.

Jordan gab Nadia mit seiner Maschinenpistole Feuerschutz, damit sie an Rhun herankam. Die Strigoi krochen auf sie zu. Sich aufzurichten wagten sie nicht, denn dann wären sie von den Silberkugeln zerfetzt worden. Er konnte nur hoffen, dass die Patronen in dem erweiterten Magazin vorhalten würden, bis die beiden sich im Bunker in Sicherheit gebracht hatten.

Erin kniete an der anderen Seite des Eingangs, die SIG Sauer im Anschlag. Sie verfügte über weniger Feuerkraft als er, war aber eine erstaunlich gute Schützin. Sie zielte auf die Beine, um zu verletzen anstatt zu töten, so wie Rhun es getan hatte. Im Moment war es einfacher, die Angreifer aufzuhalten, als sie auszuschalten.

Nadia griff Rhun unter den Arm und schleppte ihn zum Bunker.

Ein Armbrustbolzen bohrte sich in ihren Oberschenkel, dennoch zerrte sie Rhun in den Tunnel und schlug die Bunkertür zu.

»Und Emmanuel?«, fragte Jordan.

»War nicht zu retten.« Sie biss die Zähne zusammen und riss den Bolzen heraus. Blut strömte aus der Wunde und floss dampfend am Schenkel herunter. Es roch nach verbranntem Fleisch.

Erin schluckte mühsam. Jordan konnte nachempfinden, wie ihr zumute war.

»Können Sie gehen?«, fragte er. »Sie können sich bei mir aufstützen…«

»Es geht schon.«

Nadia eilte in den Gang hinein und löste eine Trinkflasche vom Gürtel. Vorsichtig trank sie einen Schluck.

Etwas Schweres prallte gegen die verschlossene Tür.

Nadia hielt an und ließ Rhun zu Boden gleiten. Sie zog seinen Karambit aus der Scheide und schnitt an der Brust seine Lederrüstung auf.

»Wir müssen uns beeilen. Die Belial werden jeden Moment durchbrechen.«

Erin kniete sich neben sie. »Woher wissen Sie das?«

»Ich kann's mir denken. Sie sind Strigoi. Bei Sonnenaufgang würden sie alle sterben. Vorher müssen sie unter die Erde kommen.«

Nadia pulte mit der Dolchspitze eine Kugel aus Rhuns Brust. Sie hatte sich zu einer grotesken fünfblättrigen Blüte entfaltet.

»Ein Hohlspitzgeschoss aus Silber«, bemerkte Jordan.

Die Angreifer hatten gewusst, mit wem sie es zu tun hatten.

Nadia holte eine weitere Kugel hervor, wobei sie nicht besonders sanft vorging. Sechs waren es insgesamt. Ein Mensch hätte solche Verletzungen niemals überlebt. Vielleicht schaffte das nicht mal ein Sanguinarier.

Blut spritzte stoßweise aus den Wunden und breitete sich auf dem Boden aus.

Erin legte Rhun besorgt die Hand auf die Brust. »Ich dachte, er würde von selbst aufhören zu bluten.«

Jordan musste daran denken, wie Korza sich in Jerusalem geschnitten hatte.

Nadia schob Erins Hand weg. »Die Blutung schwemmt das Silber aus. Andernfalls würde er sterben.«

»Aber verblutet er denn nicht?«, fragte Erin.

Nadias Miene verhärtete sich. »Möglicherweise«, räumte sie ein und blickte sich zur Tür um.

Die Strigoi hatten aufgehört dagegenzuhämmern.

Jordan traute dem Frieden nicht, und Nadia ging es offenbar auch so.

Sie richtete sich auf und legte sich Rhun über die Schulter.

Erin trat neben sie. »Was sollen wir tun? Den Wasserausgang benutzen?«

»Das ist unsere einzige Chance«, sagte Nadia und hob den Arm. »Wir müssen ins Helle.«

Sie liefen los. Jordan hatte Piers huckepack genommen, doch Nadia überholte ihn. Sie gelangten zur Tunnelkreuzung – als es hinter ihnen auf einmal laut krachte.

Jordan zuckte zusammen und duckte sich. Der Gegner hatte die Tür aufgesprengt.

Ohne langsamer zu werden, sah er sich nach Erin um. Sie lief hinter ihm, *zu weit* hinter ihm. Ein Fauchen hallte durch den Gang.

Die Monster waren in den Bunker eingedrungen – und sie waren stocksauer.

39

27. Oktober, unbekannter Zeitpunkt
Unbekannter Ort

TOMMY WÄLZTE SICH auf der Suche nach einer bequemeren Haltung im Bett herum. Er hatte keine Ahnung, wo er sich befand und wie spät es war, doch er glaubte nicht, dass dies ein anderes Krankenhaus war. Er schaute sich in seiner neuen Behausung um, die das Gefängnis wohl darstellen sollte.

Er packte den verstörenden Gedanken einstweilen weg.

Allerdings wurde es in dem Kasten in seinem Kopf immer voller und voller.

Irgendwann würde es zu viel werden.

Er ließ den Blick umherschweifen. Die Wände waren silberfarben und hatten keine Fenster, allerdings gab es drei verschiedene Videokonsolen in dem Raum und einen Flachbildfernseher, der über Satellit auch amerikanische Fernsehkanäle bereitstellte.

Gegenüber dem Bett führte eine Tür ins Bad, das mit Seife und Shampoo eines bekannten Herstellers ausgestattet war. Eine zweite Tür ging auf den Flur, doch als man ihn hergebracht hatte, war er bewusstlos gewesen, deshalb wusste er nicht, wohin der Gang führte.

Irgendein namenloser Arzt hatte seine gebrochenen Knochen gerichtet, ihn zusammengeflickt und mit Schmerzmitteln vollgestopft. Er konnte noch so viel trinken, er hatte immer noch einen trockenen Mund. Die Wunde am Hals aber war fast verheilt, und auch seine Knochen wuchsen rasch wieder zusammen. Was auch immer in Masada geschehen war, es hatte die Selbstheilungskräfte seines Körpers gestärkt und ihn nicht nur vom Krebs geheilt.

Seit er aufgewacht war, hatte man ihm Essen gebracht, was immer er verlangte: Burger, Pommes, Pizza, Eiscreme und Apple Jacks Cornflakes. Und er hatte einen erstaunlichen Appetit. Er konnte gar nicht genug bekommen; offenbar brauchte sein Körper die Nahrung für die Heilung.

Niemand hatte ihm gesagt, wo er sich befand und weshalb man ihn hierhergebracht hatte. Er hatte eine Stunde lang geweint, doch das war seinen Gastgebern anscheinend egal. Schließlich sah er die Nutzlosigkeit des Weinens ein und wandte sich praktischeren Problemen zu: dem Gedanken an eine Flucht.

Bislang hatte er noch keinen guten Plan. Die Wände waren aus Beton, und er nahm an, dass es im Raum eine Überwachungskamera gab. Das Essen hatten die Bewacher durch einen Schlitz in der Tür geschoben.

Plötzlich wurde die Tür geöffnet.

Tommy setzte sich auf. Er konnte noch nicht gut stehen.

Eine Person trat ins Zimmer, die Tommy einen kalten Schauder über den Rücken sandte. Es war der Junge, der ihn aus dem Krankenhaus verschleppt hatte. Der merkwürdige Bursche kam hereinstolziert und warf sich neben Tommy aufs Bett, als wären sie beste Kumpel. Diesmal trug er ein graues Seidenhemd und eine elegante graue Hose.

Jedenfalls war er nicht gekleidet wie ein normaler Junge.

»Hallo.« Tommy drehte sich zu ihm herum und streckte,

weil ihm nichts Besseres einfiel, die Hand aus. »Ich heiße Tommy.«

»Ich weiß, wer du bist.«

Der Junge hatte einen eigenartigen, steif klingenden Akzent. Doch er ergriff Tommys Hand und schwenkte sie förmlich auf und ab. Seine Hand fühlte sich unglaublich kalt an. Hatte man ihn etwa in die Arktis gebracht?

Der Junge ließ seine Hand los. »Jetzt sind wir Freunde, ja? Du kannst mich Aljoscha nennen.«

Freunde gehen sich nicht gegenseitig an die Gurgel.

Das behielt Tommy jedoch für sich und stellte stattdessen eine wichtigere Frage. »Warum bin ich hier?«

»Wärst du lieber woanders?«

»Jeder andere Ort wäre mir lieber«, erklärte er. »Ich komme mir hier vor, als wäre ich in einem Käfig eingesperrt.«

Der Junge drehte den dicken Goldring an seinem bleichen Ringfinger. »Aber verglichen mit anderen Käfigen ist er aus Gold, meinst du nicht?«

Tommy konnte gut auf Käfige verzichten, auch dann, wenn sie aus Gold waren – doch das sagte er nicht, weil er den Jungen nicht verletzen oder verprellen wollte. Vor allem aber wollte er nicht mehr allein sein. Im Moment war ihm sogar die Gesellschaft des Jungen recht – zumal er von ihm bestimmt das eine oder andere in Erfahrung bringen konnte.

»Als ich so alt war wie du, lebte ich im schönsten goldenen Käfig der Welt.« Der Junge schaute sich mit seinen milden grauen Augen im Zimmer um. »Dann aber wurde ich frei, so wie du.«

»Als *frei* würde ich das nicht bezeichnen.« Tommy schwenkte den Arm.

»Ich meine frei vom Gift des Fleisches.« Der Junge setzte

sich auf, schlug die Beine übereinander und nahm eine Spielekonsole in die Hand. »Viele streben danach.«

»Bist du denn frei?« Tommy schnappte sich einen zweiten Controller, als wäre dies die natürlichste Sache der Welt.

Der Junge zuckte mit den Schultern und startete ein Xbox-Spiel. »Gewissermaßen.«

»Wie meinst du das?«

Aljoscha sah ihn an, während der Startbildschirm des Spiels angezeigt wurde. »Du bist unsterblich, oder nicht?«

Tommy senkte den Controller. »Was?«

Aljoscha startete das Spiel *God of War*. »Du hast es begriffen, nicht wahr? Das war es, was ich dir klarmachen wollte. Draußen in der Wüste. Damit du es begreifst.«

Tommy bemühte sich, es zu verstehen, suchte nach einem Bezugsrahmen, während das Intro des Spiels mit lautem Schlagzeug und Bassakkorden einsetzte. »Bist du unsterblich, Aljoscha?«

»Es gibt verschiedene Möglichkeiten, wie mein Leben enden könnte. Aber solange ich ihnen aus dem Weg gehe, kann ich ewig leben. Deshalb werden wir sehr lange Freunde sein.« Einsamkeit schwang in seinen Worten mit.

»Dann bin ich jetzt wie du?«, sagte Tommy leise und verzweifelt.

Aljoscha zappelte ungeduldig, als langweilte ihn die Unterhaltung. »Nein, bist du nicht. Im Laufe der Geschichte gab es nur einen einzigen Menschen, der so war wie du. *Du*, mein Freund, bist etwas ganz Besonderes.«

»Lebt diese andere Person noch?«

»Ja, natürlich. Er kann nicht sterben oder sich das Leben nehmen.«

»Niemals?«

»Auf immer und ewig.«

Tommy schaute sich erneut im Zimmer um. Würde man

ihn hier ewig gefangen halten? Am liebsten hätte er über diese Absurdität laut gelacht, doch er ahnte, dass Aljoscha ihm die Wahrheit gesagt hatte – wenn vielleicht auch nicht die ganze Wahrheit.

Was das bedeutete, begriff er auch von allein.

Unsterblichkeit war kein Segen.

Sie war ein Fluch.

40

27. Oktober, 6:55, MEZ
Am Grund des Harmsfeld-Sees

MIT PIERS AUF der Schulter hetzte Jordan durch den Betontunnel, verfolgt von den wilden, Angst einflößenden Schreien der Strigoi.

»Beeilung!«, rief er Erin zu, die zwanzig Schritte zurückgeblieben war.

»Laufen Sie weiter!«, erwiderte sie gereizt und verängstigt gleichermaßen. Typisch Erin.

Zum Teufel damit.

Nadia hatte inzwischen den anderen Tunnelstrang erreicht und verschwand darin, eilte mit dem humpelnden, vergifteten Rhun im Arm zur Luftschleuse. Offenbar sah sie keinen Anlass, auf die beiden langsameren Menschen zu warten. Und aus Piers machte sie sich anscheinend auch nicht viel.

Jordan ließ Piers auf den Betonboden gleiten und nahm die Maschinenpistole von der Schulter. »Tut mir leid, alter Mann.«

Piers schlug seine blassblauen Augen auf. »*Meine Kinder.*«

»Ich bin gleich wieder da.« Jordan konnte nur hoffen, dass er sein Versprechen auch würde halten können.

Bevor er sich vollständig aufgerichtet hatte, ergriff Piers seine Hand. Er drückte so kräftig zu, als wollte er ihm die Knochen brechen. »Icarops. *Sie kommen.* Zu Hilfe. Ich habe sie gerufen.«

Aus dem eingestürzten Durchgang zur angrenzenden Halle brach eine schwarze Wolke von Fledermäusen hervor und flog kreischend über ihre Köpfe hinweg.

Tausende von ihnen flatterten in den Gang hinein.

Jordan duckte sich, überwältigt vom Gestank der Tiere, den er am Gaumen schmeckte. Er kauerte sich mit Piers an die Wand.

Erin hatte sie beinahe erreicht. Mit dem Arm schützte sie ihr Gesicht vor der geflügelten Armada.

Diesmal aber richtete sich deren Zorn nicht gegen sie.

Mit eingezogenem Kopf bahnte sie sich einen Weg.

Hinter ihr traf die schwarze Horde wie eine tosende Flutwelle auf die Strigoi. Die Fledermäuse attackierten die Monster in einem Durcheinander aus schwarzem Blut, Fell und bleicher Haut. Inmitten des Chaos blitzte Silber auf. Einige Icarops fielen zu Boden, doch immer mehr strömten nach.

Jordan beobachtete eine riesige Fledermaus, die ihre Schwingen wie einen monströsen Umhang um einen Strigoi schlug.

Die Schreie wurden lauter.

Plötzlich schoss mitten in dem dunklen Gewitter eine Flamme an die Decke. Es zischte und knisterte, gefolgt von einem grauenhaften Kreischen. Eine stinkende Rauchwolke trieb den drei Zuschauern entgegen.

Verbranntes Fleisch und Petroleum.

Ein Flammenwerfer.

Piers stöhnte vor Mitgefühl mit seinen Kindern, deren Geschrei Jordan fast die Trommelfelle zerriss.

Endlich hatte Erin ihn erreicht.

Jordan packte sie beim Arm und schob sie um die Ecke. »Laufen Sie zur Schleuse! Ich komme nach!«

Er hob Piers hoch und eilte ihr hinterher. Er konnte nur hoffen, dass die restlichen Fledermäuse den Gegner so lange aufhalten würden, bis sie diesen verfluchten Bunker verlassen hatten. Anschließend würde die Sonne sie schützen.

Zumindest war das der Plan.

Sie rannten auf die offene Schleuse zu. Nadia kam ihnen aus der Dunkelheit mit leeren Händen entgegen. Offenbar hatte sie Rhun in der Schleuse gelassen und wollte ihnen helfen. Also hatte sie doch nicht die Absicht gehabt, sie im Stich zu lassen.

»Beeilung!«, rief die Frau, ergriff Erin beim Arm und hob sie beinahe von den Füßen.

Hinter Jordan ertönte ein grauenhafter Schrei. Ein Strigoi – blutüberströmt, halb verbrannt, ein Auge fehlte – bog um die Ecke und stürmte mit unglaublicher Geschwindigkeit auf sie zu, wobei er in seiner Gier, sie zu erreichen, ein Stück weit über die Wand lief.

Die Schleuse war nur noch ein paar Meter entfernt. Doch er würde es nicht mehr schaffen.

6:57

Erin bremste mit den Absätzen. Sie drehte sich in Nadias kräftigem Griff herum und legte die SIG Sauer an.

»Jordan! Fallen lassen!«

Jordan gehorchte, warf sich nach vorn und rollte sich mit Piers ab, wobei er versuchte, den Priester vor dem Aufprall zu schützen.

Erin zielte mit der Pistole auf das heranstürmende Monster. Sie atmete tief ein und langsam wieder aus, dann drückte sie ab.

Der Schuss dröhnte wie ein Donnerschlag. Ihr klangen die Ohren.

Der Hinterschädel des Strigoi platzte weg, qualmend von der Silberkugel, die durchs verbliebene Auge eingedrungen war. Durch seinen Schwung wurde er an Jordan vorbeigetragen. Der Strigoi prallte auf den Boden und rutschte bis vor Erins Füße.

Sie sprang zurück, doch Nadia gab Entwarnung.

»Er ist tot.«

Jordan richtete sich auf und schulterte Piers. »Guter Schuss.« Kein herablassendes Grinsen. Er meinte es aufrichtig. Sie verspürte warme Genugtuung.

Seite an Seite drängten sie in die feuchte Luftschleuse hinein.

Erin eilte zu Rhun, denn er wirkte noch blasser als sonst. Seine nackte Brust blutete weiter. Nadia und Jordan schlugen die Schleusentür zu und verriegelten sie.

Anschließend traten sie vor die Außenluke.

Nadia kurbelte am Handrad. Als die Luke aufsprang, strömte kaltes Seewasser herein, bevor Erin Luft holen konnte. In Sekundenschnelle stieg das Wasser bis über Kopfhöhe. Jordan, der neben Piers kauerte, schaltete seine wasserdichte Taschenlampe ein.

Erin folgte seinem Beispiel, die eine Hand in Rhuns Jacke gekrallt.

Als der Druckausgleich hergestellt war, drückte Nadia die Luke mit der Schulter auf und deutete nach draußen. Sie schwamm zu Rhun und fasste ihren Ordensbruder beim Handgelenk.

Jetzt, da Nadia ihr die Verantwortung für Rhun abgenommen hatte, schwamm Erin durch die Öffnung und nach oben.

Sie hatte mit dem Gewicht der Lederrüstung zu kämpfen – von den Taschen voller Betonscherben ganz zu schweigen. Sie sank wieder in die Tiefe, weigerte sich aber aufzugeben. Dafür hatte sie zu viel durchgemacht. In der Ferne schimmerte die Brunnenstatue, ein Mann auf einem Pferd, das sich aufbäumte, von Algen überwachsen.

Würde sie sich zu all den anderen gesellen, die in der überfluteten Stadt ertrunken waren?

Auf einmal war Jordan neben ihr. Er packte sie beim Kragen und schleppte sie und Piers mit kraftvollen Schwimmbewegungen dem silbrigen Versprechen der Morgendämmerung entgegen.

Eine gefühlte Ewigkeit später tauchte sie auf.

Sie schnappte nach Luft.

Der Himmel hatte sich taubengrau gefärbt. Jeden Moment würde die Sonne aufgehen; für Piers zu früh. Sie würden ihn nicht mehr rechtzeitig in der Kirche von Harmsfeld in Sicherheit bringen können.

Jordan drängte sie zum Boot.

Nadia war mit Rhun bereits eingestiegen und half mit, den bewusstlosen Piers ins Heck zu hieven. Dann kletterte Jordan ins kleine Angelboot, wobei es beinahe gekentert wäre.

Erin hielt sich am Dollbord fest und wartete darauf, dass man sie ins Boot zog. Sie atmete stoßweise und zitterte am ganzen Leib. Noch nie im Leben hatte sie dermaßen gefroren, aber wenigstens war sie noch am Leben.

Jordan richtete sich auf, zog die Jacke aus Grimwolfleder aus und deckte jemanden damit zu. Dann reichte er Erin seine warme Hand und zog sie ins Boot, wo sie auf dem Bauch landete.

»Die Jacke«, sagte Nadia. »Beeilung.«

Jordan schälte Erin so eilig aus der vollgesogenen Jacke, als stünde sie in Flammen.

Sie zitterte so heftig, dass sie beinahe wieder hingefallen wäre.

Jordan und Nadia deckten die verwundeten Sanguinarier mit den Jacken zu, damit sie keine Sonne abbekamen. Direkte Sonneneinstrahlung hätte Piers umgebracht, und auch Rhun war wohl zu sehr geschwächt, um ihr zu widerstehen. Am Bunkerausgang hatte er zu viel Blut verloren.

Als sie fertig war, kniete Nadia nieder und ließ den Kopf hängen. Sie erschauerte und musste sich abstützen.

»Alles in Ordnung?«, fragte Jordan.

»Es geht schon«, flüsterte die Frau und setzte sich auf den Hintern. Sie hörte sich gar nicht gut an. Im rechten Oberschenkel hatte sie ein münzgroßes Loch, ein sauberer Durchschuss. Trotz der Verletzung hatte Nadia sie alle gerettet.

Jordan zog den Anker hoch und warf ihn ins Boot.

Erin, die sich vorkam wie ein Schwächling, ergriff ein Ruder und half Jordan, das Boot zum Ufer zu befördern. Die Hände zitterten ihr so heftig, dass sie das Ruder kaum halten konnte.

Unter einer der Jacken ließ sich eine schwache, gedämpfte Stimme vernehmen. »Bitte. Nehmt das weg.«

Es war Pater Piers.

Nadia sah mit gequälter Miene auf die vermummte Gestalt. »Dann stirbst du.«

»Ich weiß«, sagte er. »Lass mich gehen.«

Nadias Hand schwebte über der Jacke, doch sie hob sie nicht hoch. »Bitte, Piers, tut das nicht.«

»Kannst du mir die Absolution erteilen?« Seine kraftlose Stimme vermochte das Wasserplätschern kaum zu übertönen.

Nadia seufzte. »Ich wurde noch nicht zur Priesterin geweiht.« Sie lupfte die andere Jacke und spähte darunter.

»Rhun kann dir in seinem Zustand auch nicht die Beichte abnehmen. Es tut mir leid.«

An Erins Seite zog Jordan sein Ruderblatt kraftvoll und gleichmäßig durch. Sie strengte sich noch mehr an, die eiskalten Hände um die Holzstange gekrampft.

»Dann lass uns bitte gemeinsam beten«, flehte Piers.

Während Erin und Jordan das Boot langsam zum Ufer ruderten, beteten die beiden Sanguinarier auf Latein. Erin verzichtete darauf, den Text für sich zu übersetzen. Sie blickte starr aufs Wasser hinaus, das im Licht des Sonnenaufgangs orangefarben wirkte, und dachte an Rhun, der halb tot unter Jordans Jacke lag. Warum hatte sie sich auf diese Unternehmung eingelassen? Die Suche nach dem Blutevangelium hatte schon so vielen das Leben gekostet. Rhuns Warnung war eingetreten. Sie hatten nichts erreicht und viel verloren.

Am Ufer angelangt, hob Nadia behutsam die Jacke von Piers herunter, zog ihn hoch und schloss ihn in die Arme. Zum ersten Mal wirkte sie ängstlich.

Piers musterte mit verschleiertem Blick die Umgebung.

Auch Erin betrachtete die dunklen Kiefern, die silbrigen Lindenstämme, den See, der sich in flüssiges Kupfer verwandelt zu haben schien, und die durch den Nebel brechenden goldenen Sonnenstrahlen.

Piers hob das Gesicht der Sonne entgegen. »Das Licht ist wahrlich die wundervollste Seiner Schöpfungen.«

Tränen strömten Nadia über die Wangen. Sie wischte sie nicht ab, sondern drückte Piers nur fester an sich. »Vergib mir«, murmelte sie auf Latein. »Du bist gesegnet.«

Jordans Gesicht war wie aus Stein gemeißelt. Er ruderte unentwegt weiter.

Piers' Gesicht glühte im Sonnenschein. Er bäumte sich auf. Die Röte breitete sich über Hals und Hände aus. Er schrie.

Nadia hielt ihn fest. »Herr, du bist unsre Zuflucht für und für. Ehe denn die Berge wurden und die Erde und die Welt geschaffen wurden, bist du, Gott, von Ewigkeit zu Ewigkeit.«

Piers verstummte, erschlaffte in ihren Armen und regte sich nicht mehr. »Deine Gnade schenkt uns Kraft im Leben wie im Tod«, fuhr Nadia fort. »Wir wollen dessen, was du uns durch Piers und Emmanuel geschenkt hast, dankbar gedenken. Nimm sie beide nach langen Jahren des Dienstes an dir auf in dein Reich.«

Erin beendete zusammen mit ihr das Gebet und gebrauchte ein Wort, das sie seit Jahren nicht mehr in den Mund genommen und dessen Bedeutung sie bis jetzt wohl auch nicht begriffen hatte.

»Amen.«

41

27. Oktober, 7:07, MEZ
Harmsfeld, Deutschland

JORDAN TAUCHTE DAS Ruderblatt tiefer ins Wasser und beförderte das Angelboot langsam über den See. Er blickte zur Sonne, die nach der längsten Nacht seines Lebens den Beginn eines neuen Tages anzeigte – aber wenigstens war er noch am Leben.

Er stellte sich die Gesichter seiner Männer vor… und das von Piers… und das von Emmanuel.

Als Jordan Rhun mit seiner Jacke zugedeckt hatte, war ihm nicht entgangen, dass es auch mit dem Priester bald zu Ende gehen könnte. Und wofür das alles? Sie waren mit leeren Händen aus dem langen Albtraum hervorgegangen. Im Bug nahm Nadia die Jacke von Piers' Leichnam und reichte sie Erin. Der Priester brauchte keinen Schutz mehr, doch Erin zitterte in der Morgenkälte.

Nadia bettete Piers ins Boot, dann verschränkte sie die Arme vor der mageren Brust. Ihre Hände schwebten über den furchtbaren Wunden an seinen Füßen und Händen, doch sie schreckte davor zurück, sie zu berühren. Dann deckte sie den Toten mit Emmanuels Soutane zu, packte ihn liebevoll darin ein und neigte das Haupt zum Gebet.

Jordan folgte ihrem Beispiel; das war er Piers schuldig.

Nadia schaute zur Sonne hoch, dann nahm sie Piers auf die Arme, hob ihn übers Dollbord und ließ ihn sanft in den See gleiten. Er versank im grünen Wasser, Luftblasen stiegen aus der schwarzen Soutane auf.

Erin verschlug das nüchterne Ende von Pater Piers die Sprache.

»Er kann nicht in geweihtem Boden ruhen, und sein Leichnam darf auch nicht gefunden werden«, erklärte Nadia, dann setzte sie sich wieder und nahm ein Paddel in die Hand. »Möge er hier im Gebirge, das er so sehr geliebt hat, seinen Frieden und seine ewige Ruhe finden.«

Erin fröstelte, die bläulichen Lippen fest zusammengepresst. Doch sie ruderte weiter.

Jordan warf einen Blick über die Schulter. Das Ufer tauchte aus dem Nebel hervor. An der rechten Seite machte er den Holzsteg aus. Im Wald begrüßte ein Vogel den Morgen, ein anderer antwortete ihm.

Das Leben ging weiter.

Er ließ nicht nach mit Rudern, bis der Bug den Grund berührte. Dann nutzte er den Schwung des Bootes, um es in den Uferschlick zu drücken.

»Warten Sie hier«, sagte er.

Erin nickte.

Nadia reagierte nicht.

Er zog den Colt und sprang ans Ufer. Der feuchte Boden saugte an seinen Stiefeln, doch es war ein gutes Gefühl, wieder an Land und im Sonnenschein zu sein.

Er eilte zu der Stelle, wo sie die Motorräder versteckt hatten. In einer knappen Stunde könnten sie zurück im Kloster sein. Vielleicht kannte Bruder Leopold ein Mittel, um Rhun zu heilen.

Als Jordan jedoch das Versteck erreichte, stutzte er und

musterte entsetzt die drei beschädigten Maschinen. Er spannte sich an, blickte sich um. Die Strigoi versteckten sich bestimmt vor der Sonne, doch er wusste, dass die Belial auch Menschen in ihren Reihen hatten.

Auf einmal begriff er die furchtbare Wahrheit.

Sie waren noch längst nicht in Sicherheit – nicht einmal im strahlenden Sonnenschein des anbrechenden Tages.

7:12

Erin stand am morastigen Ufer und mummte sich fester in die Lederjacke. Sie blickte zu den Bäumen hinüber, zwischen denen Jordan verschwunden war. Sie konnte keine Bewegung ausmachen, was ihr einen Stich versetzte.

Nadia löste gerade die Trinkflasche von ihrem Bein und kroch damit unter die Jacke, mit der sie das Sonnenlicht von Rhun abhielt.

Erin hätte sich auch gern vergewissert, wie es Rhun ging, doch das traute sie sich nicht. Nadia wusste selbst am besten, wie man ihm helfen konnte. Wahrscheinlich hatte sie ihn schon gekannt, als Erin noch gar nicht geboren war. Da kam Jordan wieder aus dem Wald, und Erin konnte aufatmen. Allerdings verrieten seine hängenden Schultern, dass er schlechte Neuigkeiten zu verkünden hatte. Sehr schlechte Neuigkeiten. So leicht ließ er sich nicht unterkriegen, doch jetzt wirkte Jordan geknickt.

Nadia richtete sich auf, eine Hand auf Rhuns bedeckten Kopf gelegt.

»Jemand hat die Motorräder beschädigt«, sagte Jordan niedergeschlagen, als wäre das seine Schuld. »Ich fürchte, wir sitzen fest.«

»Alle drei?«, fragte Nadia.

Jordan nickte. »Ohne Werkzeug, Ersatzteile und genug Zeit lässt sich der Schaden nicht beheben.«

»Das alles fehlt uns.« Nadia fuhr sich mit der Hand über das verletzte Bein. Auf einmal wirkte sie zerbrechlich. »Zu Fuß werden wir es nicht schaffen, Rhun lebend ins Kloster zu bringen.«

»Was ist mit der Kirche von Harmsfeld?« Erin zeigte zum Kirchturm, der den Wald überragte. »Sie haben gemeint, Piers könnte dort Zuflucht finden. Wie steht es mit Rhun?«

Nadia lehnte sich zurück. Sie strich über die Jacke, die Rhun bedeckte.

»Wir können nur beten, dass sich dort findet, was wir brauchen.«

7:14

Vom Ufer aus beobachtete Jordan, wie der Nebel sich im morgendlichen Sonnenschein auflöste. Wenn er sich zerstreut hätte, wären sie am Ufer ohne Deckung; drei Erwachsene mit einem gestohlenen Angelboot und einem Schwerverletzten.

Wie sollten sie das jemandem erklären?

Nadia kletterte ins Boot und hob den bewusstlosen Rhun hoch. Bis zum malerischen Städtchen Harmsfeld war es nicht weit.

Jordan trat näher. »Bitte lassen Sie mich ihn tragen.«

»Warum? Glauben Sie, ich wäre zu schwach?« Ihre dunklen Augen verengten sich.

»Ich glaube, wenn jemand eine so kleine Frau wie Sie sieht, die einen ausgewachsenen Mann so mühelos wie eine Puppe schleppt, dürfte das Fragen aufwerfen.«

Widerstrebend ließ sie zu, dass Jordan sich Rhun über

die Schulter legte. Der Priester wirkte vollkommen leblos. Wäre er ein Mensch gewesen, hätte Jordan ihn für tot gehalten: kalt, kein Herzschlag, keine Atmung. War er trotzdem noch am Leben?

Jordan musste darauf vertrauen, dass Nadia wusste, was sie tat.

Die Sanguinarierin führte sie in mörderischem Tempo durch den Wald. Jordan bedauerte zunächst, dass er sie nicht Rhun hatte tragen lassen, doch dann gelangte das Dorf in Sicht.

Kaum zwanzig Minuten später stapften sie über das von Raureif überzogene Kopfsteinpflaster der Hauptstraße. Nadia schritt scheinbar planlos voran, blieb hin und wieder aber stehen, legte den Kopf schief und lauschte. Wahrscheinlich hörte sie die Ortsbewohner viel eher als Jordan und Erin und bemühte sich, ihnen auszuweichen.

Jordan blickte Erin an. Auch sie war bis auf die Haut durchnässt. Allerdings produzierte sie weniger Körperwärme als er, denn sie hatte nichts Schweres zu tragen. Ihre bläulichen Lippen bebten. Er musste sie unbedingt ins Warme schaffen.

Endlich hatten sie die am Marktplatz gelegene Kirche erreicht. Das Bauwerk war vor Jahrhunderten aus Steinblöcken aus der Gegend errichtet worden. Ein Torbogen führte ins Kircheninnere, die Seitenwände waren von Bleiglasfenstern durchbrochen. Der Glockenturm wies mit fragloser Gewissheit gen Himmel.

Nadia eilte die Treppe hoch und versuchte, die Eingangstür zu öffnen.

Verschlossen.

Jordan legte Rhun auf den Boden. Vielleicht ließ sich das Schloss ja aufbekommen.

Nadia trat einen Schritt zurück, hob das Bein an und trat

gegen die dicken Türflügel. Mit lautem Krachen sprangen sie auf. Nicht unbedingt die leiseste Methode, aber jedenfalls wirkungsvoll.

Sie eilte in die Kirche. Jordan hob Rhun hoch und ging ihr nach, dicht gefolgt von Erin. Hoffentlich hatte niemand bemerkt, dass sie die Kirche aufgebrochen und eine leblose Gestalt hineingeschleppt hatten.

Erin schloss die Tür hinter ihnen, denn sie teilte offenbar seine Befürchtungen.

Nadia schaute sich bereits am Altar um. »Kein konsekrierter Wein«, sagte sie und stieß vor Enttäuschung mit dem Ellbogen einen leeren Kelch um, der klirrend auf den Steinboden fiel.

»Geht's vielleicht ein bisschen leiser?« Jordan tadelte sie nur ungern. Nadia machte eine blasphemische Bemerkung, dann stürmte sie zum Holzkreuz hinter dem Altar. Die Ähnlichkeit der aus Eichenholz geschnitzten Christusfigur mit Piers war so unheimlich, dass Jordan unwillkürlich zurückwich.

Was hatte Nadia vor?

42

27. Oktober, 7:31, MEZ
Im Gebirge um Harmsfeld

BATHORY STAND VOR dem Leichnam des Sanguinariers. Er war wie ein Druidenopfer mit Armbrustbolzen an den Stamm einer alten Kiefer genagelt.

Sie packte das gefiederte Ende eines Bolzens und riss ihn aus dem toten Fleisch heraus, worauf der gebrochene Arm schlaff herabfiel. Dann musterte sie ihr Werk und seufzte. Heller Sonnenschein lag auf der Lichtung, ließ den Raureif von den gelben Lindenblättern verdampfen. Es gab kaum Spuren des Kampfs, der hier stattgefunden hatte: ein wenig aufgeworfenes Erdreich, von Patronen zerfetzte Baumstämme und dunkle Blutlachen, die im Boden versickerten. Ein kräftiger Regenguss, ein paar Wochen ungestörten Wachstums, und es gäbe keine Hinweise mehr auf das, was sich hier ereignet hatte.

Abgesehen von dem verfluchten Toten, der an den Baum genagelt war.

Sie riss einen weiteren Bolzen heraus und wünschte, sie hätte die Arbeit Tarek überlassen können, doch das war bei Tag nicht möglich. Selbst Magor hatte zu viel Sonnenlicht abbekommen; sein Fell hatte gequalmt, bis sie ihn zwang, sich mit den anderen in den Bunker zurückzuziehen.

Sie riss weitere Bolzen heraus, löste den Toten nach und nach vom Baum. Schade, dass nicht Korza hier festgenagelt war. Allerdings hatte sie gesehen, wie er nach sechs Treffern mit Silberkugeln zusammengebrochen war. In diesem Zustand würde er nicht lange durchhalten. Seinen Gesichtsausdruck, als sie ihn getroffen hatte, würde sie nie vergessen. Er hatte wohl geglaubt, ihre tote Ahnin sei zurückgekehrt, um ihm zu verzeihen.

Als ob er damit seine Schuld hätte wiedergutmachen können.

Sie zog den letzten Bolzen von dem Sanguinarier ab. Wäre der Mann ein Strigoi gewesen, wäre er im Sonnenschein zu Asche verbrannt und hätte ihr die Arbeit erspart.

Sie beeilte sich, ihr blutiges Geschäft abzuschließen, während in ihrem Geist ein Plan Gestalt annahm.

Das Buch war nach wie vor verschollen – aber sie wusste, wo sie danach suchen musste.

Vor allem aber wusste sie, wer ihr dabei helfen würde.

43

27. Oktober, 7:35, MEZ
Harmsfeld, Deutschland

ERIN FOLGTE JORDAN, als er Rhun vor dem Altar ablegte. Der bewusstlose Priester lag wie tot auf dem Steinboden.

»Lebt er noch?«, fragte sie.

»Kaum noch.« Nadia träufelte ihm vorsichtig Wein in den Mund.

Er schluckte nicht einmal.

»Können wir uns irgendwie nützlich machen?«, fragte Jordan.

»Gehen Sie aus dem Licht.« Nadia bettete Rhuns Kopf auf ihren Schoß. »Und verhalten Sie sich ruhig.«

Nadia wandte sich den Gegenständen zu, die sie hinter dem Altar aufgelesen hatte, und wählte als Erstes eine verschlossene Flasche Wein aus. Mit dem Zeigefinger drückte sie den Korken hinein.

»Ich muss den Wein konsekrieren«, erklärte sie.

»Können Sie das denn?« Jordan blickte zum Eingang; offenbar befürchtete er, jemand könnte hereinkommen und sie stören.

»Natürlich kann sie das nicht«, meinte Erin erschrocken. »Nur ein Priester kann die Wandlung vollziehen.«

Nadia schnaufte geringschätzig. »Dr. Granger, Sie als Historikerin sollten es eigentlich besser wissen.« Mit dem Altartuch wischte sie Rhun das Blut von der Brust. »Haben in der Anfangszeit der Kirche nicht auch Frauen die Messe gefeiert und Wein konsekriert?«

Erin stutzte. Sie wusste es tatsächlich besser. Reflexhaft hatte sie das Kirchendogma nachgeplappert, obwohl die Geschichte offenbar etwas anderes lehrte. Unwillkürlich fragte sie sich, wie viel von ihrem Vater sie noch in sich trug.

»Es tut mir leid«, sagte Erin zerknirscht. »Sie haben recht.«

»Der Menschenzweig der Kirche hat den Frauen dieses Recht genommen. Der Sanguinarierzweig nicht.«

»Dann sind Sie also in der Lage, den Wein in Christi Blut zu verwandeln«, meinte Jordan.

»Das habe ich nicht gesagt. Ich habe gesagt, dass bei den Sanguinariern auch Frauen das Priesteramt offen steht. Aber ich bin noch nicht geweiht worden, deshalb bin ich noch keine Priesterin.«

Jordan blickte zum Eingang. Zum wiederholten Mal. »Wie wär's, wenn wir die Flasche einfach mitnehmen und Sie Ihr Vorhaben an einem anderen Ort durchführen, wo man nicht ständig damit rechnen muss, dass jemand hereingeschneit kommt? Sie sind doch nicht auf eine Kirche angewiesen, oder?«

»Wein hat die größte Heilwirkung, wenn er in einer Kirche der Wandlung unterzogen und getrunken wird. Die heilige Umgebung verstärkt seine Wirkung.« Nadia legte die Hand auf Rhuns Brust. »Rhun ist auf jedes bisschen Stärkung angewiesen.«

Sie träufelte die letzten Weintropfen in eine der Schusswunden, was ihn aufstöhnen ließ.

Erin verspürte neue Hoffnung. Vielleicht stand es doch nicht so schlimm um ihn, wie sie geglaubt hatte.

Nadia löste Rhuns silberne Trinkflasche von seinem Bein. Sie träufelte ihm noch mehr Wein in den Mund. Diesmal schluckte er und holte tief Luft. »Elisabeta?«

Nadia schloss die Augen. »Nein, Rhun. Ich bin's, Nadia.«

Rhun schaute mit unscharfem Blick umher.

»Du musst den Wein konsekrieren.« Sie legte seine Hand um den grünen Hals der Flasche. »Sonst stirbst du.«

Flatternd schlossen sich seine Augenlider.

Erin betrachtete den bewusstlosen Priester. Sie hatte keine Ahnung, wie sie ihn wieder aufwecken sollte. »Sind Sie sicher, dass der Wein der Wandlung unterzogen werden muss? Vielleicht reicht es ja, wenn Sie ihn einfach nur segnen.«

Nadia bedachte sie mit einem zornigen Blick.

»Seit dem Vorfall in der Wüste frage ich mich, ob der Wein wirklich der Wandlung unterzogen worden sein muss oder ob es reicht, wenn Rhun das glaubt. Vielleicht geht es ja um Glauben und nicht um Wunder.« Erin konnte gar nicht fassen, dass sie das gesagt hatte.

Sie wusste aus eigener Erfahrung, was passierte, wenn man die medizinische Versorgung dem Glauben und dem Wunder überließ. Das hatte sie mit ihrem gebrochenen Arm erlebt und dann mit ihrer kleinen Schwester. Sie schloss die Augen, als könnte sie damit die Erinnerung auslöschen. Aber auch diesmal kam sie nicht dagegen an.

Es war eine schwere Geburt. Erin und die anderen Frauen der Siedlung sahen ihre Mutter tagelang leiden. Es war früh Sommer geworden, und im Schlafzimmer war es warm und stickig. Es roch nach Schweiß und Blut.

Sie hielt ihrer Mutter die Hand, kühlte ihr die Stirn und betete. Mehr konnte sie nicht tun.

Schließlich kam ihre Schwester Emma zur Welt.

Von Anfang an hatte sie Fieber. Zu schwach, um zu weinen oder zu trinken, lag sie in die Säuglingsdecke eingewickelt mit offenen, glasigen Augen an der Brust ihrer Mutter.

Erin flehte ihren Vater an, das Kind zu einem richtigen Arzt zu bringen, doch er ohrfeigte sie so heftig mit dem Handrücken, dass sie Nasenbluten bekam.

Die Frauen der Siedlung versammelten sich um das Bett ihrer Mutter und beteten. Ihr Vater sprach die Gebete vor, mit tiefer, zuversichtlicher Stimme, die zu Gott vordringen würde, und dann würde Gott das Kind erretten. Andernfalls wäre es Gottes Eingreifen nicht wert.

Erin harrte bei ihrer Mutter aus, beobachtete Emmas Herzschlag in der weichen Fontanelle, so schnell wie der eines Vogels. Sie hätte das Kind gern an sich genommen und wäre mit ihm in die Stadt geritten. Ihr Vater aber, der ihre Auflehnung spürte, ließ sie keinen Moment mit dem Säugling allein. Erin blieb nichts anderes übrig, als zu beten, zu hoffen und dabei zuzusehen, wie der Herzschlag sich verlangsamte und schließlich ganz zum Erliegen kam.

Emma Granger lebte nur zwei Tage.

Der Glaube hatte Emma nicht gerettet.

Erin berührte den Stofffetzen in ihrer Tasche. Sie hatte ihn vor dem Begräbnis von der Babydecke abgeschnitten. Seitdem trug sie ihn jeden Tag bei sich als Mahnung, auf ihr Herz zu hören, unbequeme Fragen zu stellen und dann zu handeln.

»Nadia«, sagte Erin. »Versuchen Sie, den Wein zu trinken. Was haben Sie zu verlieren?«

Nadia setzte die Flasche an und nahm einen großen Schluck. Rote Flüssigkeit schoss aus ihrem Mund und spritzte auf den Boden.

Jordan verzog das Gesicht. »Ich schätze, so funktioniert es nicht.«

Nadia wischte sich den Mund ab. »Es geht um Wunder.«

Vielleicht lag es aber auch nur daran, dass Nadia nicht *geglaubt* hatte, dass es Christi Blut war.

Erin schwieg jedoch.

7:44

Rhun sehnte sich nach dem Tod und wünschte, man hätte ihn nicht wieder aufgeweckt. Der Schmerz aufgrund seiner Verletzungen trat gegenüber den Qualen, die das Wiedersehen mit Elisabeta bei ihm ausgelöst hatte, in den Hintergrund. Doch sie war es nicht wirklich gewesen. Das wusste er. Die Frau im Wald hatte rotes und nicht schwarzes Haar gehabt. Und Elisabeta war seit vierhundert Jahren tot.

Wer war die Frau, die ihn angeschossen hatte? Eine entfernte Verwandte? War das überhaupt wichtig?

Die Dunkelheit hüllte ihn ein wie ein weicher Umhang. Er gab sich ihr hin. In der warmen Schwärze hörte das Brennen des Silbers auf. Er schwebte frei im Raum.

Dann versengte eine Flüssigkeit seine Lippen, und er versuchte, den Kopf wegzudrehen.

»Rhun«, vernahm er eine Stimme. »Du kommst jetzt zurück zu mir.«

Das war nicht Elisabeta. Die Stimme klang zornig. Und verängstigt.

Nadia?

Er hob seine schweren Augenlider, hörte Herzschläge. Erins raschen Herzschlag und den gleichmäßigen des Soldaten. Dann waren beide also noch am Leben.

Gut.

Zufriedengestellt, wollte er sich erneut fallen lassen.

Kalte Finger legten sich um sein Kinn, lenkten seinen Blick auf Nadias dunkle Augen. »Du wirst das mir zuliebe tun, Rhun. Ich habe dir deinen ganzen Wein zu trinken gegeben – und meinen dazu. Ohne den Wein muss ich ebenfalls sterben. Es sei denn, ich breche meinen Eid.«

Er bemühte sich, die Augen offen zu halten, doch die Lider fielen ihm zu. Er hob sie wieder an.

»Du zwingst mich dazu, Rhun.«

Nadia ließ seinen Kopf los und richtete sich auf, ein Blitz in der Dunkelheit. Sie legte den Arm um Erins Hüfte und ruckte mit dem Kopf herum. Erins Herzschlag beschleunigte sich, die einzelnen Muskelkontraktionen verschmolzen zu einem durchgängigen Trommeln.

Jordan hob seine Maschinenpistole.

»Wenn Sie auf mich schießen, Soldat, sollten Sie bedenken, dass ich die Frau töten werde, bevor mich die zweite Kugel trifft«, zischte Nadia. »Nun, Rhun, bringst du das fertig?«

Erin starrte ihn an mit ihren bernsteinfarbenen Augen, flehte um ihr Leben und um seins.

Nicht Nadia zuliebe, sondern allein um dieses Blickes willen bot Rhun all seine Kräfte auf. Er richtete den Oberkörper auf, ergriff die Weinflasche, drückte sie an sein Herz und sprach die erforderlichen Worte. Die Zeremonie wurde zum Sakrament – und währenddessen hielt Nadia Erin fest, die gebleckten Zähne an ihrem Hals.

Schließlich endete Rhun mit den Worten: »*Wir bringen Dir unser einfaches und unblutiges Opfer dar; und bitten Dich, o Herr, und flehen Dich an, dass Du Deinen Heiligen Geist herabsenden und unsere Gaben annehmen mögest.*«

Nadia antwortete: »Amen. Segne diesen heiligen Kelch.«

»*Das ist Dein Blut, das heilige Blut Christi.*«

Er ließ die Hände auf seinen Schoß sinken; das Ritual war vollendet, ihn verließen die Kräfte, und er wünschte sich nichts weiter, als wieder in die Dunkelheit einzugehen.

Nadia aber ließ ihm keine Ruhe. Sie goss Christi Blut in seine Wunden und seinen Mund. Er nahm das Feuer in sich auf, und diesmal versengte es ihn vollständig. Er wusste, wohin es ihn führen würde, und wimmerte vor Angst.

»*Nein …*«, flehte er – doch sein Stoßgebet wurde nicht erhört.

»Schaut weg.« Nadias schroffe Aufforderung an die Menschen verhallte, als seine Sünden ihn der Buße überantworteten.

Bernard hatte die Finsternis in Rhuns Herzen gespürt und ihm aufgetragen, sich zur Burg Čachtice zu begeben und die Beziehung zu Elisabeta abzubrechen. Rhun redete sich ein, er wäre dazu imstande und empfände nicht mehr für sie als ein Priester, der seiner Schutzbefohlenen bestmöglich dienen wolle.

Gleichwohl betete er, als er auf dem langen Weg zu ihrer Burg einen Moment innehielt. Die Felder und Gärten, in denen sie gemeinsam gewandelt waren, bedeckte der Schnee. Zwischen langen, vertrockneten Lavendelstängeln pickte ein Rabe an einer grauen Maus; der kleine Blutfleck war trotz der Entfernung deutlich zu erkennen. Der Rabe blieb hocken, bis er seine Mahlzeit beendet hatte, dann flog er weg.

Rhun erreichte die Burg in der Abenddämmerung, Stunden später als geplant. Gleichwohl verharrte er lange vor der Tür, bis er sich dazu aufraffen konnte zu klopfen. An den Schultern war seine Soutane mit Schnee bedeckt. Obwohl er keine Kälte mehr spürte, streifte er sich den Schnee ab, wie auch ein Mensch es getan hätte. In diesem Haus wollte er seine Andersartigkeit nicht preisgeben.

Anna, ihre Dienerin, öffnete die Tür, ihre Hände waren von der Kälte gerötet.

»Guten Abend, Pater Korza.«

»Ich grüße dich, mein Kind«, sagte er. »Ist die Witwe Nádasy zu Hause?«

Insgeheim hoffte er, sie wäre auf Reisen. Dann könnte er sie bitten, sich mit ihm in der Dorfkirche zu treffen. Dort war seine Willenskraft ungebrochen. Ja, die Kirche wäre für eine Begegnung besser geeignet.

Anna knickste. »Seit dem Tod des Grafen Nádasy, Gott hab ihn selig, unternimmt sie abends immer lange Spaziergänge, aber sie wird vor Einbruch der Dunkelheit zurückkehren. Möchtest du warten?«

Er folgte dem mageren Mädchen in die Halle, wo im riesigen Kamin ein Feuer prasselte. Kamille war auf die Binsen gestreut und verbreitete den wohlvertrauten Sommerduft. Er dachte daran, wie er mit Elisabeta zusammen an einem sonnendurchfluteten Nachmittag vor Ferencs Tod die Zweige gebrochen hatte.

Rhun schlug die von Anna angebotenen Erfrischungen aus und stellte sich so nah ans Feuer, wie er sich traute, ließ die Wärme in seinen absonderlichen Körper einströmen. Er betete und dachte an Ferenc, den Schwarzen Ritter Ungarns, mit dem Elisabeta verheiratet gewesen war. Hätte Ferenc noch gelebt, wäre alles anders gewesen. Aber Ferenc war tot. Rhun drängte die Gedanken an seinen letzten Besuch, als er ihr die Todesnachricht überbracht hatte, in den Hintergrund.

Elisabeta trat ein, bekleidet mit einem dunkelroten Umhang. Auf den Schultern hatte der geschmolzene Schnee dunkle Flecken gebildet. Rhun straffte sich. Sein Glaube war stark. Er würde das durchstehen.

Elisabeta schüttelte Wasser von dem Umhang. Dunkle

Tropfen fielen auf den Boden. Eine Dienerin nahm ihr das schwere wollene Kleidungsstück ab und verließ den Raum.

»Es freut mich zu sehen, dass du wohlauf bist, Pater Korza.« Ihr schwarzes Kleid streifte über die Binsen, als sie zu ihm an den Kamin kam. »Ich hoffe, man hat dir Wein und Erfrischungen angeboten?«

Ihr Tonfall war munter, doch ihr Herzklopfen verriet sie.

»Ja, das hat man.«

Im Feuerschein wirkte sie magerer, als er sie in Erinnerung hatte. Ihre Gesichtszüge wirkten strenger, als hätte der Kummer die weichen Linien verhärtet. Aber noch immer war sie berauschend schön.

Rhun wurde von Angst erfasst.

Er wollte weglaufen, doch er hatte Bernard ein Versprechen gegeben und sich etwas vorgenommen. Er war stark genug. Er musste standhalten.

»Ich nehme an, du bist gekommen, weil du um eine Kollekte für die Kirche bitten möchtest?«

Ihr bitterer Tonfall verriet ihm, dass sie sich von ihm in ihrer Trauer um Ferenc alleingelassen fühlte und ihm nicht verzieh, dass er ihr in der Stunde bitterster Not nicht zur Seite gestanden hatte.

Mit jeder Faser verlangte es ihn zu flüchten, doch sein Körper gehorchte ihm nicht.

Er blieb.

»Pater Korza?« Sie beugte sich vor, den Kopf schräg gelegt. Ihr Herzschlag verlangsamte sich vor Anteilnahme, anstatt sich im Zorn zu beschleunigen. »Bist du krank? Möchtest du dich vielleicht hinsetzen?«

Sie geleitete ihn zu dem Holzstuhl mit gerader Lehne, dann nahm sie ihm gegenüber Platz, sodass ihre Knie beinahe aneinanderstießen. Das Kaminfeuer war kühl im Vergleich zur Hitze ihres Körpers.

»Ist es dir nicht gut ergangen, Pater Korza?«

Der Gesang ihres kraftvollen roten Herzens rüttelte ihn wach. »Ich kann nicht klagen. Wie steht es mit dir, Witwe Nádasy?«

Sie fuhr zusammen, als er sie Witwe nannte. »Ich habe mich bemüht, den Kopf nicht hängen zu lassen…« Sie beugte sich vor. »Unsinn. Wir kennen einander schon zu lange und zu gut, um nicht aufrichtig zu sein. Ferencs Tod war ein schwerer Schlag für mich, hat mir aber auch neue Freiheit geschenkt.«

Neue Freiheit?

Er wagte nicht nachzufragen, hob nur den Kopf leicht an.

»Du siehst aus, als wärst du krank gewesen«, sagte sie. »Sei ehrlich. Wie ist es dir in den letzten Monaten ergangen?«

Er stürzte in ihre silbrigen Augen hinein, in denen sich orangerot das Kaminfeuer spiegelte. Wie sollte er es ertragen, sie nie mehr wiederzusehen? Sie war der einzige Mensch, dem er persönliche Erinnerungen aus seinem Leben als Sterblicher anvertraut hatte. Nur das Geheimnis seiner derzeitigen Existenz hatte er ihr vorenthalten.

Der Anflug eines Lächelns spielte um ihre weichen Lippen. Mit der Hand streifte sie sich Wasser von der bloßen Schulter, dann fasste sie sich neckisch-verschämt an den Hals. Er starrte auf ihre Finger und das, was sie bedeckten.

Sie erhob sich und ergriff seine Hand. »Immer so kalt.«

Die Hitze ihrer Hand explodierte unter seiner Haut. Er hätte sich entfernen sollen, doch stattdessen stand auch er auf und legte noch seine andere Hand auf ihre Hände, ließ ihre Wärme in seinen kalten Körper einfließen. Das war alles. Ein Moment der Nähe, nichts weiter. Mehr verlangte er nicht von ihr.

Ihr Herzschlag pflanzte sich durch seine Hände und Arme

bis zu der Stelle fort, an der einmal sein Herz geschlagen hatte. Jetzt strömte sein Blut im Rhythmus ihres Herzens. Der Rand seines Gesichtsfelds färbte sich rot.

Er schloss die Lider, und sie neigte ihm das Gesicht entgegen.

Er legte seine marmorweißen Hände um ihre rosigen Wangen. Er hatte noch nie eine Frau berührt, jedenfalls nicht so. Er streichelte ihr Gesicht, ihren glatten, weißen Hals.

Ihr Herz raste unter seinen Händen. Aus Angst? Oder aus einem anderen Grund?

Tränen strömten ihr über die Wangen.

»Rhun«, flüsterte sie. »Ich habe so lange auf dich gewartet.«

Mit der Fingerspitze streifte er über ihre unglaublich weichen und roten Lippen. Sie erschauerte unter seiner Berührung.

Er sehnte sich danach, seine Lippen auf ihre zu drücken, die Wärme ihres Mundes zu spüren. Sie zu schmecken. Das aber war ihm verboten. Er war Priester und hatte Enthaltsamkeit gelobt. Er musste auf der Stelle damit aufhören. Er zog seine Finger eine Handbreit zurück und näherte sie dem silbernen Kreuz, das auf seiner Soutane ruhte.

Elisabeta senkte den Blick aufs Kreuz und seufzte leise vor Enttäuschung.

Rhun erstarrte, wehrte sich gegen die Wärme ihrer Haut, den Duft des Schmelzwassers in ihrem Haar, den Pulsschlag ihres Herzens, den er in ihren Lippen wahrnahm, den salzigen Geruch ihrer Tränen. Noch nie in seinem Leben, weder als Sterblicher noch als Unsterblicher, war er dermaßen verschreckt gewesen.

Sie beugte sich vor und küsste ihn, ihre Lippen so zart wie die Berührung eines Schmetterlings.

Da war es um Rhun geschehen.

Sie schmeckte nach Trauer, Blut und Leidenschaft. Er war kein Priester und kein Ungeheuer mehr. Er war einfach nur noch ein Mann. Ein Mann, wie sie noch keinen gekannt hatte.

Er nahm den Kopf zurück und schaute in ihre umschatteten Augen, die ganz dunkel vor Leidenschaft waren. Sie nahm die Mütze ab, sodass ihr das schwarze Haar auf die Schultern fiel.

»Ja, Rhun«, sagte sie. »Ja.«

Er küsste sie aufs Handgelenk und spürte ihren kraftvollen Herzschlag an den Lippen, schob ihr den Ärmel hoch und küsste sie in die Armbeuge. Mit der Zunge nahm er den Geschmack ihrer Haut auf.

Sie fasste ihm ins Haar und zog ihn an sich heran. Er folgte ihrem Pulsschlag am bloßen Hals entlang. Während ihr vor Verzückung schier die Sinne schwanden, legte er ihr die Arme um den Rücken. Ihr Mund traf wieder auf seinen.

Gott und Gelöbnisse entschwanden. Er wollte ihre nackte Haut an seiner spüren. Er nestelte an ihrem Kleidverschluss. Sie schob ihn von sich weg und entkleidete sich für ihn, ohne den Mund von seinen Lippen zu nehmen.

Ihr Gewand fiel schwer zu Boden, und sie trat heraus, näher ans Feuer. Orangerote Flammen schimmerten durch ihr Leinenhemd. Er ließ sie einen Moment los und riss es entzwei.

Dann war sie nackt in seinen Armen. Weiche, warme Haut. Ihr Herz klopfte unter seinen Händen.

Sie mühte sich mit der nicht enden wollenden Knopfreihe seiner Soutane ab. Dreiunddreißig Knöpfe waren es insgesamt, stellvertretend für die dreiunddreißig Jahre des Erdenlebens von Jesus Christus. Die Soutane fiel auf ihr Kleid. Das Silberkreuz versengte ihm die Brust, doch er spürte es nicht.

Er schloss Elisabeta in die Arme, presste sie an sich. Sie keuchte auf, als das Kreuz ihre nackte Brust berührte. Er langte nach oben und zerriss die Halskette. Das Kreuz fiel neben den Gewändern klirrend zu Boden. Es hätte ihm nicht gleichgültig sein dürfen, er hätte das heilige Symbol aufheben und sich als Schutzwall an den Leib halten sollen.

Er aber entschied sich für die Frau.

Ihre Lippen trafen wieder aufeinander, sie öffnete den Mund wie er. Nichts trennte sie mehr. Sie waren zwei Körper, die es danach verlangte, sich zu vereinigen.

Sie rief seinen Namen.

Rhun antwortete ihr.

Er ließ sie auf den vom Feuer erwärmten Boden niedergleiten. Sie hob sich ihm entgegen, ihr langer, geschwungener Hals bot sich seinem Mund dar.

Rhun verlor sich in ihrem Duft, ihrer Wärme, ihrem Herzen. Kein gewöhnlicher Mann konnte je erleben, was er erlebte; kein Sanguinarier hätte da widerstehen können. Noch nie hatte er sich so glücklich, so stark gefühlt. Wegen dieser Wonne schieden Männer aus dem Priesteramt. Dieser Bund war tiefer als seine Gefühle für Gott.

Er vereinigte sich mit ihr. Er wollte sich nie wieder von ihr lösen. Sein ganzes Gesichtsfeld färbte sich rot. Dann wurde sie von der Röte verschlungen. Er ergoss sich in ein wogendes rotes Meer.

Als das Rot verblasste, waren ihrer beider Seelen zerstört.

44

27. Oktober, 8:02, MEZ
Harmsfeld, Deutschland

EIN PAAR SCHRITTE von Erin entfernt, kniete Nadia neben Rhun und flüsterte lateinische Worte, während er weinte. Offenbar war die Wirkung des konsekrierten Weins für ihn unangenehmer gewesen als die sechs Treffer in der Brust. Rhun, der auf ewig in eine unvorstellbare Hölle verdammt war, nur weil er zufällig das Opfer eines wilden Strigoi geworden war, tat ihr unendlich leid.

Erin ging zurück zur aufgebrochenen Kirchentür und schaute ins morgendliche Licht. Jordan tauchte neben ihr auf, lehnte sich an sie. Wie stellte er es bloß an, so warm zu bleiben? Erin fror. Erst waren sie in dem eiskalten See getaucht, und jetzt standen sie in einer ungeheizten Kirche.

Als Rhun sich beruhigt hatte, keuchte Nadia auf, weil auch sie von dem gewandelten Wein getrunken hatte. Anders als Rhun brach sie jedoch nicht in Tränen aus.

Eine Weile herrschte Stille.

»Er ist wach!«, rief Nadia schließlich. Sie wirkte wieder ruhig und gelassen. »Wenn alles gut geht, wird er vor Einbruch der Nacht wieder transportfähig sein. Aber er wird noch ein paar Tage geschwächt sein. Christi Blut heilt uns langsamer, als Menschenblut es vermöchte.«

»Warum vertragen Sie den Wein besser als Rhun?« Erin sah zum Priester hinüber, der auf der Seite lag, das Gesicht von ihnen abgewendet, mit einem Altartuch zugedeckt.

Auch Nadia blickte ihn an. »Ich habe nicht so schwer gesündigt wie er.«

8:22

Jordan schaute sich in dem kleinen Zimmer um, das Nadia für ihn und Erin im Harmsfelder Gasthof gemietet hatte. Das malerische Bauwerk lag am Dorfplatz, gegenüber der Kirche. Nadia teilte sich gleich nebenan ein Zimmer mit Rhun, aber Jordan untersuchte den im ersten Stock gelegenen Raum dennoch so gründlich, als bereite er sich auf eine bevorstehende Belagerung vor. Die Tür bestand aus massiver Eiche. Unter dem Fenster war ein Spalier. Das war eine Schwachstelle. Er warf einen Blick ins Bad. Hier war das Fenster zu klein, als dass jemand hindurchgepasst hätte. Der Rest war typisch für europäische Verhältnisse: weiße Kacheln, zweckmäßige Dusche, Waschbecken, Toilette und Bidet.

Als er wieder ins Zimmer trat, saß Erin immer noch reglos auf dem Bett. Das Zimmer war mit einem Doppelbett, zwei Nachttischen mit Lampen und einer merkwürdigen Metallkonstruktion ausgestattet, die möglicherweise zum Reinigen von Stiefeln diente.

Erin wirkte ungewöhnlich blass. Sie hatte dunkle Ringe unter den Augen und Schmutzflecken im Gesicht.

»Möchten Sie zuerst duschen?«, fragte er.

»Duschen«, sagte sie, richtete sich auf und streckte sich. »Das Wort ist Musik in meinen Ohren.«

Jordan schaute zu, wie sie ins Bad ging und die Tür hinter sich schloss. *Gemeinsam duschen* hätte für ihn noch besser geklungen, doch er würde sich hüten, das laut auszusprechen. Er setzte sich auf die andere Bettkante und schlug die Bestellkarte des Zimmerservice auf.

Er entschied sich für dreimal Frühstück mit Kaffee und Tee, denn er hatte keine Ahnung, was Erin mochte. Dann nahm er den Hörer ab und wählte, doch bevor sich jemand meldete, ging die Dusche an. Jordan stellte sich vor, wie sie über die gekachelte Einfassung trat, wie ihr das lose Haar in den Rücken fiel und Wassertropfen auf ihrer nackten Haut perlten …

»*Womit kann ich Ihnen helfen?*«, ertönte es aus dem Hörer.

Jordan wandte der Badezimmertür den Rücken zu und bestellte das Frühstück.

Dann legte er ihre Jacken zum Trocknen auf den Heizkörper und versuchte, nicht an Erin zu denken, die in der dampferfüllten Duschkabine ihr Gesicht in den Strahl der Brause hielt. Er musste sich irgendwie ablenken. Also setzte er sich aufs Bett und reinigte seine Waffen, eine nach der anderen, die andere stets in Reichweite. Anschließend nahm er sich Erins SIG Sauer vor.

Es klopfte, und Nadia drückte ihm wortlos eine Papiertüte in die Hand. Darin waren Toilettenartikel und Wäsche zum Wechseln.

Warme Pullover – also würde er so schnell nicht nach Jerusalem zurückfliegen.

Das Frühstück wurde gebracht, und Jordan begann zu essen, bevor Erin mit Duschen fertig war.

Kurz darauf brach das Wasserrauschen mit einem lauten Klicken ab. Jordan blickte zur Tür und bemühte sich, nicht daran zu denken, wie Erin sich abtrocknete.

Es gelang ihm nicht.

Er wartete auf ihr Erscheinen. Schließlich trat sie in einer Dampfwolke aus dem Bad. Sie war in einen weißen Frotteebademantel gehüllt und hatte sich die Hand neu verbunden. Ihr Gesicht und ihr Hals waren vom heißen Wasser gerötet. Er hätte gern gewusst, wie weit die Röte an ihrem Körper hinabreichte.

Als sie näher kam, rückte Jordan die Serviette zurecht, die er sich auf den Schoß gelegt hatte.

»Ich habe Ihnen noch heißes Wasser aufgehoben«, sagte sie.

»Ich … äh … habe Ihnen Frühstück aufgehoben.« Jordan trank einen großen Schluck dampfenden Kaffee.

Erin besah sich die Reste des Frühstücks. Sie roch nach Seife und frischer Wäsche. »Da kann ich nur hoffen, dass ich meine Sache besser gemacht habe.«

Während er angestrengt an ihrem Bademantel vorbeiblickte, huschte er ins Bad. Er duschte und rasierte sich eilig. Dann kämmte er sich, zog eine saubere Khakihose und ein langärmliges Hemd an, und schon fühlte er sich gewappnet für alles, was da kommen mochte.

Oder jedenfalls für ein ausgiebiges Schläfchen.

Erin hatte ihr Frühstück gerade beendet, als Jordan aus dem Bad kam. Er legte sich aufs Bett und seufzte. Ein richtiges Bett.

»Ich könnte auf dem Boden schlafen«, sagte Erin.

»Keiner legt sich auf den Boden. Ich verspreche, auf meiner Seite vom Bett zu bleiben, wenn Sie versprechen, auf Ihrer zu bleiben.«

Erin sah zu Boden, als ziehe sie ihren Vorschlag ernsthaft in Erwägung.

Jordan sprang wieder auf und nahm seine trockene Jacke vom Heizkörper. »Haben Maid und Ritter in gefährlichen

Zeiten nicht beim Schlafen ein Schwert zwischen sich gelegt?« Er breitete die Jacke über die Mitte des Betts und hielt drei Finger hoch. »Pfadfinderehrenwort, ich werde den ledernen Wassergraben nur dann überqueren, wenn Sie mich dazu auffordern.«

Sie beäugte ihn misstrauisch. »Waren Sie überhaupt bei den Pfadfindern?« Er ließ sich an der Türseite aufs Bett fallen. »Ich war sogar Eagle Scout.«

Nach einer Weile hatten sie es sich beide auf ihrer jeweiligen Seite bequem gemacht. Jordan glaubte zunächst, er werde längere Zeit wach bleiben, doch im nächsten Moment war er auch schon voll bekleidet eingeschlafen.

Er erwachte in sitzender Haltung, die Hand an der Waffe. Mit einem Blick orientierte er sich im taghellen Raum. Es fiel ihm nichts Ungewöhnliches auf. Tür und Fenster geschlossen, niemand im Bad. Was hatte ihn aufgeweckt?

Neben ihm wimmerte Erin.

Er wandte sich ihr zu. Sie war noch immer im Bademantel und lag ihm zugewandt, die Hände unter die eine Wange geschoben. Sie schnappte im Schlaf nach Luft. Er hätte sie gern angefasst, wagte es aber nicht, sein Versprechen zu brechen. Ein Fehler, und er könnte Erin vergessen.

»Pst!«, flüsterte er, als wäre sie seine Nichte Abigail, die berüchtigt gewesen war für ihre Albträume von Riesenspinnen.

Erin seufzte schwer, dann fiel sie in einen noch tieferen Schlaf.

Sie hatte genug Stoff für schlechte Träume: Strigoi, Fledermäuse und …

Erin setzte sich mit einem Schrei auf.

»Ich bin da«, sagte Jordan und setzte sich ebenfalls auf. »Wir sind in Sicherheit.«

Sie schaute ihn an mit großen Augen.

»Ich bin's, Jordan, wissen Sie noch?«

Erin atmete stockend ein, rutschte ein Stück zurück und lehnte sich ans Kopfbrett. »Ja, ich weiß.«

Jordan tat es ihr auf seiner Bettseite nach. »Schlecht geträumt?«

»Das lag wohl eher an der schlechten Realität.«

»Sollte ich das persönlich nehmen?« Ein Versuch, die Stimmung ein wenig aufzuhellen.

»So hab ich das nicht gemeint. Sie sind … ganz in Ordnung. Aber alles Übrige …«

Dass sie ihn lediglich »ganz in Ordnung« fand, nahm Jordan durchaus persönlich, doch das war kein guter Moment für spitze Bemerkungen. »Wenigstens haben wir ein bisschen geschlafen und etwas gegessen. So gut ging's mir zuletzt vor der Ankunft in Masada.«

Er verstummte. Masada. Dort war sein Team umgekommen. Alle miteinander. Im Stillen zählte er ihre Namen auf, denn er wollte sie nie vergessen: Sanderson. McKay. Cooper. Tyson. Mit Ausnahme von McKay waren alle jünger gewesen als er. Tyson hatte eine zweijährige Tochter, die ihre Mutter nie wiedersehen würde. McKay hatte drei Kinder, eine Exfrau und einen Hund namens Chipper. Cooper unterstützte mit seinem Sold seine gebrechliche Mutter und eine ganze Reihe von Freundinnen. Er hatte nur ein Kind. Jordan lehnte den Kopf an. »Das waren sehr lange vierundzwanzig Stunden.«

»Ich wüsste gern, was als Nächstes kommt.«

»Ein weiterer Ausflug zusammen mit Rhun, Nadia und unseren unterhaltsamen Fremdenführern.«

»Nadia ist nicht sonderlich unterhaltsam.« Erin zog das Federbett bis über die Hüfte hoch. »Ich glaube, sie hätte mich in der Kirche getötet.«

»Ich dachte, sie blufft.«

Erin fasste sich an den Hals. »Ich glaube nicht, dass Nadia blufft.«

Jordan glaubte das auch nicht. »Ich habe so das Gefühl, wenn sie wollte, würde sie uns wie Ungeziefer zerquetschen und hinterher jemanden zum Saubermachen bestellen.«

Erin grinste. »Wollen Sie mich damit beruhigen?«

Er sah sie an. »Wenigstens haben wir einander.« Das klang so geschmacklos, dass er es am liebsten zurückgenommen hätte.

»Aber ich kenne Sie doch kaum«, sagte sie.

»Was wollen Sie wissen?« Er stopfte sich ein Kissen hinter den Kopf. »Ich bin ein Mensch. Fünfunddreißig. Army-Laufbahn. Geboren in Iowa. Drittältester Sohn. Meine Mom hatte fünf Kinder. Meine Lieblingsfarbe ist Grün.«

Erin schüttelte lächelnd den Kopf.

»Das reicht nicht?« Jordan beschloss, aufs Ganze zu gehen und ihr die Wahrheit zu sagen. »Meine Frau – Karen – war ebenfalls bei der Army. Sie kam vor einem Jahr ums Leben. Im Kampf gefallen.« Die Trauer schnürte ihm die Kehle zu, doch er redete weiter. »Keine Kinder, aber ich wollte drei. Jetzt sind Sie dran. Kinder? Mann? Geschwister?«

»Das Spiel liegt mir nicht.« Schmerz blitzte in ihren Augen auf, dann sah sie weg.

Familie war tabu. Schon kapiert. Er stellte eine einfachere Frage. »Nicht mal eine Lieblingsfarbe? Die ist doch wohl kein Geheimnis, oder?«

Sie wandte sich ihm zu und lächelte schwach, wie um seine Bemühungen zu würdigen. »Sepia.«

»Sepia?« Er schaute sie fragend an. »Das ist ein Braunton, oder?«

»Braungrau. Ursprünglich wurde die Farbe aus dem Tintenbeutel des Tintenfischs hergestellt. Der lateinische Name dafür lautet Sepia.«

Sie musterte ihn mit ihren ernsten bernsteinfarbenen Augen. Oder waren sie vielleicht *sepiafarben*?

»Na, das ist doch immerhin ein Anfang.« Er verlagerte die Haltung und überlegte sich die nächste Frage, bei der sie weder erschrecken noch ihr zu nahe treten würde. »Stellen Sie sich vor, heute wäre Samstag, und Sie wären zu Hause. Was würden Sie unternehmen?«

Verlegen senkte sie den Blick auf die Grimwolfjacke. »Ich würde Lucky Charms essen und mir Zeichentrickfilme anschauen.«

»Mit der Antwort habe ich nicht gerechnet.« Er stellte sich vor, wie sie im Pyjama mit einer Schale Cornflakes auf dem Schoß Fernsehen schaute. Nicht die schlechteste Möglichkeit, ins Wochenende zu starten.

»Wendy, meine Mitbewohnerin auf dem College, hat mich darauf gebracht. Sie fand, was Zeichentrickfilme angeht, hätte ich Nachholbedarf.«

Nach ihrer irren Kindheit hatte Wendy da wohl richtiggelegen.

»So«, meinte Erin. »Jetzt sind Sie dran. Wie würden Sie ein faules Wochenende angehen?«

»Ich würde schlafen.« Er hätte ihr gern eine coolere Antwort gegeben.

»Tut mir leid, dass ich Sie aufgeweckt habe«, sagte sie schuldbewusst.

»Mir nicht.« Er langte über die Lederjacke hinweg und streifte Erin eine feuchte Haarsträhne von der Wange, darauf gefasst, sich beim geringsten Anzeichen von Missbilligung wieder zurückzuziehen.

Erin aber schloss die Augen und schmiegte den Kopf an seine Hand.

Er beugte sich hinüber und küsste sie, ohne zu überlegen, als müsste es so sein.

Mit einem Seufzer legte sie ihm die Arme um den Hals.

10:04

Als Rhun erwachte, hatte er den Zitronengeruch einer chemischen Reinigungsflüssigkeit in der Nase. Er legte die Hand auf seine schmerzende Brust und stützte sich auf den Ellbogen auf. Er befand sich in einem Zimmer mit zugezogenen Vorhängen. Neben dem Bett lag auf dem Holzboden eine Frau. Nadia. Jetzt erinnerte er sich wieder. An Nadia. Emmanuel. Den Bunker. Hinter der Wand nahm er Erins und Jordans Herzschlag wahr. Ihre murmelnden Stimmen übten eine beruhigende Wirkung auf ihn aus.

Er zog sich am Kopfbrett in eine sitzende Haltung hoch.

Nadia streckte sich. »Geht's dir wieder besser?«

Rhun richtete sich schwankend auf. »Warst du verletzt?«

»Nur am Bein.« Sie richtete sich ebenfalls auf, weitaus müheloser als er. »Das wird schon wieder.«

Rhun beneidete sie. »Wurden die anderen verletzt?«

»Der Soldat hatte Glück«, antwortete sie. »Die Frau ist eine talentierte Schützin, auch mit der Pistole, und sie war so vernünftig, in Deckung zu bleiben.«

»Und Piers?«

»Ist tot.« Nadia schilderte ihm, was passiert war, nachdem man ihn im Wald angeschossen hatte.

Rhun kam zu der beunruhigendsten Frage. »Woher wussten die Belial, wo sie uns auflauern sollten?«

Über die Abreise seines Teams aus Jerusalem hatten nur der Kardinal und dessen engste Mitarbeiter Bescheid gewusst.

Nadia seufzte. »Ich glaube, ich sollte wohl zur Abtei zurückkehren, Emmanuels Tod verkünden und behaupten, auch du und die anderen wären tot. Dann könntet ihr eine Weile unbemerkt von der Kirche und eventuellen Spionen arbeiten und hättet Gelegenheit, ungestört nach dem Blutevangelium zu suchen.«

Rhun nickte. Die Belial durften auf keinen Fall über ihre nächsten Schritte informiert werden.

»Ich werde ihnen sagen, was ich entdeckt habe«, sagte sie. »Sehr bedauerlich, dass ich nur *deutsche* Soldaten im Bunker vorgefunden habe. Und Strigoi natürlich.«

»Die russischen Soldaten willst du unerwähnt lassen?«

»Wenn die Kirche erfährt, dass Soldaten aus St. Petersburg zur gleichen Zeit im Bunker waren wie das Blutevangelium, wird sie mehr als ein Nachforschungsteam nach Russland schicken. Dann gibt es Krieg.«

Rhun nickte. Seit der verräterische Vitandus dort das Sagen hatte, war kein Sanguinarier mehr lebend aus St. Petersburg zurückgekehrt. Um in Russland etwas ausrichten zu können, müsste die Kirche eine Armee entsenden. Und jeder Gefallene würde sie bei der bevorstehenden Schlacht gegen die Belial schwächen.

»Wir müssen allein dorthin fliegen«, sagte Rhun. »Um einen Krieg zu verhindern und weil nur so die Aussicht besteht, das Buch in unseren Besitz zu bringen.«

»Und was ist mit den Menschen? Es wäre riskant, sie mitzunehmen.«

»Der Vitandus mag unseren Orden hassen, aber er besitzt ein eigenartiges Ehrgefühl. Damit dürfte ihre Sicherheit gewährleistet sein.«

Hinter der Wand beschleunigte sich Jordans und Erins Herzschlag.

»Wie ich sehe, hast du einen Narren an ihnen gefressen,

Rhun«, meinte Nadia. »Glaubst du, dem Russen würde es anders ergehen?«

»Ich kann sie nicht hier zurücklassen.« Er versuchte, die Geräusche auszublenden, die Erin und Jordan machten. »Wenn die Belial Spitzel in den Reihen der Sanguinarier haben, wären sie hier stärker gefährdet als in Russland.«

»Dann wäre das also geregelt.« Nadia richtete sich auf und legte ihren Kettengürtel an.

»Ich brauche Ausweise für uns alle«, setzte Rhun hinzu.

»Ich werde sie unauffällig besorgen.«

Rhun vergegenwärtigte sich, was sein Vorhaben für ihn bedeutete. Zum ersten Mal in seinem langen, langen Leben würde er von der Kirche getrennt sein, und sei es nur vorübergehend. Er fühlte sich jetzt schon vereinsamt.

Nadia wandte sich zur Tür. »Ich bringe dir etwas mit, womit du dir sicheres Geleit verschaffen kannst. Etwas, was für den Herrscher von St. Petersburg von unschätzbarem Wert ist.«

Nicht einmal Nadia wagte es, *seinen* Namen auszusprechen.

Er war früher mal ein Sanguinarier gewesen, hatte aber so schwer gegen die Gesetze der Kirche verstoßen, dass man ihn exkommuniziert hatte. Zusätzlich hatte man ihn unwiderruflich mit einem Bann belegt, der alle, die ihn kannten, verpflichtete, ihm zeitlebens aus dem Weg zu gehen.

Am Ende war sein Name ein Fluch geworden: Vitandus.

10:08

Erin lächelte, als Jordan sie über die Lederjacke hinweg auf seinen Schoß hob. Sie saß rittlings auf seinen Schenkeln und blickte schelmisch auf ihn nieder. »Was ist mit der Abmachung, die wir getroffen haben?«

»Du bist doch auf meine Seite gekommen.« Er küsste sie fest auf die Lippen. Ein wohliger Schauder lief ihr über den Rücken.

Widersprechen konnte sie ihm nicht. Mit einem Fuß schob sie die Grimwolfjacke vom Bett.

Jordan schaute zu ihr hoch und grinste. »Problem gelöst.«

Sie streichelte ihm die Wange. Sie fühlte sich ganz glatt an, denn er war frisch rasiert. Dann küsste sie ihn erneut. Er duftete nach Eukalyptus und schmeckte nach Kaffee.

Sie wich etwas zurück und schaute ihm in die wunderschönen blauen Augen. »Deine Augen sind ägyptischblau wie die des Sonnengottes Ra.«

»Das fasse ich als Kompliment auf.«

Er legte ihr seine warme Hand ins Kreuz und zog sie so fest an sich, dass sie seinen Herzschlag an ihrer Brust spürte.

Sie entspannte sich, denn in seiner Nähe fühlte sie sich sicher.

Dann hob er den Kopf, suchte ihren Mund und küsste sie leidenschaftlich. Das Verlangen strömte von seinen Lippen auf ihre über. Sie stöhnte und zauste ihm das Haar, zog ihn noch näher an sich heran.

Sie wollte alles vergessen, was in den letzten vierundzwanzig Stunden geschehen war, wollte die schlechten Erinnerungen hinter sich lassen. Nur für sie beide war in ihrem Kopf noch Platz. Jordan streichelte sie am ganzen Körper.

Den einen Arm um ihre Taille gelegt, drehte er sie auf den Rücken und legte sich auf sie.

Sie spannte sich an, als sein muskulöser Körper sich auf sie herabsenkte, streichelte seinen breiten Rücken, schob die Hände unter sein T-Shirt und spürte die Wärme seiner glatten Haut. Mit einer raschen Bewegung streifte er das T-Shirt ab und enthüllte seine Tätowierung, das fraktale Blitzmal, das daran gemahnte, wie nah er dem Tod gewesen war.

Sie fuhr mit dem Finger über die verzweigten Linien, was bei ihm eine Gänsehaut auslöste.

Im Moment war er alles andere als tot; er atmete schwer, Hitze strahlte von ihm aus, und er senkte seinen Blick tief in ihre Augen.

Ohne den Blick abzuwenden, löste er den Gürtel ihres Bademantels und schlug ihn auseinander. Erst dann blickte er nach unten und zog eine Hitzespur über ihren Leib, ohne sie auch nur zu berühren.

»Wow«, flüsterte er.

Sie zog ihn an sich und keuchte auf unter der Berührung seiner nackten Haut. Ihre Münder fanden sich wieder. Erin verlor sich im Kuss. Ihr Herz klopfte an seinem, und ihr stockte einen Moment lang der Atem, dann schnappte sie nach Luft.

Als er seine Lippen gerade mal einen Fingerbreit von ihrem Mund löste, hob sie verlangend den Kopf. Er küsste sie erneut leidenschaftlich. Sie legte den Kopf in den Nacken und bog den Hals durch. Feuchte Haarsträhnen fielen ihr ins Gesicht, aber sie wollte die Hände nicht von seinem Körper nehmen, um sie wegzustreifen. Seine Lippen wanderten tiefer, streiften über den Kiefer, verweilten in ihrer Halsgrube.

»Erin?« Ein zarter Hauch an ihrem Hals.

Sie wusste, was die Frage bedeutete, und sie wusste, was sie darauf antworten wollte. Doch sie sprach es nicht aus. »Warte«, keuchte sie. Sie schob ihn weg und schloss den Bademantel. »Zu schnell.«

»Langsamer«, sagte er. »Schon kapiert.«

Sie verknotete den Gürtel. Sie hatte heftiges Herzklopfen und wünschte sich nichts mehr, als sich wieder in die Wärme seiner Umarmung zu flüchten. Aber sie traute dem Gefühl nicht. Sie brachte es einfach nicht fertig.

Jemand hämmerte mit der Faust an die Tür und rief: »Wir müssen aufbrechen.«

Nadia.

45

27. Oktober, 10:10, MEZ
München, Deutschland

ALS DER JET abhob, ließ Bathory sich mit einem Seufzer in den weichen Sitz zurücksinken. Sie spürte, wie Magor sich in der Dunkelheit des Frachtraums entspannte.

Schlaf, mein Lieber, dachte sie. *Hier sind wir sicher.*

Zum ersten Mal seit Jahren flog sie bei Tag ohne ihre Strigoi. Dort, wo sie hinwollte, hätten sie mehr zu fürchten gehabt als nur das Tageslicht; schon allein ihre Anwesenheit hätte sie in Gefahr gebracht. Es war ein gefährliches Ziel, doch ohne die Strigoi fühlte sie sich sicherer.

Sie hatte ein Flugzeug gechartert, dessen Pilot ihr keine Fragen gestellt hatte, als die Bodencrew den Wolf in den Frachtraum lud. Magor hatte in der Transportkiste keinen Mucks gemacht, wie sie es ihm befohlen hatte, doch die Arbeiter konnten sich wohl denken, dass es sich um ein großes Tier handelte. Alles eine Frage der Bezahlung.

Sie rekelte sich in dem breiten Sitz. Sie hatte das Flugzeug ganz für sich allein. Außer ihr waren nur der Captain und der Kopilot an Bord.

Wie lange war es her, dass sie so allein gewesen war? Weit entfernt von Ihm und Seinen Werkzeugen? Jahre.

Sie strich genießerisch über den Ledersitz und ließ das Fensterrollo hoch. Sonnenschein strömte in die Kabine und wärmte ihr die Beine. Sie hielt die Hand ins Licht, als könnte sie es ergreifen. Als ihr das langweilig wurde, betrachtete sie die Landschaft tief unter ihr.

Die Stadt München machte Bauernhöfen, Wäldern und kleinen Einfamilienhäusern Platz, die immer weiter auseinanderrückten, je weiter der Jet nach Osten flog. In jedem dieser Häuser hatte gerade eben eine Familie gefrühstückt. Ein Vater hatte seiner Frau einen Abschiedskuss gegeben, ein Kind hatte seinen Ranzen genommen und sich auf den Weg zur Schule gemacht. Jetzt waren die Häuser leer, aber schon bald würde darin wieder Leben herrschen.

Wie mochte es sich wohl anfühlen, in einem solchen Haus zu leben?

Ihre Bestimmung lag von Geburt an fest. Kein einfaches Leben mit Mann, Kindern und häuslicher Geborgenheit. Für gewöhnlich empfand sie für all jene, die ein solches Leben führten, nur Verachtung, doch heute übte es einen eigenartigen Reiz auf sie aus.

Sie schüttelte den Kopf. Selbst wenn sie frei gewesen wäre, hätte sie nicht freiwillig ein anderes Gefängnis als Ehefrau und Mutter gewählt. Lieber wäre sie mit Magor auf die Jagd gegangen. Sie hätten umherstreifen und irgendwo zusammenleben können, ohne Angst haben zu müssen, dass Er sie bestrafen oder dass Tarek endlich seine ersehnte Rache üben könnte. Sie bräuchte nicht Tag für Tag um Anerkennung zu kämpfen und um das Recht, den nächsten Sonnenaufgang zu erleben.

Allein schon der Gedanke daran machte sie müde.

Magor regte sich im Frachtraum, denn er spürte ihre Sorgen.

Ganz ruhig, dachte sie, und da legte er sich wieder nieder.

Sie streichelte über das schwarze Mal an ihrem Hals, das Zeichen für ihre Andersartigkeit. Es bräuchte ein Wunder, das Mal loszuwerden und sich von Ihm zu lösen.

Aber vielleicht könnte das Buch ja ein solches Wunder bewirken?

TEIL 4

Verflucht wirst du sein in der Stadt,
verflucht wirst du sein auf dem Acker.
Verflucht wird sein dein Korb und dein Backtrog.
Verflucht wird sein die Frucht deines Leibes, der Ertrag
deines Ackers, das Jungvieh deiner Rinder und Schafe.
Verflucht wirst du sein bei deinem Eingang und
verflucht bei deinem Ausgang.

5. Moses 28,16–19

46

27. Oktober, 16:45, Moskauer Standardzeit
St. Petersburg, Russland

ERIN WAR IM Halbschlaf durch den russischen Zoll spaziert, doch als sie mit ihren beiden Begleitern auf den eiskalten Gehsteig vor dem Flughafen trat, war sie hellwach.

Rhun geleitete sie zu einem Taxi mit defekter Heizung, dessen Fahrer anscheinend keinerlei Todesangst kannte. Während er, unablässig auf Russisch plappernd, mit wilden Manövern durch das Schneetreiben raste, hatte sie zu viel Angst um ihr Leben, um sich an der Kälte zu stören. Schließlich hielt der Wagen vor einer Art Park, einer weiten Fläche, die im Sommer grün sein mochte und von hohen Bäumen gesäumt war. Gegenwärtig waren die Bäume unbelaubt, und der erfrorene Rasen würde bald unter einer weißen Schneedecke verschwinden.

Das war ein denkbar krasser Gegensatz zur sengenden Hitze von Masada. Gestern Morgen war ihre größte Sorge gewesen, wie sie einen Sonnenbrand vermeiden sollte; heute drohte ihr Unterkühlung. Als sie aus dem Taxi stieg, drang der St. Petersburger Wind unter ihre Lederjacke, und die Eiseskälte ging ihr durch und durch. Statt Sandkörnern klebten ihr dicke Schneeflocken an den Wangen.

Die Sonne hatte sich in eine blasse Scheibe verwandelt, die ein weißliches Licht auf die Wolkenbänke warf und den Tag kaum erhellte, geschweige denn Wärme spendete.

Jordan hielt sich dicht an ihrer Seite, als sie unter dem Steinbogen hindurchschritten und den Park betraten. Vermutlich hätte er sie gern bei der Hand genommen, doch sie schob die Fäuste tief in die Taschen und ging weiter. Er wirkte verletzt, und das konnte sie ihm auch nicht verdenken, doch sie wusste nicht, wie sie sich ihm gegenüber verhalten sollte. In Deutschland hätte sie um ein Haar mit ihm geschlafen, und der Gedanke an die möglichen Folgen ängstigte sie. Sie mochte Jordan inzwischen viel zu sehr.

Bei jedem Schritt rutschte sie mit ihren Halbschuhen auf dem vereisten Pflaster aus. Beiderseits des Wegs hatte man kniehohe grasbestandene Erdhügel angelegt. Sie fragte sich, welchem Zweck sie wohl dienten.

Jordan hatte den Kragen hochgestellt, seine Nase und die Wangen hatten sich bereits gerötet. Sie dachte daran, wie sich sein Kinn an ihren Lippen angefühlt hatte, dachte an die Berührung seiner Lippen auf ihrer Haut und wandte rasch den Blick ab.

Rhun eilte ihnen mit wehender schwarzer Soutane voraus. Die Kälte machte ihm ebenso wenig aus wie die Backofenhitze von Masada. In der einen Hand hielt er den langen Lederköcher, den Nadia ihnen in Deutschland übergeben hatte. Erin hatte keine Ahnung, was darin war, und vermutete, dass auch Rhun es nicht wusste. Nadia hatte den Köcher mit dunkelgelbem Wachs versiegelt. Der Siegelabdruck stellte zwei gekreuzte Schlüssel mit Band dar, darüber die päpstliche Dreifachkrone.

»Okay, Rhun…« Jordan hatte zum Priester aufgeschlossen. »Weswegen sind wir hier? Wonach suchen wir in diesem arktischen Park?«

Erin war links neben dem Priester aufgetaucht, denn sie wollte sich dessen Antwort nicht entgehen lassen. Er hatte ihnen nur mitgeteilt, dass sie nach St. Petersburg fliegen würden, weil anzunehmen sei, dass russische Soldaten das Buch nach Kriegsende in die Stadt gebracht hatten. Erin hatte das wegen des toten Russen im Bunker und dem in kyrillischer Schrift verfassten Befehl bereits vermutet. Der Soldat war aus dieser Stadt gekommen.

Erin wusste auch, dass der Mann Frau und Kind gehabt hatte, eine Tochter, die vielleicht noch in St. Petersburg lebte, ohne zu ahnen, dass irgendwelche Fremden mehr über den Tod ihres Vaters wussten als sie selbst.

Erin war froh, dass sie die Briefe aus dem Bunker von Nadia an Bruder Leopold hatte übergeben lassen. Vielleicht würde die Frau so ein wenig Seelenfrieden finden.

»Rhun?«, fragte Erin ungeduldig; sie hatte es verdient, endlich zu erfahren, worum es ging.

Der Priester hielt an und blickte über die schneebedeckten Erhebungen zu einer Ansammlung kahler Bäume. An den wenigen Blättern, die sich hartnäckig an die Äste klammerten, zerrte der Wind. »Wir sind hergekommen, weil wir um die Erlaubnis bitten wollen, auf russischem Boden nach dem Buch zu suchen.«

»Warum?«, entgegnete Jordan. »Ich dachte, die Sanguinarier bitten nicht um Erlaubnis.«

Rhuns Pokergesicht verbarg seine Gefühle, doch Erin spürte seine Unsicherheit. Erin wagte sich gar nicht vorzustellen, was die Ursache für Rhuns Besorgnis sein mochte.

»St. Petersburg ist nicht unser Gebiet«, antwortete er kryptisch.

»Wessen Gebiet ist es dann?«, fragte Jordan. »Nach dem Fall der Berliner Mauer hat die katholische Kirche ihre hiesige Präsenz verstärkt.«

Erin schob die Hände noch tiefer in die kalten Taschen und blickte zu der großen Bronzestatue am Ende des Wegs. Sie stellte eine Frau mit ausladendem Rock dar, die einen Gegenstand emporreckte. Erin kniff die Augen zusammen, konnte aber nicht erkennen, was es war. Sie sah sich suchend um. Sie hatte geglaubt, dies sei ein Stadtpark, doch es herrschte hier eine eigenartig gedrückte Stimmung. Sie konnte sich nicht vorstellen, dass im Sommer hier Kinder spielten.

»Hier herrscht der Vitandus«, beantwortete Rhun Jordans Frage. Er berührte den ledernen Köcher, den er an einem Schulterriemen trug, als wollte er sich vergewissern, dass er ihn nicht verloren hatte. »Und er hat nichts übrig für die Kirche. Wenn er erscheint, machen Sie keine Angabe zu unserem Vorhaben oder zu Ihrer Identität.«

»Was ist ein Vitandus?«, fragte Jordan.

Erin kannte die Antwort. »Der Titel wird als Strafe vergeben. Dies ist die denkbar strengste Bestrafung durch die Kirche, schlimmer noch als die Exkommunikation. Sie bedeutet ewige Verbannung und Ächtung.«

»Na großartig. Ich kann's gar nicht erwarten, den Vitandus kennenzulernen. Muss ein reizender Bursche sein.«

»Das ist er«, sagte Rhun. »Also seien Sie auf der Hut.«

Jordans Hand wanderte unwillkürlich zum Halfter, doch sie hatten ihre Waffen in Deutschland zurücklassen müssen. Sie waren mit einer ganz normalen Fluggesellschaft geflogen, mit den falschen Papieren, die Nadia ihnen besorgt hatte. Die Waffen zu schmuggeln, war jedoch unmöglich gewesen.

»Was hat der Vitandus sich zuschulden kommen lassen?«, fragte Erin und stampfte mit den Füßen aufs Pflaster, um sich zu wärmen. »Wer verbirgt sich hinter dem Namen?«

Rhun blickte unentwegt zu den kahlen Bäumen hinüber,

wachsam und voller Sorge. Er antwortete ihr in sachlichem Ton – seine Antwort aber verblüffte sie.

»Sie dürften den Mann unter dem Namen Grigori Jefimowitsch Rasputin kennen.«

16:52

Rhun schritt langsam den gepflasterten Weg entlang, nestelte an seinem eiskalten Rosenkranz und betete darum, dass Grigori sie nicht auf der Stelle umbringen ließ, so wie er es mit allen Sanguinariern getan hatte, die nach 1945 nach Russland entsandt worden waren. Vielleicht gab der Inhalt des Lederköchers ja Anlass zur Hoffnung. Nadia hatte ihn angewiesen, ihn Grigori ungeöffnet zu überreichen.

Was befand sich wohl darin?

Überbrachte er ein Geschenk oder eine Waffe?

Erin unterbrach seinen Gedankengang. »Rasputin?«, wiederholte sie ungläubig; die Skepsis stand ihr im Gesicht geschrieben. »Der Verrückte Mönch, der Vertraute der Romanows?«

»Genau der.«

Über Grigori Jefimowitsch Rasputin war Folgendes bekannt: Der Mystiker verfügte angeblich über erstaunliche Heilkräfte, sein Schicksal war mit Zar Nikolaus II. und dessen Familie eng verknüpft gewesen. Zu Beginn des zwanzigsten Jahrhunderts hatte er sich dank seiner besonderen Begabung beim Zaren und dessen Familie eingeschmeichelt, da er offenbar als Einziger in der Lage war, ihrem an der Bluterkrankheit leidenden Sohn zu helfen. Aus diesem Grund sahen sie über Rasputins sexuelle Ausschweifungen und dessen politische Machenschaften hinweg, bis dieser schließlich von einem britischen Geheimagenten und einer Gruppe von Adligen ermordet wurde.

Jedenfalls hatte Erin das bis jetzt geglaubt.

Rhun aber wusste natürlich mehr als die Historiker.

Er sog die kalte Luft ein und schnupperte den frischen Schneegeruch, den Geruch des gefrorenen Laubs und den schwachen Modergeruch des Todes.

Das hier war Russland.

Diesen Geruch hatte er seit hundert Jahren nicht mehr in der Nase gehabt.

Jordan, der wachsam neben Rhun ging, schaute sich unterdessen im Park um.

Auch Rhun sah zur Seite. Der Blick des Soldaten wanderte über die dunklen Baumstämme, die niedrige Steinmauer, den Sockel einer Statue, alles mögliche Verstecke. Er wusste Jordans Wachsamkeit und dessen Argwohn zu schätzen, zwei ausgesprochen wertvolle Eigenschaften, wenn man sich auf russischem Boden aufhielt. Doch ihr Widersacher war noch nicht eingetroffen. Einstweilen war es hier für sie noch sicher.

Sie hielten vor der düsteren Statue einer Frau an, die in die Ferne blickte und den Toten von St. Petersburg einen Kranz darbrachte: das Symbol des trauernden Vaterlandes.

Jordan pustete sich auf die Hände, eine Geste, die verriet, dass in ihm die Flamme des Menschseins brannte. Er wandte sich Rhun zu. »Ich dachte, Rasputin wäre im Ersten Weltkrieg ums Leben gekommen?«

Erin übernahm die Antwort. »Er wurde ermordet. Mit Zyankali vergiftet, von vier Schüssen getroffen, mit Knüppeln erschlagen, in ein Tuch gehüllt und in die Newa geworfen, in der er dann angeblich ertrunken ist.«

»Und das alles soll der Bursche überlebt haben?«, meinte

Jordan sarkastisch. »Klingt so, als wäre er ein Strigoi gewesen.«

Erin schüttelte den Kopf. »Es gibt zahlreiche Fotografien von ihm, die ihn bei Tageslicht zeigen.«

Rhun versuchte, das Geplapper auszublenden. Einige Meter entfernt raschelte es unter den Bäumen. Doch es war nur eine Feldmaus, die nach Samenkörnern suchte, bevor der Winter alles mit Schnee bedeckte. Er hoffte, dass sie fündig werden würde.

»Also, was ist er?«, fragte Jordan.

Rhun seufzte. Der Mann ließ einfach nicht locker.

»Grigori ist ein ehemaliger Sanguinarier. Er, Piers und ich arbeiteten viele Jahre lang als Triade zusammen, bevor er aus dem Orden ausgeschlossen wurde.«

Jordan runzelte die Stirn. »Dann hat Ihr Orden den Burschen also ausgeschlossen und ihn dann auf ewig geächtet?«

»Indem er zum Vitandus erklärt wurde«, rief Erin ihm in Erinnerung.

Der Soldat nickte. »Kein Wunder, dass der Mann etwas gegen die Kirche hat. Sie sollten sich mal um Ihre PR kümmern.«

Rhun wandte ihnen den Rücken zu. »Das ist nicht der einzige Grund, weshalb er die Kirche hasst.«

Er berührte sein Kreuz auf der Brust. Grigori hatte *viele* Gründe – Hunderttausende Gründe –, die Kirche zu hassen. Gründe, für die Rhun volles Verständnis hatte.

»Weshalb wurde Rasputin exkommuniziert?«, fragte Erin.

Nach wie vor schwang Skepsis in ihrer Frage mit. Sie würde die Wahrheit erst dann glauben, wenn sie diese tatsächlich zu fassen bekam. In diesem Fall würde sie das allerdings schnell bereuen.

Jordan setzte Rhun mit weiteren Fragen zu. »Was passiert

mit einem exkommunizierten Sanguinarier? Kann er noch immer heilige Riten vollziehen?«

»In die Seele eines Priesters hat sich angeblich ein unauslöschliches Zeichen eingeprägt«, sagte Erin. »Dann nehme ich an, er kann Wein noch immer der Wandlung unterziehen?«

Rhun rieb sich die Augen – bei Menschen mit einer so kurzen Lebensspanne waren diese Ungeduld und unersättliche Wissbegier verständlich. Er wünschte sich Stille, doch es sollte wohl nicht sein.

»Ja, Grigori kann Wein konsekrieren«, antwortete er lustlos. »Aber er hat nicht die gleiche Wirkung wie der Wein, der von einem Priester der wahren Kirche konsekriert wurde. Deswegen muss er auf ewig in einem Zustand zwischen Strigoi und geweihtem Sanguinarier verharren.«

Erin streifte sich eine Haarsträhne aus dem Gesicht. »Was bedeutet das für seine Seele?«

»Im Moment«, sagte Jordan, »frage ich mich vor allem, was das für seinen *Körper* bedeutet. Geht er beispielsweise bei Tage aus?«

»Das kann er, tut er und wird er.«

Und das wird er schon bald unter Beweis stellen.

»Weshalb brauchen Sie seine Einwilligung, um hier Nachforschungen anzustellen?«

»Wir benötigen seine Einwilligung, weil er seit Jahrzehnten keinen Sanguinarier mehr lebend von russischem Boden aus hat heimkehren lassen. Er weiß, dass wir hier sind. Man wird uns zu ihm bringen, wenn er den Zeitpunkt für gekommen hält.«

»Und das konnten Sie uns nicht eher sagen?«, entgegnete Jordan erregt. »Welches Risiko gehen wir ein?«

Rhun ließ sich nicht aus der Ruhe bringen. »Ich glaube, die Chancen stehen gut, dass wir Russland lebend verlassen werden. Im Unterschied zu den früheren Besuchern ist meine Beziehung zum Vitandus aufgrund der gemeinsamen Vorgeschichte vielschichtiger Natur.«

Jordans Hand wanderte zu der Stelle, wo er normalerweise seine Waffe trug. »Dann gehören die Männer in der schwarzen Klapperkiste, die uns vom Flughafen hierher gefolgt ist, also einem russischen Strigoimonster, das alle Sanguinarier zum Abschuss freigegeben hat?«

Erin blickte zur fernen Straße hinüber. »Wir werden verfolgt?«

Jordan funkelte sie an. »Ich hatte gehofft, das wären Rhuns Leute.«

»Ich habe hier keine Leute«, sagte Rhun. »Die Kirche weiß nicht, dass wir hier sind. Nach dem Überfall auf Masada und den Ereignissen in Deutschland vermute ich, dass es in den Reihen der Sanguinarier einen Spitzel der Belial gibt. Deshalb habe ich veranlasst, dass Nadia uns alle für tot erklärt.«

Ein Muskel zuckte am Hals des Soldaten. »Das wird ja immer schöner.«

Eine neue Stimme war plötzlich zu vernehmen, tadelnd, aber auch belustigt. »Es ist hier gänzlich unangebracht, heftig zu werden.«

Alle wandten sich um, als ein Mann im langen dunklen Gewand eines russisch-orthodoxen Priesters hinter der Bronzestatue hervortrat und sich ihnen auf stämmigen Beinen näherte. Er trug ein Brustkreuz mit drei Querbalken. Als er sie erreicht hatte, lächelte er. Das einstmals lange Haar reichte ihm nur noch bis zur Schulter und war zurückgekämmt. Er hatte ein breites Gesicht und listige blaue Augen. Sein schwarzbrauner Bart war anders als früher akkurat geschnitten.

Erin schnappte nach Luft.

Offenbar hatte Grigori immer noch genug Ähnlichkeit

mit den alten Fotografien, um ihren Zweifeln ein Ende zu machen. Rhun hoffte, dass sie und Jordan seinen Ratschlag, Rasputin nichts zu verraten, beherzigen würden.

Er neigte andeutungsweise den Kopf. »Grigori.«

»Mein lieber Rhun.« Grigori wandte seinen massigen Kopf Erin und Jordan zu. »Du hast neue Gefährten.«

Rhun verzichtete auf eine Vorstellung. »Das ist richtig.«

»Wie gewöhnlich hast du den Treffpunkt klug gewählt.« Grigori deutete auf die Erdhügel am Wegesrand. »Anderswo hätte ich euch vielleicht getötet, aber nicht hier. Nicht an einem Ort, wo eine halbe Million meiner Landsleute bestattet sind.«

Jordan schaute umher, als hielte er Ausschau nach Gebeinen.

»Kann es sein, dass er euch nicht gesagt hat, was für ein Ort das ist?« Grigori schnalzte mit der Zunge. »Pater Korza war schon immer ein schlechter Fremdenführer. Das hier ist der Piskarjowskoje-Gedenkfriedhof. Hier sind die Menschen bestattet, die bei der Belagerung von Leningrad umgekommen sind. Die Erdhügel sind Massengräber. Einhundertsechsundachtzig insgesamt.«

Erin musterte entsetzt die grasbestandenen Hügel.

»Darin befinden sich die Gebeine von einer halben Million Russen. Vierhundertzwanzigtausend Zivilisten. Sie starben bei der jahrelangen Belagerung durch die Nazis. Wir haben gekämpft und gebetet. Aber es traf keine Hilfe ein, nicht wahr, Rhun?«

Rhun schwieg. Mit einer Äußerung hätte er Grigoris schwelenden Zorn zur offenen Flamme angefacht.

»Vier Jahre unablässigen Gemetzels. Aber belasten die Gräber etwa das Gewissen deines Kardinals?«

»Es tut mir leid, dass Sie so leiden mussten«, sagte Erin.

»Sogar das Kind entschuldigt sich, Rhun. Siehst du?«

Grigori deutete in die Richtung des Wagens, der am Friedhofseingang wartete. »Sollen wir deine armen Gefährten ins Warme schaffen? Wie ich sehe, leiden sie unter der Kälte.«

Rhun wechselte einen Blick mit Erin und Jordan. Sie wirkten tatsächlich durchgefroren. Er hatte so selten mit Menschen zu tun, dass er ganz vergessen hatte, wie empfindlich sie waren.

»Bürgst du für unsere Sicherheit?«

»Nicht mehr und nicht weniger, als du für die meine bürgst.« Der Wind wehte Grigori das dunkle Haar ins Gesicht. »Du solltest wissen, dass der Zeitpunkt deines Todes in meiner Hand liegt.«

17:12

Jordan legte Erin den Arm um die Schulter. Sie lehnte sich nicht an ihn, rückte aber auch nicht von ihm ab. Er beobachtete Rhun und Rasputin, spürte die Spannung alter Feindseligkeit, die zwischen ihnen herrschte und die gemildert wurde durch gegenseitigen Respekt und vielleicht sogar unterschwellige Freundschaft. Leichthin sagte er: »Wie wäre es, wenn wir uns über unser bevorstehendes Verscheiden an einem warmen Ort unterhalten würden?«

Rasputin hob die Augenbrauen an, dann legte er den Kopf in den Nacken und brach in schallendes Gelächter aus. Es klang tief und unbeschwert und vollkommen deplatziert auf diesem verschneiten Friedhof, zumal in Anbetracht der soeben ausgesprochenen Drohung. Jetzt verstand Jordan, weshalb man ihn den Verrückten Mönch nannte.

»Das gefällt mir.« Rasputin klopfte Jordan mit seiner breiten Hand auf den Rücken, wobei er ihn fast umgeworfen hätte. Er lächelte Erin an. »Aber längst nicht so gut wie diese Schönheit.«

Jordan gefiel sein Tonfall nicht.

Rhun trat dazwischen. »Mein Begleiter hat vielleicht recht. Wir sollten unsere Unterhaltung an einem angenehmeren Ort fortsetzen.«

Rasputin zuckte mit den Schultern und geleitete sie zum Wagen. Dort angelangt, bedeutete er Jordan und Erin, vorn Platz zu nehmen. Er und Rhun stiegen hinten ein.

Als Jordan die Wagentür öffnete, schlug ihm ein Wärmeschwall entgegen. Es roch nach Wodka und nach Zigaretten. Er stieg als Erster ein, sodass er zwischen Erin und dem Fahrer zu sitzen kam.

Der Fahrer reichte ihm die Hand. Er sah aus wie vierzehn, und seine schneeweiße Hand fühlte sich kälter an als Jordans.

»Ich bin Sergej.«

»Bist du denn schon alt genug zum Fahren?« Das rutschte Jordan einfach so heraus.

»Ich bin älter als Sie.« Der Junge sprach Englisch mit russischem Akzent. »Vielleicht sogar älter als Ihre Mutter.«

Auf einmal vermisste Jordan seine Maschinenpistole, den Dolch und die Zeiten, als seine Gegner ausnahmslos Menschen gewesen waren.

47

27. Oktober, 17:15, Moskauer Standardzeit
St. Petersburg, Russland

ALS DIE GROSSE Limousine vom Friedhof losfuhr, hielt Erin die Hand über die Heizungsöffnung. Jordan hatte einen Arm hinter ihr auf die Sitzlehne gelegt. Er war der Einzige im Wagen, dem sie vertraute – obwohl sie ihn kaum kannte.

Wenigstens war er ein *Mensch*.

Im Moment bedeutete das eine ganze Menge.

Rhun und Rasputin unterhielten sich in gedämpftem Tonfall auf dem Rücksitz. Obwohl Erin kein Wort Russisch verstand, hörte sie heraus, dass sie miteinander stritten.

Der Wagen fuhr mit quietschenden Reifen über die abendlichen Straßen. Die hellen Hausfassaden leuchteten wie Märchenhäuser aus dem wogenden Nebel hervor. Wenn die Belial ihnen nach Russland gefolgt waren, würden sie dann bei Nacht wieder zuschlagen? Befand sich Rasputin nicht nur mit den Sanguinariern, sondern auch mit ihnen im Krieg?

Die Antworten mussten warten, bis sie ungestört mit Rhun sprechen konnte.

Nach etwa zehn Minuten hielt der Wagen vor einer prachtvollen Kirche im russisch-orthodoxen Stil. Erin blickte nach draußen.

Zwiebeltürme mit Goldkreuzen ragten in den Himmel, einer fantastischer als der andere – zwei waren vergoldet, einer bunt bemalt, die anderen waren blau mit goldenen, weißen und grünen Verzierungen. Die Fassade wurde von Säulen, Podesten, Bogen und einem riesigen Mosaik aufgelockert, das Jesus mit einem goldenen Lichterkranz darstellte. Die opulente Pracht des Bauwerks verschlug ihr nahezu den Atem.

»Beeindruckend, nicht wahr?«, sagte der Fahrer ehrfurchtsvoll.

»Fantastisch«, bemerkte sie aufrichtig.

»Das hier ist die Bluterlöser-Kirche«, erklärte Rasputin, der sich auf dem Rücksitz vorgebeugt hatte. »Erbaut an der Stelle, wo Zar Alexander II. 1881 ermordet wurde. Doch er sollte nicht der *letzte* Romanow sein, der ein Opfer des Volkszorns wurde. In der Kirche sieht man die Pflastersteine, die mit Alexanders Blut benetzt wurden.«

Ungeachtet des historischen Hintergrunds verlor die Pracht in Erins Augen durch Rasputins Erklärungen ein wenig von ihrem Reiz. Sie hatte schon so viele blutige Steine gesehen, dass es für ein ganzes Leben reichte. Dennoch öffnete sie die Wagentür und trat hinaus in den kalten Wind, der hier noch schneidender war als auf dem Friedhof. Sie blickte zu den schmutzig grauen Schneewehen hinüber, die der Wind, der vom Fluss her wehte, an der Kirchenmauer aufgehäuft hatte.

Jordan trat neben sie, um sie vor dem Wind zu schützen. Er schaute zu dem kunstvollen Bauwerk hoch. »Sieht so aus, als hätte da jemand mit viel Zeit ein Lebkuchenhaus gebaut.«

»Rasputin ist ein stolzer Mann«, sagte Rhun mit leiser, tadelnder Stimme. »Verletzen Sie ihn nicht.«

Rasputins Erwiderung war trotz des Windes deutlich zu

vernehmen. »Sie können mich nicht tiefer verletzen, als du und deine Ordensbrüder es bereits getan haben, Rhun. Aber sie täten klug daran, mich nicht zu reizen. Im Moment bin ich großzügig aufgelegt und gewähre ihnen Immunität, weil sie keine Sanguinarier sind.«

»Wie schön ist es doch, ein Mensch zu sein«, murmelte Jordan mit schiefem Grinsen. Wie zum Beweis verschränkte er seine Finger mit denen von Erins kalter Hand, und Hand in Hand folgten sie den beiden schwarz gekleideten Priestern zum Doppelbogen des Kircheneingangs.

17:27

Sie durchquerten den Vorraum, und Rhun betrat als Erster das Kirchenschiff. Er wusste, was ihn erwartete, dennoch berührte ihn der Anblick tief – was Grigori nicht weiter wunderte. Sein Blick wurde sogleich von den Mosaiken angezogen, die sämtliche Flächen im Raum einnahmen. Helle Blau-, Gold- und Rottöne schwammen in Rhuns Gesichtsfeld. Die Mosaike an Wänden und Decke stellten Szenen aus der Bibel dar: Jesus und die Apostel, die stilisierten braunen Augen von Heiligen, die schimmernden Flügel von Engeln. Die biblischen Szenen waren aus zahllosen kleinen Steinchen zusammengesetzt. Er schloss die Augen, doch als er sie wieder aufschlug, setzte das Brennen gleich wieder ein.

Von den Gerüchen wurde ihm beinahe übel: warme Menschen im Kirchenschiff, Weihrauch, Wein, modriger Gestank, der aus Boden und Rissen aus der Wand sickerte, und irgendwo sicherlich auch frisches Menschenblut. Er musste sich beherrschen, um nicht auf der Stelle kehrtzumachen.

Als Rhun sich umwandte, wurde er auf das große Mosaik über dem Ausgang aufmerksam. Mit Hunderttausenden kleinen Mosaiksteinchen war dort der größte Moment der sanguinarischen Geschichte dargestellt. Er wusste, dass Grigori das Mosaik persönlich in Auftrag gegeben hatte. Es stellte die Auferweckung des Lazarus dar, des ersten Sanguinariers, der den Herrn begrüßt und gelobt hatte, Christus zu dienen und sich allein von Seinem Blut zu nähren.

Abgesehen von Rhun war Lazarus der Einzige gewesen, der konvertiert war, bevor er Menschenblut gekostet und getötet hatte.

Wie tief bin ich gesunken …

Rhun schlug die Augen nieder. Die Ehrfurcht gebietende Geschichte des Lazarus half ihm, inmitten der Sinnesreize, die auf ihn einprasselten, seine Mitte zu finden.

»Beeindruckend, nicht wahr?« Grigori betrachtete mit einem zufriedenen Strahlen das monströse Zuhause, das er sich geschaffen hatte.

»Die Mosaike sind meisterhaft ausgeführt«, pflichtete Erin ihm bei. Sie trat an ihm vorbei, legte den Kopf in den Nacken und schaute sich um.

»Ja, das sind sie.«

Grigori klatschte in die Hände, worauf schattenhafte Gestalten aus Eingängen und Alkoven hervortraten.

Rhun bemerkte, dass Grigoris Gefolgsleute keinen Herzschlag aufwiesen; die meisten hatten Ähnlichkeit mit dem Fahrer; jugendliches Aussehen, aber alt nach Jahren. Das waren Strigoi, die einen Pakt mit Grigori geschlossen hatten und ihn als ihren Popen ansahen, das düstere Gegenstück des Sanguinarierordens auf russischem Boden.

Auf Grigoris Anweisung hin wurden die Touristen hinausgeleitet. Die Türen fielen zu und wurden verriegelt.

Minuten später schlugen lediglich noch zwei Menschenherzen in der Kirche.

Außer Rhun und dessen Begleitern hielten sich nur Grigoris Gefolgsleute in der Kirche auf, fünfzig Personen insgesamt: Männer, Frauen und Kinder, die er seiner finsteren Ordensgemeinschaft einverleibt hatte und die für alle Zeit zwischen Erlösung und Verdammnis gefangen waren. Sie waren nicht so wild wie die meisten Strigoi, aber auch nicht so tugendhaft wie die Sanguinarier.

Grigori hatte eine neue Variante der Finsternis in die Welt gebracht.

Sie schleppten Holzbänke ins Kirchenschiff und setzten sie vor dem Altar ab. Die elektrische Beleuchtung erlosch, stattdessen wurden lange gelbe Bienenwachskerzen entzündet. Der Sommerduft von Honig mischte sich mit den unangenehmen Gerüchen der finsteren Versammlung.

Erin und Jordan verharrten mit Rhun in der Nähe des Eingangs. Jordan wandte argwöhnisch den Kopf hin und her, als rechnete er jeden Moment mit einem Angriff. Erin betrachtete ein fantastisches Mosaik nach dem anderen. Selbst hier an diesem Ort verkörperten sie perfekt ihre Rollen als Menschenkrieger und Frau von großer Gelehrsamkeit.

Rhun hielt sich zwischen ihnen und Grigoris Versammlung, wie es seiner Rolle entsprach.

Der Christuskrieger.

Allerdings schwirrte ihm bereits der Kopf, weil ihm die Szenerie mit den Heiligendarstellungen, die auf Grigoris unheilige Schar herabblickten, so falsch vorkam.

Flankiert von jungen Ministranten schritt Grigori über die schwarzen Marmorstufen dem Altar entgegen. Kunstvoll verzierte blutrote Säulen, erhellt von großen Kerzen, rahmten ihn ein. Hinter ihm fiel das letzte rötliche Tageslicht durch die hohen Fenster auf ein Mosaik, welches die Apostel beim letzten Abendmahl darstellte. Von oben schauten Engel auf sie herab.

Nun begann Grigori seine Schwarze Messe.

Die Gemeinde sprach russische Gebete, klare Stimmen schwebten zur Decke hoch, getragen von Rhythmen und Tönen, wie Menschen sie weder hervorbringen noch hören konnten.

Schließlich wurden Rhun und dessen Begleiter zu einer Bank geleitet. Er ließ es geschehen, vermochte seine abgrundtiefe Irritation aber noch immer nicht abzuschütteln.

Dann legte sich eine warme Hand auf seinen Arm.

»Rhun?«, flüsterte jemand.

Er wandte sich um und blickte in Erins fragende Augen. Ihre Natürlichkeit und Menschlichkeit halfen ihm, sich wieder zu erden.

»Alles in Ordnung?« Sie neigte den Kopf, als sie in der Bank Platz nahmen.

Er legte eine Hand auf ihre, schloss die Augen und konzentrierte sich auf ihren schnellen, gleichmäßigen Herzschlag, der den unheiligen Gesang in den Hintergrund drängte. Der Pulsschlag eines Menschenherzens reichte aus, um alles andere im Zaum zu halten.

Der Gesang brach ab.

Einen Moment lang herrschte tiefe Stille.

Dann hielt Grigori einen goldenen Kelch in die Höhe und forderte alle zur Teilnahme an der heiligen Kommunion auf. Seine Jünger traten vor, um vom Wein zu trinken. Ihre weichen Stiefel machten leise Geräusche auf den Altarstufen. Rhun blieb mit Jordan und Erin sitzen.

Als die konsekrierte Flüssigkeit die Lippen der Ordensleute berührte, stieg Dampf von ihren Mündern auf, als ob sie Feuer atmeten. Da sie zu unrein waren, um Christi Liebe in sich aufzunehmen, und sei es in der abgeschwächten Form, die Grigori ihnen anbieten konnte, stöhnten sie vor Schmerz.

Erin bekam Herzklopfen, denn sie hatte Mitleid mit den Strigoi, zumal mit denen, die wie Kinder wirkten.

Rhun beobachtete eine Frau, die als Mensch höchstens zehn oder elf gewesen war. Auf ihren Lippen bildeten sich Blasen, jeder Atemzug ein dampfendes Keuchen voll Qual und Ekstase. Sie ging zurück an ihren Platz, kniete nieder und senkte im Gebet das Haupt.

Hier zeigte sich Grigori von seiner bösartigsten Seite, denn er schreckte nicht davor zurück, selbst die Jüngsten seinem Orden einzuverleiben. Damit raubte er ihnen die Seele und machte es ihnen für alle Ewigkeit unmöglich, Christi Liebe teilhaftig zu werden.

Grigoris Stimme unterbrach Rhuns Gedankengang. »Und jetzt, Rhun, musst auch du die heilige Kommunion entgegennehmen.«

Rhun blieb sitzen, denn er wollte die Finsternis nicht in sich aufnehmen. »Das werde ich nicht tun.«

Grigori schnippte mit den Fingern, und auf einmal war Rhuns Gruppe von Grigoris Jüngern umringt, die nach Wein und verbranntem Fleisch rochen.

»Das ist meine Bedingung.« Grigoris Stimme hallte dröhnend in der Kirche wider. »Nimm meine Gastfreundschaft an. Trink von dem gewandelten Wein. Erst dann werde ich dir zuhören.«

»Und wenn ich mich weigere?«

»Meine Kinder sollen keinen Hunger leiden.«

Die Strigoi rückten näher.

Erins Herz raste. Jordan ballte die Hände zu Fäusten.

Grigori lächelte. »Aber deine Gefährten werden kämpfen, hab ich recht? Es wird kein leichter Tod sein. Der Mann ist Soldat, nicht wahr? Darf ich sagen, er ist ein *Krieger*?«

Rhun zuckte zusammen.

»Und die Frau«, fuhr Grigori fort. »Eine wahre Schönheit, aber sie hat Schwielen an den Händen, von der Ausgrabungsarbeit und dem vielen Schreiben, nehme ich an. Ich glaube, sie ist ausgesprochen *gelehrsam.*«

Rhun funkelte Grigori über die düstere Versammlung hinweg an.

»Ja, mein Freund.« Grigori ließ ein röhrendes Gelächter vernehmen. »Ich weiß, dass ihr hergekommen seid, um nach dem Blutevangelium zu suchen. Vielleicht werde ich euch sogar helfen – doch es gibt nichts umsonst auf der Welt.« Grigori legte die Hände um den unheiligen Kelch und hob ihn hoch. »Komm her, Rhun, und trink. Trink, um die Seelen deiner Gefährten zu retten.«

Da Rhun keine Wahl hatte, erhob er sich. Steifbeinig ging er zwischen den Kirchenbänken hindurch, stieg die Marmorstufen hoch und öffnete den Mund.

Er wappnete sich gegen den Schmerz.

Grigori trat vor, reckte den Kelch empor und neigte ihn.

Blutroter Wein rann in Rhuns Mund und Kehle. Erstaunlicherweise brannte das schwarze Sakrament nicht. Stattdessen durchflutete ihn wohlige Wärme. Heilsame Kraft strömte in ihn ein und veranlasste sogar sein untätiges Herz wieder zu schlagen, was es seit vielen Hundert Jahren nicht mehr getan hatte. Der schlagende Herzmuskel verriet ihm, was dem Wein beigemischt war, doch er wandte das Gesicht trotzdem nicht von dem überfließenden Kelch ab.

Der Wein füllte ihn aus und stillte sein endloses Sehnen. Die Wunden, die im Bunker aufgeplatzt waren, schlossen sich. Tiefe Zufriedenheit machte sich in ihm breit.

Er stöhnte verzückt.

Grigori trat zurück und senkte den Kelch.

Rhun bemühte sich, klare Worte zu formen, während alles ringsum erzitterte. »Du hast …«

»Ich bin nicht so heilig wie du«, erklärte Grigori und schaute auf ihn herab, als Rhun auf dem Marmorboden zusammenbrach. »Damit war nach der Exkommunikation durch deine geliebte Kirche Schluss. Und du hast recht, der Wein, den ich meinen Jüngern zu trinken gebe, muss angereichert werden. *Mit Menschenblut.*«

Rhuns Augen zeigten das Weiße; die Umgebung verschwand für ihn, zurück blieb ewige Reue.

Rhun schluckte Blut an Elisabetas Hals. In all den langen Jahren als junger Sanguinarier hatte er noch nie einen solch wundervollen Eisengeschmack genossen, abgesehen von jener ersten Nacht, als er der Verdammnis anheimgefallen war und verfluchtes Strigoiblut gekostet hatte.

Das Erschrecken über sein Vergehen verlieh ihm die Kraft, sich der blutroten Flut entgegenzustemmen. Seine Sicht klärte sich. Sein Herzschlag, den das Blut, das ihn durchströmte, beschleunigt hatte, verlangsamte sich … und kam zum Stillstand.

Elisabeta lag unter ihm, ihr weicher Körper golden im Feuerschein. Das dunkle Haar fiel ihr über die cremefarbenen Schultern.

Stille herrschte im Raum. Doch das konnte nicht sein. Sonst nahm er doch immer ihren stetigen Herzschlag wahr.

Ihr Kopf fiel zur Seite, und jetzt sah er die blutige Wunde an ihrem Hals. Rhun schlug sich die Hand vor den Mund. Zum ersten Mal seit Jahren berührte er dabei Fangzähne.

Er hatte das getan. Er hatte ihr das Leben genommen. In seiner blindwütigen Raserei hatte er geglaubt, er sei etwas Besonderes, *wie Bernard stets betonte, und stark genug, um gegen das Verbot zu verstoßen, das den Angehörigen seines Ordens auferlegt war, und seine Keuschheit bewahren zu können, ohne dass die in ihnen allen schlummernde Bestie freigesetzt würde.*

Dabei war er ebenso schwach wie alle anderen.

Er blickte auf Elisabetas reglose Gestalt nieder.

Nicht seine Zähne hatten sie getötet, sondern sein Stolz, sein Hochmut.

Er nahm ihren abkühlenden Körper auf den Schoß. Ihre Haut war noch blasser als zuvor, die langen Wimpern hoben sich so schwarz wie Kohle von ihren weißen Wangen ab. Ihre einst roten Lippen waren nur noch rosig wie die Hand eines Säuglings.

Rhun schaukelte mit dem Oberkörper und weinte um sie. Er hatte gegen alle Verbote verstoßen. Er hatte die in ihm verborgene Bestie freigelassen, hatte den Menschen verschlungen, den er liebte. Er dachte an ihr strahlendes Lächeln, an das schelmische Funkeln ihrer Augen, ihr Geschick als Heilerin. Die Menschen, die sie hätte retten können, waren nun ebenso verloren wie sie selbst.

Er dachte an die traurige Zukunft ihrer verwaisten Kinder.

Und er war schuld.

Ein leises, dumpfes Geräusch durchdrang das Knistern des Kaminfeuers. Dann ein langer Atemzug… und gleich noch einer.

Sie lebte!… Doch lange würde sie nicht mehr durchhalten.

Vielleicht gerade lange genug, um sie zu retten. Er hatte sie schon so häufig auf verschiedenste Weise im Stich gelassen, doch er musste es wenigstens versuchen.

Diese Handlung war verboten. Sie stellte einen Verstoß gegen das elementarste Gelöbnis überhaupt dar. Er hatte bereits den Priestereid gebrochen und einen furchtbaren Preis dafür gezahlt. Der Preis würde noch höher, wenn er auch das Gelöbnis der Sanguinarier brach.

Die Strafe für ihn wäre der Tod.

Elisabeta würde mit ihrer Seele bezahlen.

Das erste Gesetz: Sanguinarier dürfen keine Strigoi erschaffen. Aber Elisabeta würde kein Strigoi sein. Sie würde sich ihm anschließen. Sie würde an seiner Seite der Kirche dienen, so wie er. Als Sanguinarier würden sie ewig miteinander verbunden sein. Er würde sie nie wieder im Stich lassen.

Ihr Herzschlag wurde schwächer.

Es blieb nicht mehr viel Zeit. Fast keine mehr. Er schlitzte sich mit dem Silbermesser das Handgelenk auf. Jetzt, da er gesündigt hatte, waren das Zischen und Brennen stärker als sonst. Sein Blut, das mit ihrem vermischt war, quoll aus der Wunde. Er hielt ihr das Handgelenk an den Mund. Blut tropfte auf ihre blassen Lippen. Behutsam teilte er sie mit seinen eigenen Lippen.

Bitte, Liebste, flehte er.

Trink.

Komm zu mir.

Als Rhun auf dem kalten Marmorboden zu sich kam, fühlte er sich hungrig und spürte die scharfen Eckzähne an der Zunge.

Grigoris verfluchter Wein war mit Menschenblut versetzt gewesen.

Rhun sträubte sich gegen den Verrat. Sein Körper aber verlangte nach mehr, sehnte sich nach Erlösung.

Er nahm den Herzschlag zweier Menschen wahr.

Taumelnd und zitternd vor Verlangen richtete er sich auf und wandte sich wie eine Sonnenblume, die sich nach dem Licht ausrichtet, dem Getrommel des Lebens am Kircheneingang zu.

»Verleugne nicht deine wahre Natur, mein Freund«, flüsterte Grigori hinter ihm verführerisch. »Rigide Selbstkasteiung ist zum Scheitern verurteilt. Lass die Bestie frei. Man muss schwer sündigen, um so stark bereuen zu können, wie Gott es verlangt. Erst dann wirst du dem Allmächtigen näher kommen. Wehre dich nicht.«

»Ich *werde* widerstehen!«, krächzte Rhun.

Ihm klangen die Ohren, ihm verschwamm die Sicht, und die Hand, die er aufs Kreuz gelegt hatte, zitterte.

»So war es nicht immer«, rief Grigori ihm ins Gedächtnis. »Was hast du geschaut, als du von meinem Wein getrunken hast? Etwa Elisabetas Schändung?«

Rhun drehte sich um und warf sich auf ihn, doch Grigoris Gefolgsleute waren gewappnet und hielten ihn fest. Zwei junge Burschen packten ihn bei den Armen, zwei umklammerten seine Beine, zwei weitere zerrten an seinen Schultern.

Er aber ließ nicht locker und zog sie alle mit sich.

Wenige Schritte von ihm entfernt lachte Grigori.

»Rhun!«, rief Erin. »Nicht!«

Er hörte die Angst in ihrer Stimme und in ihrem Herzen – Angst um ihr aller Leben. Auch Grigori hatte es mitbekommen. Ihm entging nichts.

»Schau nur, Rhun, wie sehr sie dich fürchtet. Vielleicht wird sie das retten. Elisabeta Bathory hat es nicht geholfen.«

Hinter ihm schnappte Erin hörbar nach Luft.

Die Scham veranlasste ihn, innezuhalten und auf die Knie zu fallen.

Grigori blickte lächelnd auf ihn herab. »Dann kennt also sogar deine Freundin ihren Namen. Die Frau, die als Ungarische Blutgräfin in die Geschichte eingehen sollte. Ein Ungeheuer, das du mit deiner Liebe erschaffen hast.«

48

27. Oktober, 17:57, Moskauer Standardzeit
St. Petersburg, Russland

KALTE HÄNDE HIELTEN Erin auf der hintersten Kirchenbank fest. Von allen Seiten drängten eiskalte Körper heran. Sie verhielt sich still, denn sie wollte der Angst nicht nachgeben und vor allem keinen Angriff provozieren. Jordan, dessen Nerven ebenfalls zum Zerreißen gespannt waren, lehnte sich an sie.

Der nächste Moment würde die Entscheidung bringen.

Rhun verzichtete darauf, Grigori nachzusetzen. Er erwiderte ihren Blick. Sie sah die Gier in seinen funkelnden Augen. In seiner Qual merkte er gar nicht, dass sich die Eckzähne in seine Lippen bohrten. Offenbar kämpfte er gegen seinen Blutdurst.

Rhuns Reaktion ließ darauf schließen, dass Rasputin den Wein mit Menschenblut verunreinigt hatte.

Widerstehe, dachte sie und sah ihm unverwandt in die Augen, stellte sich dem Ungeheuer und seiner Schande.

Schließlich sackten Rhuns Schultern herab, und er fiel auf die Knie. Er hob die gefalteten Hände an seine Nase An seinen Fingern vorbei schaute er sie an. Lautlos sprach er auf Lateinisch ein Gebet. Sie las es ihm von den blutigen

Lippen ab, denn sie kannte es aus der Zeit, als sie zur Strafe stundenlang im Dreck hatte knien müssen.

Sie schüttelte die Hände ab, die sie festhielten, und kniete in der Bank nieder. Zusammen mit Rhun bat sie um Vergebung ihrer Sünden.

Währenddessen blickte sie ihm unverwandt in die Augen.

Schließlich senkte er den Kopf – und als er ihn wieder hob, hatten sich seine Fangzähne zurückgebildet.

»Du hast dich geirrt, Grigori!«, flüsterte er vernehmlich.

»Und du hast triumphiert, mein Freund. Gottes Wille geschehe.« Rasputin wirkte nicht enttäuscht. Stattdessen schwangen Ehrfurcht und Demut in seinem Tonfall mit.

Grollend zogen sich seine Gefolgsleute aus der Kirchenbank zurück. »Später vielleicht.«

Als Jordan mit Erin allein war, setzte sie sich wieder hin. Sein warmer Atem kitzelte sie an der Wange. »Alles in Ordnung?«

Da sie sich ihrer Stimme nicht sicher war, nickte sie nur und beobachtete, wie Rhun sich mühsam aufrichtete. Wenn sie Rasputin richtig verstanden hatte, hatte Rhun Elisabeta Bathory seinerzeit geschändet. Erin kannte den Namen von den blutrünstigen Legenden her, die in den finsteren Wäldern Ungarns und Rumäniens beheimatet waren.

Elisabeta Bathory, auch als Blutgräfin bekannt, wurde bisweilen als »produktivste« und grausamste Serienmörderin aller Zeiten bezeichnet. Im siebzehnten Jahrhundert hatte die reiche und mächtige ungarische Gräfin zahlreiche junge Mädchen gequält und getötet. Man schätzte die Zahl der Opfer auf mehrere Hundert. Angeblich badete sie im Blut der Opfer, weil sie sich ewige Jugend davon versprach.

Diese Geschichten hatten einen Beigeschmack von Vampirismus.

Hatte Rhun dieses Monster erschaffen? Klebte das Blut

der jungen Frauen an seinen Händen? War es das, was ihn jedes Mal quälte, wenn er den konsekrierten Wein trank?

Ein gequälter Seufzer brachte Erin in die Gegenwart zurück. »Du hast auf der Fahrt hierher ein *Geschenk* erwähnt«, sagte Rasputin und zeigte auf den Lederköcher, den Rhun geschultert hatte. »Lass mal sehen, dann wird sich herausstellen, was du dir dafür kaufen kannst.«

Rhun nahm den Tragriemen von der Schulter.

Rasputin winkte wie ein aufgeregter Schuljunge Erin und Jordan zu sich. »Kommen Sie, das sollten wir uns *alle* anschauen.«

Während Erin mit Jordan aus der Bank trat, räumten Rasputins Gefolgsleute den Marmoraltar frei. Als sie fertig waren, forderte Rasputin sie auf, Rhun, Erin und Jordan Platz zu machen.

Sie stiegen zum Altar hoch. Hier war der Geruch nach Weihrauch und Bienenwachs noch stärker als unten im Kirchenschiff.

Als sie sich um den Altar versammelt hatten, stemmte Rasputin die Fäuste in die Hüfte und schaute den braunen Lederköcher begehrlich an. »Zeig her«, sagte er.

Rhun brach das päpstliche Siegel mit dem Fingernagel und nahm den Deckel ab. Er kniff die Augen zusammen und schaute hinein, dann drehte er den Köcher um und schüttelte ihn. Eine zusammengerollte alte Leinwand fiel auf den Altar.

Rasputin beugte sich vor und breitete die Leinwand ehrfurchtsvoll aus.

Erin stockte der Atem, als sie das Gemälde betrachtete. Der Maler war der holländische Meister Rembrandt van Rijn.

Das Bild stellte Jesu eindrucksvollstes Wunder dar: Lazarus' Auferweckung von den Toten.

18:04

Grigori fiel staunend vor dem Altar und dem Ölgemälde auf die Knie, und einer nach dem anderen folgten seine Gefolgsleute seinem Beispiel.

Rhun blieb stehen und betrachtete das Bild, das Lazarus in seinem steinernen Grab zeigte.

Das Gemälde war äußerst beeindruckend. Rembrandt hatte darin ein Geheimnis wiedergegeben. Dieses Bild war eines von drei bekannten Versionen.

Mit wundervoll ausdrucksstarkem Strich hatte Rembrandt dargestellt, wie Lazarus im Totenhemd aus dem Granitsarkophag stieg. Seine Angehörigen schreckten vor ihm zurück. Die Zuschauer reckten abwehrend die Hände, als wollten sie sich vor dem einst geliebten Mann schützen. Denn sie wussten, woran Lazarus gestorben war.

»Der erste Sanguinarier.« Erins Flüstern war in der Stille der Kirche deutlich zu vernehmen.

Ja, die in der Gruft Anwesenden hatten der Geburt des Sanguinarierordens beigewohnt. Lazarus war überfallen und in einen Strigoi verwandelt worden, doch seine Familie hatte ihn gefunden und in der Krypta eingesperrt, bevor er sich ein menschliches Opfer hatte suchen können. Sie hatte ihn zum langsamen Hungertod verurteilt. Christus aber hatte ihn befreit. An jenem Tag hatte Christus Lazarus eine Wahlmöglichkeit eröffnet, die bisher noch keinem Strigoi offengestanden hatte. Lazarus konnte sein Wesen nicht verändern, doch er konnte mithilfe von Christi Liebe und Blut dagegen ankämpfen. Er konnte sich dafür entscheiden, Christus zu dienen, und vielleicht eines Tages die Wiederauferstehung seiner Seele erleben. Dieser Bund der Pflichterfüllung und des Dienstes als Christuskrieger wurde auf dem Gemälde durch Waffen symbolisiert – durch das über

Lazarus' Gruft hängende Schwert und ein Bündel Pfeile, die nur darauf zu warten schienen, dass er sich ihrer im Dienste der jungen Kirche bemächtigte.

Lazarus hatte die Last auf sich genommen und den Sanguinarierorden gegründet. Seit der Auferweckung aus der Gruft hatte er kein einziges Mal Menschenblut gekostet. Stattdessen hatte er sich vom Blut Christi genährt. Seit Anbeginn der Zeit war nur ein anderer Sanguinarier in Lazarus' Fußstapfen getreten und vor der ersten Menschentötung konvertiert.

Ohne Makel und Sünde.

Vor langer Zeit war Rhun dieser Sanguinarier gewesen. Er hatte geglaubt, er werde sich der Prophezeiung würdig erweisen. Er hatte an seine Rechtschaffenheit geglaubt. Er hatte Trost gefunden in seinem Mut. Bis zu dem Tag, da er von Elisabetas Blut gekostet und ein Ungeheuer erschaffen hatte.

In diesem Moment war er tief gefallen. Es gab nur einen, der ohne Sünde geblieben war.

Lazarus.

Ihr aller Gründungsvater.

Selbst Grigori erkannte seine Bedeutung an. Er fuhr mit dem Finger über die Gestalt der heiligen Lazarus und hielt an einem roten Fleck in dessen Mundwinkel inne.

Wie konnte ein Betrachter des Bildes nur die Wahrheit übersehen, die Rembrandt hier dargestellt hatte? Die verängstigten Zuschauer, das Blut an den Lippen, die Waffen an der Wand. Rembrandt hatte die Geheimnisse der Sanguinarier gekannt, denn er hatte zu den wenigen Außenstehenden gehört, die in die Mysterien der inneren Kirchenkreise eingeweiht gewesen waren. Um sich dieses Vertrauens würdig zu erweisen, hatte er dieses Meisterwerk aus Licht und Schatten erschaffen, das zum Gedenken an den Orden ein offenbares Geheimnis barg.

Grigori richtete sich wieder auf und blickte zu dem Mosaik über dem Eingang. Es stellte Lazarus im Leichenhemd dar, am Eingang seiner Gruft, das Gesicht durch die Kapuze vor dem Sonnenschein geschützt. Vor dem von den Toten Auferweckten stand Christus und streckte seinem neuen Jünger die Hand entgegen, während seine Gefolgsleute ihn mit dem gleichen Staunen anschauten wie Grigoris Leute.

Mit Tränen in den Augen wandte Grigori sich an Rhun. »Ich werde dir bei der Suche nach dem Buch helfen, mein Freund, und wenn es Gottes Wille entspricht, soll dir kein Leid geschehen, solange du dich auf russischem Boden aufhältst.«

49

27. Oktober, 18:08, Moskauer Standardzeit
St. Petersburg, Russland

JORDAN STAND EIN paar Schritte vom Altar entfernt und beobachtete die anderen.

Er traute keinem von ihnen. Weder Rasputin mit seinem wahnsinnigen Gelächter und seinen Spielchen noch dessen Gefolgsleuten, die wie verwahrloste Kinder wirkten und sich inzwischen an den Rand zurückgezogen hatten. Und auch Rhun noch immer nicht. Er stellte sich den Blutdurst vor, der in ihren Augen funkelte, dachte daran, dass sie Erin angestarrt hatten wie ein Löwe ein fettes Kalb. Am schlimmsten aber war, dass er nichts hätte ausrichten können, wenn sie angegriffen worden wäre. Grigoris Lakaien hatten ihn festgehalten, mit ihrem Gewicht niedergedrückt.

Das Geräusch von Stimmen lenkte ihn ab. Rasputins Kinder unterhielten sich gedämpft, als sie einen Holztisch und vier klobige Stühle ins Kirchenschiff trugen. Obwohl sie sehr schwer sein mussten, trugen die Jungs sie so mühelos, als wären sie aus Balsaholz.

Im Unterschied zu Rasputin trugen seine Jünger Straßenkleidung. Jeans oder schwarze Hosen und Pullover. Hätte Jordan nicht gewusst, was sie waren, hätte er sie für blasse russische Schulkinder und deren Eltern gehalten. Doch er wusste es besser.

»Kommt her.« Rasputin ging zum Tisch, seine Besucher und Jordan folgten ihm. Der Verrückte Mönch nahm sofort Platz und strich sein Gewand glatt wie eine pedantische alte Dame. »Setzen Sie sich zu mir.«

Jordan setzte sich neben Erin, Rhun nahm auf dem letzten freien Stuhl Platz.

Sergej stellte einen großen silbernen Samowar mitten auf den Tisch. Ein anderer Sanguinarier brachte Gläser in silbernen Haltern.

»Tee?«, fragte Rasputin.

»Nein danke«, erwiderte Jordan.

Nach dem Vorfall mit Rhun hatte Jordan nicht die Absicht, etwas zu essen oder zu trinken, das durch Rasputins Hände gegangen war. Am liebsten hätte er sogar das Atmen eingestellt.

Erin lehnte ebenfalls ab, doch die Art und Weise, wie sie sich den Pullover über die Hände zog, ließ erkennen, dass ihr ein heißes Getränk gutgetan hätte.

»Deine Begleiter trauen mir nicht, Rhun.« Rasputin bleckte die Zähne. Die Eckzähne waren nicht verlängert, doch auf Jordan wirkte er deswegen nicht minder gefährlich.

Keiner antwortete ihm. Offenbar gab Rasputins Vertrauenswürdigkeit kein sonderlich anregendes Gesprächsthema ab.

Rasputin wandte sich erneut an Rhun. »Dann lassen wir die Nettigkeiten eben. Was veranlasst dich zu der Annahme, das Evangelium befinde sich in meiner Stadt?«

»Wir glauben, es wurde nach dem Zweiten Weltkrieg von russischen Soldaten hierhergebracht.« Rhun hatte die Hände flach auf den Tisch gelegt, als wollte er gewappnet sein, zu kämpfen oder zu flüchten, je nachdem.

»Vor so langer Zeit?«

Rhun nickte. »Wo könnten sie das Buch versteckt haben?«

»Wenn sie gewusst hätten, worum es sich handelt, hätten sie es Stalin übergeben.« Rasputin stützte die Ellbogen auf den Tisch. »Aber das haben sie nicht getan.«

»Bist du dir sicher?«

»Natürlich. Andernfalls wüsste ich davon. Ich weiß alles.«

Rhun massierte seinen Zeigefinger an der Stelle, an der im Kampf sein Karambit anlag. »Du hast dich in den vergangenen hundert Jahren kaum verändert, Grigori.«

»Ich nehme an, du spielst auf die Sünde des Stolzes an. Der war schon immer für dich Anlass, dich um mein Seelenheil zu sorgen.« Rasputin schüttelte den Kopf. »Dabei solltest du dir wegen *deines* Stolzes Sorgen machen.«

Rhun neigte das Haupt. »Ich bin mir meiner Sünden bewusst.«

»Ja, du hast täglich unter der Torheit der Reue zu leiden.«

»Aber sollen wir denn nicht unsere Sünden bereuen?« Rhun tastete nach dem Kreuz auf seiner Brust.

Rasputin beugte sich vor. »Gewiss. Aber sollen unsere Sünden auf ewig maßgeblich für uns sein? Wie kann ein Moment der Schwäche ein so großes Verbrechen sein, dass es Jahrhunderte des Dienstes aufwiegt?«

Jordan war geneigt, sich dieser Sichtweise anzuschließen, doch er nahm an, dass Rasputin sich im Laufe seines Lebens weit mehr als nur einen Moment der Schwäche hatte zuschulden kommen lassen.

Rhun presste die Lippen zusammen. »Ich bin nicht hergekommen, um mit dir über Sünde und Buße zu disputieren.«

»Wie schade.« Rasputin blickte Erin an. »Rhun und ich haben schon viele anregende Unterhaltungen zu dem Thema geführt.«

»Wir sind hier, weil wir nach dem Evangelium suchen«, rief Erin ihm in Erinnerung. »Und nicht nach Erleuchtung.«

»Das habe ich auch nicht vergessen.« Rasputin lächelte sie an. »Sagen Sie mir, wo das Buch entwendet wurde und wann?«

Nach kurzem Zögern sagte Rhun ihm die Wahrheit. »Es gibt Hinweise, die darauf hindeuten, dass es sich in einem Bunker in Süddeutschland befunden hat, in der Nähe des Klosters Ettal.«

»Hinweise?« Rasputin fasste Jordan in den Blick, als erwarte er von ihm genaueren Aufschluss.

Jordan straffte sich. Instinktiv neigte er dazu, Rasputin gegenüber nicht das Geringste preiszugeben. »Ich bin nur ein Kämpfer.«

»Russland ist ein großes Land.« Rasputin sah Erin an. »Wenn Sie mir nicht helfen, kann ich nichts für Sie tun.«

Erin blickte Rhun fragend an. Sie zupfte am Ärmel ihres Pullovers.

»Piers hat es uns gesagt«, antwortete Rhun. »Bevor er starb.«

Rasputins Züge entgleisten. »Dann ist er also zu den Nazis übergelaufen?«

Als Rhun schwieg, fuhr Rasputin fort: »Zu Beginn des Krieges wandte er sich an mich. Damals ging es mir nicht so gut wie heute.« Er hielt inne und ließ den Blick durch die Kirche schweifen. Als er seine Jünger sah, die an den prachtvollen Wänden aufgereiht waren, lächelte er. »Aber schon damals kannte ich Mittel und Wege.«

»Weshalb hat er sich an dich gewandt?«, fragte Rhun erstaunt.

»Wir standen uns einmal nahe, Rhun. Piers als Erster, du als Zweiter und ich als Dritter. Hast du das wirklich vergessen?« Sein Schmerz war unüberhörbar, doch auch Zorn schwang darin mit. »Wohin sonst hätte er sich wenden können? Der Kardinal hat ihm gedroht, ihn zu exkommunizieren, wenn er weiter nach dem Buch suchen würde. Nach seinem Besuch hier in Russland wandte Piers sich an die Nazis, weil er sich von ihnen die Unterstützung erhoffte, die ich ihm nicht gewähren konnte. Er weigerte sich, die Suche abzubrechen. Von Obsessionen kann man nur schwer lassen, wie du aufgrund deiner Erfahrung mit Elisabeta ja bestätigen kannst.«

Rhun wandte sich ab. »Kardinal Bernard hätte Piers das niemals angetan.«

Jordan aber hörte den Zweifel aus Rhuns Stimme heraus. Obwohl er den Kardinal kaum kannte, wusste er, wie wichtig er die Prophezeiung von den Dreien nahm. Für den Kardinal spielte Pater Piers keine Rolle.

Wie sehr er sich da irrte…

Grigori fuhr fort: »Rhun, du kennst deinen hoch geschätzten Kardinal weniger gut, als du glaubst. Vergiss nicht, er hat *mich* exkommuniziert. Wegen einer Sünde, die nicht schwerer wog als die deine. Und ich habe der Person, die ich retten wollte, nicht das Leben genommen.«

»Was reden Sie da?«, fragte Jordan, der das Gefühl hatte, er sei im Kino in die Filmhandlung hineingeraten.

Erin straffte sich, denn sie ahnte die Wahrheit. »Sie meinen den jungen Sohn des Zaren Nikolaus, nicht wahr? Den Jungen mit Namen Alexej.«

Rasputin bedachte sie mit einem traurigen Lächeln. »Das arme Kind hat viel gelitten. Schließlich war der Junge dem Tode nahe. Was sollte ich tun?«

Jordan erinnerte sich an die Geschichte. Der Sohn des Zaren war Rasputins Schüler gewesen. Wie so viele Enkel von Königin Viktoria hatte auch er an Hämophilie gelitten, der »Krankheit der Könige«. Angeblich konnte ihm allein Rasputin helfen, wenn er innere Blutungen hatte.

»Du hättest ihn mit Gottes Segen eines natürlichen Todes sterben lassen sollen«, sagte Rhun. »Aber das brachtest du nicht fertig. Und anschließend wolltest du für deine Sünde nicht büßen.«

Anstatt den Jungen sterben zu lassen, hatte Rasputin ihn in ein Ungeheuer verwandelt.

»Das ist der Grund, weshalb man dir nicht vergeben konnte«, sagte Rhun.

»Wie kommst du darauf, ich hätte mir die Vergebung des Kardinals gewünscht? Oder ihrer bedurft?«

»Ich glaube, wir schweifen vom Thema ab«, warf Jordan ein. Mit der alten Zwietracht, die zwischen Rhun und Rasputin herrschte, kamen sie nicht weiter. »Werden Sie uns helfen, das Buch zu finden?«

»Sagen Sie mir erst, wie Piers gestorben ist.« Rasputin ergriff Erins Hand.

Sie zuckte zusammen, als wollte sie sie ihm entziehen, doch sie tat es nicht. Besser wäre es gewesen, sie hätte ihrem Impuls nachgegeben.

»Bitte.«

Sie berichtete ihm vom Kreuz im Bunker, von dem Moment im Boot, als Piers verschieden war.

Rasputin tupfte sich die Augen mit einem großen Leinentaschentuch ab. »Wie erklärst du dir das, Rhun?«

»Mit Gottes Gnade«, antwortete Rhun barsch.

»Was erklären?«, fragte Erin und blickte von einem zum anderen.

»Nachdem Piers sein Gelöbnis gebrochen, Blasphemären erschaffen und sich an ihnen genährt hatte, hätte er im Sonnenschein eigentlich zu Asche verbrennen sollen.« Rasputin faltete das Taschentuch und steckte es wieder ein.

»Das passiert mit Strigoi, die nicht Christi Blut trinken. Hat Rhun Ihnen das nicht gesagt?«

Er hatte ihnen überhaupt nicht viel gesagt. Er hatte nur gemeint, Sonnenschein sei für sie tödlich. Dass sie davon verbrannten, hatte er ihnen verschwiegen. Jordan dachte daran, wie behutsam Nadia die Jacke von Piers' Gesicht gehoben hatte. Als sie ihn so gehalten hatte, dass er ein letztes Mal die Sonne sehen konnte, war sie sehr ängstlich gewesen. Sein Tod hatte friedlich gewirkt, nicht gewaltsam, eher ein Loslassen. Hatte Gott ihm am Ende seine Sünde vergeben, oder war noch genug von Gottes Gnade in Piers' Adern gekreist, um ihn vor dem Verbrennen zu bewahren? Die Wahrheit würden sie wohl nie erfahren, und im Moment hatten sie auch andere Sorgen.

»Das Buch«, sagte Jordan. »Befassen wir uns lieber mit dem Buch.«

Rasputin straffte sich, offenbar entschlossen, die Sache selbst in die Hand zu nehmen. »Der Nazibunker lag im Süden Deutschlands. Wissen Sie, *wann* die russischen Truppen dort eingetroffen sind? Wenn wir einen zeitlichen Orientierungsrahmen hätten …«

Jordan vergegenwärtigte sich die geschichtlichen Daten, darauf gefasst, dass Erin ihm zuvorkommen würde. »Die letzte größere deutsche Truppeneinheit im Süden ergab sich am vierundzwanzigsten April, aber die Russen haben möglicherweise noch bis zur formellen Kapitulation am achten Mai feindliche Truppenreste bekämpft.«

Er überlegte kurz. »Mitte Mai machten die Russen die Teilung Deutschlands und den Eisernen Vorhang offiziell. Ich könnte mir vorstellen, dass um den zwanzigsten Mai herum kleine Säuberungstrupps in der Gegend waren, wenngleich die Russen auch schon vorher und auch später noch Bunker ausgehoben haben.«

Rasputin musterte ihn anerkennend. »Sie kennen sich mit der Geschichte aus.«

Jordan zuckte mit den Schultern und sprach weiter, denn er wollte das Buch unbedingt finden und mit seinen Begleitern Russland lebend verlassen. »Ich habe mich intensiv mit dem Zweiten Weltkrieg beschäftigt. Einiges habe ich auch von meinem Großvater in Erfahrung gebracht, der als Soldat gekämpft hat. Jedenfalls lag der Bunker weit im Süden, in einer abgeschiedenen Gegend. Zieht man die damaligen Verhältnisse in Betracht und rechnet man noch einen Zeitpuffer ein, weil die Russen vermutlich abgezogen sind, bevor die Amerikaner mit ihren Patrouillen begonnen haben, schätze ich, dass sie zwischen dem achtundzwanzigsten Mai und dem zweiten Juni im Bunker waren. Natürlich mit einer großen Fehlertoleranz.«

Erin musterte ihn erstaunt, als hätte sie von ihm keine sachkundige Bemerkung erwartet. Aber das war ja nichts Neues.

»Beeindruckend, Sergeant.« Rasputin lehnte sich zurück. »Das ist eine wertvolle Information. Allerdings dürfte es trotzdem einige Zeit dauern, das Buch zu finden.«

Woher wusste Rasputin, dass Jordan Sergeant war? Das war beunruhigend.

»Weshalb ist die Information wertvoll?«, fragte Erin. »Was sagen Ihnen die Daten?«

»Verraten Sie mir zunächst, was Sie in Ihrer Jacke verstecken, meine liebe Frau Doktor.«

Dann wusste er also, dass Erin einen Doktortitel führte und Brocken von dem Material dabeihatte, in dem das Buch aufbewahrt worden war. Gab es etwas, was er nicht wusste?

»Ich kann es riechen«, sagte Rasputin.

Erin blickte Rhun an. Als er nickte, holte sie ein Stück

von der Umhüllung des Buchs aus der Tasche. »Wir glauben, dass das Buch darin aufbewahrt worden sein könnte.«

Rasputin streckte die Hand aus, und Erin ließ den grauen Brocken hineinfallen. Mit dem Daumen tastete er die verrußten Bruchstellen ab.

Jordan spannte sich an. Da hätte er schon eher drauf kommen sollen. »Wenn Sie mir einen Sprengstoffdetektor besorgen, kann ich den Brocken als Referenz nehmen und nach der chemischen Signatur suchen. Wenn das Evangelium darin aufbewahrt wurde, ist es mit den gleichen Verbrennungsprodukten behaftet. Vorausgesetzt, es wurde bei der Explosion nicht zerstört.«

Rhun berührte bestürzt sein Kreuz. Offenbar hatte er die Möglichkeit, dass sie ihr Leben für ein Buch riskierten, das längst zerfetzt und zu Asche verbrannt war, bislang nicht in Erwägung gezogen.

Rasputin nickte Sergej zu, der einen Schritt vortrat. »Begleiten Sie meinen persönlichen Assistenten. Er wird Ihnen dabei helfen, das verlangte Analysegerät zu besorgen.«

Jordan rührte sich nicht. »Wir arbeiten als Team.«

18:17

Rasputin stutzte, dann lachte er. Obwohl es kaum glaublich schien, fand Erin sein Gelächter jedes Mal noch widerlicher als zuvor.

»Meinetwegen«, sagte Rasputin. »Notieren Sie, worauf es ankommt.«

Sergej zog einen Notizblock mit Spiralbindung und einen Kugelschreiber aus der Gesäßtasche.

Erin nahm den Betonbrocken in die Hand und steckte ihn wieder ein, denn sie befürchtete, Rasputin könnte ihn ihr wegnehmen. Offenbar war er ein Opportunist, und sie tat gut daran, ihn nicht zu unterschätzen. Er wusste bereits zu viel; dass sie einen Doktortitel hatte, dass sie, Rhun und Jordan nach dem Buch suchten und dass sie vermutlich das Trio aus der Prophezeiung waren. Und in Anbetracht des gierigen Funkelns, das in seinen Augen lag, als Jordan den möglichen Zeitraum erläutert hatte, zu dem der Bunker erobert worden war, hatte er vermutlich auch schon eine Ahnung, wo es sich befand.

Rasputin machte sich anscheinend einen Spaß daraus, sie wie Affen tanzen zu lassen, aber steckte noch mehr dahinter als boshaftes Vergnügen?

Ihr Gastgeber erhob sich und deutete auf das schwarze Tabernakel hinten in der Kirche. »Sollen wir uns die Pflastersteine anschauen, auf denen der Zar zusammengebrochen ist? Der Namenspatron der Kirche.«

Erin schob den Stuhl zurück. Auch Jordan und Rhun erhoben sich. Sie folgten dem gebeugten Rasputin wie ein Sanguinariertrio, Rhun vorneweg, Jordan rechts und Erin links.

Vor dem Tabernakel blieb Rasputin stehen. Vier glänzende schwarze Säulen stützten einen marmornen Baldachin, der mit russischen Folkloremotiven verziert war, mit tiefschwarzen Blumen und Schnörkeln. Hinter einem kleinen Tor lagen mehrere graue Pflastersteine. Ihre Schlichtheit stand in krassem Gegensatz zur Opulenz der Kirche und rief Erin in Erinnerung, weshalb dieses Riesenbauwerk errichtet worden war – nämlich zum Gedenken an die Ermordung des Zaren. Im Geiste verglich sie die hohe Decke und die goldenen Fliesen mit den einfachen Erdhügeln auf dem Piskarjowskoje-Friedhof.

Mancher Toten wurde aufwendiger gedacht als der meisten anderen.

Ein paar Gefolgsleute Rasputins näherten sich und stellten sich hinter ihnen im Halbkreis auf, als wären sie durch unsichtbare Schnüre mit ihrem Anführer verbunden.

»Ich bin während der Belagerung Leningrads oft hierhergekommen«, sagte Rasputin und legte die Hände auf den Holzrand des Tabernakels. Seine Ärmel rutschten hoch, sodass man die dichte schwarze Behaarung seiner Unterarme sah. »Die Kirche wurde säkularisiert. Die Heiligtümer hat Rom sich geholt. Aber das Bauwerk war gut genug für die Toten. Im Winter hat man sie hier gelagert. Die Toten waren an den Wänden gestapelt.«

Schaudernd stellte Erin sich die gefrorenen Leichen vor, die wie Kadaver in einem Schlachthaus auf das Begräbnis im Frühjahr gewartet hatten.

»Als die Belagerung andauerte und der Hunger immer schlimmer wurde, hat man die Toten in Holzkarren hierhergebracht. Die Toten kamen so hier an, wie sie auf die Welt gekommen waren: nackt. Man hatte ihnen den letzten Kleidungsfetzen genommen, um damit die Lebenden zu wärmen.« Rasputin senkte die Stimme zu einem heiseren Flüstern. »Ich habe in der Krypta gelebt. Niemand hat daran gedacht, die Toten zu untersuchen. Es waren einfach zu viele. Nachts kam ich hoch und zählte sie. Wissen Sie, woran viele Kinder bei der Belagerung gestorben sind? Sie sind nicht nur erfroren, obwohl die Eiseskälte viele dahingerafft hat. Es sind auch nicht alle verhungert. Auch die Nazis, deren Granaten und die Bomben, die vom Himmel herabregneten, waren nicht der Grund für die meisten Toten. O nein.«

Erin schnürte sich die Kehle zu. »Strigoi?«

»Sie fielen wie ein Heuschreckenschwarm ein und machten sich über die Schwachen und Hungernden her, die sich hier auf einem Fleck drängten. Ich entfloh nach Rom und bat dort um Hilfe.« Rasputin wandte sich an Rhun, der den Blick niederschlug. »Die Kirche war im Krieg neutral, hatte aber die Sanguinarier bei ihrem Kampf gegen die Strigoi noch nie im Stich gelassen. Aber das galt auf einmal nicht mehr.«

Erin schlang die Arme um die Brust. Die Strigoi hatten in der belagerten Stadt leichte Beute vorgefunden.

»Daraufhin kehrte ich allein von Rom zurück. Ich bahnte mir einen Weg durch die gegnerischen Truppen, bis ich wieder in dem Schlachthaus angelangt war, in das die Stadt, die ich so geliebt hatte, sich verwandelt hatte. Und wenn ich auf sterbende Kinder traf, rettete ich sie und nahm sie in meine Obhut. Mit meinem eigenen Blut baute ich eine Streitmacht auf, um meine Leute vor dem Fluch zu schützen.« Rasputin deutete auf seine Gefolgsleute. »Das sind die Überlebenden der verlorenen Kinder von Leningrad. Engel, die nicht im Dreck umgekommen sind.«

Sie traten von einem Fuß auf den anderen, tiefe Verehrung lag in ihrem Blick.

»Wissen Sie, wie viele Menschen hier gestorben sind, Doktor?«

Erin schüttelte den Kopf.

»Zwei Millionen. Zwei Millionen Menschen einer Stadt, die einmal dreieinhalb Millionen Einwohner hatte.«

Erin hatte noch nie mit jemandem zu tun gehabt, der das Leid der Bevölkerung miterlebt und die russischen Toten gezählt hatte. »Es tut mir leid.«

»Ich konnte nicht tatenlos zusehen.« Rasputin ballte seine kräftigen Hände zu Fäusten. »Und *deswegen* wurde ich ausgestoßen. Eine schlimmere Strafe als die Exkommunikation. Weil ich Kinder gerettet habe. Sagen Sie, Doktor, wie hätten Sie an meiner Stelle gehandelt?«

»Du hast sie nicht gerettet«, sagte Rhun. »Du hast sie in

Ungeheuer verwandelt. Du hättest sie besser zu Gott eingehen lassen sollen.«

Ohne seinen Einwand zu beachten, musterte Rasputin Erin unverwandt mit seinen tief liegenden blauen Augen. »Können Sie einem sterbenden Kind in die Augen sehen, dessen Herzschlag immer schwächer wird, und untätig bleiben? Wozu hat Gott mir diese Gaben verliehen, wenn ich sie nicht einsetzen darf, um Unschuldige zu retten?«

Erin dachte daran, wie der Herzschlag ihrer Schwester sich immer mehr verlangsamt hatte, bis er schließlich ganz verstummt war. Wie sie ihren Vater angefleht hatte, ihre Schwester ins Krankenhaus zu bringen, wie sie zu Gott gebetet hatte, er möge sie retten. Aber ihr Vater und Gott hatten den unschuldigen Säugling sterben lassen. Dass sie ihre Schwester nicht retten konnte, hing ihr seitdem nach.

Sie schob die Hand in die Tasche und berührte den Stofffetzen. Wie hätte sie sich verhalten, wenn sie Rasputins Mut besessen hätte? Wenn sie ihrem Vater die Stirn geboten und sich seiner Interpretation von Gottes Willen widersetzt hätte? Dann könnte ihre Schwester noch leben. Durfte sie Rasputin einen Vorwurf machen, wenn sie an seiner Stelle vielleicht ebenso gehandelt hätte?

»Du hast sie der Verdammnis preisgegeben.« Rhun berührte sie am Ärmel, als ob er ihre Bedrückung spürte. Rasputin blickte auf seine Hand. »Du hast die Kinder nicht gerettet. Die hast verhindert, dass sie an Gottes Seite ewigen Frieden fanden.«

»Bist du dir da so sicher, mein Freund?«, fragte Rasputin. Er wandte dem Tabernakel den Rücken zu und sah Rhun ins Gesicht. »Hast du bei deinem Dienst an der Kirche Frieden gefunden? Wenn du einmal vor Gott stehst, wer von uns beiden wird dann eine reinere Seele haben? Ich, der ich

Kinder gerettet habe, oder du, der eine geliebte Frau in ein Ungeheuer verwandelt hat?«

Rasputin sah Erin an.

Sie schauderte ob der Drohung in seinem Blick.

50

27. Oktober, 18:22, Moskauer Standardzeit
St. Petersburg, Russland

EHE RHUN AUF Grigoris Geringschätzung reagieren konnte, wurden sie gestört. Bis auf Erin und Jordan schauten alle zum Eingang der prachtvoll ausgeschmückten Kirche. Der von zahllosen Mosaiksteinen, Marmorsäulen und vergoldeten Flächen reflektierte Kerzenschein verwirrte Rhun auch jetzt wieder die Sinne.

Dennoch nahm er ein schlagendes Herz wahr, das sich dem Eingang näherte. Der Klang kam ihm bekannt vor – weshalb? Da ihm Erins und Jordans Herzschlag zu laut in den Ohren dröhnte und ihm aufgrund der vielen Sinnesreize ganz schwummerig wurde, kam er nicht darauf, was ihn da in Alarmbereitschaft versetzte.

Dann wurde geklopft.

Als sie das energische Klopfen hörten, wandten auch Erin und Jordan sich um.

Grigori hob die Hand. »Ah, wie es scheint, muss ich mich noch um weitere Gäste kümmern. Wenn Sie mich entschuldigen würden.«

Seine düsteren Jünger umringten Rhun und dessen Gefährten, drängten sie zur Apsis.

Rhun blickte unverwandt zum Eingang, streckte seine Sinne zum geheimnisvollen Besucher aus, doch inzwischen hatte auch ihn der Geruch nach Blut und verbranntem Fleisch eingehüllt, der von Grigoris Jüngern ausging. Enttäuscht atmete er tief durch und sandte in seiner Not ein Stoßgebet gen Himmel. Ruhiger machte es ihn nicht.

Grigori entfernte sich mit einer abfälligen Handbewegung, schritt durch den Vorraum und trat in die kalte Nacht hinaus.

»Allmählich bin ich's leid, herumgeschubst zu werden«, bemerkte Jordan, als man ihn näher zu Erin drängte.

»Man behandelt uns wie Rindviecher«, pflichtete Rhun ihm bei.

»Ich bin keine Kuh«, entgegnete der Soldat. »Wenn schon, dann ein *Stier*. Lassen Sie mir wenigstens meine Würde.«

Sie warteten. Erin verschränkte die Arme. Sie wirkte von allen dreien am ruhigsten. Vertraute sie darauf, dass Grigori sein Wort halten würde und dass sie nichts zu befürchten hatten? So naiv war sie nicht. Rhun versuchte, ihr Herzklopfen auszublenden, und lauschte zum Eingang hin, doch Grigori und dessen später Besucher hatten sich zu weit entfernt.

»Glauben Sie, er weiß, wo sich das Buch befindet?«, fragte sie, womit klargestellt war, dass sie Grigori ebenso wenig traute wie er selbst.

»Ich weiß es nicht. Aber wenn es sich in Russland befindet, werden wir es ohne seine Unterstützung niemals finden.«

»Und was ist, wenn wir es finden?«, sagte Jordan. »Was dann? Was wird er dann tun – mit dir, mit uns? Das wird kein Spaß, fürchte ich.«

Rhun entspannte sich ein wenig, erleichtert darüber, dass Jordan den Mönch durchschaute. »Genau.«

Erin ließ sich von ihrer Meinung nicht abbringen. »Ich glaube, Rasputin wird Wort halten. Aber das ist vielleicht ebenso beunruhigend, wie wenn er es nicht täte. Er kommt mir vor wie jemand, der auf mehreren Ebenen gleichzeitig Schach spielt und dabei eine lächelnde Maske trägt.«

Rhun nickte. »Grigori ist ein Mann, der sein Wort hält – allerdings muss man genau hinhören bei ihm. Er macht keine leichtfertigen Bemerkungen. Und es ist nur schwer auszumachen, wem seine Loyalität gilt.«

Jordan betrachtete die schweigende Versammlung, die sie bewachte. »Alles wäre einfacher, wenn die *Kirche* Wort gehalten hätte. Sie hätte den Menschen während der Belagerung helfen sollen, zumal dann, als die Strigoi über sie herfielen. Vielleicht wäre Rasputin dann jetzt nicht unser Gegner.«

Rhun betastete die abgegriffenen Perlen des Rosenkranzes. »Ich habe die Angelegenheit damals mit Kardinal Bernard besprochen und ihm gesagt, Christus habe uns nicht deshalb erlöst, damit wir angesichts des Bösen neutral bleiben, sondern er habe uns aufgetragen, es stets in all seinen Erscheinungsformen zu bekämpfen.« Rhun verschwieg, dass er während des Krieges erwogen hatte, Grigori nach St. Petersburg zu folgen. Dass es ihm nicht gelungen war, Bernard zur Unterstützung für die belagerte Stadt zu bewegen, zählte er zu seinen größten Misserfolgen. Im Grunde wog es ebenso schwer wie das Schicksal, das er Elisabeta auferlegt hatte.

Einer von Grigoris Jüngern trat näher. Es war Sergej. Seine Augen wirkten so hart wie Glas. »Dann geben Sie also zu, dass er recht hatte?«

»Auch eine kaputte Uhr hat zweimal täglich recht.« Jordan verschränkte die Arme. »Und *recht zu haben* ist nicht immer gleichbedeutend mit *richtig*.«

Damit endete der Wortwechsel.

Die nächste Stunde über betrachtete Erin die Mosaike, die aus Juwelen zusammengesetzt schienen, und berührte sie, wo es nur ging, als könnte sie sie dadurch besser verstehen. Diese wundervollen religiösen Kunstwerke an einem so profanen Ort stellten einen Affront gegen Gott dar.

Jordan als braver Soldat ging zurück zum Tisch, setzte sich und legte den Kopf auf die Arme, um ein bisschen zu schlafen. Rhun bewunderte seine praktische Einstellung, fand selbst aber keine Ruhe. Er dehnte seine Sinne nach draußen aus, lauschte auf die Rhythmen der hereinbrechenden Nacht, das leiser werdende Rauschen des Verkehrs, das gedämpfte Geräusch der Schritte, die sich entfernenden Stimmen und das leise Rieseln des Schnees.

Dann näherten sich das Geräusch von Schritten und rasendes Herzklopfen. Köpfe drehten sich herum, doch Grigoris Gefolgsleute hatten den Besucher anscheinend schon erkannt, denn sie verzichteten darauf, Rhun und die anderen erneut zu verstecken.

Sergej verschwand im Vorraum und kehrte zurück mit einem Mann mit spitzer Nase und fettigem Haar. Der Fremde brachte eiskalten Schneegeruch mit sich.

»Es war nicht einfach, das Gewünschte zu besorgen.« Der Mann reichte Sergej eine Plastikbox von der Größe eines Schuhkartons. Sergej gab ihm einen Packen Geldscheine, die der Mann mit nikotinfleckigen Fingern zählte. Dann steckte er sie ein, nickte Sergej zu und eilte verstohlen in die Nacht hinaus.

Sergej drehte sich um und sprach Jordan an. »Jetzt sind wir wohl mit Geschenken an der Reihe? *Da.*«

Jordan nahm die Box entgegen, legte die kleine Verschlusslasche um und hob den Deckel an. Er stieß einen anerkennenden Pfiff aus. Weihnachten lag früh dieses Jahr.

»Was ist das?« Erin streifte seinen Ellbogen. Er schnupperte den frischen Duft ihres gewaschenen Haars und dachte an ihren ersten Kuss. »Jordan?«

Er brauchte einen Moment, um sich zu sammeln. »Das ist das, worum ich gebeten habe.« Er neigte die Box, damit sie das blaue elektronische Gerät sehen konnte, das zusammen mit Batterien, Tragriemen, Bedienungsanleitung und Messfühler im Schaumstoffpolster steckte. »Das ist ein tragbarer Sprengstoffdetektor.«

»Sieht aus wie eine überdimensionale Fernbedienung.« Sie tippte auf das blaue Gehäuse. »Aber mit zu wenig Tasten.«

»Das Ding hat genug Tasten«, meinte Jordan. »Damit kann man Sprengstoffspuren mit einer Konzentration von einem Teil zu einer Billiarde erfassen. Angefangen von C4 über Schwarzpulver bis zu Ammonium- und Harnstoffnitrat zeigt das Ding so ziemlich alles an, was explodieren kann.«

»Wie funktioniert das?« Erin hätte ihm das Gerät am liebsten aus der Hand genommen.

»Es verwendet fluoreszierende Polymere zur Signalverstärkung.« Er zog den Detektor aus dem Schaumstoffbehältnis, was einen stechenden Schmerz in seinem angebissenen Daumen auslöste. »Der Detektor sendet ultraviolettes Licht aus und registriert die Fluoreszenz der angeregten Partikel.«

»Ist das gefährlich?«, fragte Rhun, der das Gerät misstrauisch beäugte.

»Nein.« Jordan setzte die Batterie ein und schaltete das

Gerät ein. »Gibst du mir mal das Betonstück aus deiner Tasche?«

Erin holte es hervor und legte es auf Jordans Handfläche, wobei sie ihn mit ihren kalten Fingern streifte. Er hatte keine Ahnung, ob sie das absichtlich tat, doch seinetwegen konnte sie so weitermachen.

Rhun räusperte sich. »Entspricht das den Erfordernissen?«

»Ich denke schon.«

Jordan untersuchte die Rußablagerungen an der einen Seite der bröckligen Gips-Asche-Mischung. Als er eine zufriedenstellende Probe beisammenhatte, legte er alles auf den Tisch und machte sich an die Arbeit.

»Ich werde das Gerät auf den Sprengstoff kalibrieren, mit dem die Buchumhüllung gesprengt wurde. Ich werde das kleine Ding in unseren ganz persönlichen Spürhund verwandeln.«

Er hatte die Einstellungen gerade beendet, als Rasputin strahlend zurückkehrte. Jordan spannte sich an und schaute zu ihm hoch. Was Rasputin glücklich machte, konnte nicht gut für sie sein.

18:46

Erin wandte sich Rasputin zu. Rhun stand ganz in der Nähe.

Jordan legte endlich den Sprengstoffdetektor weg.

»Guten Abend!«, sagte Rasputin. Er wirkte angeregt und für seine Verhältnisse sogar begeistert. »Ich hoffe, das gelieferte Gerät entspricht Ihren Erwartungen?«

»Das tut es«, bestätigte Jordan widerwillig. »Und es ist einsatzbereit.«

»Das bin ich auch.« Rasputin rieb sich lächelnd die Hände.

Er wirkte unternehmungslustig und glücklich wie ein Kind beim Besuch einer Eisdiele.

»Haben Sie einen Hinweis auf den Verbleib des Buchs?«, fragte Erin.

»Möglicherweise. Ich weiß, wohin man es in dem vom Sergeant genannten Zeitraum gebracht haben könnte.«

Rasputin trat näher, legte Erin die Hand ins Kreuz und geleitete sie in die Mitte der Kirche. Sie langte hinter sich und versuchte, seine Hand wegzuschieben. Er ließ sie noch einen Moment ruhen, so unbewegt, als wäre sie aus Stein gemeißelt. Dann lächelte er leicht und ließ sie seinen Arm beiseiteschieben. Die Botschaft war klar: Er war stärker als sie und würde mit ihr verfahren, wie es ihm beliebte.

Jordan, der den Vorfall mitbekommen hatte, nahm den Detektor, erhob sich und stellte sich neben Erin. Entweder war er eifersüchtig oder besorgt. Sie stellte fest, dass es sie diesmal weniger störte als noch in Jerusalem. Seine Körperwärme überwand den räumlichen Abstand.

Jordans Augen verdunkelten sich, als auch ihm wärmer wurde.

Rasputin hielt in der Mitte der Kirche an. Er kniete auf dem Steinmosaik nieder und entfernte ein Steinchen aus der Mitte einer Blüte. Sergej reichte ihm eine Art Brechstange mit einem Haken am Ende. Rasputin schob sie in die Öffnung und hebelte einhändig ein kreisförmiges Bodenstück heraus. Darunter kam ein dunkler Schacht zum Vorschein.

Rasputin deutete auf die Metallleiter, die an der Schachtwandung befestigt war.

Erin beugte sich vor. Den Boden konnte sie nicht erkennen, doch es roch modrig. Sie unterdrückte einen Seufzer.

Es ging unter die Erde.

Schon wieder.

Rhun schob sich an Jordan vorbei und kletterte als Erster behände in die Tiefe.

Jordan steckte den Detektor in die Tasche und ließ Erin den Vortritt, weil er sie von Rasputin abschirmen wollte.

Darauf ließ sie sich gerne ein.

Sie vergewisserte sich, dass die Taschenlampe noch in ihrer Tasche steckte, dann folgte sie Rhun. Die Kälte des Metalls strömte in ihre Hand, als sie die längste Leiter ihres Lebens hinunterkletterte.

Jordan kletterte ihr einhändig nach. War das reine Show? Oder schonte er seine verletzte Hand? Es war eine tiefe Bisswunde, doch bis jetzt hatte er noch nicht über Schmerzen geklagt.

Rasputin und dessen Gefolgsleute bildeten den Abschluss.

Erin konzentrierte sich aufs Klettern und zählte die Sprossen. Sie war bis sechzig gekommen, als sie mit den Fußspitzen den eiskalten Boden berührte.

Rhun half ihr von der Leiter. Sie sträubte sich nicht. Inzwischen hatte sie klamme Finger. Sie machte Jordan Platz und schob die Hände in die Taschen.

Jordan grinste ihr zu und sprang von der Leiter. »Wenn das vorbei ist, sollten wir uns eine Woche am Strand gönnen. *Über* der Erde. Die Margaritas gehen auf mich.«

Sie erwiderte sein Lächeln und widerstand dem Drang, sich die Nase zuzuhalten. Es stank nach Exkrementen.

Russische Stimmen in der Höhe lenkten ihre Aufmerksamkeit auf Rasputin, der sich im hellen Umriss der Schachtöffnung abzeichnete. Zehn seiner Anhänger folgten ihm. Dann setzte jemand die Metallabdeckung ein, und es wurde dunkel.

Im nächsten Moment flammte Jordans Taschenlampe auf. Auch Erin schaltete ihre Lampe ein.

Sie standen in einer schmutzigen grauen Betonröhre, die so eng war, dass Jordan den Kopf einziehen musste. Grünlich brauner Schleim bedeckte den Boden und zog sich an der Wand hoch.

Erin hätte sich beinahe übergeben. Der Gestank kroch ihr in Nase und Mund. Doch sie beherrschte sich. Im Sommer musste es hier noch viel schlimmer sein.

Rasputin lächelte grimmig. »Nicht so angenehm wie eine alte Gruft, nicht wahr?«

Erin schüttelte den Kopf.

»Die Abwasserkanäle dienen leider noch immer als Massengrab«, fuhr Rasputin fort. »Im Winter suchen die Straßenkinder von St. Petersburg hier Zuflucht. Zehntausende. Wir geben ihnen zu essen und halten die Kanäle frei von Strigoi, aber das reicht nicht. Viele unschuldige Kinder sterben hier im Dunkeln, und deine geliebte Kirche kümmert es nicht, Rhun.«

Rhun presste die Lippen zusammen, ohne etwas zu erwidern.

Rasputin raffte wie eine Dame ihr Ballkleid den Saum seines Gewands und ging voran. Fünf seiner Jünger schlossen sich ihm an, die anderen fünf folgten Rhun, Erin und Jordan.

Erin achtete darauf, wohin sie trat, denn sie wollte nicht ausrutschen. Die Vorstellung, mit irgendeinem Körperteil den Boden zu berühren, war ihr zuwider. Es war tröstlich, Rhun und Jordan an ihrer Seite zu haben, wenngleich sie gegen ihre zehnköpfige Eskorte im Notfall kaum etwas hätten ausrichten können – wenn sie Rasputin mitzählte, waren es sogar elf.

Rhun stolperte und stützte sich an der Wand ab.

Jordan leuchtete nach vorn. »Alles in Ordnung?«

Die Russen drängten sie weiter, wollten nicht, dass sie

stehen blieben. Rhun sog witternd die Luft ein. Dann rief er Rasputin zu: »Rieche ich da einen Ursus? Hier unten?«

Erin schnupperte ebenfalls, doch ihr fiel nichts Besonderes auf.

»Das ist nicht irgendein Ursus.« Rasputins Stimme hallte dröhnend im Tunnel wider. »Die Ursa persönlich. Wo wir schon mal hier unten sind, sollten wir ihr um der alten Zeiten willen auch einen Besuch abstatten.«

Der Mönch bog unvermittelt in einen Seitentunnel ab, und sie folgten ihm notgedrungen.

Erin ertappte Rhun dabei, dass er sich am rechten Bein kratzte. Er wirkte besorgt und wachsam.

Jordan hatte es ebenfalls bemerkt, denn er nahm sie wieder bei der Hand.

Nachdem sie eine Weile schweigend weitermarschiert waren, roch sie es auch. Sie war in den kalifornischen Wäldern aufgewachsen und kannte den Geruch.

Ein Bär.

Jordans Griff um ihre Hand wurde fester.

Rasputin hielt an der Kreuzung zweier Tunnel an. Wie im Bunker war die Stelle durch ein X markiert.

Die Tunnel trafen sich in einer Kammer von etwa fünfzehn Metern Seitenlänge. Die vier Zugänge waren mit Metallgittern verschlossen, sodass ein großer Käfig entstanden war. Die schmiedeeisernen Bäume mit ihren verwobenen Ästen und Blättern wirkten wie ein Wald. Das Muster aus Bäumen und Vögeln setzte sich an den Wänden als Glasmosaik fort. Die tiefen Farbtöne und die kunstvolle Ausführung erinnerten Erin an die Mosaike in der Kirche.

Trotz der Schönheit der Darstellungen musste sie einen Würgereiz unterdrücken, denn es roch hier nicht nur nach Bär, sondern auch nach verfaulendem Fleisch und geronnenem Blut.

Jordan leuchtete einen schwarzen Buckel an, der auf einem Haufen aus grauen Knochen und Tannenzweigen ruhte.

Rasputin klatschte beide Hände gegen das Gitter. »Meine liebe Ursa! Wach auf!«

Zweige und Knochen knackten. Der schwarze Buckel regte sich und wälzte sich schwerfällig auf den Bauch. Das Tier reckte witternd seine vernarbte Schnauze. Dann richtete es sich ruckartig auf.

Erin schnappte nach Luft. Die Schultern des Tiers streiften an der gewölbten Decke. Sie schätzte die Größe der Bärin an den Schultern auf über zwei Meter. Hätte sie sich auf die Hinterbeine stellen können, wäre sie über viereinhalb Meter hoch gewesen.

Das Tier schüttelte sich und wandte ihnen seine schwarzen Augen zu, in deren bodenloser Tiefe das dunkle Feuer der Verderbnis glomm. Erin bekam eine Gänsehaut.

Mit einem blitzschnellen Sprung griff die Bärin an. Rhun stellte sich mit erhobenen Armen schützend vor Erin. Das rechnete sie ihm hoch an, doch es hätte wenig genützt, wenn die Bärin das Gitter durchbrochen hätte.

»Liebe Ursa«, sagte Rasputin schmeichelnd, als die Bärin vor ihnen rutschend zum Stehen kam. »Möchtest du vor dem Winterschlaf noch etwas fressen?«

Erin klopfte das Herz bis zum Hals. Hatte er *sie* als Mahlzeit vorgesehen? Ein rascher Seitenblick ergab, dass Jordan und Rhun ebenso dachten. Selbst Rasputins Jünger hielten einen Sicherheitsabstand ein.

Die Bärin rieb ihren mächtigen Schädel am Gitter, wobei man die grauen Einsprengsel im schwarzen Fell sah. Offenbar war sie schon alt.

Rasputin streckte die Hand durchs Gitter und kraulte sie hinter den Ohren. Die Bärin schnaufte zufrieden, dann schwenkte sie den Kopf zu Rhun herum, fixierte ihn mit ihren unnatürlich roten Augen – und knurrte.

»Sieh an, sie *erinnert* sich an dich!« Rasputin kraulte die Bärin am Hals. »Nach all den Jahren. Stell dir das mal vor!«

Rhun fasste sich ans Bein. »Ich erinnere mich ebenfalls.«

Offenbar handelte es sich um keine glückliche Erinnerung.

»Dein Bein ist anscheinend gut verheilt«, meinte Rasputin. »Außerdem warst du leichtsinnig.«

»Wie kommt sie hierher, Grigori?«, fragte Rhun verärgert.

»In der Wildnis kann sie nicht überwintern, dort ist es für sie nicht sicher«, entgegnete Rasputin. »Jemand könnte ihre Höhle finden. In ihrem Alter wacht sie nur langsam auf. Sie hat für die kalten Monate einen ruhigen Ort verdient.«

Er krempelte sich den schwarzen Ärmel hoch, zog einen kurzen Dolch aus seinem Gewand und schlitzte sich das Handgelenk auf. Dunkles Blut quoll hervor. Er streckte den muskulösen Unterarm durchs Gitter. Die Bärin schnaufte, schnüffelte und leckte das Blut ab. Dabei wickelte sich ihre lange Zunge um den Arm des Mönchs. Währenddessen sprach Rasputin auf Russisch leise auf die Bärin ein.

Erin schlug angewidert die Hand vor den Mund, Jordan musste schlucken.

Während die Bärin Rasputins Arm abschleckte, stieß sie mit dem Vorderfuß einen runden Gegenstand durch eine Lücke im Gitter. Er rollte bis vor Erins Turnschuhe. Sie leuchtete ihn an.

Ein Menschenschädel.

Den Fleischfetzen nach zu schließen, die daran hafteten, war das Opfer erst vor Kurzem getötet worden.

Sie schreckte zurück.

Rhun sagte mit Nachdruck in der Stimme: »Es reicht, Grigori.«

Rasputin entzog der Bärin seinen bleichen Arm und schob den Ärmel herunter. Er schaute die anderen an. »Hast du es so eilig, Rhun?«

»Wir wollen das Evangelium finden und dann von hier verschwinden.« Rhun wandte seine dunklen Augen keinen Moment von der Bärin ab. »Du hast es versprochen.«

»Das habe ich.« Rasputin zog ein Taschentuch aus dem Ärmel hervor und wischte sich damit die Hände ab. »Folgt mir.«

Er wandte sich um und zwängte sich an den anderen vorbei. Er roch nach Blut und Bär.

Sie gingen weiter. Erin war erleichtert, von der Bärin fortzukommen.

»Rhun?«, fragte sie. »Was hatten Sie mit dem Bären zu tun?«

Er seufzte gereizt. »Die Ursa war einmal als Bär des heiligen Korbinian bekannt. Kennen Sie die Geschichte?«

Erin nickte. In ihrer Kindheit hatte sie sämtliche Heiligengeschichten auswendig lernen müssen. »Der heilige Korbinian begegnete auf dem Rückweg nach Rom einem Bären, der sein Packpferd tötete. Daraufhin zwang Korbinian den Bären mit Gottes Hilfe, sich einen Sattel anlegen zu lassen und ihn heimzutragen. Aber dieses Monstrum kann doch unmöglich der Bär aus der Geschichte sein. Die hat sich im achten Jahrhundert zugetragen.«

»Das Tier ist eine Blasphemäre, und die sind ausgesprochen langlebig. Korbinian begegnete dem Ungeheuer unterwegs und unterwarf es sich. Dass eine Blasphemäre sich einem Sanguinarier unterwirft, kommt äußerst selten vor.«

Erin dachte an Piers und die Fledermäuse, enthielt sich aber einer Bemerkung.

Jordan warf einen Blick über die Schulter. »Groß genug, um darauf zu reiten, ist der Bär jedenfalls.«

»Wo sind Sie dem Bären begegnet?«, setzte Erin nach.

»Vor achtzig Jahren ging das Gerücht von einem großen Bären, der russische Bauern fraß. Piers, Grigori und ich bekamen den Auftrag, ihn zu töten.«

»Was Ihnen offenbar nicht gelungen ist«, sagte Jordan.

Rasputin ließ sich zurückfallen und griff in die Unterhaltung ein. »Versucht haben wir es schon. Rhun hat die Bärin im Winterschlaf aufgestöbert. Piers widerstrebte der Auftrag, weshalb er sich weigerte zu helfen. Allerdings erwies er sich als ausgesprochen nützlich, nachdem die Bärin Rhun fast das Bein abgebissen hätte.«

Rhun fasste sich an den Oberschenkel. »Die Heilung hat zehn Jahre in Anspruch genommen.«

»Die Ursa hatte nur Angst«, sagte Rasputin. »Sie besitzt ein sanftes Wesen.«

Erin dachte an den Knochenhaufen im Käfig.

»Auf mich hat sie keinen sanften Eindruck gemacht«, meinte Jordan.

»Als Piers und ich Rhun aus der spielerischen Umarmung der Ursa befreit hatten, entkam sie in den Wald.« Rasputin schüttelte den Kopf. »Wir haben sie nicht mehr gefunden. Schließlich wurden wir nach Rom zurückbeordert.«

»Aber du hast sie später wiedergefunden«, sagte Rhun. »Wie kam das?«

»Sie hat mich gerufen«, antwortete Rasputin. »Als ich bei den Sanguinariern austrat und mich mit meinem wahren Wesen versöhnte, begann die Blasphemäre, nach mir zu suchen.«

»Ungeheuer, die ihresgleichen suchen.« Rhun klang verbittert.

»Wir sind, was wir sind, Rhun. Sich mit seinem Schicksal abzufinden, anstatt dagegen anzukämpfen, verleiht einem größere Kräfte, als du dir vorstellen kannst.«

»Ich strebe nicht nach Macht, sondern nach Gnade.«

Rasputin lachte glucksend. »Und hast du sie bei deiner jahrhundertelangen Suche gefunden? Vielleicht ist die *Gnade*, nach der du suchst, ja in deinem *Herzen* verborgen und nicht im Gemäuer einer Kirche.«

Rhun biss die Zähne zusammen.

Eine Weile sagte keiner ein Wort. Sie marschierten weiter. Das einzige Geräusch war das Knirschen der Stiefel auf dem stinkenden Eis. Sie kamen an mehreren Tunnelöffnungen vorbei, auch an Leitern, die nach oben oder weiter nach unten führten. Für gewöhnlich konnte Erin sich unter der Erde gut orientieren, doch zur Kirche hätte sie niemals zurückgefunden. Jordan zählte anscheinend die Abzweigungen, deshalb hoffte Erin, dass er den Überblick behielt.

Schließlich hielt Rasputin an und kletterte eine Metallleiter hoch. Erin leuchtete nach oben, konnte das Ende des Schachts aber nicht erkennen.

»Und hoch geht's«, sagte Jordan, den Kopf in den Nacken gelegt. »Zu hoffen, dass uns die Leiter in ein Café bringt, wäre wohl zu viel erwartet, oder?«

Nacheinander kletterten sie nach oben. Die Leiter endete in einem sauberen Raum mit Betonwänden. Erin war froh, aus dem Gestank herauszukommen. Tief atmete sie die vergleichsweise frische Luft ein und reinigte ihre Lunge. Die einzige Besonderheit in dem kleinen Raum war ein grauer Metallkasten an einer Wand, von dem Kabel ausgingen, die in der Decke verschwanden.

Ohne sich mit dem Kasten aufzuhalten, ging Rasputin zu einer bleigrauen Tür. Mit einem großen altmodischen Schlüssel schloss er sie auf und ließ sie in einen Nebenraum eintreten. Darin gab es eine weitere Tür, die mit einem modernen Tastenfeld gesichert war. Grigoris Finger tanzten so schnell über die Tasten, dass Erin ihnen mit dem Blick nicht folgen konnte.

Die Stahltür, so dick wie die Tresortür einer Bank, schwenkte auf. Rasputin stieg schwungvoll über die Schwelle und bedeutete ihnen, ihm in den dunklen Gang mit ockerfarbenen Wänden zu folgen. In verschiedene Richtungen gingen weitere Gänge ab. Erin hatte das Gefühl, sie befänden sich in einem riesigen Labyrinth.

Rasputin eilte weiter. Als sie tiefer in das Labyrinth vordrangen, gab auch Jordan es auf, sich orientieren zu wollen.

Nach zehn Minuten, in denen sie Flure durchquerten, kurze Treppen hochstiegen und durch verstaubte Räume kamen, hielt Rasputin vor einer unauffälligen Holztür mit schwarzem Glasknauf an. Die Tür wies keinen erkennbaren Unterschied zu den vielen anderen Türen auf, an denen sie vorbeigekommen waren.

Rasputin zog einen großen Schlüsselring aus den Falten seines Gewands hervor. Er klimperte mit den etwa fünfzig Schlüsseln, bis er den richtigen gefunden hatte.

Als er den Schlüssel ins Schloss schob, platzierte Rhun sich zwischen Erin und Rasputin. Jordan flankierte sie an der anderen Seite. Rasputins Jünger nahmen hinter ihnen im Halbkreis Aufstellung.

Rasputin drehte den Schlüssel im knarrenden Schloss und drückte die Tür auf. »Treten Sie ein!«

Sie folgten ihm in einen dunklen Raum, der nach Rost und Schimmel roch. Erin musste husten. Sie fragte sich, wann hier zum letzten Mal gelüftet worden war. Die Wissenschaftlerin in ihr verlangte nach einem Atemschutz.

Ein paar Schritte entfernt, zog Grigori an einer Schnur, die an einer Glühbirne befestigt war, die von der Decke herabbaumelte. Trübes, flackerndes Licht fiel auf Gerümpel, das an den Wänden aufgehäuft war. Der Raum wirkte wie die Behausung eines Messies.

»Da wären wir!« Rasputin wandte sich an seine Gefolgsleute. »Wartet draußen. Ich glaube, es wird hier drinnen ein bisschen eng.«

»Wo sind wir hier?«, fragte Jordan, während die Glühbirne vor sich hin summte.

»Unter der Eremitage«, antwortete Rasputin. »Im Keller eines der größten und ältesten Kunstmuseen der Welt.«

Jordan schaute sich in dem vollgestopften Raum um. »Besonders viel her macht es jedenfalls nicht.«

»Wir sind hier im Lager«, erwiderte Rasputin und funkelte ihn an. »Das Museum ist durchaus ansehnlich.«

Erin verspürte einen Anflug professioneller Verärgerung. Natürlich hatte auch sie vom beklagenswerten Zustand der Lagerbestände gehört, die vor sich hin moderten, sie hätte sich aber nie träumen lassen, dass es so schlimm sein könnte. Als sie ein Stück vortrat, sprangen Mäuse aus einem Stapel verschimmelter Decken hervor. Sie schreckte angewidert zurück. »So lagert das Museum also seine Bestände?«

Rasputin zuckte mit den Schultern, als wollte er sagen: *Was bedeutet einem wie mir schon die Geschichte?*

Erin wischte sich die Hände an der Jeans ab und blickte sich voll Abscheu um. Hinter dem Deckenstapel lehnte ein gerahmtes Bild an der Wand, *Die apokalyptischen Reiter* von Albrecht Dürer. Der wertvolle Holzschnitt wurde von kaputtem Werkzeug und verrottenden Gobelins eingerahmt. An der Decke befand sich ein schwarzer Schimmelfleck, offenbar eine undichte Stelle.

»Hier sind wir bestimmt nicht richtig«, sagte sie.

Rasputin lachte leise auf und versetzte Rhun einen freundschaftlichen Stoß mit dem Ellbogen. »Sie ist reizend, findest du nicht auch? Deine Frau von großer Gelehrsamkeit.«

Rhun wandte sich an Jordan. »Sie sollten mal den Detektor ausprobieren.«

Während Jordan den Sprengstoffdetektor einsatzbereit machte, hakte Erin nach: »Weshalb wurde das hier nicht katalogisiert?«

Rasputin zog ein schmutziges Tuch von einer Skulptur wie jemand, der bei einer Wohnungsauflösung das Angebot sichtet.

»Vorsicht!« Erin berührte den gesenkten Kopf der Figur, fuhr mit dem Finger über das gestreckte Bein. »Das ist ein Rodin. Ein Tänzer. Von unschätzbarem Wert.«

»Mag sein«, sagte Rasputin. Der Mönch trat zu einem Stapel ledergebundener Bücher und zog wahllos mehrere hervor. Papierfetzen flatterten auf den Boden.

Erin schloss die Augen. Sie konnte das nicht mit ansehen. Die Schäden an den Kunstwerken und den historischen Dokumenten des Museums mussten unermesslich sein.

Rhun wühlte in einer Kiste. »Weshalb glaubst du, das Buch befinde sich hier in diesem Raum, Grigori?«

»Wegen des Datums.« Rasputin tippte auf eine vergilbte Karte, die mit einem rostigen Nagel an der Wand befestigt war. »Das ist einer der Räume, in denen die Ende Mai zurückgekehrten russischen Streitkräfte ihre Kriegsbeute gelagert haben.«

»Wie viele Räume gibt es hier?« Jordan schwenkte den Detektor.

»Einige«, antwortete Rasputin.

Ein Stück Putz fiel von der Decke und verfehlte nur knapp Erins Kopf.

»Herrscht hier überall so ein Durcheinander?«

»In vielen Räumen sieht es schlimmer aus.«

Mit einem resignierten Seufzer schloss sie sich Rhuns Suche an.

Sie brauchten eine Stunde, um den ersten Raum zu durchforsten. Rasputins Jünger rührten keinen Finger. Sie standen auf dem Flur herum und rauchten. Der Qualm tat den Artefakten bestimmt auch nicht gut, stellte aber wohl nur eines von vielen Körnchen der Sanduhr dar, die den unvermeidlichen Verfall all dieser Schätze maß.

Rasputin ließ sich seine gute Laune nicht verderben. »Der erste ist geschafft, jetzt geht's weiter!«, verkündete er und geleitete sie über den feuchten Flur.

Auch der nächste Raum war bis zur Decke mit teils nutzlosen, teils kostbaren Objekten vollgestopft, doch hier gab es zumindest ein gemeinsames Thema – nämlich das militärische. Da gab es die russische Fahne in verschiedensten Ausführungen, haufenweise Helme, wie Klafterholz gestapelte Bajonette und einen ausladenden Propeller.

Der Raum war eine wahre Fundgrube. Hier hätten sie ein Leben lang nach einem bestimmten Buch suchen können.

Auf einmal piepste Jordans Detektor.

51

27. Oktober, 19:18, Moskauer Standardzeit
Eremitage, Russland

JORDAN JUBELTE.

Jetzt kommen wir zur Sache – und können hoffentlich bald von hier verschwinden.

»Ist das Buch hier?« Erin eilte zu Jordan und schaute ihm über die Schulter. Ihr Atem streifte seinen Nacken.

Er musste einen Schritt vortreten. »Vielleicht. Ich weiß es nicht. Aber es gibt eine positive Anzeige. Hier drin befindet sich etwas, das die Signatur von Nobel 808 aufweist. Das habe ich an dem Betonbrocken aus deiner Tasche festgestellt.«

Er schwenkte den Detektor hin und her, wobei er sie beinahe angestoßen hätte. Das Gerät führte ihn zu einem mottenzerfressenen Gobelin. Als er ihn abhob, zerriss er mit einem Geräusch wie ein Seufzer.

Diesmal wies Erin ihn nicht zurecht. Sie wich ihm nicht von der Seite.

Jordan trat am Gobelin vorbei und folgte den Detektorsignalen weiter in den Raum hinein. Schließlich gelangte er zu dem großen Propeller, der mitten im Raum auf einer Holzkiste ruhte.

»Ich glaube, der stammt von einer MiG-3«, sagte er und fuhr mit der Hand über das glatte Metall. »Davon wurden nur ein paar Tausend hergestellt, aber bei den Luftkämpfen an der Ostfront haben sie dem Gegner die Hölle heißgemacht.«

»Ist das der Auslöser des Signals?«, fragte sie.

»Nein …« Er kniete nieder und richtete den Fühler nach vorn. »Der Auslöser befindet sich *unter* dem Propeller. Vermutlich in der Kiste.«

»Wir müssen den Propeller herunterheben«, sagte Rhun und nickte Rasputin auffordernd zu.

Jordan warf einen Blick über die Schulter. Normalerweise hätte es sechs bis sieben Mann gebraucht, um das stählerne Monstrum anzuheben. Aber was war an den beiden Männern schon normal?

Sie nahmen einander gegenüber Aufstellung und schulterten je eines der Propellerblätter. Dann richteten sich beide wie auf ein geheimes Signal hin auf und hoben das Metallungetüm an. Ihren verzerrten Gesichtern war zu entnehmen, dass auch sie mit ihren Kräften hier an eine Grenze gelangten.

Jordan schob sich unter den Propeller, im Vertrauen darauf, dass sie ihm das Ding schon nicht auf den Kopf würden fallen lassen. Er warf einen Blick in die mit Stroh gefüllte Kiste. Das Herz klopfte ihm bis zum Hals.

O Gott …

»Was sehen Sie?«, rief Erin.

Neben ihm kämpften Rhun und Rasputin mit dem Gewicht des Stahls. Der Propeller begann zu schwanken, da ihre Kräfte allmählich erlahmten.

»Achtung!«, brüllte Jordan. »Keine Bewegung!«

19:22

Rhun, der die Panik aus Jordans Worten herausgehört hatte, erstarrte und Grigori desgleichen. Die Angst versetzte ihm einen Stich, lähmte seine Entschlusskraft: *Hatte das Gewicht des Propellers das Buch zerstört?*

»Was ist los?«, fragte Erin. »Soll ich dir helfen?«

»Nein!« Der salzige Geruch der Angst wehte ihn an. »Keiner rührt sich vom Fleck. Und das gilt für jeden Einzelnen. Sonst sind wir alle tot.«

Mit pochendem Herzen kroch der Soldat von der Wand weg.

Rhun wartete, während der Propeller in seinen Händen immer schwerer wurde. Grigori grinste ihn boshaft an. »Jetzt ziehen wir also beide an einem Strang, mein Freund, nur einen Schritt vom Tod entfernt. Genau wie in den alten Zeiten.«

Jordan richtete sich langsam auf. »Sie können den Propeller nicht absetzen. In der Kiste befindet sich scharfer Sprengstoff. Der Detektor hat seine Aufgabe erfüllt. Leider hat er kein Buch entdeckt, sondern eine Bombe.«

»Sind Sie sicher, dass es eine Bombe ist?«, fragte Erin.

»Das ist eine Panzerabwehrgranate sowjetischer Bauart. Ja, ich bin mir sicher.«

Wie üblich gab Erin sich nicht so schnell geschlagen. »Vielleicht liegt das Buch ja *unter* der Granate …«

»Selbst wenn es so wäre, ich hole es bestimmt nicht raus.« Jordan zeigte zum Flur. »Tut mir leid, Jungs, aber ich glaube, ihr müsst den Propeller zur anderen Seite des Raums schleppen. Wenn auch nur ein Pfund Gewicht auf die Granate drückt, sind wir alle tot.«

»Hast du das gehört, Rhun? Wir müssen *vorsichtig* sein.« Grigori lachte herzhaft.

Rhun fühlte sich auf einmal um Jahrzehnte zurückversetzt. Grigori war der Tollkühnste des Trios gewesen, ohne jede Rücksicht darauf, dass er oder jemand anders sterben könnte. Seine unbekümmerte Tapferkeit hatte Rhun mehrfach das Leben gerettet, ihn aber auch in Gefahr gebracht.

»Solltet ihr beide nicht besser den Raum verlassen, bevor wir uns bewegen?«, fragte Rhun.

»Das würde nichts nützen«, sagte Jordan. »Wenn die Granate hochgeht, werden das Gebäude und ein halber Straßenzug dem Erdboden gleichgemacht.«

Erins Herzschlag beschleunigte sich.

»Dann sollten wir alle unseren Frieden mit Gott machen.« Grigori grinste anzüglich. »Bei drei, Rhun.«

Sie hoben den Propeller etwas höher und schleppten ihn langsam zu einem Kistenstapel an der Rückwand des Raums.

»Was ist, wenn in diesen Kisten ebenfalls Granaten sind?«, stieß Rhun angestrengt aus.

Jordan fluchte, und Erin wurde blass.

»Das Leben ist immer riskant.« Grigori senkte den Propeller ab. »Ich sehe keinen Sinn darin, mit dieser Last zu sterben.«

Da Rhun fürchtete, das Gewicht keinen Schritt weiter tragen zu können, folgte er Grigoris Beispiel. Gemeinsam senkten sie den Propeller auf die Kisten ab.

Alle warteten, als rechneten sie mit dem Schlimmsten.

Aber die Kisten hielten stand.

Grigori rief einen seiner Jünger zu sich und trug ihm auf, den Museumskurator aufzusuchen und ihm von ihrem Fund zu berichten. Rhun nahm erleichtert zur Kenntnis, dass Grigori dafür sorgen wollte, dass die Granate entfernt wurde.

Die folgende lange, nervenaufreibende Stunde über durchsuchten sie diesen und weitere Räume. Mehrfach gab es falschen Alarm, ausgelöst unter anderem von einem verrosteten Lkw-Schalldämpfer, der offenbar vor langer Zeit mit Sprengstoff in Kontakt gekommen war.

Irgendwann lösten sich Erins Haare. Ihre Wangen waren dreckverschmiert. Rhun merkte, wie bedrückend sie das Durcheinander fand. Dass hier so viele Kostbarkeiten versteckt waren, erboste sie mehr als die Tatsache, dass sie bei der Suche nach dem Buch keine Fortschritte machten.

Grigori suchte mit einer stoischen Geduld, die in krassem Gegensatz zu seinem tollkühnen Wagemut stand. Der Verrückte Mönch war umsichtiger und schlauer, als die meisten glaubten.

Jordans Detektor schlug wieder an.

»Hoffentlich nicht schon wieder eine *Granate*.« Jordan begab sich in die Ecke des Raums.

Rhun folgte ihm.

Das Gerät führte sie zu einem alten Weidenkorb. Darin lag Leinenwäsche, die einmal weiß gewesen sein mochte. Eine dicke Staubschicht hatte sich darauf abgelagert, außen am Korb wuchs schwarzer Schimmel.

Rhun nahm das oberste Tuch ab. Ein Tischtuch. Er legte es auf einen Schreibtisch aus der Zeit Ludwigs XIV. und machte Anstalten, auch das zweite Tuch zu entfernen.

»Das Signal wird stärker«, sagte Jordan. »Nehmen Sie sich in Acht.«

Rhun brachte ein weiteres Tischtuch weg, dann folgten ein Serviettenstapel und eine rote Nazifahne.

Grigori spannte sich an, als er die Fahne auseinanderfaltete und das schwarze Hakenkreuz zum Vorschein kam. Wie viele seiner Landsleute waren von Menschen ermordet worden, die diese Fahne geschwenkt hatten?

Rhun ballte sie zusammen und schleuderte sie beiseite.

Erin hob einen Kissenbezug aus dem Korb, der mit eigenartig geformten Gegenständen gefüllt war. Sie legte ihn auf den Boden und nahm die Gegenstände nacheinander heraus. Auch ein Buch war darin, doch es war nur ein deutsches Codebuch.

Rhun schloss die Augen. Und wenn sie einer falschen Spur aufgesessen waren? Vielleicht wäre das gar nicht so schlimm. Vielleicht wäre es am besten, wenn das Buch *niemals* gefunden wurde. Er öffnete die Augen. Nein. Sie mussten es finden, und sei es allein deshalb, damit es nicht den Belial in die Hände fiel.

Erin zog mehrere schwärzliche Sardinenbüchsen aus dem Kissenbezug hervor, dann spannte sie sich auf einmal an.

»Jordan! Rhun! Seht mal!« Sie hielt ein graues Betonstück hoch, das dem Material ähnelte, in dem das Buch eingeschlossen gewesen war. Jordan schwenkte den Sensor darüber. Das Gerät zirpte.

Aufgeregt zog Erin weitere Bruchstücke aus dem Bezug hervor, bis er leer war. Dann schüttelte sie den Kopf. Kein Buch.

Rhun legte die Hand um sein Kreuz und versuchte, die Woge der Verzweiflung einzudämmen, die mit dem brennenden Schmerz einherging. Hatten sie so viel durchgemacht, nur um am Ende abermals enttäuscht zu werden?

Jordan untersuchte den restlichen Inhalt des Weidenkorbs mit dem Sensor.

Das Gerät begann erneut zu piepen, so regelmäßig wie ein schlagendes Herz.

20:31

Erin zog das letzte fadenscheinige Tuch aus dem Korb. Sie hob es an wie ein Leichentuch, mit angehaltenem Atem und angstvoller, angespannter Erwartung. Was sie dann sah, enttäuschte und verblüffte sie.

Was ist das?

Auf dem Boden des Korbs lag ein unförmiger Block aus stumpfgrauem Metall, etwas länger als breit. Sie hob ihn vorsichtig hoch. Er fühlte sich bleischwer an.

Jordan schwenkte den Sprengstoffsensor darüber, dann entspannte er sich ein wenig. »Das ist eindeutig der Auslöser für das Detektorsignal. Siehst du die Rußspuren? Der Brocken muss einer Explosion ausgesetzt gewesen sein.«

Rhun wandte sich ab und ließ enttäuscht den Kopf hängen. Erin wollte sich die Niederlage nicht eingestehen. Schon allein das merkwürdige Aussehen des Fundstücks reizte sie. War das vielleicht doch das Gesuchte – nicht ein von Christus persönlich verfasstes Buch, sondern ein Gegenstand von symbolischer Bedeutung, das Bruchstück einer alten Skulptur? Sie rief sich die Worte von Pater Piers in Erinnerung.

Es ist noch kein Buch.

Hatte Piers das hier damit gemeint? Oder war das nur ein Stück Blei, das von den Betonbrocken kontaminiert worden war, als man sie in den Kissenbezug gestopft hatte?

Doch auch die Bruchstücke warfen Fragen auf, denen sie bislang noch nicht hatte nachgehen können. Jetzt aber verfügte sie über mehr Puzzlesteine …

Sie wandte sich um und reichte den Metallblock Jordan. »Halt das mal. Ich möchte etwas ausprobieren.«

Sie legte die Bruchstücke auf eins der alten Tücher und trug sie auf den Flur, wo sie mehr Platz hatte. Zusammen mit den Bruchstücken aus ihren Taschen ließe sich vielleicht das Behältnis rekonstruieren. Vielleicht könnte sie dann auch die aramäischen Schriftzeichen an den Seiten der Fragmente entziffern. Das erschien ihr im Moment sinnvoller, als weiter in dem modernden Unrat herumzuwühlen.

Sie bedeutete Rasputins Leuten, Platz zu machen, dann breitete sie das Tuch auf dem Boden aus. Grigoris Jünger umringten sie, schauten ihr zu. Erin beachtete sie nicht. Als sie sich daranmachte, die Bruchstücke in ihrer ursprünglichen Form anzuordnen, konzentrierte sie sich vollständig auf ihre Aufgabe, und das Gemurmel von Jordan und den Priestern aus dem Nebenraum trat in den Hintergrund.

Sie nahm nur noch das Puzzle wahr.

Nach einer Weile berührte jemand sie an der Schulter, und sie schreckte zusammen.

»Wir haben nichts gefunden«, sagte Jordan. »Wir können uns den nächsten Raum vornehmen.«

»Ich brauche noch einen Moment.«

Jordan hockte sich neben sie. »Was machst du da?«

Die Glühbirnen an der Decke beleuchteten die Fragmente. Sie hatte sie in einem Quadrat von etwa dreißig Zentimetern Seitenlänge angeordnet. So ergab sich ein Basrelief, das ein Skelett mit einem Alpha-Zeichen darzustellen schien. Rechts sah man das Profil eines beleibten Mannes mit einem Omega-Zeichen auf dem Kopf. Die beiden Gestalten überschnitten sich in ewiger Umarmung, und der Mann hatte einen geflochtenen Strick um den Hals, der zu den unteren Rückenwirbeln des Skeletts führte und sie miteinander verband.

»Was soll das bedeuten?«, fragte Jordan.

Erin machte ihrem Frust Luft. »Ich habe keine Ahnung.«

Jordan fuhr mit den Fingern über das Relief und sagte mit

Nachdruck in der Stimme: »Das Skelett habe ich schon mal gesehen.«

»Was? Wo?« Erin vergegenwärtigte sich die Orte, an denen sie gewesen waren: die Gruft in Masada, den Bunker und die russisch-orthodoxe Kirche.

»Komm mit!« Jordan schnellte hoch. Er eilte in den Raum zurück, aus dem er gekommen war, und hätte Rasputin beinahe umgerannt.

Erin stürzte ihm nach und zog Rasputin und Rhun mit sich.

»Ein lebhaftes Paar«, sagte hinter ihr Rasputin. »So heißblütig.«

Sie konnten nur hoffen, dass ihr heißes Blut ihn nicht auf falsche Gedanken brachte.

Jordan ging zum Korb und nahm den merkwürdigen Metallblock heraus. Die Oberfläche war mit schwarzen Explosionsspuren bedeckt. Er rieb mit dem Jackenärmel an einer verrußten Stelle. »Sieh mal!«

Erin lehnte sich auf seine Schulter. Unter dem Ruß nahm sie nur ein verschwommenes Muster wahr.

Jordan spuckte sich auf die Finger und rieb kreisförmig über den Ruß.

Ein Totenschädel grinste sie an, darunter die gebogene Wirbelsäule.

Das entsprach der Darstellung auf den Betonfragmenten. Erin stellte sich vor, wie die zähe Mischung aus Kalk und Asche das Bleirelief eingeschlossen hatte und dann ausgehärtet war, wobei ein Abdruck an der Innenseite des Behältnisses entstanden war.

Jordan blickte zu ihr auf und legte die flache Hand auf die Bleioberfläche. »Ist das ein weiteres Behältnis? Erst Beton, dann Blei. Vielleicht befindet sich das Evangelium darin.«

20:47

Rhun reagierte mit Skepsis auf Jordans Bemerkung. Es klang unglaublich. Zögernd streckte er die Hand nach dem Metallblock aus – dann wurde ihm bewusst, dass er sich genau wie Erin verhielt –, als müsste er etwas *berühren*, um an seine Existenz glauben zu können.

Hatte er tatsächlich das Evangelium Christi vor sich?

Nach jahrhundertelanger Suche hatte er schon geglaubt, er werde es niemals finden, weil er durch die an Elisabeta begangene Sünde seiner *unwürdig* sei.

Jordan legte den Bleiblock in Erins ausgestreckte Hände. Mit einem schmutzigen Tischtuch rieb sie den Ruß ab.

»Ich kann keine Nahtstellen erkennen.« Sie wog das Metallstück in der Hand. »Und es fühlt sich massiv an. Es wirkt eher wie eine Skulptur als wie ein Behältnis.«

Rhun hätte ihr das Bleistück gern abgenommen und sich selbst vergewissert, doch er beherrschte sich.

Wenn das Buch in dem Metallblock eingeschlossen war, durfte Grigori es nicht bekommen. Er platzierte sich zwischen Grigori und Erin.

»Keine Bange, Rhun«, sagte Grigori. »Ich hege nicht die Illusion, dass ich mit der Prophezeiung gemeint sein könnte.«

Erst jetzt erinnerte Rhun sich wieder an die Prophezeiung. Er hatte eigentlich nie so recht daran geglaubt, zumal nachdem er sich an Elisabeta vergangen hatte. Aber jetzt …

»Berührt es alle drei«, sagte Grigori. »Mal sehen, ob es sich dann offenbart.«

»Sollte es so einfach sein?« Jordan legte die flache Hand auf den Metallblock. Erin legte ihre kleinere Hand daneben.

Rhun zögerte, denn in Grigoris Gegenwart fühlte er sich gehemmt.

Als hätte er seine Gedanken gelesen, machte Grigori eine auffordernde Handbewegung. Seine dunklen Gefolgsleute drängten in den Raum. Ihre Drohung war auf einmal ganz real.

Schließlich legte Rhun als Dritter die Hand aufs Buch.

20:50

Erin wagte nicht, sich zu rühren.

An der einen Seite ihrer Hand spürte sie die von Rhun ausgehende Kälte, an der anderen Jordans Wärme. Sie konnte kaum glauben, dass sie, die sie ihr Leben der Wissenschaft gewidmet hatte, die Hand auf einen Bleiklumpen gelegt hatte und auf ein Wunder wartete. Was war mit ihr in den vergangenen anderthalb Tagen geschehen? Hätten Jordan und Rhun nicht neben ihr gestanden, hätte sie ihre Hand weggezogen und den Metallblock in die Tasche gesteckt. Aber wie die Dinge lagen, harrte sie aus und versuchte sich einzureden, sie betrachte das alles als Scherz, obwohl sie es besser wusste.

Nach und nach sickerte Eiseskälte in ihre Hand. Sie hatte das Gefühl, etwas Totes zu berühren, etwas wie einen Leichnam. Dieser irrationale Gedanke ging ihr nicht mehr aus dem Kopf. Das Buch *war* tot, und es würde auf russischem Boden auch nicht mehr zum Leben erwachen.

Sie dachte an die Worte des Kardinals: *Das Buch kann nur in Rom geöffnet werden.*

»Also, das war enttäuschend«, sagte Jordan, nahm seine Hand weg und räumte damit als Erster ihre Niederlage ein. Rhun folgte seinem Beispiel. Erin hob den Metallblock an ihre Brust. Würde vielleicht etwas Wunderbares geschehen, wenn sie nur daran glaubte?

Sie schüttelte den Kopf.

Schluss damit.

»Ich habe mir schon gedacht, dass es nicht so einfach wäre«, meinte Jordan.

»So ist es.« Rasputin bedachte Sergej, seinen Assistenten, mit einem vielsagenden Blick, worauf der junge Mann den Raum verließ. Erin wollte lieber nicht wissen, was er vorhatte.

»Sammeln wir die Bruchstücke ein«, sagte Rhun. »Und dann machen wir uns auf den Weg.«

»Wohin führt euer Weg?« Rasputin baute sich vor ihm auf.

»Willst du etwa dein Wort brechen, Grigori? Uns das Buch abnehmen und uns töten?«

Rasputin wich nicht von der Stelle. »Wenn Gott euch auserwählt hat, kann ich nichts dagegen tun.«

»Na großartig!« Jordan trat hinzu. »Danke für Ihre Hilfe, und …«

Fünf Gefolgsleute umringten sie.

»Mach keine Dummheiten«, sagte Rhun so gelassen, als bespräche er die Reisevorbereitungen. »Du solltest dich damit abfinden, dass du hier keine Möglichkeit hast, das Evangelium zu öffnen.«

»Das ist mir klar, mein lieber Rhun.« Rasputin lächelte. Erin lief ein Schauder über den Rücken, der in keinem Zusammenhang mit dem russischen Wetter stand. »Hier sind Größere am Werk als du oder ich.«

Sergej kam zurück.

Ihm tappte ein gewaltiges Tier hinterher, als wäre es von den Toten auferstanden.

Ein Grimwolf. Er knurrte, legte drohend die Ohren an und sträubte das Nackenfell.

Dies war der Zwilling des Wolfs, den sie in der Wüste getötet hatten.

Hinter dem Wolf tauchte eine Frau auf, die mit der Hand besitzergreifend über die Flanke des Ungeheuers streifte. Sie schüttelte ihre feuerrote Mähne, und nun sah man ihr blasses Gesicht – es war die Frau, der sie in Deutschland im Wald begegnet waren.

Die Frau, die auf Rhun geschossen hatte.

52

27. Oktober, 21:01, Moskauer Standardzeit
Eremitage, Russland

WÄHREND RHUN DIE Frau anstarrte, flammte ein sengender Schmerz in seiner Brust auf, eine Erinnerung an die Silberkugeln, die in seinem Körper explodiert waren. Die Frau sah Elisabeta ausgesprochen ähnlich – die gleichen silbergrauen Augen, die gleichen hohen Wangenknochen, der gleiche makellose Teint, die gleiche Neigung des Kinns und das wissende Lächeln.

Doch sie konnte es nicht sein. Rhun schloss die Augen und lauschte auf ihren Herzschlag. Jedes Pochen verriet ihm, dass dies nicht Elisabeta war. Das war ausgeschlossen.

Zorn trat an die Stelle der Reue. Sie hatte ihre Ähnlichkeit mit seiner Geliebten ausgenutzt, um ihn anzugreifen. Ihre Leute hatten Emmanuel getötet, hätten sie fast alle umgebracht.

Jordan ergriff das Wort, doch Rhun bekam nur das Ende des Satzes mit.

»…die Besucherin, die Sie eben aus der Kirche gelockt hat?«

»Ich bin stets ein zuvorkommender Gastgeber«, erwiderte Rasputin.

Rhun öffnete die Augen und musterte die Doppelgängerin. Die Ähnlichkeit war unheimlich, aber irreführend. Wie alles in Rasputins Reich verbarg sich hinter dem schönen Schein ein böser Kern.

Rasputins Gefolgsleute schienen sich vor ihr zu fürchten. Sie wichen an die Wände zurück, als wollten sie sie unter keinen Umständen berühren.

»Wie ich sehe, sind Sie wiederhergestellt, Pater Korza.« Die Rothaarige lächelte kalt. Ihr Blick glitt über Erin zu Jordan und verweilte auf ihm. Er bekam Herzklopfen.

Der Grimwolf an ihrer Seite knurrte und fixierte Rhun hasserfüllt mit seinen roten Augen. Möglicherweise war dies ein Wurfgeschwister des Wolfs aus der Wüste. Wusste er also, dass er seinen Bruder getötet hatte?

Masada.

Die Frau musste ebenfalls dort gewesen sein, wurde Rhun klar. An ihren hübschen Händen klebte nicht nur Piers' Blut.

Sie nickte, als hätte sie seine Gedanken gelesen. »Wie kam es zu dieser plötzlichen Genesung? War es vielleicht das Blut Ihrer Gefährten, das Sie gestärkt hat?«

»Ich trinke nur das Blut Christi.«

»So war es nicht immer«, sagte sie. »Vor langer Zeit haben Sie sich an einer meiner Vorfahren vergangen.«

»Ich kenne die Geschichte unseres Gastes«, sagte Rasputin und zeigte mit dem Finger auf Rhun. »Sie hat allen Grund, auf dich zornig zu sein. Seit dem tragischen Fehler mit Elisabeta ist eine Frau aus jeder Generation des Bathory-Geschlechts zu lebenslanger Sklaverei und Leiden verdammt. Zum Beweis trägt sie ein Mal.«

Die Fremde entblößte ihren langen Hals und zeigte den schwarzen Handabdruck vor.

Rhun konnte es noch immer nicht so recht glauben. War diese Frau eine Bathory? War sie eine Nachfahrin der ersten

Person, die für die Frau von großer Gelehrsamkeit gehalten worden war? Bei der Lektüre der Überlieferungen aus jener Zeit war Kardinal Bernard zu dem Schluss gelangt, Elisabeta sei die in der Prophezeiung gemeinte Frau gewesen. Das hatte sich schließlich als Irrtum herausgestellt, aber hatte vielleicht jemand geglaubt, Bernard sei auf der richtigen Spur? Hatte er sich als Vorsichtsmaßnahme Bathorys Geschlecht unterworfen? Oder ging es hier um etwas ganz anderes?

Die rothaarige Frau wandte ihre Aufmerksamkeit Rasputin zu, ohne Rhun jedoch aus den Augen zu lassen. »Überlass ihn mir zusammen mit dem Buch. Ich verdoppele deinen Lohn.«

Rhun kniff die Augen zusammen. *In wessen Diensten stand diese merkwürdige Frau? Von wem stammte das schwarze Mal an ihrem Hals? Und was hatte es zu bedeuten?* Rhun fiel nur eine Person ein, die mächtig genug war, um Rasputins Dienste in Anspruch zu nehmen. Der geheimnisvolle Kopf der Belial. Die letzte Person, der das Buch in die Hände fallen sollte.

Er betrachtete das Mal am Hals der Frau. War das der Handabdruck des Mannes, der bei den Belial die Strippen zog? Er schauderte. Er konnte nur hoffen, dass der Kardinal recht damit hatte, dass die Belial das Evangelium nicht öffnen konnten. Die Nazis hatten es auch nicht geschafft. Und auch nicht die Russen. Vielleicht konnte sich das Buch selbst am besten schützen. Allerdings würde er sich die Gelegenheit nur ungern entgehen lassen.

Rhun überschlug ihre Chancen. Zehn Strigoi, Rasputin und der Wolf. Hier konnte er nicht gewinnen, und wenn er es dennoch versuchte, würden Erin und Jordan vermutlich dabei umkommen. Aber später würde sich sicherlich noch eine Gelegenheit bieten. Wenn er sich Bathory anschloss, würde er in der Nähe des Buchs bleiben und könnte versuchen, es ihr wieder abzunehmen. Da ihm keine andere Wahl blieb, neigte er zustimmend den Kopf.

Rasputin musterte ihn eine Weile nachdenklich mit seinen blassblauen Augen. »Nein, meine Liebe. Das geht mir zu schnell. Ich habe dir das Buch versprochen als Zeichen meines guten Willens an die Adresse deines Herrn. Rhun aber gehört *mir*. Wenn der, dem du dienst, mir später die Person meiner Wahl überlässt, darfst du dir *einen* der Menschen nehmen.«

»Du hast uns etwas anderes versprochen, Grigori.« Rhun beherrschte seinen Zorn, dennoch packten ihn Rasputins Gehilfen fester. »Aber wenn jemand mit ihr gehen soll, warum dann nicht ich?«

»Ja«, sagte Bathory. »Warum nicht er?«

Rasputin gab seinen übrigen Gefolgsleuten ein Zeichen, worauf sie widerwillig näher rückten. »Ich weiß selbst, was ich zu tun habe. Stell meine Geduld nicht auf die Probe.«

»Du hast uns dein Wort gegeben, Grigori«, sagte Rhun. »Wir sollten nicht zu Schaden kommen.«

Bathory beachtete ihn nicht. »Ich möchte mich entschuldigen, Pater Rasputin.« Sie musterte erst Erin, dann Jordan. »Ich nehme dein freundliches Angebot an, aber das ist eine schwere Entscheidung, die du da von mir verlangst. Wen soll ich nehmen?«

»Nehmen Sie mich.« Jordan zwinkerte ihr zu. »Mit mir haben Sie mehr Spaß.«

»Das glaube ich gern.« Bathory lächelte anzüglich. Sie richtete ihre silbergrauen Augen auf Rhun. Ein boshaftes Funkeln lag darin. »Aber ich glaube, ich nehme die Frau.«

Rhun wollte sich auf Bathory stürzen, doch die Strigoi rissen ihn zu Boden, bevor er auch nur den ersten Schritt getan hatte, und drückten ihn mit ihrem Gewicht nieder. Drei weitere Strigoi hielten Jordan fest.

»So, Rhun.« Rasputin stieß ihn mit der Stiefelspitze an. »Ich halte immer Wort. Egal, was ich verspreche.« Rhun versuchte, sich loszureißen. Jordan wehrte sich ebenfalls. Doch es war zwecklos. Erins Augen waren geweitet. Strigoi hielten sie an beiden Armen fest. Auch sie konnte sich nicht befreien.

Rhun ärgerte sich, dass er Grigori leichtfertig sein Vertrauen geschenkt hatte. Auch jetzt wieder hatte er versagt.

Rasputin stemmte die Arme in die Hüfte. »Bathory, meine Liebe, ich habe versprochen, dass dieser Frau nichts geschieht, *solange sie in Russland weilt*. Daran wirst du dich halten. Mein Schutz wird jedoch hinfällig, sobald sie die Landesgrenze überquert. Dann magst du mit ihr verfahren, wie es dir beliebt.«

21:04

Erin wehrte sich gegen die Strigoi, die sie festhielten, doch sie kam einfach nicht los. Weitere Gefolgsleute von Rasputin drängten in den Raum und verströmten den Geruch des Todes.

Rhun rang mit seinen Bewachern, erschlaffte aber plötzlich. Erin stockte der Atem. War er tot? Oder bloß ohnmächtig geworden?

Sie versuchte, an ihn heranzukommen, doch es war zwecklos. Der Bleibrocken wurde ihr entrissen. Jemand legte ihr Handschellen an.

Ein kalter Kragen legte sich ihr um den Hals, und Grigoris Gefolgsleute wichen zurück. Als sie zu dem reglosen Jordan eilen wollte, bohrte sich etwas Scharfes in ihren Hals. Es floss Blut.

Sie schnappte nach Luft und hielt an. Ihr pochte der Hals. Man hatte ihr ein Hundehalsband mit spitzen Stacheln angelegt. Jemand schob einen Finger unter das Halsband und löste die Stacheln aus ihrem Fleisch. Sie biss die Zähne zusammen, sonst hätte sie aufgeschrien. Die versammelten Strigoi stöhnten auf. Alle fixierten ihren Hals. Der, der sie festhielt, leckte sich die Lippen.

»Es reicht!«, rief Rasputin.

Er drängte sich neben Erin. In der Hand hielt er eine lederne Leine. Das eine Ende klickte er an Erins Halsband fest, das andere Ende reichte er Bathory.

»Danke.« Bathory wickelte sich die Leine ums Handgelenk. Mit der anderen ruckte sie daran.

Erin würgte, doch das enge Halsband hinderte sie daran zu husten. Sie bekam keine Luft, hob die gefesselten Hände an den Hals und versuchte, das Halsband zu lockern. Kalte Hände drückten ihr die Arme herunter. Sie würde sterben.

»Nur damit wir uns verstehen.« Bathory fixierte sie aus nächster Nähe. »Du kannst einem schmerzhaften Tod in Russland sehr nahe kommen, ohne dass ich Rasputin gegenüber wortbrüchig werden muss.«

Ihre Knie gaben nach, als Erin in die kalten Silberaugen blickte. Würden sie das Letzte im Leben sein, was sie sah?

»Ich hoffe, Sie haben das ebenfalls verstanden, Pater Korza.«

Bathory blickte zu den Gestalten hinüber, die Rhun unter sich begraben hatten.

Es wurde dunkel um Erin.

21:06

Unter Grigoris Jüngern begraben, rang Jordan nach Atem, denn deren Gewicht presste ihm den Brustkorb zusammen und drohte, ihn zu ersticken. Zähne gruben sich in seine Arme und Beine.

Bitte, Gott, lass mich nicht so sterben…

Sein Gebet wurde von unerwarteter Seite erhört. Wie aus weiter Ferne hörte er Rasputin rufen: »*Es reicht!*«

Der Druck ließ plötzlich nach; die Strigoi wälzten sich von ihm herunter. Warmes Blut sickerte aus den Bisswunden. In seinem Kopf drehte sich alles; ihm verschwamm die Sicht, dann fasste er sich wieder. Übermenschlich kräftige Hände zogen ihn hoch. Auch Rhun wurde von Grigoris Gefolgsleuten auf die Beine gestellt. Ein Strigoi lag heftig blutend am Boden.

Offenbar hatte Rhun sich seiner Haut wirkungsvoller erwehrt als Jordan.

»W-w-wohin hat die Frau Erin gebracht?« Jordan schwankte benommen. Wie viel Blut hatte er verloren?

»Fort von hier.« Rasputin lächelte wie wahnsinnig. »Ich habe so eine Ahnung, wohin man sie bringen wird, wenn Bathory sie nicht schon unterwegs tötet.«

Rhun spuckte Blut und wischte sich mit der Hand übers Kinn. »Weshalb haben Sie zugelassen, dass die Belial sie und das Evangelium mitnehmen? Sie sind gottlos. Sie wissen genau, welche Folgen es hätte, wenn sie das Buch öffnen.«

»Wären die Folgen für mich schlimmer, als wenn die Sanguinarier das Buch bekämen?« Rasputin legte seine Stirn in Sorgenfalten. »Deine geliebte Kirche besitzt zahllose fromme Wälzer, Rhun – die ach so geheimen Archive sind vollgestopft damit –, aber sie haben kein bisschen dazu beigetragen, dass mir und den Meinen geholfen wird.«

»Aber dann wird die ganze Welt leiden, Grigori. Die Welt, die Gott erschaffen hat.«

»Die Welt leidet auch jetzt schon.« Rasputin fuhr sich durchs lange Haar. »Aber dein Gott schaut tatenlos zu. Deine Kirche auch. Genau wie deine Menschen.«

Rhun machte einen Schritt auf Rasputin zu, doch die russischen Jünger drängten sogleich heran und zwangen ihn, stehen zu bleiben.

»Wenn es Ihnen nichts ausmacht«, sagte Jordan, »lassen Sie uns gehen.«

Rasputin lachte leise. »Reizend, dein Krieger.«

»Was hast du mit uns vor, Grigori?«

»An meinen Plänen hat sich nichts geändert.« Rasputin wandte sich zum Gehen. Er schnippte mit den Fingern, worauf seine düstere Gefolgschaft Jordan und Rhun vor sich hertrieb. »Ich beabsichtige, euch von deinem Gott retten zu lassen, Rhun. War das nicht der Gegenstand deiner ständigen Gebete, mein Freund? Die Erlösung liegt in Seiner Hand.«

21:12

Erin brannte der Hals, als Bathory sie wie einen Hund hinter sich herzog. Das Würgehalsband erlaubte ihr zu atmen – mehr aber auch nicht.

Rasputins Worte klangen ihr in den Ohren: *Sobald sie die Landesgrenze überquert, magst du mit ihr verfahren, wie es dir beliebt.*

Wenn ihr nicht auf russischem Boden die Flucht gelang, würde Bathory sie töten.

Und was war mit Jordan? War er vielleicht schon tot?

Sie weigerte sich, das zu glauben.

Rhun lebte bestimmt noch, denn er hatte sich gegen die überwältigende Übermacht gewehrt, als man sie aus dem Raum gezerrt hatte. Jordan aber hatte sich nicht mehr gerührt und war unter seinen Angreifern begraben gewesen, mit Bisswunden übersät.

Er ist nicht tot… das kann nicht sein.

Erin reckte das Kinn, um den Druck der Stacheln ein wenig abzumildern. Schon die kleinste Bewegung löste einen sengenden Schmerz aus, der ihr Gesichtsfeld verengte. Die Stacheln waren vermutlich aus Silber, und das Halsband war dazu gedacht, Sanguinarier zu bändigen. Sie wollte gar nicht wissen, wie es sich anfühlte, wenn der Körper allergisch auf Silber reagierte.

Bathory schritt ohne Zögern durch das Labyrinth der Gänge, im Vertrauen darauf, dass der Wolf ihr den Weg weisen würde. Er eilte mit federndem Gang voraus und schnüffelte hin und wieder wie ein ganz gewöhnlicher Hund. Erin fand das unheimlich, so als hätte dieses Wesen kein Recht, sich zu verhalten wie ein normales Tier.

»Weswegen hassen Sie Rhun Korza?« Erins Stimme klang unnatürlich rau und hallte im Gang wider.

Die Leine ruckte, und vor Angst schnürte sich ihr die Kehle zu, doch Bathory zog das Halsband nicht enger.

»Dieses Ungeheuer hat meine Familie ins Verderben gestürzt.«

Erin musste sich anstrengen, um mit ihr Schritt zu halten. »Dann stimmt es also, dass Sie eine Nachfahrin *der* Elisabeta Bathory sind? Aber was genau hat Rhun eigentlich getan?«

»Er hat sie getötet und umgedreht. Als Strigoi hat sie Bauernmädchen dazu missbraucht, ihre Bedürfnisse zu befriedigen, was damals kein größeres Aufsehen erregt hätte, wenn sie sich nicht auch an jungen Adelsfrauen vergangen hätte. Der ungarische König hat sie daraufhin enteignet, ihr den Adelstitel aberkannt und ihr die Kirche auf den Hals gehetzt. Und seitdem …« Sie verstummte und berührte das Mal an ihrem Hals.

Erin wartete ein paar Schritte lang, dann nahm sie den Gesprächsfaden wieder auf. »Und seitdem …?«

Bathory ließ die Hand ruckartig sinken. »Wir waren mittellos und wurden verfolgt. Dann bot uns ein Fremder an, uns dabei zu helfen, unsere verlorenen Reichtümer zurückzugewinnen und Rache zu üben.« Sie reckte einen Finger mit einem großen Rubinring. »Er gab uns sogar einen Teil des Familienschatzes und der Erbstücke zurück, die er heimlich in seinen Besitz gebracht hatte, bevor wir auf ewig verstoßen wurden. Für seine Großzügigkeit verlangte er jedoch einen stolzen Preis: Eine Frau aus jeder Generation sollte einem strengen Herrn dienen und sich seinem grausamen Willen vollständig unterwerfen. Ich bin in dieser Generation die einzige Frau. Deshalb fiel das Los mir zu, ob ich wollte oder nicht.«

Sie hatte mit scharfer Bitterkeit gesprochen. Abermals schwieg Erin mehrere Schritte lang. Sie gelangten zu einer geschlossenen Tür. Als Bathory sie öffnete, kam dahinter ein schäbiges Treppenhaus zum Vorschein. Sie holte die Taschenlampe hervor und leuchtete in die Höhe. Die Treppe führte mehrere Stockwerke weit nach oben. Es würde ein beschwerlicher Aufstieg werden.

»Los, komm.«

Bathory zog Erin hinter sich her, während der Grimwolf vorauslief. Bei jedem Schritt zwickte das Stachelhalsband. Blut lief Erin am Nacken hinunter. Sie versuchte, den Schmerz auszublenden, und zermarterte sich das Hirn nach einem Fluchtplan.

Der Grimwolf hatte den nächsten Treppenabschnitt erreicht. Vom Absatz ging eine Tür ab. Vielleicht war das die einzige Gelegenheit, die sich ihr bieten würde. Als sie den Treppenabsatz erreichten, holte Erin tief Luft, duckte sich und trat Bathory in die Kniekehlen.

Während die Frau auf der steilen Treppe nach hinten kippte, entriss Erin ihr die Leine. Bathory stürzte in die Tiefe. Erin warf sich zur Seite. Die Stacheln gruben sich schmerzhaft in ihren Hals, doch sie achtete nicht darauf. Wenn sie es schaffte, durch die Tür zu gelangen und sie hinter sich abzuschließen, könnte sie Bathory und den Wolf in der labyrinthischen Eremitage vielleicht abhängen.

Weiter oben jaulte der Wolf, als spürte er den Schmerz seiner Herrin.

Mit seinen funkelnden roten Augen blickte er zu Erin herunter. Sie warf sich gegen die Tür, versuchte mit ihren gefesselten Händen, den Türknauf zu drehen – und verzweifelte.

Abgeschlossen.

21:16

Als Grigoris Gefolgsleute ihn über den Flur zerrten, roch Jordan den riesigen stinkenden Bären. Er musste an den Menschenschädel denken, der aus dem Käfig gerollt war, und warf Rhun einen Seitenblick zu.

Der Priester nickte. Er wusste es auch.

Rasputin hatte vor, sie dem Bären zum Fraß vorzuwerfen.

Jordan hatte auf eine günstige Gelegenheit gewartet, doch die Mistkerle umgaben ihn wie eine Wand, auf allen Seiten kaum einen Schritt entfernt. Er kannte ihre Stärke und wusste um seine eigene Schwäche. Er hatte zu viel Blut verloren, um etwas ausrichten zu können. Verdammt, er konnte kaum mehr gehen.

Sollte er als Bärenfutter enden? Er dachte an seine verzweifelte Bitte, nicht durch die Fänge von Grigoris Jüngern sterben zu müssen. Dieses Gebet war erhört worden, und seltsamerweise war er dafür immer noch dankbar. Das Maul eines Bären war ihm allemal lieber als die Reißzähne eines Strigoi.

Dann stellte er sich Erins Gesicht vor, ihre Lippen, ihre erhitzten Hände auf seiner Haut. Er musste sich befreien. Er musste sie finden. Mit jeder Sekunde, die verstrich, entfernte Bathory sie ein Stück weiter aus Rasputins Reich und brachte sie dem Tod näher. Das hatte er in Bathorys Augen gelesen. Sie beabsichtigte, Erin zu töten, sobald das Versprechen, das sie Rasputin gegeben hatte, dies zuließ.

Und das alles nur, um Rhun zu verletzen.

Der Tunnel endete ein Stück weiter, der Gestank war überwältigend. Jordan machte das schmiedeeiserne Gitter aus, das einen Wald darstellte. Er und Rhun wurden weitergezerrt und gegen das Gitter gedrückt.

Rasputin schlug mit der flachen Hand gegen das Tor, was sich anhörte wie ein Essensgong.

Die Bärin erhob sich schwerfällig.

Fütterungszeit.

21:18

Rasend vor Zorn, rollte Bathory sich zusammen, als sie die Treppe hinunterstürzte. Zum Teufel mit der Archäologin. Jede einzelne Stufe löste einen stechenden Schmerz in ihrem Rücken aus, dann landete sie endlich auf dem Treppenabsatz.

Weiter oben ertönten zwei dumpfe Schläge. Als der Wolf leise knurrte, nahm sie eine Welle der Genugtuung wahr, die Vorfreude des Raubtiers, das seine Beute gestellt hat.

»Ganz ruhig!«, rief Bathory, von der gleichen Vorfreude erfasst wie Magor. Sie würde ein paar hässliche blaue Flecken bekommen, war aber nicht ernsthaft verletzt. Und Schmerzen war sie gewohnt, deshalb nahm sie sie kaum mehr wahr.

Entschlossen stieg sie zum nächsten Absatz hoch. Magor hatte die Frau gegen die Tür gedrückt, die Pfoten auf ihre Schultern gelegt, die gebleckten Zähne an ihrem Hals. Sie spürte sein Verlangen, ihr die Kehle aufzureißen. Mit den Krallen scharrte er an der Betonwand.

Die Archäologin fixierte ihn mit geweiteten Augen. Sie sah aus, als werde sie jeden Moment ohnmächtig werden.

Bathory hätte es nicht gewundert.

»Noch nicht, mein Lieber.« Sie nahm das Ende der ledernen Leine in die Hand und zog das Stachelhalsband enger. »Bald darfst du so lange mit ihr spielen, wie du möchtest.«

Eingeschüchtert und mit hängenden Schultern stiefelte die Archäologin auf zitternden Beinen hinter ihr her zum nächsten Absatz hoch.

»Welche Verzweiflung und Hoffnungslosigkeit«, höhnte Bathory. »Das hast du dir nicht träumen lassen, als du die kühne Suche in Jerusalem begonnen hast, nicht wahr? Hast du geglaubt, dir könnte wegen der Prophezeiung nichts geschehen?«

Sie gelangten zu einer Tür, und Bathory sperrte sie auf und zog Erin auf eine menschenleere Straße hinaus. Der Wind zauste den Zobelpelz ihres Mantels.

»Von welcher Prophezeiung reden Sie?«, fragte die Archäologin im vergeblichen Versuch, Ahnungslosigkeit vorzutäuschen.

Lügen erforderte Übung, und an der mangelte es ihrer Gefangenen offenbar.

Bathory packte sie bei der Schulter und schleuderte sie gegen einen silberfarbenen SUV am Straßenrand.

Magor knurrte.

»Lüg mich nie wieder an. Ich bin doch nicht blöd. Ich gebe nichts auf Prophezeiungen. Also glaub ja nicht, ich würde wegen eines tausend Jahre alten Geschreibsels Rücksicht auf dein Leben nehmen.«

Die Frau hatte Mühe, sich auf dem vereisten Pflaster auf den Beinen zu halten. Bathory zog an der Leine und zwang sie, auf den Zehenspitzen zu laufen. Wenn sie ausrutschte, würde das Stachelhalsband sie vielleicht ersticken.

Bathory schaute sich auf der Straße um. Keine Zuschauer. Aber Rasputin würde es trotzdem erfahren. Sie wäre erst dann vor ihm sicher, wenn sie Russland verlassen hätte.

Sie lockerte die Leine, öffnete die Tür des Geländewagens und stieß die Archäologin auf den Rücksitz. Magor sprang hinter ihr in den Wagen und legte die Schnauze an den Hals der Gefangenen. Mit seiner nassen Zunge leckte er das Blut ab, das unter dem Halsband hervorquoll.

Die Archäologin unterdrückte einen Aufschrei. Sie war tapfer, aber auch sie hatte ihre Grenzen.

»Ruhig, Magor. Wenn der Kardinal glaubt, sie habe eine Bestimmung, könnte es sein, dass sie in dem Spiel vielleicht noch eine Rolle spielt.«

Die Frau drehte das Gesicht vom Wolf weg und sagte bestimmt: »Ich glaube nicht, dass der Kardinal mir so viel Wert beimisst.«

»Dann kennst du ihn nicht besonders gut.« Bathory lächelte. »Jedenfalls steht in der Prophezeiung nicht geschrieben, in welchem *Zustand* du dich befinden musst, wenn das Buch geöffnet wird.«

Bathory sah das Begreifen und die Angst in den Augen der Archäologin.

Kluges Mädchen.

Vielleicht war sie tatsächlich die Frau von großer Gelehrsamkeit.

»Wahrscheinlich ist es besser, wenn du am Leben bleibst«, räumte Bathory grausam ein. »Aber *unverletzt*? Das muss nicht sein.«

Sie schüttelte den Kopf und lächelte.

Nein.

53

27. Oktober, 21:20, Moskauer Standardzeit
Im Untergrund von St. Petersburg

RHUN STAND VOR dem Käfig und beobachtete die Ursa, und die Ursa beobachtete ihn. Uralte Bosheit funkelte in ihren roten Augen; ihr Hass hatte sich auch nach hundert Jahren nicht abgeschwächt. Speichel troff von ihrem Maul, und ihre lange Zunge, mit der sie sich die Schnauze leckte, war so schwarz wie Gummi.

Vermutlich erinnerte sie sich noch an seinen Geschmack. Sein Bein pochte und drohte nachzugeben. Auch das Bein schien sich zu erinnern.

Grigori legte die Finger um einen schmiedeeisernen Eichenbaum. »Wenn Gott dich liebt, Rhun, wird Er dir helfen, der Bärin zu entkommen. Erinnerst du dich an die Geschichte von Daniel in der Löwengrube? Vielleicht wird ja dein Glaube ihr das Maul stopfen.«

Rhun glaubte nicht, dass es so einfach sein würde.

Er betrachtete die Kacheln, mit denen die Tunnelkreuzung ausgekleidet war, entdeckte aber keine Fugen, keinen Ausgang. Er konzentrierte sich auf das Gitter.

Das Eisentor ließ sich in der Mitte in zwei Hälften teilen und wie eine Doppeltür öffnen. Befestigt waren die Torflügel an zwei dicken Eisenstangen, die im Betonboden und in der Decke verankert waren. Der Abstand zur Wand betrug keine drei Zentimeter, und die Lücken in den schmiedeeisernen Verzierungen waren auch nicht größer.

Wenn Rhun den Käfig betreten würde, gäbe es kein Entkommen mehr. Jordan legte ihm eine warme Hand auf die Schulter. Rhun erwiderte den fragenden Blick seiner blauen Augen. Der Soldat sah verstohlen Grigori und die Strigoi an. Offenbar schlug er vor, einen letzten Versuch zu wagen, um im Kampf zu sterben, bevor Rasputin sie zu der Bärin in den Käfig werfen konnte.

Rhun empfand plötzliche Zuneigung. Jordan war ein wahrer Menschenkrieger bis zuletzt. »Danke«, flüsterte er. »Aber besser nicht.«

Jordan trat zurück, Angst im Blick – doch er fürchtete nicht nur um sein eigenes Leben, sondern auch um das von Rhun.

Da er den Anblick von Jordans unverstellter Menschlichkeit nicht länger ertragen konnte, wandte Rhun sich dem Tor zu. »Ich bin bereit, Grigori.«

Die Strigoi hielten Jordan und Rhun bei den Armen fest, während Grigori den Schlüssel im klobigen Schloss drehte und das Tor aufzog.

Rhun wurde in den Käfig geschoben. Die Bärin schwenkte den Kopf zu ihm herum.

»Ja, meine Liebe!«, rief Grigori. »Spiel mit ihm, solange du magst.«

Rhun hielt sich am Rand und ging um die Bärin herum. Der Käfig hatte einen Durchmesser von etwa fünfzehn Metern. Er musste den Platz klug nutzen. Die Schultern der Bärin streiften an der Decke. Er konnte nicht über sie hinwegspringen.

Ein Zweig knackte unter seinem Fuß und setzte frischen

Kieferndurft frei, den einzigen natürlichen Geruch im Käfig. Er sog ihn ein.

Dann sprang die Ursa ihn an.

Ihre gewaltige Tatze durchschnitt die Luft. Damit hatte er gerechnet. Schon früher hatte sie mit der linken Tatze angegriffen. Er duckte sich unter ihren Klauen hindurch und rollte sich ab. Mitten im Käfig kam er wieder zum Stehen.

Ein funkelnder Gegenstand fiel ihm ins Auge. Er lief darauf zu und hob ihn auf. Eine Flasche für konsekrierten Wein. Hier war bereits ein anderer Sanguinarier geopfert worden. Gleich darauf entdeckte er weitere Hinweise: ein Brustkreuz, einen silbernen Rosenkranz, den Fetzen einer Soutane.

»Gott sei deiner Seele gnädig, Grigori!«, rief Rhun nach draußen.

»Gott hat meine Seele schon vor langer Zeit aufgegeben.« Grigori rüttelte am Gitter. »Und deine auch.«

Die Ursa drehte sich zu Rhun herum.

Er blickte sich eilig im Käfig um. Wenn der getötete Sanguinarier bewaffnet gewesen war, lag hier vielleicht eine Waffe herum. Wenn er …

Die Bärin griff wieder an.

Er erwartete sie.

Der Boden erbebte unter ihren Tatzen. Er hörte, wie ihr altes Herz leidenschaftlich zu pochen begann. Als ihr stinkender Atem seine Wange streifte, ließ er sich flach auf den Rücken fallen, sodass sie von ihrem eigenen Schwung über ihn hinweggetragen wurde. Das Meer des schwarzen Fells streifte dicht über sein Gesicht. Er stieß sein Kreuz nach oben und ließ es an ihrem Bauch entlangschrammen. Ihr Fell begann zu qualmen.

Sie brüllte auf.

Er hatte sie nicht ernsthaft verletzt, doch er hatte ihr gezeigt, dass er nicht so leicht zu töten war wie eine Fliege, die man zerquetschte. Jordan jubelte draußen vor dem Gitter.

Rhun wälzte sich über den Boden und tastete nach den Gegenständen, die er vor der Attacke entdeckt hatte. Zwei Holzstäbe lagen da, beide Enden mit Silberkappe. Er kannte diese einzigartige Waffe. Jiang, sein Ordensbruder, war hier gestorben. Rhun hatte ihm beim Üben mit den Stäben zugeschaut, tief unter der Nekropole von Rom, wo die Sanguinarier sich eingenistet hatten.

Die Ursa, noch ein bisschen konfus wegen der Verbrennung, pendelte mit dem Kopf hin und her.

Rhun hockte reglos am Boden und musterte die Wände seines Gefängnisses.

Als sich in seiner Vorstellung die Andeutung eines Plans abzeichnete, stürzte er zu dem Eisentor, das sich gegenüber von Grigori befand.

Die Ursa wurde auf die Bewegung aufmerksam und stürmte auf ihn zu. Im letzten Moment wich er ihr mit einem Satz aus, zerbrach einen der beiden Stäbe auf ihrer Schnauze und wälzte sich seitlich weg.

Die gewaltige Bärin prallte geradewegs gegen das Tor und löste eine der beiden Befestigungsstangen aus der Verankerung. Das Tor wurde in der Ecke verbogen, doch die entstandene Öffnung war zu klein, als dass Rhun sich hätte hindurchzwängen können. Das aber war auch gar nicht seine Absicht gewesen.

Er wich zur anderen Seite zurück, wo Grigori und Jordan den Zweikampf beobachteten.

Die Bärin setzte ihm nach. Er wiederholte das Manöver, doch diesmal kam die Bärin dicht vor dem Tor rutschend zum Stehen. Sie schlug mit der Tatze nach ihm und erwischte ihn am Rücken, als er wegsprang. Sie hatte ihn nur gestreift, doch die Krallen durchdrangen trotzdem seine Lederrüstung und verletzten ihn.

Er keuchte auf vor Schmerz und vor Abscheu.

Die Ursa hockte sich auf die Hinterbeine und führte die blutige Tatze ans Maul. Sie beobachtete ihn mit ihren kleinen Augen, leckte das Blut ab und schnaufte behaglich.

Er wartete an der anderen Seite des Käfigs, neben dem beschädigten Tor. Der Eisengeruch seines Bluts stieg ihm in die Nase. Er schob den einen Stab durch den Priesterkragen an seinem blutenden Rücken entlang und unter dem Gürtel durch. Den zweiten Stab zerbrach er über dem Knie und legte beide Teile auf den Boden.

Dann ließ er sich auf ein Knie nieder, neigte das Haupt und murmelte ein Gebet, um sich zu beruhigen. Er küsste das Brustkreuz und verbrannte sich die Lippen. Der Schmerz half ihm, sich zu konzentrieren.

Anschließend tippte er sich mit dem Zeigefinger an die Stirn. »In nomine Patris …«

Er berührte seine Brust. »… et Filii …«

Schließlich tippte er sich erst an die linke Schulter und dann an die rechte. »… et Spiritus Sancti.«

Dann legte er den Daumen über den Zeigefinger und küsste ihn.

Er hob die beiden Hälften des Stabs auf.

Die Bärin griff an.

Er flüsterte: »Im Namen des Kreuzes, errette mich vor meinen Feinden, o Herr.«

Die Ursa stürmte heran und hatte ihn fast schon erreicht.

Im letzten Moment schnellte er zur Decke hoch und drehte sich in die Horizontale, wie nur ein Sanguinarier es vermochte. Der Rücken der Bärin glitt Zentimeter unter ihm vorbei.

Die Ursa prallte mit voller Wucht gegen das Tor. Die

zweite Befestigungsstange löste sich, und das Tor wurde erneut verbogen. Bevor die Ursa benommen den Kopf schütteln konnte, rammte er ihr den abgebrochenen Stab durch die eine zottelige Tatze.

Dabei hatte er genau gezielt.

Mit seinem Schwung und seinem Gewicht trieb er den Stab durch die Tatze tief in das Loch, das man vor langer Zeit für die Befestigungsstange in den Beton gebohrt hatte.

Die Bärin brüllte vor Schmerz, zumal auch das Silber seine Wirkung tat.

Bevor sie reagieren konnte, sprang Rhun ihr auf den Rücken und wälzte sich auf die andere Seite, wobei er die andere Hälfte des zerbrochenen Stabs in die rechte Hand nahm. Er rammte den Stab durch die rechte Tatze in das zweite Bodenloch, sodass nun beide Vorderbeine fixiert waren.

Die Ursa kippte nach vorn, ihre Schnauze schob sich unter dem verbogenen Tor hindurch auf den Gang vor. Mit den gespreizten Vorderbeinen bildete ihr Körper das Zeichen des Kreuzes nach.

Rhun hatte die Bärin gekreuzigt.

Sie heulte.

Er sprang ihr auf den Kopf und zog den zweiten Stab hinter seinem Rücken hervor. Er küsste die Silberspitze, dann trieb er sie der Bärin durchs Auge tief ins Hirn. Sie zuckte und warf sich hin und her. Er hörte den Tod, der in ihren großen Herzkammern dröhnte.

Dominus vobiscum.

Er neigte das Haupt und schlug das Kreuz über dem mächtigen Leib des Tiers. Als er das Gebet beendet hatte, verblasste der Glanz im unverletzten roten Auge, und es wurde schwarz. Nach Jahrhunderten war das Tier endlich aus seiner perversen Knechtschaft befreit worden.

Herausfordernd und schwelgend in seinem Sieg wandte Rhun sich zu seinem Gegenspieler um.

21:33

Jordan konnte die Arme wieder bewegen. Verwundert schaute er sich um. Er wischte sich über die Jacke, als wollte er den Schmutz von Rasputins Schergen entfernen. Würde der russische Mönch sein Wort halten und ihn und Rhun freilassen? Wenn nicht, wollte er an Rhuns Seite bis zum Tod kämpfen.

Rasputin trat vom Käfig zurück, seine blauen Augen waren geweitet. »Gott liebt dich wirklich, Rhun. Du bist wahrlich Sein Auserwählter.«

Rhun kniete nieder und hob einen Rosenkranz, ein silbernes Kreuz und eine Trinkflasche auf. Vermutlich hatten sie einem anderen Sanguinarier gehört, den die Bärin getötet hatte.

Rasputin öffnete den Käfig.

Rhun schlug ein solcher Hass entgegen, dass er unwillkürlich einen Schritt zurückwich. Seine Begleiter duckten sich, als wären sie von einer Windbö getroffen worden.

»Wohin will Bathory Erin bringen?«, fragte Rhun, wobei er jedes einzelne Wort betonte.

»Nach Rom«, antwortete Rasputin mit belegter Stimme.

Rhun forschte in seinem Gesicht nach der Wahrheit. »Sind wir hier mit deinen Gotteslästerungen fertig, Grigori?«

Rasputin beugte das Haupt. »Weshalb tadelst du mich, Rhun? Dein verehrter Bernard wollte die Erfüllung der Prophezeiung *erzwingen*. Er hat dich Elisabeta zur Seite gestellt, die angeblich die Frau von großer Gelehrsamkeit war … und deren Mann, dem großen Krieger. Du weißt, was daraus geworden ist.« Er hob flehentlich die Hände. »Ich wollte dich nur auf die Probe stellen. Wenn du wirklich derjenige bist, von dem in der Prophezeiung die Rede ist, musstest du dem Bären entkommen.«

»Und hier stehe ich nun«, sagte Rhun. »Aber die Prüfung ist noch nicht vorbei, nicht wahr? Deshalb hast du Erin fortgehen lassen. Du hast das Trio auseinandergerissen, um herauszufinden, ob wir uns wieder vereinen und unsere Aufgabe erfüllen werden. Auf diese Weise forderst du Gott heraus, so wie du in der Vergangenheit die Kirche herausgefordert hast.«

Rasputin schüttelte den Kopf. »Keineswegs. Ich fordere nur dich heraus, mein Freund. Den Mann, den die Kirche so sehr liebt, wie sie mich hasst.«

Rasputin machte auf dem Absatz kehrt, scheuchte mit einer Handbewegung seine Gefolgsleute weg und öffnete Rhun den Weg in die Freiheit.

Jordan wartete, bis Rhun ihn erreicht hatte. Seite an Seite liefen sie Spießruten durch Rasputins dunkle Schar. Bei jedem Schritt pochten Jordans Bisswunden. Ihm sträubten sich die Nackenhaare, und er spannte sich an, wartete auf einen Angriff von hinten, auf Rasputins neuerlichen Verrat.

Doch nichts geschah.

»Finde die Frau, Rhun!«, rief Rasputin ihnen nach. »Beweise, dass das Vertrauen der Kirche in deine blutbefleckten Hände gerechtfertigt ist!«

Rhun eilte durch den Tunnel zur Bluterlöserkirche, ohne zu bemerken, dass sein eigenes Blut auf den gefrorenen Boden tropfte.

TEIL 5

… und sie sangen ein neues Lied:
Du bist würdig, zu nehmen das Buch und
aufzutun seine Siegel; denn du bist geschlachtet und
hast mit deinem Blut Menschen für Gott erkauft …

Offenbarung 5,9

54

28. Oktober, 14:55, MEZ
Rom, Italien

ERIN RISS SICH los, von Albtraumgestalten bedrängt. Sie boxte in die Dunkelheit, doch die wollte nicht weichen. Erst jetzt wurde sie von Verzweiflung und eiskalter Furcht überwältigt, die ihre Panik noch steigerten. Sie riss die Augen weiter auf – doch auch das half nichts. In ihrem Gefängnis war es so dunkel, dass es gleichgültig war, ob sie die Augen geöffnet oder geschlossen hatte.

Sie presste die Hände an die Wangen, erstaunt darüber, dass sie eingeschlafen war. Aber die Erschöpfung und der Mangel an sensorischen Reizen hatten offenbar die Oberhand gewonnen.

Wie lange habe ich geschlafen?

Sie erinnerte sich, dass sie die Nacht zuvor mit einem Privatjet von St. Petersburg losgeflogen war. Sie hatte die ganze Zeit über eine Kapuze getragen, doch sie hatte aufgeschnappt, dass sie nach Rom flogen. Der Flug hatte etwa vier Stunden gedauert. Anschließend waren sie eine Stunde lang mit dem Auto in die nächtliche Stadt gefahren. Erin hörte das Hupen der Autos, Rufe und Flüche, und sie roch den Tiber, als sie eine Brücke überquerten.

Wenn sie sich nicht täuschte, fuhren sie zur Vatikanstadt.

Was führte Bathory im Schilde?

Was hat sie mit mir vor?

Der SUV, der sie von der Landepiste abgeholt hatte, hielt schließlich, und Erin wurde in die morgendliche Kälte hinausgezerrt. Sie konnte unter dem Rand der Kapuze hindurch erkennen, dass die Sonne noch nicht aufgegangen war.

Dann ging es wieder unter die Erde, über Treppen, durch Tunnel und über Leitern, die ihr besondere Mühe bereiteten, da sie wegen der Kapuze ja nichts sehen konnte. Sie hatte den Eindruck, dass sie eine volle Stunde lang im Untergrund von Rom unterwegs waren. Sie wusste, dass ein großer Teil des alten Roms unter der Erde weiterexistierte, in Form miteinander verbundener Katakomben, Weinkeller, Grüfte und geheimer Kirchen.

Aber wohin brachte man sie?

Schließlich stieß man sie in eine dunkle Zelle. Das blutige Halsband hatte man ihr nicht abgenommen. Zehn Minuten lang hockte sie an der Wand, die Arme um die Knie geschlungen, ohne dass ein Geräusch an ihre Ohren drang. Dann schlug sie die Kapuze zurück und stellte fest, dass das Halsband geöffnet war. Sie nahm es ab und schleuderte es erleichtert weg. Kurz darauf schlief sie ein.

Jetzt betastete sie die Verletzungen an ihrem Hals.

Sie verfügte über ein gutes Zeitgefühl und schätzte, dass es in der Außenwelt Nachmittag war.

Sie dehnte all ihre Sinne aus und hörte das langsame, nachhallende Getröpfel von Wasser, das auf einen großen Raum schließen ließ. Es roch abgestanden und muffig. Sie fuhr mit der Hand über den Boden. Stein. Mit den Fingerspitzen ertastete sie Meißelspuren.

Eine Gruft?

Sie ließ sich auf alle viere nieder und schwenkte die Hand

in immer größeren Halbkreisen von links nach rechts. Vom aufgewirbelten Staub tränten ihr die Augen, und sie musste mehrmals niesen. Als sie den Staub zwischen den Fingern zerrieb, fühlte er sich an wie eine Mischung aus Holzspänen und Gesteinsstaub.

Sie erweiterte den Umkreis ihrer Suche und berührte schließlich einen rundlichen Gegenstand. Ihr Tastsinn ergänzte, was sie nicht sehen konnte. Ein Schädel. Sie schluckte, setzte ihre Erkundung aber fort: längliche Nase, kleine Hirnschale, lange, gebogene Schneidezähne.

Eine große Katze. Vermutlich ein Löwe.

Sie setzte sich auf den Po und überlegte, was das zu bedeuten hatte. Sie befand sich anscheinend in einer Art von römischem Zirkus, wo einmal Gladiatoren und Sklaven gegeneinander und gegen wilde Tiere gekämpft hatten. Das Tier, von dem dieser Schädel stammte, war zusammen mit den Überresten des Spektakels begraben worden, bei dem es sein Leben verloren hatte.

Sie kombinierte diese Information mit dem mutmaßlichen Weg, den sie durch die Stadt genommen hatten.

In Richtung Vatikanstadt.

In dieser Gegend war ihr nur ein größerer Zirkus bekannt. Der Vatikan war auf blutgetränktem Boden errichtet.

Auf dem Zirkus des Kaisers Nero.

Vor fast zweitausend Jahren hatte Nero den von Caligula begonnenen Zirkus fertiggestellt. Er hatte gewaltige Tribünen errichtet, auf denen das Publikum den brutalen Spielen beigewohnt hatte. Zunächst hatte er der jubelnden Menge Löwen und Bären geopfert. Aber das Abschlachten von Tieren hatte den damaligen Römern nicht gereicht, weshalb er zu Gladiatorenkämpfen übergegangen war.

Und schließlich hatte er Christen genommen.

Das Blut der Märtyrer hatte den Boden der Arena getränkt. Nicht alle wurden von Tieren zerrissen oder von Gladiatoren erschlagen. Viele wurden gekreuzigt. Auch der heilige Petrus war hier in der Nähe des Obelisken in der Mitte der Arena kopfunter ans Kreuz genagelt worden.

Der Zirkus war auch berühmt für sein System weitverzweigter unterirdischer Gänge. Es gab sogar primitive Aufzüge, mit denen die wilden Tiere oder Kämpfer direkt in die Arena geschafft worden waren.

Erin blickte nach oben und stellte sich den Petersdom vor, der teilweise auf diesem verfluchten Ort erbaut war. Während ihres weiterführenden Studiums hatte sie einen Text gelesen, der vor hundert Jahren verfasst worden war – *Das heidnische und christliche Rom* von Rodolfo Lanciani. Er enthielt eine Darstellung überlappender Bauwerke – in der Tiefe der hufeisenförmige Zirkus, darüber die kreuzförmige Basilika.

In der undurchdringlichen Dunkelheit stand ihr die Skizze leuchtend vor Augen.

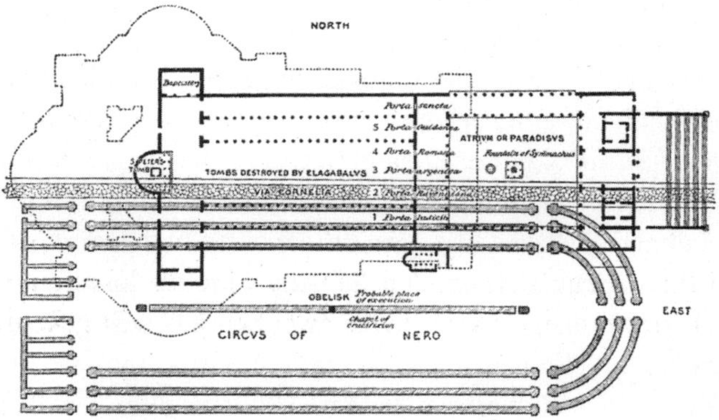

Wenn es ihr gelang, sich aus der Gefängniszelle zu befreien und nach oben vorzudringen, wäre es bis zum Petersdom nicht mehr weit. Dort würde man ihr helfen.

Mit frischer Entschlossenheit erkundete sie die Ecken des Raums. Die Zelle maß etwa zweieinhalb mal drei Meter, an der Vorderseite war eine moderne Stahltür eingebaut. Schwachpunkte entdeckte sie keine.

Sie war auf fremde Hilfe angewiesen. Zwei Gesichter tauchten vor ihrem geistigen Auge auf: das eine blass und dunkeläugig, mit einer Ausstrahlung von hehrer Entschlossenheit; das andere grinsend, mit geröteten Wangen und lachenden Augen von der Farbe des Himmels.

Wie mochte es Rhun und Jordan ergangen sein? Sie schreckte davor zurück, es sich auszumalen.

Im Dunkeln lieber nicht.

Nach einer scheinbaren Ewigkeit näherte sich ein Lichtschimmer. Sie presste das Gesicht an die Gitterstäbe. Vier Personen in Begleitung eines großen Hundes schritten durch den Gang, eine hatte eine Taschenlampe dabei. Der Hund ging neben einer langhaarigen Frau her.

Bathory und der Grimwolf.

Ihr folgten zwei größere Gestalten, die wie Brüder wirkten und einen dritten Mann mit sich schleppten, dessen Arme sie sich über die Schultern gelegt hatten. Erins Kehle schnürte sich zu. War das Jordan? Oder Rhun?

Bathory sperrte wortlos die Zellentür auf und öffnete sie.

Erin spannte sich an. Am liebsten wäre sie losgerannt, doch sie wusste, sie wäre keine zwei Schritte weit gekommen.

Der Grimwolf tappte in die Zelle.

Bathory und die beiden Männer folgten dem Wolf. Kalte Luft strömte herein. Die beiden Brüder waren Strigoi.

Sie ließen den Mann auf den Boden fallen. Er stöhnte

und wälzte sich auf die Seite. Sein Gesicht war voller Blutergüsse, die Augen zugeschwollen, und seine Ärmel und ein Hosenbein waren blutverkrustet.

»Professor Granger?«, krächzte er, und sein texanischer Akzent war nicht zu überhören.

Sie kniete neben ihm nieder und ergriff seine Hand. »Nate? Du lieber Himmel… Wie sind Sie hierhergekommen?«

Sie kannte die Antwort jedoch und verzweifelte, als ihr klar wurde, dass dies die Folge ihrer eigenen Kurzsichtigkeit war. Sie hatte einfach nicht daran gedacht, dass die Belial es auch auf unschuldige Studenten abgesehen haben könnten. Über welche Informationen verfügten sie? Dann stürzte die Erinnerung wieder auf sie ein. Sie hatte aus der Gruft Fotos des Naziordens gesendet. Kein Wunder, dass Bathory ihr Team in Deutschland aufgespürt hatte.

Was habe ich getan?

Darauf wusste sie keine Antwort. Und noch eine weitere Frage stand im Raum. »Was ist mit Amy?«, flüsterte sie.

Nate sah sie an mit Tränen in den Augen. »Ich… ich… ich war nicht da, um sie zu beschützen.«

Erin schaukelte zurück, als hätte man sie ins Gesicht geschlagen.

Nate schluchzte auf.

»Das ist nicht Ihre Schuld, Nate.«

Es war ihre Schuld. Sie hatte die Verantwortung für die Studenten gehabt.

»Ich weiß nicht, warum ich hier bin«, brachte Nate mühsam hervor.

Erin empfand jähe Zuneigung zu dem jungen Texaner. Sie drückte ihm die Hand.

»Wie rührend«, höhnte Bathory.

»Weshalb haben Sie ihn hergebracht?« Erin drehte sich um und funkelte Bathory an. Der Grimwolf knurrte drohend. »Ich nehme an, Sie haben die Fotos. Er weiß nichts. Er hat nichts mit der Sache zu tun.«

»Das stimmt nicht ganz«, sagte Bathory. »Er hat etwas mit *dir* zu tun.«

»Was wollen Sie?«, fragte Erin zerknirscht.

»Was soll ich von der *Frau von großer Gelehrsamkeit* schon wollen? Informationen natürlich.« Bathory ließ ihre blendend weißen Zähne aufblitzen.

»Ich glaube nicht an die verdammte Prophezeiung«, sagte Erin, und das war ihr voller Ernst. Bislang hatte das Trio alles verpfuscht, was es angefasst hatte. Sie konnte sich nicht vorstellen, dass sie die Rückendeckung einer göttlichen Prophezeiung genossen.

»Andere schon.« Bathory streichelte dem Grimwolf den Kopf. »Hilf uns.«

»Nein.« Sie würde eher sterben, als den Belial dabei zu helfen, das Buch zu öffnen.

Bathory schnippte mit den Fingern. Der Grimwolf machte einen Satz und drückte Nate mit den Vorderpfoten auf den Boden, wobei Erin seine Hand entrissen wurde. Der Wolf näherte seine Schnauze Nates Hals.

Die Botschaft war eindeutig, aber Bathory wollte auf Nummer sicher gehen. »Ich habe keine Verwendung für deinen Cowboy.«

Bathory richtete ihre Taschenlampe auf Nate. Erin versuchte, ihn nicht anzusehen. Sie starrte die rauen Steinwände an, die erst vor Kurzem eingebaute Stahltür und die schwarze, scheinbar unendlich weit entfernte Zellendecke. Doch ihr Blick kehrte zu Nate zurück. Er hatte die Augen geschlossen, und seine Lider bebten, doch er wirkte so tapfer, dass Erin ihn am liebsten umarmt hätte. Obwohl er zu Tode verängstigt war, flehte er nicht um Hilfe. Er wartete einfach.

»Was wollen Sie wissen?«, wandte Erin sich an Bathory.

»Deine Ansicht zu dem Bleibehältnis, in dem das Buch eingeschlossen ist.« Bathory stemmte beide Hände in die Hüfte. »Für den Anfang.«

»Darüber weiß ich nichts.«

Der Hund senkte den Kopf auf Nates entblößten Hals und knurrte bedrohlich.

»Vielleicht können wir darüber reden, Sie und ich.« Erin sprach so schnell sie konnte. »Aber zuerst rufen Sie den Grimwolf zurück.«

Wie auf einen geheimen Befehl seiner Herrin hin hob der Wolf den Kopf.

Nate schauderte vor Erleichterung.

Erin musste der Frau irgendetwas anbieten. »Auf dem Metallblock befindet sich eine Abbildung. Ein Skelett und ein Mann, die durch Seilschlingen miteinander verbunden sind.«

»Ja, das wissen wir. Zusammen mit den Buchstaben Alpha und Omega.«

Bathory wandte sich an den größeren der beiden Brüder, der sie, gepierct und tätowiert, mit gierigem Blick musterte. Er nahm die geschulterte Tasche ab, zog einen schweren Gegenstand heraus und reichte ihn Erin.

»Was siehst du sonst noch?«, fragte Bathory.

Als Erin den kalten Metallblock entgegennahm, achtete sie darauf, den Tätowierten nicht zu berühren. Sie wünschte, sie hätte irgendetwas Entscheidendes beitragen können. Was wusste sie über das Buch? Sie fuhr mit den Fingern über die beiden abgebildeten Figuren: das menschliche Skelett und den nackten Mann, gekreuzigt und durch ein geflochtenes Seil mit dem Skelett verbunden.

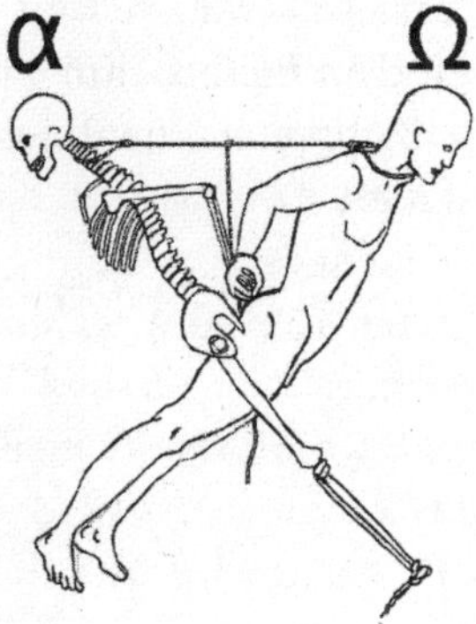

»In dem Buch geht es um Wunder«, setzte Erin an. »Um die Wunder, die Jesus gewirkt hat. Darum, wie Er sich Seine Göttlichkeit zunutze gemacht hat.«

Der Wolf verlagerte das Gewicht von einer Pfote auf die andere.

»Das wissen wir«, sagte Bathory ungehalten. »Wie lässt es sich öffnen?«

Erin versuchte nachzudenken. »Wunder. Wie zum Beispiel die Verwandlung von Wasser in Wein. Oder die Auferweckung von Toten…«

Sie stutzte.

Bathory hatte es ebenfalls begriffen. »Bei allen bedeutenden Wundern geht es um *Transformation*.«

»Genau!« Es erstaunte Erin, wie schnell Bathory den richtigen Schluss gezogen hatte. »Wie bei der Transsubstantiation, wenn der Wein in Jesu Blut verwandelt wird.«

»Dann ist der Bleiblock vielleicht schon das Buch.«

Bathory hockte sich neben sie, als wären sie Kolleginnen bei einer Besprechung. Sie berührte ebenfalls die Bleioberfläche. »Die Alchemisten haben versucht, Blei in Gold zu verwandeln.«

Erin nickte, denn sie verstand, worauf Bathory hinauswollte. »Möglicherweise war das der Ursprung dieser Experimente. Vielleicht hat ein Hinweis auf das Evangelium die Zeiten überdauert, sodass man glaubte, man könne Blei in Gold verwandeln.«

Bathory fixierte sie mit ihren silberfarbenen Augen. »Vielleicht muss auch das Evangelium auf diese Weise verwandelt werden. Aus dem stumpfen, wertlosen Blei in das funkelnde Gold des Evangeliums?«

Erin fielen die Worte ein, die Piers im Bunker gesprochen hatte.

Es ist noch kein Buch. Noch nicht.

Hatte der alte Priester das Rätsel gelöst, als er jahrzehntelang am Kreuz gehangen und viel Zeit zum Nachdenken gehabt hatte?

Erin nickte. »Ich glaube, Sie haben recht.«

»Das ist ein interessanter Gedanke. Aber welche alchemistischen Zutaten bräuchte man, um diese Transformation zu bewirken?« Bathory tippte auf die Abbildung des Skeletts. »Ich nehme an, unser knochiger Freund kennt die Antwort?«

»Aber was hat der Buchstabe Alpha über seinem Kopf zu bedeuten? Das muss ein Hinweis sein.« Erin betrachtete das Skelett unter dem Zeichen, dann fixierte sie den Nackten und den Buchstaben über dessen Kopf. »Und was bedeutet das Omega?«

»Alpha Skelett, Omega Mensch.« Bathory schob den Zeigefinger in zwei kleine Vertiefungen an der Oberseite des Metallklumpens.

Erin hatte sie bis jetzt noch nicht bemerkt. Vielleicht sollten sie ja der Aufnahme der von Bathory erwähnten alchemistischen Ingredienzien dienen. Sie beugte sich vor.

Bevor sie die Mulden näher betrachten konnte, schnellte Bathory hoch und entriss Erin den Metallblock.

»Was ist?«, fragte Erin. »Was haben Sie entdeckt?«

Bathory schnippte mit den Fingern, worauf der Wolf von Nate abließ. Der junge Mann setzte sich benommen auf und massierte sich den Hals.

Bathory sah Erin mit ihren unheimlichen Silberaugen an und lächelte. »Danke für deine Hilfe.«

Sie und die Strigoi verließen die Zelle. Das Schloss klickte, das Licht entfernte sich im Gang. Erin beugte sich vor und sah ihr nach. Bathory hatte etwas herausgefunden – etwas Wichtiges.

Nate atmete stockend ein. »Die kommt wieder.«

Erin sah das auch so. »Aber dann sind wir nicht mehr hier«, setzte sie hinzu.

15:35

Rhun zog die dunkle Kapuze tief in die Stirn, einerseits, um sein Gesicht vor den Touristen zu verbergen, andererseits wegen der Abendsonne, die den Petersplatz mit Licht überflutete.

Zusammen mit Jordan wartete er.

Am anderen Ende des Platzes ragte der Petersdom auf. An den Seiten wurde der schlüsselförmige Platz von den weiten Bogen der Travertinkolonnaden eingefasst. Deren Erbauer Bernini zufolge stellten sie die Arme des heiligen Petrus dar, der die Masse der Gläubigen umarmte. Auf den Armen thronten einhundertvierzig Heilige und blickten auf das Getriebe herab.

Rhun hoffte, dass sie ihn nicht bemerkten. Er hatte diesen Platz als Treffpunkt ausgewählt, damit für den Fall, dass Bathory bereits in Rom weilte, die Strigoi ihn nicht belauschen konnten. Vermutlich war er paranoid, doch nach den Ereignissen in Russland wollte er keinerlei Risiko eingehen.

Jordan krempelte sich die Ärmel hoch. Unmittelbar über dem Ellbogen lugte der Rand eines Strigoibisses hervor. Der Mann verfügte über eine unglaubliche Konstitution. Er war geschlagen und gebissen worden, doch seine Sorge um Erin trieb ihn weiter an. *Ein würdiger Menschenkrieger*, dachte Rhun und versuchte, sich darüber zu freuen, dass sie einen solchen Beschützer hatte.

Menschenmassen umwogten sie. Eine Mutter schaukelte einen Säugling auf der Hüfte. Neben ihr schaute ein junger Mann ihre Brüste an, und sein Herzschlag verriet seine Empfindungen. Schulmädchen in marineblauen Uniformen schnatterten unter dem wachsamen Blick einer Lehrerin mit hellrot gerahmter Brille.

Eine Frau in langen Jeans, engem schwarzem T-Shirt und mit breitkrempigem Strohhut und Sonnenbrille schlenderte über den belebten Platz. Sie machte ein paar Fotos, dann verstaute sie die kleine Kamera in dem Rucksack, den sie an einem Riemen über der Schulter trug. Sie wirkte wie eine Touristin, doch das war eine Täuschung.

Nadia.

Endlich.

Rhun wollte den Platz erst dann überqueren, wenn sie ihm grünes Licht gab. Er hielt sich nur ungern in der Vatikanstadt auf. Rom war jahrhundertelang sein Zuhause gewesen. Es war der einzige Ort gewesen, wo er sich ungehindert hatte bewegen können – bis jetzt. Bis vor Kurzem hatte er daran gedacht, sich in die meditative Welt unter dem Petersdom zurückzuziehen. War dieser Frieden für ihn nun für immer unerreichbar?

Er schlenderte an der geschwungenen Kolonnade entlang zum Kaskadenbrunnen. Wie viele Dinge in Rom war auch der Brunnen älter als er selbst. Ein kleines Mädchen tollte zwischen den dorischen Säulen umher und wurde verfolgt von seiner energischen Mutter. Wahrscheinlich wollten sie noch ein wenig spielen, bevor sie zum Abendessen nach Hause gingen.

Sein scharfer Blick fiel auf den roten Porphyrstein, der in das Meer der grauen Pflastersteine eingelassen war. Der blutrote Stein markierte die Stelle, an der vor dreißig Jahren Papst Johannes Paul II. niedergeschossen worden war. Er erinnerte Rhun an die Pflastersteine, die in der Bluterlöserkirche aufbewahrt wurden, ein Gedanke, der das Gespenst Rasputins an diesem heiligen Ort heraufbeschwor.

Rhun verharrte neben dem hohen Steinobelisken. Diese Säule war bereits Zeuge gewesen, als zahllose Christen und auch der heilige Petrus in Neros Zirkus gekreuzigt worden waren. Seit dem Ende des fünfzehnten Jahrhunderts wachte sie jedoch über den Mittelpunkt der christlichen Welt. Anhand des langen Schattens schätzte er, wie spät es war. Bis Sonnenuntergang blieben ihnen weniger als zwei Stunden. Wenn die Belial Strigoi in Rom stationiert hatten, mussten sie vor Einbruch der Nacht handeln.

Nadia blieb neben ihm stehen.

»Wo ist die Frau?« Sie legte den Kopf in den Nacken, als betrachtete sie das Kreuz am Obelisken.

»Erin«, sagte Jordan. »Sie heißt Erin.«

»Man hat sie gefangen genommen, zusammen mit dem Buch.« Rhun schilderte kurz die Ereignisse in Russland, dann reichte er ihr Jiangs Rosenkranz und dessen Trinkflasche. Die könnte sie in das Versteck unter der Nekropole des Petersdoms bringen, wo der Sanguinarierorden zu Hause war.

Nadia hielt die Flasche einen Moment in der Hand, bevor sie sie im Rucksack verstaute. Sie hatte einige Male mit Jiang zusammengearbeitet. »Der Kardinal ist wieder in Rom. Seit er von deinem angeblichen Tod erfahren hat, hält er sich bei den Zurückgezogenen auf und betet.«

Rhun wurde von Schuldgefühlen überwältigt. Es war ihm zuwider, Bernard anzulügen. Er hatte gewusst, dass Bernard nach Nadias Mitteilung trauern würde. Er würde außer sich sein, wenn er erfuhr, dass Rhun und Nadia ihn getäuscht hatten. Eine andere Möglichkeit aber hatte es nicht gegeben, wenn sie die Spione der Belial in ihren Reihen täuschen wollten. Rhun blickte zu dem imposanten Apostolischen Palast hinüber, der die Kolonnade überragte. Einige Fenster waren geöffnet, um frische Luft hineinzulassen.

»Kannst du uns zu Bernard bringen? Jetzt, da die Belial das Buch haben, müssen wir die Geheimhaltung aufgeben.«

»Und Erin«, warf Jordan ein. »Erin haben sie auch.«

55

28. Oktober, 15:40, MEZ
Zirkus des Nero, Rom

»WAS MEINEN SIE damit, dass wir dann nicht mehr hier sind?«, fragte Nate.

Erin stolperte in der undurchdringlichen Dunkelheit zu ihm hinüber und drückte ihm aufmunternd die Hand. »Wir werden ins Freie *klettern*.«

»Wie das?«

Sie sagte es ihm.

Als Bathory ihre Taschenlampe umhergeschwenkt hatte, war Erin auf einen möglichen Ausgang aufmerksam geworden. Die Steinwände konnten sie unmöglich durchbrechen, die erst kürzlich eingebauten Eisenstäbe machten einen stabilen Eindruck, und der Boden war aus massivem Gestein. Da gab es kein Durchkommen. Aber die Decke!

Im Schein von Bathorys Taschenlampe war ihr aufgefallen, dass die Zelle keine Decke hatte. Sie befanden sich in einem Schacht mit senkrechten Wänden.

Erin wusste, was das bedeutete. Die römischen Sklaven hatten die eingesperrten Tiere mit langen Stangen durch den Tunnel befördert, durch den Bathory gekommen war. Die Tiere waren für die Arena bestimmt gewesen, doch zunächst mussten ihre Käfige in die Zelle geschoben werden, in der sie und Nate eingesperrt waren. Damals hatte eine Holzplattform den Steinboden abgedeckt. Im Laufe der Jahrhunderte war die Plattform zerfallen; die Überbleibsel hatte Erin ertastet, als sie zu sich gekommen war. Ursprünglich waren die Bretter zusammengenagelt gewesen. Von den Seiten führten Ketten zu den Flaschenzügen, die in der Höhe montiert waren. Die Ketten wurden durch Kanäle an den Seiten des schwarzen Rechtecks über der Zelle geführt. Sklaven rollten die Käfige mit den Tieren auf die Plattform. Auf ein Kommando hin ließen sie dann mithilfe des raffinierten Flaschenzugsystems die Plattform mit dem Käfig zur Arena aufsteigen.

Erin und Nate hofften, dass der Schacht an einen sicheren Ort führen würde.

»Kommen Sie her«, sagte sie und fasste Nate bei der Hand. »Wenn wir an der Stahltür hochklettern, kommen wir an den Schacht heran.«

Sie half ihm, an den Querstreben hochzuklettern. Er zitterte noch immer. Er war ausgehungert und körperlich schwer angeschlagen.

»Jetzt wird's interessant.« Erin drückte ihn mit einem Arm gegen die Streben. »An der einen Wand habe ich einen vertikalen Kanal bemerkt. Mit etwas Glück können wir darin bis nach oben klettern. Früher wurden die Ketten, mit denen die Plattform hochgezogen wurde, durch den Wandkanal geführt. Ich klettere als Erste hoch. Sie kommen nach.«

»Ja, Ma'am«, sagte Nate. Sie nahm seinen sarkastischen Unterton mit Erleichterung auf, tastete dann herum und fand die Vertiefung. Sie war breit genug, um sich hineinzuzwängen: die Beine gegen die eine Seite gedrückt, den Rücken gegen die andere. Diese Klettermethode wurde Kamintechnik genannt. Sie stemmte die Beine gegen das Zellengitter und schob sich in dem Kanal hoch. Bevor sie zurückrutschen konnte, stemmte sie das eine Bein gegen die Wand. Mit dem Rücken drückte sie sich an die andere Nischenwand. Schon war sie drin. Sie schob erst den einen Fuß hoch, dann den anderen. »Okay, Nate. Jetzt Sie.«

Sie hörte, wie er sich von den Querstreben zu ihr hochdrückte – dann plumpste er auf einmal auf den Steinboden.

Sie ließ sich fallen. »Haben Sie sich verletzt?«

»Nichts passiert.« Er hörte sich nicht gut an.

»Diesmal gehen Sie vor.«

Erin fasste ihn bei der Hand und dirigierte ihn zurück zum Gitter. Nate kletterte daran hoch und stürzte erneut ab.

»Lassen Sie mich hier«, sagte er. »Ich schaff's nicht.«

»Sie wollen allen Ernstes behaupten, ein kräftiger Texasbursche wie Sie hätte nicht den Mumm, einer klapprigen alten Dame wie mir zu zeigen, wie man klettert?«

»Das ist keine Frage des Mumms«, sagte er niedergeschlagen.

Sie stichelte nur ungern, doch es musste sein. »Aber sicher doch. Hören Sie auf herumzujammern und schieben Sie Ihren Arsch den Schacht hoch. Ich will Ihrer kleinen Schwester nicht erklären müssen, dass Sie nur deshalb gestorben sind, weil Sie zu faul waren, um da hochzuklettern.«

Nate richtete sich auf. »Früher hab ich Sie gemocht.«

»Los mit Ihnen.«

Diesmal stützte sie ihm die Füße, als er sich nach oben schob. Wenn er erst mal in dem Kanal eingeklemmt wäre, bräuchte er seine verletzten Arme nicht mehr zu beanspruchen, nur noch den Rücken und die Beine.

Schmutz und Steinsplitter regneten auf sie herab, als Nate sich langsam in die Höhe schob. Sie folgte ihm, indem sie das eine Bein streckte, es ein paar Zentimeter anhob und sich dann mit dem anderen Fuß nach oben drückte. Immer wieder. Zentimeter um Zentimeter. Sie hatte Erfahrung im Kaminklettern, doch früher war sie mit einem Seil gesichert gewesen und hatte eine Taschenlampe dabei.

»Wie läuft es, Nate?«

»Hab mich seit Tagen nicht mehr so gut gefühlt.« Er schob sich ein paar Zentimeter höher.

Erin lächelte grimmig. Da hatte er wohl recht.

Ein paar Klettermanöver weiter rutschte er ab.

Sie bekam seinen Fuß zu fassen und drückte ihn gegen die Wand. Er half aus eigener Kraft nach und stoppte seinen Fall.

Das Herz klopfte ihr bis zum Hals. Um ein Haar wären sie und Nate abgestürzt. Bei dem Aufprall hätten sie mit etwas Glück ums Leben kommen können. Andernfalls hätten sie das zweifelhafte Vergnügen gehabt, vom Grimwolf zerrissen zu werden.

Aber wenigstens hätten sie es versucht gehabt.

Unter ihnen zeigte sich ein Lichtschimmer.

Jemand näherte sich der Zelle.

16:05

In einem Privatraum im Apostolischen Palast knirschte Jordan mit den Zähnen. Mit nacktem Oberkörper lag er bäuchlings auf einem dicken Wollteppich. Nadia spielte Krankenschwester und tupfte die Bisswunden an seinem Arm und seinem Rücken ab, wobei sie nicht sonderlich rücksichtsvoll vorging.

»Seltsames Tattoo«, bemerkte sie zu dem Lichtenbergmuster des Blitztreffers.

»Ich weiß«, sagte er und zuckte zusammen. »Für so was muss man sterben.«

Nadia hatte ihn und Rhun durch einen Geheimeingang in den Apostolischen Palast geschmuggelt, in dem auch der Papst wohnte. Eilig hatte sie ihn in diesen schlichten Raum mit den weiß getünchten Wänden bugsiert. Es gab darin einen altmodischen langen Holztisch, sechs schwere Stühle und ein makaberes Kruzifix an der Wand. Nach seiner Begegnung mit Piers konnte er den Anblick von Kruzifixen kaum mehr ertragen. Deshalb hielt er den Blick auf den Teppich gesenkt. Er roch nach nassem Schaf.

Nadia wrang einen braunen Waschlappen in einem Kupferbecken aus. Das Wasser färbte sich von Jordans Blut rötlich.

»Wo bleibt Bernard?« Rhun schritt im Zimmer auf und ab. Hin und wieder hielt er kurz inne, um einen Blick durchs Fenster auf den Hof zu werfen.

»Ich habe ihm Bescheid geben lassen.« Nadia machte sich weiter an Jordans Verletzungen zu schaffen.

Autsch. Jetzt war sie richtig gemein.

Sie holte ein Glasgefäß aus ihrem Rucksack. »Das könnte jetzt ein bisschen brennen.«

»Das sollten Sie nicht sagen«, nörgelte Jordan. »Sie sollten mich anlügen.«

»Lügen ist eine Sünde.«

»Wie zum Beispiel dem Kardinal zu sagen, wir wären tot.«

Nadia schraubte das Glas auf. Der Inhalt roch wie Pferdedung.

»Was ist das für ein Zeug?«, wechselte er das Thema.

Sie tunkte Zeige- und Mittelfinger hinein. »Das wollen Sie gar nicht wissen.«

Er öffnete den Mund, um zu widersprechen – dann klappte er ihn wieder zu. Vielleicht hatte Nadia ja recht.

Sie trug die Salbe auf eine Bisswunde an seinem Rücken auf.

Er keuchte auf, dann brach ihm der Schweiß aus. »Fühlt sich an wie Napalm.«

»Ich weiß.« Sie beeilte sich, alle Wunden zu versorgen.

Er betrachtete eine Bissverletzung an seinem Arm. Sie hatte die ganze Zeit über genässt, doch die stinkende Salbe hatte die Blutung unverzüglich gestoppt. Er atmete mehrmals tief durch und wartete darauf, dass das Brennen nachließ. »Wie wollen Sie nach Erin suchen?«

Rhuns leise Schritte auf dem weichen Teppich gerieten keinen Moment lang ins Stocken. »Sobald der Kardinal hier ist, stellen wir ein Team zusammen, das nach ihr und dem Buch suchen wird. Die Sanguinarier verfügen über ein weitverzweigtes Informantennetz, zumal hier in Rom. Wir werden sie finden.«

Soweit Jordan das beurteilen konnte, war das Informantennetz der Sanguinarier bislang nutzlos gewesen, doch es hätte nichts genutzt, das auszusprechen. Er verhielt sich ruhig, während Nadia seine Verletzungen unsanft verband. Als Krankenschwester hatte sie keine Zukunft.

Nadia warf ihm ein sauberes graues T-Shirt zu, und er setzte sich auf und zog es an. Jetzt sah er aus wie ein ganz normaler Typ mit ein paar großen Pflastern und nicht mehr wie der Überlebende eines Strigoi-Angriffs. Immerhin ein Fortschritt.

Es klopfte. Bevor jemand an die Tür gehen konnte, wurde sie aufgerissen.

Der Kardinal stand im Eingang. In vollem Ornat. Er wurde begleitet von Männern mit blauen Hosen und schwarzen Lederstiefeln, blauen langärmligen Hemden mit flachem weißem Kragen, weißen Handschuhen und schwarzen Baretten. Sie sahen aus, als wären sie einem anderen Jahrhundert entsprungen. Die SIG Sauer in ihren Händen aber waren auf der Höhe der Zeit.

16:12

Erin erstarrte, als das Licht in der Tiefe heller wurde. Sie wollte nicht gehört werden – dann wurde ihr bewusst, wie absurd das war. Die Zelle hatte nur einen Ausgang, und sie und Nate klemmten in dreieinhalb Metern Höhe darin fest. Die Strigoi waren in der Lage, den Herzschlag eines Menschen zu hören, deshalb war jede Zurückhaltung unsinnig. Ihre einzige Überlebenschance lag darin, den Schacht rechtzeitig zu verlassen.

Nate kletterte schneller. Sein keuchender Atem ließ erkennen, welche Anstrengung ihm das abverlangte. Und da sie die Höhe des Schachts nicht kannten, konnten sie auch nicht wissen, ob ihr Fluchtversuch überhaupt Aussicht auf Erfolg hatte. Erin hielt sich dicht hinter ihm und hoffte auf ein Wunder.

Der Grimwolf bellte.

Das Gebell vervielfältigte sich im Schacht, was sich anhörte, als sei ein Rudel Höllenhunde hinter ihnen her.

Nate rutschte ab.

Erin stemmte sich mit aller Kraft gegen die Wände.

Zwecklos.

Der Aufprall brachte auch Erin ins Rutschen. Zusammen mit Nate stürzte sie in die Tiefe. Kopf und Arme schrammten an den Wänden entlang, als sie den Absturz abzubremsen versuchte.

Dann fiel sie ins Leere, und Nate plumpste auf sie drauf. Allerdings prallte sie nicht mit dem Rücken auf den Steinboden, sondern auf eine andere Person, die unter ihr zusammenbrach.

Sie versuchte, Nate von sich herunterzuwälzen, doch er war zu schwer.

Eine Frau fluchte in einer slawischen Sprache und

rammte Erin die Ellbogen in die Seite. Erin wälzte sich von Bathory herunter mit einer gewissen Genugtuung, die jedoch nur einen Sekundenbruchteil währte.

Ein massiger Strigoi packte Erin mit der Linken und Nate mit der Rechten. Er war über zwei Meter groß und hatte einen kahl geschorenen Schädel und winzige Knopfaugen. Er hatte eine dunklere Haut als die meisten Strigoi und trug eine schmutzige Cargohose und ein fleckiges weißes T-Shirt. Das Shirt betonte seine muskulöse Brust. Jedenfalls trug er keine Waffe am Oberkörper. Sie senkte den Blick. An seinem Gürtel war eine Lederscheide mit einem Dolch befestigt. Er schleuderte Nate gegen die Wand, dann streckte er die Hand nach Bathory aus.

Und hielt inne.

Riss die Hand zurück.

Blut sickerte aus einer Wunde in Bathorys Arm. Der schmutzig weiße Verband war ihr auf den Ellbogen heruntergerutscht. Offenbar hatte er sich beim Aufprall gelockert. Die Naht einer Schnittverletzung an ihrem Trizeps hatte sich gelöst. Blut lief ihr über den Arm.

Als Bathory es bemerkte, fluchte sie, dann schob sie den Verband hoch.

Er rutschte wieder herunter.

Der Grimwolf strich ihr jaulend um die Beine.

»Zurück.« Bathory schob den Wolf grob zur Seite, beinahe gewaltsam. »Magor, bleib weg.«

Das Wesen entfernte sich einen Schritt und setzte sich auf die Hinterbeine.

Erin kniff die Augen zusammen. *Interessant.*

Bathory richtete sich ohne fremde Hilfe auf. Blut tropfte von ihrem Arm auf den Boden. Die Farbe wirkte seltsam, doch Erin konnte sich nicht bücken, da der Strigoi ihren Arm umklammert hielt.

»Ihr seid ausgesprochen unternehmungslustig.« Bathory klopfte sich den Staub von der Hose.

»Flucht ist die oberste Pflicht eines jeden Gefangenen«, sagte Erin. Der Strigoi starrte Bathorys verletzten Arm mit großen Augen an.

Erin hatte bis jetzt noch nicht erlebt, dass ein Strigoi auf Blut mit Angst statt mit Erregung reagierte. Offenbar war es eine üble Sache, Bathory zu verletzen.

»Ich lasse jetzt meine Wunde versorgen.« Bathory hob die Taschenlampe auf. »Dann komme ich zurück.«

Was würde dann geschehen?

Bathory wandte sich an den Strigoi, der Erin festhielt. »Mihir, du bleibst hier und passt auf sie auf. Sorg dafür, dass sie an Flucht nicht einmal denken.«

Mihir neigte den Kopf.

Bathory pfiff dem Grimwolf und trat auf den Gang. Draußen wartete ein weiterer Strigoi. Er schloss die Tür und vergewisserte sich, dass die Eisenstäbe sich nicht gelockert hatten, erst dann folgte er Bathory.

Erin war erneut in der Zelle gefangen, diesmal aber in Gesellschaft eines grimmigen Strigoi. Er schleuderte sie zur Seite, und sie musste sich herumwerfen, sonst wäre sie auf Nate gelandet.

Mihir leuchtete in den Seitenschacht hoch, in dem Erin und Nate abgestürzt waren.

Erin beugte sich über Nate. »Alles in Ordnung?«

Flatternd hoben sich seine Lider. »Das ist die schlimmste Grabung, an der ich je teilgenommen habe.«

Sie lächelte. »Wenn das hinter uns liegt, bekommen Sie von mir ein grandioses Empfehlungsschreiben, versprochen.«

Mihir kam herüber und machte dabei um einen Blutfleck am Boden, den Bathory hinterlassen hatte, einen Bogen. »Schluss mit dem Gequatsche«, sagte er. Sein Blick verweilte auf dem frischen Blut, das an Erins Hals hinunterlief. Bei dem Sturz waren einige Wunden wieder aufgeplatzt, und in den Augen des Strigoi flackerte Begehrlichkeit.

Erin biss die Zähne zusammen. Sie würde sich nicht ins Bockshorn jagen lassen. Ihr rasendes Herzklopfen ignorierte jedoch den Vorsatz. Aber Angst hin oder her, sie würde seine Blutgier zu ihrem Vorteil nutzen.

Anstatt vor ihm zurückzuweichen, wie ihr Instinkt es ihr riet, ging sie auf Mihir zu und legte den Kopf schräg, denn sie wusste, dass er das Blut roch und ihren angstvollen Herzschlag hörte. Selbst Rhun hatte sich angesichts von fließendem Blut kaum beherrschen können. Und Mihir war sicherlich weniger charakterstark als der Priester.

Er blickte unverwandt auf ihren Hals, sein Atem wurde rauer. Sie ließ die linke Hand herabbaumeln. Sie würde nur eine einzige Chance haben – wenn sie Glück hatte.

Mihir leckte sich die Lippen, beherrschte sich aber.

Er brauchte eine deutlichere Einladung. Sie wappnete sich und fuhr sich mit den Fingern über den blutigen Hals. Ohne den Blick von ihm abzuwenden, strich sie mit den blutigen Fingerspitzen über seine Lippen.

Blitzschnell fasste Mihir ihr an den Hals. Nate rief eine Warnung und lenkte das Monster einen Moment lang ab.

Das reichte ihr.

Erin ließ sich auf ein Knie fallen, riss den Dolch des Strigoi aus der Scheide und rammte ihm die Klinge unter das Brustbein.

Mihir taumelte nach vorn. Ein Blutfleck breitete sich auf seinem T-Shirt aus. Nate drängte sich an ihr vorbei. Er zog den Dolch aus Mihirs Körper und schlitzte dem Strigoi die Kehle auf. Mihir brach zusammen, dunkler Lebenssaft sprudelte auf den Steinboden. Als er Bathorys Blutfleck erreichte, dampfte es.

Nate stand da mit dem Dolch in der Hand und zitterte von Kopf bis Fuß.

Mihirs Augen wurden glasig. Eine Blutlache breitete sich um ihn aus.

»Nate?«

Er fuhr zu ihr herum, den Dolch hoch erhoben.

»Nate«, sagte sie beschwichtigend. »Ich bin's, Erin.«

Er senkte den Dolch. »Tut mir leid. Was er mir angetan hat … mit seinen Zähnen …«

»Ich weiß«, sagte sie. Eigentlich wusste sie es nicht, doch genau das wollte Nate hören. »Und jetzt klettern wir den Schacht hoch, bevor die Hexe wieder auftaucht.«

Diesmal übernahm sie die Führung und leuchtete mit Mihirs Taschenlampe. Nate hatte sich den blutigen Dolch hinter den Hosenbund geklemmt und folgte ihr, wobei er eine größere Entschlossenheit als bisher an den Tag legte. Offenbar wurde er befeuert vom Adrenalin.

Erin leuchtete gerade nach oben. Der Schacht endete nicht in der Arena, wie sie gehofft hatte, sondern wurde von einer Metallplatte abgeschlossen. Es gab keinen direkten Ausgang.

Sie ließ sich gegen die Wand sinken und fing sich im letzten Moment ab, sonst wäre sie auf Nate hinabgerutscht.

Als Nächstes besah sie sich die Wände und bemerkte einen zweiten Schacht, der seitlich abging. Vermutlich hatte es noch eine zweite Etage mit Tierkäfigen gegeben. Vielleicht tat sich da eine Fluchtmöglichkeit auf.

Ein Hoffnungsschimmer war immerhin besser, als tatenlos abzuwarten.

»Nate!«, rief sie und leuchtete die Schachtmündung an. »Schauen Sie!«

Er lächelte. »Dann los.«

Mit frischer Entschlossenheit und im Schein der Taschenlampe arbeiteten sie sich zur Abzweigung hoch. Eher handelte es sich um einen kleinen Vorraum als um einen Querschacht.

Erin leuchtete umher. Früher war der Raum mit Gitterstäben umschlossen gewesen, von denen jedoch nur noch Rosthaufen und kurze Stummel übrig geblieben waren.

Sie kletterte darüber hinweg in den angrenzenden Gang.

Sie blinzelte und schirmte mit der Hand die Taschenlampe ab.

In der Ferne lockte ein blassgelber Lichtschimmer.

Ein Ausgang.

56

28. Oktober, 16:30, MEZ
Vatikanstadt

KARDINAL BERNARD FEGTE wie eine Gewitterwolke durch die Flure des Apostolischen Palasts.

Rhun folgte ihm, eskortiert von einem Trupp Schweizergardisten mit gezogenen Waffen. Nadia, die zu seiner Linken ging, schien unbesorgt; Jordan marschierte zu seiner Rechten und wirkte eher zornig als eingeschüchtert. Rhun war froh, sie bei sich zu haben.

Kardinal Bernards kerzengerader Rücken verriet, wie wütend er war. Die rote Soutane wehte ihm nach. Offensichtlich war er erbost darüber, dass Nadia ihn angelogen hatte. Rhun blickte sich zu den Schweizergardisten um. Den Abschluss bildete Pater Ambrosius, der unverhohlen frohlockte.

Mit Nadias Unterstützung hätte Rhun sie alle mühelos überwältigen können, doch er wollte gar nicht weglaufen. Er wollte Bernard berichten, was geschehen war, und ihn um seine Unterstützung bei der Suche nach Erin und dem Buch bitten. Er konnte nur hoffen, dass es noch nicht zu spät war.

Bernard schloss die Tür des Empfangsraums auf und geleitete sie hinein. Er ließ sich schwerfällig an einem runden Mahagonitisch nieder und bedeutete Rhun, wie üblich zu seiner Rechten Platz zu nehmen. Vielleicht war er gar nicht so zornig, wie es den Anschein hatte, dachte Rhun, als er einen hochbeinigen alten Stuhl mit bernsteinfarbenem Polster zurückzog und darauf Platz nahm.

»Rhun.« Bernards ernster Tonfall ließ seine Hoffnung zerstieben. »Du hast mich angelogen. *Mich*.«

»*Ich* habe Sie angelogen«, verbesserte ihn Nadia. »Die Schuld liegt bei mir.«

Bernard machte eine wegwerfende Handbewegung. »Er hat es zugelassen.«

»Das habe ich.« Rhun neigte das Haupt. »Ich übernehme die volle Verantwortung.«

Nadia verschränkte die Arme. »Na schön. Wenn ich keine Verantwortung trage, darf ich dann gehen?«

»Niemand geht, solange die Situation nicht zu meiner Zufriedenheit geklärt ist.«

»Soll ich dir etwas verraten?«, fragte Rhun. »Das alles ist jetzt unwichtig. Die Belial haben das Buch.«

Bernard lehnte sich zurück. »Ich verstehe.«

»Die Belial sind in Rom.« Rhun legte die Hände flach auf die glänzende Tischoberfläche, als wollte er sich erheben. »Wir müssen sie aufspüren.«

»Bleib sitzen«, befahl Bernard, als hätte er einen Hund vor sich. »Berichte mir erst, wie es dazu gekommen ist.«

Rhun schnaubte. Er nestelte an seinem Rosenkranz und versuchte, sich zu beruhigen, bevor er die Ereignisse in Russland schilderte. Er sprach schnell, doch Bernard unterbrach ihn immer wieder mit Fragen. Mit seinem theologisch geschulten Verstand klopfte er die Geschichte auf Schwachstellen ab. Währenddessen verstrich wertvolle Zeit.

Rhun hielt es nicht mehr auf dem Stuhl. Während er

redete, stapfte er auf und ab und hielt hin und wieder inne, um einen Blick auf den weitgehend im Schatten liegenden Petersplatz zu werfen. Die Menschen zogen bereits ihre Jacken an und sammelten ihre Habseligkeiten ein. In etwa einer halben Stunde würde die Sonne untergehen; dann könnten sich die Strigoi ungehindert bewegen. Mit jeder Sekunde wurde die Wahrscheinlichkeit geringer, dass Rhun und Jordan Erin lebend finden oder das Buch würden zurückholen können. Trotzdem ließ der Kardinal nicht locker.

»Wenn Sie uns schon den ganzen Tag lang befragen wollen«, warf Jordan ein, »wie wär's, wenn Sie dann wenigstens ein Team losschicken würden, das nach Erin und dem Buch sucht? Wir haben schließlich nicht den weiten Weg gemacht, nur um Ihnen eine Geschichte zu erzählen.«

»So spricht man nicht mit dem Kardinal!«, fuhr Ambrosius ihn an.

»Warum nicht?« Jordan stieß sich vom Tisch ab, offenbar um kurzen Prozess mit Ambrosius zu machen. Nadia rutschte auf dem Stuhl nach vorn. Rhun brauchte nur ein Wort zu sagen, dann würden sie und Jordan kämpfen.

Rhun hob beschwichtigend die Hand. »Beruhigen Sie sich. Wir …«

An der Tür wurde leise geklopft.

Rhun lauschte. Fünf Männer und eine Frau. Als er den Herzschlag erkannte, lächelte er. Um ein Haar wäre er auf die Knie gefallen und hätte Gott gedankt. Das aber musste noch warten.

Nadia hatte es ebenfalls gehört und warf ihm einen Blick zu.

Jordan sah verwirrt von einem zum anderen.

Ambrosius setzte eine wichtigtuerische Miene auf und öffnete die Tür.

Erin trat in den Raum.

Von Bathorys Halsband hatte sie offene Druckstellen und getrocknetes Blut am Hals. Ihr Gesicht und ihre Hände waren dreckverschmiert, und sie wirkte erschöpft. Der junge Mann, der ihr nachfolgte, sah noch schlimmer aus.

Aber sie war am Leben.

16:40

So leidenschaftlich wie von Jordan war Erin schon lange nicht mehr umarmt worden. Sie schloss die Augen und schmiegte den Kopf an seine Brust. So hätte sie es lange, lange ausgehalten.

»Wie sind Sie hierhergekommen?«, fragte Rhun. »Und wer ist Ihr Begleiter?«

Erin löste sich vom grinsenden Jordan. »Darf ich vorstellen: Nate Highsmith. Er war an den Ausgrabungen in Caesarea beteiligt. Bathory hat ihn gefangen genommen und nach Rom gebracht.«

Nate schüttelte ringsum Hände und bedachte Jordan nach dessen unmissverständlich inniger Umarmung mit einem argwöhnischen, eifersüchtigen Blick.

Jordan behielt sein Lächeln bei, als habe er nichts bemerkt. Er schaute Erin an, und sie konnte nicht anders, als sein Lächeln zu erwidern. Als Bathory sie weggezerrt hatte und Jordan und Rhun in Rasputins Klauen zurückgeblieben waren, hatte sie schon befürchtet, sie werde die beiden niemals wiedersehen.

Jordan setzte sie rasch über die Ereignisse der letzten Stunden ins Bild.

Erin schilderte, wie sie mit Nate aus den unterirdischen Gängen von Neros Zirkus in die Vatikanstadt geflohen war. Dort hatte sie verlangt, mit Kardinal Bernard zu sprechen, worauf die Schweizergarde sie in ihre Obhut genommen hatte.

»Die Ruinen des Zirkus!«, sagte Rhun. »Natürlich. In diesem verfluchten Labyrinth können sich die Belial bestens verstecken.«

»Warum?«, fragte Jordan.

»Es liegt unterirdisch, und es dringt kein Sonnenschein hinein, deshalb können sich Bathorys Strigoi dort auch tagsüber ungehindert bewegen«, sagte Rhun. »Vor allem aber ist der Zirkus der unheiligste Ort in ganz Rom, denn der Sand ist dort getränkt mit dem Blut der Märtyrer. Das stärkt Bathory, während es uns schwächt.«

Kardinal Bernard deutete auf einen Schweizergardisten und auf Ambrosius. »Schickt Einsatzkräfte zum Zirkus. Sanguinarier und Menschen. Sie sollen die Gänge absuchen und das Buch bergen. Und informiert auch Seine Heiligkeit.«

Der Gardist und der Priester nickten und gingen hinaus.

Der Kardinal ließ Erin und Nate noch einmal ihre Erlebnisse schildern und verglich die Details mit Rhuns Bericht. Es dauerte eine ganze Weile, doch schließlich gelangte er zu dem Schluss, dass sie die Wahrheit sagten.

»Beschreiben Sie noch einmal das Buch.« Der Kardinal schloss die Augen und legte die Fingerspitzen aneinander.

»Vielleicht sollte ich besser eine Skizze aufmalen«, sagte Erin und sah sich nach Papier und Stift um.

Der Kardinal nickte und reichte ihr ein Blatt Papier mit dem Briefkopf des Vatikans und einen Kugelschreiber. Erin zeichnete rasch die Abbildungen an der Oberseite des Buchs auf.

»Es handelt sich um einen Bleiblock von der Größe der Gutenbergbibel«, sagte Erin und beschrieb kurz die seltsamen Abbildungen: das Skelett und den Mann, die sich gegenseitig an den Händen hielten und von einem geflochtenen Strick aneinandergefesselt waren, sowie die muldenartigen Vertiefungen und die griechischen Schriftzeichen.

»Alpha und Omega«, murmelte der Kardinal, als sie geendet hatte. »Damit ist natürlich Jesus gemeint.«

»Da bin ich mir nicht so sicher.« Erin ließ sich nur ungern auf einen Disput ein, doch eine innere Stimme sagte ihr, dass der Kardinal sich irrte.

»Aber gewiss doch! *Ich bin das Alpha und das Omega, der Erste und der Letzte*. So steht es im Buch der Offenbarung.« Seine braunen Augen blickten zornig.

»Aber Alpha und Omega sind auch der erste und der letzte Buchstabe des griechischen Alphabets.« Etwas regte sich in den Tiefen ihres Gehirns. »Der *erste* und der *letzte*.«

Als sie die Skizze fertig hatte, betrachtete sie sie nachdenklich – dann erinnerte sie sich auf einmal wieder. Eine ähnliche Abbildung hatte sie im Apostolischen Palast gesehen. Das ikonenhafte Zeichen war allgegenwärtig – es fand sich sogar auf dem Blatt Papier, das vor ihr lag.

Mit geweiteten Augen blickte sie die anderen an. »Ich glaube …«

In diesem Moment warf ein Schweizergardist die Tür so heftig zu, dass sie zusammenzuckte. Mit geröteten Wangen kam er zum Schreibtisch gelaufen. »Eminenz, jemand ist in die Papstgruft in der Nekropole eingedrungen!«

Erin fuhr herum und suchte den Blick des Gardisten. »Und die Eindringlinge haben sich an den Gebeinen des heiligen Petrus vergangen, nicht wahr?«

Der Mann wich überrascht einen Schritt zurück. »S-s-sie wurden entwendet.«

Der Kardinal schnappte nach Luft, Rhun und Nadia schnellten von ihren Stühlen hoch.

Alle Blicke wandten sich Erin zu.

»Ich weiß, wie man das Buch öffnen kann!«, rief sie aus.

Sie dachte an Bathorys Gesichtsausdruck, als sie über die Transformation des Buchs und die Ingredienzien gesprochen hatten, die es bräuchte, um gewöhnliches Blei in das goldene Wort Christi zu transformieren.

Bathory hatte die Bedeutung des Alpha und des Omega bereits herausgefunden.

»Red weiter«, sagte Jordan.

»Die Abbildungen sind ein Hinweis darauf, wie sich das Buch öffnen lässt.« Erins Stimme zitterte. »Und Bathory hat den Hinweis verstanden.«

»Jetzt sag schon, was Sache ist.«

Erin neigte sich über das Blatt Papier und malte einen Kreis um das päpstliche Siegel im Briefkopf.

Es stellte zwei Schlüssel dar – den goldenen und den silbernen Schlüssel des heiligen Petrus. Sie kreuzten sich in der Mitte und waren durch eine rote Kordel miteinander verbunden. Das Papstsiegel und die Abbildung auf dem Buch wiesen eine verstörende Ähnlichkeit auf, denn die beiden Figuren auf dem Bleiblock waren auf ganz ähnliche Weise miteinander verschränkt wie die Schlüssel, die das Papsttum repräsentierten.

Erin erklärte, was sie meinte: »Der heilige Petrus hat das

Buch vor zweitausend Jahren versteckt. Er muss die Abbildung auf dem Evangelium gesehen haben, ein Symbol, das im Laufe der Jahrhunderte immer bekannter wurde – bis die beiden sich überkreuzenden Schlüssel irgendwann im zwölften Jahrhundert die Sphäre des Geheimnisses hinter sich ließen und als päpstliches Wappenzeichen Verwendung fanden. Aber ursprünglich geht das Symbol auf die Abbildung auf dem Blutevangelium und den heiligen Petrus zurück.«

Sie tippte auf das päpstliche Siegel. »Die Schlüssel symbolisieren das Papsttum. Desgleichen die beiden Figuren, das Skelett und der Mann.« Sie streifte sich das Haar aus dem Gesicht. »*Alpha* bedeutet *Erster*. Darunter befindet sich das Skelett.«

»Und weiter?« Rhun beugte sich vor und musterte sie mit seinen dunklen Augen, als stünde ihr die Antwort im Gesicht geschrieben.

»Das Symbol steht für die *Gebeine* des *ersten* Papstes.«

»Der heilige Petrus!«, sagte der Kardinal. »Deshalb wurden seine Gebeine geraubt.«

»Das ist die erste Ingredienz, die benötigt wird, um das Buch zu öffnen. Ich könnte mir denken, dass man zermahlene Knochensubstanz in die erste Vertiefung an der Oberseite geben muss.«

Jordan ergriff das Wort. »Vielleicht wollte Piers uns genau das in Deutschland sagen. Ständig hat er die Worte ›Buch‹ und ›Gebeine‹ wiederholt.«

»Richtig.« Erin tippte auf die zweite Hälfte der Skizze. »Die Darstellung eines *lebendigen* Menschen steht für den gegenwärtigen Papst. Den Omega-Papst. Den bislang letzten Papst in der Geschichte der Kirche.«

»Brauchen sie dann etwa auch die Gebeine des Papstes?«, meinte Jordan pikiert.

Erin schüttelte den Kopf.

»Was brauchen sie dann?«, fragte Rhun.

»Was hat ein Mensch, was einem Skelett fehlt?« Sie führte auf: »Leben. Fleisch, Blut.«

»Blut?«, warf Jordan ein. »Das hat Piers auch erwähnt.«

»Die zweite Ingredienz …« Erins Hände wurden eiskalt, als es ihr dämmerte. Sie blickte die anderen an. »Sie brauchen das Blut des gegenwärtigen Papstes.«

16:48

Rhun und Nadia eilten hinter Bernard her, eine ganz eigene Triade. Sie hatten jede Verstellung aufgegeben und fegten mit vollem Tempo über die Flure des Apostolischen Palasts. Die Menschen blieben zurück. Im Moment konnten sie nichts ausrichten.

Rhun rannte den langen Gang entlang, der zum Schlafgemach Seiner Heiligkeit führte. Die vorbeifliegenden Wände waren mit kostbaren Wollteppichen bedeckt. Überall hingen Kruzifixe und düstere religiöse Gemälde. Die Kunstwerke waren von unschätzbarem Wert, doch das würde dem alten Mann nicht das Leben retten. Das vermochte nur einer.

Lieber Gott, ich bitte Dich um Deinen Schutz und um die nötige Kraft.

Die Tür des Schlafgemachs stand offen, Licht fiel in die dunkle Diele.

Im Raum tanzten Schatten.

Bernard stürzte ins Zimmer, ohne innezuhalten und anzuklopfen, dicht gefolgt von Rhun und Nadia. Blutgeruch stieg ihm in die Nase. Sie waren zu spät gekommen.

Seine Heiligkeit lag auf dem Boden. Blut strömte aus dem aufgerissenen Hals in die weiße Soutane. Neben ihm lag ein

Rasiermesser, vermutlich sein eigenes. Neben seinem weißhaarigen Kopf standen die roten Papstschuhe säuberlich ausgerichtet vor dem Bett. Sein für gewöhnlich akkurat gekämmtes Haar war zerzaust, sein faltenzerfurchtes bleiches Gesicht spiegelte Bestürzung wider, seine warmen blauen Augen waren geschlossen.

Ambrosius kniete neben ihm nieder. Seine Hände färbten sich rot, als er vergeblich versuchte, die Blutung zu stillen.

Bernard fiel neben Ambrosius auf die Knie. Nadia ging ins Bad, und Rhun schaute sich im Schlafgemach um. Die dicken Samtvorhänge waren zugezogen, das schlichte Messingbett war zerwühlt, der Stuhl unter den alten Schreibtisch geschoben. Das Bücherregal dahinter machte einen ordentlichen Eindruck.

Rhun begriff.

Sie hatten ihn im Bett überfallen, als er gerade ruhte, und deshalb hatte er kaum Widerstand geleistet.

Er schloss die Augen und horchte mit anderen Sinnen. In diesem Raum nahm er nur den Herzschlag von Ambrosius und Seiner Heiligkeit wahr. Auch die Gerüche waren vertraut: Ambrosius, Seine Heiligkeit, die anderen Sanguinarier, Papier, Staub und ein Hauch Weihrauch. Und alles überlagert vom vergossenen Blut des alten Mannes.

Er konzentrierte sich wieder auf Seine Heiligkeit. Das Gesicht des Papstes war seit ihrer Ankunft merklich blasser geworden. Der Mund stand ihm offen, er atmete unregelmäßig.

»Ich wollte ihn informieren, und da… da…«, stotterte Ambrosius. »Er braucht einen Arzt. Holt einen Arzt!«

Bernard drückte die flache Hand auf die Wunde. Nadia bedeutete dem Kardinal mit einem Nicken, dass niemand im Bad sei, dann rannte sie blitzschnell auf den Flur.

Ambrosius wischte sich die Hände an der schwarzen Soutane ab. Sein Herzschlag stolperte vor Angst und Schreck. Er wirkte so blass und verloren, dass er Rhun leidtat.

Rhun legte Bernard die Hand auf die Schulter. »Wir müssen ihn zur Krankenstation bringen. Vielleicht kann sein Leibarzt ihm helfen.«

Bernard reagierte bestürzt.

»Bernard!«, sagte Rhun scharf.

Der Blick des Kardinals klärte sich. »Selbstverständlich.«

Die eine Hand auf den Hals Seiner Heiligkeit gedrückt, griff Bernard ihm mit dem anderen Arm unter die Schultern. Rhun sprang ihm bei. Der Herzschlag des alten Mannes setzte immer wieder aus und wurde stetig schwächer. Ohne ärztliche Versorgung würde er nicht mehr lange durchhalten.

Rhun und Bernard hoben den Verletzten hoch und trugen ihn zur Krankenstation. Nadia würde den Arzt alarmieren.

Sie kamen langsam voran, deshalb hatte Rhun Zeit, die holzgerahmten alten Gemälde zu betrachten. Dies war die Wand der Märtyrer, und jedes einzelne Bild erzählte eine Geschichte von Schmerz und Leid.

Schweizergardisten kamen herangestürmt, begleitet von Erin, Jordan und Nate.

»Seine Heiligkeit ist schwer verletzt.« Bernard bediente sich des förmlichen Italienisch seiner lange zurückliegenden Jugend. Rhun hatte dies seit vielen Jahren nicht mehr von ihm gehört. Bernard stand anscheinend noch immer unter Schock.

Die Gardisten teilten sich wie Wasser, um sie durchzulassen.

Wie Rhun gehofft hatte, erwartete Nadia sie an der Krankenstation, neben sich einen aufgelösten Mann im weißen Kittel. Er sah aus, als hätte man ihn soeben aus dem Bett geholt und im Eiltempo hierher verfrachtet.

Als er den Papst sah, erbleichte er.

Sie betraten die modern ausgerüstete Krankenstation. Edelstahloberflächen funkelten, mit Plastikhüllen abgedeckte moderne Geräte warteten auf ihren Einsatz. An der Wand hingen eine schlichte runde Uhr und ein schweres Eisenkreuz.

Rhun und Bernard legten Seine Heiligkeit behutsam auf die weiß bezogene Liege. Bernard drückte noch immer seine Hand auf die Wunde. »Die Verletzung stammt von einem Rasiermesser«, sagte er.

Ein zweiter Arzt kam hinzu.

»Bitte lassen Sie uns allein«, sagte der erste Arzt. »Hier ist nur medizinisches Personal zugelassen.«

Als die Ärzte sich daranmachten, Seine Heiligkeit zu versorgen, betete Rhun darum, dass es ihnen gelingen möge, den Papst zu retten. Die Sanguinarier konnten im Moment nichts mehr für ihn tun.

Er ging wieder auf den Flur. Auf dem Holzboden zeichneten sich Blutstropfen ab. »Wo ist Nadia hin?«

»Sie ist mit einem Trupp Gardisten losgezogen«, antwortete Jordan. »Sie will nach dem Attentäter suchen.«

Wenn jemand in der Lage war, den Attentäter zu finden, dann Nadia. Rhun lehnte sich an die Holztäfelung der Wand. Bernard legte ihm den Arm um die Schulter. Seit Jahrhunderten war kein Papst mehr einem Attentat zum Opfer gefallen.

»Was bedeutet das für Bathory, Erin?«, fragte Jordan.

Ihr Blick sagte alles. »Das bedeutet, dass sie jetzt beide Ingredienzien hat, die benötigt werden, um das Buch zu öffnen.«

57

28. Oktober, 17:05, MEZ
Vatikanstadt

ERIN, DIE VOR der Krankenstation auf dem Flur stand, wünschte, sie hätte bessere Nachrichten gehabt. Die Belial hatten das Buch und die nötigen Mittel, um es zu öffnen. Würde es ihnen nun gelingen, es sich nutzbar zu machen? Hatte das Böse gewonnen?

Nate saß neben ihr zusammengesunken auf dem Boden. Sein Hosenbein war mit frischem Blut getränkt. Noch nie hatte sie ihn so blass gesehen. Er lehnte den Kopf an die Wand.

Jordan zog eine Trinkflasche aus der Jackentasche hervor und drückte sie dem jungen Burschen in die Hand.

Nate leerte die Flasche in einem Zug. Wann hatte er zum letzten Mal etwas getrunken? Erin war gar nicht auf die Idee gekommen, ihn zu fragen, ob er durstig sei, und seit er bei ihr in der Zelle gelandet war, hatte sie ihn gescheucht.

Bernard nahm mit einem Schweizergardisten Augenkontakt auf und zeigte auf Nate. »Der Mann muss in ärztliche Behandlung. Die Frau ebenfalls.«

»Nehmen Sie Nate mit«, sagte Erin. »Ich komme gleich nach.«

Bernard zögerte, dann nickte er. Der Gardist bückte sich, um Nate aufzuhelfen.

»Ich komme schon allein klar.« Nate straffte sich ein wenig, dann rutschte er gleich wieder an der dunklen Eichentäfelung hinunter.

»Sicher kommen Sie klar«, sagte Erin. »Ich auch. Aber tun wir ihnen den Gefallen. Ich folge Ihnen.«

Nate hob fragend eine Braue, protestierte aber nicht, als zwei Gardisten ihn fortgeleiteten. Ein harter Bursche. Er würde es schon schaffen. Sie versuchte, nicht daran zu denken, wie man Heinrich weggebracht hatte. Nate würde sie schon bald wiedersehen.

Jordan holte sein Erste-Hilfe-Set hervor. »Wäre es nicht doch besser, du würdest den Jungen begleiten?«

»Das sieht schlimmer aus, als es ist«, meinte sie.

»Ich finde, dein Hals sieht ganz schön schlimm aus.« Jordan packte ein alkoholgetränktes Tuch aus, dessen Geruch Erin nur allzu bekannt vorkam.

Sie biss die Zähne zusammen, als er die Wunden reinigte, doch die Berührung seiner Hände fühlte sich federleicht an.

»Wie geht es jetzt weiter?« Er schaute sie mit seinen blauen Augen an, und ihr Herzschlag beschleunigte sich.

»Wie meinst du das?«

»Was wird Bathory jetzt tun? Wo wird sie versuchen, das Buch zu öffnen?« Offenbar glaubte er, sie kenne die Antwort.

Sie versuchte, etwas zu sagen und nicht daran zu denken, wie nahe er ihr war und wie sanft sich die Berührung seiner Hand an ihrem Hals anfühlte. »Dem Buch ist es nicht egal, wie und an welchem Ort es geöffnet wird.«

»Du sagst das so, als würde es sich um eine Person handeln.« Jordan streifte ihr das Haar beiseite und tupfte sie vom Kiefer bis zum Schlüsselbein behutsam ab.

Sie erschauerte und verlagerte das Gewicht von einem Bein aufs andere, um den Druck seiner Hand auszugleichen. »Vielleicht ist es ja irgendwie mit seinem Erschaffer verbunden und verfügt über eine Art Eigenbewusstsein.«

»Das könnte sein.« Bernard rückte den roten Pileolus zurecht, der sein weißes Haar bedeckte. »So habe ich die Prophezeiung immer aufgefasst. Außerdem glaube ich, dass das Buch in Rom geöffnet werden muss. Aber wo in Rom?«

»Wenn heiliger Boden den Sanguinariern so viel bedeutet«, sagte Erin, die das Gefühl hatte, sie sei auf der richtigen Spur, »dann gilt das auch für das Buch. Welcher Ort in Rom hat eine ganz besondere Bedeutung für die Kirche? Das Petrusgrab.« Sie entfernte sich ein Stück von Jordan. Sie wollte klar denken, deshalb musste sie sich aus dem Bereich seiner Wärme und seines männlichen Geruchs begeben. »Aber wenn die Belial das Buch dort unten öffnen wollten, hätten sie sich das Blut des Papstes besorgt und die Gebeine an Ort und Stelle verwendet.«

»Das klingt einleuchtend«, meinte Jordan. »Warum zweimal einbrechen, erst um die Gebeine zu rauben und dann noch einmal, um das Buch zu öffnen?«

Eine Glocke schlug. Rhun und Bernard wechselten einen Blick.

»Was hat das zu bedeuten?« Jordan packte eine Rolle Verbandsmull aus.

»Die Schweizergarde schlägt Alarm«, antwortete Bernard. »Die Touristen werden vom Vatikangelände evakuiert.«

»Dann bleibt Bathory nicht mehr viel Zeit.« Wenn sie nur wüsste, wo die Hexe steckte. Ihr kam eine Idee. »Moment mal! Die Basilika. Die wurde *über* dem Petrusgrab errichtet. Das ist sozusagen der heiligste Ort der heiligen Kirche in Rom.« Bevor sie ihre Überlegungen abschließen konnte, stürmten Rhun und Bernard mit schier unheimlicher Geschwindigkeit los. Wer sie so sah, konnte sie unmöglich für normale Menschen halten.

Jordan schüttelte den Kopf. »Ich schätze, das war's dann wohl mit der Tarnung.« Er hob eine Augenbraue an und streckte die Hand aus. »Lust auf einen kleinen Dauerlauf?«

Erin nickte und ließ sich von ihm hochziehen.

Er ergriff seine Pistole und die Heckler & Koch-Maschinenpistole, die Nadia freundlicherweise aus Deutschland mitgebracht hatte, und begann zu traben. Erin folgte ihm durch die weitläufigen Hallen des Apostolischen Palastes. Niemand versuchte, sie aufzuhalten.

Schon stürmten sie eine Treppe hinunter und gelangten in den großen Saal, von dem aus die Bronzetür zum Petersplatz hinausführte. Vor ihnen schwenkten zwei Schweizergardisten in blau-rot-gelb gestreifter Uniform für Rhun und den Kardinal die Tür auf.

Jordan zog das Tempo an und versuchte, sie einzuholen. »Wir gehören zu ihnen!«, brüllte er.

»Lasst sie durch!«, rief der Kardinal über die Schulter.

Die Gardisten machten ihm und Erin Platz.

Hinter ihnen fiel die Tür mit einem dumpfen Knall ins Schloss. So leicht würde niemand mehr in den Palast hineingelangen. Erin eilte atemlos die Treppe hinunter. Zu beiden Seiten ragten fast acht Meter hohe Marmorsäulen auf. Sie kam sich vor wie ein Kind, das in das Reich von Riesen eingedrungen ist.

Sie rannten auf den weiten Platz hinaus, wo Jordan schlitternd zum Stehen kam.

Es wimmelte von Menschen. Sie strömten aus der Basilika und den Kolonnaden; sie teilten sich wie eine Flutwelle am Obelisken und den Springbrunnen. Alle strebten zum Ausgang. Die untergehende Sonne tauchte ihre Gesichter in einen warmen Orangeton.

Schweizergardisten trieben sie wie Vieh vor sich her.

Weiter vorn stemmten sich Bernard und Rhun gegen die Menschenfluten.

»Halt dich an meinem Gürtel fest!«, rief Jordan über die Schulter hinweg.

Erin schob die Hand hinter den dicken Lederriemen.

Jordan drängte wie ein Rugbyspieler auf den Platz. Anstatt sich wie die Sanguinarier mitten durchs Gewühl zu schieben, bewegte er sich am Rand entlang, einen Arm hoch erhoben. Die Menge teilte sich an ihm und strömte vorbei.

Erin hielt Schritt, versuchte, an ihm dranzubleiben. Jordan rempelte mit der linken Schulter einen Touristen an. An der Seite war er verletzt, doch er zuckte nicht einmal.

Als sie den Petersdom erreichten, wandte er sich nach links zum Eingang. Rhun und der Kardinal stürmten gerade hindurch, ein roter und ein schwarzer Schemen.

Erin schaute in die Höhe. Über der gewaltigen Kuppel des Petersdoms glühte der Himmel bernsteinfarben.

Die Sonne war untergegangen.

Da Erin abgelenkt war, bemerkte sie den Mönch zu spät. Er prallte gegen sie, und sie ließ Jordans Gürtel los. Der Mönch murmelte auf Polnisch eine Entschuldigung und klopfte ihr auf die Schulter.

»Schon gut«, sagte sie.

Jordan bekam nicht mit, dass sie hinter ihm zurückgeblieben war. Er stürmte durch den Eingang. Die beiden Schweizergardisten waren durch die herausströmenden Touristen abgelenkt, doch als Erin ihm folgen wollte, waren sie vorgewarnt und packten sie beim Kragen.

Im Innern des Petersdoms drehte Jordan sich um.

»Lauf weiter!«, rief sie ihm zu. Er konnte gegen Bathory sowieso mehr ausrichten als sie.

Jordan nickte und rannte in die Basilika hinein.

»Das Gebäude wird evakuiert, Miss.« Die höfliche Ansprache des Gardisten stand im Widerspruch zu dem festen Griff, mit dem er sie am Arm festhielt. »Ich muss Sie leider bitten …«

In der Basilika flammte ein goldener Blitz auf, so hell wie eine Supernova. Ein süßlicher Geruch wehte heran, und eine leise, kaum hörbare Musik war zu vernehmen.

Der Gardist ließ ihren Arm los und drehte sich um.

Es geht los …

Erin, die auf keinen Fall etwas verpassen wollte, eilte am Gardisten vorbei und stürmte über die Schwelle. Sie rannte durch die Vorhalle und rempelte einen Touristen an, der ebenso gebannt in den Kirchenraum starrte wie der Gardist.

Sie stürmte durch den Inneneingang ins Kirchenschiff. Vor ihr ragte ein Wald mächtiger Steinsäulen auf, die das verschwenderisch verzierte Dach der Basilika trugen. Sie schaute über den Mosaikboden hinweg zum fernen Altar in der Mitte der Kirche. Goldenes Licht strömte unter dem mächtigen schwarz-goldenen Baldachin hervor, der den Altar überspannte. Der Bronzealtar flirrte wie eine Fata Morgana. Vielleicht war die Macht hinter dem Leuchten einfach zu gewaltig, als dass ein von Menschenhand erschaffenes Gebilde sie hätte bändigen können.

Ohne zu überlegen, rannte Erin auf das Licht zu und wich vereinzelten Touristen aus, die in die entgegengesetzte Richtung strebten. Doch die meisten Besucher hatten den Petersdom bereits verlassen, sodass sie weitgehend freie Bahn hatte.

Es war, als sprinte sie über ein Footballfeld, wenngleich sie sich im Innern eines Gebäudes befand. Der Petersdom wies weltweit von allen Kirchen den größten umbauten Innenraum auf. Sie hatte ihn in der Vergangenheit schon mehrfach besucht, aber noch nie hatte sie ihn *im Laufschritt* durchquert. Währenddessen fixierte sie das blendend helle Licht, das unter dem Baldachin hervorströmte.

Erst als sie näher kam, wurde ihr die gewaltige Größe des Baldachins bewusst. Von mannshohen Marmorsockeln ragten gewundene schwarze Säulen achtzehn Meter hoch empor. Darauf ruhte der reich verzierte, von Statuen und einem Kreuz gekrönte Bronzebaldachin.

Und unter dem Baldachin, genau in der Mitte der Basilika, stand Bathory.

Ihr rotes Haar flammte in dem goldenen Licht, das von dem Gegenstand in ihren Händen ausging. Das Licht reichte in alle Ecken und Winkel des Doms. Sämtliche Statuen und Fresken pulsierten in einem tiefen, mystischen Licht, als strebten sie danach, mit dem Leuchten zu verschmelzen, das vom Baldachin ausging.

Das Blei in Bathorys Händen hatte sich in Gold verwandelt.

Transfiguration, dachte Erin.

Ich hatte recht.

Sie rannte an den letzten Statuen vorbei, die das Kirchenschiff säumten. Vor ihr wurde Jordan langsamer, damit sie aufschließen konnte. Er fasste sie bei der Hand, und gemeinsam liefen sie durch den Mittelgang auf das Leuchten zu.

Rhun und Bernard standen wie erstarrt am Rand des Baldachins.

Zum Stehen gebracht von etwas Heiligem, das selbst ihnen Angst machte.

58

28. Oktober, 17:11, MEZ
Vatikanstadt

BATHORYS BLUT JUBILIERTE, als das goldene Licht sie einhüllte.

Sie atmete Wärme und Liebe ein. Der Schmerz, der ihre Adern durchströmte, seit sie Frau geworden war, verflüchtigte sich. Auch das schwarze Mal an ihrem Hals verschwand unter dem Einfluss des Lichts. Wie hätte die Dunkelheit diesem Licht auch widerstehen sollen?

Der Bleiblock erwärmte sich in ihren Händen. Er pulsierte, als schlage darin ein Herz.

Das Leuchten schlug sie in den Bann. Es entflammte ihre Augen, ohne sie zu verbrennen. Sie hätte ewig hineinschauen, sich darin verlieren und sein Geheimnis ergründen können. In der Höhe zeichnete sich vor der goldenen Sonne, die an die Unterseite des Baldachins gemalt war, eine weiße Taube ab. Die Taube flog in dem Licht umher.

Genau wie sie. Jedoch nur kurz.

Die Archäologin und der Soldat kamen auf sie zugerannt. Die Krieger rückten näher, Schweizergardisten eilten herbei. Sie war umzingelt. Sie würden sie töten, ihr Blut würde sich aufs Buch ergießen, man würde ihr das Licht rauben.

Als spürte es ihre Angst, verblasste das Leuchten, bis sie schließlich ein richtiges Buch in Händen hielt.

Sie musterte es verdutzt.

Es hatte einen Einband aus Schafsleder und war vollkommen schmucklos. Mit den Fingerspitzen fuhr sie über das abgegriffene Leder, während ihr der Geruch von Sand in die Nase stieg. Wie war es möglich, dass etwas so Gewöhnliches ein solches Licht hervorbrachte?

Sie kannte die Antwort.

Sie stellte sich Jesu Gesicht vor – das Gesicht eines gewöhnlichen Mannes, in dem ein göttlicher Quell verborgen war.

Tränen strömten ihr über die Wangen, und der Schmerz in ihrem Blut setzte wieder ein.

Sie brauchte sich nicht an den Hals zu fassen, denn sie wusste auch so, dass das schwarze Mal wieder da war.

Sie schüttelte den Kopf, um den Nachglanz des Lichts aus ihrem Bewusstsein zu vertreiben, und hatte das Gefühl, sie wäre aus einem tiefen Traum erwacht. Dabei konnte sie es sich nicht leisten, sich ablenken zu lassen. Sie schaute in die Basilika. Auf einmal wusste sie, was sie zu tun hatte. Sie musste sich ihren eigenen Ausgang schaffen.

Sie sprang vom Altar in die dahinter befindliche Apsis und wich zu dem großen schwarzen Marmorthron zurück, der hoch an der Wand dargestellt war. Dies war der Thron des heiligen Petrus, umgeben von Päpsten, Engeln und goldenen Lichtstrahlen, die profan wirkten im Vergleich zu dem Schauspiel, dessen Zeugin sie soeben geworden war.

Als sie sich noch weiter vom Altar entfernt hatte, holte sie einen Sender aus der Tasche und drückte den Auslöser.

Die Detonation war ein fernes Echo wie ein Donnerschlag jenseits des Horizonts. Der Boden bebte. Sie hatte die Sprengladungen in der Tiefe der Nekropole angebracht, genau unter dem Altar, an dem sie eben noch gestanden hatte.

Voller Genugtuung beobachtete sie, wie sich vor ihr im Marmorboden Risse bildeten. Die Steinplatten barsten unter dem schweren Baldachin wie Eis. Die Bronzekonstruktion erbebte – dann brach sie in den Boden ein und stürzte in die entstandene Öffnung. Das laute Dröhnen, mit dem die Stützsockel auf dem Boden der Nekropole auftrafen, hörte sich an, als sei das Himmelstor zugeschlagen worden.

Und wenn schon.

Sie wedelte sich Staub und Rauch aus dem Gesicht und beobachtete, wie der in den Boden eingesunkene Baldachin bebend zur Ruhe kam. Nur das stark geneigte Dach ragte noch ins Kirchenschiff.

Ihr Plan hatte perfekt funktioniert.

Ein Schweizergardist stürzte schreiend in den Krater, als der Boden unter ihm plötzlich nachgab. An der linken Seite brachten sich die Sanguinarier wie erschrockene Löwen mit einem Satz im Querschiff in Sicherheit. Die Archäologin und der Soldat wandten sich nach rechts. Weitere Schweizergardisten näherten sich durchs Mittelschiff der Unglücksstelle.

Die Strigoi aber, die unten in der Nekropole gewartet hatten, zögerten nicht. Jetzt, da die Sonne untergegangen war, kletterten sie an den Salomonischen Säulen des Baldachins empor, eine Horde von Dämonen, der Finsternis der Hölle entsprungen. Sie schwärmten über den Baldachin und strömten in den Petersdom wie Ameisen, die aus ihrem Bau flüchteten. Obwohl sie in dem heiligen Umfeld geschwächt waren, würden sie kurzen Prozess mit den Schweizergardisten machen und Bathory einen Vorsprung verschaffen.

Sie sprang vom geborstenen Rand des Fußbodens auf eine der großen Engelsstatuen auf der Oberseite des Baldachins. Das Buch in der einen Hand, klammerte sie sich mit der anderen an einem vergoldeten Flügel fest.

Schüsse fielen.

Sie fuhr herum und ging hinter dem Engel in Deckung. Um beide Hände frei zu haben, schob sie das Buch unter ihr Hemd – dann streckte sie sich, ließ die Füße am Rand des Baldachins herabbaumeln und suchte nach einem Halt am Säulenkapitell. Mit all seinen verschwenderischen Verzierungen stellte der Baldachin eine dreißig Meter hohe Leiter dar, die in die Tunnel der Nekropole hinunterführte, in die Totenstadt unter dem Petersdom.

Als Bathory sicheren Stand gefunden hatte, kletterte sie an der gewundenen Säule hinunter.

Von unten begrüßte Magor sie mit lautem Geheul.

Sie lächelte und spürte das Gewicht des Buchs an ihrer Brust.

Sie würden gemeinsam aus Rom entkommen – und auch Ihm.

59

28. Oktober, 17:15, MEZ
Vatikanstadt

JORDAN WÄLZTE SICH von Erin herunter. Hatte er ihr wehgetan? Als es knallte, hatte er sie mit voller Wucht auf den Marmorboden geworfen.

»Erin?«

Sie zeigte hinter sich.

Eine Staubwolke verhüllte den größten Teil der Basilika, trotzdem zog Jordan die Maschinenpistole unter seiner Jacke hervor, als er sich umdrehte. Er feuerte einen Schuss ab und traf einen Strigoi an der Schulter, der gerade aus der Rauchwolke auftauchte. Dunkles Blut spritzte auf den weißen Steinboden. Der Strigoi wich langsamer zurück, als Jordan erwartet hatte, etwa so, als bewege er sich durchs Wasser. Jordan zielte weiterhin auf ihn, scheute jetzt aber davor zurück, im Petersdom zu schießen.

Waren die Zivilisten alle nach draußen geflüchtet?

Das konnte er aufgrund der Staubentwicklung nicht erkennen, doch er sah das klaffende Loch, in das der Baldachin hineingerutscht war. Der gegnerische Sprengstoffexperte hatte gute Arbeit geleistet, das musste er ihm lassen.

Mit der Linken zog er Erin auf die Beine und reichte ihr seinen Colt 1911.

Sie nahm ihn entgegen, ohne den verwundeten Strigoi aus den Augen zu lassen. »Sie wirken benommen.«

»Offenbar werden sie durch die heilige Umgebung geschwächt.« Jordan hielt seine Waffe weiterhin schussbereit. »Aber wie dem auch sei, sie versperren uns den Weg zum Ausgang.«

»Wie gehen wir vor?«

Jordan zog sie mit sich. »Gehen wir in eine Ecke, damit man uns nicht umzingeln kann.«

Erin sträubte sich und zeigte zum rauchenden Krater. »Wir müssen Bathory folgen. Sie darf mit dem Evangelium nicht entkommen.«

Er seufzte, gab aber nach, denn er wusste, dass Erin die Frau notfalls auch allein verfolgt hätte. »Du bist der Boss.«

Sein ironischer Tonfall brachte sie zum Lächeln.

Der Explosionsstaub gab ihnen Deckung. Sie schlugen einen Bogen zur Apsis und näherten sich dem Krater. Erin folgte Jordan im Gleichschritt mit angelegter Pistole.

Die Strigoi konzentrierten sich vor allem auf die Schweizergardisten, die mit feuernden Waffen in den Petersdom gestürmt kamen. Ihr energisches Vorgehen ließ darauf schließen, dass sich keine Zivilisten mehr in der Basilika aufhielten.

Gut zu wissen, dachte Jordan.

Sie gelangten unbemerkt zur Rückseite des Kraters. Vor ihnen erstreckte sich der seitlich geneigte Baldachin. Vom Boden aus betrachtet, hatte es so ausgesehen, als wäre das Gebilde dreißig Meter hoch. Jetzt ragte es nur noch etwa sieben Meter weit über den Boden, was bedeutete, dass sie im Dunkeln über zwanzig Meter weit in die Tiefe klettern mussten – während unten Strigoi auf sie warteten.

Rechts von ihnen bildete der Staub Strudel, und zwei schwarz gekleidete Gestalten wurden sichtbar.

Rhun und der Kardinal.

»Schaffen Sie die Frau nach draußen«, befahl Bernard.

»Sagen Sie ihr das«, entgegnete Jordan.

Als wollte sie beweisen, dass sich »die Frau« von *niemandem* etwas sagen ließ, sprang Erin vom bröckligen Rand des Marmorbodens auf den Bronzebaldachin. Sie schwankte ein wenig, dann hielt sie sich an einem der kleineren Engel fest, der eine Krone in Händen hielt.

Jordan und Rhun sprangen beinahe gleichzeitig mit ihr ab und setzten neben ihr auf. Beide streckten die Hand aus, um sie zu stützen. Der Kardinal landete einen Moment später etwas höher auf dem Baldachin, neben der von einem Kreuz gekrönten Erdkugel. Das passte irgendwie.

»Wenn Sie mir folgen«, sagte Rhun, »halten Sie sich hinter mir.«

Ohne eine Antwort abzuwarten, kletterte der Priester an der Seite des Baldachins hinunter.

Jordan fasste Erin bei der Schulter und wechselte einen Blick mit ihr. »Sobald du über den Rand geklettert bist, halt dich an der *Innenseite* der Säulen. Der Bronzekorpus schirmt dich vor eventuellen Schützen ab.«

Erin beugte sich vor und küsste ihn rasch auf die Lippen – dann ließ sie den Engel los, rutschte auf der geneigten Bronzeoberfläche hinunter und verschwand über den Rand.

Jordan klopfte das Herz bis zum Hals. Einen Moment lang war er wie erstarrt, dann beeilte er sich, ihr zu folgen. Ihr durfte nichts geschehen.

Am Rand angelangt, warf er sich auf den Bauch, ließ die Beine herabbaumeln und stellte fest, dass er mit Füßen und Händen gut Halt fand. Im nächsten Moment wechselte er vom Hellen ins Dunkle. Er nahm sich vor, wenn das alles vorbei wäre, auf das höchste verfügbare Gebäude zu steigen, sich aufs Dach zu setzen, einen Tag lang in der Sonne zu baden und sich den frischen Wind um die Nase wehen zu lassen. Jetzt aber ging es erst mal wieder nach *unten*, Erins blondem Haarschopf hinterher. Sie befolgte seinen Rat und hielt sich an der Innenseite der Säule.

Er krallte die Finger in die schmalen goldfarbenen Rillen und kletterte schnell nach unten, damit der Sturz nicht so tief ausfiel, falls er den Halt verlieren und abstürzen sollte. Auf einmal huschte unter ihm ein dunkler rötlicher Schatten vorbei. Der Kardinal.

»Nehmen Sie sich in Acht!«, rief Bernard ihm zu. »Der Gegner ist überall!«

Na großartig.

Im nächsten Moment setzten Jordans Stiefel auf dem Steinboden auf. Er schaltete den Zielscheinwerfer ein. Von allen Seiten drängten dunkle Schatten heran, die aus den Gängen der Nekropole hervorströmten.

Zu seiner Rechten machte er Bathory aus, an ihrer Seite der Grimwolf. Sie bogen um eine Ecke und verschwanden in einem finsteren Tunnel.

»Da drüben!«, rief Jordan und zeigte in die Richtung.

Rhun und der Kardinal formierten sich hinter Bernard. Jordan übernahm die linke Flanke und schob Erin zwischen sich und Rhun. An dieser Position war sie am wenigsten gefährdet. Sie hob die Pistole und feuerte einen Schuss in die Dunkelheit ab.

Jordan wandte sich um und eröffnete das Feuer mit seiner Maschinenpistole. Dunkles Blut spritzte auf die rohen Felswände.

Der Kardinal rang mit drei Strigoi und legte dabei eine erstaunliche Wendigkeit an den Tag.

Allerdings würden sie auf diese Weise nie den Tunnel erreichen.

Auf einmal ertönte scheinbar aus dem Nichts eine Stimme. »Ich bringe Verstärkung.«

Er wandte den Kopf und erblickte dicht hinter sich den engelhaften, bebrillten Bruder Leopold. Hinter dem schmalen Ordensbruder sprang ein Trupp von etwa zwanzig Sanguinariermönchen vom Baldachin herab und landete rings um Jordans Team. Die Mönche griffen in den Kampf ein, noch ehe sie auf dem Boden aufgesetzt hatten.

Leopold schloss sich Jordan an und schob sich die Brille auf der Nase hoch. In diesem Moment wirkte er eher wie ein junger Novize als wie ein theoretisch unsterblicher Christuskrieger.

Ein Strigoi warf sich aus der Dunkelheit auf den vermeintlich leichteren Gegner; das aufblitzende Schwert war die einzige Warnung.

Jordan reagierte instinktiv. Er riss die Maschinenpistole hoch und lenkte die Klinge von Leopolds Hals ab. Trotzdem bekam der junge Sanguinarier einen blutigen Streiftreffer an der Schulter ab.

Die Augen des Gelehrten weiteten sich.

Zornig wandte der Strigoi sich Jordan zu. Er war ein großer Mann mit dunkler Haut, blassen Tätowierungen und Piercings an Nase und Ohren. Jordan hatte ihn schon einmal in Deutschland gesehen, an Bathorys Seite. Offenbar hatte er bei den Belial die Funktion eines Lieutenants inne – was bedeutete, dass er maßgeblich am Angriff auf Jordans Männer in Masada beteiligt gewesen war.

Das Ungeheuer bleckte die Zähne und grinste.

»Zurück, Leopold«, sagte Jordan, bereit, sich mit diesem Mistkerl zu messen.

Die Augen des jungen Mönchs wurden immer runder,

als er Jordan anstarrte – oder vielmehr blickte er *hinter* Jordan.

In seinen spiegelnden Brillengläsern nahm Jordan eine Bewegung wahr.

Er fuhr herum, auf einmal hielt er sein amerikanisches Bowiemesser in der Hand.

Eine hagere, geradezu ausgemergelte Version des größeren Lieutenants stürzte sich auf ihn, sperrte den Mund auf und machte Anstalten, ihn in die Schulter zu beißen. Jordan setzte seine Drehung fort, rammte die versilberte Klinge mitten in diesen klaffenden Mund und versenkte sie bis zum Heft.

Da hast du was zu beißen.

Das Wesen brüllte auf und schnellte wie ein Springteufel in die Luft. Jordan wurde das Messer aus der Hand gerissen. Rauch und kochendes Blut quollen aus Mund und Hinterkopf des Strigoi. Er brach zusammen und schlug tot auf dem Felsboden auf.

Hinter Jordan ertönte ein wilder Schrei. »Rafik!«

Tückische, von Trauer erfüllte Augen fixierten Jordan.

»Tut ganz schön weh, einen geliebten Menschen zu verlieren, nicht wahr?«, sagte Jordan.

Der Strigoi warf sich auf Jordan, flog durch die Luft mit sich blähendem Umhang wie ein übergroßer Icarops. Jordan ließ sich auf ein Knie nieder, hob die Maschinenpistole an und gab Dauerfeuer. Silberkugeln zerfetzten die Brust des Monsters. »Das ist für meine Männer.«

Der Strigoi brach qualmend zusammen und schleppte sich auf den gepfählten Rafik zu.

Leopold hob das Schwert des Monsters auf, das ihn um ein Haar getötet hätte. Damit näherte er sich dem tödlich verletzten Strigoi.

Das Wesen hatte sein Ziel fast erreicht, streckte seinen

blutigen Arm aus und versuchte, den Strigoi, den es Rafik genannt hatte, ein letztes Mal zu berühren.

Unerbittlich holte Leopold aus. Die Klinge beschrieb einen funkelnden Bogen. Der Kopf des Strigoi wurde abgetrennt, sein ausgestreckter Arm sank schlaff auf den Boden.

Er hatte sein Ziel nicht erreicht; im Tod wurden die beiden Brüder auf ewig getrennt.

Leopold wandte sich verwirrt um und schaute blinzelnd in die Höhe. »Wo sind sie alle hin?«

Jordan fuhr herum und sah zu der Stelle, an der sich eben noch Erin befunden hatte.

Sie war verschwunden.

Und Rhun ebenfalls.

60

28. Oktober, 17:34, MEZ
Nekropole unter dem Petersdom

ALS EIN STRIGOI mit einer Klinge auf sie zielte, wich Erin seitlich aus.

Dann kam Rhun ihr zu Hilfe. Er riss sie fast von den Beinen und zerrte sie hinter sich her. Er trat einen Schritt vor, zog dem Strigoi seine Klinge über den Hals und fällte ihn wie einen jungen Baum.

Erin stellte fest, dass sie allein im Tunnel waren, in den Bathory geflüchtet war. Sie blickte sich um. In der Nekropole rutschten immer mehr Sanguinarier an den Säulen herunter, um in den Kampf einzugreifen.

»Gehen Sie zurück zu Jordan, sobald die Luft rein ist«, sagte Rhun im Kommandoton und nickte zum Kampfgetümmel hinüber. »Ich kümmere mich um Bathory.«

Mit wehender Soutane verschwand er im finsteren Tunnel.

Erin hatte keine Wahl. Sie wandte sich dem Schlachtfeld zu, hörte die Schreie, roch das Blut. Sie hielt in dem Gemetzel nach Jordan Ausschau, bis sie ihn entdeckt hatte. Er stand mit dem Rücken zu einem Säulensockel und feuerte in einen anderen Gang, aus dem unablässig Strigoi hervorströmten.

Es herrschte Chaos, als wäre eine Höllendarstellung von Hieronymus Bosch zum Leben erwacht. Sie würde es niemals durch dieses Nadelöhr schaffen. Wenn die Strigoi sie nicht erwischten, würde sie von einer verirrten Kugel getroffen werden. Sie drehte sich wieder zu dem Tunnel um, in dem Rhun verschwunden war. Der schien ihr die sicherste Wahl zu sein.

Sie senkte die Taschenlampe und wandte sich nach links, fuhr mit der rechten Hand an der Tunnelwand entlang und tastete nach einer Abzweigung. Sollte sie zu einer Kreuzung gelangen, ohne zu wissen, welchen Weg Rhun eingeschlagen hatte, müsste sie umkehren. Vor ihr knallten Schüsse, und an der Tunnelbiegung nahm sie einen gräulichen Lichtschimmer wahr.

Sie eilte weiter – dann vernahm sie auf einmal ein zorniges, gutturales Knurren und wurde wieder langsamer. Sie nahm Jordans Colt in die Hand, der mit Silberpatronen geladen war. Vorsichtig näherte sie sich der Tunnelbiegung.

Als ein Schuss knallte, schreckte sie zusammen.

Ein Stück weiter sprang Rhun mit übermenschlicher Geschwindigkeit und qualmender Waffe am massigen Grimwolf vorbei. Er landete hinter dem Tier und stürmte weiter, um die Verfolgung Bathorys fortzusetzen, die nicht zu sehen war – dann kam er auf einmal schlitternd zum Stehen und drehte sich mit unglaublicher Anmut um.

Über den Körper des Wolfs hinweg fanden sich ihre Blicke. Entweder er hatte ihren Herzschlag gehört oder war auf einen Schatten aufmerksam geworden, den sie mit ihrer Taschenlampe geworfen hatte.

Er war nicht der Einzige.

Der Grimwolf ruckte herum, bleckte die Zähne und spannte sprungbereit die Muskeln an.

»Erin, laufen Sie!«

Die Ohren des Wolfs zuckten zu Rhun herum, doch er drehte sich nicht um.

Rhun kam zurückgerannt und feuerte auf das Hinterteil des Monsters.

Jetzt hatte er dessen Aufmerksamkeit.

Mit ohrenbetäubendem Geheul schwenkte der Wolf herum, schnellte sich mit den Hinterbeinen ab und sprang Rhun an. Erin verlor den Mönch vorübergehend aus dem Blick.

Weitere Schüsse fielen.

Sie zielte mit dem Colt, drückte jedoch nicht ab, aus Angst, Rhun mit einer Silberkugel zu treffen.

Dann warf der Wolf seinen dicken Hals herum – und Erin sah, dass er Rhun mit den Zähnen gepackt hatte. Das gewaltige Tier schüttelte ihn wie eine Stoffpuppe. Blut spritzte auf die Tunnelwände. Rhun verlor seine Waffe und bemühte sich, ein Messer zu ziehen.

Erin musste ihm helfen. Sie feuerte auf den Wolf und traf ihn an der Schulter. Er zuckte, wirkte ansonsten aber unbeeindruckt. Sie feuerte immer wieder, in der Hoffnung, dass die Silberpatronen irgendwann ihre Wirkung taten. Fellfetzen lösten sich an seiner Flanke, doch er ließ noch immer nicht von Rhun ab und schleuderte ihn auf den Boden, die Zähne um seinen Hals geschlossen.

Rhun rührte sich nicht mehr.

Erin rannte los – da ertönte auf einmal ein durchdringender Pfiff.

Bathory.

Der Grimwolf ließ Rhun fallen, schüttelte das Blut von seiner Schnauze und rannte in den dunklen Gang hinein.

Erin schob ihre nutzlose Pistole ins Halfter und ließ sich vor Rhun auf die Knie fallen. Ihre Jeans tränkte sich mit Blut.

Sie richtete die Taschenlampe auf Rhun. Blut strömte seitlich an seinem aufgerissenen Hals herunter. Er hatte blutigen Schaum vor den Lippen.

Sie drückte beide Hände auf die Wunde. Kaltes Blut nässte ihre Handflächen und quoll zwischen den Fingern hervor.

Rhun hustete und flüsterte einen Befehl: »Gehen Sie zurück.«

»Wenn Ihre Blutung gestillt ist.« Die Verletzungen waren so schwerwiegend, dass sie sich nicht vorstellen konnte, wie das gelingen könnte, doch sie dachte daran, wie Rhun in Jerusalem in der Residenz des Kardinals seine Blutung willentlich gestillt hatte.

Er schloss die Augen. Der Blutstrom aus seinem Hals wurde zu einem Rinnsal.

»Gut so, Rhun, gut.« Sie tastete nach der Trinkflasche, die an seinem Gürtel befestigt war.

»Reicht nicht …«

Da ihre Hände glitschig waren vom Blut, entglitt ihr die Flasche und fiel auf den Boden. Sie hob sie auf, wischte sich die andere Hand an der Hose ab und schraubte den Verschluss ab. Sie benötigte drei Versuche, bis es ihr gelungen war. Sollte sie ihm den Wein auf die Wunden träufeln? Oder besser in den Mund? Nadia hatte zuerst die Wunden damit benetzt.

Erin nahm sich an ihr ein Beispiel und goss den Wein auf die Wunden.

Rhun stöhnte.

Sie rüttelte ihn an der Schulter, damit er nicht das Bewusstsein verlor. »Sagen Sie mir, was ich tun soll. Rhun!«

Langsam hob er die Lider, doch sein Blick ging an ihr vorbei an die Decke, dann verdrehte er die Augen.

In Russland hatte Rasputin Menschenblut mit Wein gemischt. Dieses Gebräu hatte Rhun anscheinend schneller geheilt, als konsekrierter Wein es vermocht hätte.

Erin wusste, was er brauchte.

Keinen Wein.

Nicht jetzt.

Rhun brauchte Menschenblut.

Sie schluckte und streifte mit der Hand über die verkrusteten Wunden, die ihr Bathorys Stachelhalsband zugefügt hatte. Dann schaute sie in den Gang hinein. Bathory und der Wolf waren nicht zu sehen. Erin wusste, dass sie nicht die geringste Chance hatte, die Frau einzuholen. Rhun hatte nach wie vor die besten Aussichten, das Evangelium in ihren Besitz zu bringen.

Aber war sie wirklich bereit dazu, alles zu riskieren in der Hoffnung, dass ihr Blut Rhun heilen würde? Die Wissenschaftlerin in ihr sträubte sich mit jeder Faser.

Nachdem sie der Sekte entkommen war, war sie allergisch gegen jede Form von Aberglauben gewesen und hatte keinen Sinn mehr im Glauben gesehen. Sie wusste nur allzu gut, was geschehen war, als ihre Eltern aufgehört hatten, vernünftig zu denken. Sie hatten das Schicksal ihrer kleinen Schwester Emma in die Hände eines teilnahmslosen Gottes gelegt – und Emma war aufgrund ihres blinden Glaubens gestorben.

In den vergangenen Tagen aber hatte Erin außergewöhnliche Erfahrungen gemacht. Die konnte sie nicht einfach leugnen und auch nicht mit wissenschaftlicher Logik erklären. Aber war sie bereit, ihr Leben in der Hoffnung auf ein Wunder aufs Spiel zu setzen?

Sie sah auf Rhun nieder.

Hatte sie überhaupt eine Wahl?

Selbst wenn es ihr gelang, sich den Weg zurück zu Bernard und den anderen Sanguinariern freizukämpfen und sie zu warnen, wäre Bathory längst auf Nimmerwiedersehen verschwunden.

Bathory durfte nicht mit dem Buch entkommen. Das Risiko war so groß, dass Erin jede Möglichkeit ausschöpfen musste – und sei es die Macht des Glaubens.

Sie beugte sich über Rhun und legte ihren Hals an seinen kalten Mund.

Er regte sich nicht.

Mit den Fingernägeln schabte sie den weichen Schorf an ihrem Hals ab. Das Blut begann zu fließen. Abermals drückte sie ihren blutenden Hals auf seine offenen Lippen.

Er knurrte und drehte den Kopf weg, weigerte sich zu trinken.

»Sie müssen.«

Seine Stimme war ein schmerzliches Flüstern. »Wenn ich einmal anfange, kann ich vielleicht nicht mehr …«

Sie vervollständigte im Stillen seinen Satz: Wenn ich einmal anfange, kann ich vielleicht nicht mehr aufhören.

Vielleicht, das war das entscheidende Wort.

Offenbar musste sie nicht nur Vertrauen in den Glauben haben, sondern auch in Rhun.

Wenn ich es nicht wenigstens versuche, haben die Belial so gut wie gewonnen.

Erneut presste sie ihren Hals an seinen Mund.

Ihr Blut tropfte auf seine Lippen.

Ein Stöhnen kam tief aus seiner Kehle, doch diesmal drehte er den Kopf nicht weg.

Erin klopfte das Herz bis zum Hals. Ihre animalischen Instinkte drängten sie zur Flucht – doch sie war kein Tier mehr. Sie blieb standhaft und stellte sich Daniel in der Löwengrube vor.

Ich schaffe das.

Sie zwang sich, Rhun anzusehen. Sein Blick hatte sich

wieder belebt, als hätten ihn die paar Blutstropfen bereits gestärkt.

Er leckte sich die Lippen und schluckte. Dann fasste er Erin bei den Schultern und zog sie sanft an sich.

Sie spannte sich an, denn aufgrund seines geschwächten Zustands hätte sie immer noch abbrechen können. Stattdessen atmete sie tief durch und überantwortete sich ihrem *Glauben*.

Rhun wälzte sie herum und legte sie neben sich auf den Steinboden. Er stützte sich auf den Ellbogen auf. In seinem dunklen Blick flackerte eine Frage.

Sie zitterte bis ins Mark.

»Erin.« Er dehnte das »n« am Ende. »Nein. Nicht um diesen Preis.«

»Ich kann Bathory und den Grimwolf nicht einholen«, sagte sie flehentlich. »Nur Sie allein können das Evangelium retten.«

Sie sah die Niederlage in seinem Blick. Gegen ihre Logik kam er nicht an.

»Aber …«

»Ich bin mir der Konsequenzen bewusst«, sagte sie und wiederholte damit die Worte, die sie ausgesprochen hatte, bevor sie in Masada in die Erdspalte geklettert war. *Das hier* waren die Konsequenzen. »Sie müssen es tun.«

Er senkte die Lippen langsam auf die ihren, sein Gesichtsausdruck wurde ganz weich und zärtlich. Sie staunte.

Dann hielt er inne. »Nein … nicht Sie …«

»Es dient Ihrem Gelöbnis.« Sie ballte die Hände zu Fäusten und dachte an die vielen Menschen, die ihr Leben würden lassen müssen, wenn einer von ihnen beiden vor diesem Akt der Pflichterfüllung zurückschreckte. »Das Buch ist wichtiger als irgendwelche Regeln.«

»Das sehe ich ein … wenn Sie nur jemand anders wären. Aber so …« Er krallte die Finger in ihre Schulter. »Von *Ihnen* kann ich nicht trinken.«

Sie blickte ihm ins Gesicht und sah, was hinter dem Kragen und den Reißzähnen versteckt war – *ein Mann*.

Er streifte ihr Haarsträhnen aus dem Gesicht. Seine Finger fühlten sich kalt, aber behutsam an, als er ihr die Hand auf die Wange legte.

Sie hatte keine Argumente mehr, um ihn dazu zu bringen, sein Priestergelöbnis zu brechen.

Sie konnte nichts tun, um den Blutdurst des Sanguinariers zu wecken.

Aber sie verfügte noch über ein anderes Mittel.

Sie konnte ihn als Mann behandeln.

Und ihm als Frau begegnen.

Sie hob den Kopf an und blickte tief in Rhuns dunkle Augen. Angst blitzte darin auf. Er hatte ebenso viel Angst wie sie, vielleicht noch mehr. Sie streichelte ihm durchs dichte Haar, zog seinen Mund an ihren. Rhun schloss die Augen, und sie küsste ihn. Seine kalten Lippen schmeckten nach Blut. Als sie ihn an sich zog, schmolz sein Widerstand dahin – seine Lippen wurden weicher und empfänglicher. Sie öffneten beide den Mund, so selbstverständlich wie sich eine Blüte am Morgen öffnet.

Er rutschte über sie und drückte sie nieder mit seinem Gewicht.

Eigentlich hätte er sich kalt anfühlen sollen, doch ihre Wärme reichte für sie beide.

Ihre Zunge fand die seine, ermutigte ihn. Er stöhnte an ihren Lippen – vielleicht aber kam der Laut auch von ihr. Sie spürte, wie sich etwas Scharfes in seinem Mund hervorbildete, als schlösse sich ein Tor, doch sie ließ sich nicht beirren. Mit der Zunge berührte sie einen Zahn, der so spitz war wie ein Dorn, und ließ sich von ihm durchbohren.

Ihr Blut quoll hervor, füllte ihrer beider Mund.

Doch anstatt sich vom Metallgeschmack und der Angst abschrecken zu lassen, weckte der Lebenssaft ihre Sinne, eine Süße und eine sengende Hitze, die all ihre Ängste dahinschmelzen ließ. Sie meinte, ihre eigene Göttlichkeit zu schmecken – und sie wollte mehr.

Sie zog ihn fester an sich.

Er presste sich an sie, erfüllt vom Versprechen von kaltem Eisen und Ekstase. Die Intensität ihrer Empfindungen verblüffte sie. Ihr Körper vermochte es nicht zu fassen, er bäumte sich auf, verzückt von dem lebendigen Austausch, so schnell und rhythmisch wie ihr Herzschlag.

Er nahm seine Lippen fort, verharrte mit dem Mund dicht an ihrem, jedoch ohne sie zu berühren, was das Gefühl quälender Leere bei ihr auslöste. Er stöhnte, als ob er ebenso empfände. Sein Atem strich über ihre Lippen.

Er blickte auf sie nieder. Seine Augen waren größer und dunkler denn je, darin ein Schimmer von jenseits des Grabes. Anstatt sich zu ängstigen, erglühte sie vor dem Hintergrund der Finsternis in ihrem eigenen Licht, erstrahlte in der Hitze ihres Körpers. Sie bog den Hals durch, bot ihm ihre Kehle dar, forderte ihn auf, aus diesem flammenden Brunnen zu trinken. Sie wünschte es sich mit jeder Faser ihres Seins.

Er nahm ihr Angebot an.

Ein vorsichtiges Kitzeln seiner Reißzähne – dann bohrten sie sich tief in ihren Hals.

Hitze strömte aus ihr hervor und wärmte die kalten Lippen an ihrer Haut.

Sie wand sich unter ihm, öffnete sich der Wonne. Ihr Gesichtsfeld verdunkelte sich von den Rändern her. Mit jedem Pulsschlag ihres Herzens verleibte er sich ihren Lebenssaft ein.

Ekstase füllte die leeren Räume zwischen ihren Herzschlägen aus. Zunächst, als ihr Körper sich dem reinen Erleben überließ, schlug ihr Herz rasend schnell. Dann verlangsamte sich der Zeitablauf, und das Lustgefühl vertiefte sich und wurde noch intensiver. Sie wartete darauf, dass ihr Herzschlag ganz zum Erliegen kam, denn sie wollte ewig in dem Gefühl schwelgen.

Nichts war mehr wichtig.

Da war nur noch Wonne.

Dann nahm sie ein sanftes Licht wahr, das sie mit einer Liebe einhüllte, die sie nie erfahren hatte. Dies war die Liebe, die sie sich von ihren Eltern gewünscht hatte und von ihrer kleinen Schwester, die nie Gelegenheit bekommen hatte, groß zu werden.

Undeutlich war Erin sich bewusst, dass sie starb – und war dankbar dafür.

Sie atmete das Licht ein, als täte sie ihren ersten Atemzug.

Dann sah sie sie.

Im lichterfüllten Tunnel stand ihre Mutter. Neben ihr ein kleines Mädchen. Emma. Sie hatte sich die Babydecke über den Arm gelegt, die gestutzte Ecke war Erin zugewandt. Hinter ihnen stand ihr Vater, bekleidet mit seinem alten roten Flanellhemd und Jeans, als käme er gerade aus dem Stall. Er hob den Arm und winkte ihr zu, sie solle näher kommen. Zum ersten Mal seit vielen Jahren empfand sie ihm gegenüber keinen Zorn, sondern Liebe.

Sie streckte die Arme nach ihnen aus. Ihr Vater lächelte, und sie erwiderte das Lächeln. Sie verzieh ihm – und sich selbst.

Er war in seinem *Glauben* gefangen gewesen, sie in ihrer *Vernunft*.

In diesem Moment hatten sie beide ihre Begrenzungen überwunden.

Auf einmal zerschellte das unschuldige Licht.

Kalte Dunkelheit stürzte auf sie ein.

Sie schlug die Augen auf. Rhun hatte sich von ihr gelöst. Er wälzte sich von ihr herunter und lehnte sich zitternd an die Wand. Mit dem Handrücken fuhr er sich über den Mund. Wischte das Blut ab.

Ihr Blut.

Als sie seine Ablehnung wahrnahm, fielen ihr die Augen zu.

»Erin?« Seine eiskalten Fingerspitzen streiften über ihre Wange.

Sie zitterte vor Kälte und Einsamkeit, verzehrt von der Trauer um all das, was sie verloren hatte.

»Erin.« Rhun hob sie auf seinen Schoß und wiegte sie, streichelte ihr Haar und ihren Rücken.

Sie zwang sich, die Lider zu heben und ihm in die Augen zu sehen. Sie sprach das Unvorstellbare aus. »Gehen Sie.«

»Kommen Sie allein zurecht?«

Er hörte ihren Herzschlag. Er kannte die Antwort.

»Verschwenden Sie nicht mein Blut, Rhun. Das soll nicht umsonst gewesen sein.«

»Es tut mir leid«, sagte er. »Ich konnte einfach nicht…«

»Ich verzeihe Ihnen«, flüsterte sie. »Und jetzt gehen Sie.«

Er riss sein Kreuz von der Kette und legte es ihr auf die Brust. Sie spürte sein Gewicht über ihrem Herzen. Es fühlte sich warm an.

»Möge Gott Sie schützen«, flüsterte er. »Ich habe es nicht geschafft.«

Er legte sie auf den schmutzigen Boden, deckte sie mit seiner Soutane zu und ging.

61

28. Oktober, 17:44, MEZ
Nekropole unter dem Petersdom

RHUN JAGTE BATHORY hinterher. Erins Blut pulsierte warm und kraftvoll durch seine Adern. Ihre Lebenskraft sang in seinem Körper. Noch nie hatte er eine solche Kraft in sich verspürt. Er hätte ewig so dahinstürmen können. Er konnte es mit jedem Gegner aufnehmen.

Seine Schuhe flogen geradezu über den Steinboden, sie berührten ihn kaum. Schneller, immer schneller. Der Luftzug streichelte sein Gesicht, der Wind zauste ihm das Haar.

Trotz seiner Verzückung trauerte er um Erin. Sie hatte ihm um des Evangeliums willen alles gegeben. Und um seiner selbst willen. Ihre Gelehrsamkeit, ihre Leidenschaft – im Schwinden begriffen, blieben sie hinter ihm zurück.

Ihr Opfer sollte nicht vergeblich gewesen sein.

Trauern konnte er später.

Der Geruch des Grimwolfs wies ihm den Weg. Jeder einzelne Schritt der schweren Tatzen war in diesem Geruch vorgezeichnet, und er roch jeden einzelnen Blutstropfen, während das Tier heilte und die Tropfen kleiner wurden.

Es würde ihm nicht entwischen.

Er würde sie finden. Er würde das Buch in seinen Besitz bringen. Er würde Erins Opfer ehren.

Er würde ihrer an jedem einzelnen seiner endlosen Tage gedenken.

17:55

Jordan trabte den Tunnel entlang, auf der Suche nach Erin.

Leopold folgte ihm dicht auf den Fersen.

Sie hatten sich durch die erste Welle der Strigoi hindurchgekämpft und den Weg zum Tunnel frei gemacht. Jordan hoffte, dass Erin und Rhun Bathory eingeholt und ihr das Buch abgenommen hatten.

Nach all dem Blutvergießen und dem Grauen wollte er nur noch nach Hause.

Und als er an sein Zuhause dachte – sah er Erins Gesicht vor sich.

»Da!«, sagte Leopold und zeigte nach vorn. Mit seinen scharfen Augen hatte er die am Boden liegende Person bereits ausgemacht.

Lass es nicht Erin sein. Lass es nicht Erin sein.

Jordan rannte los, und diesmal war er schneller als ein Sanguinarier. Er richtete seine Taschenlampe auf die reglose Gestalt.

O nein …

Der eigene Herzschlag dröhnte ihm in den Ohren, als er sich neben ihr fallen ließ und an ihrem Hals nach dem Puls tastete. Ihre Haut war kalt, doch er nahm schwachen Herzschlag wahr.

»Sie lebt«, sagte er zu Leopold.

»Aber sie ist schwer verletzt.«

Der junge Mönch kniete nieder und riss Erins Grimwolfjacke auf. Ihr weißes Hemd war bis zur Hüfte blutgetränkt. Leopold holte eine Salbe hervor. Als er das Gefäß öffnete, stellte Jordan fest, dass sie ganz ähnlich roch wie die Substanz, mit der Nadia seine Verletzungen behandelt hatte.

Aber würde das reichen?

Leopold stimmte ein lateinisches Gebet an und trug die Salbe auf Erins Wunden auf.

Jordan schaute mit angehaltenem Atem zu, zitterte am ganzen Leib. In Sekundenschnelle verlangsamte sich die Blutung, dann versiegte sie ganz. Erin lag noch immer bewusstlos auf dem dunklen Steinboden, ein leichenblasses Gespenst.

Leopold untersuchte ihre Arme und Beine nach Bisswunden. »Sie wurde nur am Hals verletzt.«

Jordan zog seine Jacke aus und deckte sie damit zu. Er rieb sich die kalten Hände. »Erin?«

Ihre Augenlider flatterten, als ob sie träumte – dann hoben sie sich langsam. »Jordan?«

»Ich bin da.« Er streichelte ihr die eiskalte Wange. »Es wird dir bald besser gehen.«

Ihre Lippen kräuselten sich ganz leicht. »Lügner.«

»Ich lüge nie«, sagte er. »Pfadfinderehrenwort.«

Doch er hatte gelogen. Sie würde sich nie wieder erholen.

Leopold streckte die Hand zu Jordan aus und berührte eine Bisswunde an dessen Arm; der Biss stammte von einem von Rasputins Gefolgsleuten und war bei der Auseinandersetzung in der Basilika wieder aufgeplatzt. »Ihre Blutgruppe?«

»Null negativ. Universalspender.« Jordan schöpfte neue Hoffnung. »Können Sie eine Transfusion mit meinem Blut machen?«

Leopold zog sein Erste-Hilfe-Set aus der Tasche und murmelte Anweisungen. Mit unglaublicher Geschwindigkeit brach er eine Spritze entzwei und verband sie an beiden Enden mit einem Schlauch. Jordan strich Erin unterdessen Haarsträhnen aus dem Gesicht. Seine Finger verweilten auf ihrer Stirn und ihren Wangen. »Halt durch.«

Er konnte nicht erkennen, ob sie ihn gehört hatte. *Was* hatte sie angegriffen? Und wo war Rhun? Er blickte in den Tunnel und hielt Ausschau nach dem Leichnam des Priesters. Doch da war niemand. War Rhun vielleicht verschleppt worden?

Mit einem alkoholgetränkten Tuch tupfte Leopold Erin den Arm ab, dann desinfizierte er mit einem zweiten Tuch Jordans Armbeuge.

»Ich muss Sie bitten, still zu sein, Jordan«, sagte Leopold ernst. »Ich muss Ihrer beider Herzschlag hören, um bestimmen zu können, wie viel Blut zwischen Ihnen ausgetauscht wird. Ich möchte nicht, dass Sie am Ende beide tot sind.«

»Retten Sie sie einfach.« Jordan lehnte sich an die Steinwand und fixierte Erins bleiches Gesicht.

Leopold stach erst ihr eine Nadel in den Arm, dann Jordan. Er spürte den Stich kaum.

Die Zeit verstrich und dehnte sich in der Dunkelheit zu einer Ewigkeit.

Leopold verband Erin unterdessen den Hals. »Wir haben Glück. Das ist eine einfache Verletzung. Strigoi sind für gewöhnlich weniger rücksichtsvoll.«

Jordan erschauerte bei der Vorstellung, dass ein solches Ungeheuer an Erins Hals getrunken hatte.

Ich hätte besser auf sie aufpassen müssen.

Nach ein paar Minuten zog Leopold die Nadel aus Jordans Arm und tupfte die Einstichstelle mit einem Wattebausch ab. »Mehr können Sie nicht erübrigen.«

»Ich kann so viel erübrigen, wie sie braucht.« Er straffte sich. »Machen Sie weiter.«

Leopolds Brillengläser funkelten auf, als er den Kopf schüttelte. »Ich lasse mich von Ihnen nicht einschüchtern, Sergeant.«

Ehe Jordan sich ein besseres Argument überlegen konnte, schlug Erin die Augen auf. Sie wirkte noch benommen, aber auch kräftiger als zuvor. »Hey.«

Jordan ließ sich neben ihr niedersinken und lächelte. »Willkommen zurück.«

»Ihr Herz schlägt kräftig«, sagte Leopold. »Mit etwas Ruhe wird sie sich wieder erholen.«

Jordan stellte eine Frage, obwohl er die Antwort bereits kannte. »Wer hat dir das angetan?«

Erin schloss die Augen; sie wollte nicht antworten.

Jordan hob die Hand und zeigte vor, was er gefunden hatte, als Leopold Erin die Jacke ausgezogen hatte. Es war ein Brustkreuz. »Rhun?«

Leopold zuckte angewidert zusammen.

»Erin?« Jordan versuchte, seinen Zorn zu zügeln. »Hat Rhun dir das angetan?«

»Er konnte nicht anders.« Sie betastete ihren Halsverband. »Jordan, ich habe ihn selbst dazu aufgefordert.«

Er hörte sie kaum, überwältigt vom Zorn.

Das Schwein hatte Erin das Blut ausgesaugt und sie sterbend zurückgelassen.

Erin versuchte, sich aufzusetzen.

Jordan schloss sie in die Arme und zog sie an seine Brust. Sie war so schwach und kalt, hatte aber wieder ein bisschen Farbe bekommen.

»Wir mussten es tun, Jordan, damit er Bathory weiter verfolgen konnte. Sie darf das Evangelium nicht bekommen. Rhun war dem Tode nah.«

Jordan zog sie noch fester an sich, als sie den Kopf auf seine Schulter sinken ließ.

Leopold deckte sie beide mit der Jacke zu, dann wandte er ihnen den Rücken zu und hockte sich neben sie.

Jordan setzte sein Kinn auf Erins Kopf. Sie roch nach Blut. Unter der Jacke schmiegte sie sich an seine Brust. Er atmete stockend ein und wieder aus.

Plötzlich erhob sich Leopold – ein wenig zu schnell.

»Was ist los?«, fragte Jordan.

Leopold wandte sich zu ihm herum. »Es nähern sich weitere Strigoi. Es ist noch nicht vorbei.«

18:24

Erin zuckte zusammen, als Leopold sie auf die Beine stellte. Mit der anderen Hand zog er Jordan so mühelos hoch, als hätte er es mit einer Puppe zu tun. Jordan taumelte, dann fing er sich. Er war stärker geschwächt, als er sich anmerken lassen wollte. Die Blutübertragung hatte ihn schwer mitgenommen.

Jordan zog Erins Arm über seine Schulter und legte ihr den anderen Arm um die Hüfte. Sie wollte allein gehen, doch er vermutete, dass sie es nur wenige Schritte weit geschafft hätte. Falscher Stolz war hier fehl am Platz.

»Gehen Sie.« Leopold schubste sie an, den Blick zurück in den Tunnel gerichtet.

Erin war schwindelig. Sie und Jordan mühten sich zu rennen, kamen aber selbst nach menschlichen Maßstäben nur langsam voran. Leopold bildete mit gezücktem Schwert die Nachhut.

Hinter ihnen wurden das Knurren und Fauchen immer lauter.

»Vor uns liegt eine Biegung«, sagte Jordan. »Dort können wir sie erwarten.«

Leopold scheuchte sie bis zur Ecke – dann zeigte er nach vorn. »Ich bleibe hier. Sie gehen weiter.«

»Nein.« Jordan hielt an.

»Sie sind die drei aus der Prophezeiung«, erklärte Leopold. »Meine Aufgabe ist es, Ihnen zu dienen. Finden Sie Rhun. Finden Sie das Buch. Das ist *Ihre* Aufgabe.«

Jordan fügte sich zähneknirschend.

»Gott sei mit Ihnen.« Leopold hielt an der Tunnelbiegung an. Sein Schwert blitzte auf, als er sich dem Gegner zuwandte. Erin blieb nichts anderes übrig, als mit Jordan weiterzueilen, gequält von Schuldgefühlen. Wie viele hatten schon ihr Leben gelassen, um sie zu retten? Sie mussten sich dieser Blutschuld als würdig erweisen und durften deshalb nicht aufgeben.

Hinter ihnen ertönte Geschrei, Stahl prallte auf Stahl.

Der jugendliche Gelehrte trotzte ganz allein den Strigoi – wie lange würde er ihnen standhalten? Erin konzentrierte sich darauf, ihre schweren Beine zu bewegen. Sie musste durchhalten.

Jordans Taschenlampe ruckte auf und ab beim Gehen, beleuchtete den glatten Steinboden, die massiven Steinblöcke der Tunnelwand, die unregelmäßige Deckenwölbung über ihren Köpfen.

Sie verlor das Gefühl für Zeit und Raum. Allein der nächste Schritt zählte noch.

Weit vor ihnen tauchte ein Lichtschimmer auf.

Jordan zog sie mit sich, dem Licht entgegen.

Das Licht wurde heller.

Sie bogen um eine Ecke. Das Licht stammte von einer Taschenlampe, die am Lauf einer Pistole befestigt war.

Davor zeichnete sich Bathorys schlanke Gestalt als Silhouette ab. Das rote Haar fiel ihr lose auf die Schultern, und sie wandte ihnen den Rücken zu.

Mit der Pistole zielte sie auf Rhun.

Ein paar Meter entfernt kämpfte Rhun mit dem Grimwolf, der ihn zu Boden drückte. Das Tier knurrte ihm ins Gesicht und bespritzte ihn mit Geifer, schickte sich an, ihm die Kehle durchzubeißen. Diesmal aber war Rhun stark genug, ihn abzuwehren. Jetzt waren sie gleichwertige Gegner. Trotzdem musste Rhun seine ganze wiederhergestellte Kraft aufbieten.

Bathory, die den Zweikampf gebannt beobachtete, hatte Jordan und Erin noch nicht bemerkt. Sie näherte sich den Widersachern mit vorgehaltener Pistole, um den Kampf zwischen Priester und Wolf mit einer Salve von Silberkugeln zu entscheiden.

Zitternd vor Schwäche, sandte Erin eine lautlose Bitte an Jordan aus: *Hilf ihm!*

Jordans Gesicht zeigte keine Regung. Er stand einfach nur da und griff nicht zur Waffe.

Jetzt reicht es aber…

Erin trat hinter ihn und riss den Colt aus dem Halfter. Zuvor hatte sie beinahe ein ganzes Magazin auf den Grimwolf abgefeuert. Die Treffer hatten jedoch kaum Wirkung gehabt. Mit einer Pistole konnte sie das Tier nicht töten.

Aber irgendetwas musste sie unternehmen.

Bathory, die ihnen noch immer den Rücken zuwandte, näherte sich dem Wolf und zielte auf Rhuns Gesicht.

»Jetzt sind wir bald beide frei.«

Erin bemerkte, dass Bathory am Oberarm einen Verband trug. Er leuchtete weiß in der Dunkelheit.

Sie musste an Neros Zirkus denken. Als Bathorys Verletzung dort aufgebrochen war, hatte sie den Wolf in Panik weggestoßen, und Mihir hatte sich vom tropfenden Blut ferngehalten. Das war eine eigenartige Reaktion für einen Strigoi gewesen. Und als Mihir den silbrig-roten Blutstropfen auf dem Zellenboden berührte, hatte Mihirs Blut gedampft.

Auf einmal wusste sie, was sie tun würde.

Erin rückte ab von Jordan, bis Bathory den Wolf verdeckte, und berechnete im Kopf den Winkel. Sie hielt die Pistole beidhändig vor sich, zielte und atmete tief ein.

Beim Ausatmen drückte sie mit dem linken Zeigefinger den Abzug durch.

Der Schuss hallte dröhnend wider.

Jordan drehte sich erschrocken zu ihr herum, doch Erin ließ Bathory nicht aus den Augen und zielte zum zweiten Mal.

Der Grimwolf ließ von Rhun ab und drehte sich im Kreis, schnappte nach seiner Schulter. Die Kugel hatte Bathorys Körper durchschlagen, den Wolf getroffen und ihn mit ihrem Blut infiziert. Das Fell des Wolfs war in wellenartiger Bewegung begriffen, aus der Eintrittswunde quoll Dampf.

Bathorys Blut war für die Strigoi giftig – und auch für die von ihnen erschaffene Blasphemäre.

Bathory drehte sich zu Jordan und Erin um. Oberhalb der rechten Hüfte sickerte Blut aus ihrem Hemd. Sie fixierte ihre Gegner. Mit einem höhnischen Grinsen hob sie die Waffe.

Erin rührte sich nicht von der Stelle und drückte weitere drei Male ab. Die Salve durchschlug Bathorys Brust – und traf die Flanke des Grimwolfs.

Bathory wich zurück und taumelte gegen die Wand. Der Blutfleck auf ihrer Brust wurde immer größer. Sie rutschte auf den Boden, die silbergrauen Augen vor Überraschung geweitet. Die Waffe entglitt ihrer kraftlosen Hand und fiel auf den Boden.

Der Grimwolf brach bebend zusammen. Blut dampfte

aus seinen Wunden und aus seinem Maul. Da er nicht mehr stehen konnte, kroch er jaulend auf dem Bauch und ließ eine dunkle Blutspur hinter sich zurück.

Der Wolf schleppte sich zu Bathory und legte ihr den Kopf auf den Schoß. Sie legte ihm die Arme um den Kopf. Hinter ihnen rappelte Rhun sich hoch und hob Bathorys Waffe auf.

Er richtete sich auf und wandte sich zu Erin um. Der Anflug eines Lächelns kräuselte seine müden Lippen. Er war erleichtert, sie zu sehen – vielleicht mehr als das. Aber wie dem auch sei, es war das erste Mal, dass er in ihrer Gegenwart aufrichtig lächelte.

Er wirkte jung, verletzlich und sehr menschlich.

Sie stolperte ihm entgegen, doch Jordan hielt sie zurück.

Rhuns Lächeln erlosch.

Und auf einmal war die Welt wieder ein wenig dunkler.

62

28. Oktober, 18:54, MEZ
Nekropole unter dem Petersdom

MAGOR …

Bathory umarmte den großen Wolfskopf. Sie spürte seinen Schmerz, hörte sein Stöhnen, während ihr Blut ihn vergiftete. Silbriges Rot strömte an ihrer Brust hinunter, sammelte sich auf ihrem Schoß, verbrannte ihm das Fell, bereitete ihm Qualen. *Bitte geh weg… du sollst nicht so sterben…*

Sie versuchte, ihn wegzuschieben, doch er ertrug den Schmerz, um ihr nahe zu sein.

Zu schwach, um ihn abzuwehren, beugte sie sich über ihn. Mit einem Auge sah er sie an. Sie sang ihm ein letztes Gutenachtlied. Es kam ohne Worte aus. Sie hatte keinen Atem mehr, um welche zu formen. Das Lied entsprang einer Ebene, die tiefer angesiedelt war als die Sprache und wo immer die Sommersonne auf einen kleinen Jungen scheint, der mit einem weißen Kescher im hohen grünen Gras Schmetterlinge fängt. Ihr Lied drückte Gelächter und Liebe und die schlichte Wärme eines Menschen aus, der einen anderen umarmt.

Die Welt verdunkelte sich an den Rändern, bis nur noch

das schmerzerfüllte Auge übrig blieb, das ihren Blick liebevoll erwiderte. Sie sah, wie der rötliche Glanz darin erlosch und einem sanften Goldton Platz machte, als der Fluch von ihm abfiel und Magor sich wieder in einen einfachen Wolf verwandelte – aller Grimm blieb zurück. Auch der Schmerz verflüchtigte sich aus seinem großen, anschmiegsamen Körper, als sie auf ihn niedersank.

Auch in ihrem Blut endete die Qual, zurück blieb reiner Frieden.

Als sie beide von Dunkelheit eingehüllt wurden, übermittelte sie ihrem Freund eine letzte Botschaft.

Lass uns Hunor suchen …

63

28. Oktober, 17:57, MEZ
Nekropole unter dem Petersdom

RHUN KNIETE VOR dem Gespenst Elisabetas.

Er hielt das Evangelium im Schoß und betete für ihre Seele. Wie sanft und jung ihr Gesicht im Tode aussah, jetzt, da der Hass erloschen war und nur Reinheit und Unschuld übrig blieben, die zu verderben er vor Jahrhunderten seinen Beitrag geleistet hatte.

Er betrachtete ihren blassen, langen Hals.

Ein schwarzes Mal hatte seine Schönheit verunstaltet, das Würgemal von der Hand eines Unbekannten. Rasputin hatte gesagt, von jeder Generation des Bathory-Geschlechts sei eine Frau zu lebenslanger Sklaverei und andauerndem Leiden verurteilt.

Seit er Elisabeta entehrt hatte.

Wer aber war zu so etwas fähig? Die Belial? Wenn ja, welches Interesse hatten sie dann an Elisabetas Geschlecht? Es konnte ihnen ja wohl kaum nur darum gehen, ihn zu quälen? Was hatte er übersehen? Weshalb hatten sie sich Elisabeta Bathorys Nachfahren vorgenommen?

Und was bezweckten sie damit?

Jetzt, da die Frau tot war, wurde ihm bewusst, dass er

die Antworten auf diese Fragen vielleicht niemals erfahren würde und dass die unheilvolle Verkettung möglicherweise gekappt war.

Als er seine Gebete beendet hatte und sich aufrichtete, sah er auf das schlichte Buch nieder, das er ihr abgenommen hatte.

Obwohl er verflucht war, hatte er dieses größere Gut in die Welt gebracht. Vielleicht enthielt das Evangelium das Geheimnis zur Wiederherstellung seiner Seele. Er wagte es kaum, sich zu wünschen, wieder ein Mensch mit Herzschlag und einem warmen, liebesfähigen Körper zu sein.

Erin stand ein paar Schritte rechts von ihm und wartete ab. Jordan befand sich neben ihr, die Maschinenpistole im Anschlag. Nach allem, was der Sanguinarier ihm angetan hatte, konnte er das dem Mann nicht übel nehmen.

»Wollen Sie es nicht aufschlagen?«, fragte Erin.

Rhun öffnete das Buch und drehte es herum, sodass Erin und Jordan die Seiten sehen konnten. »Das habe ich getan«, erwiderte er.

Auf der ersten Seite stand ein einzelner Absatz in griechischer Sprache. Die übrigen Seiten waren leer; vielleicht mussten noch weitere Wunder geschehen, bis der Text zum Vorschein kam. Doch das wenige, das sich bereits zeigte, war schon beeindruckend genug.

Sie traten näher, getrieben von einer Neugier, die bei denen, deren Leben so kurz war, umso heller brannte.

»Was zum Teufel soll das?«, fragte Jordan und stöhnte auf. »Das alles wegen eines kleinen Absatzes. Da kann man nur hoffen, dass der Text es auch in sich hat.«

Erin fixierte die Seite, als könnte sie allein mit ihrer Willenskraft weitere Worte hervorzwingen. Sie übersetzte.

»Es droht ein großer Krieg der Himmlischen Mächte. Damit die Mächte des Guten den Sieg davontragen, muss

aus dem Evangelium, das mit meinem Blut niedergeschrieben wurde, eine Waffe geschmiedet werden. Die Drei aus der Prophezeiung müssen das Buch vom Ersten Engel segnen lassen. Nur so können sie der Welt zum Heil verhelfen.«

»Sie sind doch Priester.« Jordan wich einen Schritt zurück. »Wenn das Buch gesegnet werden muss, dann nur zu, segnen Sie es.«

»Ich bin nicht der Erste Engel.« Rhun streifte mit der Hand über den glatten Ledereinband. Er brannte darauf zu erfahren, welche Offenbarungen das Buch enthalten mochte, denn er spürte, dass sie einer machtvollen Wahrheit auf der Spur waren. »Das Buch muss vom Ersten Engel gesegnet werden, von jemandem mit reinem Herzen, der ohne Sünde ist. Erst dann wird es mehr offenbaren.«

»Damit fallen Sie wohl aus«, meinte Jordan.

»Jordan!«

»Er hat recht.« Rhun reichte das Buch widerstrebend an Erin weiter. »Ich bin nicht rein. Das haben meine heutigen Handlungen wieder einmal bewiesen.«

»Wenn wir das nicht getan hätten, wäre das Buch für uns verloren gewesen.«

Rhun bemerkte, dass Erin errötete. Auch ihr Herzschlag beschleunigte sich. Wie mochte es sich für sie angefühlt haben, als er von ihr getrunken hatte, wenn sie sich bei dem Gedanken daran schämte? Er erinnerte sich an jene Nacht, als er umgedreht worden war.

»Den Preis, den Erin bezahlt hat, billige ich nicht.« Jordan funkelte ihn an.

»Es war nicht deine Entscheidung.« Erin drückte das Buch an ihre Brust und wandte sich ab. »Sondern unsere.«

Sie ging den Weg zurück, den sie gekommen waren, und stützte sich mit einer Hand an der Wand ab. Rhun hätte sie am liebsten getragen, doch er wagte es nicht, sie zu berühren.

19:04

Jordan musste sich beherrschen, sonst hätte er Rhun erschossen.

Als ob Rhun das spürte, hob er beschwichtigend die Arme. »Sie braucht uns jetzt beide.«

Der Mistkerl hatte recht; er und Erin waren auf Rhuns Schutz angewiesen, wenn sie aus diesem unterirdischen Schlachthaus wieder hinausgelangen wollten. Jordan konnte sie hier unten nicht schützen. Rhun hingegen schon.

Er senkte die Waffe. »Aber das wird nicht so bleiben.«

Rhun nickte. »Wenn sie in Sicherheit ist, müssen Sie tun, was Ihr Gewissen von Ihnen verlangt.«

Jordan folgte Erin. Sie taumelte, er legte sich ihren Arm über die Schulter und fasste sie um die Hüfte.

Sie spannte sich an, denn sie spürte seine Verärgerung.

Weshalb ist sie mir böse? Ich habe sie doch nicht sterbend zurückgelassen.

Er biss die Zähne zusammen und setzte sich in Bewegung. Sie lehnte sich an ihn, vermutlich weil sie sich aus eigener Kraft nicht mehr aufrecht halten konnte.

Rhun huschte an ihnen vorbei und übernahm die Führung. Er wirkte gestärkt, als könnte er es einhändig mit einer ganzen Horde Strigoi aufnehmen. Wenn Erin recht damit hatte, dass er dem Tod nahe gewesen war, dann hatte ihm ihr Blut einen Energieschub verpasst.

Jordan pochte der Schädel, die Verletzungen schmerzten, seine Arme und Beine waren bleischwer. Nach der Transfusionsparty war er fix und fertig.

Rhun zog das Tempo an, und Jordan verlor ihn aus den Augen.

Jordan packte Erin fester und bemühte sich nach Kräften, Rhun zu folgen. Er verfluchte seine Lahmheit.

Der Grund für Rhuns Eile wurde offenbar, als sie um eine Ecke bogen.

Rhun kniete vor einer schwarz gekleideten Gestalt, die am Boden lag.

Bruder Leopold.

Rhun zog ihn in eine sitzende Haltung hoch. Leopold sah furchtbar aus, doch er lebte noch.

»Das Buch?«, krächzte Leopold.

»In Sicherheit«, antwortete Rhun.

Daraufhin sackte der Mönch zusammen. Rhun hob ihn hoch und trabte los in Richtung Nekropole.

Am Ende des Tunnels erblickte er die Toten, die rings um den abgesackten Baldachin am Boden lagen. Das Blut von Strigoi und Sanguinariern sammelte sich in glitschigen Lachen. Eine Handvoll Sanguinarier patrouillierte umher, doch die Schlacht war anscheinend vorbei.

So viele Tote um des Buchs willen, das Erin bei sich trug. War es das Opfer wert gewesen?

Jordan atmete stockend ein. Erin schlang die Arme um ihn, zog ihn an sich. Das Buch in ihren Händen drückte gegen seinen Rücken. Als er den Kopf auf ihre Schulter legte, streifte er mit der Wange an ihrem Halsverband.

Das würde er Rhun niemals verzeihen.

64

29. Oktober, 5:44, MEZ
Heiligtum unter dem Petersdom

GEGEN MORGEN STIEG Erin, flankiert von Jordan und Rhun, in die Tiefe der Nekropole. Der Kampf hatte weiter oben stattgefunden. Die überlebenden Strigoi waren entweder getötet oder vertrieben worden. Einer war sogar von seinem üblen Tun abgefallen und hatte den langen Weg zur Aufnahme in den Sanguinarierorden angetreten.

Erin hatte das Buch dabei. Der Ledereinband sandte ein schwaches Licht aus, das die glatten Steinwände beleuchtete. Je tiefer sie kamen, desto heller strahlte es, als würde es von einer Energiequelle angezogen. Aber wohin gingen sie überhaupt? Rhun hatte ihr Ziel noch nicht genannt.

Sie stiegen immer weiter abwärts. Erin fühlte sich so kräftig wie seit Tagen nicht mehr. Sie und Jordan waren ein paar Stunden lang medizinisch versorgt worden und hatten dabei erfahren, dass der Papst operiert worden war und sich auf dem Wege der Besserung befand. Der alte Mann war zäher, als er aussah. Auch Nate ging es den Umständen entsprechend gut.

Erin hatte etwas gegessen und ein Nickerchen gemacht. Außerdem trug sie jetzt wieder Sachen, die nicht mit Blut getränkt waren. Jordan wirkte ebenfalls frisch belebt. Kam das von der Ruhepause oder dem goldenen Lichtschein, der sie inzwischen alle durchdrang? Mit jedem Schritt wurde sie durchströmt von neuer Kraft. Licht und Wärme erfüllten nicht nur den Gang, sondern auch ihren Körper und vielleicht sogar ihre Seele.

Aber sie dachte auch an Bathory, die sich sterbend über den Wolf gebeugt hatte. Obwohl ihr Tod notwendig gewesen war, fühlte Erin sich dennoch schuldig, denn sie spürte, dass Bathory weniger Täter als Opfer gewesen war. Diesen Gedanken aber drängte sie in den Hintergrund und konzentrierte sich stattdessen auf die Aufgabe, die vor ihnen lag.

Die Kalksteinwände ringsum waren in goldenes Licht getaucht. Mit Hammer und Meißel aus dem Gestein gehauen, bildeten sie an der Decke einen Bogen wie bei einer kilometerweit reichenden gotischen Kathedrale. Die Arbeiten mussten sich über Generationen hinweg erstreckt haben.

Der Boden war in der Gangmitte von unzähligen Fußsohlen glatt gescheuert. Dies hier war eine *neue* Art von Altertümlichkeit, weder die eines leeren Grabes noch die einer alten Straße, über die einst Hufe und Füße gewandelt waren und die jetzt von Autos befahren wurde. In dieser unterirdischen Kathedrale schienen die langsamen Rhythmen der Luft unveränderlich, aber lebendig.

Der Gang mündete in eine große Kammer. Die gewölbte Decke befand sich in etwa fünfzehn Metern Höhe und erinnerte Erin an den Petersdom.

Diesem Raum aber fehlte es an der Pracht der Basilika. Er war schmucklos. Seine Schönheit rührte von der Schlichtheit der Linien her, von den makellosen Schwüngen, die den Blick in die Höhe lenkten. Keine von Menschenhand erschaffenen Gegenstände glorifizierten den Raum oder lenkten den Betrachter ab.

In schmiedeeisernen, im Stein befestigten Haltern steckten qualmende Fackeln. Die Decke war verrußt. Abgerundete Alkoven säumten die Wände. In jeder Nische befand sich ein schlichter runder Sockel. Auf den meisten Sockeln standen Statuen von Männern und Frauen, die meisten ebenso abgezehrt wie Piers. Doch sie wirkten friedlich und beseligt, nicht gequält.

Erin betrachtete eine der Statuen eingehender. Das goldene Licht des Buchs beleuchtete eine wunderschöne Frau. Das lose Haar reichte ihr bis zur Hüfte, die Augen hatte sie geschlossen. Sie hatte hohe Wangenknochen und lächelte geheimnisvoll, die Hände hatte sie im Gebet unter dem Kinn gefaltet. Ein silbernes Kreuz an einer Halskette funkelte im Licht des Buchs.

Erin hatte noch nie etwas Schöneres gesehen. Der Gesichtsausdruck der Frau erinnerte sie an ihre Mutter, wenn sie ihr abends ein Gutenachtlied vorgesungen hatte. Ihr Vater hatte dann schon geschlafen, und ihre Mutter hatte sich in Erins Bett gekuschelt.

Das Buch pulsierte in ihrer Hand, lenkte sie ab vom Gefühl des Verlusts und rief ihr in Erinnerung, dass nichts je für immer verloren ging.

Wie sie die Frau so betrachtete, wurde ihr auf einmal bewusst, dass dies keine Statue war; dies war eine Sanguinarierin in tiefer Meditation. Rhun hatte sie beiläufig erwähnt.

Die Zurückgezogenen.

Lächelnd schritt sie in die Kathedrale hinein.

»Wir sollten in der Nähe des Ausgangs bleiben«, sagte Jordan, dem der Argwohn im Gesicht geschrieben stand.

Erin schaute ihn an. Seit Rhun auf Leopold gestoßen war, hatte er kein Wort mehr gesagt.

»Ich will wissen, was es mit dem Ersten Engel auf sich

hat.« Sie wandte sich Rhun zu. »Deshalb sind wir doch hierhergekommen, nicht wahr?«

Rhun neigte bestätigend den Kopf. »Wir suchen nach dem ältesten aller Engel, dem Auferstandenen. Er allein kann das Buch segnen.«

Erins Herzschlag geriet ins Stolpern. Auch Jordan wirkte betroffen. *Der Auferstandene?*

In den vergangenen Tagen war sie Zeuge so vieler Wunder geworden, dass sie Rhuns Bemerkung nicht einfach abtun konnte. Sie dachte an das Kruzifix, das in ihrer Kindheit über ihrem Bett gehangen hatte.

Würde sie tatsächlich der Gestalt begegnen, die am Kreuz dargestellt war?

Dem Mann, der nach drei Tagen von den Toten auferstanden war?

5:52

Rhun nestelte an seinem Rosenkranz und beruhigte sich mit Gebeten. Er war erfüllt von Ehrfurcht vor dem Auferstandenen, vor dem Mann, der ihren Orden erst möglich gemacht und Menschen wie Rhun gezeigt hatte, dass es auch für die Verdammten möglich war, Vergebung zu erlangen. Ohne ihn wäre Rhun nicht mehr gewesen als ein verderbtes Tier.

Er schritt in das Heiligtum hinein.

Jordan schreckte zusammen, als eine Gestalt in einem der Alkoven ihnen das Gesicht zuwandte. »Die Statuen sind lebendig. Genau wie Piers.«

»Nein.« Rhun schüttelte den Kopf. »Nicht wie Piers. Sie sind nicht gefangen und leiden nicht. Sie haben das Heiligtum aus freien Stücken aufgesucht.«

Erin schaute sich um. »Warum?«

»Nach jahrelangem Dienst begeben sich viele hierher, um ihr ewiges Leben der Kontemplation zu widmen.« Er wusste, dass sich einige schon seit tausend Jahren hier aufhielten und nur hin und wieder einen Schluck konsekrierten Wein zu sich nahmen.

Jordan hob die Augenbrauen an.

Rhun lächelte. »Ich hatte ebenfalls die Absicht, der Welt hier an diesem Ort zu entsagen.«

»Und was ist daraus geworden?« Jordan wirkte nicht erfreut darüber, dass Rhun seinen Plan nicht in die Tat umgesetzt hatte.

»Kardinal Bernard hat meine Dienste angefordert.« Rhun war froh, dass er der Anfrage nachgekommen war. Er hatte das Buch entdeckt, aber er hatte auch Erin und Jordan und ein neues Leben gefunden. Vielleicht würde es ihm mithilfe des Buchs gelingen, seinen Fluch loszuwerden, wieder schmerzlos im Sonnenschein zu wandeln, an einfachen Mahlzeiten teilzunehmen und das Leben eines normalsterblichen Geistlichen zu führen.

Erin bewegte sich neben ihm und strahlte Wärme aus.

Vielleicht würde er sogar das Leben eines sterblichen *Mannes* führen können, außerhalb der Kirche.

Das Buch in ihren Händen leuchtete heller.

Rhun kniete nieder und senkte das Haupt zum Gebet.

Auf einmal näherten sich Schritte aus der Dunkelheit, aus dem Abgrund der Zeit.

Der Auferstandene war erschienen.

5:53

Erin kniete neben Rhun nieder, Jordan folgte ihrem Beispiel. Das Buch zitterte in ihren Händen. Sie war noch nicht bereit.

»Erhebt euch«, vernahmen sie eine raue Stimme.

Sie richteten sich mit gesenktem Haupt auf.

»Bringst du mir das Buch, Rhun?«

»Ja, Eleasar.«

Erin stockte der Atem. *Eleasar?* Das war der Name desjenigen, der das Buch in Masada versteckt hatte. Das war nicht der auferstandene Christus, sondern ein weiteres Wunder, das wahr geworden war.

Noch jemand anders war vor langer Zeit *auferstanden.*

Jordan wandte den Kopf und schaute sie fragend an. Er wusste nicht, mit wem sie es zu tun hatten.

Eleasar war eine altertümliche Form von *Lazarus*.

Dies war der geistliche Führer des Sanguinarierzweigs der katholischen Kirche, so wie der Papst der geistliche Führer des Menschenzweigs der katholischen Kirche war.

Mit niedergeschlagenem Blick reichte sie ihm das Buch, und er nahm es entgegen.

»Ihr dürft es anschauen.«

Sie hob den Kopf. Noch immer scheute sie davor zurück, *ihn* anzuschauen, aber sie tat es trotzdem. Der Mann, der vor ihnen stand, war hochgewachsen, noch größer als Jordan. Langes weißes Haar umrahmte ein faltenloses Gesicht. Die tief liegenden Augen waren braun wie Oliven, und ein Lächeln zog über sein strenges Gesicht.

Er hielt das Buch so, dass alle es sehen konnten, dann schlug er es auf.

Goldenes Licht strahlte von der Seite aus, doch die tiefroten griechischen Buchstaben, von Christus eigenhändig niedergeschrieben, waren dennoch leicht zu lesen. Erin kannte den Text auswendig.

Es droht ein großer Krieg der Himmlischen Mächte. Damit die Mächte des Guten den Sieg davontragen, muss aus dem Evangelium, das mit meinem Blut niedergeschrieben wurde, eine Waffe geschmiedet werden. Die Drei aus der Prophezeiung müssen das Buch vom Ersten Engel segnen lassen. Nur so können sie der Welt zum Heil verhelfen.

Lazarus schien die Worte mit einem Blick zu erfassen. »Wie ihr seht, ist das Buch in Sicherheit. Ihr habt eure Sache gut gemacht. Die Schlacht ist gewonnen, und ohne diesen Sieg wäre alle Hoffnung zunichte.«

»Das klingt gut«, meinte Jordan.

»Doch es droht noch immer Krieg. Um ihn zu verhindern, müsst ihr den Ersten Engel aufsuchen.«

Erin blickte ihn verdutzt an.

»Sind Sie das nicht?«, fragte Jordan.

»Nein«, antwortete Lazarus. »Ich bin es nicht.«

Erin blickte sich in dem großen Raum um. »Wer ist dann der Erste Engel?«

Unbekannter Zeitpunkt
Unbekannter Ort

Tommy nestelte an den Schuhriemen. Aljoscha hatte ihm versprochen, er könne heute nach draußen. Obwohl er erst seit ein paar Tagen eingesperrt war, kam es ihm bereits vor wie eine Ewigkeit. Er wollte den Himmel wieder sehen, den Wind spüren, und er wollte *flüchten*.

Als Aljoscha vor ein paar Tagen mit ihm ein Videospiel gespielt hatte, war ihm ein Messer mit Perlmuttgriff aus der Tasche gefallen. Tommy hatte ein Kissen darauf gelegt und es dann unter der Matratze versteckt. Jetzt befand es sich in seiner Tasche. Er war sich nicht sicher, ob er in der Lage war, jemandem wehzutun. Auf der Schule hatte er sich nie geprügelt.

Seine Eltern hatten ihn gelehrt, Gewalt löse keine Probleme. Jetzt aber hatte er den Eindruck, sie täte es vielleicht doch. Mit höflichem Bitten kam er hier jedenfalls nicht weiter.

Die Tür ging auf. Aljoscha stand darin mit einem schneeweißen Mantel über dem Arm. Der merkwürdige Bursche war stets nur mit Hose und Hemd bekleidet, auf eine Jacke verzichtete er. Wahrscheinlich fühlte er sich deshalb immer so kalt an.

Tommy schlüpfte in den ungewöhnlichen Mantel. »Woraus ist der gemacht?«

»Hermelin. Sehr warm.«

Tommy streifte mit der Hand darüber. Das Fell fühlte sich unglaublich weich an. Wie viele Tiere hatten für den Mantel wohl sterben müssen?

Aljoscha geleitete ihn durch einen langen Flur, eine Treppe hinauf und durch eine dicke, schwarz lackierte Stahltür. Als Aljoscha sie hinter sich zuschlug, rieselte abblätternde Farbe in den Schnee.

Tommy drehte sich langsam um die eigene Achse. Sie befanden sich in einer Stadt, auf einem verlassenen Parkplatz. Im schmutzigen Schnee zeichneten sich zahlreiche Fußspuren ab. Der Himmel war bedeckt und dunkelgrau, als drohte in der Nacht ein Unwetter.

Tommy sah die Gelegenheit zur Flucht und rannte los, doch auf einmal war Aljoscha vor ihm. Tommy wich nach rechts aus und wollte an der Seite des Gebäudes entlanglaufen. Aljoscha sprang wieder vor ihn hin. Tommy schlug einen Haken nach links.

Aljoscha aber kam ihm erneut zuvor.

Tommy zog das Messer. »Aus dem Weg!«

Aljoscha warf den Kopf in den Nacken und lachte lauthals zu den grauen Wolken auf.

Tommy wollte kehrtmachen, glitt aber auf dem Eis aus, verlor das Gleichgewicht und fiel in den schmutzigen Schnee. Aljoscha hatte nur mit ihm gespielt. Er würde niemals flüchten können. Er würde für immer hier festsitzen, auf ewig an diesen grausamen Burschen gebunden.

Aljoschas graue Augen funkelten vor Bosheit. Er erinnerte Tommy an einen Würger. Würger waren kluge kleine Vögel. Sie spießten ihre Beute auf Dornen und warteten, bis sie verblutet waren. Rings um ihre Nester war der Boden mit den Skeletten kleinerer Vögel und Mäuse übersät.

»Du wirst mich niemals gehen lassen, hab ich recht?«, fragte Tommy.

»Er kann dich nicht gehen lassen«, dröhnte hinter ihnen eine Stimme.

Tommy fuhr blitzschnell herum. Grauer Matsch haftete an seinem Mantel. Aljoscha zog ihn am Arm ruckartig auf die Beine.

Ein Priester in einer schwarzen Soutane kam auf sie zu. Tommy hielt ihn wegen der Soutane zunächst für den Priester aus Masada, doch er war größer und breiter gebaut, und seine Augen waren nicht braun, sondern blau.

»Ich habe sehr lange auf dich gewartet, Tommy«, sagte der Mann.

»Sind Sie derjenige, von dem Aljoscha sagte, er sei wie ich?«

»Aljoscha?« Der Mann runzelte die Stirn, dann lächelte er, als habe Tommy einen Scherz gemacht. »Ach, das ist nur, wie sagt man noch gleich – ein Spitzname. Sein richtiger Name lautet Alexej Nikolajewitsch Romanow, Prinz von

Russland, rechtmäßiger Erbe des Throns des Russischen Reichs.«

Tommy glaubte, der Mann scherze. »Sie haben meine Frage nicht beantwortet.«

Der Priester lächelte.

Tommy lief ein kalter Schauder über den Rücken.

»Das war unhöflich von mir. Nein, ich bin nicht wie *du*. Ich bin wie Aljoscha.«

»Wer sind Sie?«

»Ich bin Grigori Jefimowitsch Rasputin. Und wir werden noch gute Freunde werden.«

Über dem Mann kreiste ein Schwarm grauer Tauben – und in ihrer Mitte flog ein schneeweißer Vogel und fand in diesem grauen Tag einen hellen Lichtstrahl. Tommy musste an den verwundeten Vogel von Masada denken, an die Taube mit dem gebrochenen Flügel. Er hatte den verletzten Vogel hochgehoben – und im nächsten Moment war sein Leben in Scherben gegangen.

Blinzelnd schaute er zu dem weißen Vogel hoch, der über ihnen kreiste. Er blickte zu Tommy herab – erst mit dem einen Auge, dann mit dem anderen.

Tommy schauderte und wandte den Blick ab. Die Augen des Vogels waren grün, wie juwelenbesetzte Malachitstücke.

Genau wie bei der Taube in Masada.

Wie konnte das sein? Was hatte das alles zu bedeuten?

Jeden Moment werde ich in einem Krankenzimmer aufwachen, verkabelt und mit Medikamenten vollgestopft.

»Ich möchte zu meinen alten Freunden zurück«, sagte er, ohne sich daran zu stören, dass er sich anhörte wie ein quengelndes Kind.

»Du wirst im Laufe deines langen Lebens viele *neue* Freunde finden«, entgegnete Rasputin. »Das ist deine Bestimmung.«

Tommy schaute wieder zu den Vögeln hoch. Am liebsten wäre er mit ihnen weggeflogen. Wieso konnte nicht das seine Bestimmung sein?

Er wünschte sich Flügel.

65

28. Oktober, 5:44, MEZ
Heiligtum unter dem Petersdom

RHUN BERÜHRTE SEIN Kreuz, das Erin ihm zurückgegeben hatte. Sie hatten die Schlacht gewonnen. Schaudernd machte er sich klar, wie nah sie der Niederlage gewesen waren. Doch am Ende hatten sie triumphiert.

Eleasar hielt inne. Er wandte ihm erneut das Buch zu, fuhr mit dem Zeigefinger an den Zeilen entlang und las sie laut vor, als hätte er sich beim ersten Mal geirrt. Doch die Worte waren die gleichen wie zuvor.

»Dann haben wir also die erste Schlacht gewonnen«, sagte Jordan.

»Aber was ist mit dem ›Krieg der Himmlischen Mächte‹ gemeint … und mit dem ›Ersten Engel‹?«

»Wir haben das Buch gefunden«, sagte Jordan im Brustton der Überzeugung. »Dann können wir auch den Engel finden. Ich wette, der Engel ist größer als das Buch. Was sollte so schwer daran sein?«

Erin lachte und lehnte sich an ihn. »Stimmt genau.«

Der Soldat hatte recht. Sie hatten schon einmal das Unmögliche vollbracht. Rhun blickte Eleasar an. »Wo sollen wir anfangen?«

Eleasar legte die Stirn in Falten. »Bei der Prophezeiung. Gehen wir noch mal zu der Prophezeiung zurück.«

Rhun wartete.

Eleasar rezitierte: »*Der Tag wird kommen, da das Alpha und das Omega ihre Weisheit in ein Evangelium des heiligen Blutes ergießen werden, auf dass die Söhne Adams und die Töchter Evas es nutzen mögen, wenn sie seiner bedürfen.*

Bis der Tag kommt, soll das heilige Buch in einem Brunnen tiefster Dunkelheit von einem Mädchen, das seine Unschuld verloren hat, einem Christuskrieger und einem Krieger der Menschen versteckt werden.

Wiederum drei Personen sollen dereinst das Buch ans Tageslicht bringen. Allein eine Frau von großer Gelehrsamkeit, ein Krieger des Herrn und ein Menschenkrieger dürfen das Evangelium Christi öffnen und der Welt Seine Herrlichkeit offenbaren.«

»Das haben wir getan«, sagte Jordan. »Aber was sollen wir tun, um den Engel zu finden?«

Eleasar klappte das Buch zu. »Dazu wird es vielleicht niemals kommen.«

»Weshalb nicht?« Jordan runzelte die Stirn. »Wir haben doch auch das Buch gefunden.«

Mit Eleasars Seufzer zerstob Jordans Hoffnung. »Es besteht die Gefahr, dass das Trio bereits entzweit wurde«, sagte Eleasar.

Was wollte der Auferstandene damit sagen?, überlegte Rhun. Auf welche Weise sollte das Trio entzweit worden sein? Sie waren alle hier. Er legte die eine Hand auf Jordans Ärmel, die andere auf Erins.

Auf einmal schloss Erin die Augen und erbleichte.

»Was hast du, Erin?«, fragte Jordan.

Sie räusperte sich. »Vielleicht gehöre *ich* ja nicht mehr

zum Trio. Vielleicht bin ich keine Frau von großer Gelehrsamkeit.«

»Was redest du da? Natürlich bist du das. Du hast das Geheimnis des Evangeliums gelöst. Ohne dich hätten wir es nie gefunden. Du warst es, die es in ein Buch verwandelt hat.«

Der Soldat sprach geduldig und furchtlos.

Rhun aber wurde von Angst erfasst.

»Vergegenwärtige dir den Wortlaut der Prophezeiung«, sagte sie. »Darin heißt es, das Trio öffnet das Evangelium Christi und offenbart Seine Herrlichkeit der Welt.«

»Ja und?«, sagte Jordan.

Erin schüttelte betrübt den Kopf. »Ich war nicht dabei, als das Buch geöffnet wurde. Ich habe die Schwelle der Basilika erst überschritten, als das goldene Licht bereits erstrahlte. Du warst dabei. Rhun auch. Aber ich nicht. Ich war noch draußen beim Wächter.«

»Und du glaubst, das wäre wichtig?«, entgegnete Jordan. »Du glaubst, es käme auf einen Schritt mehr oder weniger an?«

»Wenn ich nicht die Frau von großer Gelehrsamkeit war, dann *Bathory*.« Erin atmete tief durch. »Und ich habe sie getötet.«

Rhun versuchte, einen logischen Fehler in ihrer Argumentation zu finden, doch wie gewöhnlich gelang es ihm nicht. Alle hatten geglaubt, Erin sei die Frau von großer Gelehrsamkeit: Sie war in Masada gewesen, in Deutschland, in Russland und in Rom. Aber auch Bathory war an diesen Orten gewesen. Sie war ihnen einen Schritt voraus gewesen. Sie war den Hinweisen gefolgt, die zum Buch führten, und sie hatte bestimmt, auf welche Weise und an welchem Ort es geöffnet wurde. Und sie hatte das Buch in Händen gehalten, als es sich verwandelt hatte.

Rhun schloss die Augen. Er spürte, dass Erin recht hatte. Hatte Kardinal Bernard im Hinblick auf Elisabeta Bathory womöglich von Anfang an recht gehabt? Hatten die Belial deshalb aus jeder Generation eine Bathory ausgewählt und sie für ihre bösen Absichten eingespannt, weil sie die Frau von großer Gelehrsamkeit in ihren Reihen wissen wollten?

Wenn das stimmte, wie konnten sie dann darauf hoffen, den Ersten Engel zu finden?

Kardinal Bernard zufolge war die Frau, die in der Nekropole ums Leben gekommen war, die letzte aus dem Geschlecht Bathory gewesen.

Rhun aber wusste, dass dies nicht ganz der Wahrheit entsprach.

»Ihr seid doch verrückt«, unterbrach Jordan seinen Gedankengang. »Erin hat die Schwerarbeit geleistet. Und Bathory ist tot. Wenn das Buch so schlau ist, weshalb verlangt es dann etwas Unmögliches?«

»Der Krieger ist weise«, sagte Eleasar. »Vielleicht hat er recht. Prophezeiungen sind häufig ein zweischneidiges Schwert, das all jene verletzt, die sich an einer Deutung versuchen.«

Erin schaute skeptisch drein.

Eleasar legte den Kopf schräg und musterte Rhun.

Rhun wusste, dass noch nicht alles verloren war.

»Ich möchte mit Pater Korza noch über eine andere Angelegenheit sprechen«, sagte Eleasar zu den anderen. »Wenn ihr uns einen Moment allein lassen würdet.«

»Natürlich«, sagte Erin und entfernte sich zusammen mit Jordan.

Als sie sich außer Sichtweite befanden, ergriff Eleasar leise das Wort. »Du musst diese Frau aufgeben, Rhun. Ich habe in dein Herz geblickt, doch es darf nicht sein.«

Rhun konnte die Wahrheit dieser Worte nicht abstreiten; sie traf ihn ins Mark. »Das werde ich«, sagte er.

Eleasar fixierte Rhun eine Weile so durchdringend, als wollte er das Fleisch von dessen Knochen lösen. Das war keine reine Einbildung, wie Eleasars nächste Frage bestätigte. »Gibt es noch eine weitere Vertreterin des Geschlechts der Frau von großer Gelehrsamkeit?«

Rhun wich dem bohrenden Blick aus. Er wusste, worauf die Frage abzielte. Er musste sich zu all seinen Sünden bekennen, all seine Geheimnisse offenbaren, sonst wäre die Welt verloren.

Mit Tränen in den Augen wandte er sich Eleasar zu. »Du verlangst zu viel.«

»Es muss sein, mein Sohn«, sagte Eleasar voller Mitgefühl. »Wir können uns nicht ewig vor unserer Vergangenheit verstecken.«

Rhun wusste, worauf Eleasar um der Menschheit willen verzichtet hatte – auch für ihn war es an der Zeit, sich der Vergangenheit zu stellen. Rhun griff tief in die Innentasche seiner Soutane und zog die Puppe hervor, die er in der staubigen Gruft in Masada an sich genommen hatte. Es war ein armseliges Ding, aus Leder zusammengenäht, das längst verhärtet war. Ein Auge fehlte. Er legte dieses Überbleibsel der schmerzhaften Vergangenheit auf Eleasars ausgestreckte Hand.

Eleasar lebte schon so lange, dass er mehr als alle anderen Zurückgezogenen einer Statue glich – unbeugsam, reglos, mehr Marmor als ein Mensch aus Fleisch und Blut.

Jetzt aber zitterten die Marmorfinger und vermochten das kleine, zerbrechliche Spielzeug kaum festzuhalten. Eleasar drückte es sich an die Brust, als wäre es ein lebendiges Wesen, um das er trauerte.

»Hat sie gelitten?«, fragte er.

Rhun stellte sich das kleine Mädchen vor, das von silbernen Bolzen durchbohrt an der Wand gehangen hatte und innerlich verbrannt war, bis es schließlich sein Leben aushauchte.

»Sie ist gestorben im Dienst an Christus. Ihre Seele ruht in Frieden.«

Rhun richtete sich auf und überließ den Auferstandenen seiner Trauer.

Als er sich abwandte, meinte er, den Marmor brechen zu sehen.

Eleasar beugte das Haupt.

Eine Träne fiel herab und benetzte das fleckige Gesicht der Puppe.

66

29. Oktober, 6:15, MEZ
Heiligtum unter dem Petersdom

RHUN LIEF MIT übermenschlicher Geschwindigkeit durch die Dunkelheit, in der Hand einen Hammer. Es war viele Jahrhunderte her, dass er in diesen stockfinsteren Gängen gewandelt war, doch er fühlte sich keinen Moment unsicher, so als hätte sein Körper stets gewusst, dass er hierher zurückkehren würde.

Er drang in die Tiefe unter dem Tempel der Zurückgezogenen vor, tiefer als die meisten sich trauten. Hier hatte er sein größtes Geheimnis versteckt. Er hatte Bernard angelogen; er hatte sein Gelöbnis gebrochen. Er hatte deswegen Buße getan, jedoch nicht genug.

Und jetzt war seine Sünde das Einzige, was sie noch retten konnte.

Vor einer schlichten Wand hielt er an und fuhr mit der Hand darüber, ertastete aber keine Fugen. Er hatte sie vor vierhundert Jahren gut verborgen.

Rhun holte mit dem Hammer aus und schlug gegen die Wand.

Der Stein erbebte. Gab nach. Um Haaresbreite, doch er gab nach.

Immer wieder schlug er zu. Backsteine zerbröselten, es bildete sich eine Öffnung. Kaum groß genug, um sich hindurchzuzwängen. Mehr brauchte er nicht.

Ohne sich daran zu stören, dass er sich die Haut abschürfte, kletterte er durch die Lücke in den dahinterliegenden dunklen Raum. Dann zündete er eine Kerze an, die er mitgebracht hatte. Der Duft von Honig und Bienenwachs erfüllte die Kammer, vertrieb die Gerüche des Gemäuers und des Moders. Die blassgelbe Flamme spiegelte sich in der polierten Oberfläche eines schwarzen Marmorsargs.

Er hob den Deckel an und legte ihn auf den unebenen Steinboden der Kammer.

Der Duft von konsekriertem Wein strömte hervor. Die schwarze Oberfläche verschluckte das Licht.

Rhun schöpfte mit der hohlen Hand Wein und trank ihn. Wenn er seine Aufgabe vollbringen wollte, war er auf jede Art von geistlicher Stärkung angewiesen. Doch vor der Belebung kam wie immer die Buße.

Rhun wollte nach Rom. Bei der wochenlangen Wanderung durchs kalte Gebirge bei Tag und bei Nacht waren erst seine Schuhe zerfetzt worden, dann seine Füße. Wenn er nicht mehr weiterkam, suchte er Zuflucht in abgelegenen Bergkirchen, trank einen Schluck Wein und setzte seine Wanderung dann fort.

In Rom nahm Bernard ihn in Empfang und geleitete ihn in die Katakomben unter dem Petersdom, dorthin, wo nur die Ältesten von ihresgleichen sich hinwagten. Dort leistete Rhun seine Buße. Er fastete. Er betete. Er kasteite sich. Doch dies alles vermochte den Makel der Sünde nicht von ihm zu nehmen.

Zehn Jahre später sandte Bernard ihn wieder in die Welt der Menschen hinaus, diesmal zur Burg Čachtice, eine letzte Buße, um die Welt von den Folgen seiner Sünde zu befreien.

Bewaffnete umringten ihn mit gezogenen Schwertern. Die Angst leuchtete aus ihren Gesichtern hervor, verriet sich in ihrem rasenden Herzschlag. Sie taten recht daran, ihn zu fürchten.

Der Palatin und die Grafen ritten voran und blickten sich immer wieder nervös zu ihren Männern um, als trauten sie ihnen nicht zu, sie zu schützen. Das konnten sie auch nicht. Rhun hingegen schon. Er hoffte, dass es dazu nicht kommen würde. Dass sich die Gerüchte als unwahr herausstellen würden. Dass seine verbotene Liebe nicht zur Katastrophe geführt hatte.

Doch auch ihm waren die Gerüchte zu Ohren gekommen… Gerüchte von makaberen Experimenten um Mitternacht, Hinweise darauf, dass eine finstere Absicht hinter ihren Grausamkeiten liegen und dass ihre Intelligenz und ihr Heilwissen sich dem Bösen dienstbar gemacht haben könnten. Dass in dem Ungeheuer in pervertierter Form ein Teil ihres Wesens überdauert haben könnte, davor fürchtete er sich am meisten.

Als sie den Eingang der Burg erreichten, wurden die Männer unruhig. Ihr Atem dampfte in die Kälte.

Der Palatin klopfte an die dicke Eichentür, die imstande war, selbst Rammböcken zu trotzen. Einen Moment lang hoffte Rhun, niemand werde öffnen und sie würden gezwungen sein, die Burg zu belagern, doch Anna machte ihnen auf. Noch immer entstellte das Geburtsmal ihr Gesicht, doch ansonsten war sie nicht mehr wiederzuerkennen. Zum Skelett abgemagert und mit Narben bedeckt, war sie zum Schutz vor der Eiseskälte nur mit einem schmutzigen Hemd bekleidet.

Der Palatin drückte die Tür weit auf. Das Innere der Burg war in Dunkelheit gehüllt, doch Rhun roch bereits, was sie darin vorfinden würden. Außerdem nahm er einen Hauch von verrotteter Kamille wahr.

Graf Zríni entzündete eine Fackel. Das brennende Pech fügte dem Gestank des Todes eine scharfe Note hinzu.

Der Palatin nahm die Fackel und betrat die Burg. Der Fackelschein beleuchtete ein junges Mädchen, das auf dem kalten Steinboden lag. Ihre weiße Haut war von Blutergüssen entstellt. Handgelenke, Hals und die Innenseite der Oberschenkel waren mit geronnenem Blut bedeckt.

Der Palatin bekreuzigte sich.

Draußen übergab sich ein Soldat in den Schnee. Rhun streifte die Soutane ab und bedeckte damit den Leichnam. Aber die ganze Kirche hatte nicht genug Soutanen, um seine Schande zu bedecken. Er trug nicht weniger Schuld am Tod dieser jungen Frau, als wenn er ihr eigenhändig die Kehle durchgeschnitten hätte.

Ein paar Schritte weiter kauerten zwei Mädchen unter einem verdreckten Holztisch. Die Blonde war fast schon tot. Ihr Herz schlug nur noch ganz schwach. Er kniete vor ihr nieder und spendete ihr die Letzte Ölung.

»Danke, Pater.« Die Dunkelhaarige konnte nur noch krächzen, denn auch sie war am Hals verletzt.

Beschämt schlug er die Augen nieder. Die Toten lasteten auf seinem Gewissen, so wie alle, die Elisabeta getötet hatte. Die Liebe eines Sanguinariers brachte nichts als Tod und Leid.

Ein Soldat hob das noch lebende Mädchen hoch und trug sie zur kalten Feuerstelle. Er deckte sie mit seinem Mantel zu und zündete ein Feuer an, ohne sie anzusehen. Rhun drückte ihrer Freundin die Augen zu. Beide so jung, kaum dem Kindesalter entwachsen.

Ein Schrei durchschnitt die Stille. Der Palatin legte lauschend den Kopf schief. Rhun wusste, woher der Schrei kam. Aus Elisabetas Gemächern.

Er richtete sich auf und übernahm die Führung.

Einer der Bewaffneten folgte ihm dichtauf. Der Palatin hatte offenbar die Lust am Führen verloren und hielt sich im Hintergrund. Elisabeta hatte ihn einmal als ihren Cousin bezeichnet. Der Palatin hatte die anderen Adligen aufgrund ihrer verwandtschaftlichen Beziehungen ausgewählt. Jeder einzelne war mit einer ihrer Töchter vermählt. Man würde sie in Gegenwart von Edelleuten festnehmen, wie es ihrer Stellung geziemte.

Rhun drückte die Tür zu Elisabetas Schlafgemach auf. In einer dunklen Ecke des Raums schluchzte ein Kind. Ein zweites Mädchen stand in einem mit Dornen ausgekleideten Kasten, der von der Decke hing. Zwei Bedienstete schwangen den Käfig hin und her, wobei der Körper des Mädchens gegen die spitzen Dornen gedrückt wurde. Blut tropfte auf Elisabetas weiße Haut.

Rhun kämpfte mit den Tränen. Das alles war seine Schuld.

Die Bewaffneten ergriffen die Bediensteten und brachten den Käfig zum Stillstand.

Nun trat der Palatin vor. »Witwe Nádasy, ich nehme dich fest im Namen des Königs.«

»Für dein unerlaubtes Eindringen wirst du teuer bezahlen.« Elisabeta versuchte nicht, ihre Blöße zu bedecken. Sie verharrte in ihrer stolzen Haltung unter dem Käfig. Ihr dunkles Haar streifte ihren weißen Rücken, als sie den Männern das Gesicht zuwandte.

Ihre Miene erstarrte, als sie die Anwesenden erkannte. »So.« Ein Lächeln verhärtete ihre Lippen. »Ihr seid hergekommen, um zu sterben.«

Rhun trat dazwischen. Sie war imstande, die anderen zu töten, doch bei ihm war das nicht so leicht möglich. Er zog das Messer aus dem Ärmel.

»Bitte«, sagte er. »Zwing mich nicht dazu.«

Sie taumelte zurück. »Was willst du mir denn noch rauben, Rhun?«

Er zuckte zusammen, dann streckte er die Hand mit dem Messer vor.

Ihre wunderschönen silbergrauen Augen fassten die Klinge in den Blick. »Mehr hast du nicht mitgebracht, um mich zu pfählen, Priester?«

Er rückte näher. Der warme Blutgeruch, der von ihrer Haut aufstieg, machte ihn ganz benommen. Er kämpfte gegen seine Begierde an.

»Nimm dich in Acht, Liebster«, flüsterte sie. »Diesen Gesichtsausdruck kenne ich.«

Er murmelte ein Gebet, dann schlang er eine Seidenschnur um ihre Handgelenke und fesselte sie. »Das ist umwickeltes geweihtes Silber«, sagte er. »Solltest du dich losmachen wollen, brennt es sich bis auf den Knochen durch.«

»Bedeckt sie«, befahl der Palatin.

Rhun legte ihr eine schmutzige Decke um die blutbefleckten Schultern.

Sie verschränkte die Finger, als ob sie betete, und sah ihm in die Augen. Bedauern lag in ihrem Blick und auch noch Liebe.

Er wartete, bis er in die Gegenwart seiner feuchten Zelle zurückgekehrt war.

Als er wieder ganz bei sich war, tauchte er die Arme tief in das sengende Weinbad. Am Boden des Sargs ertasteten seine kalten Hände das Gesuchte. Nach jahrhundertelangem Schlummer zog er sie zurück in die Welt.

Der Wein hatte ihr fein gewirktes grünes Gewand tiefrot gefärbt, doch ihr Alabastergesicht leuchtete noch immer so weiß wie an dem Tag, als er sie untergetaucht hatte, anstatt sie zu töten, wie Bernard es ihm aufgetragen hatte. Er streifte ihr das lange dunkle Haar aus dem friedlichen

Gesicht, streichelte ihre hohe Stirn, ihre geschwungenen Wangen. Sie war noch immer so wunderschön wie vor vierhundert Jahren, als er ihr zum ersten Mal begegnet war. Bevor er ihre Seele zerstört und sie in eine Strigoi verwandelt hatte, war sie eine gute Frau gewesen. Eine Heilerin.

Sie hätte ihn beinahe geheilt.

Beinahe.

Elisabeta schlug ihre sanften, sturmgrauen Augen auf.

Ihre Lippen bewegten sich, doch es kam kein Laut heraus, nur Luft.

Trotzdem verstand Rhun, was sie ihm sagen wollte, noch im Traum gefangen. In diesem Moment war ihr Zorn Vergangenheit, und ihre perfekt geschwungenen Lippen formten die wohlvertrauten Worte.

Mein Liebster…

6:30

Erin stolperte durch den langen finsteren Tunnel. Da sie sich nicht mehr im goldenen Lichtschein des Buchs orientieren konnten, hatte Jordan seine Taschenlampe eingeschaltet. Ihr bläuliches Licht wirkte im Vergleich kalt und kraftlos. Er hatte Erin den Arm um die Schulter gelegt und nahm ihn die ganze Zeit nicht fort.

Schließlich gelangten sie zum eingebrochenen Baldachin, dessen Sockel auf dem Tunnelboden ruhte und dessen Decke in die Basilika ragte. Die Toten waren verschwunden, und die Sanguinarier hatten Sand aufs Blut gestreut.

Erin versuchte, den Blutlachen auszuweichen, doch der Sand war überall. Er knirschte unter ihren Schuhsohlen und erinnerte sie an die Wüste rings um Masada, an ihre Ausgrabungsstätte in Caesarea. Wenn sie bei Heinrich im Graben geblieben, ihn vor dem Pferd beschützt und nicht in den Helikopter eingestiegen wäre, sähe alles ganz anders aus. Er wäre noch am Leben, aber die Belial hätten das Buch in ihrem Besitz. Es gäbe keine Hoffnung mehr. Sie hatten die Büchse der Pandora geöffnet, und das Böse war hervorgekommen, doch es gab immer noch Hoffnung. Nicht nur Hoffnung, sondern einen Weg, den sie beschreiten konnten, um die Menschheit zu schützen.

»Halt!« Ein Sanguinarier verstellte ihr den Weg. Er war hager und hatte lange Finger, die an Spinnenbeine erinnerten. »Was haben Sie hier verloren?«

»Ich bin Sergeant Jordan Stone«, sagte Jordan. »Und das ist Dr. Erin Granger.«

»Zwei des Trios«, sagte der Mann ehrerbietig. »Ich bitte um Entschuldigung.«

Der Sanguinarier deutete auf eine Leiter, die am Baldachin lehnte.

»Ladies first«, sagte Jordan.

Erin kletterte nach oben und ließ sich von der Leiter auf den schwarzen Marmorboden der Basilika helfen. Die gewaltige Größe des Bauwerks wurde ihr bewusst. Hier war alles überlebensgroß. Angefangen vom Baldachin, der nun auf den Gräbern in der Tiefe ruhte, bis zum Deckengewölbe, auf dem Michelangelo den Himmel dargestellt hatte. Sie drehte sich langsam um die eigene Achse, ließ die weißen Wände, die prachtvolle Vergoldung, die anmutigen Statuen und die kunstvollen Bilder auf sich wirken. Menschen hatten hier Großes vollbracht.

Entschlossenheit machte sich in ihr breit.

Sie würden den Ersten Engel finden und dafür Sorge tragen, dass diese Wunder bewahrt würden.

Jordan kletterte neben ihr auf den Boden und fasste sie bei der Hand. Auch hier saugte ausgestreuter Sand das Blut auf und markierte die Stellen, an denen Strigoi, Sanguinarier und Menschen gestorben waren.

Erin betrachtete die kunstvollen Muster, die in den Marmorboden eingelassen waren, setzte vorsichtig einen Fuß vor den anderen und wich den Sandflächen aus. Der Energieschub, den das Buch bei ihr ausgelöst hatte, war längst versiegt.

Jordan näherte sich zielstrebig dem Eingang. Vor dem Portikus aber hielt er inne und wandte sich nach links.

Erin hob den Blick und sah, was seine Aufmerksamkeit erregt hatte. Michelangelos Pietà. Die Marmorskulptur stellte Maria auf dem Hügel Golgatha dar. Sie hielt ihren Sohn in den Armen, den man vom Kreuz abgenommen hatte. Christus lag auf ihrem Schoß, Kopf und Arme hingen schlaff herab. Maria hatte den Kopf gesenkt. Sie trauerte um ihren geliebten Sohn. Dessen Tod hatte vor zwei Jahrtausenden all diese Ereignisse in Gang gesetzt.

Jordan betrachtete die Skulptur.

Erin räusperte sich. »Jordan?«

»Ich musste gerade an die Familien denken, die ich aufsuchen muss, wenn das alles vorbei ist: die Sandersons, die Tysons, die Coopers und die McKays. Deren Mütter werden auch so trauern.«

Nach einer Weile fasste er sie wieder bei der Hand, und sie traten in den frischen italienischen Morgen hinaus. Er geleitete sie die Treppe hoch, über die man zur Kuppel des Petersdoms gelangte. »Das ist ein langer Aufstieg.« Mit den Augen fragte er sie, ob sie die Anstrengung auf sich nehmen wolle.

»Ich gehe voran«, sagte sie und stieg die dreihundertzwanzig Stufen hoch. Der Himmel hatte sich blassgrau gefärbt. Bald würde die Sonne aufgehen.

Schwer atmend gelangte sie oben an. Jordan wandte sich

zur Westseite der Kuppel und legte sich flach darauf. Er klopfte neben sich auf den Boden.

Der Himmel war nahezu weiß.

»Du weißt, dass du dich vermutlich irrst, nicht wahr?«, sagte er.

Sie versuchte zu lächeln. Wenigstens hatte er es versucht.

»Und wenn nicht?«

»Ich möchte, dass du zum Team gehörst, ganz gleich, ob du von der Prophezeiung gemeint bist oder nicht. Ohne dich stolpern wir doch nur wie Vollidioten in der Gegend herum.«

»Menschen haben ihr Leben geopfert, um die Frau von großer Gelehrsamkeit zu beschützen«, sagte sie. »Aber sie haben nur mich gerettet.«

»Das ist doch gar nicht so wenig.« Er küsste sie auf den Scheitel. »Das war Krieg, Erin. Sie waren Soldaten. In der Schlacht kommt es zu Fehlern. Menschen sterben. Man macht weiter – auch um der Gefallenen willen. Entscheidend ist, dass man weiterkämpft.«

Sie spannte sich an in seinen Armen. »Aber die Prophezeiung …«

»Hör zu.« Er zählte die Argumente ab. »Erstens: Wer hat den Orden in der Hand des toten Mädchens entdeckt? Das warst du. Zweitens: Wer hat den Bunker ausfindig gemacht? Wiederum du. Drittens: Wer ist darauf gekommen, dass man das Buch mit Blut und Knochen öffnen kann? Auch du. Du bist so clever, da kriege ich ja schon Komplexe.«

Sie lächelte. Vielleicht hatte er ja nicht ganz unrecht. Bis zuletzt war Bathory ihrer Fährte gefolgt und nicht umgekehrt.

Sie nahm den Zipfel der Babydecke aus der Tasche und hielt ihn auf der flachen Hand. Zum ersten Mal löste der

Anblick keinen Groll bei ihr aus. Ihr Zorn war zerstoben, als sie ihrem Vater an der Schwelle des Todes verziehen hatte.

»Was ist das?«, fragte Jordan.

»Vor langer Zeit habe ich jemandem ein Versprechen gegeben.« Sie streichelte das Stück Stoff mit der Fingerspitze. »Ich habe versprochen, nicht tatenlos zuzusehen, wenn mein Herz mir sagt, dass etwas nicht in Ordnung ist.«

»Und was sagt dir dein Herz jetzt?«

»Dass du recht hast.«

Er grinste. »Das höre ich gern.«

Erin hielt den Stofffetzen zwischen Daumen und Zeigefinger. Er flatterte im Wind. Dann ließ sie ihn los. Er wurde davongetragen und verschwand im Getriebe der Stadt Rom.

Sie wandte sich wieder Jordan zu. »Es geht nicht nur um Spiritualität und Wunder. Es geht auch um Vernunft und um Offenheit für Fragen. Wir werden den Ersten Engel finden.«

Jordan zog sie an sich. »Klar werden wir das. Wir haben schließlich auch das Buch gefunden.«

»Das haben wir.« Sie lehnte den Kopf an seine Brust, lauschte auf seinen gleichmäßigen Herzschlag. »Und das gibt Anlass zu Hoffnung.«

»Klingt nach wohlverdientem Feierabend.« Jordans Stimme klang belegt.

Die Sonne stieg über den Horizont auf. Goldenes Licht wärmte Erin das Gesicht. Sie wandte das Gesicht der Sonne zu. Er streichelte ihr mit dem Handrücken über die Wange, umfasste ihren Nacken.

Dann hob sie ihm den Kopf entgegen. Seine Lippen waren warm und weich, ganz anders als Rhuns. Sie schob die Hände unter sein Hemd, streichelte seine warme Haut. Er stöhnte und zog sie fester an sich, legte ihr die Hände ins Kreuz.

Schließlich wich sie zurück. Sie und Jordan atmeten schwer.

»Zu schnell?«, fragte Jordan.

»Nein.« Erin zog ihn wieder an sich. »Zu langsam.«

EPILOG

Wie es weiterging

Spätherbst
Rom, Italien

BRUDER LEOPOLD WARF drei Geldscheine für den Taxifahrer auf den Vordersitz, das Fahrgeld plus ein kleines Trinkgeld. In seinem Leben als Geistlicher gab es keinen Raum für Extravaganz.

Der Fahrer tippte sich an die Kappe, und Leopold schlug die Wagentür zu und eilte in eine Seitengasse. Er musterte die sonnenerhellte Straße. Niemand war ihm von der Vatikanstadt hierher gefolgt. Er hatte den Fahrer immer wieder abbiegen lassen, hatte ihn in Sackgassen einfahren, wieder wenden und mehrmals den gleichen Weg zurückfahren lassen. Schließlich hatte er sich mehrere Straßenblocks von seinem eigentlichen Ziel entfernt absetzen lassen.

Er hatte so lange gewartet und so schwer gearbeitet, da wollte er nicht im letzten Moment einen Fehler machen. Denn dann würde der, dem er diente, ihn vernichten. Leopold war nicht so töricht zu glauben, er sei unersetzlich.

Er schritt in die schmale Gasse hinein und näherte sich

dem Wolkenkratzer aus Glas und Stahl. Auf den Fensterscheiben der oberen Etagen war ein Anker dargestellt. Dies war das Logo der Argentum Corporation. Im Anker war ein Kreuz verborgen, das Crux Dissimulata, mit dem die Urchristen sich gegenseitig ihre Glaubenszugehörigkeit offenbart hatten, ohne Angst vor Verfolgung haben zu müssen. Auch heute noch verbarg es Zugehörigkeiten. Dort war der Kopf der Belial zu Hause, Er, der einen Bund zwischen Strigoi und Menschen geschmiedet und beide für seine Belange eingespannt hatte. Doch Er war weder Mensch noch Tier – Er war viel mehr, ein Wesen, das von Christus zu ewigem Leben verdammt worden war.

Und das wegen eines einzigen Verrats.

Leopold zitterte, als er daran dachte, denn er selbst hatte die Kirche schon viele Male verraten und trug ein Mönchsgewand über dem verräterischen Herzen, wenn er Ihm zu Diensten war.

Was blieb ihm auch anderes übrig?

Er gelangte zum Firmenlogo am Eingang, berührte das Kreuz, das in der Mitte des Argentum-Zeichens verborgen war, und zog Kraft aus dem Wissen, dass Seine Sache wahr und gerecht war. Er war einer der wenigen, die auf dem rechten Weg wandelten.

Mit frischer Entschlossenheit betrat er das Gebäude und nannte am Empfang seinen Namen. Der Wachmann musterte ihn durchdringend und zog eine Liste und eine Onlinedatenbank zurate, dann geleitete er ihn zum VIP-Lift. Der Aufzug hielt nur auf einem einzigen Stockwerk, jedoch nur dann, wenn man einen Schlüssel hatte.

Als die Tür sich geschlossen hatte, hob er das Brustkreuz über den Kopf und zog das lange Teilstück ab. Darunter kam ein Schlüssel zum Vorschein. Er steckte ihn in die dafür vorgesehene Öffnung. Ein grünes Lämpchen leuchtete auf. Er seufzte erleichtert. Es war das erste Mal, dass er von dem Schlüssel Gebrauch machte.

Die Fahrstuhltür öffnete sich, und Bruder Leopold schaute auf einen imposanten Schreibtisch, dahinter saß eine junge Frau in einem schmucken schwarzen Kostüm. Mit einem Stoßgebet bat Leopold um Schutz und trat aus dem Lift.

»Ja?« Die Amethystohrringe funkelten, als sie den Kopf hob. Sie hatte weit auseinanderstehende braune Augen und volle Lippen. Ihr Gesicht schien wie aus einem Renaissancegemälde zu sein.

»Bruder Leopold.« Er stützte sich nervös auf die Glasplatte des Schreibtischs. »Ich habe einen Termin.«

Sie drückte mit ihrem langen, feuerroten Fingernagel auf eine Taste, dann sagte sie etwas ins Telefon. Die einsilbige Antwort lautete: *Ja*.

Er wusste nicht, ob er erleichtert sein sollte oder Anlass zur Sorge hatte.

Die junge Frau erhob sich und geleitete ihn mit lasziven Hüftbewegungen durch einen langen Flur mit glänzendem Boden zu einer Tür aus gebürstetem Aluminium. Sie öffnete die Tür und trat zur Seite.

Er musste allein eintreten. Das Rauschen von Wasser drang an sein Ohr.

Er betrat einen lichtdurchfluteten Raum mit deckenhohen Fenstern.

Ein großer rechteckiger Springbrunnen nahm die Mitte des Raums ein. Purpurfarbene Wasserlilien leuchteten vor dem Hintergrund von grauem Schiefer. Das Wasser rieselte über einen runden, smaragdgrünen Stein. Das Geräusch sollte wohl beruhigend wirken, ging Leopold jedoch auf die Nerven.

Er musterte den Mann, der ihn zu sich gerufen hatte.

Er schaute aus dem Fenster, wahrscheinlich zum Tiber hinunter. Sein graues Haar war kurz geschnitten, sodass Leopold seinen sonnengebräunten Nacken sah, der aus dem Kragen des teuren Hemds ragte. Kräftige Muskeln zeichneten sich unter dem feinen Leinen ab. Obwohl Er schon Jahrtausende lebte, war Sein Rücken noch immer kerzengerade.

Er wandte sich zu Leopold um, hob die Hand und gab eine kleine Motte mit irisierenden Flügeln frei. Sie flatterte empor und landete auf dem ausladenden Glastisch. Jetzt erst erkannte Leopold, dass es sich um einen Messingautomaten mit Uhrwerk und hauchdünnen Drähten handelte.

Als Leopold den Blick von der Motte abwandte, stellte er fest, dass er von durchdringenden quecksilbrigen Augen gemustert wurde.

Eingeschüchtert fiel er auf die Knie. »Es ist vollbracht«, sagte er und berührte sein Kreuz, von dem diesmal jedoch keine Stärkung ausging. »Unser Vorhaben ist gelungen. Das Jüngste Gericht ist nah.«

Schritte näherten sich.

Leopold duckte sich furchtsam.

Die Hand, die sich auf seine Schulter legte, war so unnachgiebig wie Stein, aber auch warm, behutsam, liebevoll. »Das hast du gut gemacht, mein Sohn. Das Buch wurde geöffnet, und die Kriegstrompeten werden erschallen. Nach jahrtausendelangem Warten wird mein Schicksal sich erfüllen. Ich habe den Nazarener eliminiert – jetzt ist es meine Pflicht, dafür zu sorgen, dass Er den Ihm zustehenden Thron einnimmt. Selbst wenn das bedeutet, dass die Welt untergehen muss.«

Leopold entfuhr ein bebender Seufzer. Innerlich frohlockte er. Ein Finger berührte sein Kinn. Er schaute in das Gesicht hoch, das eingerahmt wurde von den Sonnenstrahlen des anbrechenden Tages, das Gesicht, das Christus mit ebensolcher Liebe und Vertrauen angeschaut hatte.

Bevor er den Mann für alle Ewigkeit verfluchte.

Und seinen Namen in ein Synonym für Verrat verwandelte.

Lautlos formte Leopold mit den Lippen diesen Namen, voller Verehrung und Hoffnung.

Judas.

DANKSAGUNG

Zu diesem Buch haben außer den beiden auf dem Cover genannten Autoren noch viele andere einen Beitrag geleistet. Zunächst möchte ich meiner literarischen Diskussionsgruppe danken: Sally Barnes, Chris Crowe, Lee Garrett, Jane O'Riva, Denny Grayson, Leonard Little, Scott Smith, Penny Hill, Judy Prey, Dave Murray, Will Murray, Caroline Williams, John Keese, Christian Riley, Amy Rogers und vor allem Carolyn McCray, die mir mit herausfordernden Fragen geholfen hat, die Geschichte in Gang zu bringen. Und natürlich David Sylvian, der in allen Produktionsstadien und darüber hinaus meine rechte Hand war. Des Weiteren gilt mein Dank Joe Konrath, der einen großen Beitrag geleistet hat, um das Manuskript wesentlich zu verbessern. Schließlich möchte ich den vier Personen danken, die meine Karriere als Autor gefördert haben: meiner Lektorin Lyssa Keusch und ihrer Kollegin Amanda Bergeron sowie meinen Literaturagenten Russ Galen und Danny Baror. Wie stets möchte ich betonen, dass alle Irrtümer und Fehler zu meinen Lasten gehen.

Und jetzt meldet sich Rebecca zu Wort. Ich möchte allen danken, die dazu beigetragen haben, das Buch und mich in die Welt hinauszutragen, darunter meine fantastischen Literaturagenten Elizabeth Evans, Mary Alice Kier und Anna Cottle sowie Lyssa Keusch von Harper. Dieser Roman und auch meine anderen Bücher haben stark von der großartigen Literaturgruppe Kona Ink profitiert, der Kathryn Wadsworth, Judith Heath, Karen Hollinger und David Deardorff angehören. Es war eine schwierige Reise, ohne die Unterstützung meines standhaften, unerschütterlichen Ehemanns und meines wunderbaren Sohns, dem Waffenexperten der Familie, hätte ich es nicht geschafft. Mein Dank gilt auch Jim, der mich zum Spielen eingeladen hat.